# 韓國近代小說論考

윤정헌

국학자료원

# 韓國近代小說論考

# 책머리에

필자가 한국근대소설을 전공하면서 대학에서 연구와 강의에 종사해 온 지난 십수년간 끊임없이 필자를 사로잡은 화두는 "우리의 근대소설을 관통하는 主脈은 과연 무엇인가?"였다. 그러나 잡힐 듯 말 듯한 이 명제는 소설론을 전공하는 필자의 어깨를 무겁게 짓누르며 아직까지 명쾌한 해답을 주고 있지 않다. 어쩌면 필자의 능력으로 이에 대한 명확한 해답을 얻기란 영원히 불가능한 일인지도 모른다. 그러나 길이 있기에 가는 것처럼, 비록 어둔하고 나태한 필자이지만 연구자로 남아 있는 한 우리 근대소설에 대한 탐색의 도정을 멈추지 않을 것이다.

이 책은 이러한 명제를 추적해 온 필자의 그간의 보잘 것 없는 흔적들을 정리한 것이다. 애초부터 단일한 체제를 염두에 두고 씌어진 것들이 아니어서 한 권의 책으로 묶고 보니 한 지붕 여러 가족의 奇形態를 보이는 것이 사실이나 나름의 질서는 갖추려 노력했음을 밝히고 싶다.

즉 제1부는 김동인에서부터 안정효에 이르기까지 우리 근대소설의 관심사를 개별작가를 중심으로 더듬어 본 것이라면 제2부는 통속소설, 전쟁소설, 이민소설, 재외동포문학 등 근자에 와서 대중적 관심을 끌었던 이슈 중심으로 우리 근대소설의 단층을 재단해 본 것이다. 그런가 하면 20년대에서 40년대까지 일제하의 일정시기별로 우리 근대소설의 특정한 양상을 고찰하는 제 3부에 비해 제4부에서는 연관되는 작품이나 장르간의 관계를 비교학적 측면에서 특정사안별로 고구하고 있다.

소설론 전공의 말석을 지키는 한 사람으로 오늘의 필자가 있기까지 과분한 사랑을 베풀어 주신 많은 분들께 출판의 만용에 대한 양해와 叱正을 바라며, 끝없는 자식 뒷바라지를 낙으로 여기셨던 부모님의 사랑을 가만히 되새겨 본다.

끝으로 출판을 쾌락해 주신 국학자료원 정찬용 사장님 이하 편집실 식구들께도 심심한 사의를 표한다.

2001년 11월 가마골에서
윤정헌(尹政憲)

# 차 례

## ‖ 제1부 ‖

金東仁額字小說研究 _____ **11**

方仁根 小說에 나타난 作家的 自我의 實相 _____ **31**

玄鎭健의 散文 考察 _____ **51**

安懷南의 解放期 小說 研究 _____ **67**

朴泰遠歷史小說研究 _____ **85**

金東里戰後小說考 _____ **109**

安正孝 小說의 휴머니티 _____ **121**

## ‖ 제2부 ‖

韓國近代通俗小說史研究 _____ **143**

韓國現代戰爭小說研究 _____ **183**

美國移民素材小說에 나타난 "脫鄕民의 뿌리찾기" _____ **221**

濠洲韓人文學研究 _____ **237**

## ‖ 제3부 ‖

1920年前後 韓國小說에 나타난 죽음樣相考 _____ 259

30年代 小說에 나타난 人間疎外의 樣相 _____ 279

40年代 親日小說의 展開樣相 _____ 299

## ‖ 제4부 ‖

私小說의 韓國的 變容 考察 _____ 319

小說을 통해 본 基督과 反基督의 對立樣相 _____ 345

「川邊風景」의 創作動因 考察 _____ 367

小說과 映畫의 거리 _____ 387

韓濠通俗小說의 比較研究 _____ 403

▶ 참고문헌　429
▶ 찾아보기　437

제 1 부

# 金東仁額字小說研究

## 1. 머리말

우리 近代小說史를 照明해 볼 때 金東仁만큼 많은 額字小說을 쓴 作家를 찾아보기도 힘들 것이다. 그만큼 그는 우리 초기 문단에 있어 出衆한 技法을 驅使한 文人이었고 동시에 시대에 앞선 實驗精神으로 숱한 試行錯誤를 겪기도 한 아이디얼리스트(Idealist)였던 것으로 평가되고 있다.

이처럼 다양한 東仁의 文學世界 속에서, 근자에 들어 그의 額字小說이 주요한 資産으로 새롭게 평가되면서 이에 대한 관심이 고조되고 있음은 주목할 만한 사실이다.

그러나 東仁의 額字小說에 대한 旣往의 研究들이 제한된 몇몇 작품의 영역 내에서 단편적으로 논급되어져 온 것은 자칫 진정한 東仁文學의 實相을 誤導할 우려가 있다고 想定된다.

이에 本稿에서는 東仁의 額字小說 全體를 대상으로 여태껏 다루어지지 않았던 東仁額字小說의 形成要因에 주로 注目하여 그 特質을 考究해 보고자 한다.

## 2. 東仁 額字小說의 敍述形態

프리츠 로케만(Fritz Lockemann)은 그의『독일소설의 형상과 변화』에서 액자소설을 6가지로 분류하고[1] 핵심적인 내부이야기가 그 前後의 額字에 의해 완전히 包封된 것을 '閉鎖額字'로, 導入額字나 終結額字 가운데서 그 중 하나가 缺如된 것을 '開放額字'로 各各 指稱하고 있다.

金東仁의 액자소설은 대체로 폐쇄액자의 형태를 취하고 있다. 그것은 폐쇄액자의 기능상 독자의 현실관과 이야기가 지닌 현실관이 자연스럽게 결합되어져 비현실적 이야기를 비교적 실감나게 전달할 수 있는 효과적인 방법으로 작가 자신이 인식했기 때문이다. 우리 근대문단 초기의 대표적 단편작가로서 단편소설의 새로운 敍述方法을 모색하던 東仁의 선각자적 기질이 폐쇄형 액자소설이란 구성기법을 차용하게 된 것이다.

그의 단편소설「목숨」(『창조』 3권 1호, 1921)은 典型的인 閉鎖額字의 구성을 취하고 있는 작품이다.

서술자 '나'가 1인칭의 시점으로 導入額字를 구성하다가 내부이야기에 들어가서는 서술자가 사실상의 주인공 'M'으로 바뀌어 계속 1인칭 시점으로 전개된다. 그러다가 終結額字에 와서는 다시 導入額字와 같은 形態로 복귀하고 있다.

그는 그의 특색인 악필(惡筆)로서 원고용지에 되는 대로 쓴 원고를 한 뭉치 내어놓는다.
나는 그것을 탁 채어서 마치 목마를 때에 냉수 마시듯 읽기 시작하였다.[2]

---

1) 이재선,『韓國短篇小說研究』, 一潮閣, 1975, pp.98~99 참조.
2)『東仁全集』5, 三中堂, 1976, p.99.

입원한지 두 달 수술한지 한 달만에 겨우 퇴원하게 되었다. 조선 유수의 의학자라는 사람에게 죽음의 선고를 받았던 나는 그대로 다시 살아서 퇴원하게 되었다.[3]

나는 읽기를 끝내고 M을 보았다. M은 내 책상 위에서 어떤 잡지를 들고 보고 있었다.[4]

위의 세 인용 중, 가운데 것은 내부이야기, 즉 액자 속의 이야기이며 첫번째 것은 도입액자, 그리고 마지막 인용부분은 종결액자에 각각 해당하는 장면이다.

따라서 내부이야기에서의 '나'는 곧 도입액자오 종결액자의 'M'에 해당되는데 도입액자와 종결액자에서 또 다른 '나'가 등장함으로써 내부이야기의 '나' 즉 'M'을 실증하는 효과를 거두고 있는 것이다.

「K박사의 연구」도 도입액자, 내부이야기, 종결액자의 형식을 모두 갖추고 있는 閉鎖額子이다.

도입액자에서 서술자 '나'가 1인칭 시점으로 사건을 서술해 나가다가 내부이야기에서는 서술자가 '나'의 친구 'C'로 바뀌고 종결액자에서 다시 '나'로 돌아오고 있다.

"자네 선생은 이즈음 뭘 하나?"
나는 어떤 날 K박사의 조수로 있는 C를 만나서 말말 끝에 이런말을 물어 보았다.
{……}
이러한 말 끝에 C는 K박사의 연구며 그 성공에서 실패까지의 이야기를 들려 주었다.[5]

---

3) *ibid.*, p.108.
4) *ibid.*, p.109.
5) *ibid.*, p.263.

이렇게 시작된 도입액자는 서술자가 'C'로 바뀌어 내부이야기가 되면서 K박사의 ○○병 시식회가 실패하고 연구의 방향을 돌리게 되는 과정을 서술한 뒤 다시 다음과 같이 본래의 서술자로 돌아오면서 종결액자를 맞이하게 된다.

　　　이것이 C가 들려 준 바 K박사의 연구의 성공에서 실패로 또다시 일
　　전(一轉)하여 회개까지의 경로였었다.6)

　　K박사의 奇行을 虛構에 그치지 않고 현실감 있게 독자들에게 전달키 위한 기능을 도입액자와 종결액자가 맡아 하고 있는 것이다.

　　「배따라기」는 東仁의 代表的인 初期 短篇小說로서 우리 문단 최초의 액자소설로 알려져 있다. 이 작품 역시 자기열등감에서 起因한 誤解로 아내를 죽게 하고 동생마저 방랑의 길로 쫓아버린 뱃사람의 悔恨을 담은 내부이야기가 도입액자와 종결액자에 의해 包封되어 있는 폐쇄액자의 구성을 취하고 있다.

　　그런데 이 작품은 앞의 두 작품, 「목숨」이나 「K박사의 연구」와는 달리 敍述者가 바뀌는 것이 아니라 敍述者 '나'의 敍述視點이 바뀌고 있어서 이채롭다. 즉 導入額字에서는 봄을 玩賞하며 想念에 젖어 있는 인텔리 청년 '나'의 독백이 1인칭 시점으로 펼쳐지다가 내부이야기에 들어서면 視點이 3인칭으로 바뀌면서 도입액자의 서술자가 내부이야기의 주인공 '그'의 아쉽고도 슬픈 과거를 대리 보고하는 서술형태를 갖추고 있는 것이다. 그리고는 終結額子에서 다시 서술자 '나'의 1인칭 시점으로 환원하면서 '나'의 상념으로 끝맺고 있다.

　　이상 세 작품은 도입액자 — 내부이야기 — 종결액자의 배열이 극히 정상적이고 규칙적으로 이루어져 있는 典型的인 閉鎖額字小說로 볼 수 있다.

　　그러면 폐쇄액자의 유형을 가진 東仁의 短篇小說 중 이러한 典型에서 벗어난 작품의 경우를 살펴보자.

---

6) *ibid.*, p.273

「狂炎소나타」에서는 도입액자 이전에 언뜻 보기에 蛇足에 가까운 작자의 辯이 선행되고 있다.

> 독자는 이제 내가 쓰려는 이야기를 유럽의 어떤 곳에 생긴 일이라고
> 생각하여도 좋다. 혹은 사오십년 뒤에 조선을 무대로 생겨날 이야기라
> 고 생각하여도 좋다. {……}
> 이러한 전제로써 자 그러면 내 이야기를 시즈하자.[7]

이렇게 시작된 작자의 辯은 도입액자의 前段階的 額字 구실을 하고 있다. 즉 이 작자의 辯이 導入額字로 넘어가면서 작자인 서술자 '나'는 서술자의 위치는 유지하지만 시점은 1인칭에서 3인칭으로 바뀌게 되어 내부이야기의 서술자가 될 K씨를 등장시키고 있는 것이다.

> 어떤 여름날 저녁이었었다. 도회를 떠난 교외 어떤 강변에 두 노인이
> 앉아서 이런 이야기를 하고 있었다. 그 기회론을 주장하는 사람은 유명
> 한 음악 비평가 K씨였다. 듣는 사람은 사회 교화자의 모씨였다.[8]

이렇게 하여 등장한 K씨가 서술자로 바뀐 후 바로 내부이야기로 들어갔다가 연이어 종결액자가 나왔다면 이 작품은 전형적인 폐쇄액자형 소설에다 導入前 額字가 添加된 데 지나지 않았을 것이다.

그러나 내부이야기는 K씨가 서술하는 하나에 그치지 않고 작자 '나'를 서술자로 하여 3인칭 시점으로 계속되는 揷入額字로 말미암아 연속적으로 구성되어 있다. 그리고 첫 번째 내부이야기를 제외한, 이후에 계속되는 다섯 번의 내부이야기(두 번째부터 여섯 번째까지의)는 모두 敍述者가 백성수이며 敍述視點은 1인칭이다. 이것은 첫 번째 내부이야기 후의 삽입액자에서 K씨에게 온 백성수의 편지가 등장하기 때문이다.

---

7) *ibid.*, p.286.

8) *ibid.*, p.286.

두 노인은 K씨의 서재에 마주 앉았다.

"이것이 이삼일 전에 백성수한테서 내게로 온 편지인데 읽어보세요"

K씨는 서랍에서 커다란 편지 뭉치를 꺼내서 모씨에게 주었다. 모씨는 받아서 폈다.

"가만, 여기서부터 보세요. 그 전에는 쓸데없는 인사니까"[9]

이렇게 되면 이후의 내부이야기에서는 백성수가 1인칭시점으로 등장하여 敍述者의 役割을 떠맡게 될 것은 自明한 사실이다. 그러나 이런 式의 구성이 종결액자로까지 계속 이어지는 것이 아니라 그 후 다시 네 번의 삽입액자가 끼어 들게 됨으로써 복잡한 양상을 띠게 된다. 하지만 내부이야기는 변함 없이 백성수의 1인칭 서술로 전개되며 삽입액자 역시 작가인 '나'와 3인칭이라는 敍述者와 그 視點에는 변화가 없다. 그리고 백성수의 편지 글은 여섯 번째 내부이야기로서 끝나고 종결액자를 맞이하게 된다.

K씨는 마주 앉은 노인에게서 편지를 받아서 서랍에 집어넣었다. 새빨간 저녁해에 비치어서 그의 늙은 눈에는 눈물이 번득였다.[10]

그런데 위의 종결액자 다음엔 처음의 導入前 額字, 즉 作家의 辯을 마무리시켜줄 終結後의 額字는 보이지 않는다. 따라서 이 작품은 二重閉鎖額字小說의 형태를 갖추고 있지는 않는 것이다. 이런 의미에서 이 작품은 最終終結額字가 缺如된 開放的 閉鎖額字小說이라고 볼 수 있다. 그러므로 이는 典型的 閉鎖額字小說의 變形이며 액자소설의 기능을 더욱 강하게 하려는 작자의 의도에서 발생한 것으로 想定된다.

이와 마찬가지로 「狂畵師」의 경우도 변형된 폐쇄액자의 형태를 취하고 있다.

---

9) *ibid.*, p.293.

10) *ibid.*, p.298.

서술자 余가 1인칭 시점으로 등장하는 도입액자는 서술자 余를 그대로 둔 채 3인칭 시점으로 옮겨 내부이야기로 들어가는데 여기에서도 삽입액자가 끼여들게 되어 내부이야기를 전반부와 후반부로 양분하고 있다. 후반부의 내부이야기 다음엔 종결액자가 등장하므로 틀림없는 폐쇄액자이긴 하지만 삽입액자가 등장함으로써 이 작품의 성격을 변형으로 처리하게끔 하고 있다.

이렇듯 「광염소나타」와 「광화사」는 내부이야기의 중간에 삽입액자가 끼어 들어 변형을 초래했지만 「무지개」와 「산넘어」의 경우는 조금 색다르다.

이 작품들은 「大同江은 속삭인다」라는 題目下에 『三千里』誌 1934년 9월호에 게재된 것으로 「대동강」, 「무지개」, 「산넘어」, 「다시 대동강」의 4부분에 걸친 聯作으로 이루어져 있다. 원래는 1930년 '大韓每日申報'에 실렸던 것을 『三千里』誌에서 다시 再收錄한 것이다.

「대동강」은 대동강가를 거닐면서 명상에 잠기는 작자를 등장시키고 있는데 그 전체로서 「무지개」란 작품을 끌어내기 위한 도입액자의 구실을 하고 있다. 그러나 「무지개」의 本作品 속에 돌입하면 그 자체의 도입액자가 다시 눈에 띄인다.

> 평양ㅅ 사람인 余는 수천년내로 우리의 조상의 하는 일을 본받아서
> 그 장청류의 대동강을 내려다 보면서 한 가지의 공상을 날려 볼가[11]

이어서 무지개라는 환상을 집요히 쫓으며 평생을 보내는 소년을 그리고 있는 「무지개」의 내부이야기가 진행되고 다시 「산넘어」란 다음 작품으로 넘어가게 된다.

그런데 여기서 주시해야 할 것이 바로 「산넘어」의 도입액자 부분이다.

> 余는 그 무지개를 잡으려던 소년의 애처러운 결말을 조상하는 뜻으

---

11) 『三千里』영인본(현대사) 제2권, p.188.

로 아직껏 물고 있던 벌써 불이 커진 담배를 저 아래 대동강을 향하여
내여 던졌다. 그러고는 기다랗게 한숨을 쉬었다.
　　대동강의 물은 역시 고즈넉이 고즈넉이 아래로 흘러 갔다.
　　이때에 余는 둘재ㅅ 공상의 나라에 들어 섰다.12)

　　즉 이 부분은「산넘어」의 도입액자이기 前에 「무지개」의 종결액자에 해
당되는 것이다. 이어지는 「산넘어」의 내부이야기는 산 너머 이상향을 동경
하는 외딴 바닷가 두 소녀 '연연'과 '애애'에 관한 감상적 내용이다. 그런데
「산넘어」에는 다소 특이한 삽입액자가 등장하여 내부이야기의 결말을 二
元化시키고 있다.

　　여기까지 밀려오는 余의 공상의 날개는 문득 멈췄다. 자 인전 끝을
　맺어야겠는데 어떻게 그 끝을 맺나 두 가지의 생각이 余의 머리를 스치
　고 지나갔다.{……}
　　이런 결말은 어떨까? {……} 혹은 그 결말을 이렇게 지으면 어떨까?
　{……}13)

　　이렇게 하여 「산넘어」의 내부이야기가 끝나고 난 뒤에 작품 전체 「대동
강은 속삭인다」의 마지막 부문인 「다시 대동강」으로 이어지는데 여기에서
「산넘어」의 종결액자가 등장하고 있다.

　　余는 한숨을 쉬었다. 그리고 마치 애애를 찾듯 두어 번 쉬바람을 불어
　본 뒤에 이러섰다……14)

　　뿐만 아니라 「다시 대동강」은 작품 전체의 종결액자 구실을 하면서 「대
동강은 속삭인다」를 마무리짓고 있다. 여기서 「무지개」와 「산넘어」의 額字

---

12) *ibid.*, p.199.
13) *ibid.*, pp.206~207.
14) *ibid.*, p.208.

形態를 도표로 나타내면 다음과 같다.

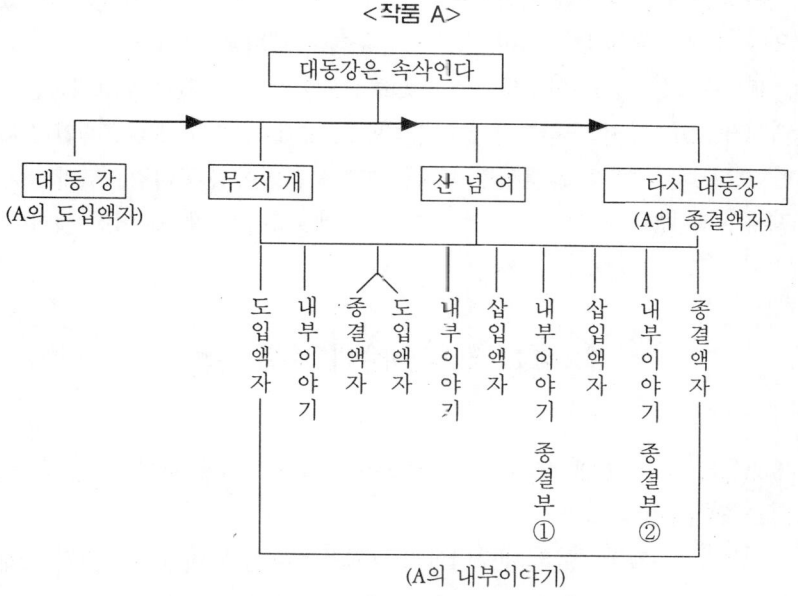

<작품 A>

대동강은 속삭인다

| 대 동 강 | 무 지 개 | 산 넘 어 | 다시 대동강 |

(A의 도입액자)          (A의 종결액자)

도입액자  내부이야기  종결액자  도입액자  내부이야기  삽입액자  내부이야기 종결부①  삽입액자  내부이야기 종결부②  종결액자

(A의 내부이야기)

이상 도표에서 나타난 바와 같이 「무지개」와 「산넘어」는 「광염소나타」나 「광화사」와는 또 다른 형태의 변형인 것이다.

지금까지 살펴 본 폐쇄액자형의 소설 이외에도 東仁은 여러 편의 액자소설 또는 액자유형의 소설을 남기고 있는데 그것들은 거의가 종결액자가 결여된 개방액자형에 속하는 것들이다.

즉, 서술자 余가 1인칭 시점으로 진행하는 도입액자와 역시 마찬가지의 내부이야기로 구성되어 있는 「붉은 산」, 서술자 '나'가 진행하는 도입액자와 나의 친구 'K'가 1인칭 시점으로 진행하는 내브이야기로 이루어져 있는 「결혼식」, 자기가 겪은 이야기를 자기 자신이 話者가 되어 진행하는 「어떤 날 밤」, 제 3자인 牧師가 話者가 되어 주인공 한서방의 사연을 서술하는 「주춧돌」, 친구인 의사에 의해 주인공 'M'을 서술시키고 있는 「발가락이 닮았다」, 재판장 I 氏가 피고 S에 얽힌 사건경위를 설명하고 있는 「증거」 等

이 그러한 유형의 작품들이다.

이들 중에는 완전한 액자소설로 보기엔 미비한 체제를 갖춘 것들도 있으나 대체로 액자형에 가까운 구성을 취하고 있다.

따라서 東仁의 額字小說 중 文學史的 位置를 占하고 있는 주요작품들은 대개가 閉鎖額字에 속하는 것들이며 이들은 非日常的이고 非現實的인 소재를 보다 객관적으로 認證시켜 독자들에게 무리없이 전달시킴으로써 소재 자체의 非現實性을 무디게 해줄 수 있는 서술형태로 활용되어진 것이다.


## 3. 東仁 額字小說의 登場人物


東仁의 額字小說에 登場하는 人物들은 거의가 常識을 벗어나 奇行을 일삼는 인물들이다.[15]

이는 그의 액자소설의 내부이야기 자체가 상식을 벗어난 비현실적 소재를 다루는 데서 빚어진 平行現像(parallel-ism)으로 풀이된다.

「광염소나타」에 등장하는 主人公 백성수는 放火 後의 興奮된 狂氣에서 '성난파도'를 作曲하고 죽은 처녀의 시체를 劫姦한 충동으로 '死露'를 작곡하는 등 奇行을 저지른 반동으로 예술활동을 해나가는 非正常的 奇人이다.

따라서 奇行으로 말미암아 비롯되는 그의 作曲行爲 자체가 正常的 藝術活動이 아닌 奇人인 셈이다.

> 푸르른 달빛 아래 누워 있는 아름다운 그의 모양은 과연 선녀와 같았습니다. 가볍게 눈을 닫고 있는 창백한 얼굴 곧은 콧날, 풀어 헤친 검은 머리 …… 아무 표정도 없는 고요한 얼굴은 더욱 처염함을 도왔습니다. 이것을 정신이 없이 들여다보고 있다가 저는 갑자기 흥분이

---

15) 東仁 小說의 登場人物에 대해서는 조진기 교수가 '奇人으로서의 人物'(『韓國現代小說硏究』, 학문사, 1984)로 묘사한 바 있고 이러한 관점에서 일찍이 尹弘老 교수도 東仁을 '禁忌破壞의 名手'(『現代韓國作家硏究』, 민음사)라 지칭하였다.

되어…….16)

이 같은 섬뜩한 행위에 대해 작자는 음악비평가 K씨를 통해 색다른 견해를 제시하고 있다.

　　방화? 살인? 변변치 않은 집개 변변치 않은 사람개는 그의 예술의 하나가 산출되는데 희생하라면 결코 아깝지 않습니다. 천년에 한번, 만년에 한번 날지 못날지 모르는 큰 천재를 몇 개의 변변치 않은 범죄를 구실로 이 세상에서 없이하여 버린다 하는 것은 더 큰 죄악이 아닐까요, 적어도 우리 예술가에게는 그렇게 생각됩니다.17)

따라서 이러한 極度의 藝術至上論을 ㅍ기 위하 奇行을 일삼는 백성수란 怪人의 人物設定은 당연한 것이었다.

「K博士의 硏究」에서의 K박사도 상식적으로 이해가 되지 않는 奇行을 저지르고 있다.

人糞에서 滋養分을 추출하여 식량으로 활용하려고 동분서주하는 K박사의 자못 심각한 연구는 廣大를 聯想케 할 정도로 엉뚱한 것이다. 그러나 작자는 人類의 食糧難을 해결하는 데 있어서의 新鮮한 努力의 次元으로 작품의 主題를 끌어올리려 한 흔적이 歷歷하다.

K박사의 奇行 역시 이런 각도에서 이해되어질 수 있을 것이다.

「배따라기」의 내부이야기 주인공 '그'도 凡常치 않은 性格의 所有者이다.

동네 사람 어느 누구에게도 '대단히 천진스럽고 쾌활한 성질'로 대하는 아내가 그는 너무나 못마땅하다.

　　그럴 때마다 그는 한편 구석에서 눈만 할끈거리며 있다가 젊은 이들이 돌아간 뒤에는 불문곡직하고 아내에게 덤벼들어, 발길로 차고 때리며, 이전에 사다 주었던 것을 걷어올린다. 싸움을 할 때는 언제든 곁집

---

16) 『東仁全集』 5, p.297.
17) ibid., p.298.

에 있는 아우 부처가 말리러 오며, 그렇게 되면 언제든 그는 아우 부처
까지 때려 주었다. {……}
　　특별히 아내가 그의 아우에게 친절히 하는 데는, 그는 속이 끓어 못견
디었다.[18]

　　한 마디로 그는 일종의 疑妻症患者인 셈이다.[19] 잘 생긴 동생과 유독 그
동생(아내의 시동생)에겐 더욱 친절한 어여쁜 아내 사이에서 항상 不安해
하며 葛藤을 일으킨다.

　　결국 두 사람 사이에 대한 끝없는 猜忌와 疑心은 '쥐사건'을 계기로 폭발
하여 둘 사이에 不倫의 관계가 있는 것으로 誤解한 그는 아내를 심하게 구
타하게 된다. 그 뒤 그것이 터무니없는 오해였다는 것이 밝혀지지만 이미
아내는 自殺하고 아우 역시 家出한 후였다.

　　지나치게 아내의 미모와 볼품없는 자신의 외모를 의식한 한 사나이의 怪
癖이 부른 悲劇이었다.

　　「광화사」의 내부이야기에 등장하는 畵工 솔거도 破格的인 人物類型이다.
그의 외모부터가 白晝에 나다닐 수도 없을 정도로 醜男이어서 結婚生活도
제대로 할 수 없는 人物로 設定되어 있다.

　　　일찍이 열 여섯 살에 스승의 중매로서 어떤 양가 처녀와 결혼을 하였
　　지만, 그 처녀는 솔거의 얼굴을 보고 기절을 하고, 기절에서 깨어나서는
　　그냥 집으로 도망쳐 버리고, 그 다음에 또 한번 장가를 들어 보았지만,
　　그 색씨 역시 첫날밤만 정신모르고 치른 뒤에는 이튿날은 무서워서 죽
　　어도 같이 못살겠노라고 부모에게 떼를 써서 두 번째의 비극을 겪
　　고…….[20]

　　이 같은 상황에서 '여인에게로 소모되지 못한 정력'을 畵道에 기울이지

18) *ibid*., p.124.
19) 조진기, *op. cit.*, p.125.
20) 『東仁全集』 7, 弘字出版社, 1968, p.167.

만 결국 눈먼 少女를 목 졸라 죽이고서야 必生의 꿈이던 美人圖를 완성케 된다는, 奇行的 行爲를 演出하는 奇人으로서의 '솔거'의 人物像이 부각된다.

「목숨」의 경우에도 내부이야기 주인동 'M'의 幻夢 속에서의, 非日常的 奇行에 가까운 鬪病生活이 펼쳐지고 있으며 「무지개」와 「산넘어」의 주인 공들인 少年과 연연이, 애애 等도 現實世界에 安住하지 못하고 理想을 좇아 奇行에 가까운 행위를 하고 있다.

한편 개방형 액자에 가까운 「발가락이 닮았다」와 「붉은 산」에서도 등장 인물의 성격은 여전하다.

「발가락이 닮았다」에는 稀代의 性倒錯症 患者 'M'이 등장하고 있는데 그 는 총각시절부터 돈만 생기면 우동집이나 유곽으로 달려가 불붙는 정욕을 끄곤 했던 奇人이었다.

> 「질(質)로는 모르지만 양(量)으로는 세계의 누구에게든 그다지 지지 않을 테다.」
> 관계한 여인의 수효에 대하여 이렇게 방언하기를 주저치 않을 이만 치 그는 선택(選擇)이라는 도정을 밟지 않고 <잡어세었>읍니다. 스물 서너 살에 벌써 이백명은 넘으리라는 것을 발표하였습니다. 서른 살 때 는 벌써 괴승(怪僧) 신돈(辛旽)이를 멀리 눈 아래로 굽어보았을 것입니 다. 그런지라 온갖 성병(性病)을 경험하지 못한 것이 없었습니다.[21]

보통사람으로는 도저히 상상도 할 수 없는 성욕으로 숱한 성관계를 가 졌던 M은 결국 그 때문에 생식능력까지 잃게 된다.

> 더구나 술이 억배요 그 위에 유달리 성욕이 강한 그는 성병에 걸린 동안도 결코 삼가지를 않았습니다. 일년 삼백육십여일 그에게서 성병이 떠나 본적이 없었습니다. 늘 농이 흐르고 한 달 건너큼 고환염으로서 걸 음걸이도 거북스러운 꼴을 하여가지고 나한테 주사를 맞으러 오고 하 였습니다. 그러는 동안에도 오십전 혹은 일원만 생기면 또한 성행위를

21) 『東仁全集』 5, 三中堂, 1976, p.392.

합니다. 이런지라 물론 그는 생활능력이 없어진 사람이었습니다.[22]

이러한 M이 결혼을 하게 됨으로써 사건의 진전을 가져오게 된다. 生殖不能인 M의 아내가 姙娠을 하게 된 것이다. 자신의 생식능력에 회의를 가지고 있던 M은 아내의 임신을 계기로 더욱 괴로워하게 되고 마침내 태어난 아기에게서 눈물겨운 親子確認의 의지를 보인다.

> M은 강보를 들치고 어린애의 발을 가만히 꺼내어 놓았습니다.
> "이놈의 발가락 보게, 꼭 내 발가락 아닌가 닮았거든……."
> M은 열심히 찬성을 구하듯이 내얼굴을 바라보았습니다. 얼마나 닮은 곳을 찾아보았기에 발가락 닮은 것을 찾아 내었겠습니까?
> 나는 M의 마음과 노력에 눈물겨워졌습니다. 커다란 의혹 가운데서 그 의혹을 어떻게든 하여서든 삭여 보려는 M의 노력은 인생의 가장 요절한 비극이었습니다.[23]

도에 지나치게 성적 유희를 즐긴 M이란 人物을 등장시킴으로써 인과응보적으로 고통받는 성적 방탕자의 비애를 형상화시키고 있는데 이같은 性的 奇人 'M'의 주인공 설정은 좋지 못한 품행에 대한 비판 수단으로 보여진다.

「붉은 산」에서의 '삵'(정익호)의 행위 역시 독자를 경악시키기에 충분하다. 만주 한인촌에서의 '삵'은 이루 말할 수 없는 불량청년으로 주민들의 공포의 대상이다.

> 그의 長技는 투전이 일쑤며 싸움 잘하고 트집 잘 잡고 칼부림 잘하고 색시에게 덤벼들기 잘하는 것이라 한다.
> 생김생김이 벌써 남에게 미움을 사게 되었고 거기다 하는 행동조차 변변치 못한 일만이라. XX촌에서도 아무도 그를 대척하는 사람이 없었

---

22) *ibid.*, p.392.
23) *ibid.*, p.398.

다. 사람들은 모두 그를 피하였다. 집이 없는 그였으나 뉘 집에 잠이라
도 자러 가면 그 집 주인은 두 말 없이 다른 방으로 피하고 이부자리를
준비하여 주고 하였다.

　{……}

　<삵>—

　이 별명은 누가 지었는지 모르지만 어느덧 XX촌에서는 익호를 익호
라 부르지 않고 <삵>이라고 부르게 되었다.[24)]

　이렇게 惡行만을 일삼는 익호(삵)가 놀라운 변신을 하게 된다.

　송첨지라는 한인 소작인이 소출이 좋지 못하다고 만주인 지주에게 맞아
숨졌을 때 모두들 피압박 민족의 설움만을 되새길 뿐 선뜻 나서는 자는 없
었다. 그러나 이 때 말썽꾸러기 불량청년 '삵'이 분연히 송첨지의 원수를
갚기 위해 나선 것이다. 그리고는 끝내 비참한 최후를 맞는다.

　이튿날 아침이었다.

　여를 깨우러 오는 사람의 소리에 여는 반사적으로 일어났다. <삵>이
동구(洞口)밖에서 피투성이가 되어 죽어 있다는 것이었다.

　{……}

　그의 눈동자가 움직이었다. 겨우 처지를 깨달은 모양이었다.

　"선생님 저는 갔었습니다."

　"어디를?"

　"그놈— 지주놈의 집에—"

　무얼? 여는 눈물 나오려는 눈을 힘있게 닫았다. 그리고 덥석 그의 벌
써 식어가는 손을 잡았다.[25)]

　이렇게 하여 <삵>은 붉은 산과 흰옷을 그리며 애국가를 듣는 가운데
쓸쓸히 이국 땅에서 최후를 맞이하게 되는 것이다.

　인간으로는 차마 못할 갖은 만행을 저지르며 동족을 괴롭히던 천하의

---

24) *ibid.*, p.399.
25) *ibid.*, p.401.

망나니 '삵'이 이 같은 너무나 뜻밖의 일을 저질렀음에 독자들은 깊은 인상을 받게 된다. 奇行에 가까운 惡行을 일삼던 '삵'의 이러한 義擧는 또 한번의 奇異한 行爲임에 틀림없기 때문이다. 앞서 저지른 일련의 행위와 너무나 동떨어진 그의 마지막 행동에서 강렬한 감동을 느낄 수 있었던 것은 애초에 설정된 그의 난폭한 人間像 때문이었던 것이다.

이처럼 東仁의 額字小說에는 破格的인 내용을 다루는 내부이야기의 성격상 철저히 非正常的인 奇人型의 人物들이 등장하고 있다.

## 4. 東仁 額字小說의 形成要因

그러면 東仁이 이처럼 비현실적 소재에다 奇人을 등장시켜 額字小說을 쓰게 된 것은 단순히 그의 새로운 創作方法論의 摸索에만 局限된 問題이었겠는가?

이에 대한 해답은 액자소설을 쓸 당시의 東仁이 身邊的 自我가 어떠한 상태에 처해져 있었는가를 추적해 봄으로써 그 실마리를 풀 수 있을 것으로 想定된다.

남을 안중에 두지 않고 倨傲한 生活을 하던 東仁은 普通江벌 관개수리사업의 실패로 인한 破産과 부인(첫 번째 처, 金惠仁)의 出奔으로 괴로워하게 된다.[26] 그러다가 아우 東平의 권유로 영화흥행에 손을 대어 定州, 海州, 宣川, 鎭南浦 等地를 돌았지만 뚜렷한 성과를 못 얻자 일체 外界와의 접촉을 끊고 그 자신 속으로만 파고들어 오직 自己救出을 위해 힘쓰게 된다.

다가온 試鍊에 번민하고 한때 움츠려 들기만 하던 그가 실의 속으로 빠져들어 가려는 魂을 붙잡기에 혼신의 힘을 기울인 것이다.

우선 그는 눈앞에 닥친 처절한 現實苦와의 싸움에서 이기고 재생해야 했

---

26) 拙稿, 「作中人物을 통해 본 東仁의 社會的 自我」, 『語文學』 48, 韓國語文學會, 1986, pp.105~106 참조.

으며 그렇게 함으로써 그의 문학인생을 재출발할 수가 있었다.

> 파산, 실처 등으로 말미암아 생겼던 마음의 커다란 상처는 <시간>이
> 라는 거대한 힘에 씻기어서 거의 나았다. 나는 다시 붓을 잡았다.[27]

고뇌와 번민 속에서 다시 한 번 그를 되돌아보고 열심히 살아야겠다는 생활철학을 깨달은 그에게 있어 우선 시급한 일은 새로운 配偶者를 얻는 일이었다.

> {……}사실 안해 없는 홀아비 생활을 2년 남아 하고나니 인전 진저리
> 가 났다. 남매 두 어린 자식을 매일 가꾸어서 학교에 보내고 학교 하학
> 한 뒤에는 또한 학과 복습을 시키고 이것은 사실 여인이 할 노릇이지
> 사내로서는 감당치 못할 노릇이었다. {……}
> 문사의 안해란 가난쯤은 달게 각오하야 할 것이다.
> 그리하여 그 여름에 나는 지금 안해와 혼약을 한 것이었다.[28]

이러한 東仁의 再婚은 새로운 시야에서의 그의 作家的 再起를 이루는데 있어서 중요한 한 요소가 된다. 당시 東仁은 재혼한 아내, 金瓊愛에 대해 상당한 애정과 신뢰를 가지고 있었는데 이는 그의 가정적 안정은 물론 새로운 문단활동에 많은 힘이 되었다.

> 엮어 보자면 어찌 이것 뿐이겠소이까만 무게와 얌전함과 과단성 —
> 이만하면 넉넉하겠읍니다. 아내로서의 한 개의 완전한 인격을 구성하기
> 에는 위의 세 가지로도 넉넉하외다. 그 밖의 것은 모두 사소한 문제겠읍
> 니다. 한 개의 완전한 인격인 이상에는 다른 것은 그다지 큰 문제가 아
> 니겠읍니다. {……}
> 아내를 잃은 뒤에 사흘이 지나지 못하여 새 아내를 구하려고 눈이 벌

---

27) 「女人」,『東仁全集』4, p.278.
28) 「문단 30년사」,『東仁全集』6, p.52.

졓게 되어 돌아가는 이 세태에서 삼년 동안을 결혼할 생각도 않고 잠자
코 있던 것은 이러한 이상적 인격을 현대 여성에게는 구하기가 힘든 일
이라 보고 하릴없이 단념하였던 것이었읍니다. 그리고 뜻아닌 독신주의
를 내어버리고 이번에 그대에게 구혼을 한 것은 나의 이상에 가까운 인
격을 그대에게서 발견한 때문이었읍니다.[29]

　그렇게 자존심이 강하고 오만했으며 新女性을 철저히 무시했던 그가[30]
이처럼 그의 완고했던 신념을 일시에 허물어 버리고 새로운 인식의 국면에
접어든 것이다.[31] 이미 이때의 東仁은 倨傲한 그도 아니요, 역경 앞에서 소
극적으로 고뇌하는데 그치는 그런 그는 더욱 아니었다. 이러한 東仁의 變
身은 그의 創作活動으로도 이어져, 새로운 의욕과 자각을 되살아난 불같은
정열로 작품에 담아 표현해냈다.
　그리고 이러한 시기의 작품들은 그가 모든 면에서 보다 더 여유있던 시
절에 이룬 작품들에 비해 발표횟수도 多作이었고 그 수준도 秀作이 많았
다.[32] 東仁의 숱한 額字小說들도 거의가 다 이 시기에 이루어진 것들이다.
　즉 역경을 헤치고 극복하려는 새로운 의지로 창작활동을 하던 그였으므
로 소극적인 사회현실의 인식에서 벗어나 적극적으로 사회를 비판하고 나
아가 새로운 국면으로서의 가능성을 제시하기 위해선 보다 독자들과 밀착
될 수 있는 새로운 서술형태가 필요했고 東仁의 이러한 기대에 부응키 위
해 채택된 것이 바로 額字小說의 구성기법이었던 것이다.

---

29) *ibid.*, 「약혼자에게」 pp.468~469.
30) 그의 재혼한 아내 김경애도 평양 숭의고녀를 나와 평남 용강의 시골 소학교에서
　　교편을 잡고 있던 신여성이었다.
31) 東仁은 그의 수필 「내 작품의 여주인공」에서 「산넘어」의 여주인공 연연이를 본
　　능적, 정신적 타입의 위안적 현처라고 말하고 있는데 이는 그의 후처 김경애의
　　타입과 합치되는 듯하다.
32) 尹弘老敎授는 東仁이 再婚하던 해(1930년)는 그가 물질적 정신적으로 가장 위기
　　에 있을 때인데도 불구하고 10편의 단편과 1편의 장편이 발표되어 가장 많은 업
　　적을 이룬 시기라고 평가하고 있는데 장백일 교수도 이에 동의하고 있다. 한편
　　채훈 교수는 1930년에 파산의 상처를 딛고 작품을 발표한 東仁의 쾌거를 '인간
　　적인 승리'라고 까지 일컫고 있다.

내부이야기를 둘러싼 額字가 가져올 수 있는 信賴度를 최대한 활용하여, 一般的이고 常識的인 小說의 話素에서 벗어나 어쩌면 허황하기까지 한 새로운 국면의 이야기를 펼치는데 있어 額字小說 이상 가는 서술형태는 없었던 것이다.

생활인으로서의 개인의 영역을 넘어서서 사회에 대한 작가의 비판 내지 새로운 가능성(vision)을 제시하는 개인이나 작중인물을 '創造的 自我'[33]라 할 때 역경을 극복하려는 東仁 자신의 意志가 작품 속의 창조적 자아로 發現된 것이 바로 그의 額字小說이며, 새로운 국면의 가능성을 나타내기 위해 제시한 비현실적 스토리의 전개에 적합한 人物로 奇行을 일삼는 非正常的 性格의 主人公들이 登場할 수밖에 없었다.


## 5. 맺음말


上述한 바와 같이 本稿에서는 여태껏 부분적 論及에 그쳤던 東仁 額字小說을 그 전체 작품을 대상으로, 서술형태와 등장인물의 연관성 및 그 형성요인에 초점을 맞추어 살펴보았다.

그 결과 나타난 결론은 다음과 같다.

1) 東仁의 額字小說은 대부분의 주요작품이 閉鎖額字에 속하며 揷入額字의 出現으로 變形을 초래한 것이 있었다.

2) 東仁 額字小說의 登場人物은 破格的인 내용을 다룬 내부이야기의 성격상, 奇行을 일삼는 非正常的 人物들이 대부분이었다.

---

33) 샤를르·모롱이 언급한 창조적 자아(moi. créateur)에 기원을 둔 것으로 尹弘老와 張伯逸은 東仁이 개인적으로 불우했던 시절에 오히려 예술적 의욕과 표현욕을 고조시킨 것을 일컬어 東仁의 '창조적 자아'의 발현이라 하고 있다. 즉 고통을 인생의 진상으로 파악함으로써 '참소설'이 나올 수 있다는 것으로 새로운 현실 파악은 불가피하게 새로운 예술형식의 창조를 요구한다고 볼 수 있다. ; 조진기, *op. cit.*, p.154 참조.

3) 東仁이 額字小說을 쓰게 된 것은 역경 속에서 재기하여 새로운 국면속의 '창조적 자아'로 변신한 자신의 모습을 담기에 가장 어울리는 서술 형태로 여겼기 때문이다.

한편 本稿가 보다 보편타당한 명증성을 획득하려면 本稿에서 疏略하게 取扱된 그의 개방형 액자소설에 대한 성격이 철저히 糾明되어야 할 것으로 想定되나 이는 後稿로 미룬다.

# 方仁根 小說에 나타난 作家的 自我의 實相

## —「放浪의 歌人」을 중심으르—

## 1. 序論

春海 方仁根(1899~1975)은 30년대 식민지 한국의 대중적 감수성을 바탕으로 통속소설의 새로운 지평을 열어 보인 작가이다. 그러나 그간 그의 작품은 일방적 시각에서 재단되어 작품성이 운위되어 왔고 따라서 논의의 장에 들어서는 것조차 용납되지 않았던 것이 사실이다. 하지만 문학이 현실의 반영물이고 사회와의 상관물일 수밖에 없다는 견지에서 보면 비록 통속성을 표방한 대중취향의 소설이라 하더라도 그 나름의 문학적 공과는 냉정히 검증받아야 할 것으로 본다.

春海의 주된 창작영역이었던 통속소설은 거의가 당대의 일상적 관심사에 기반한 것들로서 植民地下의 사회상과 밀접히 연결된 것들이었다. 산업 근대화 과도기의 도시근로대중과 중산층의 감상적 기호에 부응키 위해 현실의 통속적 관심사에 착안하고 있는 근대통속소설의 한국적 발생배경은 20년대 중 후반부터 가시화되기 시작하여 30년대에 절정을 이룬 일제의 한반도 식민자본주의화 과정과 무관하지 않다.

특히 1930년대는 전대인 1920년대에 비해 정치·사회적으로 암울한 시기였다. 이처럼 암울한 시대적 상황 속에서 통속소설이 신문과 잡지 매체를 통한 대중문학의 총아로 자리잡게 된 것은 어쩌면 당연한 귀결로 보인다. 1931년 만주사변에서 비롯된 일제의 강압철권 정치는 31년의 제1차 카프(KAPF) 맹원 검거선풍 및 신간회 해체사건에 이어 34년의 제2차 카프맹원 검거사건을 거치더니 마침내 35년에 카프를 해체시키기에 이르렀다. 이에 따라 계급주의 및 민족주의, 즉 일체의 이념지향적 문학운동이 사실상 불가능해졌고 소설을 비롯한 문단의 모든 세력은 새로운 돌파구를 모색해야만 되었다. 이러한 시대적 배경과 더불어 30년대 들어 식민자본주의의 외형적 신장 속에서 철저히 상업성을 추구하기 시작한 신문·잡지의 치열한 사세확장이 맞물려 이 시기를 가히 통속소설의 범람기로 변모시키는데 기여하였다.[1]

특히 그 중에서도 남녀간의 애정문제를 제재로 취한 애정통속소설이 주류를 이루었는데 이는 통속성의 복잡다단한 여러 인자 중에서 당시로선 가장 한국적 정서를 대변하던 것이 "애정"문제이었던 것과 무관하지 않다. 뿐만 아니라 통속소설에 대한 전문성이 부족하여 장르적 특성화[2]를 이루지 못한 상태에서 가장 보편적이고 수월한 통속성을 작품 속에서 추구하려한 결과이기도 하였다. 그리고 이는 고소설에서 맹아된 전통적 정서가 신소설을 거치면서 가장 자연스러운 모습으로 통속소설에 정착한 형태이기도 하였다. 단지 "일부종사"나 "처첩갈등"과 같은 유교봉건사회의 애정도 그마가 식민자본주의의 절정기였던 30년대식 애정등식으로 치환되었을 뿐인 것이다.

그리하여 황금만능의 배금주의적 애정풍속도가 비현실적이며 우연적인 사건의 전개를 일삼는 고소설식 양태로 펼쳐지게 되는데 이는 당대 독자의

---

1) 민족적, 사회적 사명감으로 시대의 제반문제를 비판하고 민중을 지도하던 20년대의 자세를 약화시킨 신문은 총독부의 검열 및 처벌 강화와 경영 합리화의 추구로 인해 현저히 상업성을 드러내게 되었다. 그 결과 매일신보, 동아일보, 조선일보, 조선중앙일보 등의 주요일간지에 연 평균 40~50여 편 이상의 소설들이 발표, 게재되었는데 이들은 거의가 통속적 상업성에 연루된 장편소설이었다.

2) 이를테면 탐정소설, 무협소설, 모험소설, 범죄소설, 역사소설, 기업소설 등과 같이 통속소설의 지평을 다양하게 넓혀주지 못하고 상식적 범주의 애정소설에 갇혀 있었다는 것이다. 물론 「마인」(조선일보, 1939. 2. 14~10. 11), 「백가면」 등의 화제작을 배출했던 김내성과 같은 대표적 탐정소설 작가가 없진 않았으나, 이는 애정소설이 주류를 이루던 당대의 극히 미약한 사례에 불과했다.

감상을 고조시켜 현실의 좌절을 대리 보상할 수 있는 가장 최적의 현실대응 장치였던 것으로 보인다. 어차피 통속소설이란 현실에 대한 비판적 분별력을 제공한다기보다는 독자대중으로 하여금 현실사회의 지배논리를 갈등없이 수용케 하거나 혹은 기존질서에서 도피하거나 이를 통속적 상상력으로 극복케 하려는 오락과 긴장해소용의 문학이라 할 때, 애정통속소설의 창작원리도 이러한 다원적 구도 내에서 충분히 상정해 볼 수 있다. 따라서 현실에 대한 심각한 천착의지 없이 오히려 현실에서의 압력을 배제시키고 그로부터 벗어나고픈 의식이 당대의 사회적 현실 및 시대인식과 어떻게 조우해 통속소설의 애정풍속도를 연출해내고 있는가 하는 문제는 당시의 대표적 애정통속소설 작가 방인근의 소설세계의 창작원리를 천착해 보는 것에서부터 그 논의의 가닥을 잡아 갈 수 있을 것으로 사료된다.

이를 위해 본고에서는 方仁根小說의 文學社會學的 性格을 가장 극명히 보여주는 「방랑의 가인」에 나타난 작가적 자아와 작품형성의 상관성에 관해 고찰해 봄으로써 30년대 한국 통속소설의 사회사적 기반을 검증하고자 한다.

## 2. 本 論

### 1) 波瀾萬丈한 作家의 人生歷程

방인근의 삶은 그 자체가 통속적 표류의 극치였다. 19세기를 마감하는 1899년 12월 29일(음력)의 어느 밤, 충남 예산에서 평민의 자식으로 태어난 春海 方仁根은 자유분방한 여성편력 속에서도 달년까지 경제권을 사수했던 아버지와 자식 하나만을 위해 조선 여인 특유의 忍苦的 삶을 감수했던 어머니 사이에서 자신만의 독특한 자아를 형성해 간다.

춘해의 아버지 方漢泰는 풍류를 즐긴 藝人으로 방인근의 삶과 성격형성에 커다란 영향을 끼친 듯하다.

> 아버지는 풍류객이라 음률을 좋아해서 율객들을 사랑방에 청해서 유하기를 좋아하는 동안 아버지는 통소를 배워 명수가 되었다고. 그 음률 소리만 나면 어린 나는 아장아장 뛰어 나가서 그 음률에 맞추어 머리를 까닥까닥하면서 덩실덩실 춤을 추어 모두 귀여워서 수염난 어른이 입을 맞추고 기생들도 그렇고 {……} 아버지는 술을 좋아하지 않고 음률과 여색은 좋아해서, 원체 미남이요 호걸이라 여자들이 잘 따랐다. {……} 나도 아버지를 닮고 유전이 되어선지 여자 때문에 신세 망치고 이 꼴이 되고, 지금 六十五세라지만 건강에 주의했다면 아직도 정정할 텐데 골골하는 몸이 되었다.[3]

이러한 아버지의 기질에 더하여 斗酒도 不辭하는 주량까지 가졌던 춘해의 어린 시절은 태생의 原初的 自我가 주변적 환경 속에서 확대되어 가던 人生試驗期였다. 아버지의 끝없는 여성편력으로 고단한 인생서막을 겪기도 했지만 이는 은연중에 그의 자유분방하고 노골적인 여성관과 애정인식을 축적시키는 동력으로 작용하였다.

타고난 소리꾼에다 미남호걸이었던 춘해의 아버지가 낙향한 세도양반 김판서의 애첩인 기생 녹화와 밀애를 나누다 쫓기는 몸이 되고 아버지 대신 잡혀간 어머니가 옥중에서 고초를 당하면서부터, 어머니와 같이 옥중생활을 해야만 했던 젖먹이 춘해의 파란 많은 인생역정은 시작된다.

> 청양 고모의 집에 다섯 식구가 우루루 몰려드니 기막힐 수밖에. 가난한 중에 난리통이라 인심이 각박하여, 할머니 어머니는 산으로 들로 다니며 나물을 뜯어다가 먹어서 얼굴이 퉁퉁 붓고, 나는 영양 부족이 되고, 더구나 할머니 어머니가 없으면 종일 찾느라고 울며 애태우던 것. 그래서 겁장이가 되고 마음이 약해졌는지 모른다. 젖이 잘 나지 않으니 내가 빨다가 깨물어서 어머니는 젖에 종기가 나서 고생 고생.[4]

---

3) 방인근, 『황혼을 가는 길』, 삼중당, 1963, p.9.

1년 후 피신해 있던 아버지가 나타나 이들 가족을 온양으로 데려가 포목 잡화상으로 자리를 잡을 때까지 춘해일가의 고초는 계속되었다. 아버지의 가게가 착실히 성장하면서 경제적으로 기반을 잡아갈 무렵, 태생의 기질을 어찌할 수 없었던 아버지가 읍내에 小室을 두게 됨에 따라 춘해의 소년시절 또한 만만찮은 시련에 직면하게 된다.

> 아버지가 아침 저녁 식사는 집에 와서 하더니, 작은 어머니가 온 후에는 거기서 식사를 하고, 의복도 차차 서모가 하게 되고, 그래도 제사는 집에 와서 나와 함께 지냈는데, 그것도 궐하고 어린 나 혼자 지내게 되고 아버지는 집에 와서 자는 일이 없게 되었다. 제삿날 밤이면 어머니는 울면서 밤을 새우고 할머니는 한숨만 쉬었다.5)

그러나 이런 와중에서도 애정의 탐닉과 치가의 관리를 교묘히 해낸 아버지 덕택에 춘해는 별 경제적 애로 없이 제도권 교육을 이수할 수 있었다. 향리나 다름없는 온양에서 보통학교를 마치고 公州의 永明學校를 거쳐 培材學堂을 졸업한 방인근은 청년기의 꿈많은 도전을 日本留學으로 시작한다. 아오야마(靑山)학원 중학부 5학년에 편입하여 異國의 下宿을 轉轉하게 된 春海는 여관집 딸 미에꼬, 그녀의 친구 시즈에, 하숙집 젊은 여주인 기요꼬, 같은 반 급우의 누이 아야꼬 등 일본여인들과 설익은 로맨스를 흘리면서 사춘기의 질곡을 헤쳐 나간다. 졸업 후 동경제대 예과인 第一高에 응시, 낙방한 그는 교토(京都) 立命舘에 적을 두고 三高 입학 준비를 하면서「창조」에 투고하는 등 습작활동을 시작하지만 3·1운동의 발발로 귀국하게 된다.

일본에서 귀국한 조선학생들이 다 그러하듯 일경의 집요한 감시를 받으면서도 그는 천성의 기질을 발휘해 많은 여성들과 交遊하게 된다. 김우진

---

4) *Ibid.*, p.13.
5) *Ibid.*, p.26.

과 同伴情死한 최초의 여류 근대성악가 尹心悳의 동생 尹順悳, 평양의 유수한 실업가 吳允善의 딸이며 유명한 희곡작가 오영진의 누이인 오혜영 등의 뭇 신식여성들과 선을 보기도 하고 교제를 하기도 하면서 나라 잃은 반도 지식인의 울분을 삭이던 그는 마침내 배재학당 시절의 은사 金順鎬의 누이 金善德과 약혼하게 된다.

그러나 아오야마에서 친히 지내던 늘봄 田榮澤과 함께 진남포 여행을 나섰다가 늘봄의 누이인 春江 田有德을 만난 것이 방인근의 인생을 송두리채 뒤바꿔 놓게 될 줄은 그 자신도 몰랐다. 이미 김선덕과 약혼을 하고 양가 집안에서도 흡족하게 결혼일을 기다리고 있던 처지라, 부담 없는 이성친구로 시작되었던 두 사람의 관계는 방인근이 3·1운동 직후 모종의 在日留學生 秘密文書事件에 連累돼 일본 교토(京都)로 피신하면서 급속히 가까워지는 사이로 진전하게 된다. 외로움을 달래려 때마침 동경에 유학 와있던 전유덕과 다시 만나기 시작한 것이 그의 운명을 뒤바꿔 놓게 된 것이다.

> 가깝게 교제한 춘강에게 내가 정이 더 든 것은 사실이다. 그렇다고 선덕과 파혼할 수도 없는 형편이다. 고민은 계속되었다. 춘강도 몹시 고민하는 모양이었다. 어느 날 내게 갑자기 속달 편지가 왔다. 춘강이 달려가서 보고는 기절하였다. {······} 전영택과 셋이서 가마꾸라(鎌倉)해변으로 갔다. 거기 목사의 소개로 어느 이층집 방 하나를 얻었다. 전영택은 추호(秋湖)라고 하였다. 추호와 나는 동경으로 내왕하였다. 그러나 나는 남아서 춘강을 간호할 수밖에 없었다. 한방에 있으니 자연 깊은 관계가 되고 말았다. 이것이 피차에 큰 실수였다. 그리고도 염치없이 선덕과 장차 결혼할 눈치를 챈 춘강은 바다에 나가서 자살하려고 여러 번 나가는 것을 나는 붙잡고 종당엔 선덕에게 파혼편지를 써서 부치었다.6)

주위사람 모두에게 靑天霹靂의 衝擊을 남기고 그는 정숙한 약혼녀 선덕과 파혼하고 여류문인으로 강한 자아의 소유자였던 춘강 전유덕과 백년가약을 맺은 것이다. 그러나 즐거웠던 신혼생활도 잠시, 춘강이 첫 아이를 밴

---

6) *Ibid.*, pp.95~96.

후 난봉이 나기 시작한 춘해는 친구들과 함께 온양의 기방을 출입하기 시작해 금향, 농선, 학선 등의 온양 명기들로부터 소실로 들겠다는 제의까지 받는다. 난산 끝에 춘강이 첫 아들 희천을 낳았으나 서모의 아들인 유근과의 불편한 위상정리에 환멸을 느낀 그는 다시 도피하듯 조선을 빠져나와 東京에서 중앙대 독법과에 적을 두고 수학하면서 환락가를 횡행한다. 아내 춘강, 아들 희천 모자와 어머니를 동경으로 불러들여 그런대로 단란한 생활을 즐기다 아버지가 위독하단 전보를 받고 귀국하던 기차간에서 춘해는 아내 춘강의 언니의 딸(처조카)의 미술학교 동창 熙宮과 조우하게 된다. 그리고 두 사람은 사랑의 情炎에 휩싸인다. 평생을 두고 후회없이 숱한 女性 交流를 한 방인근이지만 희궁과의 만남을 빼 놓곤 그의 여성편력을 거론할 수 없을 정도로 이는 그의 인생사에서 극히 중요한 부분을 차지한다. 방인근이 그 후 본처 춘강과 뭇여성 사이에서 수없이 방황할 때, 그녀 희궁은 애타게 그의 곁을 지키며 수절하다가 꽃다운 청춘을 보내게 된다. 춘해에겐 아내 춘강을 버리고 자신을 택할 용기가 없음을 확인한 그녀는 결국 秋香이라 이름짓고 기생이 되었다가 춘해의 배재선배인 한 의사의 후처가 되고 만다.

본처 춘강과 희궁과 뭇 기생들 사이를 넘나들며 東京과 朝鮮을 방황하던 춘해에게 지병인 폐결핵을 끝내 극복하지 못한 아버지의 부음이 들려오고, 서출동생과 재산을 분배상속한 그는 가족을 거느리고 상경한다. 그리고 처남 전영택의 제의로 우리나라 최초의 신인추천 문예지 『朝鮮文壇』 경영에 그의 전재산을 쏟아 부으며 몰두한다.

{……} 급속도로 진행되어 문예 잡지 『조선문단』(朝鮮文壇)이라 하고, 이 광수(李光洙) 주재로 동인은 춘원(春園), 주 요한, 전 영택, 나, 이렇게 하고 자본은 내가 대기로 한 것이다. {……} 그리고 一九二四년 十월에 창간호를 냈다. 그게 나오니 꼭 귀한 아들을 낳은 것 같아서 새삼스럽기만 했다. 그때 잡지로는 『개벽』(開闢)뿐이요, 문여지로는 『조선문단』뿐이어서 반응이 크고 환영하였다. 나는 신이 나서 편집, 영업, 사장, 하인 모두 혼자 겸해서 했다. 자전거를 타고 걸판을 나르고 잡지를 서점에 배

부하였다. 괴로운 것, 창피한 것 가릴 새가 없었다. 다만 희망이 벅차서 아무 것도 몰랐다. 춘강도 신이 나서 비로소 행복을 느끼고 춘원 부인과 같이 협력하고 내조하였다.[7]

『조선문단』시절은 모처럼 그의 방랑벽과 여성편력을 잠재우게 하고, 아내 춘강은 물론 초창기 우리 문단의 선각자들과 더불어 순수한 문학의 정열에 빠져들게 하던 꿈같은 나날이었다. 그러나 잡지의 인기와 문단적 관심이 그대로 재정적 수입과 직결된 것은 아니어서 재정 자본을 책임진 방인근은 사재를 털다 못해 마지막으로 집까지 팔아야 했고, 파산직전의 기로에 놓인다. 이 와중에 내분까지 겹쳐 편집방침을 두고 춘원과 마찰을 빚어 출판사무실이 이곳 저곳으로 옮겨 다니는 등 고초를 겪게 된다. 모처럼 자신의 혼신의 열정을 투자했던 문예출판사업이 이처럼 여의치 않게 되자 춘해는 밀린 대금의 수금을 통해 새로운 활로를 모색키 위해 만주를 위시한 조선 방방곡곡을 주유하게 된다.

이 와중에도 그는 춘강 몰래 연인 희궁을 동반하는가 하면 기생 장춘엽, 김산월 등과 교제하기도 한다. 결국 본처인 춘강 전유덕이 지병으로 작고할 때까지, 춘강의 집요한 감시와 치열한 통제 속에서도 춘해 방인근의 여성편력은 한없이 계속되는데, 특히 이화출신의 여류성악가이자 피아니스트 최산월과의 로맨스[8]는 전성기 애정편린의 또 다른 한 봉우리를 이루고 있다. 그러는 동안 문예출판인으로 만족할 수 없었던 그는 동아일보에 「마도의 향불」(1936)을 연재하게 된 것을 계기로 작가로서의 영역을 넓혀 나가게 되지만, 映畵化까지 된 그의 이 대표적 출세작이 치정과 범죄에 얽힌 대

---

7) *Ibid.,* pp.114~116.

8) 『조선문단』의 재정파탄 이후 낙담한 춘해가 마음을 추스리기 위해 기독교 신앙으로 회귀하고자 찾은 정동교회에서 그는 청년회 부회장으로 활약하게 된다. 이때 회장 김활란, 서기 모윤숙, 음악부장 최산엽 등과 교유하게 되는데, 특히 최산엽과는 첫눈에 맞아 원산해수욕장에 춘강 몰래 동행하는 등 깊은 관계에 빠진다. 그러나 아내 춘강의 존재를 무시할 수 없는 현실 때문에 결국 헤어지고 산엽은 그후 총독부 고관의 아내가 되었다.

중적 통속 소설이었다는 사실은 향후 그를 통속 작가로 주저 없이 재단하
는데 있어, 대단히 중요한 시사성을 띤다.9)

　춘해의 화려했던 여인교류는 아내 춘강의 죽음을 고비로 차츰 수그러들
다가, 경성보육전문학교를 졸업하고 사리원에서 유치원 보모를 하던 尹鳳
漢과 재혼하게 되면서부터 완전한 생활인 가장으로 정착하게 된다.10)

　재혼을 전후해 방송국에 촉탁으로 근무하면서 가장으로서의 역할을 성
실히 수행하며 틈틈이 작품도 발표하던 춘해는 일제말기의 단말마적 방송
통제에 염증을 느끼고 방송국을 사직한다. 그리곤 처형 尹貞漢이 살던 대
구로 낙향하여 우거하다가 해방직후 상경하게 되는데, 이때부터 돈암동 종
점에 집을 얻어 잠시 여관업을 하기도 하지만 곤궁한 삶의 연속이었다. 그
후 6·25동란의 와중에 적치하에서 구사일생으로 살아 남은 후, 대구와 부
산의 피난지를 전전하며 대중 통속소설을 발표하며 근근히 생활하게 되는
데, 이 같은 궁핍은 전쟁이 끝나고 환도 후에도 계속 이어진다. 그의 표현
대로 "40년 서울 생활에 40번 이사"를 다닐 정도로 그의 말년은 고통스러
운 것이었다. 이러한 빈곤의 악순환 속에서도 그의 문화예술에 대한 집념
은 남달라서 계속 대중성있는 작품을 발표해 나가는 한편, 인기있었던 그
의 대중통속소설을 영화화하는데 앞장서 각색, 지작 등에 관여하면서 映畵
街에 숱한 知己들을 두기도 했지만 흥행에선 그다지 재미를 보지 못했다.11)

---

9) 이러한 세간의 평에 대해 방인근 자신은 생홀고로 인한 궁여지책이었음을 다음과
　같이 토로하고 있다. ; "한두달 생활비에 소설 한 편씩 급히 써서 파는 영업을 하게
　되었다. 대중 통속, 연애 소설, 한 달에 한 편 정도 써 갈겼으니 말이 아니다. 변명
　도 아니요 내 실책이요 커다란 과오다. 이것이 나를 망치는 것인 줄 알면서도 끌려
　들어 갔다. 진흙탕 속에 빠져 헤매며 나오지 못하고 더 들어가는 셈이었다 — 이래
　서 책수효는 점점 늘어가고 문단의 이단아가 되고 질시를 받게 되었다. 평론가들
　이 이러쿵 저러쿵하였으나 나는 거기에 구애될 수가 없었다."(op. cit., p.192).
10) 喪妻한 후 혼자 아이들을 키우며 곤궁한 생활을 해 나가는 와중에도 그는 모윤
　숙, 이관구 등의 소개로 과부 임효정, 회기등 박 간호원, 홍난파의 미망인 등 뭇
　인텔리여성을 혼인상대로 탐색한다.
11) 1975년 작고하기까지, 그는 병마에 시달리면서도 젊은 날 자신이 본격문학의 중
　심에 서지 못했음을 자탄하면서 회심의 만회작을 펴내려는 노익장의 의지를 불
　태웠다.

이처럼 춘해 방인근의 파란만장한 인생역정은 소설만큼이나 드라마틱
하여 人生流轉의 典範的 實相을 보여주고 있으나 그의 예술에 대한 남다른
열정은 그 어느 누구도 追從하기 힘든 것이었다. 그리고 이러한 激情과 風
浪의 人生史는 그대로 그의 작품에 투영되어져 作家的 自我의 片鱗을 담아
내는 容器로 작용케 했던 것이다.

### 2) 「放浪의 歌人」의 實事的 背景

앞서 살펴본 바와 같이 파란만장한 인생역정을 연출했던 방인근이 주로
탐닉했던 장르는 남녀간의 애정을 소재로 한 통속소설이었다. 그 중에서도
특히 「放浪의 歌人」(매일신보, 1939)은 實事를 소재로 했다 하여 話題가 된
작품으로 방인근의 공주 영명학교 동창 안기영과 한 때의 연인이었던 최산
월의 이화 동창 김현순의 충격적 러브스토리를 소설화한 것이다.12)

촉망받는 성악가 안기영이 미국유학을 마치고 이화전문학교 음악과 교
수로 부임하여 여학생 제자들의 흠모를 한 몸에 받던 중, 특별히 애제자
김현순과 깊은 관계를 맺게 되어, 1933년 4월 초순 그녀의 졸업을 계기로
사랑의 도피행각을 벌이게 되는 당대의 쇼킹한 실재사를 소재로 하였다는
것이다.

> 이때 安씨는 두 딸의 부친인, 명망 높은 테너가수요 교수였다. 그렇잖
> 아도 풍설이 구구하던 그 사이가 이렇게 실종으로 표면화하자 각 신문
> 은 이들의 연애 도피를 특서 대필하였다. 한편 하르빈에서 반갑게 만난
> 이들은 그곳 주재의 목사의 집에서 쉬면서 러시아로 갈 것을 계획하였
> 으나 목사의 간곡한 만류(挽留)에 이들은 하는 수없이 방향을 고쳐 상해

12) 방인근의 회고에 의하면 이 작품은 자신의 친구였던 안기영을 모델로 한 것이라
   한다. ;안기영도 그 후 미국 가서 음악 공부를 하고 이화 전문 선생 노릇하다가
   제자와 연애해서 상해로 도피했다가 와서 6·25 때 월북하였다. 나는 그들을 모
   델해서 『매일신보』에 연재한 것이 바로 「방랑의 가인(放浪의 歌人)」이다. {방인
   근, 『황혼을 가는 길』, 삼중당, 1963, pp.58~59.}

(上海)로 갈 것을 작정하고 먼저 북평(北平)으로 발길을 옮겨 놓았다.[13]

　우여곡절 끝에 상해에 정착한 후 개인교수와 방송국 업무, 서양 코러스 참여 등으로 어렵게 2년여의 생활을 꾸려온 그들은 1935년 9월, 東京으로 옮기게 된다. 이듬해 2월경 사랑의 결실인 딸을 얻고, 부호인 김현순의 아버지 金泰相과 연락이 되어 그의 도움으로 피아노를 구입한다. 이것으로 7, 8명에게 개인레슨을 하게 되면서 그들의 밀월도피생활은 안정의 궤도 위에 오르게 된다.[14] 그러던 중 1936년 3월 중순, 二들은 도피생활을 청산하고 만 3년만에 서울로 다시 돌아왔다. 안기영의 기국유학 기간 동안 교원생활을 하면서 남편의 학비를 대고 세 아이(1남2녀)를 키웠던 조강지처 李聖圭는 변함없이 보통학교에 재직하며 꿋꿋이 세 아이를 키우고 있었으며[15] 김현순의 본가엔 喪配하고 혼자 된 그녀의 아버지 김태상 노인만이 김현순의 언니(김현숙)의 두 아들과 함께 살고 있었다. 그후 이들(안기영, 김현순과 그들의 자식)은 안기영이 6·25 동란 중 월북하게 될 때까지 일제와 해방공간의 와중에서도 비교적 단란한 가정을 꾸린 듯하다.

　　安基永, 金顯順하면 그 藝術的인 音樂기 서로의 肺腑를 찔너 아니 끌니랴 아니 끌닐수없이 한 개의 物體로 融合이 되는 듯 끌녀 드러감을 어찌하는수 없이 必也엔 師弟의 分義임에도 눈° 어두워 悲戀의 사랑을 속삭이며 海外로 轉轉漂流하다 다시 故土로 돌°-와 於今엔 法的 儀式도 無視하고 오직 藝術과 사랑으로 家庭을 얽어 가고 있는 것은 누구나 다 알고 있는 事實이다.[16]

---

13) 임종국, 「가족의 윤리와 관용」, 『한국문학』 제4권 10호, 1976. 10, p.230.
14) 어쨌든 동경생활은 상해생활보다 훨씬 윤탁하였고 이곳에서는 음악공부도 하는 외에 작곡도 많이 하여 작곡집을 출판까지 하려고 하였었다(임종국, *Ibid.*, p.230).
15) 원래 안기영과 본처 이성규 사이엔 위로 두 딸과 아래로 한 아들이 있었으나, 안기영의 도피직전 막내아들이 죽고, 그의 도피 후 김신 중이었던 딸이 새로 태어나서 여전히 세 아이가 어머니(이성규)의 보살핌을 받고 있었던 것이다.
16) 「同道夫婦의 生活打診」, 『조광』, 1939. 2, p 164.

이처럼 시작되는 『朝光』(1939. 2)誌의 家庭探訪記事는 온갖 고행 끝에 얻은 두 사람의 사랑의 결실을 북아현동 스위트홈의 달콤한 묘사를 통해 잘 증언해 주고 있다.[17]

이와 같이 1930년대를 아연케 했던 충격적 로맨스는 일단은 해피엔딩으로 끝맺었음을 알 수 있다. 그러면 이를 작가 방인근은 어떻게 反芻해 작품 속에서 再形象化해내고 있는지 자못 궁금해진다. 특히 이 사건이 전문학교 교수요 당대의 명망있는 대성악가로서 가정을 가진 유부남과 부자집 처녀인 그의 제자 사이의 불륜의 정염이었다는 사실은 대중적 관심사로서의 통속적 의미와 함께 스캔달의 당사자 두 사람이 작가 방인근의 생활 카테고리 속에서 직접적으로 부대낀 體驗內的 人士였다는 創作動因과 連繫하여 커다란 사회적 반향과 관심을 불러 일으키게 했던 것이다.


### 3) 「放浪의 歌人」과 作家的 自我

스승과 제자 사이의 불륜을 다뤄 장안의 화제가 되었던 實話小說 「放浪의 歌人」(매일신보, 1939)은 앞서 살펴본 바처럼 바로 수년전의 實在事件에서 取材한 만큼 등장인물과 작품구도에 있어 거의가 實際狀況에 近似하게 一致하고 있다.[18] 여기서 이 작품이 實話와 어느 정도 彷彿한지 줄거리를 중심으로 살펴보자.[19]

서울음악학교(이화전문 음악과)에 재학 중인 부자집 처녀 강화숙(작중에선 강의관의 딸 ; 부호 김태상의 딸 김현순)은 미국유학을 마치고 부임한

---

17) "安先生께서는 夫人이 伴奏를 하실 때 氣分이 어떠세요" "허-." 한 번 웃으시고
   나서 "싫지야 않지요" "좋으실테지 멀" "뉘가 싫댓나 그려기" 아- 이 사랑의
   희롱, 이렇게 사랑에 겨운 희롱을 한 번 해볼 수 없는 記者는 自身의 살림을 생
   각하고 은근이 부러움을 참을수 없었다(Ibid., p.167).
18) 「放浪의 歌人」은 전편이 15개의 章으로 갈린다. 끝부분 5개의 章이 허구요, 앞부
   분 10개의 章은 실재 사건의 묘사를 기조로 하고 있다(임종국, op. cit., p.229).
19) 괄호 속 고딕체는 실제상황을 대비한 것이다.

성악선생 윤광우(이화전문 음악과 교수 안기영)를 사제의 정을 넘어 흠모한다. 자기허영에서 비롯된 과도한 성취동기를 가진 꿈 많은 유산자 가정의 화숙이기에 자기를 친동기처럼 귀애해 주는 임정애(안기영의 처 이성규 ; 보통학교 교사로 윤광우의 조강지처, 오로지 광우의 성공을 위해 모든 것을 희생하고 유학간 남편의 빈자리를 꿋꿋이 지키며 아이들을 키운다)의 처지는 아랑곳없이 광우에 대한 애정의 집념은 깊어만 간다. 여기에 화숙을 사모하며 쫓아다니는 H전문학교의 최준걸(H전문의 야구부 투수로 많은 여학생 팬을 가졌다)과 또한 화숙의 미모에 도취한 화숙의 친구 신옥희의 오빠 신석찬(매우 세속적인 유부남 변호사)의 존재가 끼어들고, 신옥희 역시 화숙의 그늘에서 윤광우를 흠모하는 가운데, 아내 정애와 아이들 만이 세계의 전부였던 광우의 마음 속에도 끈질긴 화숙의 존재가 자리잡기 시작한다. 그러는 가운데, 화숙의 어머니가 세상을 떠나고 광우의 아내 정애의 지병(관절염)이 깊어지자 두 사람(광우와 화숙)의 애매하고 어설프던 관계는 급진전하게 되고 급기야 광우의 평양 공연에 화숙이 동행하게 된다. 성공적으로 공연을 마치고 귀경하던 도중에 뜻밖의 폭설을 만난 그들은 사리원의 어느 여관에서 동침하고 만다.

> 광우는 무서운 유혹에 온 몸을 떨었다. 자기에게 온 몸을 내던진 화숙을 {……} 이 조그만 생선을 어떻게 요리하여야 할지 광우는 괴로웠다. 광우는 떨리는 팔로 화숙의 가는 허리를 끼어 일으키는 체하였다. 그 서슬에 화숙과 광우의 얼굴은 맞닿게 되었다. 눈물 적신 얼굴은 서로 맞비비어졌다. 소나기와 같은 키스가 그들의 열정을 식히려고 하였다. 그러나 그들의 애욕은 점점 더 불타기 시작하였다.[20]

사리원에서의 동침을 계기로 가정과 화숙의 사이에서 힘겹게 방황하던 광우의 우유부단한 애정은 거침없이 날개를 달아 절제를 잃은 만용으로 치닫게 된다. 드디어 사랑하는 처자식을 버리고 음악수업의 명분 아래 화숙

---

20) 방인근, 『방랑의 가인』(한국문학전집 v. 7), 민중서관, 1972, p.138.

과 함께 이태리로 사랑의 도피행각을 벌이게 되는 것이다. 때마침 늙은 거부귀족 이상욱과 사는 김보패라는 댄서출신의 젊은 여인이 광우의 음악과 인간미에 반해 광우에게 동반 해외탈출을 제의한 직후여서 광우의 마음은 냉철한 이성의 판단보다는 낭만적 기류에 흔들리고 있었다. 광우와 화숙은 광우의 친구 홍권이 목사로 있는 만주 하얼빈을 기점으로 중국 본토를 거쳐 인도양을 가로지르는 대장정 끝에 마침내 목적지인 로마에서 그들만의 사랑의 등지를 튼다.

그러나 10년의 세월이 흐르는 동안, 화숙이 사랑했을 당시의 매력을 유지하지 못할 정도로 늙고 병들어 오페라극장의 3류가수로 전락한 광우가 허영심 많은 화숙의 이상과 욕구를 계속 충족시켜 주지 못하자 화숙은 다른 뭇남자들에게로 시선을 돌렸고 같은 극장에 소속된 이태리 가수 티이말키를 거쳐 마침내 이태리 주재 중국영사관의 무관인 오봉상과 깊은 관계를 맺게 된다. 그런데 이 오봉상이란 중국군 고급장교는 바로 남편을 버리고 광우와 함께 해외도피할 것을 제의했던 김보패의 현재 남편이었다. 결국 화숙과 오봉상의 관계는 보패에게 포착이 되고 화숙은 보패의 칼에 찔려 숨을 거둔다.

> "윤선생님! 광우씨, 여보, 당신! 사랑하는 이."
> 화숙은 생각나는대로 광우를 이렇게 자꾸 불렀다. 그것은 광우의 간장을 끊는 소리였다. 화숙은 조수처럼 밀리는 말을 하고 싶어서 입을 움직이고 애를 쓰나 말이 나오지 아니하였다. 그의 힘은 점점 가라앉고 사라졌다. 그럴수록 화숙은 애를 썼다. 차마 차마 떠나기 어려운 이 세상을 마지막까지 좀 더 있어 보려고 바둥기었다.[21]

이역땅에 화숙을 묻으며 사랑의 덧없음과 젊은 날 자신의 무책임한 방종을 절감한 광우 앞에 대성악가로 성공해 해외일주 공연에 나섰던 딸 순복이 나타나고 아직도 아내 정애를 비롯한 가족과 친구들이 자신을 기다린

---

21) 방인근, *ibid.*, p.268.

다는 애달픈 전갈에 오랜 방황을 청산하고 귀국의 길에 오른다.

> 광우는 안경을 고쳐 쓰며 부두에 죽 서서 있는 사람들을 굽어 보았다.
> {⋯⋯} 과연 거기에는 정애가 아들(안기영의 도피 직전 사망함)을 데리
> 고 서서 눈물을 흘리며, 또 웃으면서 손수건을 흔들었다. 그옆에는 미스
> 우드(필자주 ; 광우가 근무했던 음악학교교장인데, 실제의 모델은 이전
> 음악과 교수 미스영이다)와 또 옥희와 준걸이 서서 있었다. 또 그 옆에
> 는 장현과 영구(필자주 ; 광우의 죽마고우)도 있었다. 그들은 모두 손수
> 건과 모자를 흔들었다. 배는 부두에 닿았다.22)

이상 간추려 본 「방랑의 가인」의 줄거리를 통해서 알 수 있듯이 이 작품
에는 가정의 울타리를 벗어나 불륜의 사랑을 나누는 숱한 인물들이 등장하
고 있다. 그리고 이들은 거의가 前言한 바처럼 실재사건의 실존인사를 모
델로 창조된 인물들로서 당대 세인의 통속적 관심사를 압축해서 대변해 주
는 허구의 전령들이다.

남편의 출세를 위해 자신이 병들면서까지 인고의 뒷바라지를 해온 아내
를 버리고 제자의 집요한 사랑공세에 무너져 버리는 우유부단한 윤광우,
시골에 본처를 두고도 화숙의 미모에 빠져 기처할 결심을 하는 바람둥이
변호사 신석찬, 수하의 간호부와 눈이 맞아 상해로 사랑의 도피행각을 벌
이는 화숙의 오빠 강혁(실제로 김현순의 오빠는 만주 北平에서 의사개업을
하고 있었으나 찾아온 이들을 냉대하였다), 나이 많은 남편을 버리고 이상의
남자를 찾아 가출하는 자유연애주의자 김보패, 유부남 스승을 유혹해 도피
했다가 싫증이 나자 다시 외국인과 유부남을 가리지 않고 다른 남성들을
편력하는 강화숙 등 이 작품의 중요한 얼개를 구성하고 있는 대부분의 인
물들이 모두 고전적 정조의 관념에서 크게 벗어나 있는 인물들이다.

> 미남자요, 돈 있고 혈기왕성한 청년을 볼 때에는 화숙은 녹아 버리는

---

22) 방인근, *ibid.*, p.273.

것 같고 광우 같은 것은 문제도 삼기 싫었다. 그대로 이왕 멀리 왔으니 데리고 살고 한 옆으로 자기의 허영을 채우고 싶었다. 그것은 화숙의 성격이 본래부터 그러하였지마는 이태리의 화려한 문명, 로마 도시의 에로틱한 것이 화숙을 타락시킨 것이다. 물론 이태리는 구미 각국과 달라서 좀 완고하고 여자를 구속하는 것이 심하였지마는 무쏠리니가 정치를 맡은 후에는 여자가 개방되고 여자 해방운동이 맹렬해졌다. 그래서 어떤 편으로는 사회가 진화되었지마는 남녀간의 문제는 극도로 타락되어 미국이나 불란서의 풍조가 들어왔다. 여기에 물들은 화숙은 오늘은 이 남자, 내일은 저 남자의 품으로 드나들기를 좋아하였다.[23]

이처럼 이 작품은 30년대 식민지 한국의 일각에서 움트기 시작한 서구식 自由戀愛主義의 정서를 통속적 상상력의 기조로 활용하고 있다. 이러한 정서가 당대의 일반적이고 보편적 가치기준은 아니었다 할지라도 독자대중의 예각적 호기심을 자극할 소재로선 안성마춤이었을 것으로 보인다. 물론 아직껏 자본주의근대화의 초보적 도정에 있던 당대 한국으로선 지나치게 과장된 설정의 부자연스러움이 지적되지 않을 수 없겠지만, 시대적 편린을 대중의 기호에 편승해 통속적으로 형상화한 그 순발력은 충분히 평가될 수 있을 것으로 사료된다.

따라서 온통 부정한 인물의 불륜의 로맨스로 가득 찬, 일견 시정잡배를 다룬 듯한 이 작품이 나름대로의 의의를 가진다면 그것은 바로 언뜻 지극히 부정하고 저급해 보이는 작품 내적 환경을 통해 대중의 일상사와 전혀 동떨어진 세계를 창조함으로써 역설적으로 이색적 대리체험에 의한 대중적 삶의 복원적 원동력을 창조하고 있다는 점일 것이다.

이러한 통속적 형상화의 이면에는 앞서 살펴본 바처럼 평생을 화려한 여성편력 속에서 일관한 춘해 방인근의 작가적 자아가 크게 작용하고 있음을 알 수 있다. 그의 파란만장한 인생이력은 그대로 작품의 창작동인으로 유발되어져 자본주의적 개방기의 자유분방한 연애정서와 대중적 기호를 자신의 경우에 대입하여 손쉽게 표출할 수 있었던 것이다. 더구나 작품의

---

23) 방인근, *ibid.*, p.234.

창작배경이 방인근의 생활체험적 카테고리 속에서 발생되어진 실화[24]에 근거하고 있는 까닭에 당대의 충격적 로맨스를 가장 가까운 거리에서 여과 없이 형상화할 수 있었고 이는 곧 바로 독자대중의 통속적 호기심을 끊임 없이 자극하고 해소하는 기폭제로 작용할 수 있었던 것이다. 이와 함께 『조선문단』의 수금 및 여성편력으로 인한 그의 폭 넓은 국내외 여행은 이 작품의 주인공 광우와 화숙의 도피여정을 실감있고 박진감있게 이끌어 가 는데 일조하고 있음을 알 수 있다.[25]

그러면 작가는 왜 "成功한 不倫"(실화)을 "失敗한 悲戀"(작품)으로 윤색시 켰는가? 그리하여 안기영과 김현순이 새로이 스우트홈을 이룬 것과는 달리 강화숙을 비명에 가게 하고 윤광우를 아내와 자식이 기다리는 가정으로 복 귀시켰는가 하는 의문이 남게 된다. 여기서 우리는 다시 작가 방인근의 작 가적 자아에 주목하게 된다.[26]

앞서 살펴본 바와 같이 춘해 방인근은 왕성한 문예정신과 화려한 여성 편력 속에서 우리 근대문학의 한 시대를 풍미한 藝人이다. 그러나 숱한 스

---

24) 방인근이 『조선문단』의 경영실패로 인한 패배감을 엿고 새로운 삶을 영위키 위 해 정동예배당의 청년회 조직에 몰두하면서 회장 김활란을 비롯한 모윤숙, 김일 엽, 최산월(방인근의 연인) 등 일단의 이화전문 출신들과 교유할 바로 그 시절, 이들과 같은 이화 멤버로 정동예배당의 코러스단원이었던 김현순은 춘해의 중 학동창이자 자신의 이화전문 은사로 역시 정동예배당의 코오러스에 참여했던 안기영과 밀월을 즐기고 있었던 것이다. 이 즈음 아내 몰래 최산월과 역시 밀월 을 즐기고 있었던 방인근도 정동예배당을 매개로 한 어두운 사랑의 질곡을 그 누구보다도 깊이 절감했을 것으로 보인다.

25) 작중인물 광우와 화숙의 도피기착지로 이 작품에서 제시되고 있는 한반도 조선 의 북부와 만주 여러 곳, 특히 대련과 하르빈에 대한 세밀한 풍물 묘사는 작가 방인근의 체험적 카테고리를 여실히 보여 주는 것이다.

26) 이에 대해 임종국(*op. cit.,* pp.231~237)은 ① 안기영과 본처 이성규가 열렬한 연애 끝에 결혼한 금슬 좋은 부부였다는 점, ② 가정을 가진 교수와 처녀 제자 사이의 사제지간의 불륜이란 점, ③ 장래가 촉망되는 인기 성악가·교수가 사랑을 위해 모든 것을 희생했다는 점 등을 들어 1920년대에 빈발했던 유학지식인들의 無婚 後遺症으로 인한 棄妻 및 再婚과는 다른 시각에서 봐야 한다고 강조하면서 작가 가 "가족주의적인 전래의 윤리와 죄지은 자를 끝내 미워만 하지 말라는 관용의 정신"을 메시지로 전달하고 있다고 주장한다.

캔달을 뿌리며 가정의 담을 수시로 넘나들었지만 그는 결코 조강지처 春江과 식솔들을 버리지 않았으며 특히 어머니에 대한 효성은 남달랐다. 그는 자기와 교류하는 모든 사람들을 사랑했다. 서모의 식솔들이 그를 박대하여 멀리하고 서출동생이 그의 재산을 가로챘지만 그는 어떤 적극적인 저항도 하지 않았다. 어느 누구에게도 쉽게 정을 주고 경제적 도움을 주었으며 남의 말을 쉽게 믿었다. 말년에 그가 어려운 생활을 하게 된 것도 인생을 타산적으로 살지 않았던 그의 무계획성(?) 때문이었다. 한 마디로 그는 휴머니스트였던 것이다. 어느 누구에게도 모질게 할 수 없었기에 숱한 여인을 그의 주위에 몰아 두고 사랑해야만 했던 방인근이었지만 그는 아버지의 외도로 눈물을 삼켜야 하는 어머니의 고통을 지켜봐야만 하는 傳來의 儒教的 家系의 長孫이기도 했다. 가정을 벗어난 그의 방탕은 오직 일시적 현상으로서의 逸脫的 自我일 뿐이었고 그가 영구히 지향하는 불변의 原初的 自我는 가정의 울타리에 갇혀 있었을 수밖에 없었다. 역설적으로 보자면 "가정 울타리 속에서의 행복추구"라는 이 위대한 명제를 끊임없이 확인하기 위해 그의 방황은 끝없이 계속되었는지 모를 일이다.

여기서 성공한 불륜을 실패한 비련으로 윤색할 수밖에 없었던 春海의 고민과 작가적 양식을 우리는 읽을 수 있다. 이것은 평생에 걸쳐 대중의 사랑을 받는 숱한 통속소설을 양산해냈던 春海 方仁根의 성숙된 人生觀 및 탄력 있는 藝術觀을 단적으로 보여주는 것이기도 한 것이다.

## 3. 結論

일제의 문화정치가 지속되었던 1920년대를 거쳐 도래한 1930년대는 타율적이고 피상적인 한계를 가지긴 하지만 이 땅에서의 근대적 자본주의화가 피크를 이루었던 시점이었을 뿐 아니라 이에 따라 대중들의 사회적 가치관도 급격히 변모하던 격동의 시기였다. 이는 유교적이고 봉건적인 이데올로기에 근저를 두고 있던 고소설 이래의 전통적 한국소설이 새로운 근대 자본주의적 질서를 작품 속에 수용하는 동력으로 작용하게 하였고, 자본주의적 전환기 언론출판 매체의 범람 속에 당대 독자대중의 통속적 관심사와 현실적 가치관에 크게 의존하는 상업적 통속소설의 전기를 마련케 하였다. 통속소설이 현실에 대한 분별력있는 사고나 비판안을 제시하기 보다는 오히려 그로부터의 압력을 배제시키고 이에서 벗어나고픈 독자의 기호와 취향에 부합하는 소설이라면, 일제하 자본주의적 전환기의 대표적 통속소설인 「방랑의 가인」에서는 이러한 통속소설에서의 독자적 기대치를 여하히 실현시키고 있는지 자못 주목된다.

「방랑의 가인」은 사제지간의 불륜의 실화를 소재로 하고 있는 작품으로, 일제하 식민지 한국의 일각에서 움트기 시작한 西歐式 自由戀愛의 情緖를 통속적 상상력의 기조로 십분 활용하고 있다.

하나같이 가정의 울타리를 벗어나 불륜의 사랑을 나누는 등, 지나치게 과장된 설정의 부자연스러움이 지적되기도 하지만 시대적 편린을 대중의 기호에 편승해 통속적으로 형상화한 그 순발력은 높이 평가되며, 독자대중으로 하여금 일상사와 동떨어진 이색적 애정세계를 대리체험케 함으로써 대중적 삶의 복원적 동력을 제공하고 있다는데 의의를 둘 수 있다.

실화를 소재로 순탄치 않은 사랑의 굴곡을 다뤄 당대의 화제가 된 이 작품에서의 통속적 구도는 평생을 화려한 여성편력 속에서 일관한 방인근의 작가적 자아로부터 말미암은 것이다. 그의 파란만장한 인생이력은 그대로 작품의 창작동인으로 유발되어져 자본주의적 개방기의 자유연애정서와 대중적 기호를 자신의 경우에 대입해 수월히 표출할 수 있었던 것이다. 더구나 작품의 창작배경이 작가의 생활체험적 카테고리 속에서 발생되어진 실화에 근거한 까닭에 당대의 충격적 로맨스를 여과없이 형상화할 수 있었고 이는 곧 바로 독자대중의 통속적 호기심을 끊임없이 자극하고 해소하는 기폭제로 작용했던 것이다.

그런데 이 작품은 "성공한 불륜"의 실화적 소재를 "실패한 비련"의 허구로 치환하고 있다. 이는 숱한 스캔달을 흘리며 문단의 탕아로 불리던 春海

의 一時的인 逸脫的 自我가 "가정 울타리 속에서의 행복추구"를 전제하는 不變의 原初的 自我로 回歸하고 있음을 보여주는 實例로, 화려한 女性遍歷에도 불구하고 人間 方仁根의 精神的 現住所가 어디에 머물고 있었나를 잘 示唆해 주는 대목이라 할 수 있다.

# 玄鎭健의 散文 考察

## 1. 序 論

주지하다시피 憑虛 玄鎭健은 우리 근대문학 초창기의 대표적 리얼리스트로, 김동인과 더불어 우리의 근대 단편소설을 문학장르로 확고히 정착시킨 공로자이다.

그는 전통적인 한국의 벼슬아치 집안에서 태어나서 격동기에 개화지향적인 주변의 영향을 받고 성장하였다. 정치적·사회적으로 격심한 변동기를 대처해 나가는 다양한 삶의 양식을 여러 집안 사람들을 통하여 확인하였고, 그러는 가운데 한 시대를 살아가는 데서 겪는 갈등과 고통을 체험하면서 자신의 삶을 정립하였다. 그는 생활에 절도를 유지하였고, 문단의 세기말적 분위기에 초연하였다. 조혼한 아내와 단란한 가정을 이루었고 여성관계에 불미스러운 일이 없었다.[1]

나는 빙허의 몇 가지 특이한 점을 들어 보고 싶으다.
첫째는 그가 美男子인 것이니 白潮時代의 憑虛는 長安 三大美男子 中의 한 사람으로 이름난 사나이다. {……}둘째로 憑虛는 自己보다 두 살더 먹은 아내를 一生을 두고 한결같이 사랑하였을 뿐이요 다른 女子하고는 깊은 關係를 맺은 일이 없다.

---

1) 현길언, 『현진건소설연구』, 한양대 박사학위논문, p.16.

셋째는 그가 깨끗한 志士였다는 점이다. 그가 東京에서 中學을 나온 사람으로 日本말을 모를 理 없지만 歸國後로는 한번도 日本말을 쓰지 않았고 日本人과는 一切交際를 하지 않았다. 넷째로 憑虛는 財物에 對한 慾心이 없었다.[2]

憑虛 玄鎭健의 삶은 문자 그대로 일제하의 시대적 고뇌를 온몸으로 짊어진 역동적인 그것이었다. 그가 가장 좋아했고 따라서 그에게 가장 깊은 영향을 주었던 叔兄 玄鼎健의 憤死는 빙허의 소설세계와 그 원천인 "生의 究竟的 哲學"을 형성케 한 根本因子로 작용하였다. 현정건은 6개국어에 능통했을 뿐 아니라 축구선수로도 명성을 떨쳤고 대구 출신의 여류 독립투사 玄桂玉과는 희대의 염문을 낳기도 한 시대의 풍운아였다. 그러나 일찍이 상해로 건너가 독립운동을 하다가, 소위 한인청년회 사건으로 1928년 변동화 등과 함께 일본영사관 경찰에 체포되어 치안유지법으로 그 해 12월 21일에 징역 3년을 언도받고, 평양 형무소에서 복역하고 만기출옥한 후 1932년 12월 30일, 사망하고 말았던 것이다.[3]

세 형 중 그의 가슴에 가장 깊은 인각을 남겼던 숙형 정건의 죽음은 빙허로 하여금 식민지 현실에 대한 적극적 대응의식을 견지하도록 했고 이는 빙허문학의 원천으로 작용했던 것이다. 그의 소설이 초기의 신변체험적 부류에서 점차 일제하의 참담한 인생군상의 모습을 리얼하게 그려나가는 사실주의의 정수로 발전해 나가다, 말기엔 민족의 정체성을 은유한 역사소설로 변모하게 되기까지, 일관되게 작품의 저변을 관통하는 정신적 기조는 바로 식민지현실에 대한 날카로운 통찰과 문학의 자율성 고수에 있었던 것이다.

본고에서는 이러한 빙허문학의 본질적 속성을 가장 투명하게 노정하고 있는 그의 수필작품[4]의 고찰을 통해 人間 玄鎭健의 精神的 因子를 실

---

2) 백기만, 「빙허의 생애」, 『백기만전집』, (김두한 편저, 대일 1998.) pp.150~151.

3) 현길언, op. cit., p.13.

4) 현진건의 수필작품은 논자에 따라 분류 및 추산의 차이가 있으나, 1924년 2월 『개벽』에 발표된 「문인인상호기」를 비롯해 1948년, 예문각에서 간행한 유고 기행문

증해 보고자 한다.

## 2. 假飾없는 眞率과 純粹性

현진건의 수필은 그의 심성을 너무나 곡진히 대변하고 있다. 가식없는 그의 순수함이 거울에 비춰지듯 잘 드러나고 있다. 수필이 自我를 드러내는 문학으로서, 특정한 이념을 논증하고 어떤 지식을 전달하기보다는 개인적인 사색과 느낌을 표현하는 自己告白的이고 個性的인 문학[5]이라 할 때, 현진건의 수필만큼 그러한 본질에 충실한 글도 없을 것이다.

백기만의 지적처럼 평생을 "浮雲散而影不留 殘燭盡而光自滅"의 空虛觀으로 살고자 했던 빙허는[6] 우연히 길가에서 조우한 행인의 복장에서도 날카

집인 『단군성적순례』에 이르기까지 대략 20여 편 내외로 집계된다.

| | 수필제목 | 발표연월 | 게재지 | | 수필제목 | 발표연월 | 게재지 |
|---|---|---|---|---|---|---|---|
| 1 | 문인인상호기 | 1924. 2 | 개벽 | 13 | 고도순례 경주 | 29.7.18-8.19 | 동아일보 |
| 2 | 이러쿵 저러쿵 | 1924. 2 | 개벽 | 14 | 듯깊은 모임 | 1929. 11 | 신생 |
| 3 | 꿈에 본 신악양루기 | 1924. 4 | 개벽 | 15 | 크리스마스 트리 | 1929. 12 | 신생 |
| 4 | 처녀작 발표당시의 감상 | 1925. 3 | 조선문단 | 16 | 창의문 외에서 | 1930. 5 | 신소설 |
| 5 | 목도리의 복면 | 1925. 4 | 조선문단 | 17 | 첫 기고의 회상 | 1930. 7 | 별건곤 |
| 6 | 설 때의 유쾌와 낳을 때의 고통 | 1925. 5 | 조선문단 | 18 | 태백산하 단군한배님 우적답사 | 1931. 4 | 삼천리 |
| 7 | 조선문단과 나 | 1925. 7 | 조선문단 | 19 | 내 소설과 므델 | 1931. 10 | 삼천리 |
| 8 | 조선혼과 현대정신의 파악 | 1926. 1 | 개벽 | 20 | 거리에서 만난 여자 | 1935. 4 | 조선문단 |
| 9 | 그의 얼굴 | 1926. 1.4 | 조선일보 | 21 | 금강산 정조 | 1935. 10 | 신가정 |
| 10 | 무명영웅 | 1926. 2 | 조선문단 | 22 | 신년 신계획 | 1936. 1 | 학등 |
| 11 | 여름과 맨발 | 1928. 7 | 별건곤 | 23 | 장주와 프랑스 | 1939. 12 | 박문 |
| 12 | 내가 좋아하는 여자 | 1929. 2 | 별건곤 | 24 | 근군 성적 술례 | 1948. 2 | 단행본(예문각) |

5) 신재기, 「수필의 이해와 창작」, 『한국문학의 이해』, (박규홍 외 공저, 형설출판사, 1995) p.272.

6) 華嚴經에 있는 이 구절은 평소 빙허가 애송하건 문구로, 憑虛란 雅號가 「赤壁賦」의 "憑虛御風"에서 取字한 것이란 사실만으로도 그의 인생철학을 충분히 감지할 수 있다. 백기만, *op. cit.,* p.150.

로운 세태천착의 질타를 멈추지 않는다.

> 日前에 鐘路로지나 가랴니까 어떤 女學生과 어떤 靑年이 겨테서 보기
> 도 부러오리만큼 나라니 걸어오지안는가 그들의 幸福을 第三者로라도
> 족음이나 맛볼가하야 갓가이 가보앗드니 그사랑에 달뜨인 女學生이란
> 이가 「숄」로 눈만 내어노코 얼골을 가리엇다. 白晝大道에 男子와 갓치
> 걸어 가는 것이 붓그러워서 얼골을 숨긴것이리라. 그러나 나는 그것을
> 볼제 매우 不快한 感情이 닐어 낫다. 自己의 사랑하는 異性이고 그럴 同
> 時에 가티 단이는 幸福을 切實히 늣기면서 무슨 必要로 覆面을 하엿는
> 가. 戀愛란 決코 낫븐 노릇이 안이고 人生의 가장 高貴한 一面을 가장
> 複雜하게 가장 거룩하게 나타내인 것인 以上웨 떳떳히 自己의 正體를
> 들어내지 못하는가.
> 스스로 올타고 認定하면서 또한 그것을 表現하기에 躊躇하는 거짓新人
> 이 얼마나 압날의 發展에 害毒을 끼치는지 모른다고 생각하얏다. 「숄」의
> 覆面! 朝鮮過渡期의 「띄렌마」를 極端的으로 象徵하는 것이 아닐까.7)

당대 조선의 과도기적 삶을 투시하는 현진건의 예리한 토운(tone)은 "목
도리의 覆面"으로 言表化되어 그의 평소의 지론인 "가식없는 진솔함"을 다
시 한번 강조하고 있다. 착실한 정신사적 기반없이 갑작스레 이뤄진 서구
화와 근대화의 와중에, 재래의 가치관이 혼효됨으로써 당당하게 자신의 정
체성을 내세울 수 없었던 "이땅의 준비 안된 신식청년들"을 향해 그는 가
식없는 진솔함에서 우러나는 당당함을 요구하고 있는 것이다.

빙허의 이러한 순백한 인생관은 한 사람의 신중한 作家와 근실한 生活人
으로서의 自我探索으로 이어져 자기 자신에게도 절제된 美學과 담백한 內
實을 강조하게 된다.

생활인으로서의 진솔함과 순수함을 문인으로서의 精進의 자세로 이어가
려는 다짐은 식민지 현실을 직시하면서 삶에 대한 진지한 좌표를 설정하려
는 純正한 자기성찰의지의 확인에 다름 아니다. 항상 그의 문학이 현실의

---

7) 현진건, 「목도리의 覆面」, 『조선문단』, 1925. 4, p.13.

문제인 살아가는 일과 통하였고 문학적 진실과 삶의 진실을 조화시킬 수 있었던 것[8]은 바로 이런 그의 자기성찰 때문이었다.

> 이러구러 한 篇을 맨들어노코 한번 읽어보면 뜻대로 아니된 구절에 눈섭을 찡기면서도 알수업는 滿足이 가슴에 자아친다. 어떤 분은 다 지어노혼 作品을 뜨더버리기도 한다지만 나는 한넌 完成한 것이면 업샐 생각은 꿈에도 업다. 잘 생겻든 못 생겻든 귀여운 내아들이 아니냐. 句 句節節이 읽고 또 읽으며 그러틋이 苦心慘憺하든 자최를 돌아볼제 感激에 겨운 눈물이 두뺨을 적실 때도 잇섯다. 이눈물맛이야말로 달기도 하온지고! 거룩도 하온지고?[9]

이처럼 자신의 작품에 대한 따뜻한 애정은 진솔한 삶에의 투시로 이어졌고 이는 곧 한 창작인으로서의 純正한 自己淨化의 몸부림으로까지 비춰진다. 그는 현실에서의 바람직한 인간 군상의 모습을 피상적으로 조형화하려 하지 않고 보다 깊숙한 내면의 본질적 심연에서 채취하려 했기에 우리 근대 초기 문단의 대표적인 리얼리스트로 자리잡을 수 있었던 것이다.

> 그러고 어느 王宮인듯한 곳을 거쳐 나는 나온다. 나오는대는 또 여러 개 충충대가 잇섯스되, 이번ㅅ 것은 물이 안이고 大理石으로 된 듯도 하고 그양 나무로 된듯도 하다. 방인듯도 하고 아닌듯도 한 그 충충대 쪽 쪽 젊잔은 老人이 한분씩 端正하게 안저잇섯는데 그들의 얼굴엔 어째 感慨無量한 빗이 도는 듯하얏다. 넉두리를 석근 쳥성구진 우름이다. 그러자 여긔저긔 악마구리떼가튼 哭聲이 震動한다. {……}이것은 내가 꿈꾼 고대로를 될 수잇는대로 아모 技巧업시 써본 것이다. 잠을 깨자마자 하도 꿈이 奇怪하면서도 歷歷하기에 적어본 것이다. {……}나는 이 꿈의 世界에야말로 나의 意識的으로 쓰는 것보담 더 훌륭한 藝術的 表現을 어든 나의 思想이 잇고 感情이 잇고 詩가 잇고 — 더구나 氣分이 잇는 듯십다.[10]

---

8) 현길언, *op. cit.*, p.17.
9) 현진건, 「설 때의 유쾌와 낳을 때의 고통」, 『조선문단』, 1925. 5, p.112.

군이 프로이트의 이론을 빌려서가 아니라, 인간정신의 순백한 원천으로서의 꿈의 正體性에 주목하는 憑虛의 人生論은 彫琢된 인공의 虛僞를 거부하고 꾸미지 않은 無爲의 순수함에서 삶의 진리와 활로를 모색하는 求道者的 에스프리(esprit)의 結晶이다.

그것은 거리에서 우연히 마주친 生面不知의 여인이 반갑게 아는 체하며 은밀한 獨對를 요구해도, 자신의 記憶力을 탓하며 여인의 요구에 응하고 마는11) 현진건의 깨끗하고 따뜻한 마음가짐에서도 여실히 엿볼 수 있다. 이처럼 빙허의 수필작품들에서는 가식없는 순수한 삶을 지향하는 그의 정갈한 면모가 잘 드러나고 있는 것이다.


## 3. 藝術論 - 文學의 自律性과 技法의 追求

현진건은 초창기 문학에서 春園과 東仁의 비현실적 이상주의 문학을 극복하고, 식민지 조선의 현실을 움켜쥐고 대결하는 문학을 지향해 나갔다. 그리고 그는 이 땅에 최초로 리얼리즘 문학의 새로운 지평을 열었던 작가로서 널리 알려져 있다.12)

그는 문학이 시대정신과 삶의 진실에 바탕을 두고 궁극적으로 인간적 가치를 추구할 때 진정한 예술로 거듭날 수 있으며, 그러기 위해선 그 순수성과 자율성이 확보되어야 한다는 신념을 가지고 있었다. 예술은 환상적인 행복에 도취될 수 없고 이념을 치장하는 그릇일 수도 없다. 예술을 위한 예술, 이념을 위한 예술도 그것이 인간의 진실을 나타내는 데는 아무런 공

---

10) 현진건, 「꿈에 본 新岳陽樓記」, 『개벽』, 1924. 4, pp.8~9.

11) 현진건, 「거리에서 만난 여자」, 『조선문단』, 1935. 4, p.172 참조.

12) 이강언·조두섭, 「조선의 얼굴을 그린 작가」, 『대구·경북 근대문인연구』, 태학사, 1999, p.249.

헌도 할 수가 없다. 오직 예술은 순수한 인간의 진실을 그려내야 할 뿐이다.[13] 따라서 문학은 무엇에도 구속을 받아서는 안 된다고 하였다. 구속은 진실을 왜곡시키기 때문이다. 그래서 빙허는 예술 자체가 예술을 구속하는 것까지 용납하지 않았다. 무엇에도 구속받지 않는 문학만이 인간이 소망하는 구속없는 삶에 기여할 수 있다는 것이다. 여기에 인간을 위한 문학이면서 동시에 문학의 순수성이 강조되는 이유가 있다.[14] 그러면 그는 조선에서의 문학의 나아갈 길을 어떻게 제시하고 있는가?

> 朝鮮文學인 다음에야 朝鮮의 땅을 든든이 듸듸고 서야 될줄 안다. 現代文學인 다음에야 現代의 精神을 힘잇게 呼吸해야 될줄 안다. 南歐의 쪽으로 그린듯하다는 한울에 憧憬의 한숨을 보내도 쓸대업는 일이다. 金剛의 한 뫼뿌리에 부신 해ㅅ 발이 白金으로 번적이지 안느냐. 깜아아득한 未來의 樂園에 想像의 날애를 펼침도 소용없는 노릇이다. 손을 벌이면 잡을 수 잇는 눈압헤 쌀쌀하게 피인 한 떨기 개나리가 봄소식을 傳하지 안느냐. 로만틔쯤도 조타 리아리쯤도 조타 象徵主義도 낫분 것 아니오 表現主義도 버릴 것 아니다. 오직 朝鮮魂과 現代精神의 把握! 이 것이야말로 다른 아모의 것도 아닌 우리 文學의 生命이오 特色일 것이다.[15]

시류에 영합하지 않고 조선의 민족정신과 시대정신에 부합하는 진정한 문학을 창조하려는 현진건의 創作魂은 마침내 그만의 독특한 소설미학을 창출하게 하였고 순수한 기교에 바탕한 그의 소설작품들은 "아이러니(Irony)"의 병치 속에서도 완숙한 리얼리즘을 표방할 수 있었던 것이다. 이는 문학예술의 독자성과 순수성에 주목한 작가정신의 소산이었음은 두 말 할 필요도 없다. 그가 주로 활약했던 1920년대는 이 땅의 근대문학이 아직 유치했던 시기였으므로, 그 당시 어느 누구의 조품도 기교적인 면에서는

---

13) 현진건, 「물꼿 돋는대로」, 동아일보, 1926. 1. 1.
14) 현길언, *op. cit.*, p.19.
15) 현진건, 「조선혼과 현대정신의 파악」, 『개벽』, 1926. 1, pp.134~135.

거의 보잘 것이 없었다. 그러나 현진건은 습작인 「犧牲花」를 제외하고는 그 전작품이 동시대의 어느 작가와 견주어도 손색이 없을 만큼 기교적인 면에서 고른 우월성을 보여주고 있다.16)

> 그런데 그 다음달號인가 다음 다음달號인가에 「犧牲花」에 대한 黃錫
> 禹君의 批評이 낫다.
> {……} 無名散文이란 意味로 冷酷하게 攻擊하얏다. 그야말로 깃버뛰
> 든 나에게 晴天에 霹靂이엇다. 갈기갈기 그 雜誌를 찟고 십흘만치 나는
> 憤怒하얏다. {……}
> "……." 이런 意味의 지독한 文句를 생각하면서 닐엇다 누엇다 잠 한
> 눈 자지 못하고 밤을 밝히엇다. 그後부터는 「犧牲花」를 보기도 실헛다.
> 『墮落者』란 短篇集을 出版할때에도 빼고 너치 안헛다. 五年이 지난 오날
> 에야 비롯오 「無名 散文」에 틀림이 업는 「犧牲花」를 뒤적거리니 그때의
> 興奮이 웃읍기도 하고 그립기도 하다.17)

비록 신진작가로서의 치기어린 고뇌과정을 거치긴 했지만, 이처럼 자신의 작품에 대한 냉정한 裁斷 역시 시대를 앞선 빙허 자신의 리얼리즘 정신에서 말미암은 것이다. 보다 세련된 문학을 지향한 그의 이러한 열망은 현실주의적인 객관적 묘사에 있어 가히 당대 타의 추종을 불허케 했고 그의 세련된 기교는 순수한 사실주의 작가로서의 등록상표가 되었던 것이다. 특히 같은 자연주의 계열의 작가로 분류되는 김동인이나 염상섭의 경우와 비교해 보면, 이 두 사람은 현실폭로의 암흑면에 대한 분석적 추구가 강한데 비하여, 현진건은 그에 대한 냉정한 관조가 강하며, 전자의 두 사람이 의지와 정열로써 작품을 구성해 나갔다면, 후자가 기교로써 이를 요리해 나간 것도 전자에게는 자연주의적 방법에 대한 적극성이 강했고 후자에게는 순수한 리얼리즘 정신이 강했던 까닭에서이다.18)

---

16) 조연현, 「현진건 문학의 특성과 문학사적 위치」, 『현진건 연구』, 새문사, 1981,
   p. Ⅱ-93.
17) 현진건, 「處女作 發表當時의 感想」, 『조선문단』, 1925. 3, pp.70~71.

이런 관점에서, "시간과 장소를 떠나서 아무 겻도 존재할 수 없으니 달나라의 逍遙도 그만 두고 구름바다의 遊戯도 그치고 오직 조선의 땅을 든든히 디디고 서서 現代精神을 힘차게 呼吸해 보자"는[19] 빙허의 所論은 작위적인 자연주의의 해부의 적극성보다는 현실의 재현으로서의 純正한 리얼리즘의 정신과 技巧優位論者로서의 소신의 표현으로 볼 수 있을 것이다.

> 끄트로 한 마디 할 것은 나는 언제든지 一人一黨主義다. 個人과 個人 사이에는 親不親이 잇슬지언정 藝術의 이름에 잇서서는 그야말로 光風霽月과 가티 一毫의 私가 업는줄로 自信한다. 나드 사람인 다음에야 感情上으론 是非善惡이 傾倒되지 안흠은 아니로되, 귀치 안흔 藝術的 良心이 나를 鞭撻하고 나를 制御하기 때문에 그런 卑劣한 感情이 跋扈을 못한 것만 萬幸이라 하겟다. 神聖한 藝術의 宮殿에까지 醜惡한 塵世의 波濤가 밀려와서, 區區한 利害得失로 말미암아 派를 난후고 黨을 갈라 서로 해치랴들고 서로 못먹어 한다면 나는 藝術家되기를 辭退하랸다.[20]

『조선문단』 주최의 合評會와 관련해 자신의 不便한 心氣를 전하는 위의 인용문에서, 빙허는 문단의 시류와 파당을 초월한 순정한 문학가로서의 자신의 완고한 입장을 분명히 밝히고 있다. 문학의 순수성을 확보키 위해선 모든 인간의 삶 자체를 긍정하고 값진 것으로 인식하는 데서부터 시작되어야 한다. 여기에 주의. 주장이나 독선과 아집은 무서운 장애물이 되는 것이다. 따라서 문학이 현실에 뿌리를 내리지 못했을 때 화석화될 수밖에 없으므로 구체적 삶을 외면한 채 어떤 이념의 실현을 위해 쓰여질 수는 없다. 또한 과거의 전통이나 역사에 대한 애착에 머물러 있을 수도 없는 것이다. 그래서 당시의 프로문학과 민족주의문학 양측에 공히 비판적이었던 빙허는 "一人一黨主義"를 자처하며 개인의 진실을 훼손시키지 않고 누구에게나, 그리고 무엇에도 억압당하지 않는 문학의 자율성과 순수성의 확보를

---

18) 조연현, op. cit., p.II-97.
19) 현진건, 「조선혼과 현대정신의 파악」, op. cit., p.134.
20) 현진건, 「조선문단과 나」, 『조선문단』, 1925. 7, p.139.

위해 주력했던 것이다.[21] 「文人印象互記」[22]에서 羅稻香의 인상과 성품을 논하면서, "軟하고 快活한 성격의 이면에 감춰진 沈鬱한 기운"을 잘 감지해 냈듯이, 빙허의 일련의 수필작품들에선, 이처럼 문학의 자율성과 순수성의 기치 아래, 작품을 독자적인 구조물로 인식하여 묘사, 성격의 형상화, 작품 의 통일성 문제 등 그 미학적 측면에 천착한 예리한 作家로서의 斷想이 돋 보이고 있다.


## 4. 歷史意識 — 志士的 氣魄의 雄渾함


현진건은 후기에 접어들면서 민족적 현실을 관념적으로 허구한 역사소 설들을 발표하게 된다. 신라 사회가 그 자체의 모순 때문에 역사적 하강으 로 접어드는 中代 社會의 말기가 안고 있는 문제를 응시함으로써 식민지의 극복을 암시하고 있는 「無影塔」, 꽃 애기씨를 둘러싸고 세 청년 귀족이 벌 이는 무모한 각축을 화려하게 전개시킨 「善花公主」[23] 등 일련의 역사소설 에서 보여지는 雄渾한 역사의식은 叔兄 玄鼎健의 憤死와 日章旗抹殺事件으 로 인한 投獄에서 淵源한 것으로, 통속적 읽을거리로 전락한 30년대 역사 소설의 범람 속에서도 역사적 과거의 현재적 의의를 꿋꿋하게 추구하게 한 동력이었다.[24]

그런데 이러한 憑虛의 志士的 志操와 民族意識은, 1932년경 초고한 것을 그의 死後인 1948년에 단행본으로 수합하여 간행한 기행문집『檀君聖跡巡 禮』에 더욱 뚜렷이 드러나고 있다.

---

21) 현길언, op. cit., pp.19~20.

22)『개벽』, 1924. 2, pp.102~103.

23) 최원식, 「현진건 문학의 사회적 가치」,『현진건 연구』, 새문사, 1981, p. II-88.

24) 신동욱, 「현진건의 「무영탑」」,『한국현대문학론』, 박영사, 1972.

檀紀 四千二百六十五年 七月八日 檀君 聖跡 巡禮의 길에 오르다. 京義線에 몸을 실리니 밤 十時 四十分. (……) 半萬年 東方文化의 淵源이시며, 生生化育, 二千三百萬, 檀族의 靈과 肉의 母胎이시며, 黑龍江의 南, 黃河의 北, 東海의 西, 茫茫한 五千餘里에 開之拓之하신 神功聖跡을 남겼었으니, 이 廣汎한 文化圈을 溯考하고 이 尨大한 地域圓를 奉審하자면, 정말 까마득한 노릇이다. 一年은 커녕, 十年은 커녕, 一生을 두고 誠과 熱과 力을 傾注하더라도 이 願念의 萬分之一이나 아니 萬萬之一이나 達할까말까.[25]

현진건의 사돈으로 이 책의 서문을 집필했던 月難 朴鍾和의 언급처럼 빙허는 "동아일보에서 操瓠의 붓을 잡았을 때 어굴한 日人政治 밑에서나마 뭉그러지려는 民族의 良心을 萬分의 하나라도 구원해 내기 위해서 스스로 執筆의 餘暇를 타서 險山峻嶺을 넘으며 長霖 蕩水를 건너서 그 聖跡과 傳說을 두루 밟아서 滿天下 讀者에게 呼訴"했던 것이다.[26]

이러한 신념을 확인하듯 『檀君聖跡巡禮』는 민족의 聖地요 靈山인 妙香山, 大朴山, 大成山, 九月山, 摩尼山, 假檀君窟, 檀君陵, 東明聖王陵, 乙支文德石像, 江西三古墳, 檀君臺, 祭天壇 등의 빼어난 운치를 雄渾한 민족혼에 담아 도도히 그려내고 있다. 여느 紀行隨筆과 달리 빙허의 기행문에는 단순한 風光의 吟味나 敍景的 修辭를 초월해, 유려한 자연에 의탁한 숙명적 역사의식이 숨쉬고 있음을 쉽사리 감지할 수 있다

百祥樓에서 古老들의 指點하는 손가락을 따라 乙支公의 戰績 남긴 流城과 地帶를 眼力 닿는대로 바라보고 보살피고 새삼스럽게 그 豐功偉烈에 感激하며, 그 空前 絶後의 大勝利에 도든 것을 잊어버리고 陶然히 醉해 버렸다. 아득한 千古에 想이 馳하고 興이 飛하매, 새로운 勇과 氣가油然히 용솟음함을 깨달았다.[27]

---

25) 현진건, 『단군성적순례』, 예문각, 1948, p.5.
26) 박종화, *Ibid.*, 序文
27) *Ibid.*, p.13.

安州 七佛寺 인근의 명소 百祥樓에서, 현진건은 "아득한 雲山의 錦屏 속에 있는, 小舟를 點친 듯한" 이 樓의 絶景에만 도취하지 않고, 옛날엔 이 樓 밑을 흘러갔을 淸川江의 물줄기를 떠올리며 고구려 을지문덕장군의 살수대첩의 의미를 되새긴다. 그리곤 바로 백상루 밑에 초라한 자취를 남기고 있는 장군의 석상과 석비를 보며 애달픈, 日帝下 亡國의 恨을 대비시킨다. "기록에 의지하면 당시 隨將 宇文述 等이 인솔한 30만 5천 여명 중, 薩水에서 慘沒을 당하고 魂不附體로 安州에서 鴨江까지 四百五十里를 一日夜에 줄달음질하여 萬死에 一生을 얻은 자 불과 三千"이어서 戰友의 屍體를 收拾할 겨를도 없었던 바, 高句麗측에서 屍骨을 의류, 무기 및 소지품과 함께 그대로 넣고 合葬의 禮를 치뤄줘 생성되었다는 骨積島에 얽힌 事緣과 記述은 비록 지금은 日帝의 植民地로 전락했지만, 지극한 용맹과 함께 승자의 아량을 겸비했던 우리 민족의 자긍심과 잠재력을 일깨우게 한다.

國權喪失에서 초래된 빙허의 이러한 투철한 民族觀과 歷史意識은 단군의 얼이 깃든 妙香山으로 旅程이 계속되면서 점차 엄숙한 敬拜心으로까지 이어진다.

> 개울을 한 번 넘어 賓絑庵(庵子는 痕迹도 없다)에 오르니 天柱石이 全容을 나타낸다. 卓旗峰 中腹에 그 이름과 같이 하늘을 고인 듯이 直立한 巨巖이 突兀하게 二百餘尺을 솟았다. 引導僧 하나가 說明하기를 "저 天柱石은 檀君窟에 올라스면 바루 正面으로 보이는데 그때 檀君님께옵서 窟에서 활을 쏘시면 그 화살은 十里許에 날라 저 바위를 맞치고 餘力으로 그 화살은 뒷걸음질을 치며 다시 檀君님께로 날라왔답니다. 그러기에 檀君님께서는 화살 하나로 武藝를 講習하셨지요"하고 自己가 눈으로 본 듯이 歷歷히 指點하며 자못 興奮한 態度다. 나는 그의 嚴肅한 얼굴찌에 理智를 超越한 不滅의 信仰光을 본 듯 싶었다.[28]

이처럼 民族의 精氣가 서린 곳을 직접 답사하면서 그 배면의 說話와 역사의 숨은 그림을 찾고자 했던 현진건은 종내 그의 문학에서도 역사적 진

---

28) *Ibid.*, p.26.

실과 개인의 진실을 조화시킬 수 있었으며 식민지 시대에 지식인의 양식을
확보할 수 있었던 것이다.[29] 현진건 문학에 일관하고 있는 사회와의 대응
양식이 닫혀진 사회의 문학의 대전제인 "식민지시대의 극복"이란 과제에
근거하고 있음은 바로 이러한 그의 기행문을 통해서도 여실히 확인할 수
있는 것이다.

> 화로불에 얼마쯤 몸을 녹인 우리는 ᄃ시 窟 안으로 巡歷하다가, 西便
> 그윽한 石벼레 위에 正面 南向으로 세 눈 位牌를 모신 것을 發見하였다.
> 左便 조금 적은 位牌는『南無桓雄天王之位』라 썼고 中央은『南無檀君天
> 神之位』라 하였고 右便은 또 다시『南無桓雄之位』라 씌워 있다. {……}
> 우리는 議論이나 한 듯이 一齊히 무릎을 꿇고 나추나추 고개를 숙이었
> 다. 나는 萬感이 全身에 소용돌이를 치며 고개를 다시 쳐들 수가 없었다.
> {……} 物的 遺産은 고만 두자. 그 偉大한 文化的 遺業―高句麗와 新羅
> 에 와서 燦爛한 奪目의 色과 馥郁한 驚世의 香을 發하던 그 偉大한 文化
> 的 遺業이 막상 人天을 掀動할 大果를 맺으랴 할 重大 時期에 지니지 못
> 하고 凋殘과 零落에 마끼었으니 얼마나 惶恐한 일이랴! {……} 地獄劫과
> 塗炭苦를 열 萬 번 더 치르고 더 겪어도 이 罪를 다 싹 치지 못하리라.[30]

역사의 현장을 한갓 逍遙와 값싼 感傷의 場으로 放置할 수 없었던 憑虛
의 투철한 역사의식에서 기인한 심오한 고뇌를 엿볼 수 있다. 일찍이 趙東
一은 장면 자체의 전개를 통해서 숨은 비밀을 커내도록 한「赤道」를 분석
하면서, 현진건을 상당한 효과를 가진 遊擊戰術의 驅使者로 비유한 바 있
다.[31] 그러나 빙허의 遺稿 紀行文集『檀君聖跡巡禮』는「古都巡禮 慶州」,「金
剛山 貞操」 등, 그의 여타 기행문들과는 구별되게 단순히 山河의 皮相的 接
眼에 그치지 않고, 露骨的일 정도의 民族的 正體性을 대담하게 드러내고 있
다. 우리는 이 글에서, 유격전술이 아닌 正規戰術을 당당히 구사하는 한 문

---

29) 현길언, *op. cit.*, p.iii.

30) 현진건,『단군성적순례』, pp.34~35.

31) 조동일,「「赤道」의 구성과 주제」,『현진건 연구』, 새문사, 1981, p. I-81.

인의 雄渾한 志士的 氣脈을 접하게 되는 것이다.


# 5. 結 論


현진건은 우리 근대 사실주의 문학의 기초를 확립시킨 선구자의 한 사람이다. 타의 추종을 불허하는 사실주의적 기교와 묘사의 적확성은 대상을 철저히 객관적으로 압축해 보여주면서도 오히려 독자들에게 강렬한 현실 인식을 심어주는 기제로 작용하고 있다. 이러한 빙허문학의 특질은 그의 인간적 자질을 보다 담백하고 순정하게 농축시킨 수필작품에 더욱 뚜렷이 나타나고 있다.

우선 그의 수필들에서 감지되는 빙허의 人生論은 假飾없는 진솔함과 순수성으로 정리될 수 있다. 빙허는 한 사람의 신중한 作家와 근실한 生活人으로서 꾸밈없는 진실된 삶을 희구하였다. 그리함으로써 생활에 절도를 유지하고 문단의 세기말적 분위기에 초연할 수 있었으며 당대의 다른 문인들과는 달리 조혼한 아내와 — 비록 짧은 生이었지만 — 偕老할 수 있었다. 이러한 빙허의 純正無垢한 인생철학은 그대로 그의 수필문학의 한 중요한 축을 이루고 있음을 알 수 있다.

둘째, 수필문학에 나타난 빙허의 藝術觀은 그의 문학적 특질과 부합되게, 철저한 文學의 自律性 確保와 이에 기반한 技巧優位論의 정신으로 집약된다. 보다 세련된 문학을 지향한 현진건의 열망은 실체적 현실을 적극적 폭로의 수법으로 제시하지 않고서도 얼마든지 독자들에게 강한 견인력으로 다가올 수 있었다. 이러한 創作精神은 작위적인 자연주의의 해부의 적극성보다는 현실의 재현으로서의 순정한 리얼리즘 기법을 강조하고 있는 그의 수필작품에서도 欣然히 드러나고 있다.

셋째, 빙허의 雄渾한 歷史意識은 보다 노골적인 모습으로 기행문에 나타나고 있는데, 특히 그의 死後 사돈 박종화에 의해 출간된 유고 기행문집

『檀君聖跡巡禮』에서는 역사의 현장을 한갓 소요와 감상거리로 방치할 수 없었던 그의 투철한 역사의식에서 기인한 심오한 고뇌를 엿볼 수 있어 주목된다. 이를 통해 빙허의 기행문에는 여타 작가들의 기행수필과는 달리, 단순한 풍광의 음미나 서경적 수사를 초월해, 자연적 풍물과 역사적 유적에 의탁한 숙명적 역사의식이 뿌리 깊게 숨쉬고 있음을 알 수 있다.

　이상 요약한 바처럼 빙허 현진건의 수필작품에는 그의 精神的 因子가 그대로 농축되어 있음을 확인할 수 있다.

# 安懷南의 解放期 小說 研究

## 1. 序 論

해방기 소설에 대한 연구가 근자에 들어 활발히 이뤄지고 있다. 이는 여태껏 해방이전 작품에 치우쳤던 연구풍토와 관행을 발전적으로 탈피했다는 측면과 해방공간에서의 문학적 성과를 검증하는 토대가 마련되었다는 측면에서 고무적인 사실로 받아들여진다.

그러나 아직까지는 대부분의 연구가 작품의 구체적 천착을 통하지 않고 개략적인 조망으로 해방기 소설의 전체적 특성을 성급히 결론짓고 있거나, 지나치게 해방공간의 특수한 상황논리에 집착해 이를 작품 해석에 牽强附會하는 등 무리수를 범하고 있음도 사실이다. 해방기 소설에 대한 진정한 문학사적 평가는 각개 작가의 개별 작품에 대한 심도있는 분석의 토대 위에서 그 총체적 실상이 일목요연하게 집약될 수 있어야 가능한 것이다.

이런 시각에서 볼 때 懷南 安必承의 하방기 소설에 대한 전반적이고도 구체적 검토는 해방기 소설의 전모를 밝히는 중요한 한 단서로서의 의미를 가지는 것이 될 것이다. 그것은 안회남에 대한 그간의 평가가 주로 해방이전 그의 신변소설과 연관되어 논의되어져 온 관계로 해방이후 작품에 대해선 정당한 가치평가가 유보되어 왔을 뿐 아니라, 그나마 논급된 것도 작품 내적 질서를 문제삼기보다 해방정국에서의 부산물적 작품이라는 피상적 인식에서 실제 이상의 부정적 폄하에 머물고 있음과 무관하지 않다.

해방기의 다른 작가들과 함께 안회남의 소설도 해방기 작품 전반의 구체적 천착을 통해 그 내적 질서가 정확히 규명될 때 비로소 우리의 해방기 소설 연구라는 큰 테두리는 그 보람찬 알맹이를 수확하게 될 것이다.

본고는 해방기 소설 연구의 이러한 대명제에 부응하려 씌어지는 것이다.

## 2. 解放期의 安懷南 小說

해방전 金東錫에 의해 '父系의 文學'으로 지칭될 정도로 自己凝視的 身邊小說의 세계에 갇혀 있던 안회남은 해방이후 「汚辱의 거리」(『주보건설』, 1945. 11~)를 필두로 모두 16편의 작품[「炭坑」(『민성』, 1945. 12), 「鐵鎖 끊어지다」(『개벽』, 46. 1~), 「말」(『대조』, 1946. 1), 「그 뒤 이야기」(『생활문화』, 1946. 1), 「섬」(『신천지』, 1946. 1), 「별」(『혁명』, 1946. 1), 「밤」(1946. 1), 「쌀」(『신세대』, 1946. 3), 「소」(『조광』, 1946. 3), 「봄」(서울신문, 1946. 5. 15~16), 「불」(『문학』, 1946. 8), 「사선을 넘어서」(『협동』, 1947. 1~), 「폭풍의 역사」(『문학평론』, 1947. 4), 「낙타」(『신천지』, 1947. 7~), 「농민의 비애」(『문학』, 1948. 4)]을 발표하게 된다.

이제 이들 작품의 구체적 분석을 통해 해방기 안회남 소설의 위상을 가늠해 보기로 한다.

### 1) 身邊小說의 새로운 樣相

#### (1) 主體志向의 徵用體驗과 身邊史

해방 직전 안회남은 일제에 의해 北九州의 입천탄광으로 징용을 가게 된다.[1] 회남의 이러한 징용체험은 그간 개인적 신변서사의 범주에 놓여 있던

---

1) 충남 연기군 전의면으로 낙향해 있던 회남은 1944년 9월 26일부터 1945년 9월26일

그의 작품세계의 폭과 깊이를 새로운 차원으로 전이시켜 주는 주요한 구동력으로 행사하게 한다. 자신을 둘러싼 주변의 환경적 여건에 지배받을 수밖에 없는 그의 신변소설이 "日帝下에서의 徵用體驗"이란 특이한 제재를 새로이 부여받게 됨에 따라 변모를 꾀하게 되는 것은 어쩌면 당연한 일인지도 모른다. 그러나 보다 중요한 문제는 신변소설의 제재로서의 이러한 징용체험이 얼마나 작가의 의식을 변화시키고 자아와 세계 사이의 새로운 관계설정에 작용했느냐가 될 것이다.

이런 견지에서 볼 때, 해방직후 발표된 「철쇄 긇어지다」를 위시한 일련의 징용소재 소설들은 분명 해방전 그의 個我的 沒入을 다룬 작품들[2]에 비해 세계관의 확장을 보여주고 있는 것들로 보여진다.

> ─하나씩 하나씩 일어나며 만세를 부르며, 필사의 용기와 양심을 가지고 만세를 부르던 그 청년들이 조국 조선으로 돌아가기 위해서 목숨을 걸고 일본인들과 싸우며 있는 것을 그려 볼 때 눈물이 핑 돌고 동시에 탄광내의 조선인 노동자의 일을 생각할 때 부지중 주먹이 쥐어졌다. 그는 조선인 노동자와 모두 함께 나가지 혼자는 비겁하게 도망을 가지 않으리라 마음 먹었다.[3]

그러나 이러한 변모는 작가 자신이기도 한 소설의 주인공이 소설 속의 객관적 상황을 다른 인물들과 유리된 상태에서 받아들임으로써 끝내 자아쪽으로 함몰하게 되는 한계를 노정시켜주고 있다. 즉 조서근이 광부들과 함께 생활하며 얻어진 공동의 체험을 통해 자아에서 벗어나 세계 쪽으로 다가서려 하는 것이 아니라 그들과 다른 지식인의 우월한 입장에서 해방의

---

까지 1년간, 연기군 농민 133명과 함께 북구주의 입천탄광으로 징용을 가게 되는데 이에 대해선 그의 「북구주 왕래」(『조선주보』, 1945. 11)와 「사선을 넘어서」(『협동』, 1947. 1~)에서 상술하고 있다.

2) 「연기」(1933. 10), 「상자」(1935. 7), 「악마」(1936. 3), 「우울」(1936. 4), 「향기」(1936. 6), 「명상」(1937. 1), 「겸허」(1939. 10) 등 해방전 대부분의 작품들이 신변사를 개인적 심경토로의 차원에서 보고적, 기술적으로 전달하는 형식을 취한다.

3) 「철쇄 끊어지다」, 『제3한국문학』 v. 13, 수문서관, 1988, p.104.

의미를 주체지향적으로 축소시키고 있다는 것이다.

> 그동안 조는 자기가 이를테면 거느리고 온 경성대의 대장이 되어, 사
> 무실에 앉아 있으며, 광부들이 일 나가기 싫은 눈치며 잘 쉬게 해주고,
> 배급물품 같은 것은 일체 광부 외로 빠져나가지 않게 하여 광부의 편리
> 를 보아 왔으며, 비밀히 도망도 많이 보냈다. 물론, 광부들에게 말을 함
> 부로 하거나 그들을 구타하는 일은 절대로 없었다.[4]

비록 같은 징용자이기는 하지만 탄갱노무자들과 동질의 노동체험을 하
지 않는 시혜자로서의 이러한 징용체험은 해방에 대한 역사적 · 사실적 의
미를 희석시켜 모든 상황을 극히 피상적이고 주관적 차원에서 해석하게 하
는 한 요인이 된다.[5]

이는 「사선을 넘어서」에서 피력하듯 작가가 그의 징용을 어떻게 받아들
이는가를 살펴 보더라도 분명해진다.

> ―한말로 말하면 그는 파산(破産)했던 것이다. 이번 그가 징용을 가게
> 된 것도 그 파산에서 온 것이라고 생각했다. 그리고 그 파산은 그의 성
> 격에서 온 것이라고 믿었다. 즉 그가 가족들과 생이별을 하고, 멀리 일
> 본 구주땅 탄광으로 가게된 것도, 뭐 유독히 이럴테면 대표적(代表的)으
> 로, 일본의 전쟁정책(戰爭政策)의 희생이 되어 가는 것이 아니라, 다 그
> 의 성격이 그러한 운명을 낳은 것이었던 것이다. 성격이 갖어온 불행이
> 었다.[6]

즉 회남의 징용은 일제 식민지정책의 구조적 산물이 아니라 자신의 게

---

4) *ibid.*, p.93.
5) 해방의 의미에 대한 역사적 · 사회적 의미가 부재한 본능적 차원에서의 욕구분출
   은 주인공 조서근과 작가 자신의 현실에 대한 적극적 인식의 부족을 의미한다. 따
   라서 일본에 끌려오게 된 역사적 · 사회적 상황이나 탄광체험에서 얻어진 구체적
   현실에 대한 이해보다는 극히 피상적 순준에서의 상황설명에 그치고 만다. 신덕
   룡, 『진보적 리얼리즘 소설 연구』, 시인사, 1989, p.56.
6) 「사선을 넘어서」, 『협동』 v. 4, 1947. 3, p.115.

으른 천성에서 기인한 것으로 결론짓고 있음을 알 수 있다. 민족적 자각에서 연유된 일제에의 반발 때문에 끌려간 것이 아니라 개인적 자존심과 게으른 천성으로 관료들을 경원시하고 그들의 시책에 비협조적이어서 징용의 대상이 되었다는 것이다. 7) 그런 만큼 회남의 징용체험은 민족공동체적 의미를 벗어나 단순한 개인적 차원의 주체지향적 협곡에 갇혀버릴 수밖에 없는 한계를 원천적으로 안고 출발할 수밖에 없는 것이었다.

작가의 징용동료들과의 교우관계를 반추하면서 歸國後日譚을 들려주고 있는 「그 뒤 이야기」에서도 서술의 중핵은 단연코 작가 자신인 '나'이다. 해방 후 귀국도정과 귀국 후 정착과정을 '나'의 보고적 시점에서 서술하고 있는 이 작품에서는 지식인 작가이면서 낙향농민(실제 농사는 짓지 않았지만)인 동시에 戰災民이기도 한 '나'의 처지가 그와 같이 징용당한 고향사람들과의 교감적 연계 속에서 잘 나타나고 있다.

> 군청 사람들은 생각하기를 인전 자기들도, 일본 사람 품에 있던 관리가 아니라 해방된 우리 조선나라 군청 서기다 하고 자기 딴에는 새로운 동포감을 가지고, 일본 가서 고생하고 오는 사람들을 친밀한 체 대하는 모양이나, 돌아오는 사람들의 마음은 정반대인 상 싶다. 그렇기 때문에, 그 장국밥 먹는 표를 안받는 사람이 많았다고 한다.{……} "당신네들이 날 징용 보낼 땐 언제고, 또 이렇게 아탕발림을 할 땐 언제요?"
> 표 내미는 손을 탁 찼다고 한다. 이것을 봐도 아는 것처럼 어제날의 우리의 원수들이 오늘날 이름만 바꾸었다고 일본 관리가 아니요, 우리 조선동포라는 법은 없다. 언제든지 공정한 재판은 민중이다.8)

따라서 새로이 고국에서 정착하기 위한 농부 출신 징용광부들의 전재민적 고뇌와 애환을 '나'가 同病相憐의 심정에서 공유하게 됨에 따라 해방공간을 조명하는데 있어, 상당히 입체적 시각을 띠게 되는 것도 사실이다. 그러나 잠재되어 있는 지식인으로서의 우월감과 귀향광부들에 대한 계

---

7) 이덕화, 「안회남론」, 『연세어문학』v. 21, 1988. 12, pp.96~97.
8) 「그뒤 이야기」, *op. cit.*, 수문서관, 1988, pp.107~108.

도적 연민이 점차 표면화됨에 따라 해방정국을 외향적 관점에서 폭넓게 조명할 수 있는 시야는 좁혀지고 다시 자아의 틀 속에 갇히게 되고 만다.

> 종선은 구주 있을 때 내가 도망을 보낸 사람이다. 모지(門司)에 있다는 그의 친척에게 통지를 해서, 탄광 근처 정거장에 와 미리 모지로 가는 차표를 사가지고 기다리게 해놓고는, 종선을 그리로 도망을 보냈던 것이다. {……} 하여간 약고 부침성 있고 활동적인 사람이었다. 수백명 중에서 하필 그를 먼저 내가 도망을 시킨 것도 그런 그의 성품이 있었기 까닭이 아니었던가 한다. 또 그가 탄광 속에 있으면서도, 나한테 닭잡고 약주술 받고 하여, 한턱을 쓴 사람 중의 하나인 것도 사실이다.9)

이러한 選民意識이 농민으로 징용되어 광부로 귀향한 전재민의 시각에서 현실세계를 폭 넓게 그려볼 수 있었던 작가의 세계지향적 투시안을 차단할 수밖에 없었던 것이다.

이는 해방전후의 식량문제를 직접 농사를 지어보지 않은 방외인의 입장에서 감상적으로 다루고 있는 「쌀」, 한 선량하고 우직한 징용농부의 탄광체험을 소의 상징성에 의탁해 그리는 「소」, 해방 직후 귀국도정에서의 우여곡절을 처자를 일본에 둔 박서방의 초조한 심리를 통해 묘사하고 있는 「섬」, 해방을 앞두고 탈출한 징용광부의 도망자로서의 고뇌와 해방을 맞는 환희를 다소 낭만적으로 채색한 「별」, 징용시절 사귄 싸움패 '딱부리'와의 인간관계를 교도적 시각에서 조명하고 있는 「밤」 등의 작품에서도 그대로 드러나 주체지향적 징용체험과 여기서 파생된 신변사의 범주를 크게 벗어나지 못하고 있음을 알 수 있다.

결국 「철쇄 끊어지다」를 비롯한 일련의 징용소설들은 징용이라는 소재가 가져다 준 세계관의 확대가 깊이있게 뻗어 나가지 못하고 작가 특유의 내성적 인자에 의해 굴절되어짐으로써 자기중심적 신변소설이 세계와 조응하는 한 단초를 제시하는데 그치고 만다.

---

9) *ibid.*, p.124.

## (2) 客體志向의 世態反映

안회남의 주체지향적 징용소설들은 이렇듯 그의 징용체험들을 對自的 視覺에서 민족사의 아픔으로 소화하는데 일정한 한계를 보이고 있다. 이는 그가 징용의 체험을 민족사적 의미로 치환시키지 못하고 개인적 질곡에서 감싸 안은 당연한 결과이기도 했다.

그런데 「汚辱의 거리」를 비롯한 일련의 작품에서는 징용체험이라는 個 人的 私事에서 일탈해 해방된 조국을 보다 거시적 맥락으로 포용해 보려는 작가의 현실접안적 시각이 조심스럽게 펼쳐지고 있어 주목된다.

> 경부선(京釜線)연변의 정거장근처 ─ 가령 그것이 면사무소소재지(面 事務所所在地)같은 조고마한것이면 사람들은 일러 「장터」라고 하고 군 청(郡廳)이 있다든가한 큰곳이면 「읍내」라고 불른다. {……}
> 모든 「장터」나 「읍내」가 다 「시골」이 아니다 라는 말을 하였는대 이 말이 이것들 장터와 읍내의 성격을 잘 들어내고 있다.
> 즉 시흥(始興)이나 안양(安養)─전의(全義), 조치원(鳥致院)─등등이 모 다 물론 서울이 아니고 지방(地方)인 것은 분명하나 지방이 가지는 순수 하고 소박한 맛 시골의 정서와 분위기와 미덕이 없다는 말이다.[10]

자신을 둘러싼 현실을 다루고 있다는 측면에서 이들 작품은 회남의 신 변소설적 특성을 크게 탈피한 것으로는 볼 수 없을는지도 모른다. 그러나 자아 쪽에 쏠려 있던 구동력의 축이 세계 쪽으로 옮아 갈 기미를 보이고 있다는 점에서 앞서 논급되었던 징용소설들과는 궤를 달리하게 된다. 작가 의 눈에 비춰진 해방직후 우리의 세태 풍물은 더 이상 자신의 지식인적 우 월감을 현현하기 위한 수단이 아니고 보다 넓은 시야에서의 객관적 상황의 반영으로서의 의미를 가진다.

「오욕의 거리」에서 '나'는 해방정국의 어수선한 분위기 속에서 부동하 는 인정세태의 흐름을 요연히 파악해 서술하고 있다.

---

10) 「오욕의 거리」, 『週報建設』v. 1, 1945. 11, p.16.

그러니까 나는 여러번 올라섰다 떠러졌다 하였다. 내가 처음 서울서 이곳으로 이사를 왔을 때에는 지주(地主)라는 권한으로 그들이 불르기를 안상 어른이였고 다음 내가 몰락하자 그냥 안상이 되었었으며 일본으로 증용을 갈때에는 나의 무력한 것을 그들은 업수히 여겼다. 증용을 갔었다는 것은 내자신 변변치 못하고 부끄러운 일로 생각하고 있음에도 불구하고 세상이 이렇게 뒤집히고 보자 그들은 흡사 내가 무슨 뿔뚱난 고절(苦節)을 막고 온 것처럼 대우하며 주제에 내가 세상의 이목을 놀라게할 만치 크게 출세한 것처럼, 벼슬할 것처럼…….11)

바뀐 세상의 시류를 틈타 사욕을 채우려는 신덥석부리의 기회주의적 반역사성과 절박한 조국의 현실을 직시하고 청년운동에 투신한 그의 아들 신병대의 순수한 의기를 통해, 이 작품은 가족사적 갈등 속에서 불거지는 혼탁한 해방정국의 세태추이를 실감나게 조명하면서 지향해야 할 민족사적 좌표를 묵시적으로 설정해 주고 있다.

「불」에서도 소시민적 자아탐닉에서 벗어나지 못하고 있는 '나'와 개인주의적 몰각에서 깨어나 자기변혁의 의지를 불태우는 농민 이서방과의 대비를 통해 작가는 과감한 현실개혁으로서의 객체지향적 세계관을 펼쳐 보인다.

　　　-보름날 밤 나는 쑥스러운 보름날 행사를 충실하게 시행하는 한편 평화스런 내 집에 불이나 나지 않을가, 괜히 쓸데 없는 걱정을 한 소심한 위인인 대신, 그는 아무 애착없이 자기 집에 불을 놓아 과거의 악몽을 불살라버리고 파괴하였다. {……} 그가 나보다 불행한 대신, 헌 것을 파괴하고 새롭게 앞에 서 있는 것을 직접 나로 하여금 느끼게 하는 것만은 사실이었기 때문이다.12)

---

11) *ibid.*, 『주보건설』v. 5, 1945. 12, p.16.
12) 「불」, *op. cit.*, 수문서관, 1988, p.71.

여기서 회남의 이 즈음의 소설들과는 역실히 다른 면모를 포착하게 되는데 그것은 다름 아닌, 징용에서 돌아온 귀향농민 이서방에 대한 인물설정이다. 항용 그의 소설에 등장하는 인물들은 작중 주인공인 작가보다 열등한 인식과 소박한 세계관을 가지고 지식인적 우월감에 사로잡힌 작가로부터 훈육과 비하의 대상이 되는 이들이었다. 그러나 「불」의 이서방은 이에서 벗어나 오히려 '나'를 감화시키고 반성케 하는 역할을 하게 됨으로써 자아의 틀에 갇혀 있던 작가의 시선을 세계 쪽으로 외향화시키는 중요한 단서로서의 의미를 제공하고 있는 것이다.

이는 기회주의자 황생원과 추악한 폐물이 되고 만 말의 상징성을 통해 일제 잔재의 청산을 내세우고 있는 「말」, 북구주 탄광에서 본 사꾸라와 고국집 뜰에 핀 홍도화의 대비를 통해 해방과 새 조국의 미래에 대한 감회를 피력하고 있는 「봄」, 여름 물난리 속의 귀향길을 통해 해방직후의 사회상을 비교적 담담하게 조명하는 「낙타」 등의 작품에서도 마찬가지로, 작가의 시선이 어디를 향하고 있는지를 분명히 코여주고 있다.

따라서 「오욕의 거리」를 비롯한 일련의 작품들은 징용체험에서 비롯되었던 작가의 주체지향적 세계관이 점차 방향성을 정립함에 따라, 내향화되었던 자아가 세계로 향하게 되는 조짐을 보이고 있다는 점에서 주목된다. 그리하여 이들 작품들은 객체지향의 시각에서, 보다 외향적 직관으로 당대의 세태 현상을 그리게 되는 것이다.


## 2) 解放空間과 "展望"의 小說的 形象化

### (1) 樂觀的 展望과 作爲的 進步性

해방이라는 크나큰 여건 변화에도 불구하고 하방전의 신변소설적 카테고리를 크게 벗어나지 못하고 있던 안회남에게도 해방의 의미는 새롭고도 분명히 다가오고 있었다. 다시 말하자면, 해방전의 지극히 개아적인 삶과 그에서 연유한 작품세계가 해방직전의 짧은(1년 남짓한) 징용체험을 통해 새롭게 변주될 수 있는 好機로 작용케 했던 것이다.

징용체험이란 일견 어울리진 않지만, 당당한 前歷으로 모랄의 우위성을 확보한 회남은 그의 生得的 脆弱性에도 불구하고 해방문단에서 文盟의 핵심부로 부상하게 된다. 그리고 그의 이러한 전격적인 노선정착은 그대로 작품창작으로 이어진다.

「폭풍의 역사」는 회남의 정치적 변신을 보여주는 대표적 작품이다.

1946년 10월의 소위 "10월 인민항쟁"을 소재로 혁명정신의 구체적 실천과 그 실천에 매개된 지식인의 의식변혁을 다루고 있는 이 작품은 해방직후 좌익문단의 민족문학론에 입각해 씌어진 것으로 평가되고 있다.[13]

「폭풍의 역사」에는 현구라는 나약한 소시민 지식인이 등장한다. 현구는 해방직후의 급격한 상황변화 속에서 자신의 미온적이고 방관자적 소시민 의식에서 깨어나 차츰 적극적이며 능동적인 자세로 새로운 역사인식에 접하게 되는 인물이다. 일찍이 민중에 대한 우월감으로 역사의 뒤안길을 서성이던 안회남의 지식인 주인공이 낙관적 전망을 드러내는 긍정적 인물로 변모한 것이다.

새로운 의식으로 무장한 현구가 동네청년들을 규합해 인민위원회를 창설하고 농민들을 지도할 무렵, 10월 인민항쟁의 여파로 결국 그의 마을에도 농민봉기가 일어난다.

장날 쌀을 팔러간 농민들의 쌀매매를 금지시키고 관리들이 쌀을 압수한 것이 농민봉기의 발단이 된 것이다. 면장을 죽이라며 면사무소로 농민들이

---

13) 따라서 예전의 회남의 작품성향과는 판이한 양상을 보이게 된다. 그리하여 백철은 이 작품을 "안회남 자신의 문학적 전통을 뒤엎고 전연 별개의 토대 위에 신축된 작품"(「신사상의 주체화문제」, 『신천지』 27, 1948. 7)으로 높이 평가하기도 한다. 그러나 사회주의 이데올로기의 생경한 표출로 말미암아 "정치적 주견이 두드러져 예술성을 저하시켰다"는 김동석의 비판(「비약하는 작가 — 「속 안회남론」」, 『우리문학』, 1948. 4)을 낳는가 하면 급조된 정치인식의 괴리로 인해 심지어 林和에게서 마저 "통일론과 심상 결정의 애매한 처리"에 대해 공박(「임화가 안회남씨에게」, 『문학평론』, 1947. 4)을 받게 된다.

몰려가는 과정에서 무장경관의 발포로 3·1만세운동의 희생자인 '포달'의 아들 돌쇠가 숨지게 된다.

돌쇠의 죽음에 자극받아 반민족적 매판반동세력의 분쇄에 앞장설 것을 다짐한 현구는 적극적 민중개혁가로 변신해 당국의 방해를 무릅쓰고 민중의식 개혁운동의 원류가 된 3·1운동의 기념행사를 강행한다.

여기서 우리는 주인공 현구의 의식변모과정에 주목하게 된다. 그것은 현구가 소년시절 경험했던 3·1운동에서의 對農民觀이 해방정국의 격동기류 속에 流血人民抗爭을 치르면서 점차 구체적이고 전향적으로 바뀌어져 종국엔 그의 행동지침을 형성하는 중요한 인자로까지 작용하고 있다는 사실 때문이다.

> 며칠후, 질화로에다 밥을 구어먹으면서, 자자흔 소문을 드러 포달이
> 가 죽을 때, 『나는 조선 백성이다!』
> 만세소리와 함께 이렇게 불으지즈며 숨을 거두었다는 것을 알았다.
> 그후, 그는 장성해 가면서 두고 두고 이것을 가끔 생각하였다. 하고 불
> 으지즌 농민의 소리가, 좀 어떻게 생각하면 부자연한 것 같기도 했다.
> 거창했다. 실감과 함께, 쭉 가슴에 스며들지 않았다.[14]

이처럼 포달의 죽음을 받아들이는 현구의 의식 속에는 지식인의 선민의식에서 비롯된 농민에 대한 무시와 시대공동체적 현실에 대한 몰이해로 가득 차 있음을 알 수 있다. 그러나 해방정국에서의 현실상황 속에서 현구의 의식은 점차 성숙해 가게 되고 급기야는 포달의 아들 돌쇠의 죽음을 받아들이는 장면에선, 농민과 유리된 방관자적 소시민의식에서 각성하여 농민과 일체화된 선각자적 면모를 보이고 있음을 알 수 있다.

> (돌쇠가 아버지 하고 불른, 그 아버지는, 농사짓고 자기를 낳은 아버
> 지, 그것보다도, 죽어가면서 나는 조선백성이다 하고 불으지즌, 그 아버

---

14) 「폭풍의 역사」, 『문학평론』, 1947. 7, p.98.

지를 생각하고 불러본 것이다!)

　　현구는 이렇게 해석했다. {……} 돌쇠의 가슴 속에는 깊이, 그 아버지
　　포달 이 때부터 비약했던, 한가닥 혁명적 정신이 자연 기띠려 있었구나
　　하고 느꼈다.
　　현구는 이번에는 결정적으로, 농민의 밑에 든 것을 의식했다.[15]

　역사의 물줄기를 바람직하게 틀 수 있게 하는 것은 지식인의 사색이
아니라 고난을 몸으로 체험한 농민들의 집약된 에네르기에 있다는 사
실을 돌쇠의 죽음을 야기한 농민봉기의 과정을 통해 현구는 비로소 깨
달은 것이다.

　이는 여태껏 농민과 분리된 지식인의 계층적 속성에서 현실을 피상적으
로 체득하던 안회남 소설의 주인공과는 확연히 진일보한 모습을 보여주는
것이다. 지식인과 농민이 하나되어 동일한 시점과 역사의식으로 당면한 공
동의 민족적 과제 해결에 매진해야 한다는 결구의 메시지에서 이 작품은
현구, 돌쇠와 같은 긍정적 인물을 통해 해방정국의 낙관적 전망을 보여주
는 전형성을 얻게 된다.

　일반적으로 현실의 위기와 모순을 느끼고 해석할 뿐 아니라, 그것을 실
천적으로 변혁해 나감으로써, 스스로를 변모시키고 개인의 운명을 역사의
발전방향과 일치시키는 주체적 의식적 인물을 긍정적 인물[16]이라 하고, 현
실의 역사적 발전경향을 그 주체적 운동의 내부로부터 그려내는 발전과정
을 낙관적 전망(Optimistic Perspectve)[17]이라 할 때 「폭풍의 역사」의 주인공
과 이들이 보여주는 전망은 이에 다름 아닌 것이다.

---

15) *ibid.*, p.115.

16) R. W. Mathewson, 『*The Positive Hero in Russian Literature*』(1975, Standford Univ. press),
　　제2장 참조.

17) 3·1운동의 기념행사를 강행하는 현구 일행의 결의는 곧 인민대중의 광범위한
　　현실개혁의지로 연결되므로, 주체적 능동성에 의한 미래에 대한 낙관적 전망을
　　제시하는 것으로 볼 수 있다. 이 낙관적 전망은 사회주의 리얼리즘의 본질로 인
　　식될 수 있다. 낙관적 전망(optimistic perspective)의 개념에 관해서는 G. Lucas의
　　『*Realism in Our Time*』(pp.4~101)을 참조하기 바람.

그러나 이 작품은 문맹의 정치적 노선에 부합하여 쓰여진 프로파갠더 (propaganda)적 의미[18]가 강하고 작가의 정치적 소양이 아직 일정수준에 도달하지 못한 관계로 여러 가지 한계도 노정시키고 있다.

그것은 우선 현구가 의식의 각성을 통해 새로운 지식인상을 보여준다고 는 하나 농민인 돌쇠처럼 혁명적 실천에 이르지 못하고 지식인 특유의 사변적 질곡에 갇혀 자기변혁을 위한 행동화에 분명한 한계를 나타내고 있다 는 점을 들 수 있겠다. 결국 이는 임긍재, 김동석 등의 지적[19]에서처럼 작품내 도처에서 산견되는 생경한 정치해설의 나열과 초보적 정치인식의 노정으로 이어져 소설의 자연스러운 형상화에 막대한 지장을 초래케 함으로써 현실의 모순인식에 깊이있게 근거하지 않은 작가의 가식적 현주소를 그대로 드러내게 하고 있다. 이러한 작위적 진보성은 해방정국을 포착하는 안회남의 현실인식의 유동추이를 보여주는 것으로 다음의 「농민의 비애」에 이르러 보다 형상화된 작품내적 구도를 선보이게 하는 漸移的 要素로 작용하게 된다.

결국 이 작품은 지식인 주인공이 현실변혁의 구체적 동력인 농민과 하나되어 역사의 발전방향에 적극적으로 개입하는 과정을 작위적 구도로 처리하고 있는 것으로 볼 수 있다.

### (2) 否定的 展望과 浪漫的 象徵

「폭풍의 역사」가 지식인 주인공의 현실변혁의지와 그로 인해 부각되는 주체적 실천을 그린 것이라면 「농민의 비애」는 한 농민의 죽음으로 대변되는 극한상황을 통해 해방직후 미군정기의 부정적 본질을 극명하게 폭로하고 있는 작품이다.

「농민의 비애」에는 해방직후 새로운 착취 구도 속에서 운명과 환경에

---

18) 이 작품은 10월인민항쟁을 형상화한 거의 유일한 창작적 실천으로 평가되고 있다.

19) 임긍재, 「민족문학 제창 후의 작품경향」, 『예술조선』v. 3(1948. 4).
김동석, 「비약하는 작가」, 『우리문학』(1948 4).

순응해 온 서대응이란 한 노인의 극도로 궁핍한 생활이 묘사되고 있다. 서대응 노인의 비참한 생애를 통해 당시의 참담한 농촌 현실과 기아선상에 허덕이는 농민의 전형이 제시되고 있다.[20]

동학으로 아버지를 잃고 아들 또한 징용으로 잃은 서대응은 평생 쌀밥 한 그릇 먹어보지 못한 전형적 빈농이다. 며느리가 개가한 후 어린 손녀를 데리고 살게 된 그는 고구마로 연명하며 한 사발 가득한 고봉밥을 눈에 그린다. 미군정의 공출제 부활 이후, 보릿고개를 앞둔 이웃농민들과 지주 이선달은 좀체 밥인심을 쓰지 않고 극도의 기아에 직면한 서대응은 눈 속에 난 노루 발자국을 보고 노루고기를 연상하게 된다. 눈 덮인 들판에서 놀고 있는 노루를 두 번이나 보고도 포획에 실패한 노인은 개가한 며느리가 그나마 생의 위안이 되었던 손녀딸을 데리고 간 날 밤, 노루잡기용 와이어로 목을 매고 만다.

이 작품에서 서대응 노인은 아무런 현실적 저항의지를 갖지 못한 체념형의 인물이며 또한 농사를 짓고도 쌀을 구경조차 할 수 없었던 당시의 비참하면서도 순종적인 농민상을 압축해서 보여주는 인물이기도 하다.

> 그는 가끔 냉수에 젖은 백지짱 밑에서 백지짱처럼 창백하게 질식해 죽은 아버지의 얼굴과 또 그보다 못지 않게 처참히 죽었을 아들을 생각했다. 그때마다 새삼스럽게 일본놈이 무서웠고, 일본놈의 앞잡이가 더 한칭 원수였다. 그러나 그는 무섭고 원수로 여겼을 뿐이지 어찌하는 수가 없었다. 아무 반항도 보복도 못했다. 무식하고 무력하고 비좁했다. 해방전후의 면서기를 구별해서, 한 패에게는 인사도 말도 안하고, 새 면서기에게만 기대와 호의를 갖는 것은, 그의 독특한 농민적 성격에서 나온, 말하자면 소극적 투쟁이었다.[21]

이러한 서대응의 농민적 성격은 현상의 구조적 근원을 파악하여, 잘못된 현상타개를 위한 적극적 투쟁으로 나아가지 못하게 하고 자신에게 닥친 모

---

20) 임환모, 『문학적 이념과 비평적 지성』, 태학사, 1993, p.391.
21) 「농민의 비애」, 『제3한국문학』 v. 13, 수문서관, 1988, pp.165~166.

든 고난과 시련을 개인사적 차원에서 감수케 함으로써 비장한 현실의 부정적 본질을 적나라하게 드러내게 하는데 작용하고 있다.

따라서 이 작품은 현실의 부정적 본질, 그 위기의 측면을 비판적으로 드러냄으로써 그 극복의 방향을 암시하게 되는 否定的 展望(Negative perspective)의 소설[22]로 볼 수 있다.

즉 미군정의 식량정책 실패와 양곡수집에 있어서의 무차별한 횡포, 이를 둘러싼 친일파 민족반역자 계층의 야합은 해방직후의 농촌사회의 황폐화를 가속화시킨 주요원인이 되었는 바[23], 서대응의 비참한 말로는 이러한 구조 속에서 파생되어진 것으로 이는 바로 갈 때까지 간 농민의 궁핍상에 대한 비판적 폭로에 다름 아닌 것이다.

그리하여 서대응은 자신의 기아 탈출을 현실변력의 적극적 의지를 통해서가 아니라 노루사냥이란 다소 낭만적 환상을 통해 실천하려 한다.

> "노루다!"
> 그는 자기도 모르게 외쳤다. 보니까 노루 두 마리가 껑충껑충 뛰어다니며 있다. 그것은 참으로 황홀한 정경이였다. 미끈하게 생긴 노루 한 쌍이 밝고도 맑은 달빛을 받으며, 하얀 백설 우를 가루시루 뛰며 있는 것은 상상 못할 그야말로 선경이였다. 푸르스름한 빛, 꿈 같은 그림이였다.
> 순간, 이편 인기척을 챘음인지 두 마리 노루는 날르는 것처럼 뛰어 달아났다. 서대응 노인은 알 수 없는 기운이 몸에서 소사났다. 부쩍 용기가 치밀었다.[24]

노루라는 낭만적 상징을 통해 극도의 허기를 해결하고자 하는 절박한 현실의 노력을 극명히 표출시키고 있다. "조그만 광속에 웅크리고 앉아 기

---

22) 부정적 전망의 소설은 곧 비판적 리얼리즘의 속성과 밀접한 관련을 맺는다. ; 부정적 전망(Negative perspective)의 개념에 대해선 G. Lucas의 『Realism in Our Time』 (pp.4~101)을 참조할 것.

23) 송남헌, 『해방 3년사』 II, 까치, 1985, p.430.

24) 「농민의 비애」, *op. cit.*, 수문서관, 1988, p.169.

아와 추위와" 싸우고 있는 농민들의 생활과 달빛을 받으며 뛰노는 노루의 모습은 선명한 대조를 이룬다. 노루를 잡고자 하는 욕망에 반비례하여 황홀한 노루의 정경은 그만큼 환상적이며 비현실적인 것이 되어 버린다.25)

따라서 서대웅의 죽음을 통해 나타난 노루는 단순히 배고픔을 면하는 동물로 그치지 않고 "죽어서 노루나 되지"하는 독백에서 시사하듯이 결코 도달할 수 없는 理想으로서의 象徵性을 띠게 되는 것이다.26)

이처럼 조악한 시대현실 속에서 침몰하지 않을 수 없는 무력한 당대 농민대중의 전형을 서대웅이란 인물을 통해 성공적으로 형상화시키는데 있어27) 노루의 낭만적 상징성28)이 절묘한 조화를 일궈내고 있는 것이다. 그렇게 함으로써 이 작품은 현실비판의 메시지를 전하는 부정적 전망으로서의 기능을 확고히 할 수 있었던 것이다.

그러나 이 작품 역시 「폭풍의 역사」에서처럼 작가개입적 정치소견이 무분별하게 펼쳐진 부분들이 산견되어, 비혁명적 주인공을 통해 자연스럽게 혁명정신을 구현하려 한 작품의 의도와 그 소설미학에 막대한 손상을 입히

---

25) 신덕룡, op. cit., 시인사, 1989, pp.121~123. 참조.

26) 김윤식, 『한국현대문학사』, 일지사, 1976, p.148.

27) 김동석(op. cit., 1948. 4)은 먹는다는 것이 이렇게 절실한 문제로 실감있게 형상화한 작품이 드물다며 이 작품을 "8·15후 조선문단의 최대의 수확"으로 평가한다.

28) 노루의 낭만적 상징성에 대해선 대체로 부정적 견해가 지배적이다. 즉 철저한 계급의식에 바탕을 두지 않고 있다는 김동석의 지적(『부르조아의 인간상』, 탐구당, 1949, pp.34~36)과 산문문학에서의 서정시적 침윤은 현실을 왜곡시킬 수밖에 없다는 김무산의 논평(「자기정리기의 창조사업」, 『문장』, 1948. 10, pp.202~203)이 그것으로 이는 후대의 일부 평자들에게도 공감을 주고 있는 듯하다. 서정적 이미지와 궁핍의 묘사가 소설 속에서 유기적으로 연결되지 못했다는 임진영의 견해(『8·15직후 단편소설 연구』, 연세대 대학원, 1988)와 기아에 지친 노인과 노루의 황홀한 정경이 상호모순된 정서를 유발할 뿐이라는 이덕화의 견해(op. cit., 1988. 12, p.123)가 이에 해당한다. 그러나 이들은 "이것이 현실 자체의 변혁 가능성을 보여주는" 수단이라는 신덕룡의 견해(op. cit., 1989, p.123)와 "노루의 상징성과 복선의 효과"를 주시하고 있는 임환모의 견해(op. cit., 1993, pp.392~393)에서 지적되듯이 안회남의 현실인식의 근저를 너무 과소평가하고 있는 것으로 보여진다.

고 있음을 알 수 있다. 그것은 이 작품을 통해 농민의 궁핍상과 함께 제시하려한 單政樹立運動이란 정치적 슬로건이 서대응의 비참한 생활을 통해 작품내적 구조 속에서 합일되어 수렴되지 못하고 또 다른 하나의 서술구조를 파생시켰기 때문이다.29) 그리하여 형상화된 국면 속에서 인물의 자연스러운 대사와 절제된 지문에 의하지 않고, 노골적으로 정치신조를 뱉아내게 되는 것이다.

결국 「농민의 비애」는 해방직후 미군정당국의 실정에 의해 극도의 궁핍에 시달리던 조악한 농촌현실을 서대응이란 전형적 빈농의 인물창조를 통해 폭로함으로써 현실의 부정적 본질을 비판적으로 드러낸 수작이라 규정할 수 있다.


## 3. 結 論


지금까지 안회남의 해방기 소설들을 중심으로 그 특질을 고구해 봤다. 이제 그 논의를 정리해 봄으로써 결론에 대신하고자 한다.

「철쇄 끊어지다」를 위시한 「사선을 넘어서」, 「그 뒤 이야기」 등 일련의 징용소설들은 "징용"이란 소재가 가져다 준 세계관의 확대가 작가 특유의 내성적 인자에 의해 굴절되어, 뻗어 나가지 못함으로써 자기중심적 신변소설이 외부세계와 조응하는 한 단초를 제시하는데 그치고 있음을 알 수 있었다.

「오욕의 거리」를 비롯한 「불」, 「말」 등 일련의 작품들은 징용체험에서

---

29) 이는 저열한 인식수준으로 인해 현실적 모순구조의 중핵적 인과관계를 이루는 농민의 궁핍상과 단정수립운동이 총체적으로 형상화되지 못하고 각기 분리되었음과 이때 단정수립운동의 측면은 농민의 궁핍상에 대한 형상화 속에 용해되지 못함으로써 극단으로 돌출된 화자의 논평으로 또 하나의 구조를 형성, 플롯의 유기적 결합을 장애하고 작품을 구조적으로 파탄으로 몰고 간다.; 백승열,『안회남 소설 연구』, 서울대 대학원, 1989, pp.145~146.

잉태된 작가의 주체지향적 세계관이 점차 외향화되어 방향성을 정립함에 따라 자아가 세계로 향하게 되는 조짐을 보여 주면서, 보다 객체지향의 시각에서 외향적 직관으로 당대세태를 조감하고 있어 주목된다.

이렇듯 해방 이후에도 "징용체험"의 틀에 갇혀 사적 세계의 현현에 주력하던 회남은 모랄의 우위성으로 문맹의 핵심부로 부상한 후, 해방정국의 전망을 소설로 형상화하기 시작한다.

「폭풍의 역사」는 지식인 주인공 현구가 해방공간의 혼란상 속에서 현실변혁의 구체적 동력인 농민과 하나되어 역사의 발전방향에 적극 합류하는 과정을 다룸으로써 낙관적 전망을 드러내고 있는 작품이다.

「농민의 비애」는 해방직후 극도의 궁핍에 시달리는 농촌현실을 서대응이란 전형적 빈농의 인물창조와 내적 형상화를 통해 비판적으로 나타냄으로써 부정적 전망을 드러내고 있는 작품이다.

이렇게 볼 때, 안회남의 해방기 소설은 자아의 내부에 쏠려있던 작가의 시선이 점차 외부세계 쪽을 주시하게 됨에 따라 변모하여 갔음을 알 수 있겠다. 그리고 이러한 변모의 양상은 지식인의 자아중심적 세계관이 농민 내지 민중의 현실변혁의지와 습합되는 과정을 통해 보다 극명히 나타나게 된다. 따라서 동일인물 속에 지식인, 노동자, 농민, 전재민 등의 이질적 속성이 복합적으로 혼재하여 나타나거나, 한 작품 속에서도 이들의 입장이 묘한 조화와 대립을 이루도록 배치하고 있어 주목된다.

이는 해방기의 특수한 시대상이 배출한 상황과 인물군을 입체적 시각에서 다양하게 포착해낸 것으로, 인물의 계층적 속성을 고정된 프리즘에 의거해 단일한 시각에서 조명하고 있는 해방기의 여타 작가들에 비해 볼 때, 작품의 성과에 관계없이 평가받아 마땅하리라 상정된다. 본고에서 간과된 숱한 문제점들은 후고로 미룬다.

# 朴泰遠歷史小說研究

## 1. 序 論

　　30년대 우리 문단의 대표적 모더니스트로 알려져 왔던 박태원에 관한 연구가 근자에 들어 매우 활발하다. 이는 우리 문학사의 온전한 복원을 위한 불가피한 도정이겠으나, 그간의 연구가 그와 그의 작품의 모더니즘적 속성의 부각에 치우쳐 주로 해방 이전 작품만을 논의 대상으로 삼는 타성에선 이제 과감히 벗어날 때가 되었다고 본다. 이러한 시각에서, 최근의 몇몇 논급들[1]이 해방 이후는 물론 월북 이후의 작품으로까지 그 대상범위를 확대시키고 있음은 매우 고무적인 사실로 받아들여진다. 그러나 이들이 아직도 개별작품론의 영역에 머물거나, 해방 이후 박태원 소설 전체를 관통하는 성격규명으로 나아가지 못하고 있음은 극복되어야 할 분명한 한계가 아닐 수 없다. 해방 이전, 일제 말기 약간의 친일작품을 제외한다면, 박태원 소설은 분명 절박한 현실을 출중한 기교로 포용하며 소화해 낸 예술지향성의 작품으로 대별될 수 있을 것이다. 그러나 해방 이후, 나아가 월북

---

　1) 임무출, 「박태원의 「홍길동전」 연구」, 『영남어문학』18, 1990. 12.
　　　이재선, 「박태원의 「갑오농민전쟁」론」, 『문학사상』, 1989. 6.
　　　김윤식, 「「갑오농민전쟁」론」, 『동서문학』, 1990. 1.
　　　이영호, 「1894년 농민전쟁의 역사적 성격과 역사소설」, 『창작과 비평』, 1990. 가을.
　　　이상경, 「동학농민전쟁과 역사소설」, 『변혁주체와 한국문학』, 역사비평사, 1990.
　　　정현숙, 「「갑오농민전쟁」 연구」, 『어문학보』14, 강원대 국교과, 1992. 5 등.

후까지로 시공을 확장시켜 볼 때도 그의 이러한 작품특성이 아직도 유효한 것이지, 혹은 현실인식의 과정에서 어떤 형태로든 굴절을 거치지 않을 수 없었는 지에 대한 면밀한 검증이 필요한 것이다. 이에 본고에서는, 해방 이후 북녘에서 타계하기까지의 그의 작품이 거의 역사소설인 점에 착목해 이를 연구함으로써 박태원문학 전반의 통합적 실상을 제시하는 한 단서로 남기고자 한다.

## 2. 朴泰遠 歷史小說의 性格

일반적으로 역사소설의 성패는 역사적 사실을 소재로 하되 작가의 역사의식이 이에 여하히 작용되어지는가에 달려있다고 볼 수 있다. 즉 事實性과 虛構性이라는 일견 상호대립적 요소를 어떤 방식으로 절충하느냐의 문제인 셈이다.

따라서 어떤 측면에서는 모순된 대립개념인 역사소설의 事實性과 虛構性의 진정한 조화는 역사소설가가 역사적인 기록이나 증거를 토대로 하여 상상력을 발휘하여 작품에서 요구되는 역사적 진실성과 예술성을 함께 확보할 수 있을 때 이루어지는 것으로써 이 때 작용하는 중간매체를 우리는 작가의 역사의식이라 부를 수 있다.[2]

결국 작가의 역사의식이란 과거의 역사를 현재의 시각에서 재해석하여 이를 문학적으로 형상화해 내는 데 밑거름이 되게 하는 정신적 역량이라고 볼 수 있을 것이다. 그렇다면 박태원의 역사소설에는 그의 역사의식이 어떻게 용해되어 나타나고 있는가? 1930년대 이후 소설의 장편화 경향에 힘입어 우리 문단에 고개를 내민 초기의 역사소설들은 주로 지배계층이나 그 부류를 벗어날 수 없는 문제적 영웅들을 제재로 다룬 것들이었다. 이는 다소 창작의도상의 문제도 있었겠지만, 역사발전의 원동력이 지배계층의 史

---

2) 이용남, 「역사소설의 평가문제」, 『한국문학사의 쟁점』, 集文堂, 1989, p.690.

的 行爲에서 도출되어진다는 작가들의 단편적이고도 소박한 역사의식에서 기인한 것으로 보인다.

　그러나 박태원의 역사소설은 우선 그 등장인둘부터가 대부분 피지배계층 내지 민중의식과 연계된 영웅들일뿐 아니라, 그들의 육화된 삶을 통해 고착된 역사를 보다 폭넓게 재구해 보여주고 있다는 데서 작가 특유의 예술성이 마침내 역사적 진실성과 조우하고 있음을 느끼게 한다. 하지만 박태원의 역사소설도 그 전부가 동일한 역사의식에서 비롯되어 진 것이 아니라는 점과, 특히나 그의 월북이 초래했을지도 모를 창작관행의 변이 및 작가의식의 굴절을 염두에 두지 않는 한 이에 대한 성격규명은 무의미해질 수밖에 없을 것이다. 이제 이러한 점을 십분 고려하면서 그 구체적인 작품 분석을 통해 박태원 역사소설의 실상을 살펴보기로 한다.

## 3. 解放直後 作品世界

　일제 말기에서 해방 직전까지의 박태원은 일련의 친일작품들[「아세아의 여명」(1941), 「군국의 어머니」(1942), 「꼬마반장」, 「어서 크자」]을 비롯해 주로 중국고전[「역수한」(1939), 「신역삼국지」(1941), 「수호전」(1942~44)]의 번역에 매달린다. 그러다 해방을 맞이해 그는 역사전기물[「조선독립순국열사전」(1946), 「약산과 의열단」(1947), 「이충무공행록」(1948)]을 거쳐 점차 역사소설의 세계로 나아가게 된다. 해방 직후, 월북 직전의 그의 역사소설은 모두 9편이나, 단편인데다가 단지 역사적 사실을 삽화로 처리하고 있거나 설화적 소재를 취하고 있는 작품들[「원관」(1945. 5~8), 「약탈자」(1945. 10~), 「춘보」(1946), 「한양성」(1946), 「태평성대」(1946), 「귀의 비극」(1948. 8)]은 본고의 대상에서 제외시켰다.

## 1) 「洪吉童傳」에 나타난 作爲的 民衆意識

「洪吉童傳」(협동문고 시리즈, 1947. 7)은 기성의 고소설을 텍스트로, 역사적 허구를 가미한 특이한 형식의 역사소설이다. 이미 고소설에서 창조되어진 洪吉童을 주인공으로, 활빈당의 활약을 중심플롯으로 활용하는 점에 비춰 보면 이 작품은 단순한 고소설의 개작 정도에 불과하지, 결코 역사소설의 범주에 들 수 없을는지 모른다. 그러나 洪吉童이란 애펠레이션(命名 : appellation) 자체가 연산조의 실존인물 洪吉同에서 비롯된 것이고 고소설과는 달리 역사적 사실(연산군의 학정과 이에서 기인한 중종반정까지의 당대 정치사)을 작품의 제재로 다루고 있다는 점에서 역사소설로서의 최소한의 성립근거는 가지고 있는 셈이다.

이 작품은 홍길동의 활빈당사업과 역사적 배경으로서의 연산폐위과정이라는 이중의 구조로 되어 있다.[3] 이는 소설의 형상화과정에서 작가에게 큰 부담으로 작용한 듯하다. 다시 말하자면 고소설의 플롯을 연산조의 實在한 사실에 끼워 맞추는 과정에서 무리수를 범할 수도 있다는 것이다.

> 이조(李朝)에 있어, 드물게 보는 영명(英明)한 군주(君主)로,『해동요순
> (海東堯舜)』의 일커름까지 받는 세종대왕(世宗大王)재위년간에 이러한
> 일이 있었다 하여서는, 모처럼의『홍길동』이도 한갓 요망스런 작란꾼에
> 지나지 않을 것이다.
> 이리하여 나는 역사 위에 있어 가장 어둡고 어지러웁고 또 추악하던
> 인군 연산(燕山)의 시절을 빌기로 하였다.[4]

이처럼 원작고소설을 텍스트로 삼으면서도 史實에 충실하려니 주인공의 행동이 작가의 독창적 영역에서 유리됨은 물론, 그 사건들이 어색하게 역사적 사실들과 결합하고 있는 감을 주게 된다. 그럴듯한 소설, 의미심장한

---

3) 임무출, *op. cit.*, pp.31~32.
4)『홍길동전』, 금융조합연합회, 1947, p.175.

역사물 그 어느 것도 아닌 어중간함을 보ᄋ게 될 수 있다. 작가도 이를 의식한 듯, 작품 속에 직접 개입하면서까지 이 상반된 두 자질을 묶으려 애쓰고 있다.

> 고본 홍길동전은 단순히 소설로 볼 때에는 흥미가 아주 없지도 않으나 문헌으로서의 가치는 별로히 없는 저술이다. {……} 그러한 중에 이 해인사사건 하나만은 대체로 사실과 부합한다.[5]

어떤 의미에선 픽션으로서의 성립근거를 약화시킬 수도 있는 이러한 소설 내적 장치를 통해 이제 홍길동은 荒唐無稽한 비법을 사용할 수도 없고 율도국을 건설할 수도 없는, 연산의 荒淫無道에 분개한 역사상의 의적으로 다시 태어나게 되는 것이다. 그리하여 그의 활빈당 활동은 고소설에서의 추상성을 벗어나 연산의 폐위를 궁극적 지향점으로 하는, 보다 거시적이고도 구체적인 목적성을 부여받게 된다. 물론 홍길동의 활빈당이 서울에서 직접적으로 중종반정을 계획했던 성희안, 박원종, 유순정 등의 무리와 역사적 조우를 하거나 전략적 모의를 도모하지는 않는다 하더라도 역사적 배경으로서의 방패막이는 충분히 하고 있는 셈이다.

이 작품이 이렇듯 고소설의 영웅 홍길동을 민중의식 구현의 매개물로 삼고 있는 것은 그 집필동기의 프로파갠더(宣傳 : propaganda)적 성격과 결코 무관하지 않을 것이다. 조선농민들의 무지를 깨우치고 민중적 역량을 함양하려는 협동문고 발간의 취지[6]는 차처하고서라도, 당시 조선문학가동맹 집행위원의 직함을 가졌던 박태원 자신의 파당적 입장의 대변이란 측면과도 떼어놓고 생각할 수 없다는 말이다. 결국 「홍길동전」은 아직 해방 이전의 문학적 성향을 청산할 수 없었던 박태원이 민중의식의 구현이란 시대정신에 작위적으로 영합한 산물로 보여진다. 그러나 임무출의 지적[7]과 같

---

5) *ibid.*, p.83.
6) 協同文庫刊行의 辭, 『홍길동전』, pp.177~178 참조
7) 임무출, 『해방 직후 한국 장편역사소설 연구』, 계명대 박사논문, 1992. 12, p.37

이 중종반정의 성공이란 대단원의 제시를 통해 해방 이후의 역사적 전망을 소설로 피력했다는 나름의 의의는 가질 수 있을 것으로 상정된다.

## 2) 「壬辰倭亂」에 나타난 傳統的 民族史觀

「壬辰倭亂」(서울신문, 1949. 1. 4~12. 14)[8]은 전통적 왕조사에 입각해 민족의 수난인 임진왜란을 그리고 있는 작품이다. 이미 「홍길동전」을 통해 해방공간에서의 역사의식의 일단을 타율적으로나마 선보였던 박태원은 자기본연의 보수적 시각으로 돌아와 조선 최대의 전란을 묘사하게 된다. 해방 전, 문단 어느 곳의 이데올로기에도 속하지 않았던 박태원으로선 당연히 임진왜란을 외적에 대항했던 우리 민족 전체의 시련으로 파악했을 것이며, 따라서 이를 담백하게 민족주의적 관점에서 담아 내려 한다.

> 서애 유성룡(西涯 柳成龍)을 백사 이항복(白沙 李恒福) 사명당 유정(四溟堂 惟政)으로 더불어 흔히 임진왜란(壬辰倭亂)의 삼걸(三傑)이라 일컬어 오거니와, 이분이 남긴 저술에 증비록(懲毖錄)이라는 것이 있다.
> 내 소설은 이 증비록에서의 인용으로부터 시작된다.[9]

「임진왜란」의 序章 冒頭에 해당하는 부분이다. 사대부 유성룡의 史錄에서부터 실마리를 풀어가고 있음을 알 수 있다. 작가로서는 객관적 사료를 통해 소설창작에 나아감으로써 어설픈 이데올로기와 편향적 주관을 되도록 차단하여 임진왜란을 민족사적 항쟁으로 부각시키려 한 것 같다. 그러나 임진왜란이 민족구성원 전체의 수난임엔 틀림없지만 왕조사직의 입장에선 더욱 절박한 문제였던 만큼 일반민중들과는 유리된 지배층 사대부측에서의 특정한 시각이 사료에 반영될 수밖에 없다는 사실을 작가는 간과한

---

8) 「임진왜란」은 273회로 일단 끝맺고 있으나 작가 자신이 <작가의 말씀>을 통해 이 작품이 미완임을 밝히면서 후일을 기약하고 있다.
9) 「임진왜란」(1회), 서울신문, 1949. 1. 4.

듯하다. 따라서 객관적 시각에서 임진왜란을 조명해 보려던 박태원의 시도
는 애초부터 일정한 한계를 안고 출발할 수밖에 없는 것이었다

> 무슨 일에고 남보다 앞서하며 남보다 부지런한 것이 그(李舜臣－筆者
> 註)다. 대장장이의 마치소리와 목수들의 대패질소리 톱질소리는 좌수영
> 에서부터 일어났다. {……} 중수할 것은 중수하고 개조할 것은 개조하
> 고……, 전라좌도의 병선은 하루하루 충실하여졌다.[10]

충무공 이순신의 智謀에 대해 묘사하고 잇는 장면이다.[11] 그러나 이러한
대목들은 이미 이 작품의 연재 당시, 역사소설을 집필하는 작가로서의 역
사의식의 한계란 측면에서 비판이 제기된다.[12] 즉 이순신과 같은 영웅형의
상층인물의 묘사도 중요하지만, 이들이 어떻게 민중들과 결합하여 국난을
헤쳐 나갔느냐는 문제에 보다 초점을 맞춰, 문학적 형상화를 이룩해야 한
다는 것이다. 민중을 겨냥한 史觀이 없는, 상층인물 위주의 기술은 "封建兩
班들의 古談"에 불과하지 진정한 의미의 역사소설은 될 수 없다는 것이다.
이데올로기 중립의 상태에서 명확한 역사의식기 표출된 역사소설을 쓰
기란 얼마나 힘들며, 어쩌면 불가능할지도 모른다는 사실을 순수문학지향
의 모더니스트 박태원은 미처 깨닫지 못했던 것이다.[13] 민중과 지배층이
함께 겪은 수난을, 지배층의 사료에 근거해 재구하면서 민족주의란 명분만
찾으려던 박태원의 안이함은 민중이 주체가 되어 봉건적 잔재를 일소해야
한다는 시대적 명제 앞에서 무색해질 수밖에 없었다. 사료에 의거한 순응

---

10) 「임진왜란」(29회), 서울신문, 1949. 2. 3.
11) 이순신의 지모와 인물됨에 대해 작가의 序章의 三·李舜臣小傳(19회~26회)篇과
    四·거북선(27회~31회)篇을 통해 상술하고 있다.
12) 金秉逵, 「구보의 임진왜란에 대하여－역사문학에 있어서의 사관문제」, 『新天地』
    36호, 1949. 5·6 합병호, pp.200~220.
13) 이에 대해 김윤식은, 민족주의가 다만 외세와의 싸움이 아니고 민족 내부의 계
    급투쟁 형태로 나타났던 해방공간에 있어 박태원의 중립적 태도는 설득력을 잃
    을 수밖에 없음을 지적하고 있다. 『한국 현대현실주의소설 연구』, 문지사, 1990,
    pp.150~152 참조.

주의적이고 기계적인 史觀에서 결별하여, 이를 폭넓은 시각에서 해석할 여유를 가지기엔, 그의 순문학적 성향이 너무 강했을지도 모른다.

그러나 선조의 의주몽진 장면에서 그치는 바처럼, 이 작품이 작가의 역사의식 전반을 드러낸 완성작이 아니라는 점과 이데올로기적 입장표명을 분명히 했어야 할 당대 문단의 유행적 풍토를 고려해 볼 때, 한 작가의 역사의식 시발의 궤적을 보여 주고 있다는 사실이 묵과되어서는 안될 것이다.


### 3) 「群像」에 나타난 未熟한 階級意識

「洪吉童傳」의 시험적 집필 이후, 「壬辰倭亂」의 집필과정을 통해 해방공간에서 요구되는 역사의식의 실체를 파악하게 된 박태원은 「임진왜란」을 서울신문에 연재하는 도중에 또 하나의 역사소설인 「群像」을 조선일보(1949. 6. 15~19850. 2. 2)에 발표해 나간다.[14] 그리고 민족 내부의 계급문제를 민중의 시각에서 풀어 보려는 의욕을 보인다. 즉 이 작품은 안동김씨의 세도정치가 기승을 부리던 철종 5년(1854) 갑인년, 전라도 나주를 역사적 배경으로, 봉건지배층에 대한 익명의 민중들의 산발적 저항을 다루고 있다.[15]

사도팔도(四都八道)-원 나라안이 크고 적고간에 물난리를 안겪는 곳이 없는데 그중에도 삼남(三南)이 우심하였다. 전라감사가 순천(順天), 구례(求禮), 곡성(谷城) 세고을이 물에 떠내려가 죽은자가 팔백명임을 위에 장계한다. {……} 추수동장이라는데 가을에 걷운 것이 없으니 겨울에 감출 것이 어디 있으랴, 설사 겨울에 여간 감춘 것이 있다손 치더라도 해마다 이때면 으례 굶주리는 이나라 백성들 살림살이. 꽃이 피어도

---

14) 「群像」은 박태원의 월북전 남한에서의 최후작으로, 193회에 걸쳐 제1부만을 마친 불완전상태에서 중단된다.

15) 정현숙, op. cit., pp.10~11 참조.

제비들이 찾아 들어도 그들에게는 봄이 없었다.[16]

작품의 제목 "군상"이 암시하듯 이 소설은 서구열강의 침략을 앞둔 철종 조의 기울어져 가는 국운 속에서, 미증유의 수재와 지배층의 수탈에 시달 리는 "그들", 즉 민중들의 고통스러운 삶으로부터 이야기를 이끌어 나가고 있다.

그리하여 이조 말 지배계층(김좌근, 이판서, 정판서 등)의 부정한 처 세와 민중들(장임손, 신돌석을 위시한 신부식녀, 정도령, 황서방, 최서 방 등)의 저항, 그리고 부유하는 진보적 지식계층(방랑시인 김삿갓, 낙 방거사 서진사, 명창 주덕기 등)의 현실인식 등 다양한 삶의 방식을 제 시해 보이고 있다.

소설의 전반부는 지배층의 부당한 수탈양상과, 그 질곡 속에서 허덕이는 백성들의 비참상이 폭넓게 그려지며, 후반부는 권력에 대항하다가 살인범 이 된 주인공 장임손이 포위망을 뚫고 서울에 잠입해, 동지 신돌석의 누이 인 애인 귀순을 찾아 헤매는 우여곡절을 그리고 있다. 그러나 당대 세도가 김좌근의 애첩 나주양씨의 오촌외숙인 전감역의 하인을 죽여 쫓기는 천하 장사 장임손의 도피행각이 당대 민중적 삶의 전형으로 승화되지 못하고 한 갓 개인적 차원 — 비겁한 살인도주범 — 에 머물고 마는 것은 이 작품의 크 나큰 한계가 아닐 수 없다.

전반부에서 포괄적으로 제시되어 어느 정도 가능성을 보였던 역사적 상 황의 계급적 인지가 후반부로 갈수록 방향을 잃고 표류하다, 결국 개인적 감정과 사회적 계급의 문제가 어설프게 혼재한 채 미완으로 끝맺게 되는 것이다.[17] 계급의식의 가능성을 보여 주었던 주인공 장임손과 신돌석에 대 한 피안의 기대가 단순히 개인적 문제로 극전직하게 된 것은 이들이 지

---

16) 「군상」(1회), 조선일보, 1949. 6. 15.

17) 정현숙은 당대 역사를 바라보는 작가의 역사의식의 빈약으로 장임손의 행위가 계급투쟁으로 구체화되지 못했을 뿐 아니라, 국내외의 역사적 상황에 대한 구체 적 서술과 해석이 증발하고 있다고 지적한다. 정현숙, *op. cit.*, p.13.

향하는 각성된 이념이 없다는 데서 기인한 당연한 결과였다.[18] 따라서 이들 민초들의 아픔이 김삿갓과 같은 진보적 선각자들의 이념과 어우러져 한 방향으로 수렴됨으로써 작품의 통합성에 이바지하지 못하고 미완으로 끝날 수밖에 없었던 것이다. 결국 작가의 이념부재에서 비롯된 미숙한 계급의식이 지적되지 않을 수 없겠다.


## 4. 越北 以後 作品世界


6·25동란 중 서울에 남아 있었던 박태원은 안회남 휘하의 문학가동맹 단체에 수렴되어 결국 월북의 길을 택하고 만다. 월북 후 그는 몇 번의 浮沈을 거듭하면서「임진조국전쟁」,「조국의 품」,「리순신장군」,「조국의 깃발」등 체제순응적 작품을 거쳐, 본격적 역사소설의 집필에 나아감으로써 월북전「군상」에서 보여 주었던 계급의식의 일단을 검증받게 된다.


### 1) 民衆意識의 具體的 發現―「鷄鳴山川은 밝아 오느냐」


1963년 소위 '혁명적 대창작 그루빠'의 지도 아래 쓰여졌다는「계명산천은 밝아 오느냐」는 북한 역사소설의 효시로 꼽히기도 하는 2부작 장편소설로「갑오농민전쟁」의 전편에 해당한다.「군상」의 배경이었던 1854년으로부터 7년 뒤인 1861년(신유년)과 그 이듬해를 배경으로, 함평·익산민란을 중심으로 이어지는 임술농민항쟁을 서술하고 있는 이 작품은 인물을 피지배층과 지배층으로 양단하여 현실에 대한 적극적 투쟁을 강조한다는 점에서 사회주의 체제의 창작지침을 잘 반영하고 있다.[19]

---

18) 김윤식은,「군상」이 민족단위에서 계급단위로 나아가지 못했던 것은 작가가 이에 관한 확고부동한 역사적 전망을 아직 갖추지 못했던 때문으로 풀이한다. 김윤식, *op. cit.*, pp.155~160 참조.

익산민란의 주모자인 역사상의 실재인물 오덕순과 허구적 인물로 설정된 그의 아들 오수동 부자를 중심으로 봉건지배층의 수탈이 절정을 이뤘던 시기의 민중들의 적극적 저항과 소요를 계급적 차원에서 형상화한다. 이 과정에서 함평민란의 주모자 정한순, 그 대신 체포되면서 반봉건의식을 행동으로 실천하는 김삿갓, 민중봉기의 잠재력으로 상징되는 너더리 주막주인 박첨지, 동학을 주도하는 이필재 대장 민족정신의 마지막 보루로 묘사되는 몰락양반 이생원 등 변혁주체들의 결집력이, 봉건군주의 무능, 세도정치실세들의 패악, 삼정의 문란 등 체제의 구조적 모순으로 대표되는 잘못된 시대상에 어떻게 대응했었나를 깊이 있게 보여주고 있다.

> 충주 소일 동네에 정가 성 가진 양반들이 살고 있는데 토호(土豪)질을 심하게 하기로 조명이 난 중에도 특히 '정 첨판댁'이라고 하면 충주 일판은 말할 것 없고, 충청도 일경 치고서 모르는 사람이 없으리만치 이름이 높다. {……} 범강 장달이 같은 노복 수십 명을 부려서 수단과 방법을 가리지 않고 남의 재물을 득탈해 들이는데, 나중에는 그것도 오히려 부족해서 소 도둑놈들을 동네 안에 끌어들여다놓고 원근 읍촌으로 돌아다니며 남의 소를 훔쳐오게 한다. 소 임자가 그 뒤를 밟아서 섣불리 동네 안으로 한 발자국이라도 들여놓는 날에는 사면에서 벌떼처럼 몰려나와 사정없이 내리치는 뭇매질에 그만 반죽음이 되어서 나와야 하고, 일이 너무나 분하다 해서 관가에다 소지(訴志) 쯤 올려 본댔자 아무 소용이 없는 것이다.
>     {……}
> 「아무리 무법 천지라지만 그래두 분수가 있지 그래 천하에 이럴 법두 있어?」
> 「이눔의 세상에선 우리 상눔들은 버러지만두 못허다니까……」
> 「엥이 그저 이런눔의 세상은 하루래도 빨리 망해 버려야만 해.」[20]

연원역말 쇠전거리 김서방네 머슴 조만준이 도둑맞은 주인집 소를 찾으

---

19) 정현숙, *op. cit.*, p.14
20) 『계명산천은 밝아 오느냐』v. 1, 깊은샘, 1993, pp.28~31.

러 소일동네에 들었다가 정참판측으로부터 무참하게 몰매를 맞고 초죽음
이 된 모습에서 농군들은 이루 말할 수 없는 분노를 느낀다. 이는 농군들과
함께 현장을 목격한 몰락양반, '향교말 이생원'의 상경(상감에게의 직언을
위한)으로 이어지고, 부패세도정권의 거대한 장벽 앞에서 일갈호통을 쳐대
지만 결국 이생원은 처참한 죽음을 당하게 된다. 민중봉기의 역사적 필연
성은 여기에서 이미 그 일정한 가닥을 잡고 있는 셈이다. 이러한 과정 속에
서 범민중적 변혁주체들의 각성이 조직적 세력의 규합으로 이어지고 이는
결국 함평・익산민란으로 구체화되면서 계급혁명을 전제한 민중의식의 저
변을 드러내게 되는 것이다. 하지만 이 민란은 그 분산 고립적인 성격을
극복치 못하고 주동자들이 전주감영에서 참수됨으로써 실패로 막을 내리
게 된다.

> 「나는 애당초에 너희 같은 놈들을 인간으로 치구 있지를 않으니까 말
> 조차 허기 싫다마는, 이왕이니 꼭 한 마디만 허겠다. 아까 들으니까, 무
> 어, 우리를 이렇게 죽이는 것만으루는 부족해서 내 자식까지 잡아서 죽
> 이겠다구?……허지만, 이눔들아. 너희 눔들이 아무리 잡으려구 발광을
> 헌대두 우리 수동이는 너희 눔들 손에는 결단쿠 잡히질 않을 테니 그런
> 줄이나 알어라……」
> 　오덕순은 말을 마치자 다시 눈을 감았다. {……}
> 「수동아, 너는 결단쿠 놈들의 손에 붙잡혀선 안된다. 어떻게든 살어
> 야 해. 죽지 말구 꼭 살어야 헌다. 그리구 이 애비의 원수를 꼭 갚구, 갑
> 돌이네 아저씨를 위시해서 여러 아저씨들의 하늘에 사무친 원한을 꼭
> 풀어 드려야만 헌다. 똑똑히 들었느냐? 수동아一」[21]

그러나 가히 압권이라 할 오덕순, 임치수 등 익산민란 주모자들의 생생
한 처형장면의 묘사에도 불구하고 아버지의 시신을 수습한 오수동의 도피
과정으로 작품을 끝맺게 되는 어쩔 수 없는 역사순응적 입장을 보임으로써
현재의 전단계로서의 역사소설의 사명엔 연결시키지 못하고 있다.[22] 어떻

---

21) 『계명산천은 밝아 오느냐』 v. 2, pp.16~19.

든 이 작품은 「군상」의 미약한 계급의식에서 진일보해 역사적 사건 속에서의 투쟁의 당위성과 필연성을 제시함으로써, 등장인물들의 현실인식을 민중의식의 차원에서 구체화시킨 데 의의를 찾을 수 있을 것으로 상정된다.

## 2) 歷史的 全體相의 階級的 形象化—「甲午農民戰爭」

「갑오농민전쟁」은 이기영의 「두만강」(1954~1961)과 함께 북한문학의 대표작으로 꼽히는 작품으로 모두 3부로 구성되어 있다. 제1부(1977)는 「계명산천은 밝아 오느냐」의 배경으로부터 30여 년 후인 1892년 가을부터 이듬해 겨울까지 주인공 오상민일가의 삶의 터전인 전라도 고부군 양교리를 배경으로, 고부민란이 일어나기 전까지의 지배계층의 가렴주구와 민중들의 비참한 생활상을 그리고 있으며, 제2부(1980)는 1894년 정월 초아흐레부터 3달 동안 고부민란이 대규모 농민전쟁으로 확대되면서 농민군이 황토현과 장성전투를 거쳐 전주성에 입성하게 되기까지의 과정을 주로 서술하고 있으며, 제3부(1986)는 전주화약 이후, 봉건통치배와 외세침략자의 야합 속에서, 농민군이 해체되는 과정과 전봉준이 체포 처형되기까지의 에피로 그를 그리고 있다. 그런데 3부는 그의 아내(재혼한 권영희)의 집필설이 유력할 정도로 작품형상화에 있어 현저한 차이를 보이고 있다.

### (1) 民衆的 主人公의 創造를 통한 歷史의 包容

이 소설은 전편격인 「계명산천은 밝아 오느냐」에 등장했던 오수동의 아들 오상민이 새로이 바통을 이어 받아 그 민중적 형상을 계승함으로써 가족사적 기반에 얽힌 시대적 총체상을 드러내 보이고 있는 작품이다.

아버지의 유언을 새기며 헤매던 오수등은 30년 후 일심계를 조직해 농

---

22) 김윤식은 이 작품에 대해, 역사적 방향과 허구적 방향을 공존시킨 성과를 평가하면서도 작가 특유의 모더니즘적 기법이 이 작품이 리얼리즘의 방향으로 나아가는 데 방해가 됨을 지적하고 있다(*op. cit.*, p.164.).

민전쟁을 이끌 핵심적 주도세력으로 등장하며, 고부 양교리에서 할머니와 홀어머니를 봉양하며 절치부심하던 오상민 역시 스승 전봉준에 의해 조부 오덕순의 최후 모습을 전해 들으며 각성된 의식의 청년으로 성장해 간다.

> {……}오늘이 오월단오, 바로 서른한 해 전에 너의 할아버님이 '익산 난민'의 한 사람으로 전주감영에서 효수를 당하신 날이다. {……}
> 참 대단했다. '민란'의 앞장에 섰던 임치수 영감은 감사와 안핵사를 개꾸짖듯 하면서 이놈들아 우리를 죽이거든 우리들의 눈알을 모조리 뽑아다가 전주성 성문 위에 높다랗게 걸어놔라 하고 소리쳤고, 너의 할 아버님은 그 자리에 있지도 않는 너의 아버지 이름을 연해 부르면서 너 는 꼭 살아 남아서 이 아비의 원수를 갚아야 한다.─ 하고 유언까지 하 셔서 놈들을 모두 떨게 만드셨다.23)

이미 전편에서 장황하게 묘사된 바 있던 익산민란 주모자들의 처형장면 을 오상민에게 회상으로 재연시키는 전봉준의 열정은 상민을 장차 벌어질 전쟁의 명실상부한 주도세력(농민군의 총포대장)으로 나아가게 하기에 충 분한 것이다. 그리고 이는 역사상의 영웅적 인물 전봉준에 경도되어 있는 갑오농민전쟁의 무거운 짐을 민중적 투혼을 가진 오상민이 함께 떠맡게 되 는 단서가 된다. 그리하여 이 작품은 당대 봉건정권의 실상을 직시하는 민 중의 전형으로 창조되어진 오상민과 그를 둘러싼 역사의 총체상이 절실하 게 결합함으로써 "현대의 전사로서의 역사소설"이란 루카치식 개념으로 나아가게 되는 것이다.

역사 속에서 생생히 살아 숨쉬는 민중적 주인공 오상민 ─ 막연한 역사 상의 녹두장군 전봉준의 피상성과는 구별되는 ─ 과 연계되어 모습을 드러 내는 이들로서는 그와 같이 고부 양교리에 사는 향민들과, 이들을 착취하 는 양반토호 이진사를 비롯한 고부군수 조병갑, 교활한 아전 은이방 등의 토착 수구세력들을 우선 들 수 있다. 착취자와 피착취자간의 이러한 피상

---

23) 『갑오농민전쟁』 제1부 하권, 깊은 샘, 1989, pp.106~107.

적 소설내적 구도는 농민전쟁 발발 후엔 보다 복잡다단하면서도 본질적 양상으로 발전하게 되지만, 그 서술의 핵심에 자리하고 있는 것은 변함 없이 민중의 전형인 오상민과 그를 둘러싼 사건들이다. 즉 전봉준 휘하의 농민군 병력, 이에 가담·합세하는 오수동의 일심계두리, 이들을 지원하는 활빈당 행수 정한순 및 제세력들로 대표되는 변혁주체세력과 이들을 진압하는 官軍과 日帝軍 및 보부상과 같은 관변토벌대, 김경천과 같은 변절자로 표징되는 진압반동세력간의 표면적 대립양상에 구중궁궐 상층부의 민생을 외면한 소모적 형태와 그 틈을 파고드는 제국주의 열강의 정치적 음모가 혼재하여 당대의 국가존망적 상황을 입체적으로 제시하게 되는데, 이를 소설 내에서 의미있게 수렴하여 독자에게 현실로 다가오게 하는 계기는 오상민을 매개로 한 사건과 배경에서 비롯된다는 것이다.[24]

그런데 여기서 시대의 질곡에서 벗어나려 몸부림치다가 급기야는 봉기하게 되는 하층농민들에 대한 묘사 못지 않게 관심을 끄는 것이 상층지배계급에 대한 적확하고도 풍부한 묘사이다. 시시각각 조여 오는 외세의 침략적 마수 앞에서 정권유지에 급급한 고종과 민비, 그를 둘러싼 봉건관료의 무능과 타락상, 뿌리 뽑기 힘든 매관매직의 구조적 비리 등 여느 소설에서 피상적으로 도식화되었던 조선 최후기 상층부의 구체적 모습을 생동감 있게 포착해 보여주고 있는 것이다.[25] 그리하여 하층민들의 고뇌와 당대 상층부의 실상을 외세와의 대립 속에 포개 놓음으로써 역사를 바라보는 시각을 상당히 두터히 해 주게 되는데, 이는 30년대 한국문단의 대표적 모더니스트였던 그의 "여백을 읽어가는" 자질과 무관하지 않은 듯하다.

그러나 이 작품이 월북 후의 저작이고 따라서 사회주의 체제의 경직된

---

24) 이 소설에서의 역사적 구도는 국왕에서부터 지방수령에 이르는 봉건지배층과 이들의 수탈과 억압에서 깨어나려는 민중세력과 그리고 이를 틈타 정치경제적 침략을 일삼는 외세의 삼각관계 속에서 형상되고 있다. 이상경, *op. cit.*, p.83 참조.

25) 같은 역사적 사실을 소재로 한 송기숙의 「녹두장군」(『정경문화』, 1984. 3~『월간 경향』, 1988. 3)의 경우, 농민전쟁의 구체적 동력이 된 하층계급에 대한 광범하고 세밀한 묘사가 돋보이나 그 배경으로서의 당대 상층부에 대한 묘사는 대체로 소루한 편이다.

이념이 배제될 수 없었던 관계로, 인물묘사에 있어 전형적 양극화를 초래하고 있음은 평범한 농민청년(오수동)을 주인공으로 민중의 생활풍속사는 물론, 그들의 이해관계와 정서 속에서 농민이 각성하고 운동이 발전하는 양상을 효과적으로 포착하려는 이 작품에서의 적지 않은 걸림돌로 보인다.

> "아하하하하……아하하하하……"
> 또다시 민비는 웃음을 터뜨린다. 궁인들도 서로 돌아보며 다시 조심스럽게 따라들 웃는다. 오직 '금송아지대감'만이 그대로 시무룩해서 고개를 숙이고 앉아 있었다. {……} 저들의 끝없는 사치와 향락을 위하여 또 저들의 부귀영화가 영원할 것과 무병장수하기를 부처와 뭇귀신들에게 빌기 위하여 왕과 왕비는 돈을 물쓰듯 해왔다. 그통에 까까머리 중놈들, 무당과 판수들, 그리고 광대, 날탕패, 사당패들이 살 판이 났다.[26]

> 소위 '양반상전'이라는 것들에게 마소처럼 혹사를 당하면서 밤낮으로 '쌍것'소리를 들어야 하는 두 아이 {……} "아이 추워……" 부엌녀가 잠결에 한 마디 하며 서분이를 더욱 꼭 부둥켜 안는다. {……}안방에서 장죽으로 재떨이 두들기는 소리가 또 한 차례 요란하게 들려왔다. "야, 이년들아! 그래 상기도 안 일어날 테여?"[27]

이처럼 계층간의 갈등을 인간사의 내력 속에서 자연스럽게 형상화해 보이지 못하고 "상층지배층=부패·잔인·혐오(극도의 부정), 하층민중=온후·박애·핍박(극도의 긍정)"과 같이 극단적으로 도식화함으로써 사회주의 창작예술의 불가피한 한계를 보여주고 있다는 것이다. 이는 상하층간(봉건권력 및 양반지주세력과 몰락한 영세농민층)의 갈등 속에서 역사의 뒤안길로 물러나 앉았을 수밖에 없었던 숱한 입장유보세력(부농층이나 요호부민층)들을 작품의 전면에서 배제시킨 당연한 결과였다. 실제로 농민전쟁의 와중에서 양측 어디에도 떳떳할 수 없었던 堯戶富民層의 고뇌와 명암

---

26) 『갑오농민전쟁』 제1부 상권, 깊은 샘, 1989, p.131.
27) *Ibid.*, pp.193~194.

을 보다 실감나게 다뤄 보았다면 이러한 문제는 어느 정도 해결 가능했을 것으로 보이기 때문이다.[28]

그러나 이러한 허점에도 불구하고 이 소설이 오상민이란 한 탁월한 민중의 전형을 창조함으로써 풍랑의 당대사를 폭넓게 포용하려한 점은 갑오년의 이 민족사적 대사건을 다룬 많은 다른 소설들에서 일찍이 이룩하지 못했던 돋보이는 성과임에 틀림없을 것이다.

### (2)農民戰爭論에 立脚한 作品展開

이 소설의 제목으로 사용된 "갑오농민전쟁"의 역사적 성격과 명칭에 관한 논의는 역사학계에서도 아직 구구한 실정이나 대체로 농민전쟁에서의 동학의 역할에 대한 평가에 따라 나름대로의 소견이 개진되고 있는 듯하다.[29]

이러한 역사학계의 시각에서 보자면, 이 작품은 농민전쟁 전개과정에서의 동학의 역할을 부정하는 "농민전쟁론"의 입장으로 일관하고 있는 소설이라 볼 수 있다. 이는 종교를 부정하는 사회주의 체제의 이데올로기에서 기인한 것으로 대체로 1960년을 전후하여 "농민전쟁론"으로 입장 정리가 된 북한학계의 시각을 그대로 담고 있는 듯하다.

> "그건 잘했다. 나도 동학에는 들지 않았다. 너는 내가 걷는 길로 같이 가야 할 게 아니냐. 아까 너에게 총을 준 것도 그런 의미에서 준 것이다."
> {……}"동학에 대한 내 소견은 그렇다. {……} 그런데 정안수 떠놓고 주문이나 외워가지고서야 '보국안민'이 되겠냐.{……}[30]

---

28) 다시 말하자면, 부농층이나 요호부민층이 등장치 않음으로써 농민전쟁 전개과 정에서의 농민계층의 분화양상이 제대로 저시, 형상화될 수 없었다는 것이다. 이영호(*op. cit.*, pp.292~293)&이상경(*op. cit.*, pp.90~91) 참조.

29) 동학의 일체가 농민전쟁을 이끌었다고 보는 "동학운동론"과 동학과의 관계를 부정하는 "농민전쟁론", 그리고 농민전쟁이 동학이라는 종교와 상호 내면적 관계로 결합하였다고 보는 "절충론"이 그것들이다. 이영호, *op. cit.*, p.279 참조.

전봉준이 백산으로 자리를 옮기자 제일 먼저 무장에서 손화중의 령
을 받아 천여명이 달려오고, 다음에는 고창에서 칠백명이 오고, 그 뒤로
또 홍덕, 정읍, 김제, 금구 등지에서 사람들이 모여 들었는데 그 가운데
는 도인들도 있었으나 도인 아닌 사람들이 더 많았다.[31]

이렇듯 농민전쟁과 동학과의 연결고리를 끊으려니 자연 그 대안으로 여
러 가지 조직이 등장케 되는데, 그 대표적인 것들이 이미 언급한 바처럼
활빈당, 충의계, 일심계 등의 개혁민중을 기반으로 한 세력들이다. 그런데
이러한 사조직들이 과연 농민전쟁 수행과정에서의 부인할 수 없었던 동학
조직의 일정한 역할을 대신 떠맡을 수 있을 만한 집단인가엔 의문이 가지
않을 수 없다. 어떻든 1894년 농민전쟁에서 일정한 역사적 인각을 담보로
하고 있는 동학조직의 뚜렷한 공간을 메우기에 이들 세력들은 너무 미약하
고 추상적인 조직동기를 갖고 있을 뿐 아니라, 당대 전체민중의 일반적 삶
과는 다소간 유리된 個人的 私怨 등에 의해 군집화된 집단으로서 갑오농민
전쟁의 원동력이 된 민중으로서의 대표성을 획득하기엔 왠지 자연스럽지
못한 감이 있는 것이다.[32] 따라서 이들의 행위가 당대 농민 전체의 문제와
연결되어 봉건사회의 구조적 모순을 보다 깊이있게 천착하고 이를 적극적
으로 해결하는 수준에까지 이르지 못하는 한계를 가질 수 밖에 없다.

---

30)『갑오농민전쟁』제2부 하권, 공동체, 1989. 3, p.93.

31) ibid., p.95.

32) 동학의 사상적 지도성이 배제되는 것은 당연하다고 보더라도 농민전쟁 수행과
정에서의 조직적 측면의 영향력까지 무시하게 됨에 따라 이를 대치하게 된 전쟁
수행의 기본 조직과 그 가담경위 등이 상당히 작위적이고 추상적으로 처리되었
다는 것이다. 이는 종교적 외피를 입은 동학의 신비주의적 요소에서 기인하는
민중결집의 흡인력을 스스로 차단한 데서 오는 당연한 결과였다. 갑신정변에 뿌
리를 두는 충의계나 아버지의 원한을 갚는 데서 출발케 되는 일심계, 그리고 직
접적 투쟁보다 간접적 지원에 중점을 두는 활빈당 행수 정한순 등이 폭발적이고
도 광범한 농민대중 동원의 조직적 기반으로 제시된 것은 처음부터 무리일 수밖
에 없었다. 이에 반해 송기숙의「녹두장군」은 동학운동이 종교단체의 범위를 넘
어 농민전쟁의 원동력으로 변모하는 과정을 '두레'와 같은 농촌사회의 농민공동
체조직을 중요매개로 서술하고 있어 주목된다. 이영호(op. cit., pp.288~293)&이상
경(op. cit., pp.91~92) 참조.

이와 함께 전주성 함락 후 농민군에 의해 설치된 집강소의 개혁부분에 대한 서술이 소략하게 다뤄짐으로써 봉건제 극복의 근본적 대안을 제시하지 못하고 있다. 뿐만 아니라, 작가 본인의 지병악화로 부인의 대필로 이뤄졌다는 3부에서, 역사소설로서의 형상성을 상실하고 농민전쟁 지도자 전봉준과 산중여인의 로맨스를 삽입시키더니 결국 전봉준의 처형을 끝으로 농민봉기를 실패로 처리하고 있는 것은 이 작품의 크나큰 결함이 아닐 수 없다. 비록 전봉준의 최후와 농민전쟁의 진압은 현상으로서는 패배로 보여질지 모르나 그 이후 전개될 일제하의 숱한 광복운동을 비롯한 제민족해방운동의 시발점이었다는 데서 단순한 실패로 다뤄져서는 안 되며, 적어도 앞날의 역사적 전망을 담보하는 데까지 나아갔어야 했을 것이다.[33]

이처럼 이 작품이 문학적 현실 속에서 낙관적 비전을 제시하지 못하고 주저앉게 되고 마는 것은 3부가 작가의 직접 저작이 아니라는 이유 외에, 사회주의체제의 창작방침 속에서 농민전쟁의 구체적 원동력에 대한 깊은 이해없이 "농민전쟁론"에 입각해 무리하게 역사를 재구하는 과정에서 어쩔 수 없이 빚어진 惡手로 풀이된다.

그러나 이러한 한계에도 불구하고 봉건전제정권의 폐정과 지주전호제의 경제적 모순 속에서 농민전쟁의 주도세력이 될 수밖에 없었던 당대 빈농층의 구체적 모습을 적나라하게 포착하여 이만큼이나마 생동감있게 형상화할 수 있었다는 것은 「갑오농민전쟁」이 이룩한 남다른 성과가 아닐 수 없을 것이다.

### (3)歷史小說의 技巧로서의 世態風俗描寫

역사소설에서 과연 무엇을 말하려는 것인가에 못지 않게 중요한 것이

---

33) 이영호, *op. cit.*, p.295 참조. 한편 김윤식은 이에 대해 "혁명과 비극적 영웅의 미학적 과제"로 규정하면서 이 작품이 지킹엔논쟁(라쌀레와 맑스·엥겔스 사이에 라쌀레의 비극작품 「*Franz von Sickingen* 프란쯔 폰 지킹엔」을 두고 1859년 경 벌어졌던 작품 내에서의 "비극적 갈등과 혁명적 실천간의 내적 연관성"에 관한 논쟁)을 요한다고 지적하고 있다. 김윤식, *op. cit.*, p.172 참조.

어떻게 말하는가 하는 문제일 것이다. 작가의 역사를 바라보는 시각도 중요하지만 이를 실감있게 전달하여 독자를 설득시키지 못한다면 그것은 독자와 유리된 한낱 일방적 언술에 불과할 것이기 때문이다. 이런 시각에서 볼 때 박태원의 「갑오농민전쟁」은 흘러간 역사의 현장을 생생히 재현하는 특출한 기교가 돋보이는 작품이다.

> {……}빽빽이란 놈이다. 장난감 파는 가게였다. 어디로든 끌고 다니며 장사하기 좋도록 바퀴를 단 궤작 위에 널빤지를 쭉 깔고 어린아이를 홀릴 잡동사니들을 늘어놓았다. 장난감 육혈포, 물딱총, 오뚝이, 일본 탈바가지, 나무로 깎아 만든 각시들, 씽씽이, 화경알, 지남철, 요지경 {……}
>
> 옥양목, 생목, 광목, 아마포, 모스링, 후란네르, 나사천 따위, 사양면직, 모직, 교직, 구색 맞추어 울긋불긋 색깔도 가지가지……일본인 드팀전이다. {……} 다음은 왜떡가게다. 매대 위에는 유리뚜껑을 덮은 모지떡 모판이 하나, 마마콩과 눈깔사탕이 들어있는 유리항아리 두 개, 거북과자, 밥풀과자 따위가 담겨있는 마분지 상자가 서너 개 널려 있었는데 마마콩 항아리와 모찌떡 모판 사이에 바둑돌로 눌러 놓은 종이쪽들은 한꺼번에 많이 사는 손님을 위한 특별봉사용 포장지인 모양이다.[34)]

구한 말 일제의 경제적 침략으로 점차 왜색화되어 가는 서울 저잣거리의 풍물을 작가는 세밀히 포착, 나열하고 있다. 「천변풍경」에서 이발소 사동 재봉이를 통해 천변의 만상을 두루 "카메라 아이(camera-eye)"에 담아냈던 박태원의 세태풍속 묘사역량이 역사소설 속에서 새로운 의미망을 구축하며 되살아나고 있는 것이다.

다음은 민생을 외면한 채 호화·사치의 극을 달리던 당대 궁중 내부의 묘사 장면을 보기로 한다.

> 전각 안에 있는 모든 것은 그 자체가 벌써 호사스러운 것이었는데 그

---

34) 『갑오농민전쟁』 제1부 상권, 깊은 샘, 1989, pp.60~61.

것들이 천장 한복판에 달려 있는 산데리아의 휘황찬란한 불빛을 받아 더욱 찬연하게 빛을 내고 있었다.

　왕과 왕세자의 머리 위에 얹혀 있는 윤기 자르르 흐르는 호화로운 갓도, 왕비를 위시해서 모든 궁녀들이 쓰고 있는 개구리 첩지도 왕과 세자가 입고 있는 붉은 도포도, 그 위에 띤 옥띠도 그들이 받고 있는 상 위의 은수저며 은사시, 은그릇들도 모두 번쩍번쩍 빛난다.[35]

　산데리아가 휘황찬란한 궁중 전각 속에서 호화르운 복색을 갖추고 주연을 벌이는 왕가의 모습을 적나라하게 스케치하고 있다. 민생을 도탄에 빠뜨리고도 일신의 향락에 빠져 국사를 외면하는, 여는 소설에서의 판에 박힌 듯한 피상적인 당대 위정자상이 산데리아 불빛 속의 궁중 풍물의 생생한 묘사를 통해 구체화된 형상으로 독자에게 제시되고 있다. 이렇게 함으로써 역사소설 『갑오농민전쟁』은 역사를 적당히 주관적으로 재단하는 작가의 독점물이 아니라 역사의 현장에 독자와 깊이 있게 동참하는 설득력 있는 무대로서의 의미를 최대한 살릴 수 있었다.[36]

　이밖에도, 매관하여 고부군수로 부임한 조병갑과 교활한 은이방의 신경 탐색전의 세밀한 묘사를 통해 당대 지방수령과 이전의 공생적 민중수탈의 전형성을 보여주는 대목, 서울 저잣거리의 왜떡가게를 둘러싼 아이들에게 오수동이 모전에서 약과를 사 주는 장면의 묘사를 통해 일제의 경제적 침략에 조선혼으로 맞서야 함을 상징적으로 보여주는 대목, 콩알을 주워 먹는 씨동이네를 위해 애써한 나무 한 짐을 선뜻 내놓는 오상민을 통해 농민전쟁 직전의 고부 향민들의 비참상과 풋풋한 인정을 형상화한 대목, 이충식이 정동구락부에서 영국 총영사 히리어를 기다리는 동안 듣게 되는 언더우드와 빵커의 대화를 통해 서구 제국주의 열강의 음흉함을 일깨워 주는 대목 등에서 자칫 역사의 저편으로 흘려 버릴 수도 있는 공간들을 사실적

---

35) *ibid.*, p.86.
36) 『갑오농민전쟁』에 나타난 박태원의 이러한 세태풍속 묘사기량과 모더니즘적 징후를 보이는 조작에 대해 김윤식은 '모더니즘적 리얼리즘'의 역사소설의 한 가지 기법이라고 지적하고 있다. 김윤식, *op. cit.*, pp.163~169 참조.

으로 재생시킴으로써 독자로 하여금 역사의 현장을 직접 목도케 하는 작가의 뛰어난 기량이 한결 돋보인다.

그러나 이미 전언한 바처럼 등장인물과 그들이 빚어내는 상황을 극단적으로 양분함으로써 중간층에 대한 묘사가 소루해진 점 — 이를테면 지배층의 수탈과 빈농들의 성토에 공히 시달리던 요호부민층의 절박한 고충에 대한 진지한 묘사 — 과 농민전쟁의 무대였던 전라·충청지방의 방언이 단순히 사건전개 과정에 파묻혀 가볍게 처리된 점에 대해선 아쉬움을 금할 수 없다.

그렇더라도 「갑오농민전쟁」에서 보여준 박태원의 세태풍속에 대한 묘사는 역사소설의 저변을 굳건히 하는 기법적 촉매로서의 소임을 다하고 있는 것으로 상정된다.

이상 살펴본 바처럼 박태원의 「갑오농민전쟁」은 사회주의 체제의 "농민전쟁론"에 입각해 역사를 바로 보는 시각을 단순·경직화시킨 한계는 있으나, 역사적 총체상의 핵심에 자리한 민중의 전형 오상민의 인물창조와 적확한 세태풍속묘사로 허술한 역사의 공간을 메워가는 작가 특유의 기량에 힘입어 1894년 농민전쟁을 소재로 한 역사소설의 새로운 위상을 보여준 작품으로 평가할 수 있을 것이다.


## 5. 結 論


지금까지 본고에서는 해방 이후 집필된 박태원의 역사소설에 잠재된 개별적 특성을 작품의 구체적 분석을 통해 추출해 보았다. 그 결과 얻어진 결론은 다음과 같이 정리될 수 있다.

「홍길동전」은 고소설을 개작한 이색적인 역사소설로 홍길동을 민중의식 구현의 매개물로 삼고 있어 주목되나 해방 직후 시대상황에서의 작위적인 성격을 부인할 수 없다.

「임진왜란」은 전통적 왕조사에 입각해 민족의 수난을 재조명해 본 작품으로 지배층 사대부의 사료에 의거한 순응주의적이고 기계적 사관을 벗어나지 못하고 있다.

「군상」은 월북 전의 최후작으로 민족 내부의 계급문제를 민중의 시각에서 풀어 보려는 시도는 돋보이나 인물창조와 사건전개에서 미숙함을 드러내고 있다.

「계명산천은 밝아 오느냐」는 월북 이후의 역사소설로서 「군상」에서의 시각과 작품배경을 보다 발전적으로 계승하고 있다. 따라서 역사적 사건속에서의 투쟁의 당위성과 필연성이 밀도있게 제시되지만 민중의 전형으로서의 인물창조엔 부족한 감이 있다.

「갑오농민전쟁」은 「계명산천은 밝아 오느냐」의 후속편에 해당하는 작품으로 봉건전제정권의 구조적 모순을 제시하고 떨쳐 일어선 민중의 전형 오상민과 그를 중심으로 한 빈농들의 참모습을 통해 당대 현실을 계급적으로 형상화하고 있어 주목된다. 그러나 사회주의체제의 창작지침에서 벗어날 수 없었던 관계로 동학에 대한 거부감을 작위적으로 노출시키고 있을 뿐 아니라 인물을 극단적으로 도식화하고 있어 분단현실에서의 진정한 역사 재구가 얼마나 어려운 작업인가를 시사하고 있다.

이처럼 박태원의 역사소설은 「홍길동전」의 홍길동에서 「갑오농민전쟁」의 오상민에 이르기까지 점차 영웅적 개인이 민중의 전형으로 자리잡혀가는 도정에서의 역사적 시각의 광역화·정밀화의 소산으로 보여지는 바, 본고에서의 미진한 점은 후고로 미룬다.

# 金東里戰後小說考

## 1. 序 論

한국 근대문학사에서 반계몽적 전통의식[1]을 대표하는 것으로 알려져 있는 김동리의 소설은 다양한 시각과 광범한 텍스트의 토대 위에서 끊임없이 검토되어져 왔다.[2] 동리에 대한 이처럼 많은 논급들은 그가 근자에까지 작품활동을 계속했던 생존한 문단원로라는 사실과 결코 무관하지 않은 듯하다. 그만큼 그의 문학세계가 정치하고 다양하며 또 오랫동안 끊임없이 작품활동이 계속되어져 왔다는 사실은 동리문학의 본령을 파악하는데 있어 중요한 한 분석인자로 작용하고 있는 것이다.

---

1) 李東夏는 전통적 한국인으로서의 자기정체성(identity)을 지키는 일이 격변기 한국인의 가장 중요한 과제라 할 때, 작품을 통해 한국전통사회의 정신을 충실히 구현함으로써 진보주의 문학에 대항한 김동리야말로 한국현대문학에서의 전통지향적 보수주의 흐름을 핵심적으로 대변하는 인물이라고 주장하고 있다.;이동하, 「한국문학의 전통지향적 보수주의 연구」, 『현대소설의 정신사적 연구』, 일지사, 1989, p.8.

2) 김동리 문학에 대한 기존연구는 본격적 순수문학 추구란 긍정적 평가에서 반역사적 현실도피문학이란 부정적 평가에 이르기까지 상당히 다양하고 신축성 있는 문학사적 토대 위에서 논급되어져 왔다. 개별작품론은 「무녀도」, 「황토기」, 「등신불」, 「사반의 십자가」, 「까치소리」, 「을화」 등을 중심으로 성과가 축적되어 왔고, 작가론의 경우에 있어선 그 사상적 배경에 관한 연구를 비롯해 구조적 특성에 관한 분석, 그리고 정신사적 고찰 등이 주류를 이루고 있음을 엿볼 수 있다. 진경석, 『김동리 문학 연구』, 서울대 대학원, 1993, pp.1~4.

그러나 "전통지향적 보수주의에 입각한 순수 본격문학"이라는 해석이 주조를 이루고 있는 동리문학 전반에 대한 평가 속에서 韓國戰後 그가 발표한 일련의 50년대 전후소설에 대해선 상대적으로 논급이 부진함을 연구사 검토를 통해 확인해 볼 수 있다.[3]

이에 본고에서는 6·25가 끝난 직후에 발표되어 비교적 전쟁상황과 인간존재에 대한 객관적 탐구가 가능했으리라 상정되는 「흥남철수」, 「밀다원시대」, 「실존무」 등 3편의 작품에 대한 분석을 중심으로 김동리 전후소설의 특성을 밝혀 보고자 한다.

## 2. 本 論

### 1) 金東里 戰後小說 槪觀

해방 직후 우익문단의 핵심인물로 활약했던 동리는 6·25동란 직전에도 한국문학협회 소설분과위원장, 서울신문 출판 부국장, 문교부 예술위원 등의 직함을 가지며 문화계의 중심인물로 부상한다. 그러나 세상사에 민첩치 못했던 그는 서울신문의 피난길에 합류하지 못해 9·28수복시까지 적치하에 숨어 지내다[4] 1·4후퇴시 부산으로 피난하게 된다. 부산에 피난온 문인을 규합해 '文總救國隊'를 조직하는 한편 창작활동을 재개한 그는 피난지 부산에서 제3창작집『歸還壯丁』을 발간한 것을 필두로 환도할 때까지 다수의 소설과 평론을 발표하며 암담했던 전쟁기의 상념을 정리하게 된다. 終

---

3) 실제로 6·25 직후에 발표되었던 김동리의 戰後小說들은 동리문학의 일반적 흐름과는 유리된 개별적 속성을 띤 것으로 평가되어, 마치 동리문학의 본질외적 소산인 것처럼 소략하게 다뤄져 온 감이 있다.

4) 이 때 피신과정에서의 편의제공과 전황전달 등 큰 도움을 주었던 사람이 바로 동료 소설가 손소희와 한무숙이었던 것 같다.; 이태동, 「한국 순수문학의 위대한 집념」,『김동리』, 지학사, 1985, p.293.

戰後 환도하여 서라벌예대에 출강하면서 전쟁체험의 객관적 해석과 의미부여에 몰두케 된 동리는 50년대 후반에 이르기까지 한국전쟁을 소재로 한 주목할만한 전후소설들을 남기게 된다.

즉 농군 아버지와 군인 아들의 면회 상봉을 그린 「상봉」(1951), 국민방위군 사건을 소재로 한 「귀환장정」(1951), 동란을 배경으로 전쟁의 허무와 부조리를 다룬 「살벌한 황혼」(1954)과 「서글픈 이야기」(1955), 인민군 치하의 생존방식을 인물간의 복잡한 애증갈등 속에 보여주고 있는 「자유의 역사」(1959), 한 인텔리 여인의 고달픈 피난체험과 애정윤리의 파정을 다룬 「애정의 윤리」(1959), 1·4후퇴를 배경으로 두 자매의 인생역정을 다룬 「자매」(1958) 등이 그러한 작품들로, 이들은 모두 우리 현대사의 비극인 6·25동란을 주요한 배경으로 다루고 있다.

또한 이들은 고대 신라를 배경으로 향가, 가야금의 음악, 한시 등을 각각의 모티프로 삼고 있는 「원왕생가」(1956), 「악성」(1956), 「여수」(1957), 그리고 고대 중국을 배경으로 동양적 정치이념을 구현하는 영웅상의 부각에 힘쓴 「용」(1955), 「춘추」(1956), 또한 예수와 사탄의 대비를 통해 기독교 세계의 탐구에 나아가고 있는 「사반의 십자가」(1955~57), 소년시절 예수의 에피소드를 통해 유대 세계의 새로운 해석을 시도하고 있는 「목공 요셉」(1957) 등 이 시기의 다른 작품들과는 달리 역사를 우회하지 않고 전쟁 현실을 정면에서 포착해 작품의 소재로 다루고 있다는 점에서 주목되는 바 크다.

그러나 이들은 지극히 단편적인 소품에 머물고 있거나, 전쟁을 단지 피상적 배경으로 처리하고 있을 뿐만 아니라 통속적 세계로 경도되는 등, 전후소설이 6·25를 기점으로 한 단순한 시간적 거념에서만 운위되어질 문제가 아니라 그 정신사적 맥락에 유의하여야 한다는 전제5)에서 되짚어 볼

---

5) 한국 전후소설의 개념문제에 있어선 전쟁소설, 전시소설 등의 용어와 맞물려 상당히 혼효된 난맥상을 보여주고 있는데, 단순히 6·25 이후의 50년대에 쓰여진 소설들을 총칭하는 의미로 확대해석하기보다는 6·25가 남긴 정치(권력지향과 부패와 타락), 경제(민중의 궁핍화), 사회(구제도 붕괴에 따른 모랄부재)적 의미의 소설내

때, 일정한 한계를 노정시키고 있음을 부인할 수 없다.

바로 이러한 점에서, 전후현실의 소설적 형상화란 측면에서 어느 정도의 작품성이 인정되어 본고의 텍스트로 다룬 「홍남철수」, 「밀다원시대」, 「실존무」 등의 세 작품과는 뚜렷이 대비되는 것이다.

## 2) 「興南撤收」와 戰爭告發의 問題

「홍남철수」(『현대문학』, 1955. 1)는 중공군 개입으로 인한 대대적 퇴각이 벌어졌던 홍남철수작전을 배경으로 하고 있는 작품으로 전시하 종군작가들의 체험이 투영되어 있어 주목을 끈다.

종군문화반으로 수복지구에 주민선무의 임무를 띠고 파견된 시인 박철은 홍남에서 전직교사 정인수의 주선으로 윤노인 집에 묵게 되는데, 여기서 윤노인의 두 딸 시정, 수정 자매에 관심을 갖게 된다. 마침내 대규모 철수작전이 군의 주도하에 이뤄지고 자유를 찾아 남하하려는 피난민의 절박한 행보 속에서, 박철은 자신에게 배당된 안전지대로의 트럭 승차권을 정인수에게 양보한다.

그리고 그는 자유세계에서 음악인으로서의 꿈을 펼쳐보려는 시정이와 간질병을 고치려는 언니 수정이, 고향을 떠나기가 두려워 늦게서야 용단을 내린 아버지 윤노인 등 일가족 3사람을 이끌고 軍當局의 해상철수작전에 매달리기로 마음을 정한다. 그러나 불붙는 포화와 휘몰아치는 눈보라 속에 3부녀와 함께 수송선에 오르던 박철 일행은 때마침 발작한 수정으로 인해 비극적 결말을 맞이한다. 발작의 와중에서 노쇠한 윤노인이 물에 빠지게 되고 아버지를 구하려 시정이 뛰쳐나간 새 박철과 수정을 태운 '엘. 에스. 티'의 뒷문이 닫혀져 버리자, 자포자기한 시정은 스스로 바다에 뛰어 든 것이다.

---

적 반영이란 시각에서 신중히 고려되어야 할 문제로 보인다.

"아바이! 아바이! "

하고 바다에 뛰어 들 듯이, 발을 구르며 아버지를 브르던 시정이, 철의
목소리에 문득 정신을 들린듯 다시 배 있는 쪽으로 달려 왔을 때, 배는
이미 뒷 문을 닫고 닻을 올린 뒤이라,

"선생님! 선생님!"

눈물에 젖은 시정의 얼굴에 휘몰아치는 눈보라가 차운 것은 아니고,
배 안에서 주먹을 치들어 흔들며,

"시정아! 시정아! 다ー ㅁ 배에. 다ー ㅁ 배에……."

하는 철의 목소리가 꿈인지 생시인지 다만 아찔한 순간, 시정은 저도 모
르게 부두에서 바다 위로 한발작 내어 딛고 말았다.6)

장엄한 홍남철수작전의 박진감 넘치는 현장묘사 속에서 전쟁의 참혹상
과 비극성이 뚜렷이 부각되고 있다. 아버지의 실족을 보고 본능적으로 달
려갔다가 최후를 맞게 되는 시정의 모습을 통해 가족적 유대의 운명적 절
대성이 인상적으로 부각되고 있다는 이동하의 지적7)처럼 6 · 25를 통한 가
족사적 비애가 압축된 잔영으로 전달된다.

물론 주인공 박철의 휴머니티는 작품 속에서 자연스럽게 용해되지 못하
고 다분히 피해의식에 기초한 적개심과 소시민적 지식인의 소영웅주의적
감상에서 비롯되어8) 과장된 형태로 나타나지는 것이 사실이다.

도대체 왜 육이오 때는 가족을 데리고 남하하지 못했으며, 또 구이팔
이후에는 무슨 놈의 분이 그렇게도 치밀어, 불쌍한 아이들이나 돌보지
못하고, 혼자서 원수를 다 갚을 듯이, 이렇게 눈과 얼음에 잠긴 전선까
지 쫓아왔으며, 또 무슨 신의를 위하여 희생을 돌보지 않는 사람이 되어
제 표는 남에게 주고 자신은 이 꼴이 되어 혼자 눈구덩이 속에 자빠져

---

6) 「홍남철수」, 『현대문학』, 1955. 1, p.139.
7) 따라서 이 작품 역시 "전통지향적 보수주의"라고 하는 김동리 문학의 큰 테두리
   내에 위치하고 있음을 강조한다. 이동하, *op. cit.*, pp.94~95.
8) 작품내적 구조와 긴밀하게 연결되어, 보다 절실한 지식인의 모습을 형상화하지 못
   하고 얄팍한 휴머니티로 치장되었다는 말이다. 이은자, 『1950년대 한국소설에 나
   타난 지식인상 연구』, 숙명여대 박사학위논문, 1994. 5, p.39 참조.

누워 있기를 원했단 말인가.9)

이와 동시, 철의 극도에 달했던 초조와 불안도 고비를 넘기 시작하였다.
자기는 특별한 사람이니, 돌아가는데도, 특별한, 우선적인 대우를 받거니
하던 자기 본위의 생각을 버리고 여기 있는 수십만의 자유국민들이 모다
그와 동행이요, 그와 운명을 같이 해야 할 사람들이라 생각하면서부터 철
의 가슴은 한결 가벼워짐을 깨달았다.10)

이처럼 작품의 도처에서 엿볼 수 있는 주인공 박철의 민족애적 휴머니
티와 경직된 반공이데오르기에 기인한 적대감, 그리고 지식인의 감상적 자
기비판 등이 다소 작위적으로 채색된 감을 부정할 수 없는 것이다. 그러나
이러한 군더더기에도 불구하고, 한국전쟁의 상징적 의미를 부여하기에 모
자람이 없는 가족이산의 처절한 대단원을 통하여 궁극적으로 戰場의 현장
성을 생생히 전달함으로써 한국전쟁의 역사적 구체성에 접근한 점에서
6·25를 소재로 한 당대 여타 작품과는 다른 면모를 보여 주고 있는 것이
다.11)


### 3) 「蜜茶苑時代」와 戰時下 文人들의 生活相

「밀다원시대」(『현대문학』, 1955. 4)는 작가의 직접체험을 바탕으로 한 전
시 피난문인들의 사소설적 보고서이다.

"한 시기의 지적 분위기를 전달하는데 성공했다"는 염무웅의 지적12)처

---

9) 「흥남철수」, *op. cit.*, p.131.

10) 「흥남철수」, *op. cit.*, p.133.

11) 다시 말하자면, 50년대의 신진작가들이 6·25의 체험으로 육화된 한국전쟁의 구
    체상을 그리기보다는, 당대 실존주의의 영향에 힘입어 전쟁 자체의 일반적 반전
    논리를 작품 내에서 형상화하려 한 것과는 좋은 대조를 이루고 있다는 말이다.

12) 염무웅, 「김동리 문학의 현실감각」, 『동리문학연구』, 서라벌문학 8집, 1973,
    p.107.

럼 이 작품은 1·4후퇴 이후 피난지 부산의 밀다원다방에 모여 불투명한 전쟁기의 암운 속에서 고뇌하던 당대 대다수 문인들의 심중을 깊이있게 형상화하고 있다.

단신으로 피난을 떠나 간신히 부산역에 도착한 작가 이중구(이봉구가 모델)는 두고 온 가족에 대한 죄책감으로 괴로워하며 자신의 호구책을 걱정해야 하는 피난지의 괴로운 현실에 직면한다.

> 부산진에 들어서면서부터 기차는 바다에 떨어지지 않기 위하여 속력을 늦추었다. 초량역에서 본역까지는 거의 한 걸음 한 걸음 유예하듯 쉬엄쉬엄 늑장을 부렸다. {……}
> 스물 일곱시간 하고 삼십 오분, 그렇다, 그동안 중구의 머리 속은 줄곧 어떤 『땅끝』이라는 상념으로만 차 있은 듯했다. 『끝의 끝』, 『막다른 끝』, 거기서는 한걸음도 더나갈수 없는, 한 걸음단 더 내디디면 바다에 빠지거나 『허무의 공간』으로 떨어지고 마는 그러한 『최후의 점(點)』같은 것에 중구의 의식은 완전히 사로잡혀 있은 듯했다.[13]

그러던 중 밀다원 다방만은 문학을 토른하는 작가들이 모여 동병상련의 심정으로 서로의 고통을 달래 주는 유일한 안식처란 사실을 깨닫고 이곳을 주된 활동무대로 삼게 된다. 항상 문인들의 "꿀벌처럼 왕왕거리는" 잡담 속에서도 문단의 훈훈한 동지애가 흘러 넘쳤기에 그는 이곳에만 있으면 병든 노모를 버리고 온 죄의식도, 당면한 숙식문제도 잊을 수 있다. 그래서 그는 밀다원에서 너무 멀다는 이유로 인정 많은 부산문인 오정수의 따뜻한 집에서 도망치듯 뛰쳐나오고 전황이 점차 불리하 지는 와중에서도 길여사의 제주도 피신제의를 단숨에 거절할 수 있었드.[14]

그러나 이중구의 고독을 달래 주는 정신적 위안처였던 밀다원이 언제까

---

13) 「밀다원시대」, 『현대문학』, 1955. 4, p.94.
14) 이중구를 괴롭히는 노모에 대한 죄책감과 밀다원의 문인그룹이 갖는 가족적 분위기를 통해 알 수 있는 것은 이 작품 역시 동양적 가족주의를 반영하고 있다는 사실이다. 이동하, *op. cit.*, pp.92~93.

지나 태평성대를 구가할 수는 없었다. 부산이란 지방도시에 갑자기 중앙문단을 비롯한 전국의 문인들이 쇄도하게 되자 필연적으로 문단의 내부분열을 초래케 되는데 이는 이중구와 문총을 책임지고 있는 비평가 조현식(조연현이 모델)의 작중대화를 통해 그 심각성을 충분히 엿볼 수 있다.[15]

> "{……}지금까지는 서울 있는 놈들이 문단을 리이드해 왔지만은 지금부터는 부산이 수도로 됐으니까 재부(在釜)문인들이 문단 주도권을 잡아야 한대, 그래서 이번에는 중앙문인들이 재부문인들 앞에 머리를 수그리고 나와 문안을 드릴 때까지 이쪽에서는 버티어 줄 작정이라는 거 야." {……} "모르지, 아마 신문 잡지 같은데다 글 발표할 수 있는 권리를 말하는 거 같애."
> "그걸 알고 싶거든 전필업이가 내는 『항도문학』이란 주간신문을 좀 보시오. 거기 중앙에서 내려온 문인으로서 글줄이나 바로 쓰는 현역 가운데 벌써 욕먹지 않은 사람이 몇이나 있는가, 그 위에다 좀 더 유력한 문인에 대해서는, 무전취식을 했다느니, 『문총』공금을 착복했다느니, 입에 담을 수도 없는 거짓말로 갖은 인신공격을 다하고 있으니까."[16]

뿐만 아니라 종군작가단에도 편입되지 못해 정부로부터의 최소한의 편의와 원조도 기대할 수 없었던 일반작가들의 상대적 박탈감은 이들을 더욱 피곤하고 힘들게 한다.[17] 이런 와중에 부잣집 여인에게 실연 당한 젊은 시

---

15) 문인들의 분열조짐은 이미 수복당시 도강파와 잔류파 문제가 거론될 때부터 나타난 것이었으나 예술원 회원문제를 두고 좀 더 구체화되기 시작해 환도 후 "자유문학가협회"가 발족되면서 더욱 노골화된다. 한편 백철은 『문단을 위한 부의』(문화세계, 1953. 7), 『문단재건의 과제』(서울신문, 1953. 10. 18), 『피난근성을 버려라』(경향신문, 1953. 9. 7) 등의 글을 통해 자기도취와 독선에 물든 문단의 중앙집권적 제도가 "시대적 민중적 생활토대와 유리된 향락형식화한 문학으로 떨어지기 쉽다"고 지적하며 기성문단의 반성을 촉구하는 동시에 당대 문단의 중앙집권화와 파벌화에 대한 심한 우려를 나타내고 있다. 이은자, *op. cit.*, pp.84~85 참조.

16) 「밀다원시대」, *op. cit.*, pp.105~106.

17) 육군본부가 소재했던 대구로 간 문인들이 종군작가단에 편입되어 정부적 차원의 혜택을 입었던 것은 좋은 대조를 이룬다. 조연현, 『남기고 싶은 이야기들』,

인 박운삼(정운삼이 모델)의 음독자살로 마침내 밀다원의 문인들은 해산의 비운을 맞이하게 되는데, 전쟁의 한계상황 속에서 망연자실할 수밖에 없었던 문인들에게 있어 밀다원도 일시적 도피처 이상이 될 수는 없었던 것이다.[18]

결국 이 작품은 문인이란 특수계층의 전시생활상의 적나라한 포착을 통해, 전쟁이란 근원적 불안요인 앞에서 어느 계층도 결코 비켜 갈 수 없었던 시대적 고뇌를 여과없이 보여 주고 있는 것이다. 그리고 그 시대적 고뇌가 생생한 당대현실에 기초한 지식인의 자화상이라는 데서 이 작품이 단순한 소품 이상의 값어치를 넘어서게 되는 것이다.

### 4) 「實存舞」와 戰爭傷處의 응어리

「실존무」(『문학예술』, 1955. 6)는 「흥남철수」에서 보여 준 전장의 비장한 현장성과 「밀다원시대」에서 펼쳐 보인 전시하 계층적 삶의 구체상이 마침내 일상의 체취에 파고 든 전쟁상처의 응어리로 결집되어진 작품이다.[19]

피난지 부산의 국제시장에서 만년필행상을 하는 일본 유학파 인텔리 김진억과 전란의 와중에 남편을 잃고 밀크홀을 경영하는 장계숙이 서로의 진정을 확인하고 결합하지만, 북한에서 남하한 김진억의 본처와 식솔들이 뒤늦게 나타나는 바람에 파경을 맞이하게 된다는 줄거리의 이 작품은 김병익에 의해 "멜로드라마"로 폄하되었을 정도로[20] 그 풍속적 측면 다시 말해 통속적 작품전개가 두드러진다. 김진억과 장계숙에 연결고리 역할을 하고 있는 진억의 친구 이영구의 계숙에 대한 연모와 므절제한 애정행각은 언뜻

---

도서출판 부름, 1982, p.96 참조.

18) 당시 신인이었던 정운삼은 밀다원에서, 전봉래는 스타다방에서 피난 중의 젊은 고뇌를 감당치 못하고 각각 음독자살한다.

19) 이동하는 이 작품이 다루고 있는 "이산으로 인한 가족관계의 혼란"을 6·25가 남긴 가장 절실하고 중요한 문제로 규정한다.;이동혀, *op. cit.*, p.93.

20) 김병익, 「혼란 속의 새로운 모색」, 『한국의 지성』, 문예출판사, 1972, p.149.

이 작품을 전시하 삶의 탐구로서보다는 시공을 초월한 상투적 애정극쯤으로 비춰지게 하는 것이다.

> 그날, 토스트에 밀크커피에 달걀에 『나마까시』를 먹고 간 두 분 손님 중, 두 눈알이 불거져 나오고 아랫턱이 송곳같이 뾰쪽한, 도대체 얼굴이 일본식 팽이같이 생긴 손님이 그 뒤, 그의 신상을 어떻게 알아 보았는지, 매일같이 저녁때마다 들려서는 부질없는 수작을 붙이곤 하는 것이다.
> 그가 언제나 느려놓는 수작의 요령은, 자기는 조도전대학 영문과를 나온 인테리란 것, 직업은 극작가란 것, 이북에는 상당한 재산이 있다는 것, 자기는 인생문제에 대하여 항상 깊이 연구하고 있지만, 인생이란 결국 『현재』에 충실해야지 과거나 미래에 집착해서는 안 된다는 것, 그래서 자기는 지금이라도 정정당당한 결혼을 하려고 하는데 적당한 상대자가 없어서 『야단』이라는 것, 또 자기가 이미 그러한 문화인이니만치 상대자도 교양이 높고 문화에 대한 이해가 깊은 현대적 여성이라야 한다는 것 ― 대개 이러한 내용이었다.[21]

그러나 이영구에 대한 부정적 묘사에서 보여지듯 당대를 풍미하던 서구 추종적인 관념적 실존주의의 공소함을 폭로함과 동시에[22], 본처의 출현 후 졸도하는 진억과, 고통을 이기지 못해 취중 블루우스를 추어대는 계숙에 대한 비장한 묘사를 통해[23] 가장 절실한 전쟁상처로 자리잡기 시작한 "이

---

21) 「실존무」, 『문학예술』, 1955. 6, p.54.

22) 실존주의의 본질을 외면하고 관념적 유희에 젖어 있는 이영구의 불건전한 생활 철학에 대해 풍자와 비판을 가하고는 있으나, 이는 논리적 사유체계로서가 아니라 삶에 대한 태도의 수준에 속하는 것이어서 한계를 가진다는 지적은 주목할 만하다. 진정석, *op. cit.*, pp.46~47.

23) 이 작품의 제목 "실존무"는 바로 이 마지막 장면을 상징적으로 압축해 놓은 것이다.

> 계숙은 두어걸음 그의 곁으로 가까이 닥아 서더니 고뿌의 술을 받아 한숨에 반 넘어 쭉 드리켜 버렸다. "됐어!― 실존주의가 무엇인지 이제는 아는 거야!―부라 쁘오!" "오오 부라쁘오! 오오 엑지스탄시알리즘! 오오 마이 미세스! 오오 마이 허

산의 문제와 그로 인한 가족관계의 혼란"을 실감나게 그려냄으로써 6·25가 일상의 삶에 뻗쳐 내리고 있는 전쟁후유증의 문제를 극명하게 압축 정리해 보였다는 측면에서 가히 전후소설의 결정판으로 평가받기에 손색이 없을 것으로 사료된다.


## 4. 結 論


공교롭게도 종전 후 2년이 되는 1955년 한 해 동안에 발표되어 인간고통의 근원으로서의 전쟁의 속악성을 보여주는 이상의 세 작품은 하나같이 이동하의 지적처럼 가족적 유대의 운명적 집착이 돋보여 동리문학의 일반적 특질인 전통지향적 보수주의의 테두리를 고수하고 있는 듯이 보인다.

그러나 이러한 피상적 관찰에서 나아가 이 작품들은 다음의 두 가지 측면에서 전후소설로서의 의의를 부여받을 수 있을 것으로 상정된다.

우선, 전후 2년이 흐른 객관적 거리와 시각에서 피부에 와 닿는 6·25의 역사적 구체성에 깊이있게 접근했다는 점으로, 전의고취와 선무를 위한 맹목적 이데올로기 지향의 전쟁기 소설과 구별될 수 있다.

둘째, 당대 전후파 신인작가군을 중심으로 시도되었던 실존주의경향의 전후소설에서 보여지는 전쟁일반의 추상적 반전논리에서 나아가 작가의 주관적 체험에서 기인한 6·25의 지극히 한국적인 독자적 변별성을 형상화함으로써 전시하 한국인의 정서와 한국적 삶의 양상을 일괄적으로 가장 요연하게 총람하였다는 점이다.

그러나 이러한 소설사적 의의에도 불구하고 그의 생득적 반공의식에서 기인한 이데올로기에의 고착적 인식(불충분한 이념적 천착이 초래한)과 논리적 사유체계로서가 아닌 삶의 방식의 수준으로서의 실존주의에 대한 초

---

어트!" 영구는 계숙의 손을 이끌고 마루로 나가, 비틀거리는 걸음으로 스텝을 떼어 놓기 시작하는 것이었다(「실존무」, *op. cit.*, p.77).

보적 인식은 분명한 한계로 지적된다.

# 安正孝 小說의 휴머니티

## 1. 序 論

소설이 우리 삶의 진정성에 바탕을 둔 문제 제기와 그 해결의 과정을 보여주는 가장 진솔한 문학 양식이라는 데 동의할 수 있다면 안정효의 소설이야말로 이에 관한 가장 모범적인 교과서가 될 것이라는 데서 이 글은 출발의 단서를 갖게 된다. 그것은 우리의 삶이 결구은 종착지를 가질 수밖에 없는 복잡다단한 여정의 한 가운데 위치하고 있으며 소설이 어떤 방식으로 그 종착지에 이르게 되는가에 대한 진지한 모색의 과정을 제시하고 있음을 안정효 소설에서 가장 극명하게 보여주고 있기 때문이다.

안정효의 소설들은 예외없이 상처받은 주인공들의 心鄕回歸構造로 이뤄져 있다. 그리고 그들의 상처는 하나같이 삶의 여정 속에서 얻어진 것들이다. 그러나 그 상처는 각기 다른 요인에 의해 말미암은 것이다. 따라서 그 치유의 방법과 과정이 같을 수 없으며 상처받은 영혼을 거둬줄 마음의 고향(心鄕)은 서로 다른 공간에 자리하게 된다. 그러면서도 이들은 결코 덜쳐 버릴 수 없는 끈끈한 유대의 장을 형성하고 있다. 안정효 소설의 참다운 미학은 여기에 그 든든한 뿌리를 두고 있다. 즉 각기 다른 상처와 이를 수습할 서로 다른 마음의 고향을 가진 이들이 "참다운 휴머니즘의 제고"란 순백한 작가정신에 의해 동일한 종착지에서 수렴되고 있다는 사실이다. 이 화합의 조짐은 이들이 찾아가는 서로 다른 마음의 고향이 더 이상 신에게

만 기댈 수 없는 인간성 상실의 이 시대를 밝혀주는 마지막 기대의 지평이며 이들이 작가의 체험적 혹은 주변적 분신이라는 데서 그 절박함과 설레임을 더하게 한다.

따라서 이 글은 안정효 소설을 관통하는 "상처받은 주인공의 心鄕探索過程"을 조명하고 나아가 그 소설미학의 정체를 구명하기 위하여 씌어지는 것이다. 그리고 그것은 곧 안정효 소설의 근간이기도 한 휴머니티의 문제와 직결되는 것이기도 하다.

## 2. 뿌리뽑힌 자의 悲哀와 "生存의 故鄕"

「은마는 오지 않는다」[고려원, 1990 ; 원제 : 「갈쌈」(책세상, 1987)][1]를 위시한 일련의 작품들에서 작가는 주인공들의 삶이 생존의 터전에서 물러서지 않으려는 처절함으로 점철되어 있음을 보여준다. 그들의 생존을 위협하는 삶의 무게가 현실을 짓누를수록 생존의 고향을 지키려는 그들의 영혼은 가일층 강인해지며 그 고향의 의미는 그들의 삶을 지탱해주는 정신적 지주로서의 상승작용을 하게 된다.

「은마는 오지 않는다」의 젊은 과부 언례는 어린 남매(만식과 난희)를 거느리고 전쟁(6 · 25 동란)의 한복판에 서게 된 비운의 여인이다. 생존의 기둥인 남편을 잃고 강원도 오지마을(錦山里)에 홀로 남겨진 그녀는 이미 상처를 간직한 여인이다. 그런 그녀에게 있어 어린 자식의 양육은 분명 힘겨운 짐이다. 그러나 언례의 옆에는 황노인네를 비롯한 이웃이 있기에 그 상처는 더 이상 확대되지 않고 그녀의 짐은 얼마간 가벼워질 수 있었다. 언례의 세 식구가 살고 있는 밤나무집은 나름의 평온과 안식이 깃든 곳으로 비

---

1) 작가의 회고에 의하면 이 작품은 서강대 재학 중이던 1964년 여름방학, 강원도 춘성군 서면 금산리 "황면장댁"에 기거할 무렵, 어린 시절의 추억을 끌어와 구상의 발판을 삼은 것이라 한다.

쳐진다. 하지만 밤나무집의 평화가 언제까지나 계속되기엔 전쟁은 너무나 추악한 것이었다. 인민군의 패주와 함께 금산리에도 유엔군이 진주하게 되고 마을사람들은 강 건너 읍내에서나 대할 수 있었던 전쟁을, 코큰 서양군인 "뺑코"와의 조우를 통해서 생활 속의 체험으로 받아들이게 된다. 그러던 어느 밤 나루터의 첫 번째 집인 밤나무집에 들이닥친 두 명의 뺑코 병사에 의해 언례의 육체는 무참히 유린당하고 전쟁의 와중에서 그녀는 또 하나의 외로운 전쟁을 치르게 된다. 밤나무집의 든든한 둥지요 후원자였던 황노인집으로부터 이제 언례는 일거리를 얻을 수도 없고 찬돌엄마를 비롯한 동네아낙들과 같이 마실을 나갈 수도 없을 뿐 아니라, 만식이도 동네아이들과 어울려 놀 수 없게 된 것이다. 처음엔 자신들의 화를 대신 치른 언례의 불행에 가슴 아파하던 마을사람들이 점차 그녀를 "불결"해 하며 경원함에 따라 언례일가는 마을의 외톨이로 생존의 기로에 처하게 된다.

　잊혀져 가던 언례의 상처는 뜻밖의 봉변과 그브다 훨씬 감당키 어려운 시련 속에서 걷잡을 수 없이 도지기 시작하고 그 상처가 이제 생존을 위협해옴에 따라 그녀는 분연히 일어선다. 그리고 적이 되어버린 마을사람들에게서 벗어나 언례가 취할 수 있었던 유일한 생존의 방편은 中島(가운데 섬)의 텍사스촌과 금산리를 오가며, 양공주로 나서는 길뿐이다. 그런 그녀에 대한 마을사람들의 멸시와 조소가 노골화되어 질수록 생존을 위한 그녀의 투혼은 가일층 치열해지고 오히려 "양군인을 손님으로 받아야 하는 건, 그 짓을 하지 않으면 어떻게 먹고 살지 모르기 때문"이라며 자신의 행위에 대한 정당성 부여로까지 이어진다. 이러한 언례의 격극적인 삶의 대응은, 마을의 체통을 위해서라도 이곳 금산리를 떠나라는 터주대감 황노인의 엄중한 경고를 되받는 그녀의 가시돋힌 항변에서도 큰명히 드러나고 있다.

> "{……}하지만 당신들이 나를 냉대하고 멸시했기 때문에 어쩔 수 없어서, 먹고 살 길이 없어서 취한 행동을 놓고 나를 욕하지는 말아요. 그리고 나더러 떠나라는 소리도 하지 말고요. 난 죽을 때까지 이곳에 남아서, 이 마을 사람들을 두고두고 미워할 결심을 했어요……."[2]

텍사스촌에 첫 발을 디딜 때, 죄를 짓듯 떨며 어색해 하던 언례의 토운 (tone)이 그녀의 후원자였고 마을의 절대자인 황노인 앞에서 이만큼이나 높아질 수 있게 된 것은 무엇을 의미하는 것인가?

전쟁의 와중에 젊은 과부에게 가해진 깊은 상처는 곧 생존을 위한 처절한 투쟁으로 연결되었고 언례의 그런 싸움이 힘에 겹고 외로울수록 생존의 고향을 희구하는 의지는 누구도 꺾지 못할 절대적인 가치로 부상하게 되었던 것이다.

「김사장의 권리금」(『동서문학』, 1988. 2)과 「학포장터의 두 거지」(『문학사상』, 1986. 1)는 최소한의 기본적 생존권마저 박탈당하고 생존의 고향에서 멀어지려는 우리 이웃들의 이야기이다.

「김사장의 권리금」에서는 어떻게든 살아 보려 발버둥치는 밑바닥 서민 김사장이 주변 인간군상의 장벽 속에서 펼치는 힘겨운 싸움을 그리고 있다. 포장마차 김사장은 "방울떡 장수 딱부리 아주멈"에게 26만원의 당당한 권리금을 주고 장터 초입에 자리잡았지만 항상 고무신 가게 윤사장에게 떳떳할 수 없는 마음의 빚을 지고 있는 느낌이다. 그것은 장터 초입의 명당자리에 몰려드는 손님들을 충분히 수용하기 위해 새로 만든 "큼지막한 세 바퀴짜리" 포장마차가 윤사장의 고무신가게 앞길을 잔뜩 막고 있는데서 비롯된 것이다. 이는 고무신가게로 출입하는 사람들의 통행에 불편을 끼쳐 장사에 지장을 초래한다는 윤사장의 영토권 시비의 빌미가 되었을 뿐 아니라 포장마차 손님들의 고무신가게 앞 방뇨라는 또 다른 부수적 문제까지 파생시켜 심약한 김사장의 입장을 지극히 난처하게 하는 것이다. 그렇다고 "훤히 잘 되는 장사를 눈 앞에 보면서도 포장마차를 잘라낼 마음은 요만치도 없는" 김사장이 윤사장의 기세에 무한정 밀려, 뚝심으로 버티는 젓갈장수 아주머니의 영토로 넘어들 수도 없는 형편이라 그의 처지는 그의 삶만큼이나 절박한 것이다. 그러던 어느날 우연한 기회에 윤사장의 정숙치 못

---

2) 『은마는 오지 않는다』, 고려원, 1992, p.215.

한 부인 "날라리"의 외도현장을 목격한 김사장은 마음의 빚을 갚을 요량으로 윤사장에게 연락하려 서두르다 그만 생존의 터전을 짓밟히는 惡手를 두게 된다. 윤사장을 전화로 연결하는 과정에서 "날라리"의 정사는 엉뚱하게도 장터사람들의 입방아거리로 부상하게 되었고 만성이 되어버린 아내의 외도보다도 뭇사람의 놀림감이 된 데 격분한 윤사장의 응징이 전혀 의도와는 달리 김사장에게로 가해졌던 것이다.

> 쓸데없이 이놈이 주둥아리를 놀리는 바람에 나만 망했다고 믿으며
> 윤사장은 포장마차를 뒤집어엎고, 오징어와 우렁쉥이와 오뎅과 참새와
> 닭똥집과 은행알을 마구 짓밟고, 소주병을 닥치는 대로 깨뜨리고, 진정
> 하세요, 이러지 마시고 말로 합시다 하며 말리려고 덤벼드는 김사장을
> 또 두들겨 패었다.[3]

결국 김사장은 살기등등한 윤사장 부부에 의해 명당자리에서 밀려나 권리금도 챙기지 못하고 장터를 떠나게 된다. 동병상련의 처지를 위로받고 보호받아야 될 가장 가까운 이웃으로부터 당한 폭력은 삶의 뿌리마저 흔들리게 하는 혹독한 것이었다. 밑바닥 인생의 상흔을 덧나게 하는 또 하나의 쓰라린 상처는 김사장이 사수하려는 생존의 고향을 더욱 애절하게 부각시킨다. 생존의 터전을 지키려는 눈물겹도록 정성어린(?) 집착이 도리어 그 터전을 잃게 한다는 생존의 아이러니 앞에서 김사장의 포장마차는 상처투성이의 영혼을 인도하는 절대절명의 상징으로 부상하게 되는 것이다.

「학포장터의 두 거지」는 경상남도 어일에서 실제로 있었던 사건을 소설화한 것이다. 그런 만큼 이 작품에 등장하는 "땅군"과 "귀머거리 여자거지"의 비극적 삶은 우리 시대의 질곡과 절실하게 맞닿아 있다. 학포(鶴浦) 장터에서 거지생활로 연명하고 있는 고아 출신의 "땅군" 김만돌에게도 한때 왕초로 날리던 화려한 시절이 있었다. 그러나 그 시절은 다시 돌아올 수 없는 환영과 더불어 쓰라린 상처로 그의 뇌리에 남아 있다. 대구 침산동 철로변

---

3) 「김사장의 권리금」, 『동생의 연구』, 책세상, 1990, p.129.

의 거지왕초로 군림하던 땅군의 인생에 금이 가게 된 것은 "공연히 거지가 아닌 보통 사람들이 살아가는 걸 흉내"내려는 데서 비롯된 것이었다. 밑바닥 인생의 자립을 도우려 서울의 버젓한 대학을 졸업하고 거지사업에 뛰어든 "학짜"의 열성에 설복당한 땅군은 그의 생존무대였던 대구를 순순히 버릴 수 있었다. 그리고 학짜의 인도에 따라 휘하의 거지와 창녀(그들은 대구를 떠나기 전 학짜의 주례로 날치기 합동결혼식을 올린다)를 거느리고 월성군 명치읍의 산비탈 국유지에 생의 보금자리를 마련하게 된다. 얼마동안 그들은 야산을 개척하는 노고 뒤에 따르는 뿌듯한 소유감에 난생 처음 생의 환희를 맛볼 수 있었다. 하지만 그들의 행복은 애초부터 한시적인 것일 수밖에 없었다. 이들이 "명치 자활 개척의 마을"이란 이름 아래 일견 정착에 성공하려 할 즈음에 지역개발을 내세운 행정당국의 철거령이 떨어진 것이다. 땅군네 식솔들은 학짜의 독려 아래 이를 결사적으로 저지하지만 개발추진회에 매수된 대부분의 동지들이 이탈하게 됨에 따라 결국 생존의 터전을 마련하려던 꿈은 물거품이 되고 만다. 과거의 영화를 되새기며 학포장터로 흘러 들어와 만년의 거지생활을 영위하던 땅군에게 어느날 뜻밖의 횡재가 닥치고 잃어버렸던 땅군의 꿈이 되살아난다. 학포장터에 느닷없이 나타난 귀머거리 여자거지와 살림을 차리게 된 것이다. 그리고 임신한 여자가 입덧을 시작하자 땅군은 예의 수동적인 거지의 모습에서 일을 찾아나서는 적극적인 생활인의 모습으로 변모하게 된다. 평생 이루지 못할 것 같던 가장과 아버지의 꿈이 한꺼번에 이뤄지려는 시점에서 땅군의 미래는 더없이 밝아지고 그만큼 생에 대한 애착은 강렬해진다.

> {……}어쨌든 조금이라도 돈을 더 벌어 여자에게 잘 먹이고 싶은 생각에 까짓 무슨 짓인들 못하랴 싶었고 리어카 하나만 있으면 돈을 많이 벌 수 있을 테니까 정말 좋겠다고 어림도 없는 헛된 망상을 품어보기도 했다.4)

---

4) 「학포 장터의 두 거지」, 『학포장터의 두 거지』, 고려원, 1990, p.52.

그러나 땅군이 일나간 사이, 만삭의 몸으로 겨울땔감을 구해오던 귀머거리 아내가 익사하게 됨으로써 땅군의 꿈은 다시 한 번 산산조각 나고 만다. 개척지의 실패를 답습치 않으려 혼신의 정성을 쏟았던 땅군의 노력은 비장한 생존의 철칙만을 상기시키며 아픈 상처로 그의 가슴에 와 닿을 뿐이다. 땅군에게 있어 생존의 고향은 그만큼 멀고도 아련한 피안의 세계에 위치한 것이며 그렇기에 그 희구는 그만큼 더 절박한 것이다.

무명 연극배우의 삶의 애환을 고백체 형식으로 서술하고 있는「꿈과 땅콩」(『문학정신』, 1987. 8)에서는 아직도 대부분의 우리 사회 밑바닥 공연예술인들의 삶이 생존을 위한 굴레 속에서 벗어나지 못하고 있음을 여실히 보여주고 있다. 이 작품의 화자요 주인공인 여배우가 겪어야 했던 많은 에피소드들은 연극에 대한 일반인의 무지와 그릇된 사회풍토가 연극인의 피곤한 삶을 더욱 황폐화시키고 있음을 말해주는 것이다. 순수한 연극에의 열정으로 배우가 되었던 주인공이 "여자에게 영혼까지 바치는 깊은 사랑을 하면 예술적인 순수성이 깨져 속인이 된다"는 선배연기자에게 농락 당하고, 만취관객의 희롱거리가 된 "땅콩사건"을 겪는 과정에서 환상의 연극무대를 미련없이 떠나 현실세계의 생존을 노크하게 된다는 줄거리에서 이 시대를 살아가는 상처받은 한 예술인의 처량한 생존의 현주소를 엿볼 수 있다.

지금까지 살펴본 이들 작품에서는 주인공에게 가해진 상처가 일상적 삶의 저변에서 비롯된 것이고 이는 결국 멀어져 가는 생존의 고향을 붙잡으려는 그들의 처절한 싸움으로 연결되고 있음을 보여 주고 있다.

예기치 않은 재난에 양공주로 변신하면서까지 더욱 강인한 생존의 법칙을 터득해 나가는「은마는 오지 않는다」의 언례, 생존의 터전을 지키기 위해서는 윤사장 부인의 외도도 예사로울 수 없었던「김사장의 권리금」의 김사장, 움집이긴 하지만 난생 처음 가져보는 家庭에 거렁뱅이질도 즐겁기만 했던「학포장터의 두 거지」의 땅군, 연극무대를 생존의 발판으로 삼으려 발버둥치는「꿈과 땅콩」의 여배우 등은 모두 우리 시대 뿌리 뽑힌 영웅들의 초상에 다름 아니다. 그리고 이들의 상처가 바로 이들을 둘러싼 이웃들

— 금산리의 마을사람들, 윤사장 부부를 비롯한 장터사람들, 땅군을 배신하는 거지식솔들, 여배우의 선배연기자와 관객들 — 이 행사한 유형 무형의 폭력에 의해 말미암고 있다는 점에서 그 삶의 변주는 그만큼 외롭고 충격적일 수밖에 없다.

따라서 이들 작품이 외향적 화자에 의해 인물과 인물 간의 대외적 갈등을 노정시키면서 냉정한 작가적 시선을 배면에 깔고 있음은 아득한 생존의 고향을 가장 효과적으로 부각시키는 기제로서의 의미를 충분히 획득하고도 남음이 있는 것이다.

## 3. 現代社會의 俗惡性과 "安息의 故鄕"

문명이 발달하고 우리의 삶이 점차 안락해 질수록 오히려 우리의 영혼을 의탁할 안식처가 줄어져 간다는 서글픈 현실은 이제 문학이 감당해야 할 중요한 한 부분으로 대두되고 있다. 그런 의미에서 「동생의 연구」(『실천문학』, 1988 가을)를 비롯한 일련의 작품들에서 상처받은 영혼을 추스를 곳을 찾아 헤매는 우리 이웃의 실루엣을 만나게 됨은 퍽이나 의미심장한 일이며 그 소설적 가능성에 유난한 관심이 기울어진다. 이들 작품에서 끊임없이 고통받는 작중인물들의 상처가 그들이 지금 몸담고 있는 현실세계의 뒤틀리고 비뚤어진 속악성에서 비롯되어진 것이며 그것은 곧 도시화. 기계화. 비인간화로 대변되는 현대의 사회적 제문제와 맞닿아 있다는 사실에서 오늘을 사는 우리 모두도 결코 자유로울 수 없기 때문이다.

「동생의 연구」는 공룡처럼 비대해진 현대산업조직의 뒤안길에서 어처구니 없이 희생되어 버린 한 순수한 영혼의 이야기이다. 이 작품의 주인공 오선진이 겪게 되는 노동쟁의의 과정은 노사분규에 대한 우리의 인식이 얼마나 피상적이며 도식적인 수준에 머물러 있나를 상기시킨다.

42명의 다른 연수자들과 함께 오과장이 끌려간 미포연수원은 논산훈련소의 배출대를 연상시키는 인간성 살육장이었다. 거대한 조직의 힘 앞에 개개인이 얼마나 무기력하게 인격 처형을 당하는지를 생생하게 보여주는 이곳은 말하자면 굴욕감과 권태를 견디지 못해 사람들이 스스로 사표를 내고 회사를 그만 두게 만드는 기능을 갖춘 무작정 대기소였다.[5]

한국 굴지의 조선회사 플랜트 사업부 과장으로 근무하던 공고 출신의 오선진은 조선업계의 불황으로 밀어닥친 감원선풍에 휩쓸려, 자진퇴사의 명분축적용으로 행해진 연수교육의 대상자가 된다. 연수과정에서 13년간이나 순종하며 봉사해 온 회사의 비정함과 교활함에 연약하고 선량했던 선진의 마음은 깊은 상처를 받게 되고 그는 마침내 노동운동의 지도자로 변모하게 된다. 그리고 "이 큰 회사에서 힘으로 밀어붙인다면 우리들도 밟으려는 그 발을 있는 힘을 다하여 물어뜯을 수밖에 없다"며 강인한 의지로 회사의 압력과 회유에 맞서게 되고 그 결과 다른 계열회사로 전출하는데 성공한다. 그러나 자신의 전출이 투쟁동지들에 대한 배신이며 결국은 회사에 대한 봉사로의 복귀라는 이율배반적 사실에 괴로워하던 그는 곧 사표를 내고 진정한 쟁의의 대변자로 다시 태어나기 위해 노무사 시험준비에 매달린다. 고도성장의 허울 좋은 미명 아래 거대한 경제권력의 횡포에 짓밟히면서 가족들에겐 무능한 가장으로 시달려야 하는 오선진의 처참한 영혼이 마지막으로 귀의할 곳은 정녕 노무사에의 꿈뿐이었던 것이다.

「회귀」(『불교문학』, 1988 봄), 「황야」(『문학정신』, 1991), 「미국인의 아버지」(『현대소설』, 1990)[6]는 모두 미국이민을 소재로 다루면서 현대인의 진정한 안식처에 대한 진지한 물음을 던지고 있는 작품들이다. 이 작품들이

---

5) 「동생의 연구」, 『동생의 연구』, 책세상, 1990, p.235.

6) 이 작품들은 오늘날 우리 이민사회의 현상적 실체를 문제적 시각에서 층위별로 제시함으로써 이를 바라보는 우리의 시각을 다양한 관점으로 견인, 확산시키고 있다. 그리하여 화려한 코리언 타운의 이면에는 고향 잃은 자들의 뿌리 찾기가 이 시간에도 계속되고 있음을 상기시키는 "코리언 시오니즘"(Korean Zionism)의 정서를 보여주고 있다.

작가의 미국여행기간 동안의 체험적 산물이라는 데서 오늘날 미국 교민사회의 절실하고도 구체적인 영상으로 우리에게 다가오게 되는 것은 매우 당연한 일이면서도 특별한 의미를 가지는 것이 된다. 그것은 이제 우리 사회에서 조용히 청산되어 가는 "아메리칸드림"(American dream) 증후군의 한 단면을 통하여 결국은 각자의 마음 속에 안식의 뿌리를 둘 수밖에 없는 현대인의 절실한 고뇌를 깊이있게 형상화하고 있기 때문이다. 「회귀」와 「황야」에서 우리는 지난날 군사정권하의 조악한 현실 속에서 새로운 피안을 찾아 조국을 등질 수밖에 없었던 지식인의 모습을 대하게 된다.

「회귀」의 국문과 교수 조덕문은 "격렬한 학생운동과 행정당국의 강압적 정책" 사이에서 진실로 자유로워지기 위해 양측을 다 같이 공박하는 양비론적 양심선언을 감행한다. 그러나 자신을 해방시켜 주리라 기대했던 이 선언은 오히려 어느 곳에도 속할 수 없었던 그를 양측의 무차별 공격대상으로 노출시키게 하였고 결국 그는 대학에서 물러나게 된다. 그후 "너무 넓어 한 가지 충격의 파급 효과가 적고, 아늑한 완충지대가 얼마든지 있으리라고 생각해서" 국제결혼한 여동생을 좇아 단신 도미하지만 미국도 결코 그를 구원해 주지 못한다. 생계활동의 애로와 낯선 땅에서의 외로움, 그리고 나름대로의 자기세계를 건설해 놓고 분명한 미국인으로 살아가고 있는 대학동창들과의 괴리감, 이 모든 것들은 이방인으로서의 그의 존재를 다시 한 번 확인시켜줄 뿐이다. 대학시절 짝사랑했던 혜자(베로니카)의 국제결혼을 확인한 후 마지막 보루마저 무너져 기댈 곳이 없어짐을 절감한 덕문은 결국 귀국행 비행기에 몸을 싣는다.

> 그는 삶과도, 자신과도 이제는 더 이상 싸우고 싶지 않았다. 그는 그냥 과거의 세계로, 태어나지 않은 자궁 속의 세계로, 그리고 그 이전 시대로의 환원이 가능하다면 그 시대로 돌아가고 싶었다. 어디에서도 살아갈 자신이 없어진 그는 이제 고향으로 돌아갈 수밖에 없었다. 무작정 상경하여 창녀가 된 시골처녀처럼.[7]

---

7) 「회귀」, 『동생의 연구』, p.189.

그러나 상처를 준 고향으로 돌아오는 덕문이 과연 상처를 치유할 수 있을지는 여전한 의문으로 남는다.

「황야」의 진학은 공안통치의 폭력이 탄생시킨 희생양의 본보기이다. 유신정권 초기에 반정부 희곡을 썼다가 대공과 형사들에게 곤욕을 치르고 미국으로 오게 된 진학의 조국에 대한 증오와 긍지높던 예술인의 무너진 자긍심이 그를 사랑하는 이웃들에게 어떤 식으로 고통의 전이를 가져다 주는가를 이 작품은 생생히 보여주고 있다. 고문에 굴복한 남편의 수치감으로 인해 그보다 더한 정신적 고문을 당해야 하는 세화, 친구의 고통을 씻어주기 위해 이민의 길을 열어주고도 항상 착잡하기만 한 상호, 그리고 자신만을 학대하는 초라한 망명객으로 변한 친구와 서뜻한 해후를 해야 하는 병구, 이들 모두를 불행하게 하는 진학의 "혼상적 고뇌"는 "소아마비에 걸린 정치의식밖에 가지고 있지 못한 조국"에의 망령에서 비롯된 "역사적 현실"이다. 그리고 그러한 현실 앞에서 이들의 영혼을 거둬줄 곳은 쉽사리 보이지 않는다.

「미국인의 아버지」는 너무나 쉽게 미국화되는 가족들과 보조를 맞출 수 없어서 낯선 미국땅이 더욱 무정하기만 한 移民家長의 비애를 그리고 있다. 아내의 강권에 못 이겨 처가식구들과 함께 미국이민을 오게 된 한우식은 "오리엔트 투어"란 관광회사로 정착에 성공한다. 그러나 남편을 무시하고 자유분방한 미국사회에 재빨리 적응해 나가는 아내와 그런 엄마를 닮아 고루한 아빠를 경멸하며 완전한 미국인으로 성장해 가는 딸 사이에서 가장으로서의 자리를 찾지 못하고 방황한다. 지진이 일어난 날 여고생 딸 미아(美雅)의 책상서랍에서 우연히 콘돔뭉치를 발견하게 된 우식에게 "러버도 준비해 두지 않았다가 프러그넌트되거나 AIDS라도 걸렸으면 좋겠"냐고 앙칼지게 대드는 미아를 통해 코메리컨의 피폐한 영혼을 감싸줄 곳이 절실함을 작가는 말하고 있다.

서울 (마포)토박이 작가 안정효는 맑은 공기와 훈훈한 인정을 자랑하던 그의 고향이 급격한 현대화의 홍수 속에서 오늘날 과연 어떤 모습으로 변모하게 되었으며 이 도시가 안고 있는 진정한 문제는 무엇인가에도 깊은 관심을 기울인다. 「혼선」(『레이디 경향』, 1990), 「창」(『동양문학』, 1988. 9), 「솜바지」(『실천문학』, 1987), 「커피와 할머니」(『샘이 깊은 물』, 1985. 11) 등은 그런 작가의 관심이 자칫 사소하게 보아 넘길 수도 있는 도시의 원초적 속악성과 연계되어 잘 드러나고 있는 작품들이다.

작가의 직접체험을 토대로 허구화했다는 「혼선」은 일상의 무료함에서 벗어나고픈 한 부자집 사모님의 외도를 미끼로 걸려온 협박전화를 전화의 혼선으로 인해 우연히 듣게 되는 샐러리맨 부부의 이야기이며 「창」은 사무실 창밖 저택에서 벌어지는 도시의 파행적 생태에 고달픈 자신의 허상을 투영시켜 보는 가난한 직장처녀의 가슴메이는 도시풍속 보고서이다.

남의 집에서 벌어지는 사건을 전화의 도청으로 알려주는 형식을 취하는 「혼선」과 창밑 저택의 일상사를 제3자의 관찰에 의해 서간체 고백형식으로 사건화하고 있는 「창」은 그 超情的 敍述方式으로 인해 윤리 부재와 인간성 상실의 막다른 골목으로 흡입되어 가는 도시사회의 그늘진 구석을 객관적으로 형상화하는 데 성공하고 있다.

「솜바지」와 「커피와 할머니」에서는 도시의 살풍경한 적막과 기계적 삶이 노인들의 일상적 생활을 어떤 식으로 옭아매고 있는가를 해학적으로 조명해 보이고 있다.

「솜바지」에서는 자식들의 무관심과 죽은 아내에 대한 그리움으로 한강에 투신했으나 솜바지가 부풀어 올라 목숨을 건지게 되는 우리 이웃의 할아버지를 만나게 되고, 「커피와 할머니」에서는 시계를 볼 줄 몰라 도시의 가정부자리에서도 밀려나는 한 순박한 시골할머니의 모습을 대면하게 된다.

이 작품들이 한갖 우스개 소리로 치부될 수도 있는 자그마한 에피소드의 顯現을 통해 우리의 가슴에 잔잔한 파문을 일게 하는 것은 작가가 시종 측은한 눈동자로 이들을 응시하고 있기 때문이다. 그리하여 오늘을 사는 도시의 소외된 이웃들에겐 이들의 고달픈 영혼을 어루만져 줄 포근한 안식처가 절대적으로 필요함을 역설하면서 그것은 그들만의 관심사가 아니라 우리 모두의 문제임을 강조한다.

지금까지 살펴본 작품들에서 주인공들의 고통으로 얼룩진 상처는 그 진원지가 어디였든 — 기업의 횡포(「동생의 연구」), 돈재권력의 폭력(「황야」), 개인에 가해진 집단의 압력(「회귀」), 가정을 파괴하는 현대의 이기주의(「미국인의 아버지」), 도시사회의 정서적 황폐화(「혼선」, 「창」), 도시문명의 비인간성(「솜바지」, 「커피와 할머니」) — 모두 다변화되고 물질화되어가는 현대사회의 병폐가 초래한 것들이었고 이들에게 진정으로 필요한 것은 이제 물질적 풍요보다 인간답게 살 수 있는 안식으로서의 공간임을 작가는 초연하게 말해주고 있다.

따라서 주인공 측근의 3인칭 관찰자들 — 「동생의 연구」에서 실직한 동생의 정신적 지주인 오교감, 「황야」에서 진학의 친구 병구, 「혼선」에서 전화를 통해 협박을 듣게 되는 호준 부부, 「커피와 할머니」에서 할머니의 도시적응을 안쓰럽게 지켜보는 민교수 — 에 의해 때로는 안타까우면서도 때로는 냉정한 토운(tone)으로 그들의 아픈 상처와 절박한 고뇌를 표출시키고 있는 것은 오늘을 살아가는 독자들에게 훨씬 강한 생활의 메시지로 마음 속 깊이 와 닿게 된다.


# 4. 오디세우스의 彷徨과 "實存의 故鄕"


안정효 소설의 내면적 깊이는 인간존재에 대한 끊임없는 성찰에서 우러나오는 것이며 「하얀 전쟁」을 위시한 일련의 작품들에서 그는 과거와 현재, 현실과 몽상 사이를 넘나들면서 상처받은 영혼의 뿌리가 인간의식의 심연에 근거하고 있음을 적나라하게 펼쳐 보이고 있다. 이러한 실존주의적 정서는 越南戰이란 가장 근자의 허무주의적 체험공간에 작가가 직접 몸담았다는 데서 필연적으로 잉태될 수밖에 없는 것이다. 그리하여 이들 작품에서 지난 날의 과거에서 비롯된 상처 때문에 온전한 자신을 회복치 못하고 오디세우스적 방황을 거듭하면서 스스로 부조리와 허무의 세계로 투신하게 되는 주인공들을 창출해 내게 된다. 트로이전쟁에 참전했던 이타카 출신의 전쟁영웅 오디세우스가 고향으로 돌아가 아내 페넬로피와 아들 텔레마커스의 영접을 받으며 그의 궁전을 되찾기까지엔 무려 이십 년간의 고된 방황이 필요했다. 실로 그 여정은 목숨을 건 긴 사투의 연속이었고 오디세우스의 지친 영혼을 위무하기엔 그 어느 것도 무의미할 수밖에 없었다. 그만큼 그의 상처는 깊고 큰 것이었다.

따라서 오디세우스적 허무와 절대적 무의미에서 출발하는 주인공들의 방황은 그 극대화된 불안과 고뇌의 배설로 이어질 수밖에 없다. 그리고 이러한 실존적 상황 설정은 이들의 방황이 언젠가는 무의미를 의미로 바꿀 수 있다는 작가의 처절한 낙관론에 힘입은 것이기에 이들의 행보를 좇아가는 우리의 마음도 항상 우울할 수만은 없게 된다.

안정효의 출세작 「하얀 전쟁」[1부 「전쟁과 도시」(실천문학, 1983), 2부 「전쟁의 숲」(시사토픽, 1991) 3부 「에필로그를 위한 전쟁」(고려원, 1993)][8]은 10년의 세월을 두고 씌어진 3부작 장편소설이다. 그런 만큼 이 소설은 현존하는 최대. 최악의 인위적 재난인 전쟁에 대한 인간의 시각이 세월의 흐름에 따라 어떻게 변하는가에 관심의 초점이 맞춰져 있다. 흘러간 젊은 시절의 전쟁체험이 그들의 삶을 얼마나 오랜 동안 구속하며 또 戰後의 삶에 어떤 견인력으로 작용하고 있는지를 요연하게 보여주고 있는 이 작품에서 등장인물들은 과거 전쟁의 상흔에서 벗어나기 위해 자신과의 끊임없는 전쟁을 계속한다. 그 전쟁은 합리주의적 세계관으론 결코 설명될 수 없는 무의미하며 소모적인 것으로 비춰진다.[9] 그리고 탈영병 채무겸의 정글생

---

8) 이 작품은 원래 1983년 『실천문학』에 연재되었던 「전쟁과 도시」를 지칭하는 것으로 알려져 있으나, 근자에 작가가 「전쟁과 도시」에서 동료를 오인살해하고 탈영병이 되어버린 채무겸 상병의 정글도피생활을 다룬 「전쟁의 숲」과 변진수를 죽인 후 감옥에서 출소한 한기주가 25년만에 베트남을 찾아가 악몽의 흔적을 더듬는 「에필로그를 위한 전쟁」을 각각 발표함으로써 3부작의 연작형식을 띠게 되었다.

9) 이에 대해 송승철은 베트남전쟁에 대한 실존주의적 자기합리화는 일종의 과잉변명에 지나지 않는다면서 한기주와 변진수의 戰後人生의 의미를 색다른 시각에서

활을 그리고 있는 2부와 25년만에 다시 베트남을 찾아가는 한기주의 시간 여행을 다룬 3부보다는 1부에 우리의 관심이 머물게 되는 것은 바로 상처 받은 영혼들이 벌이는 이 戰後戰爭의 치열함 때문기다. 越南戰後의 한국사회에서 적응하지 못해 허덕이는 두 귀향병 한기주와 변진수의 방황은 그들이 과거로 가는 시간의 수레바퀴 위에 걸터 앉아 있는 한 쉽사리 그 출구를 찾을 수 있을 것 같지 않다. 그러나 그들이 그 과거에서 도망치려면 그럴수록 그 환영은 더욱 견고히 그들을 붙들어 맨다.

> 그 베트콩을 죽이고 나는 훈장을 탔다. 하지만 세상에 태어나서 처음으로 타인의 생명을 파괴했다는 전율이 무서웠고, 한 인간이 다른 인간을 죽일 수 있는 권한은 어떤 경우에도 정당화되지 않으리라는 두려움에서 언젠가는 그 보복을 받으리라고 느꼈다.[10]

한기주의 예감대로 귀국 후 그는 내내 그 "보복"에 시달린다. "키보다도 많은 158의 지능지수"를 가지고도 그는 출판사 제3부장에서 한직인 판매기획촉진부장으로 밀려나야 하고, 아이도 없이 불신의 성을 쌓아만 가던 아내와는 끝내 이혼의 막다른 골목으로 치달아야 할 뿐 아니라 어느 여자와도 정상적 육체관계를 가질 수 없게 된다. 이 모든 것은 전쟁의 허무와 존재의 불안에서 벗어나지 못하는 그의 뿌리깊은 므력감 때문이다. 그런 그에게 그보다 훨씬 더한 전쟁후유증을 앓는 전쟁동료 변진수의 출현은 그 고통의 상처를 배가시키기에 충분한 것이다. 결국 권총을 갖고 와 전쟁으로 파괴된 자신의 영혼을 구원해 달라는 변진수의 청을 한기주는 동병상련의 심정으로 들어주게 된다.

> 대리전쟁에서 우리들은 죽음의 손익계산서에 아무것도 기록하지 못했다. 그것은 우리들이 백지답안지를 낸 전쟁시험이었다. 아무 자취도

---

평가하기도 한다. 송승철, 「베트남전쟁 소설른」, 『창작과 비평』, 1993. 여름, p.88.
10) 『하얀 전쟁 ; 제1부 전쟁과 도시』, 고려원, 1992, p.175.

남기지 못한 하얀 전쟁을, 하얗기만 한 악몽을 견디고 겨우 살아서 돌아
왔을 따름이었다. 변진수의 전쟁은 언제 끝나려나? 전쟁을 치르고 고향
으로 돌아온 그는 내가 죽여줘야 오히려 자비를 베푼다는 생각이 들 정
도로 파괴된 인간이었고, 전쟁을 이겨내지 못한 변진수는 그 패배의 형
벌을 누구에게서인지 받아야 할지도 모른다.[11]

한기주가 변진수를 향해 방아쇠를 당기는 순간 그들의 전쟁은 비로소
종말을 고하게 되고 과거의 무의미는 미래를 위한 의미로 다시 태어나게
된다.

『가을바다 사람들』(고려원, 1985)과 『미늘』(문학정신, 1990)은 과거의 얼
룩진 상처에서 헤어나지 못해 방황하는 중년의 두 사업가를 통해 인간의
근원적 존재 의미에 강한 의문을 제기하고 있는 작품이다.

「가을바다 사람들」에서 광고회사 사장 신해방은 어느 날 불현듯 가을바
다로의 여행 충동을 느끼고 길을 나선다. 그러나 속초로부터 동해안을 따
라 태안반도의 회포리로까지 이어지는 바닷길 여정을 통해 그의 의식의 심
연에 감춰져 있던 여행의 동기가 차츰 드러나면서 이것이 단순한 충동에
의한 우발적 길떠남이 아니란 사실이 밝혀진다. 어린 시절 바닷가에서의
궁핍한 삶과 아버지의 사고, 천문학을 전공한 대학시절과 광고회사의 취
직, 그리고 출세를 위한 타락과 비열한 방법으로의 광고회사 인수, 회사경
리 정미옥과의 절실하지 않은 결혼, 아이의 죽음과 아내에 대한 정신적 학
대, 우연히 만난 손선희와의 소모적 애정행각 등 과거의 모든 행적은 신해
방의 마음 속 깊은 곳에 지울 수 없는 상처로 자리하고 있다.

"세월과 과거의 죄악과 살아온 얼룩"에서 기인한 그의 냉소적 회오는 바
닷가에서 만난 비슷한 상처를 간직한 또 다른 순례자(?)들 — 가족과 사별
한 유정희, 채무를 뒤집어쓰고 도망자가 된 민태순, 단조로운 일상의 삶에
서 탈출하려는 금진택, 어딘가 모를 어두운 인생의 그림자를 진 별장지기
— 과의 어울림 속에서 극대화된다. 그리고 가난한 어부의 아들에서 성실

---

11) *ibid.*, pp.330~331.

하고 순수한 샐러리맨을 거쳐 결국엔 사악한 사업가로 변신하게 된 자신의 추악한 허물을 벗어던지기 위해 그가 할 수 있는 유일한 방법을 찾아내기에 이른다.

> 나는 추악한 흔적을 남겨 놓은 땅으로, 죄악의 역사가 적힌 땅으로 돌아가고 싶지 않다. 그리고 나는 이렇게 어둠의 공간으로 한없이 헤엄쳐 들어가는 것이 조금도 두렵지 않다. 살아가느라고 지은 모든 죄와 남들에게 주었던 모든 고통과 마무리 짓지 못한 모든 일에 대한 속죄를 죽음으로써 할 터이기 때문이다.[12]

별이 밝은 어느 가을밤, 바닷가 백사장에 옷을 파묻고 마침내 죽음으로 이르는 마지막 여행 — 자살을 위한 바다 우영 — 을 떠나게 됨으로써 신해방은 비로소 죄악의 구렁텅이에서 해방되게 된다.

「미늘」의 백화점 사장 서구찬은 부자인 큰아버지의 양자로 자라나면서 몸에 배게 된 "남의 삶을 공짜로 살아가는 듯한 즐겁지 않은 기분" 때문에 자신의 인생을 스스로 구속시키는 인물이다. 유년시절부터 비롯된 구찬의 이러한 채무감과 속박감은 그를 이상적 결벽주의자로 성장케 하여 불행한 결혼생활의 원인으로 작용케 한다. 그의 이상이 설정해 놓은 관념의 덫에 지극히 정상적인 세속의 삶을 사는 아내 재명은 무한한 고통을 받아야 한다. 잠자리에서 정숙하지도 않고 사촌들과의 재산싸움에 초연하지도 않은 아내에게서 "상습적 도망자"가 되어버린 구찬은 도망지에서 만난 발랄한 처녀 수미를 통해 허전함을 달래려 한다. 그러나 두 사람의 불륜을 눈치챈 아내와 수미 사이에서의 갈등으로 또 다시 도망자가 될 수밖에 없는 그는 추자도로 낚시여행을 가게 된다. 거기서 "똥여"란 위험한 포인트에 앉았다가 구사일생으로 살아난 낚시광 한전무를 통하여 행복은 "설정된 이상이 아닌 평범한 생활"에서 온다는 진리를 터득하게 된다. 그리고 그의 가정과 수미를 파멸시킨 자신의 잘못된 관념을 스스로 용서할 수 없게 된 구찬은

---

12) 『가을바다 사람들』, 고려원, 1992, p.298.

물이 빠지지 않으면 살아 나올 수 없는 "똥여"를 다시 찾아간다. 마침내 구찬은 유년시절로부터의 끝없는 방황에 종지부를 찍고 진정한 자유를 쟁취하게 되는 것이다.

「헐리우드 키드의 생애」(민족과 문학사, 1992)에서 임병석의 삶도 "삐뚤어진 관념의 균형"을 잡지 못한 방황으로 일관되고 있다. 학창시절부터 비롯된 영화에 대한 편집광적인 집착은 그를 영화와 현실을 구별하지 못하는 도착적 인간으로 살아가게 한다. 결국 병석은 한국전쟁 직후의 황폐한 사회문화상이 배출한 기형적 표본에 다름 아니다. 영화의 환상만을 좇는 병석은 끝내 현실에 적응하지 못하고 밑바닥 생활을 전전하다 자신의 꿈의 결정체인 자작 시나리오 <무책임한 두 주일>을 친구인 영화감독 윤명길에게 맡기고 어이없는 교통사고로 생을 마감한다. 화려한 영화의 환상 속에서 살면서 냉혹하고 사악한 현실의 세계로 돌아오기를 거부하던 "헐리우드 키드" 임병석의 삶을 통하여 우리는 문화부재시대의 한 영악하지 못한 순수한 영혼의 세계에 성큼 다가서게 되는 것이다.

이들 작품에서 작가는 등장인물들의 숨통을 죄어 오는 인간조건의 다양한 양상 — 전쟁의 악몽(「하얀 전쟁」), 생활 속의 죄악(「가을바다 사람들」), 유년에서 비롯된 강박감(「미늘」), 현실과 환상의 도착(「헐리우드 키드의 생애」) — 들을 통해 현상의 부조리와 허무를 극복하려는 인간정신의 치열함을 예각적으로 제시해 보이고 있다. 그리하여 개인의 구체적 실존은 끊임없는 상황내적 고뇌를 통해 확인되는 것임을 여실히 증명해 보인다.

따라서 절대적 무의미에서 비롯되는 인물 내부의 심리적 갈등을 부각시키기 위해 1인칭 주인공 시점 (「하얀 전쟁」, 「가을바다 사람들」)과 내향적 화자를 서술의 축으로 활용하면서 현재의 상처의 진원지로서의 과거의 의미를 반추하기 위해 과거회상의 나라타쥬(narratage) 수법을 곁들이고 있음은 內省的 小說의 든든한 지평을 열어 보인 것으로 주목된다. 뿐만 아니라 백과사전식 지식 — 박물적 정보와 정글의 생태학(「하얀 전쟁」), 천문학(「가을바다 사람들」), 낚시(「미늘」), 영화(「헐리우드 키드의 생애」) — 의 나열과 자전적 요소 — 월남전 참전과 '브리타니커'사 근무(「하얀 전쟁」), 낚시와 여행의 생활화(「가을바다 사람들」, 「미늘」), 광적인 영화감상과 자료수집(「헐리우드 키드의 생애」) — 의 삽입을 통해 자칫 기완되어질 수 있는 내성적 소설의 서사적 탄력을 감당하고 있음도 괄목할 만한 기법적 성과로 보인다. 이렇게 함으로써 이 작품들은 인간존재의 근원적 성찰이란 작가의 의도에 깊이있게 부합할 수 있게 되는 것이다.

## 5. 結 論

지금까지 우리는 안정효 소설이 "상처받은 영혼의 고향 찾아가기"의 과정을 다루고 있음을 구체적인 작품의 분석을 통해 검증해 보았다. 그리고 이들 상처받은 주인공들이 궁극적으로 그리는 "마음의 고향"은 그들이 각기 상이한 상처의 진원지를 가짐에 따라 서로 다른 공간에 위치하고 있음을 알 수 있었다.

「은마는 오지 않는다」를 위시한 일련의 작품들에서 주인공들의 상처는 생존 그 자체의 처절함 속에서 비롯되어진 것이었고 그런 만큼 이들이 추구하는 마음의 고향은 절박한 생존의 터전으로서의 의미를 부여받게 된다.

「동생의 연구」를 위시한 일련의 작품들은 주인공들의 상처가 현대사회의 왜곡되고 훼손된 질서체계 속에서 말미암은 것임을 극명하게 보여준다. 따라서 이들의 피폐한 영혼을 감싸줄 안식의 공간으로서의 마음의 고향이 그 외로운 가슴 속에 대두되게 된다.

「하얀 전쟁」을 비롯한 일련의 작품들은 그들의 존재의미에 심각한 의문을 던지게 하는 과거에서의 상처 때문에 現狀의 苦痛 속에서 방황하는 인물들을 깊이있게 묘사하고 있다. 이들에게 있어 마음의 고향은 개인의 구체적 실존을 위한 卽自的 空間으로서의 의미를 가지게 된다.

그러나 이들이 찾아가는 일견 서로 상이한 목적지는 기실 작가 안정효의 따스한 손길에 의해 감싸여 있음에 주목하지 않으면 안 된다. 아무리

이들의 상처가 깊고 고향이 멀더라도 작가는 쉽사리 그 손길을 거둬 들이려 하지 않는다. 따라서 이들의 서로 다른 "마음의 고향"에는 공히 작가의 훈훈한 체취가 배어 있게 된다. 결국 안정효 소설의 상처받은 주인공들은 모두 온후하고 강인한 재질로 단장된 인간긍정의 포근한 무대에서 서로 만나게 되는 것이다. 그러기에 마을 사람들에게 소외 당하고 생존의 기로에 서게 된 언례의 겨울이 언제까지나 추울 수 없고(「은마는 오지 않는다」) 대기업의 횡포에 쫓겨난 오선진의 고군분투가 언제까지나 외로울 수 없으며(「동생의 연구」) 옛 전우를 죽여야만 하는 한기주의 상처받은 영혼도 언제까지나 방황할 수만은 없게 되는 것(「하얀 전쟁」)이다.

따라서 안정효의 소설텍스트에서 읽혀지는 인간성 제고의 순백한 메시지에 눈감는다면 우리가 지금까지 찾아온 "마음의 고향"은 작품 속의 신기루로 증발해 버리고 말게 된다. 안정효 소설의 진정한 미학은 휴머니즘의 굳건한 토대 위에서 비롯되어 지게 되는 것이다.

안정효는 1941년 서울 공덕동의 시장골목에서 목수의 아들로 태어났다. 유년시절 그는 민족사의 비극인 6·25동란을 겪어야 했고 보리고개의 주림 속에서 학교를 다녀야 했다. 대학을 졸업하고 파월장병이 되었던 그는 제대 후 영자지와 '브리타니커'를 비롯한 언론 출판에 종사하며 번역가로 이름을 날린다. 그리고 언제부턴가 망중한의 여유를 낚시에 심취해 보내게 되었다. 그의 이 모든 프로필은 그대로 그의 소설내적 명세서와 맞닿아 있다. 그만큼 그는 삶의 밑천을 고스란히 작품의 세계에 담아내는 실속있는 작가인 셈이다. 그의 휴머니티는 바로 이런 삶의 체험 속에서 우러나오는 것이다. 그리고 그 진솔한 인생고백이 바로 우리 시대의 고뇌를 공통분모로 하고 있다는 점에서 안정효 소설의 흡인력은 그만큼 강해질 수밖에 없는 것이다.

제 2 부

# 韓國近代通俗小說史研究

## 1. 序 論

### 1) 研究目的

일반적으로 통속소설은 순수소설 내지 본격소설의 상대적 비하개념으로 인식되어져 통속소설에 대한 연구는 둘론, 그 수용적 향유에 있어서도 부당할 정도의 냉대를 받아온 것이 사실이다. 통속소설에 대한 이러한 따가운 시선은 통속성이 추구하는 본질적 속성인 통속성이 그 대척관계에 있는 예술성(순수성)에 비해 상대적으로 저급하고 무가치한 것이란 일반적 통념에서 기인한 것임은 재론의 여지가 없을 것으로 상정된다.[1]

즉 예술성이 높은 교양과 미적 감식력을 필요로 하는 전문적이고 특수한 성향을 일컫는다면, 통속성은 이를 그다지 요구하지 않는 대중적이고 보편적인 성향을 가리키는 것으로, 이것은 감상주의, 상업성, 오락성과 결부되어 경멸의 대상이 된다는 것이다. 그러나 이같은 극단적이고 이분법적인 논리는 지나치게 고착적 시각에서 운위되어진 것으로, 작품의 가치기준이 예술성의 잣대 위에서만 일방적으로 재단되어진 결과이다.

궁극적으로 문학작품은 작가의 손을 떠나 독자에게 享有됨으로써 그 진정한 존재가치를 가진다고 볼 때, 비록 예술성은 떨어지더라도 폭 넓은 독

---

1) 박종홍, 「통속성과 통속소설」, 『현대소설원론』, 중문출판사, 1993, p.167.

자대중을 상대로 더 널리 읽혀져 대중적 기반을 다지고 있는 통속소설의 값어치도 그만큼은 인정되어져야 할 것이다. 물론 문학적 안목과 식견이 부족한 특정집단에 의해 무조건 맹목적으로 많이 읽혀져서도 곤란하겠지만 다양한 계층의 독자층에 의해 광범위하게 읽혀진다면 그것만으로도 문학적 가치를 평가받기에 충분하리라 사료된다.[2] 이와 함께 누구에게나 쉽게 이해되고 인정받을 수 있는 통속소설의 효율적 매체기능은 이를 하나의 수단으로 삼아 다수 독자의 관심을 유도하고, 그들의 진부한 의식을 깨트려 진취적 의식을 부여해 현실을 바르게 인식하게 하는 긍정적 역할도 기대할 수 있는 것이다. 이렇게 볼 때 막연히 통속소설이라 하여 무조건적 貶下의 대상이 되어 본격적 연구대상에서 제외되었던 지금까지의 연구관행은 이제 마땅히 일신되어야 하리라 본다. 이러한 맥락에서 그동안 일방적 가치기준에 의해 裁斷되어 국문학연구의 死角地帶에 방치되었던 韓國近代通俗小說에 대한 체계적 연구의 필요성과 당위성이 제기되어지는 것이다.

## 2) 旣成研究 槪觀 및 研究方法

그간 통속소설에 대한 국내의 연구는 주로 비평적 차원의 언급이나 체계적 맥락을 갖추지 못한 단편적 논급에 머물러 왔다. 우리 문학사에서 통속소설의 용어가 처음 사용된 용례는 김만중의 『서포만필』에서 엿볼 수 있는데 이 때의 의미는 "대중이 쉽게 이해할 수 있는 속어로 된 작품"을 뜻한 것으로 보인다.[3] 통속소설의 효용성은 개화기 신소설에 이르러 자연스럽

---

2) 통속소설이 비록 예술소설에 비해 미적 가치는 떨어진다 하더라도 더 폭넓은 독자대중을 상대로 더 널리 읽혀지고 있다는 사실은 통속소설이 갖는 사회학적 중요성이기도 하다. 이는 예술소설에 흥미를 느낄 수 없었던 독자대중의 독서욕구에 부응한 것이었으며 당대의 유행심리를 대변하는 중요한 문화적 매체란 점에서 주목된다는 것이다.;김강호,『1930년대 한국통속소설 연구』, 부산대 박사학위논문, 1994, p.1.

3) 정주동,『고대소설론』, 형설출판사, 1979, p.46.

게 접맥되는데 특히 이해조는 「화의 혈」 후기에서 소설의 목적을 "재미와 영향"에 두고 있어 주목된다. 그러다가 김동인의 평문 「소설에 대한 조선 사람의 사상을」(『학지광』 v. 18, 1919)에 이르면 통속소설을 "참 예술적 작품, 참 문학적 소설"의 상대적 개념으로 인용함으로써 비로소 소설의 하위 장르로서의 분명한 비평적 개념을 획득하고 있음을 볼 수 있다. 이후 1920년대에 이르러 염상섭이 신문소설을 통속소설로 규정하면서[4] 확대되기 시작한 통속소설에 대한 관심은 김기진에 의한 비평적 접근으로 본격적으로 구체화되었다. 프로문학의 대표적 비평가였던 김기진은 프로문학 예술대중화의 일환으로 엘리트 위주의 한정적 프로문학을 활성화하기 위해 근대 브르조아소설의 영역에 머물고 있는 "종래의 통속소설"과는 다른, 다수대중독자의 확보를 위한 맑시즘 구현의 "새로운 통속소설"을 주창하게 된다.[5] 그러면서 그는 노동자와 농민을 주된 독자대중으로 규정하는 "대중소설"의 개념을 도입하여, 중류층 주부, 남녀학생을 포함한 도시 소시민을 독자대중으로 한정하는 소위 "새로운 통속소설"과는 구별하고 있다.[6] 이와 함께 이원조는 질적 의미의 "순수문학"과 양적 의미의 "대중문학"을 거론하면서 통속소설의 틈새를 비집고 들기도 하는가 하면[7], 윤백남은 순문예소설과 대중소설이 나름의 고유가치를 가짐에 주목한다.[8]

　1930년대 후반 카프해체 이후, 김남천에 의해 "로만개조론"은 통속소설 논의의 또 다른 구심점이 되었다. 우리의 근대소설이 단편 중심에서 장편 중심으로 이행하는 과정에서의 모순과 분열을 극복하려는 노력이 로만개조론으로 나타났다면 통속소설은 당연히 그 전제로 활용되었던 것이다.[9]

---

4) 염상섭, 「소설과 민중」, 동아일보, 1928. 5. 31.
5) 김기진, 「문예시대관 단편－통속소설소고－」, 조선일보, 192811. 9～11. 20.
6) 김기진, 「대중소설론」, 동아일보, 1929. 4. 14～4. 20.
7) 이원조, 「순수문학과 대중문학 문제」, 조선일보, 1933. 3. 13～3. 20.
8) 윤백남, 「대중소설에 대한 사견」, 『삼천리』, 1936. 7.
9) 김남천, 「조선적 장편소설의 일고찰」, 동아일보, 1937. 10. 19～23.
　　＿＿＿, 「작금의 신문소설」, 『비판』, 1938. 12.
　　＿＿＿, 「장편소설계」, 『조선문예연감』, 인문사, 1939.

한편 임화는 그가 주장한 "통속소설론"[10]을 통해 통속소설이 갖는 통속성을 제재에 대한 작가의 祭物的 興味, 스토리의 삽입, 그리고 감상주의 등으로 파악하고 있으며, 안회남은 통속소설을 통속성의 도금으로 파묻혀 있는 "위조대중소설" 내지 "오락소설"로 규정하면서 상식욕과 통속욕에 급급한 통속소설의 맹점을 규탄하기도 한다.[11]

학문적 영역으로서의 통속소설에 관한 연구는 극히 미약하여 부분적 언급이나 단평의 차원을 벗어나지 못하다가[12] 근자에 김강호에 의해 체계적인 연구의 결실을 보게 되었다.[13] 그는 통속소설의 개념을 비교적 소상히 천착하여 30년대 통속소설의 구조적 특징과 독자의 기대지평을 잘 도출해내고 있으나, 통속소설의 전 장르를 균형있게 소화하지 못한 점은 아쉬운 한계로 남는다.

이렇게 볼 때 한국의 근대통속소설에 대한 연구는 아직은 초보적 단계에 머물러 있으며, 그 시각도 통속소설을 보편적 윤리관과 예술성의 잣대위에서 조명하고 있음을 알 수 있다.

따라서 본고에서는 저마다 다양한 용례로 사용되고 있는 통속소설의 개념을 폭넓게 검토하여 확정한 후, 이에 따라 우선 한국근대통속소설의 특성과 그 성립배경을 천착해 보고자 한다. 이러한 기초작업의 토대 위에서 한국근대통속소설의 전형적 작품으로 꼽히는 소정의 소설들을 텍스트로 선정해 실제작품에 나타난 통속성의 양상을 유형별로 추적, 정리해 봄으로써 한국근대통속소설의 사적 체계를 바로 세우고 그 현상적 실체를 적확히 파악토록 하는데 일조하게 될 것으로 사료된다.

본고의 대상작품은 본연구가 한국근대통속소설연구의 초보적 단계에

---

10) 임화, 「통속문학의 대두와 예술문학의 비극」, 동아일보, 1938. 11. 17~27.
11) 안회남, 「통속소설의 이론적 검토」, 『문장』, 1940. 11.
12) 이주형, 『1930년대 한국장편소설연구』, 서울대박사논문, 1983.
　　김준오, 『한국현대장르비평론』, 문학과 지성사, 1990.
　　이동하, 『한국대중소설의 수준』, 풀빛, 1984.
　　전영태, 『대중문학론고』, 서울대대학원, 1980.
13) 김강호, 『1930년대 한국통속소설연구』, 부산대 박사논문, 1994.

입지하여 근대통속소설 전반에 걸친 광범위하고도 일괄적인 탐색의 도정에 머물고 있는 관계로 부득이 해방이전 작품(특히 1930년대)에 국한되고 있음을 밝혀 둔다.

## 2. 韓國近代通俗小說의 成立背景

### 1) 通俗小說의 槪念

통속소설은 통속성을 표방하고 있는 소설이다. 그런데 이 통속성의 본질과 가치관념 등 이른바 통속소설의 개념을 규정해줄 수 있는 근본인자에 대해선 이론이 분분한 실정이다. 즉 통속소설이란 용어 자체가 경멸적 비하의 대상에서 연유된 것이니 만큼 이에는 다분히 부정적 의미가 내포되어 있다는 전통적 견해에서부터 "통속" 내지는 "통속성"의 개념을 보다 긍정적으로 해석하여 통속소설을 소설발전의 불가피한 도정 위에서 평가하려는 견해에 이르기까지 다양한 해석을 보여주고 있는 것이다.

통속소설의 정확한 개념과 특성을 추출키 위해선 무엇보다도 인접개념과의 연관성 속에서 그 변별적 속성을 포악해내는 것이 가장 효율적인 방법으로 상정되어 본고에선 민중문학(민중소설), 대중문학(대중소설), 오락소설 등 인접개념과의 상관성 속에서 통속소설을 자리매김해본 후 그 본질적 속성인 통속성의 실체를 밝혀 보고자 한다.

아놀드 하우저는 교육계층의 개념을 준거로 민중예술, 통속예술, 대중예술을 구분하면서 도시산업노동자가 아닌 주로 소박한 농민들에 의해 이뤄지는 창작을 민중예술(문학), 얼치기 교육이나 그릇된 교육을 받아 대중화의 경향을 띤, 주로 도시 독자층의 욕구에 영합하는 창작을 통속예술(문학), 19세기 중엽 이후의 과도기 속에서 도시 산업노동자 계층이 하층 시민계급과 혼합되면서 형성된 예술창작을 대중예술(문학)로 각각 정의하였다.[14]

이러한 정의가 바로 민중소설, 대중소설, 혹은 통속소설의 개념으로 연결될 수는 없다고 하더라도 최소한의 구획범주는 설정해 주고 있는 셈이다. 이와 함께 한네로네 링크(Hannelore Link)는 통속소설과 같은 개념으로 오락소설의 개념을 설정, 이를 중산층의 오락욕구를 반영하는 것으로 파악하고 있다.15) 이렇게 볼 때, 일단 통속소설은 산업근대화 도상에서의 도시근로대중과 중산층의 이중심리구조(현실안착과 현실도피)의 문학적 부산물로 볼 수 있다.

한편 우르스 예기(Urs Jaeggi), 존 카웰티(John G. Cawelti), 아브라함 카플란(Abraham Kaplan) 등은 통속소설의 기능적 특성에 주목하여 나름대로의 견해16)를 개진하고 있다.

우르스 예기는 통속소설이 구성, 인물, 문체 등에서 일정한 틀을 형성하고 있으며 사회현실의 본질을 파악하기 보다는 허위보고로 현실을 은폐하려 하고 있다고 보았다. 존 카웰티는 통속소설의 "도식성"과 "현실도피 및 오락성"에 주목하면서 이를 면밀히 분석하고 있다. 그 결과 그는 이러한 통속소설의 특성들이 예술적 가능성을 확대시켜 나간다고 본 듯하다. 이에 반해 부정적 시각에서 통속소설의 미학적 특성을 고찰한 카플란은 통속소설(예술)의 실체를 "도피주의적인 것", "비현실주의적인 것"으로 파악한다.17)

---

14) 김강호, (『1930년대 한국 통속소설 연구』부산대 박사학위논문, 1994. 6, pp.5~6)는 아놀드 하우저의 『예술의 사회학』(최성만·이병진 역, 한길사, 1986)을 인용하면서 이처럼 정의하고 있다.

15) 오락소설에선, 독자대중들의 "고유한 규범과 질서관념의 강화에 대한 욕망"과 "기존질서로부터의 도피욕구"를 동시에 수렴해야 한다고 본다. 따라서 오락소설의 작가는 "평형유지의 기술"과 "중재의 기술"을 동시에 가져야 한다는 것이다(Hannelore Link, Rezeptionsforschung, W. Kohlkammer, 1976, pp.65~66). ; 김강호, *Ibid.,* p.6.

16) Urs Jaeggi, 『*Literatur und Politik*』(Suhrkamb Verlag, 1972).
J. G. Cawelti, 『*Adventure, Mystery, and Romance*』(1976).
A. Kaplan, 『*The Aesthetics of The Popular Arts*』(1966).

17) 오미남, 『1930년대 후반기 통속소설연구』, 중앙대 석사논문, 1994. 12, pp.21~31 참조.

이상의 견해를 종합하면, 통속소설을 바라보는 시각(긍정적 혹은 부정적) 여하를 불문하고 통속소설은 독자의 감상에 호소하기 위해 도식화된 공식을 갖추었음을 말하고 있음을 알 수 있다. 바로 이 도식화된 공식을 우리는 통속소설의 본질적 속성인 통속성으로 규정할 수 있을 듯하다. 그렇다면 이 통속성은 독자의 감상적 피안에 형성된 현실내적 공통분모에 다름 아닐 것이다. 따라서 통속소설이란 산업근대화 과도기의 도시근로대중과 중산층의 감상적 기호에 부응키 위한 현실재구적 소설로 볼 수 있다.

## 2) 韓國近代通俗小說의 成立과 그 特性

산업근대화 과도기의 도시근로대중과 중산층의 감상적 기호에 부응키 위해 현실의 통속적 관심사에 착안하고 있는 근대통속소설의 한국적 발생배경은 20년대 중·후반부터 가시화되기 시작하여 30년대에 절정을 이룬 일제의 한반도 식민자본주의화 과정 및 그에 따른 통치형태와 무관하지 않다.

1919년 3월1일의 己未萬歲運動 이후, 武斷政治에 대한 내외의 비난이 점증하자[18] 日帝는 회유책으로 長谷川好通 총독을 허임하고 제3대 총독으로 해군대장 齊藤實을 임명한다. 齊藤은 부임하자 論告文을 발표, 종래의 憲兵警察制를 폐지하고 普通警察制를 채택함과 아울러 관리, 교원 등의 제복 착검을 폐하고 행정의 쇄신, 국민생활의 안정, 민의의 창달과 문화 및 복리의 증진 등의 시정방침을 밝혔다.[19] 이로써 탄압 위주의 무단정치는 문치주의 문화정치로 바뀌었고 언론·집회·출판에 대한 탄압이 완화되었다. 그동

---

18) 3·1만세운동에 대해, 『半島時論』을 주재하던 일본인 竹內綠之助는 '朝鮮事件의 眞相을 論하여 我政府 및 國民에게 망(望)함' 제하의 논설(『반도시론』, 제3권 제4호, 1919. 4. 10)에서 이를 인위적 행위가 아니라 자연적 추세로, 2천만 동포의 요구며 의사표시이니 그 심사에 동조해야 한다고 주장했다. 또한 『大阪朝日新聞』도 사설(1919. 7. 27자)을 통해 일본의 對韓政策의 反省과 시급한 是正을 촉구하고 나섰다.

19) 한원영, 『한국 근대 신문연재소설 연구』, 이회문화사, 1996, p.107.

안 이 땅의 유일한 한글신문이었던 조선총독부 기관지 『每日申報』는 1920
년에 『朝鮮日報』, 『東亞日報』, 『時事新聞』 등을 동료로 맞이하게 되고, 한국
최초의 순문예동인지 『創造』(1919. 2)를 嚆矢로 『廢墟』(1920. 7), 『白潮』(1922.
1), 『朝鮮文壇』(1924. 9), 『開闢』(1920. 6) 등의 숱한 문예지들이 출범하게 되
었다. 이를 통하여 1920년대의 우리 문단은 사실주의, 퇴폐주의, 감상주의,
신경향파, 자연주의 등 잡다한 외래 문학사조의 이식 및 토착화 무대로 변
모하였고, 개화기 이래 1910년대에 이르기까지 주로 외국작품에 원전을 둔
번역 및 번안소설의 게재에 치중했던 신문 및 잡지의 연재소설도 자주성에
바탕한 본격적 창작물들을 쏟아내기 시작했다. 다양한 문예사조를 기반으
로 왕성한 실험정신을 선보이면서 사회계도적 기능도 늦추지 않았던 20년
대의 신문 및 잡지 연재소설은 30년대 들어 새로운 양상을 맞이한다.

　　1930년대는 전대인 1920년대에 비해 정치·사회적으로 암울한 시기였
다. 이처럼 암울한 시대적 상황 속에서 통속소설이 신문과 잡지 매체를 통
한 대중문학의 총아로 자리잡게 된 것은 어쩌면 당연한 귀결로 보인다.
1931년 만주사변에서 비롯된 일제의 강압철권 정치는 31년의 제1차 카프
(KAPF) 맹원 검거선풍 및 신간회 해체사건에 이어 34년의 제2차 카프맹원
검거사건을 거치더니 마침내 35년에 카프를 해체시키기에 이르렀다. 이에
따라 계급주의 및 민족주의, 즉 일체의 이념지향적 문학운동이 사실상 불
가능해졌고 소설을 비롯한 문단의 모든 세력은 새로운 돌파구를 모색해야
만 되었다. 이러한 시대적 배경과 더불어 30년대 들어 식민자본주의의 외
형적 신장 속에서 철저히 상업성을 추구하기 시작한 신문. 잡지의 치열한
사세확장이 맞물려 이 시기를 가히 통속소설의 범람기로 변모시키는데 기
여하였다.20)

---

20) 민족적, 사회적 사명감으로 시대의 제반문제를 비판하고 민중을 지도하던 20년
　　대의 자세를 약화시킨 신문은 총독부의 검열 및 처벌 강화와 경영 합리화의 추
　　구로 인해 현저히 상업성을 드러내게 되었다. 그 결과 매일신보, 동아일보, 조선
　　일보, 조선중앙일보 등의 주요일간지에 연 평균 40~50여편 이상의 소설들이 발
　　표, 게재되었는데 이들은 거의가 통속적 상업성에 연루된 장편소설이었다.

다시 말하자면 이시기는 타율적이고 피상적인 한계를 가지긴 하지만 이 땅에서의 근대적 자본주의화가 피크를 이루었던 시점이었을 뿐 아니라 이에 따라 대중들의 사회적 가치관도 급격히 변모하던 격동의 시기였다. 이는 유교적이고 봉건적인 이데올로기에 근저를 두고 있던 고소설 이래의 전통적 한국소설이 새로운 근대 자본주의적 질서를 작품 속에 수용하는 동력으로 작용하게 하였고, 자본주의적 전환기 언론출판 매체의 범람 속에 당대 독자대중의 통속적 관심사와 현실적 가치관에 크게 의존하는 상업적 통속소설의 전기를 마련케 하였던 것이다. 이러한 통속소설은 특히 남녀간의 애정문제를 제재로 취한 연애소설과 고소설의 선악갈등을 탐정과 범인의 갈등구조로 치환시킨 탐정소설이 주류를 이루어 독자대중의 뇌리에 깊이 각인되어졌는데, 이는 통속성의 복잡다단한 여러 인자 중에서 당시로선 가장 한국적 정서를 대변하던 것이 이러한 제재들이었던 것과 무관하지 않다. 뿐만 아니라 통속소설에 대한 전문성이 부족하여 장르적 특성화를 이루지 못한 상태에서 가장 보편적이고 수월한 통속성을 작품 속에서 추구하려 한 결과이기도 하였다. 그리고 이는 고소설에서 맹아된 전통적 정서가 신소설을 거치면서 가장 자연스러운 모습으로 통속소설에 정착한 형태이기도 하였다. 단지 "일부종사"나 "처첩갈등" 혹은 "빈부와 선악의 갈등", "악인의 파멸로 귀결되는 권선징악적 결달의 희구"와 같은 유교봉건사회의 다양한 도그마가 식민자본주의의 절정기였던 당대의 통속방정식으로 치환되었을 뿐인 것이다.

그리하여 황금만능의 배금주의적 당대 풍속도가 비현실적이며 우연적인 사건의 전개를 일삼는 고소설식 양태로 펼쳐지게 되는데 이는 당대 독자의 감상을 고조시켜 현실의 좌절을 대리보상할 수 있는 가장 최적의 현실대응 장치였던 것으로 보인다. 어차피 통속소설이란 현실에 대한 비판적 분별력을 제공한다기보다는 독자대중으로 하여금 현실사회의 지배논리를 갈등없이 수용케 하거나 혹은 기존질서에서 도피하거나 이를 통속적 상상력으로 극복케 하려는 오락과 긴장해소용의 문학이라 할 때, 초창기 우리 근대통속소설의 창작원리도 이러한 다원적 구도 내에서 충분히 상정해 볼 수 있다.

따라서 현실에 대한 심각한 천착의지 없이 오히려 현실에서의 압력을 배제시키고 그로부터 벗어나고픈 의식이 당대의 사회적 현실 및 시대인식과 어떻게 조우해 통속소설의 구도를 연출해내고 있는가 하는 문제는 당대의 대표적 통속소설(연애소설과 탐정소설)에 나타난 통속성의 실현방식과 그 추이에 대한 구체적 천착을 통해 밝혀질 수 있을 것이다.

## 3. 韓國近代通俗小說의 類型別 考察

### 1) 戀愛小說의 考察

통속소설이 현실에 대한 분별력있는 사고나 비판안을 제시하기보다는 오히려 그로부터의 압력을 배제시키고 이에서 벗어나고픈 독자의 기호와 취향에 영합하는 소설이라면, 일제하 자본주의적 전환기의 연애소설들만큼 이에 잘 부합하는 대상도 없을 것이다. 남녀간의 애정의 우여곡절을 이야기의 주된 골격으로 취재하는 戀愛小說에서는 원래 성교 그 자체를 願望하거나 成立시키기보다는 오히려 그에 이르는 과정에서 순결한 정서적 자력을 부각시킴으로써 성욕의 직접적 충족은 기피되거나 보류되게 한다.[21] 따라서 연애란 남녀가 빈번한 성의 교환 관계로 발전하기 전의 단계로서, 이러한 점에서 性交는 연애의 완성이자 연애의 소멸 내지는 쇠퇴과정인 셈이다. 말하자면 연애소설이란 이처럼 특수한 남녀간의 이끌림과 그로부터 연유되는 관계의 발전과정에 이야기의 초점이 두어지는 소설로 볼 수 있다.[22] 그런데 이러한 남녀간의 자연스럽고 바람직한 이끌림의 저편엔 이러한 결합을 방해 내지 견제하고 이에 따라 자신의 금력과 권력을 최대한 활

---

21) 한용환, 『소설학사전』, 고려원, 1992, p.307.
22) 한용환, *Ibid.*, p.308 참조.

용하여 오로지 性慾만을 완성시키려는 拜金主義者들의 집요한 음모가 기다리고 있어 남녀간의 환상적인 결합을 고대하는 득자들을 초조하게 한다.

이러한 시각에서 볼 때, 배금주의적 사호풍조 아래 일제하 외형적 자본주의화가 극에 달했던 1930년대의 연애소설들에선 시대적 흐름 속에서 불가피하게 순결한 연애의 정서에 더하여 당대의 타락상에서 비롯된 갖가지 통속적 경향이 덧붙여질 수밖에 없었고, 이는 순수한 사랑의 결합을 바라는 독자대중들의 기대치를 한껏 자극하여 純情과 癡情의 갈등과 대립을 고조시키게 되었다. 그리고 순수한 이성적 이끌림을 추구하는 純情的 結合이 종내 금력과 권력을 내세운, 야비한 癡情的 術數와 불가항력적인 環境的 要因을 驅逐함으로써 대리충족의 현실적 위구를 달성하려는 독자대중의 욕구에 부응할 수 있었던 것이다.

그런가 하면, 僧房이란 지극히 동양적인 금욕의 공간을 배경으로 활용해 이뤄질 수 없는 남녀의 숙명적 悲戀을 형상화하고 있는 崔獨鵑의 「僧房悲曲」(조선일보, 1927. 5. 10~9. 11)에서는 세속적 욕구를 초월할 수 없는 승려의 환속과 갖은 우여곡절을 통해 쟁취한 남녀의 사랑이 "친남매간"이란 충격적이고도 원초적인 혈연성 앞에서 파경을 맞을 수밖에 없다는 안타까운 스토리를 전하면서 순수한 사랑의 결합을 바라는 당대 독자대중의 통속적 기대심리에 역설적 반전을 꾀하기도 한다. 이와 함께 사제지간의 불륜의 실화를 소재로 하여, 일제하 식민지 한국의 일각에서 움트기 시작한 西歐式 自由戀愛의 情緖를 통속적 상상력의 기조로 십분 활용하고 있는 方仁根의 「放浪의 歌人」(매일신보, 1939)은 하나같이 가정의 울타리를 벗어나 불륜의 사랑을 나누는 등, 지나치게 과장된 설정의 부자연스러움이 지적되기도 하지만, 독자대중으로 하여금 일상사와 동멸어진 이색적 애정세계를 대리체험케 함으로써 대중적 삶의 복원적 동력을 제공하고 있기도 하다. 이처럼 일제하 자본주의 전환기의 연애소설은 당대의 새로운 현실에서 배태된 애정방정식을 다양한 방식으로 표출하고 있었던 것이다.

특히 현실에 대한 심각한 천착의지 없이 오히려 현실에서의 압력을 배제시키고 그로부터 벗어나고픈 독자대중의 기호에 주력하는 통속소설의 전형적 희구가 연애소설에 있어선 크게 두 범주에서 실현되고 있음에 주목하게 되는데, 즉 이것이 "현실적 범주"내에서 행사되어지는지, 아니면 "그 외곽의 범위"에서 표출되어지는지에 따라 애정소설의 통속적 특성이 변별되어질 수 있다는 것이다. 전자를 현실적 통속성에 의한 애정소설로 본다면 후자를 이상적 통속성에 의한 작품으로 대별할 수 있을 것이다.

이 장에서는 「찔레꽃」과 「순애보」에 나타난 애정 갈등양상의 천착을 통해 30년대 연애통속소설의 이러한 두 본질적 현상을 대비 고찰해 보고자 한다.

### (1) 「찔레꽃」의 現實的 通俗性

김말봉의 「찔레꽃」(조선일보, 1937. 3. 31~10. 3)은 30년대 후반 장안의 화제를 모았던 대표적 연애통속소설이다.[23] 여주인공 안정순을 정점으로 한 애정의 삼각구도가 당대의 인정세태와 절묘히 결합해 극히 세속적인 갈등을 보여 주고 있는 이 작품은 현실적 범주 내에서 통속적 모델을 제시하고 있는 전형적 작품이다.

보육학교 출신의 안정순은 자신이 근무하던 유치원이 문을 닫자 XX은행 두취 조만호의 집에 가정교사로 입주하게 된다. 밀양부자 이도사의 아들 이민수(경성제대 이수과 졸업반)와 약혼한 사이인 정순은 이내 그녀의 미모에 도취된 조만호의 애욕의 대상으로 떠오르게 되고 조만호의 딸 경애(동경미술학교 출신)는 정순의 인간미에 이끌려 호감을 갖는다. 조만호의 처가 정순과 만호의 사이를 의심하여 정순이 곤경에 처할 즈음 경도제대를 졸업한 만호의 큰 아들 경구가 세계일주에서 돌아오고 애정의 갈등은 더욱

---

23) 김말봉의 딸 전혜금의 회고에 의하면 점심시간에 수십명의 학생이 「찔레꽃」이 연재된 신문을 보기 위해 학교 도서관에 몰려가 아우성을 치다 급기야는 한 학생이 걸상 위에 올라가 낭독을 할 정도였다고 한다. {양평, 「여류작가가 쓴 최초의 인기소설」(찔레꽃 해설), 『찔레꽃』, 문학출판사, 1984, p.404.}; 한명환, 「30년대 신문연애소설의 심미적 모티프 연구」, 『현대소설연구』v. 3, 한국현대소설연구회, 1995. 12, p.177.

복잡한 양상으로 심연화된다. 자신을 흠모하는 백만장자 젊은이 윤영환을 마다하고 우연히 알게 된 민수에게 마음을 빼긴 경애의 짝사랑이 깊어가면서 정순에게로 향하는 만호의 야욕과 경구의 애정 또한 깊어만 간다. 이 와중에 정보전달의 와전으로 오해가 빚어지고, 정순과 민수가 약혼자가 아닌 외사촌 오누이로 알려지게 된다. 이것이 빌미가 되어 남녀간의 애정양상이 복마전처럼 얽혀 경애는 민수에게로의 접근을 가속화하고 만호와 경구의 정순에 대한 야욕과 열정 또한 절정을 이루게 된다. 결국 서로간의 진심과 진실을 확인하지 못한 상태에서 경애와 민수는 약혼하게 되고, 상처한 만호 또한 침모의 간계에 속아 정순이 자신을 받아들일 것으로 확신하고 결합을 서두른다. 그러나 마지막 순간에, 만호에게 버림받은 기생 옥란의 섬찟한 복수극 속에서 침모 모녀의 계략과 정순의 결백, 그리고 정순과 민수와의 관계 등이 백일하에 밝혀지면서 민수의 정순에 대한 오해는 풀려진다. 그러나 경애와의 잘못 맺어진 관계를 청산하며 용서를 비는 민수를 정순은 끝내 받아들이지 않는다.

이상 간추려 본 「찔레꽃」의 대강 줄거리를 통해서 이 작품이 남녀간의 애욕을 현실적 통속구도 속에서 깊이 다루고 있음을 알 수 있다. 여기서 현실적 통속구도란 현실적 지배논리를 대변하는 극히 세속적인 인간관계의 인자로 얽어진 소설내적 시야를 일컫는 것으로 「찔레꽃」에서 시종되는 우연적 조우와 간단한 오해에서 빚어진 사건의 역행적 전개[24], 30년대의 세속적 가치관을 대변하는 황금만능 및 신분상승추구 의지의 표출 등이 그 구체적 내용들이다. 다시 말하자면 이 작품은 안정순이 조만호 집에 입주하면서부터 빚어지는 남녀간의 애정갈등을 현실사회에의 비판적 척도와 그 교정의 시각에서 형상화하고 있다기보다는 교묘한 현실내적 견인 장치를 통해 독자의 통속적 기호에 영합하고 있는 소설이라는 것이다.[25] 여기

---

24) 이처럼 오해에서 빚어진 인간관계에 착안하는 통속소설의 전개기법을 가장 오래된 구비문학적 전통인 "마술적 물건"의 모티프로 치환하고 있는 한명환의 견해는 퍽 흥미로운 착상이다(한명환, *Ibid.*, pp.190~204).

25) 통속소설에서는 독자대중의 시선을 붙들어깨기 위해 "대중적으로 인기있는 일

서 이 작품에 나타난 애정갈등양상을 구체적으로 살펴보면 다음과 같다.

우선 가장 큰 줄기를 이루는 안정순을 정점으로 한 갈등관계로 안정순－이민수－조만호의 삼각구도를 들 수 있다. 여기에 이민수를 흠모하는 조경애와 정순으로부터의 사랑의 열병을 앓는 조경구가 개입하여 다시 안정순－이민수－조경애, 그리고 안정순－조만호－조경구 혹은 안정순－이민수－조경구의 삼각구도를 파생시킨다. 그러나 이를 단순화시키면 역시 가장 핵심적 갈등구도는 안정순－이민수－조만호의 관계이다. 그리고 이것은 이 작품의 현실적 통속성을 상징적으로 압축해 보이는 가장 중요한 대목이다. 청순가련형의 안정순이란 현실적 목표를 둔, 이민수로 상징되는 가난한 순정형의 재원과 조만호로 상징되는 탐욕스런 부르조아 지식인의 대결구도는 바로 당대 독자들에게 가장 어필할 수 있는 현실적 관심사에 다름 아니었기 때문이다. 요는 이러한 대결구도를 냉정히 진실을 천착, 부각시키는 차원에서 다루지 않고 대중의 가장 무반성적 취향과 기대요구에 영합해 통속적으로 윤색하고 있다는 것이 이 작품의 특징이다.

안정순을 사이에 두고 극명한 대립을 이루는 두 남자, 즉 이민수와 조만호는 통속소설의 가장 전형적인 인물군을 형성하고 있다. 경제적 사회적 지위와 도덕적 순수성에 있어 너무나 뚜렷한 극간을 나타내면서 독자대중의 심정적 판단(인물에의 우호적 평가여부)에 일말의 주저도 남기지 않게 하는 것이다. 이것은 고소설에서의 프로타고니스트(protagonist)와 안타고니스트(antagonist)의 대립을 연상시키리 만치 도식적이며 그만큼 결말에 대한 독자의 기대심리를 일정한 방향으로 견인해 주고 있는 것이기도 하다. 그러나 이 작품은 너무나 당연한 것으로 예상되었던 민수의 승리(사랑의 성취)로 끝나지 않고 정순과 민수의 결별로 마무리되어 일견 통속적 구도를 이탈한 것처럼 보인다.26)

---

런의 패턴들"{카웰티, 「도식성과 현실도피와 문학」, (박성봉 편저, 『대중예술의 이론들』, 동연, 1994, p.94)}을 고정적으로 반복시키는데 「찔레꽃」은 이를 철저히 당대의 현실적 관심사 안에서 포착하고 있다는 것이다.

26) 이에 대해 이종호(『1930년대 통속소설 연구』, 경북대 대학원, 1995. 12, pp.27~32)

하지만 통속성이란 대중의 당대적 취향과 기호에서 말미암은 것이기에 어떤 의미에서 절대적 통속성을 규정하기는 매우 힘들다. 따라서 통속성의 개념과 범주는 시대와 지역의 정서에 따라 상대적이며 가변적일 수밖에 없다. 고소설에서 고난받던 주인공이 행복한 결말을 맞이하는 순간을 보면서 자신의 기대를 충족시켜준 작품에 고개를 끄덕이던 그 시대의 독자와 30년대란 자본주의유입기의 과도기적 만물상에 흠뻑 취해 있던 시대의 독자대중의 기대욕구가 같을 수는 없을 것이다. 점차 시대와 사회상이 복잡해지고 인간관계가 보다 입체화, 다변화되어짐에 따라 도덕률을 비롯한 인간사의 모든 가치관과 관심의 층위가 변모되어질 수밖에 없기 때문이다. 따라서 작품의 결말만을 놓고 통속적 공식성이나 전범을 따진다는 것은 어쩌면 무모한 일인지도 모른다. 오히려 대중의 당대적, 현실적 관심사와 기호의 실체적 기저는 작품의 결말을 통해서 제시된다기보다는 결말에 이르는 숨가쁜 현실적(통속적) 과정과 그 결말의 역설적 충격을 통해 독자대중의 뇌리에 시사되어지는 것이라 상정된다. 따라서 황금만능의 물질주의적 풍조와 애정의 이기적 이합집산 및 세태의 다층적 변고 등으로 대변되는 30년대적 사회상을 그 서술과정을 통해 적나라하게 제시하고 있는 이 작품은 어느 모로 보나 강한 현실적 통속성을 노정하고 있는 것이다.[27]

안정순과 이민수의 애정관계에 암운이 깃들게 된 것은 안정순의 빈곤한 가계 때문이다. 정신병원에 입원한 아버지의 병원비와 가족의 생계를 위해 조만호 집의 가정교사가 됨으로써 무난하던 둘의 사이에 제3자(조만호)가

---

는 예정된 결합의 실패로 인한 공식성의 취약성을 정순의 영웅적 미화로 상쇄시키고 있다고 풀이한다. 또한 오미남(op. cit., pp.68~74)은 삼각관계가 복잡하게 중첩된 점, 주인공이 자신의 사랑을 되찾지 못하고 비극으로 마무리된 점, 삼각관계의 대립이 선악의 대립으로부터 벗어나기도 한다는 점 등을 들어 고전적인 애정소설의 형태와는 다른 면모를 보이고 있음을 지적한다.

27) 이 소설의 폭발적인 인기원인을 첫째, 규모가 크고 사건이 복잡하여 흥미진진한 점, 둘째, 다양한 인물의 등장으로 사건을 비극적으로 결말지은 점, 셋째, 작가의 이야기 전개능력이 탁월한 점과 정의가 승리하는 점 등으로 꼽고 있는 것(오미남, op. cit., p.80)도 결국은 이 작품에서의 현실적 통속성을 지적하고 있는 것으로 볼 수 있다.

개입할 여지를 주었기 때문이다. 그러나 이는 급속한 자본주의화의 과정 속에서 새로운 경제질서를 구축해 나가던 당대의 풍속도를 가장 자연스럽고 현실적으로 설정한 것이기도 하다. 일제 식민정부 주도의 외형적 번영 속에서 이에 영합한 많은 매판자본가 및 금융가들이 경제활동의 최선봉에서 이를 주도하게 되었고, 하루 아침에 땅과 재산을 잃은 숱한 백성들이 그들 휘하의 경제인력으로 편입되었다. 이러한 경제재편의 과정에서 어제의 지주가 오늘의 고용원으로, 혹은 어제의 노비나 하인이 오늘의 대자본가로 탈바꿈하게 되는 것이 30년대적 경제풍속도였다.

안정순의 조만호집 투입은 이민수 가정의 은행 채무관계와 얽혀 복마전과 같은 당대의 경제적 종속관계를 한층 입체적으로 제시하게 하는 계기적 도화선이 되고 있다. 즉 시골 토호로 덕망있는 생활을 하며 나름의 경제적 기반을 가지고 있던 이민수의 아버지 이경찬이 일제의 경제적 침탈과정과 연계되어 마침내 조만호가 두취로 있던 XX은행에 논을 저당잡히게 된 것이다. 따라서 안정순—이민수—조만호로 이어지는 애정의 삼각구도는 사랑의 대비곡선을 이루는 동시에, 정순의 채무중개자로서의 개입으로 인해 경제적 상동관계를 띠게 된다.

정순이 애인 민수 집안의 딱한 사정을 전해 듣고 발벗고 중재에 나서는 과정에서 두 사람의 관계는 연인 사이가 아닌 외사촌 오누이 관계로 채색되어 버린다.

> "그럼 꼭 그 사람들이 저와 무슨 관계가 있는 것을 아신다면 연기해 주시겠습니까?" 하고 고개를 뚝바로 들고 두취를 바라보는 정순의 눈은 비상한 결심으로 빛나고 있다.
> {······} 이윽고 두취는 다시 이편으로 고개를 돌려 정순의 대답을 기다렸으나 무엇 때문인지 정순은 아직도 좀처럼 입을 열 것 같지가 않다.
> "하하하 안선생님도 어지간하십니다. 좌우간 말씀을 해보십시오. 그이들이 안 선생과 특별한 경우―가령 친척이 되신다든지 또는 약혼을 하셨다든지······."
> "네! 그 노인이 바로 제 외삼촌입니다."

정순은 조 두취가 던지는 암시(필자 주 : "안선성과 연애하는 사람은 아니겠죠?")를 받은지라, 그는 맘에는 찌쁘득하게 걸리면서도 "외삼촌"이라고 대답하여 버렸다. 과연 외삼촌과 시아버지의 거리는 그리 멀지 아니한 것이다. 그러나 외삼촌의 아들은 시아버지의 아들과는 천만리의 거리가 있는 것이다.[28]

이 장면은 이 작품에서의 애정 갈등양상에 근본적 단서를 제공하는 대목으로, 조만호의 기대심리를 저버릴 수 없는 고용가정교사 정순의 한순간의 처신이 정보의 와전(오해)으로 인한 걷잡을 수 없는 애정갈등의 증폭상으로 이어지게 되는 분수령이다. 이처럼 애정의 혼란상이 빚어지게 된 것은 근본적으로 민수일가의 생사여탈권을 쥔 조만호의 금력 앞에서 위축될 수밖에 없었던 안정순의 정서적 위압감과 현실적 계산 때문이었다.

결국 이 작품은 30년대란 현실이 사랑의 문제에 명확히 돈(금력)이 개입하게 되는 세태가 되었음을 적나라하게 보여주고 있는 것이다. 사랑이 단선적이고 투명한 애정의 도그마 위에서만 운위되어지지 않고 여기에 시대적 반영상이 덧보태져 복잡한 양상을 나타내게 되는데, 그 중 가장 큰 비중을 차지하고 있는 것이 돈의 문제였던 것이다. 그리하여 돈으로 상징되는 조만호의 가정은 이제 막 자본주의적 걸음마를 시작한 당대 식민지 조선의 축소판으로 부상하게 되고 이를 소설의 주무대로 하여 애정과 금전에 얽힌 일대 파노라마가 펼쳐지게 된다. 행여나 하고 의심했던 정순과 민수 사이가 외사촌 오누이로 알려지자 조만호의 정순에 대한 염정은 뜨겁게 달아오르고 경애 또한 민수에 대한 연모의 정을 더욱 깊게 쌓아간다. 여기에 아버지와는 달리 순수한 연정을 간직한 조두취의 아들 경구까지 가세하여 애정의 전개양상이 심연화되면서 이를 배경으로 한 또 다른 주변 애정담(조경애-이민수-윤영환 및 조만호-최근호-기생 옥란의 애정갈등관계)과 포개져 금력에 물든 당대의 애정세태를 조감시켜 준다.

이처럼 사소한 오해에서 비롯된 삐뚤어진 애정의 단초가 눈덩이처럼 연

28) 김말봉, 「찔레꽃」(『한국장편문학대계』 13권, 성음사, 1970), pp.111~112.

쇄적 애정사슬을 형성케 되고 종국엔 가난하지만 무리없이 결합할 수 있었던 청순한 두 남녀(안정순과 이민수)를 복잡한 애정갈등과 경제적 굴레 속에서 갈라놓게 하고야 말았던 것이다.

이것은 더 이상 고전소설에서의 예정된 해피엔딩을 답습할 수 없었던 30년대적 사회상의 가장 현실적 반영으로서, 이들을 순순히 결합시킬 수 없을 정도로 애정의 굴곡과 경제적 유착의 상관성이 시대적 명제로 등장했음을 독자들의 통속적 감각 위에 각인시키고 있는 것이다. 그만큼 이 작품은 통속성의 전범을 당대의 현실적 범주 내에서 포착, 형상화하고 있는 것이다.

## (2) 「殉愛譜」의 理想的 通俗性

박계주의 「순애보」(매일신보, 1939)는 1938년의 매일신보 장편소설 현상모집(일천원 고료)에 당선된 작품으로 남녀간의 세속적 사랑에 기독교적 휴머니즘이 짙게 채색되어 있다. 그런데 이 소설은 남녀 주인공이 펼치는 꿈같은 통속적 사랑을 이상적 범주에서 실현시키고 있어 주목을 끈다.

어린 시절의 소꿉동무였던 최문선과 윤명희는 원산의 송도원 해수욕장에서 우연히 조우한다. 20년만의 재회는 자연스러운 애정을 싹트게 하고 옛 동지였던 어른代부터의 아련한 추억29)에 젖어들게 한다. 부모를 일찍 여위었으나 청순한 기질의 무명화가로 성장한 문선은 도덕성 못지 않게 다방면에 출중한 재질을 갖춰 통속소설의 전형적 주인공으로 자리잡고 있다. 해수욕장에서 보트 전복사고로 익사직전에 놓인 유치원 보모 인순을 구하는 것이나, 이것이 계기가 되어 문선의 용모와 재질에 반한 인순이 그를 집요히 연모하게 되는 것도 통속소설의 주인공으로서의 당연한 기대지평을 보여주는 것이다. 오랜만의 우연한 재회로 물꼬가 터져 명희네 知己들과 다시 교류하게 된30) 문선의 마음 한 구석에서도 명희와 똑같은 야릇한

---

29) 명희의 아버지 윤형구목사와 문선의 아버지 최백산은 옥중의 독립운동동지였다.
30) 명희의 오빠 윤명근, 명희의 후배인 혜순과 옥련, 그리고 명희를 짝사랑하는 황

감정이 강렬히 일 때쯤, 예기치 않은 사건이 주인공에게 닥친다. 영웅의 시련이라고나 할 이 사건은 다분히 통속소설의 전통적 문법인 우연에 의존하고 있다. 문선을 사모하는 인순의 간청에 못 이겨 그녀의 집을 방문했던 문선이 때마침 침입한 괴한의 피습을 받고 실명하게 된 것이다. 그러나 시련은 여기에 그치지 않고 도망친 괴한 대신 문선이 인순의 살인강간범으로 몰려 구속되고 급기야는 사형선고를 받게 된다. 병원에 누워 있는 문선에게 양심의 가책을 느낀 진범이 나타나 자백하지만 그의 처지를 동정한 문선은 진실을 밝히지 않고 죄를 뒤집어쓴다. 殺身成仁의 마음으로 사형집행을 앞둔 마지막 순간, 진범의 자수로 문선은 석방되고 도하 언론의 집중취재대상이 되지만 홀연히 종적을 감춘다. 그러나 못내 아쉬워하던 명희는 문선의 사람됨을 더욱 절실히 깨닫고 백방으로 수소문한다. 어린 시절 인연을 맺었던 김영호의 함흥거처에서 은거하며 명희의 행복을 위해 그녀를 잊으려 애쓰며 忍苦의 시간을 보내던 문선 앞에 홀연히 명희가 나타난다. 마침내 두 사람은 온갖 현실적 고난과 제약을 무릅쓰고 진정한 순애보적 사랑을 쟁취하게 되는 것이다.

이상 개관한 줄거리를 통해서도 알 수 있듯이 이 작품은 그 통속성의 기반을 기독교적 박애주의 및 우리 고유의 전통적 정서와 윤리규범에 두고 있다. 전편을 통해서 초인간적 도덕률과 박애정신이 주조를 이루면서 통속적 향수를 불러 일으키고 있다는 것이다.[31]

작품의 가장 핵심적 애정관계인 문선과 명희의 사이엔 이렇다 할 현실적 갈등이 보이지 않는다. 명희를 짝사랑하는 황인수의 존재가 끼여들긴 하나 명희가 이에 무관심하고 황인수가 그의 애욕실현을 위해 어떠한 결정적 작용도 해 오지 않음으로써 이로 인한 심각한 애정갈등상은 볼 수 없다.

---

인수 등의 무리와 교류하게 된다.

31) 이 작품을 일러 "종교적 진리의 실천과 고난을 동격으로 놓아 고난 자체를 미화하는 것"(김영찬, 『1930년대 후반 통속소설 연구』, 성균관대 대학원, 1994)이란 지적은 바로 이 작품이 통속성의 근원을 상당부분 종교적 이상주의에 두고 있음을 말해 주는 대목이라 할 수 있다.

또한 문선을 연모하는 인순의 경우도 마찬가지로, 문선이 이 사이에서 별다른 애정의 갈등을 느끼지 않을 뿐 아니라 심각한 삼각관계가 형성되기도 전에 인순이 살해되어 무대 너머로 퇴장함으로써 단지 두 사람(문선과 명희)의 곡진한 사랑의 복선적 배경 구실을 하고 있을 뿐이다.

따라서 문선과 명희의 사랑에 걸림돌로 작용하는 것은 당대의 세속적 가치관에서 기인한 현실적 이슈나 愛情의 戀敵이 아니라 통속적 우연에서 비롯된 불가항력적 내부상황이다. 즉 애정관계에서 기인한 현실적 접점이 불투명한 대신 살인강간 사건의 누명을 뒤집어 쓰고 문선이 불구가 됨으로써 두 사람의 사랑에 이상전선이 형성되었다는 것이다. 그리고 이렇게 시작된 사랑의 굴곡을 세속적 기승전결을 통해 해결치 않고 다분히 이상적 구도를 통해 마무리함으로써 현실의 좌절을 달콤하고도 오락적인 수단을 통해 보상, 위안받기 원하는 통속소설 독자대중의 기대심리에 조응하고 있다는 점이 주목된다. 그리하여 이 작품은 사랑의 갈등을 특정한 안타고니스트를 개입시켜 인물 대 인물의 전통적 외부갈등으로 표출시키지 않고 주인공을 둘러싸고 있는 외부 배경상황을 통속적 상상력의 도구로 활용하고 있는 것이다. 문선에 대한 일방적 연정을 집요히 갈구하며 그의 곁을 맴도는 인순의 등장과 그로 인한 불의의 사고, 그리고 구금과 사형선고로 이어지는 일련의 시련은 모두가 인물과 인물 사이의 개별적 갈등관계에서 기인한 것이라기보다는 우연과 고전적 환상으로 점철된 외부환경의 의도적 대두에서 비롯된 것이다.

이러한 불가항력적 외부환경에 의해 문선과 명희, 두 사람의 애정은 방해를 받게 되고 연적의 개입으로 인한 갈등과는 또 다른 양상의 사랑의 고난을 체험하게 된다. 이 과정에서 독자들의 애닯고 아쉬운 열망은 증폭되어지고 그들의 고난이 인물간의 갈등이나 현실적 가치관 또는 인과관계에서 말미암은 것이 아니었듯이 이의 해결방식에도 이상적 장치가 가세되어지며 이는 오히려 독자들의 열망에 보답하는 가장 빠르고 마땅한 길이기도 하다. 그리하여 이 작품은 기독교적 박애주의와 事必歸正의 鄕愁를 통속적 상상력의 축으로 활용하게 되는 것이다.

도저히 불행해서는 안될 주인공 문선의 명희와의 생이별을 가슴 졸이며 지켜보며 애통해 하던 독자들에게 있어 "사필귀정에의 무조건적 기대"와 "신기루 같은 구원의 손길에 대한 바램"은 포기할 수 없는 통속적 피안에의 마지막 보루이다. 당대 독자의 이런 기대심리와 작가의 대비적 포석이 절묘히 포개질 수 있었음은 바로 이 작품의 통속소설로서의 성공비결이기도 하다. 이러한 기대지평의 묵시적 조성을 위해 이 작품엔 문선과 명희의 이타적 박애주의에 버금가는 숱한 유사도형들이 제시된다.

그것은 주로 명희와 문선의 측근들을 중심으로 펼쳐지는데, 자선육영사업에 투신하고 있는 명희의 오빠 명근, 감화원을 경영하며 특히 문선의 사랑의 메신저 역할을 수행하는 김영호, 명희를 짝사랑했지만 문선과의 결합을 축복하고 스스럼없이 물러나는 황인수 등을 비롯하여 작품에 등장하는 대부분의 주변인물들이 인도주의적 휴머니티를 견지하고 있다는 점이 이에 결정적으로 작용한다. 명희의 후배 혜순과 옥련의 철진을 둘러싼 삼각애정갈등도 치정의 관계에서 출발하여 감동적 끝말을 맺고 있는데, 이 역시 자기희생적 아량과 기독교적 박애주의가 밑바탕을 이루고 있다. 친구의 남편을 가로챈 옥련과 조강지처를 버린 철진의 가증스럽고 부도덕한 행위는 이들을 관용과 사랑으로 대하는 혜순의 인내와 자비 앞에서 성선설적 본심으로 회귀하게 한다. 그리하여 진정으로 부끄러운 자신들의 과오를 뉘우치게 하고 이에서 나아가 철진은 대리속죄의 기분으로 신문사의 수해복구사업에 용진한다. 혜순에게서 받은 인간적 감화와 새삼스럽게 용솟음치는 지난 날의 애정, 그리고 자신에 대한 끝없는 회한과 모멸감이 철진을 거룩한 박애주의자로 변신하게 하였고 결국 철진은 급류에 휩쓸린 사람을 구하다가 혜순을 애타게 찾으며 죽어간다.

　　철진이는 눈을 감은 채 아무 반응이 없다. 혜순이는 더욱 불길한 예감에 싸여서, "여보! 내가 왔오." 하고 침대 곁으로 달려 가며 불렀으나 여전히 눈도 뜨지 않고 대답도 없다.
　　그제야 옆에 있던 의사가, "바로 전에, ― 손님들이 실내에 들어 서시

던 때 환자는 운명하셨습니다." 하며 철진의 별세를 선언한다. {······}
　　그러나 혜순이는 믿어지지 않는다는 듯이, "네? 운명하셨다구요?" 창
백한 얼굴로 묻더니, 그만 철진의 가슴에 얼굴을 묻고 어깨와 등에 파도
를 일으키며 흐느껴 울기 시작한다.[32]

　문선과 명희를 둘러싼 주변의 이 같은 사이드스토리는 그들의 사랑이
이뤄지는 카테고리를 묵시적으로 설정해 주는 것이기도 하다. 즉 사랑의
배신과 기독교적 포용의 실천원리를 철진과 혜순의 애정변이를 통해 제시
함으로써 문선과 명희의 멀어질 것 같은 사랑의 추이도 유사한 범위내에서
일단락될 것이라는 독자들의 기대치를 형성시켜, 그 통속적 상상력의 공간
을 절묘히 채워가게 되는 것이다.
　이같은 통속적 구도의 암시는 아직도 고소설의 권선징악적 정서와 영웅
적 주인공에의 기대와 같은 과거지향적 향수가 남아있는 30년대 독자대중
의 기호에 어느 면에선 상당히 근접한 것으로, 통속소설의 또 다른 기대지
평을 보여주는 것이기도 하다. 즉 통속소설이 현실에 대한 비판적 분별력
이나 현실교정의지를 부각시킨다기보다는 현실의 산적한 문제를 적정기대
치에서 통속적 상상력으로 해결하려는 문학양식이라 할 때, 이러한 통속적
상상력의 범위는 독자대중의 유행적 사고에 직결되어지는 것이며 이는 곧
당대 대중의 피안에 대한 환상과 현실대치의 정신적 현주소를 가장 적나라
하게 보여주는 것이라는 것이다.
　따라서 철진의 배신과 옥련의 부도덕성에서 비롯된 혜순의 파경이 원수
를 은혜로 갚은 그녀의 거룩한 성품으로 인해 독자가 희구하던 원점으로
회귀하게 된 것처럼 성스러운 구도자의 모습을 간직한 문선의 기막히게 애
절한 사랑도 결코 그를 포기하지 않고 있는 명희의 인품으로 보아 불원간
성사되고 말 것이라는 강한 시사를 받게 된다.

　　테이블에 마주 앉은 문선이는 두 팔을 감아 안은 채 들창을 향하여

---

32) 박계주, 『순애보』, 삼중당, 1967, p.379.

꼼짝하지 않고 있다. 그러나 그이 가슴 속에서는 비 바람이 휘몰아치고 있었다. 명희의 행복을 위해서 자진하여 명희의 곁을 피하였다고는 하지만 그는 오늘까지 명희를 잊은 적이 없었으며, 그가 좋은 배우자(配偶者)를 만나 행복되기를 바라 왔으면서도 정작 그가 자기에게서 아주 떠나 버리는 사람이라고 생각하니 비감한 생각과 함께 고독이 더 한층 무섭게 엄습함을 어쩌지 못한다.[33]

교도소에서 석방 후, 명희의 행복을 위해 함흥의 감화원에 은거해 있던 문선이 와전된 명희의 약혼소식을 듣고 심상해 하는 위의 인용은 그대로 당대 독자대중의 심정에 다름 아니다. 그리고 이는 바로 현실적으로 도저히 불가능할 것 같은 문선과 명희의 결합을 염원하는 독자대중의 통속적 열망을 더욱 부채질함으로써 오히려 현실적 활력소로 작용하게 한다.[34]

그리고 결국 이러한 기대에 값하여 명희가 문선의 처소를 찾아들게 됨으로써 갖은 난관을 뚫고 두 사람은 결합하게 되는데 이는 철저히 현실내적 환경에서 자유로울 수 있었던 초인적인 두 남녀의 의지와 후반부의 순응적 환경에서 비롯된 것이다. 그만큼 이 작품은 통속성의 전범을 인물의 초인적 의지와 환경의 순기능적 보조를 통해 "이상적 범주"에서 포착해 실현시키고 있는 것이다.


## 2) 探偵小說의 考察

근대통속소설의 장르 중에서도 전형적 오락소설의 한 유형으로 분류되

---

33) 『순애보』, *op. cit.*, p.408.
34) 비록 통속소설이 진실과 직면하기를 꺼리고 관능과 감각적 가치에 탐닉하고자 하는 불건전한 성향을 가진 대중의 무반성적 기대와 취향에 영합하고자 하는 양식일지라도, 부분적으로 가지는 미덕과 사회적 기여도는 무시할 수 없다는 것이다. 즉 독자들을 지루하지 않게 하면서, 비록 불건전하거나 판에 박힌 소재를 취한다손 치더라도 이런 현상을 통해 건전한 대중적 삶의 재생력을 창조하는 데 기여한다는 것이다(한용환, 『소설학 사전』, 고려원, 1992, pp.433~434 참조).

는 탐정소설은 추리소설, 범죄소설 등과 그 개념 및 장르적 범주가 상통하나 궁극적으로 탐정이 등장하여 베일에 싸인 사건의 내막을 수수께끼풀이 식으로 해결한다는 점에서 구별된다. 그러나 사건해결의 주체가 탐정이었던 과거와는 달리, 근자에 와선 범죄조직이 활성화되고 이에 따라 경찰조직도 방대화, 현대화되어지며, 특히 국가간 이익을 둘러싼 첩보기관원들의 암약상도 부각되는 등, 음모와 범죄의 수위와 영역이 심층화, 다양화되어짐에 따라 조직의 뒷받침이 없는 낭만적 정서의 탐정 개인이 이를 극복해 나가기 어렵게 되었다. 따라서 오늘날에 이르러서는 주인공으로서의 탐정의 위상이 축소, 하락됨으로써 사실상 탐정소설의 개념을 추리소설, 범죄소설, 스파이소설 등의 용어가 대신하게 되었다.

그러나 자본주의적 난숙기를 맞이한 日帝의 문화적 분위기에 편승해 대중통속소설이 범람하기 시작했던 1930년대는 낭만과 동경의 정서로 가득 찼던 探偵의 위상이 굳건했을 뿐 아니라, 근대 사법경찰제도가 정비된 19세기 이래의 범죄추리소설의 전통이 탐정소설의 맥락에 자연스레 이어져 "하나의 미스터리(종종 살인사건과 관련되는)를 만들어 내고 기지와 용기를 갖춘 탐정으로 하여금 제기된 의혹을 풀어나가게 하는 데 서술의 초점이 맞춰지는"35) 탐정소설의 개념이 제대로 성립되어 있던 시기였다.

1841년, 미국의 천재시인 에드가 알란 포우(A. E. Poe)가 『The Murders in the Rue Morgue 모르그家의殺人』에서 "범죄에 관한 난해한 비밀이 논리적으로 풀려가는 경로의 재미를 주로 하여 일종의 수학이나 퍼즐의 기법"36)을 추구한 데서 시작되는 탐정소설의 역사는 그후, 영국의 코난 도일(Doyle, Sir Arthur Conan)이 『The Adventures of Sherlock Holms 셔얼록 홈즈의 모험』(1891~1892)에서 아마츄어 명탐정 셔얼록 홈즈를 탄생시키기까지 대중의 절대적 지지를 받으며 "천재적 탐정의 등장에 의해 사건의 의외적인 진상이 밝혀지고, 범인이 꾀한 트릭이 풀려지는 과정을 보여주는" 양식을 확립해 가기

---

35) 한용환, 『소설학사전』, 고려원, 1992, pp.429~430.
36) 長谷川泉, 『文藝用語の基礎知識』, 至文堂, 1982, p.409.

에 이른다.[37)

일본의 경우, 戰後에 推理小說로 불려지게 된 探偵小說[38)은 明治後期의 飜案探偵小說(菊池幽芳, 黑岩淚香, 押川春浪 等)에서 비롯되어 괴기·탐정 취미의 작품을 주로 발표한 환상탐미파 작가들인 芥川龍之介(「숲속」, 「그림자」, 「개화의 살인」 등), 谷崎潤一郎(「야나기유의 사건」, 「금색의 죽음」, 「도상」 등), 佐藤春夫(「진술」, 「지문」, 「어머니」 등) 등의 작품들에 이르기까지 다양한 양상을 펼쳐 보이게 된다.[39) 특히 퍼즐(puzzle)소설을 주로 한 甲賀三郎[고가사부로우]의 "本格探偵小說"과 그 외의 범죄 및 괴기소설을 주로 쓴 江戶川亂步[에도가와 란보]의 "變格探偵小說"은 戰前 일본 탐정소설의 두 흐름으로, 木木高太郎[기기고우타로우]이 "推理小說"이란 용어를 주창하기 전까지 일본 탐정문단을 대변하게 된다.

이러한 일본탐정소설의 양대 조류는 탐정소설의 장르적 유입기에 처해 있던 당대 우리의 소설문단에도 지대한 영향을 끼쳤을 것으로 사료된다. 즉 단순한 퍼즐식의 짜맞추기를 지향하면서 범인과 탐정의 대결구도에 집착하는 —추리소설로서의 논리성과 상식성을 최우선으로 삼는— 본격탐정소설과, 이러한 도식성에서 탈피하여 다양한 수법을 구사함으로써 예술미를 가미하고 인간적 자질을 부각할 수 있는 변격탐정소설(넓은 의미에선 괴기소설, 범죄소설, 공포소설, 모험소설, 공상과학소설, 기밀소설, 스파이소설, 환상소설, 탐험소설, 경찰소설 등류가 모두 이에 포함된다.)이 상호 교호하면서 탐정소설의 저변을 확장시키는 동시에 그만큼 우리 근대 통속소설의 층위도 다양해질 수 있었다는 것이다.

---

37) 탐정의 이러한 일종의 수학적 탐색과정을 포우(A. E. Poe)는 "推理"(ratiocination)라 지칭한다(J. T. Shipley, 『Dictionary of World Literary terms』, The Writer, INC. ; Boston, 1970, p.78).

38) 戰後 漢字制限에 의해 "偵"자가 없어진 1946년경, 木木高太郎[기기고우따로]가 "추리와 사색을 기조로 한 이상적인 예술로서의 탐정소설"을 추리소설이라는 말로 대용한 이래 이 용어가 탐정소설을 대신하게 되었다(長谷川泉, op. cit., p.410).

39) ibid., p.410.

이 장에서는 이러한 탐정소설의 상이한 두 양식을 통해 30년대 신문연재소설의 성가를 드높인 두 작품, 金東仁의 「水平線 너머로」(매일신보, 1934. 7. 10~12. 19)와 金來成의 「魔人」(조선일보, 1939. 2. 14~10. 14)에 나타난 탐정소설적 특성의 대비적 고찰을 통해 당대 한국 대중통속소설의 실상을 가늠해 보고자 한다.

### (1) 「水平線 너머로」의 本格探偵小說的 特性

金東仁의 「수평선 너머로」(매일신보, 1934. 7. 10~12. 19)는 日帝下 한 隱退官僚의 巨額債券을 노리는 國際犯罪集團과 民族主義秘密結社 사이의 숨막히는 激突과, 이를 추적하는 日警 高等係 刑事의 행적을 다루고 있는 추리탐정소설이다. 세계적 범죄과학자이며 상해에 본부를 둔 민족주의 비밀결사의 간부인 서인준은 윤백작의 집에 숨겨진 거액의 국제공채를 그들의 사업자금으로 쓰도록 빼돌리기 위해 경성에 잠입한다. 그러나 그 공채를 노리는 국제적 범죄조직 "LC당"이 이미 한 발 앞서 행동에 착수했을 뿐 아니라, 귀국 도중 우연히 알게 된 일경 고등계의 민완 엘리트형사 이필호의 감시까지 받게 됨에 따라 그의 목적달성 여부는 불투명해진다. 이 와중에 윤백작에 의해 生父를 잃은 LC당원 김소춘이 개인적 원한풀이와 소속단체의 목적을 동시에 이루기 위해 이 거사에 투입되었음이 밝혀진다. 경쟁집단인 LC당으로부터 채권도 보호하고 인도적 차원에서 살인도 막기 위해 서인준은 이필호와의 同床異夢的 共助 아래 LC당에 대처한다. 때마침 인준을 흠모하는 LC당의 고급간부 미스 영의 도움으로 여러 번의 암살 위기를 모면한 인준은 자신도 미스 영에 대한 남다른 연정을 품고 있었음을 확인하게 되고, 사랑에 매료된 미스 영은 자신의 소속계파를 초월해 인준을 돕게 된다. 마침내 김소춘을 설득해 목표거점인 윤백작 저택으로부터 LC당의 마수를 차단하는데 성공한 인준은 집요하게 추적하는 이필호의 감시를 따돌리고 미스 영의 도움으로 공채 절취의 목적을 달성한다. 아울러 그가 의도했던 바처럼 윤백작의 생명을 구했을 뿐 아니라 경찰을 십분 활용해 LC

당도 일망타진한다. 그러나 자신은 공채를 갖고 상해로 날아간 미스 영과 합류하지 못하고 이필호에게 검거되고 말지만 범법(채권절취)에 대한 물적 증거가 없어 석방될 것을 확신하며 득의만만해한다.

이상의 줄거리를 통해 알 수 있듯이 이 작품은 거액의 공채를 소지한 윤 백작의 저택을 중심으로 신출귀몰한 재주를 가진 초인적 인물들의 비범한 행위를 통해 퍼즐을 만들어 간다. 서인준의 퍼스낼리티(Personality)를 소설 의 전체 얼개 속에서 묘사를 통해 자연스럽게 나타내지 않고 작가의 주관 적 서술로 주입시키려 함에 따라 작중인물 서인준은 소설내적 형상화를 통 해 존재하지 못하고 신화적 인물로 독자에게 다가서게 된다. 그런 의미에 서 서인준의 인물설정은 통속소설의 전형적 모델을 제시한 것이라 해도 지 나치지 않다.

통속소설이 사회에 대한 비판적인 거리를 제공하여 독자에게 현실을 변 화시킬 수 있는 충동력을 제공하기보다는 현실에서 받은 압력을 배제시키 고 오락적 수단을 통해 독자의 기분을 전환시켜 다시금 사회적 상태에 순 응케 하려는 오락과 긴장해소의 문학이라견[40] 이러한 독자대중의 기호에 쉽게 영합할 수 있는 卓越한 해결사로서의 서인준의 인물설정은 오히려 당 연한 것이기 때문이다.

그리하여 서인준은 범죄과학자로서의 자신의 뛰어난 叡智와 鑑識眼을 십분 활용하여 오히려 경찰의 수사를 조종하는가 하면, 지성적이며 수려한 용모와 세련된 매너로 LC당의 핵심인물인 미스 영을 사랑의 포로로 만들 어 손쉽게 목표를 달성케 되는 것이다.

　　"선생님의 명이시라면……." 무엇이든 순종하겠다는 말이었다.
　　{……} "만약 미스 영의 마음이 자유시라면 그……." 뒤를 말하지 못

---

40) 즉, 통속소설은 사회의 지배적 상황을 긍정적으로 받아들이고 이러한 상황을 존 속시키는 행동방식과 가치규범에 순응하는 대개 도시 소시민의 오락과 긴장해 소 그리고 위안과 도피의 성격이 강한 문학이며, 도시적 소시민 다수 대중을 독 자층으로 상정하는 근대문학의 저층을 광범하게 형성하던 소설형태라는 것이다 (김강호, 『1930년대 한국 통속소설 연구』, 부산대 대학원, 1994. 6, p.22).

하였다. 머뭇거렸다. 그러나 이 순간 미스 영의 얼굴은 주홍빛이 되었
다. 알아들은 것이었다. {……} "『미세스 서』가 되어 주십쇼!" 드디어 나
온 이 말 — 미스 영은 주홍빛이 된 제 얼굴을 탁 무릎에 묻어 버렸다.[41]

　우리는 여기서 한 善男善女의 浪漫的 遭遇를 접하게 된다. 그것은 미스
영이란 인물, 또한 서인준 못지 않은 미모와 수완을 겸비한 才女로 適材適
所에서 자신의 재능을 발현시키고 있기 때문이다. 미스 영의 이같은 理想
的 面貌는 작가의 주입적 서술에 의해 독자들에게 강요되고 있다. 자유자
재로 자신의 직분(댄서, 교수, 가수)을 완벽하게 둔갑시킬 수 있는 미스 영
의 초인적 능력은 종국에 그녀의 신분이 수령 매킨지 대좌의 절대적 후원
을 받는 LC당의 제2인자임이 드러나 또 한 번의 경악을 안겨 주기까지 끊
임없이 독자들을 사로잡는다.
　그러나 이같이 완벽한 여인도 서인준 앞에선 사랑의 포로가 되어 맥없
이 무너지게 함으로써 서인준의 절대적 이미지를 한층 강화하고, 이상적
인물 간의 환상적 결합을 유도함으로써 독자들로 하여금 현실을 일탈한 퍼
즐의 허구 속에 침잠케 한다. 즉 상정 가능한 현실세계의 모든 골치 아픈
문제로부터 벗어나 전지전능한 구원자상의 주인공에게 독자 자신의 실루
엣을 同一視 投射시킴으로써 자기위안의 정서적 목적을 달성할 수 있게 되
는 것이다.[42] 1920~30년대 미국의 경제 대공황 시절, "상류사회"를 제재로
한 당시 대부분의 영화의 단골관객은 거의가 비참한 생활을 영위하던 일용
직 근로자나 실업자들이었다는 사실은 이를 웅변으로 증명해 주는 셈이다.
이처럼 讀者牽引的 視覺에서 볼 때, 탐정소설의 주인공이 가지는 절대적 이

---

41) 「수평선 너머로」, 『김동인전집』 4권, 삼중당, 1976, p.133.
42) 통속소설의 위안 도피적 기능은 필요불가결한 생활적 요건들로서 생명력을 유
　지하고 새롭게 하며 약화된 활동력을 자극하고 강화하는데 필요한 요소들일 뿐
　만 아니라 다른 한편 불안을 진정시키고 삶 속에서 부딪치는 고통스러운 문제들
　을 피하게 해 주며 소극적인 자세와 자기도취 지향적 속성을 지니기도 함으로써
　심리학적으로나 사회학적으로 중요한 봉사의 기능을 담당한다(김강호, *op. cit.*,
　p.21).

미지로서의 경직된 인물설정은 상당히 중요한 전술적이고도 기법적인 의미를 부여받게 되는 것이다.

따라서 악의 무리에 맞서 순조롭게 목적을 달성하는 명탐정 서인준, 그의 이상적 파트너로서의 매력적인 미스 영, 이에 갖서는 당대로선 보기 드문 동경제대출신의 엘리트형사 이필호 등이 소설의 전형적 인물군을 형성하면서 현실과 유리된 환상적 분위기를 엮어가게 된다. 뿐만 아니라 아버지의 원수를 갚으려는 복수의 화신 김소춘과 젊은 시절 고관의 횡포를 자행하고 후환에 떠는 윤백작, 그리고 자신들의 목표를 위해서는 수단 방법을 가리지 않는 비정한 집단인 LC당의 무리 등이 이들의 맞은 편에서 대응축을 형성하면서 흥미로운 긴장구도를 보여 주고 있다.

그리하여 명백히 매력적이며 긍정적으로 설정된 인물과 명백히 혐오스럽고 부정적으로 설정된 인물간의 명료한 대결 속에서 독자들의 기대치와 작가의 의도가 절묘하게 결합된 이상적인 대단원을 맞이하게 함으로써 독자들을 환락과 위안의 세계로 빠져들게 하는 것이다.

이 작품은 千二斗의 지적[43]처럼 철저히 사건중심의 소설이다. 윤백작 저택에 은닉된 거액의 국제공채를 절취하려는 서인준 중심의 민족주의 비밀결사와 세계적 명성의 국제범죄집단 LC당 사이의 숨막히는 대결에 이를 뒤쫓는 민완형사 이필호의 집념이 어우러져 작품의 전체적 골격을 이루고 있음을 알 수 있다.

이 핵심사건을 중심으로 여러 곁가지들이 부수되어지는데, 그 중 가장 관심을 끄는 것이 몸은 LC당의 간부이면서 마음은 인준에게 향해 있는 미스 영과 서인준 사이의 로맨스라 하겠다. 여기에 윤백작의 과거행적에서 비롯된 김소춘의 원한과, 김소춘과 윤찬두 두 아들 사이에서 고뇌하는 노마님의 베일에 싸인 과거사, 그리고 서인준을 위해하려는 김소춘과 이를 저지하려는 미스영의 각축, 윤백작 저택에 위장잠입한 서인준 누나의 암약상 등이 곁들여져 탐정소설로서의 재미를 더해 주고 있다.

---

43) 천이두, 작품해설, *op. cit.*, 삼중당, 1976, p.553.

여기서 서인준이 LC당의 접선을 추적하는 장면을 보자.

> 거기는 어떤 작다란 구둣방 진열장 아래 역시 누런 토필로써, -
> 1140477-No. 4-라고 씌어 있는 것이 있었다. {……}이제 백 걸음을 더
> 가면 넘버 5가 있을 것이었다. 그 다음에는 6, 그 다음에 7{……} 이리하
> 여 제7에는{……} 젊은이는 그 7이 있는 곳까지 가보려고 다시 걸음을
> 조절하면서 앞으로 걷기 시작하였다.[44]

토필로 쓴 숫자 암호를 통해 生面不知의 조직원과 기상천외의 접선을 시
도하고 있는 LC당의 點組織戰略은 30년대란 당대 시대상으로 보아 과히 파
격적인 설정이다.

독자들은 이처럼 신선한 자극과 기묘한 소설내적 장치에 빠져 현실적
진정성에 대한 판단을 유보한 채 작품의 향후 추이에 신경을 곤두세우게
된다. 일찌기 우르스 예기가 「통속적인 것」이란 글(Urs Jaeggi, *Literatur und
Politk*, Suhrkamp Verlag, 1972)에서 통속소설의 특징을 열거하는 가운데[45]
"구성의 공식성"과 "세계형상과 사회현상에 대한 허위보고"를 지적한 것은
바로 이러한 관점에서 이해될 수 있다. 즉 과거부터 길들여진 체험이 독자
의 내부에 형성해 놓은 기대지평으로 인해 새로 접하는 작품에서도 쉽고
편안한 체험을 추구하도록 도와주는 동시에[46], 이러한 공식성을 기본틀로
하여 독자들이 예전에 미처 경험치 못했던 새로운 정보의 초점이나 허위적
사실을 構築해 냄으로써 그들의 시선을 何時라도 작품 속에 묶어둘 수 있
게 되는 것이다.[47]

---

44) *ibid.*, pp.17~18.

45) 조남현, 『소설원론』, 고려원, 1982, p.318.

46) 오미남, 『1930년대 후반기 통속소설 연구』, 중앙대 대학원, 1994. 12, p.23.

47) "공식문학이 흥미를 끌기 위해서는 궁극적으로 전통적인 틀을 유지하면서 그 전
개에 있어서는 개별작품의 독특함을 보여주어야 한다. 바꿔 말하면, 우리가 햄
릿의 역할에 있어서 같은 희곡을 대본으로 하더라도 그 배우의 개성에 따라 그
공연은 천차만별이며, 재즈에서의 주제의 변형과 같은 것이다."(J. G. Cawelti,
『*Adventure, Mystery, and Romance*』, University of Chicago, 1976, p.10.)

따라서 「수평선 너머로」에서도 프로타고니스트(protagonist) 서인준을 중심으로 수렴되는 모든 대결구도를 여러 가지 신선하고 흥미로운 설정을 통해 제시함으로써 팽팽한 긴장을 조성한 뒤, 종국엔 작가의 나레이션 속에서 해답을 찾아내려는 독자대중의 치열한 추리에 퍼즐의 베일을 벗기우게 되는 것이다. 이는 서인준의 목적 달성과정을 숨막히는 긴장 속에 퍼즐의 장막으로 처리한 탐정소설로서의 정석적 기법이 동원된 결과였다. 그러나 본격탐정소설로서의 이러한 敎條性은 인물의 설정을 프로타고니스트 일변도로 경직되게 했을 뿐 아니라, 주인공 탐정 : 반동세력의 대결을 지극히 감상적이고 도식적으로 처리함으로써 오히려 흥미를 반감시킨 감이 있다.

이 작품의 주인공 서인준은 소위 민족주의 비밀결사의 지도급 간부이다. 그가 상해에 거점을 둔 이 단체의 본부로부터 경성에 잠입한 것은 윤백작의 거액 공채 때문이었고 이것이 필요했던 것은 두말할 것도 없이 그들 소속단체의 활동자금, 즉 軍資金으로서의 용도 때문이었다. 따라서 일견 이 작품은 일제 강점기 작품으로선 보기 드문 題材를 취하고 있음을 알 수 있다. 민족주의 단체를 作品의 取材對象으로 삼은 것부터가 파격적인데, 내노라하는 국제적 범죄조직은 물론 當代 植民地의 司正當局인 총독부 고등계 형사까지 마음껏 유린하며 대결에서 승리한다는 구상이 퍽이나 이채로운 것이다.

그러나 이것은 어디까지나 외형상의 단순한 취재의 차원을 벗어나지 못한 것으로, 작품의 긴장구도 조성을 위한 한 방편에 불과한 느낌이다. 즉 국제적 범죄조직과 총독부 고등계 형사와의 인위적 삼각구도 형성을 위해, 이와 적합한 대척관계에 놓일 수 있는 모종의 추상적 민족주의 단체를 "짝 맞추기" 차원에서 설정한 것 이상의 의미는 아니라는 것이다.

즉 민족주의 이념에 기초한 날카로운 현실인식 — 이를테면 민족주의 결사인 서인준의 무리와 총독부 고등계 이팔호와의 대결을 보다 심각한 이념적 갈등의 차원에서 다룬다든지, 혹은 백작이 되기까지의 윤백작의 친일행각을 부각시키면서 민족주체성의 차원에서 공채절취의 정당성과 의의를 고양시킨다든지 하는 — 을 보여준다기보다는 현실문제를 되도록 먼 거리에 두고 우회시키면서 그 여백에 현실의 진정성을 호도, 교란하는 감상적 명분이나 통속적 흥미거리로 대치하고 있는 것이다.

이처럼 이 작품이 도식적 구성에 의한, 선악대결의, 판에 박힌 듯한 결말을 보이게 되는 것은 "탐정과 범죄집단의 대결과정을 퍼즐풀이의 논리성과 상식성 속에서 제시해야만 한다는" 본격탐정소설로서의 양식적 특성에서 기인한 것이다.

### (2) 「魔人」의 變格探偵小說的 特性

1939년 2월14일부터 171회에 걸쳐 조선일보에 연재되어 장안의 화제가 되었던 金來成의 「마인」(조선일보, 1939. 2. 14~10. 14)은 당시 독자대중들에게 탐정소설의 진수를 감명깊게 선보인 작품으로 평가되고 있다.

한국이 낳은 세계적 무용가 주은몽이 자신이 주최한 가장무도회에서 피습당하는 것으로부터 시작되는 이 소설의 플롯은 홍의의 복수귀 해월, 은몽의 애인인 미남화가 김수일, 야심에 찬 사악한 변호사 오상억, 은몽과 혼인한 백만장자 백영호, 백영호의 아들인 탐정소설가 백남수 등 은몽을 둘러싼 미스터리한 주변인물들에 더하여, 대중의 절대적 신뢰와 사랑을 한몸에 받는 명사립탐정 유불란과 사건관할 경찰서의 사법주임인 민완수사관 임세훈이 사건해결을 공언하고 개입함에 따라 탐정소설의 전형적 퍼즐을 형성하게 된다.

각계각층의 인사가 저마다 가면으로 자신의 신분과 본색을 위장한 가장무도회에서 이날의 호스티스인 주은몽이 피습되어 가슴에 刺傷을 입고 아수라장이 되기 전, 은몽은 자신의 연인이었던 김수일을 대리하여 백영호와의 혼인을 만류하러 온 이선배의 내방을 받는다. 그 직후 백영호와 춤을 추고 난 은몽이 화장실에서 괴한의 피습을 받자, 이선배가 가장 먼저 뛰어들어 은몽을 안정시킨 뒤, 신고를 받고 출동한 임세훈 경부 휘하 경찰의 본격취조가 시작되기 전에 무도회장을 빠져나간다. 그리고 택시를 타고 한강다리를 건넌 후 경찰의 추격을 유유히 따돌린다. 이처럼 백만장자 노예술가와 혼인하려는 아리따운 젊은 무용가의 타산적 애정행각이 그녀의 젊은 연인 김수일과 그 친구 이선배 일당에 의해 좌초에 부딪치면서 독자들의 관심은 "금력과 순정의 이중주"가 펼쳐내는 이 소설의 핵심퍼즐에 집중되게 된다.

그러나 곧 은몽을 피습한 괴한이 김수일 일당이 아니라 어릴 적부터 은몽을 짝사랑해 왔던 소년 파계승 해월이라는 것이 알려지면서 수수께끼는 또 다른 복선을 타기 시작하고, 해월과 얽히게 된 은몽의 기구한 성장과정도 백영호 집안의 복잡한 내력 및 그의 치부과정과 함께 독자들의 호기심을 끝없이 자극한다. 감수성 여린 소년승의 구애를 묵살한 대가로 복수귀 해월로부터 목숨을 담보로 한 고통에 시달리는 아리따운 주은몽의 모습에 독자들은 같이 가슴졸이며 안스러워하고 신출귀몰한 해월의 행적은 신비의 공포감을 증폭시킨다. 여기에 아버지 백영호의 재혼을 냉철한 시선으로 재단하는 아들 백남수, 남수의 친구이면서 백씨 가문의 재화를 노리는 천민출신의 고문변호사 오상억, 순수한 소녀적 감성을 가진 백영호의 딸 백정란과 그녀의 진실한 약혼자인 청년의사 문학수, 백영호가 선뜻 70만원의 거금을 학교운영자금으로 내놓도록 한 혜전전문학교 교장 황세민, 황세민을 협박하여 거금을 요구하는 "누런 이빨"의 사나이 황치인(黃齒人) 등의 인물군들이 백영호의 젊은 새 부인 주은몽에게 시시각각으로 조여져 오는 해월의 그림자를 더욱 전율적인 주변배경으로 치환시키는 인물제재로 활용되고 있다.

백만장자 노예술가와 결혼하려는 어여쁜 무용가의 피습에 김수일이란 청년화가와 이선배의 무리를 연결시킴으로써 금력과 순정에 얽힌 삼각애정의 함정을 파놓은 후, 해월이란 파계승으로 퍼즐의 중심을 옮기고, 이 해월의 정체를 다시 은몽에서 문학수와 오상억으로 치환시켰다가 은몽이 쌍둥이란 마지막 카드를 통해 또 다시 극적으로 반전시킴으로써 서스펜스의 절정을 이루게 한 것이다. 아울러 김수일과 이선배를 유불란과 동일인으로 포장하여 마지막까지 오상억과 은몽의 사랑을 다투는 연적으로 설정함으로써 공명심에 불타는 임경부의 조바심과 함께 사건해결의 상반된 두 축을 형성하여 독자들의 추리를 이원화시키고 있다. 또한 연이은 살인사건으로 조성된 긴장감에 백영호와 황세민, 황세민과 오첨지의 사슬관계, 백씨일가와 엄씨일가의 구원에 얽힌 백문호와 엄여분의 비련, 소년승 해월의 미스터리한 행적, 실종된 백남철의 설정 등 탐정소설의 교본적 트릭을 최대한 첨가함으로써 범죄를 매개삼아 모험을 추구하는 탐정소설의 핵심적 규범[48]을 그대로 노정하고 있는 것이다.

그러나 이 작품은 이처럼 일견 탐정소설의 전형적 플롯을 형성하고 있는 듯 보이지만, 탐정소설에 대한 김내성의 소신이 작용하여, 기계적이고 비인간적인 수학공식으로서의 推理文學을 철저히 止揚하고 있다.

숱한 트릭을 통하여 작가는 독자들의 심중에 내재한 "사건해결의지"를 끊임없이 자극함으로써 탐정 유불란의 추리와 발빠른 오상억의 행보에 앞서려는 냉정한 경쟁의식을 유발시키기도 하지만, 결정적인 부분마다에 극도의 인간적 설정과 낭만적 묘사를 덧붙여 탐정소설의 教條的 乾燥性을 불식시키고 있는 것이다.

우선 사건해결의 구심점이 되어야 할 탐정 유불란이 범행의 용의선상에 위치한 주은몽과 연인 사이였을 뿐 아니라, 소설의 진행과정에서 변호사 오상억과 해월의 행적을 쫓는 라이벌 탐정인 동시에 은몽의 사랑을 다투는 연적으로 설정되어, 독자들의 추리의 맥을 차단함과 아울러 딱딱하고 논리 지향적인 퍼즐풀이식 탐정소설에 살아 숨쉬는 인간적 갈등과 정서를 불어넣고 있다는 사실에 주목할 필요가 있다. 오상억의 날카로운 추리에 의해 이선배와 김수일이 동일인일 뿐 아니라 결국은 유불란이 이들의 진정한 정체란 사실이 밝혀지면서, 실연의 상처를 앙갚음하려는 해월의 정체에 김수일이란 청년화가를 대입하려던 독자들의 상상은 여지없이 깨어지고, 탐정과 탐정의 애인이 스스로 사건의 또 다른 內緣을 형성함으로써 독자들은 당혹감과 함께 인간적 회오와 흥미를 느끼게 되는 것이다.

경찰의 추적을 받다 공교롭게도 유불란의 집 골목에서 증발한 이선배는

---

48) 한용환, op. cit., p.430.

바로 유불란 자신이며, 가장무도회에서 취한 이선배의 행동으로 미뤄 이선배와 김수일 역시 동일인으로 추정되므로 결국 김수일, 이선배, 유불란 三者가 모두 같은 사람이란 오상억의 퍼즐풀이는 유불란과 은몽의 愛情方程式이 결코 단순하고 순탄하지 않음을 잘 토여준다. 그러나 그만큼 이들의 사랑은 깊고도 진한 것이기도 하다.

> 유불란은 오늘처럼 자기의 직업을 미워해 본 적은 없었다. 아니, 그는 은몽과 단둘이 있을 때면 반드시 자기의 직업을 경멸하는 습관이 있었다. {……} 그 소박한 감정을 오늘 밤 다시 되풀이하지 않을 수 없으리만큼 은몽의 존재는 유불란에게 있어서는 너무나 커다란 것이었다.[49]

사건의 용의자와 이를 해결하는 탐정이 연인 사이인데다, 그 애정의 정도가 상호간에 깊은 견인력을 가지는 것으로 묘사되고 있다. 탐정이 자신의 직업을 경멸할 정도로 容疑者 女人에 빠져있음을 보여줌으로써 독자들로 하여금 퍼즐풀이의 경직성과 작가가 구사하는 트릭에의 경계심리에서 잠시 벗어나 소설의 일반적 감상성[50]에 젖어들게 한다. 이러한 感傷性은 오상억의 비범한 探偵眼에 위기감을 느낀 은몽이 의도적으로 상억에게 접근함에 따라 은몽을 사이에 둔 세 남녀의 삼각애정양상으로 치달으면서 더욱 심화된다. 오상억의 빼어난 추리에 의해 자신의 위장된 分身들이 드러나고, 이에 따라 은몽의 마음이 상억에게로 기우는 것을 감지한 유불란의 심정은 실로 착잡하기만 하다.

> 동서고금을 통하여 명작에 나오는 명탐정들은 거의 다 연애를 모르는 글자 그대로 목석 같고 기계 같은 초인적(超人的)인물이었다. 그러나

---

49) 김내성, 『마인』, 영한문화사, 1986, p.255.

50) 30년대 신문연재소설의 일반적 성향이기도 한 "감상성"은 사실이나 논리를 떠나 자신을 환상에 빠져들게 하고, 미적 대상을 현실보다 과장함으로써 독자대중에게 심미안을 부여하는 특성을 가진다(한명환,『1930년대 신문소설 연구』, 홍익대 박사학위 논문, 1995. 12, pp.178~179 참조).

유불란 탐정만은 그렇지 않았다. 그는 보통 사람과 같이 연애할 줄 알고
질투할 줄 아는 말하자면 피가 도는 인간이었다.[51]

은몽을 매개로 한 두 탐정(유불란, 오상억)의 "사랑싸움"은 은몽의 마지
막 유서[52]에서 판가름이 나기까지 은몽과 김수일의 열애－이선배의 은몽
과의 접견－은몽과 백영호의 결혼－오상억과 은몽의 급격한 애정밀착－오
상억과 은몽의 약혼설－유불란에 대한 은몽의 애착－유불란과 오상억의
상호견제－사랑과 탐정의 본분 사이에서 갈등하는 유불란의 심한 동요－
유불란의 탐정안을 마춰시키기 위한 은몽의 의도적 접근－김수일(연인)과
유불란(탐정)에 대한 은몽의 철저히 균제된 애정관리－오상억과 은몽의
'사랑의 도피' 밀약－물욕과는 무관하게 최후까지 내비치는 오상억의 은몽
에 대한 집착－최후에 밝혀지는 은몽의 '사랑의 진실' 등의 과정을 거치면
서 독자들에게 비상한 관심거리로 부상한다.

이처럼 탐정소설에선 이례적으로, 탐정 자신을 범죄용의선상과 관련된
애정의 권역에 묶어 놓음으로써 탐정소설에서의 형식적 조건에서 탈피하
여 인간성을 고창하고 藝術的 視界를 확장케 한 것은 김내성의 평소 지론
의 산물임은 재론할 여지가 없다.

또한 다중인물의 운용[김수일＝이선배＝유불란, 해월＝파계승·김수
일·주은몽·문학수·오상억, 백문호＝황세민, 황치인＝오첨지(오상억의
생부)]에서 빚어진 환상적 도식성[53], 백문호와 엄여분의 러브스토리 및 주
은몽. 예쁜이 쌍둥이 자매의 離散生長史에서 감지되는 변용된 설화의 통속
적 심미성과 함께 은몽의 음독자살과 동시에 펼쳐진 오상억의 기상천외한

51) 김내성, op. cit., p.146.

52) 은몽은 독약을 마시고 생을 마감하기 전, 오상억을 유혹한 것은 사실이나 그건
그의 탐정안이 무서웠기 때문이고 자신이 진실로 사랑한 사람은 김수일(유불란)
이었다는 유서를 남긴다(ibid., p.355참조).

53) 관습성과도 상통하는 도식성이란, 일반적으로 통속소설에서 관습적으로 굳어진
일련의 패턴을 반복해, 이미 알고 있는 사실이나 충분히 예견되어지는 사실을
재체험케 함으로써 독자의 취미에 부합코자 하는 특성이다(한명환, op. cit., p.175
참조).

에드벌룬 탈출극54)과 그 최후에서 보여지는 센치멘탈리즘(sentimentalism)은 탐정소설의 공식적 가치규범을 불식시키기에 충분한 것이다. 범죄자의 말로를 낭만적으로 채색함으로써 얻게 되는 독자들의 심미감은 기존의 탐정소설에서 보여지는 고정된 선악관념을 넘어서 새로운 독자사회학적 안목을 체득하게 한다.

> {······} 점점 아래로 내려오는 풍선을 문득 쳐다보는 오상억의 어두운 얼굴 빛! {······} 그는 주머니에서 조그만 수첩을 꺼내어 거기다 만년필로 무엇인가 한 줄쯤 기록하여 그것을 허공 중에 날리는 것이었다. 그것이 한 장뿐이 아니고 두 장, 석 장, 열 장, 스무 장······. {······} 그 종이조각을 향하여 쇄도하는 군중! 거기에는 대체 무엇이 적혀 있었을까? {······}은몽아, 잘 있거라!- 은몽아, 잘 있거라!- 오상억은 조금씩 아래로 내려오는 풍선과 함께 얼마 남지 않은 자기의 운명을 깨닫고 사랑하는 사람 주은몽에게 최후의 작별을 하는 것이 아닌가?55)

자신의 욕망을 위해 숱한 생명을 앗아간 살인다 오상억이 최후의 순간에 보여준 한 여인에 대한 순수한 열정과 집념은 탐정소설에서의 냉혹한 犯罪者像에 따뜻한 인간적 온기를 불어 넣게 하고 있다.

이처럼 이 작품은 탐정소설의 퍼즐풀이식 공식성에 일견 상반된 요소인 主情的 資質들을 첨가함으로써 새로운 양식을 선보이고 있다. 이는 향후 김내성의 탐정소설이 인간성 부각 위주의 변격탐정소설로 나아가는 중요한 한 기점임을 보여주는 것으로 우리 탐정소설사에서도 적잖은 의미를 가지는 것이다.

---

54) 조선일보에 근무했던 김내성은 신문사가 폐간되자, 화신백화점에서 문방구 책임자로 일하기도 했는데, 옥상에 띄워진 백화점의 "할인대매출" 선전용 에드벌룬을 탈출도구로 활용하는 발상은 이러한 김내성의 이력과 무관하지 않은 것으로 보인다(서광운, 『한국 신문소설사』, 해돋이, 1993, p.339 참조).

55) 김내성, op. cit., pp.333~334.

# 4. 結 論

본고는 그간 일방적 가치기준에 의해 재단되어져 국문학연구의 사각지대에 방치되었던 한국근대통속소설의 유형별 분석을 통해, 통속소설의 올바른 장르인식을 확립하게 하고 그 사적체계를 부여하기 위해 기술되었다.

산업근대화 과도기의 도시근로대중과 중산층의 감상적 기호에 부응키 위해 현실의 통속적 관심사에 착안하고 있는 근대통속소설의 한국적 발생 배경은 일제하 자본주의적 전환기의 대중적 가치관과 무관하지 않다. 유교적이고 봉건적인 이데올로기에 바탕한 고소설 이래의 전통적 한국소설이 새로운 근대 자본주의적 질서를 작품 속에 수용하는 과정에서 당대 독자들의 통속적 관심사 및 현실적 가치관과 조우하게 되어 태동한 한국의 근대 통속소설은 장르적 특성화를 이루지 못한 상태에서 가장 보편적이고 수월한 통속성을 추구하게 된다. 그리하여 고소설에서 맹아된 전통적 정서와 가치관(일부종사, 처첩갈등, 빈부와 선악의 갈등, 권선징악적 결말)이 신소설을 거치면서 가장 자연스럽고 대중적인 패턴으로 재구축되었던 것이다.

그 중 가장 대표적인 양식이 본고의 고찰대상으로 삼은 연애소설과 탐정소설로서, 이들은 고소설에서 이미 다루었던 독자취향의 통속적 상상력과 희구를 새로운 시대의 틀에 담아 효과적으로 재구함으로써 당대 한국의 가장 대표적 통속성을 획득할 수 있었던 것이다.

특수한 남녀간의 이끌림과 그로부터 연유되는 관계의 발전과정에 착목하는 우리의 근대연애소설은 당대의 새로운 현실에서 배태된 애정방정식을 다양한 방식으로 표출하고 있는데, 특히 현실의 일상에서 벗어나고픈 독자대중의 욕구를 크게 두 범주(현실적 범주와 이상적 범주)로 나눠 형상화하고 있어 주목된다.

「찔레꽃」은 금력 앞에서 우여곡절을 겪을 수밖에 없는 한 처녀의 순결한 영혼을 통해 자본주의적 전환기의 애정풍속도를 제시해 본 작품으로 인물 사이의 애정갈등이 당대의 복잡한 인정세태와 세속적 가치관 속에 가로 놓여 불거지고 있음을 적나라하게 보여주고 있다. 그리하여 고소설에서의 예정된 해피엔딩을 더 이상 답습할 수 없었던 30년대적 사회상을 가장 현실적으로 반영하면서 애정의 굴곡에 경제적 유착을 비롯한 근대자본주의적 폐해가 노골화되기 시작했음을 독자들의 통속적 감각 위에 각인시키고 있다.

「순애보」는 당대의 현실적 환경을 초월, 극복한 무한히 절대적인 사랑을 이상적 범주에서 실현시키고 있는 작품으로, 급변하는 30년대의 각박한 시대상황 속에서도 아직 이상적 희구가 혼재되어 선남선녀의 부활을 꿈꾸는 독자대중의 복고적 정서가 현실논리의 저편에 만만치 않게 자리잡고 있음을 통속적 상상력을 통해 낭만적으로 시사하고 있다.

한편, 하나의 미스터리를 풀어가는 탐정의 활약어 서술의 초점이 맞춰지는 탐정소설은 일본문단의 영향을 받아, 단순한 퍼즐풀이식의 구도 속에서 범인과 탐정의 대결에 치중하는 본격탐정소설과 이러한 도식성에서 어느 정도 탈피하여 다양한 수법의 구사를 통해 인간적 자질을 부각시키는 변격 탐정소설의 두 양식이 그 대종을 이룬다.

「수평선 너머로」에서는 주인공 서인준을 중심으로 수렴되는 모든 대결 구도를 갖가지 신선하고 흥미로운 설정을 통해 제시함으로써 팽팽한 긴장을 조성하고 있다. 그리하여 독자들로 하여금 현실적 진정성에 대한 판단을 유보한 채, 작품 속에 빨려들게 한다. 따라서 최형상 민족주의 단체와 범죄집단 사이의 대결구도는 독자들의 흥미를 유도하는 단순한 제재의 차원에 불과하다. 이는 이 작품이 "탐정과 범죄집단의 대결과정을 퍼즐풀이의 논리성과 상식성 속에서 제시해야만 한다는" 본격탐정소설로서의 양식적 특질을 가지는 데서 기인하는 것이다.

「마인」은 사건을 해결해야 할 탐정을 범죄용의선상과 관련된 애정의 권역에 위치하게 함으로써 탐정소설의 교조적 경직성에서 일탈해 인간적이면서도 주정적 면모를 부각시키고 있다. 도한 다중인물의 운용에서 비롯된 환상적 도식성, 백문호와 엄여분의 러브스토리 딪 주은몽. 예쁜이 자매의 생장비사에서 감지되는 통속적 심미성과 함께 오상억의 낭만적 최후에서 보여지는 센치멘탈리즘은 탐정소설의 고정된 선악관념을 전도시켜 새로운 독자사회학적 시각을 정립시키게 하고 있다. 따라서 이 작품은 탐정소설의 정석에 主情的 요소를 대폭 가미한 변격탐정소설로서의 양식을 갖추고 있는 것이다.

이처럼 한국의 근대통속소설은 고소설 이래의 전통적 정서와 가치관이 자본주의적 전환기의 시대적 특성과 부합, 변용되어 다양한 모습으로 계승되어졌던 것이다.

본고에서 미처 다루지 못한 무협소설과 역사소설을 비롯한 여타 장르의 통속소설과 해방 이후에 새로이 출현한 통속소설의 장르 및 작품에 대한 연구는 후고로 미룬다. 한국 근대 통속소설의 진정한 체계적 계보는 이들 작업의 끊임없는 보완을 통하여 비로소 밝혀질 것이다.

# 韓國現代戰爭小說研究

### — 韓國戰과 越南戰의 小說化樣相 對比를 통해 —

## 1. 序 論

### 1) 戰爭小說의 槪念

일반적으로 戰爭小說 및 戰爭文學의 槪念은 第二次世界大戰 以後 美國과 獨逸 等을 중심으로 제기되기 시작하여, "Kriegsdichtung"(戰爭文學), "WeltKriegsdichtung"(世界大戰文學), "War-story"(戰爭小說) 등의 述語를 탄생시키면서 주로 各國의 戰後情緖를 다양하고 폭넓게 代辯하는 의미로 굳어져 오늘에까지 이르고 있으나, 그 恣意的 分類基準과, 戰後小說. 戰時小說 등 隣接槪念들과의 混淆性의 문제로 말미암아 정확한 槪念規定은 留保되고 있는 실정이다.

서구 현대문학사에서, 전쟁소설은 주로 兩次世界大戰을 소재로 한 極限 狀況에서의 人間存在樣式이라는데 주목하고 있는 듯하다.[1] 특히 패전당사 국이었던 독일의 경우, 전쟁에 대한 반항과 처절한 고발의식이 작품내에 깊이있게 형상화되어 있음을 볼 수 있는데, 이는 동서독간의 대결의식과는

---

1) E. Hemingway, 『Men at War』, Crown Publishers, 1979.

P. Aichinger, 『The American Soldier in Fiction, 1880~1963』, Iwoa state univ., 1975.

J. Walsh, 『American War Literature』, Macmillian press Ltd., 1981.

P. G. Jones, 『War and Novelist』, Univ. of Missouri press, 1976.

무관한, 전쟁체험을 통한 이들의 자기성찰의 과정으로 보여진다.[2] 이에 따라 독일에 있어서의 전쟁소설의 개념은 작품에 나타난 反戰性의 實體를 포착하는 것으로부터 논의의 가닥을 잡아가고 있는 것으로 상정된다.[3]

같은 敗戰國인 日本의 戰爭小說은 지극히 감상적이고 내면지향적인 戰後 日本文壇의 潮流에서 기인하여, 太平洋戰爭에서 비롯된 자신들의 피해상을 小我的 視覺에서 표출하는데 주력하고 있다. 따라서 "加害者意識"이 없는 일본 전후소설의 맹점을 痛罵하고 있는 藏原惟人의 指摘[4]에서 類推되는 바처럼 전쟁소설의 개념과 범주도 일방적 피해의식을 주조로 하여 형성된 듯하다.

한편 아시아의 또 다른 전쟁당사자였던 中國의 경우는 2차세계대전이 國共內戰으로 바로 연결됨에 따라, 1949년 내전직후 이를 소재로 한 "軍事小說"의 발흥을 보게 되는데, 戰後 毛澤東의 延安文藝座談의 講話指示에 의한 敎條的 性格이 강했던 이 소설장르는 80년대 이후의 자유화 물결에 편승해 점차 戰場 속에서의 人間性探究에 그 초점을 맞춰 가게 되었다.[5] 따라서 中國에 있어서의 戰爭小說의 개념도 이러한 저간의 상황 속에서 파악되어 지리라 상정된다.

이처럼 전쟁소설의 개념은 나라마다의 특수한 정황에 따라 미세한 차별성을 띠기는 하지만, 대체로 戰爭과 人間 사이의 相互交互的 對應論理에 착목하여 형성되고 있음을 알 수 있다.

우리 현대문학사에서도, 전쟁소설을 포괄하는 전쟁문학의 개념은 여러

---

2) 독일전쟁소설에서 보여지는 이러한 강한 反戰的 性向은 H. Böll, W. Borchert, I. Bachmann 등의 "4·7그룹"이 주창한 소극적 전쟁비판의 차원을 넘어 1960년대 이후의 학생운동(student-power)의 흐름과 연계되면서 더욱 적극적 양상으로 심화된다.

3) M. Durzak, L. Kohn 등 독일의 대표적 전쟁소설연구자들이 『Deutsche Gegenwarts Literatur』, 『Sprach und Literatur』, 『Der Deutsche Roman der Gegenwart』 등의 저술을 통해 전쟁소설에 나타난 적극적 반전성의 실체에 주목하고 있음은 그 시사하는 바가 크다.

4) 藏原惟人, 「戰爭文學의 새로운 段階」, 『藝術論』v. 3, 신일본출판사, 1976, p.140.

5) 張放, 『大陸新時期小說論』, 東大圖書公司, 1992, pp.31~42 참조.

논자들에 의해 다양한 시각에서 정의되어져 왔다. 즉 전쟁을 "소재6), 제재7), 주제8)로 한 문학"이란 다소 소박한 정의에서부터 "등장인물의 일부 혹은 전부가 전투원의 자격으로 전쟁에 직접 참전해 행해지는 1회 이상의 전투장면과 이를 포함한 군대생활을 제재로 다루되 반전 및 평화애호사상을 강력히 제창한 것 등"9)의 보다 구체적이면서도 狹義의 정의로 나아간 것, "전쟁을 고발하고 진단하며 그로 인해 아름다움을 발견하는 문학"10)이라며 미학적 가치규명에 매달리는 것, "전쟁의 비참한 성격, 집단적 행동, 개개인의 상황 그리고 여기서 오는 평화적 의의를 강조하여 서술하는 내용을 가진 작품"11)이라며 휴머니즘적 성격을 강조하거나 아예 휴머니즘을 전쟁문학의 특질로 규정한 경우12), 그리고 여기서 나아가 戰爭의 實相(truth of war)과 휴머니티를 연계시킨 것13), "로스트제네레이션 (lost-generation)이나 앵그리영맨(angry-young man)式의 戰後文學처럼 전쟁을 소재로 한 작품의 공통적인 작가의식의 특성을 요약할 수 있어야 한다"14)며 작가의식의 면을 특히 문제 삼은 것 등 실로 광범위한 범주의 층위를 형성하고 있는 것이다.

이렇게 볼 때, 戰爭小說이란 戰後의 精神思潮를 反映하는 槪念인 戰後小說과는 구별되는 것으로, 전쟁의 경과와 그 현장이라는 시공간적 배경을 일차적 전제조건으로 하여 전쟁이 초래한 갖가지 非人間的 情況 속에서의

---

6) 장덕순, 『국문학통론』, 신구문화사, 1961, pp 309~310.
    곽종원, 「전쟁이란 무엇인가」, 『월간문학』, 1969. 10.
7) 백철, 「전쟁을 제재로 한 문학」, 『문학개론』, 신구문화사, 1959.
    이헌구, 「전쟁과문학」, 『문장』v. 9, 1939. 10.
8) 이태극, 「전쟁을 주제로한 문학」, 『자유문학』, 1956. 12.
    김태진, 「전쟁문학연구」, 『용봉논총』v. 2, 1973.
9) 조병락, 「전쟁문학의 개념규정에 관한 연구」, 『육사논문집』v. 3, 1963, pp.62~84.
10) 윤병로, 「전쟁문학시론」, 『성균관대 논문집』v. 24, 1977, p.36.
11) 정봉래, 「전쟁문학론」, 『자유문학』v. 34, 1960. 1, p.175.
12) 백철, 「전쟁문학의 특질과 그 양상」, 『세대』v. 13, 1964. 6.
13) 신경득, 『한국전후소설연구』, 일지사, 1988, p.7.
14) 전혜자, 「전시문학과 작가의식」, 『한국의 전후문학』, 태학사, 1991, p.89.

苛酷性과 不條理를 浮刻시킴으로써 궁극적으로 참다운 人間愛를 高揚시키고자 하는 소설로 規定할 수 있겠다.

> 오히려 전쟁소설의 인상적이며 의미있는 국면은 무구하고 선량한 인간의 운명이 전쟁의 상황에 의해 참혹하고도 무의미하게 희생되는 생생한 현실을 보여줌으로써 전쟁에 대한 독자들의 문명비판적인 인식을 이끌어내고 확산시키는 역할에 의해 부각됨이 옳다.15)

그런 의미에서 전쟁소설의 본질적 속성을 反戰性으로 규정하고 있는 위의 견해는 전쟁소설의 개념정립에 있어 시사하는 바가 자못 큰 것으로, 본 연구의 대상 텍스트들도 이같은 준거 위에서 선정되었음을 밝혀 둔다.

## 2) 韓國現代戰爭小說의 性格과 範疇

앞서 살펴본 바처럼 外國의 戰爭小說들이 양차세계대전 — 특히 제2차세계대전 — 을 주된 배경으로 삼고 있음은 전쟁당사자였던 그들의 현대사회에 미친 깊은 충격과 영향력으로 보아 당연한 현상으로 받아들여진다. 그러나 우리의 경우, 兩次世界大戰이 直接體驗圈 밖의 일이어서 이를 증언할 여건이 성숙되지 못했을 뿐 아니라16), 뒤이어 터진 6·25동란의 戰爭體驗 牽引力이 워낙 강렬한 것이었으므로 現代戰爭小說의 주된 소재는 당연히 韓國戰(6·25동란)17)이 될 수밖에 없었다.

---

15) 한용환,『소설학사전』, 고려원, 1992, p.379.

16) 물론 日帝下에 발표되었던 이석훈의 「하늘의 영웅」(『야담』, 1942, 12), 정인택의 「鵬翼」(『조광』, 1944. 6), 오영진의 「젊은 龍의 고향」(『국민문학』, 1944. 11) 등의 작품이 태평양전쟁을 배경으로 다루고 있으나, 정치적 의도가 강한 御用小說의 한계와 피상적 현실인식의 노정 등으로 인해 진정한 전쟁소설의 수위에 이르지는 못하고 있다.

17) 본고의 이후 논술에선 "越南戰"과의 辨別을 위해 6·25動亂을 "韓國戰"이란 명칭으로 통일하기로 한다.

解放空間에서의 左右翼葛藤 — 대구 10·1사건, 제주 4·3항쟁, 여순반란 사건 — 과 日帝淸算의 문제로 집약되는 內因論 및 多國籍유엔參戰軍과 中共軍의 實戰配置, 蘇聯의 介入, 日本의 軍需基地化 등으로 요약되는 外因論의 입장[18]으로 정리되는 韓國戰의 간단찮은 성격은 이를 소재로 한 전쟁소설에서의 전쟁에 대한 다양한 해석을 예견케 한다.

그리하여 50년대 이후의 韓國戰을 소재로 한 많은 전쟁소설들에서는 戰場의 慘禍를 배경으로, 反共的 宣傳性과 휴머니즘적 反戰性이 팽팽한 대립과 조화를 이루면서 작품내에 용해되어 있음을 엿볼 수 있다.[19] 한국전 소재 소설의 이러한 두 경향은 前言한 바처럼 이 전쟁이 동족간의 이데올로기 전쟁이면서도 국제전의 양상을 띄게 되었다는 특수성에 더하여, 우리 현대사에서 우리 민족이 우리 영토에서 집단적으로 겪은 초유의 대규모 전면전이었던 관계로 어느 누구도 자신의 의사와는 무관하게 전쟁의 소용돌이로부터 자유로울 수 없었다는 신념구속적 특성과 연계되어 우리 전쟁소설의 독자적 양상을 펼쳐보이게 하는 주요한 요인으로 작용케 된다.[20]

한편 韓國戰의 傷痕이 차츰 가셔질 무렵인 60년대 중반, 우리는 "越南戰"이라는 또 하나의 全面戰과 맞부딪게 되는데 이른바 "傭兵으로서의

---

18) 김만수, 「1950년대 소설에 나타난 한국전쟁의 형상화방식」, 『한국전후문학의 형성과 전개』, 태학사, 1993, pp.161~162.
19) 이것은 전쟁의 당위성을 주장하고 전의를 고취하는 동리적 측면과 전쟁을 혐오하고 휴머니즘을 드러내는 반전문학의 측면, 이 두 경향에 수렴되고 있다는 말이다(이상원, 『1950년대 한국전후소설 연구』, 부산대 박사논문, 1993, pp.13~14).
20) 한국전 소재 소설의 특성을 규명한 근자의 대표적 연구업적은 다음과 같다.
  정희모, 『韓國戰後長篇小說硏究』, 연세대 박사논문, 1995.
  정문권, 『韓國戰後小說의 휴머니즘 硏究』, 한남대 박사논문, 1995.
  이은자, 『1950년대 韓國小說에 나타난 知識人像 硏究』, 숙명여대 박사논문, 1994.
  조동숙, 『1950, 60年代 小說에 나타난 이데올로기 硏究』, 고려대 박사논문, 1993.
  이상원, 『1950年代 韓國戰後小說硏究』, 부산대 박사논문, 1993.
  박신헌, 『韓國戰爭前後期小說硏究』, 경북대 박사논문, 1992.
  이기윤, 『1950年代 韓國小說의 戰爭體驗 硏究』, 인하대 박사논문, 1989.
  유학영, 『1950年代 韓國小說 硏究』, 성균관대 박사논문, 1987.

參戰"으로 규정되는[21] 이 전쟁의 성격은 한국전과는 여러 면에서 판이한 것이었다.

　　분단 이후 첫 해외파병이었던 월남전 참전은, 1964~1973의 10년만에 이루어진 6·25를 체험하지 못한 세대에게 전쟁을 대리체험케 해준 사건이었다. 이로써 50년대의 6·25 소재 소설의 시야를 확대시켜 국토분단이 지닌 세계사적 의미를 재조명하는 계기를 마련한 셈이다. 4만 1천여명을 사살하고 5천 여명의 사상자를 냈다는 기록은 해석하는 방법에 따라 얼마든지 그 평가가 달라지겠지만 적어도 이 기간 중 10억달러의 외화획득으로 제2차 경제개발 5개년 계획에 필요했던 외자를 충당했다는 사실 하나만으로도 이 전쟁은 우리에게 이념전이기에 앞서 경제전이었음을 부인할 수는 없다.[22]

韓國戰과는 분명히 구별되는 越南戰의 이같은 距離는 戰爭一般에 대한 보다 客觀的 視覺을 촉발케 하여 우리의 분단현실을 냉정히 재조명하는 계기가 되었다. 이런 의미에서 월남전을 형상화한 전쟁소설의 출현은 한국전 소재 소설에 국한되던 한국현대전쟁소설의 지평을 드넓힌 것으로 戰爭素材의 多邊化와 戰爭接眼視覺의 差別化라는 측면에서 鼓舞的인 일로 평가된다.

1975년의 월남통일 이후를 기점으로, 서서히 축적되기 시작한 월남전 소재 소설에서는 한국전과는 또 다른 모습으로 다가오는 월남전의 실상을 보다 냉정한 시각에서 조명함으로써 전쟁과 인간에 대한 예각적 탐구를 가능케 했던 것이다.

본고에서는 이처럼 우리 현대사의 아픔을 대변하는 두 전쟁을 소재로 한 전쟁소설의 대비적 고찰을 통해 한국현대전쟁소설의 특성을 규명해 보

---

21) "이 시각에 따르면 한국의 베트남 참전은 자주성 없는 정부가 미국의 압력에 굴복한 탓으로 이민족의 문제에 멋모르고 참가해서 마구 총을 쏘아댄 부끄러운 경험이었다."(송승철, 「베트남전쟁 소설론－용병의 교훈－」, 『창작과 비평』 21권2호, 1993 여름, p.78).

22) 임헌영, 「월남전 소재 소설과 민족문학」, 『우리시대의 소설 읽기』, 글, 1992, p.38.

고자 한다. 이를 위해 전쟁소설의 전범적 요소 ─ 전쟁을 배경으로 한 반전
성의 부각과 휴머니즘의 고취 ─ 를 비교즈 두루 갖추고 한국전과 월남전
의 戰史的 性格을 가장 극명히 드러내고 있는 6편의 장편소설(홍성유의
『비극은 없다』, 박경리의 『시장과 전장』, 최인훈의 『광장』, 박영한의 『머나
먼 쏭바강』, 이원규의 『훈장과 굴레』, 안정효의 『하얀 전쟁』)을 텍스트로
선정하여 논의를 진행하기로 한다.


## 2. 韓國戰의 小說化 樣相


### 1) 硬直된 이데올로기와 通俗的 戰爭體驗 ─ 『悲劇은 없다』

洪性裕의 『비극은 없다』(신태양사, 1959)[23]는 1958년 한국일보 창간 3주
년기념 현상문예 당선작으로, 한국전으로 인해 비극적 인생을 살아야 하는
꽃다운 청춘들의 아픔을 생생히 증언하고 있는 소설이다. 발표 당시 전쟁
의 극한상황을 배경으로, 남녀간의 사슬에 얽힌 듯한 애정 갈등과 친구 사
이의 배신과 음모, 나약한 청년의 냉혈한으로의 변신, 이데올로기의 감성
적 활용과 그로 인한 안타고니스트(antagonist)의 부각 등, 다분히 통속적 구
도로 장안의 화제가 되기도 했던 이 작품은 행복하게 잘 살 수 있었던 당대
청춘세대들의 아름다운 꿈을 전쟁이 송두리째 앗아갔음을 적나라하게 웅
변해 주고 있다.

이 소설의 중심구도는 地主出身의 越南苦學生 강욱, 戰爭의 渦中에 沒落
한 家門의 後裔 진영, 강욱의 故鄕집 마름 出身으로 共産主義者가 된 기용,
강욱의 切親한 學友 도현, 기용의 女人이었으나 버림받고 마는 윤애 등, 다
섯 사람의 靑春男女를 축으로 하여 설정되어 있다.

그리하여 강욱과 진영의 애끓는 사랑, 도현의 親舊戀人 진영에 대한 끝

─────────────
23) 본고의 텍스트는 『한국문학전집』v. 92, v. 93(삼성출판사, 1972)으로 한다.

없는 欽慕, 기용에게 背信당한 윤애의 강욱에 대한 열렬한 戀情, 父母의 怨讐 기용에 대한 강욱의 復讐의 執念 등이 파상적으로 얽혀 시종 긴장을 늦추지 않게 한다.24) 여기에 강욱의 정신적 지주이자 넉넉한 후원자인 대학 은사 박남영 교수가 등장, 전쟁이 가져다 준 젊은이들의 파국을 잔잔히 照鑑하면서 그 상처를 어루만져 주고 있다.

이 작품은 同族間의 이데올로기 戰爭이었던 韓國戰을 배경으로 하는 관계로 전형적인 부르조아 출신인 강욱과 프롤레타리아 출신 기용을 대비 등장시켜 일견 이데올로기의 대결구도를 취하고는 있으나, 이것이 이념적 치열성으로 내닫지 못하고 맹목적 사상성의 시각에 갇혀 단순한 개인적 감정의 보복 차원을 벗어나지 못함으로써 당대(50년대 후반) 만연했던 경직된 反共意識의 한계를 그대로 드러내고 있다.

> 강욱은 기용의 허둥거리는 모습에서 지난 시절의 자기 모습을 보는 것 같았다.
> "자, 너의 혈육이 죽어 자빠지는 순간도 너는 인민 공화국 만세를 부를테냐? 나는 죄없는 사람을 죽였는지도 모른다. 그러나 나는 내 어버이의 영전에까지 불효할 수는 없었다. 너는 너의 혈육이 나동그라진 이 순간의 기분이 어떠냐? 네놈에게 몰려 우리 어버이가 죄없이 죽어야만 했다는 것을 알고 난 후의 내 기분을 생각해보라! 내가 지금 잔인했던 것처럼 내게 너는 잔인했다. 그리고도 너는 나에게 지독한 형벌을 가하려 했다. 나도 똑같은 형벌을 너한테 줄 테다."
> 강욱의 이마에 기름 같은 땀이 흘렀다. 눈이 칼날처럼 푸르렀다. 그러나 입술은 냉소하듯 비웃고 있는 것 같았다.25)

인용에서 보는 바처럼 자신의 부모를 죽이고 재산까지 가로챈 마름의

---

24) 남녀의 애정관계를 서로 물고 물리는 퍼즐 식의 끼워 맞추기 구성으로 설정하고 있는 것으로 보아, 지극히 편의적인 통속의 틀을 벗어나지 못하고 있다. 이 작품의 통속성에 대해선 정봉래(*op. cit.*, p.176), 조동숙(*op. cit.*, p.33), 이은자(*op. cit.*, p.56) 등의 글에서 이미 지적된 바 있다.

25) 대본 v. 93, p.406.

아들 기용의 背恩忘德에 대한 강욱의 膺懲은 자유민주주의의 공산주의에 대한 警鍾의 메시지로 형상화되지 못하고 지극히 즉물적이며 원초적인 개인적 복수에 머물고 있음을 뚜렷이 엿볼 수 있다. 더욱이 優柔不斷하고 意志薄弱한 地主의 아들로, 자신에게 호의적으로 접근해 온 기용에게 이용당하며 명확한 소신없이 左右의 벽을 넘나들고 기회주의적 처신으로 일관하던 강욱이 反共的 冷血漢으로 돌연히 변신하는 과정에서 어떠한 절실한 작품내적 개연성도 찾아볼 수 없음은 작가가 이 전쟁을 지극히 낭만적 제재로 처리하고 있음을 보여 주는 것이라 하겠다.

> 보이지 않는 감시의 시선. 강욱은 몸을 떨었다. 정신과 상반된 육신. 강욱은 죄의 뭉치를 지니고 있는 것이다. 강욱은 점점 미칠 것 같았다. 찌푸린 하늘에서 보슬비가 안개처럼 내리기 시작했다. 마음을 따를 수 없는 육체의 행각, 강욱은 그 회색 공간에서 육박해 오는 두 개의 세계에, 점점 더 공포를 느꼈다. 이것도 저것도 아닌{……} 외로와졌다. 무섭고 외로와졌다. 주머니에 뿌듯한 삐라뭉치는 당장에라도 터질 폭발물처럼 초조를 보태주고…….
> "태워 버릴까? 그러면 돼!"
> 그러나 강욱에겐 그것 자체가 무엇인지 판별할 의식마저 이미 또렷하지 않았다.
> "고발이라도 할까?"
> 다음 순간 "체!" 강욱은 자기를 비웃었다. 무엇을 고발하자는 것이냐? 나 자신을 고발하자는 것이냐? 숨이 차고 목이 탔다.[26]

이처럼 기용의 사주에 의해 좌익의 불온비라를 뿌리기 직전의 순간까지도 불안과 공포에 전전긍긍하는가 하면, 자신의 사상적 결백을 입증하기 위해 우익학생들의 감시 속에 약혼녀 진영이게로의 귀가를 지연시키며, 은인인 박교수를 사지에 몰아 넣고 자신은 그 의사와 상관없이 의용군에 징집되는 등 삶의 지표 없이 浮動하던 강욱이 공산군의 잔혹성에 환멸을 느

---

26) *ibid.* v. 92, p.46.

껴 의용군을 탈출한 후 극단의 반공주의자가 되어 유격대 활동을 하게 되기까지 인물의 변신을 뒷받침할만한 어떠한 이념적 성찰도 보이지 않는 것이다. 단지 기용의 교활한 사주에 놀아났던 지난날의 치욕을 씻고 부모의 원수를 갚아 개인적 원한을 청산하고자 하는 극히 身上的 次元의 覺醒을 엿볼 수 있을 뿐이다. 따라서 공산주의에 대한 심도있는 사상적 검토 없이, 자신의 원수 기용이 공산주의자이므로 공산당을 배척해야 한다는 단순하고 감정적 논리로 치닫게 되어 이데올로기전쟁이었던 韓國戰의 의미를 희석시키고 있다.[27]

이와 함께 강욱에 의한 박교수의 救出, 반공유격대원으로서의 강욱의 처절한 最後, 진영과 도현의 結合과 그로 인한 진영의 分娩, 도현의 진영에 대한 幻想絞殺, 윤애의 강욱 아이 分娩, 도현의 收監 등 전쟁상황 속에서의 충격적 사건들이 파노라마틱하게 이어지고 있어, 전쟁을 지극히 통속적 흥미 위주의 시각에서 채색하고 있다는 감을 떨구기 어렵다.[28]

그러나 이러한 한계에도 불구하고 이 작품은 한국전을 배경으로 한 본격적 장편소설이 드물었던 50년대에, 전쟁의 비인간적 양상을 다양한 인간군상과의 교호 속에서 총체적으로 포착해 보이려 했다는 점[29]에서 그 소설사적 의의를 부여받을 수 있을 것으로 상정된다. 이 소설의 제재들이 통속적이란 것은 역설적으로 그만큼 당대 세대들의 진솔하고 절박한 전쟁체험 보고서로서의 의미를 가진다는 사실과 맞물린다는 점에 주목해야만 하는

---

27) 이 작품의 안타고니스트(antagonist)인 기용이 공산주의에의 이념적 철저함보다는 인간적으로 파렴치한 인물로 그려지고 있다는 조동숙의 지적(*op. cit.*, p.33)은 이 소설이 이데올로기전쟁을 배경으로 다뤘을 뿐 이데올로기에 대한 깊은 천착은 보이지 않고 있음을 시사하는 논급이라 하겠다.

28) 이에 대해 정봉래는 "애정 아닌 타락 윤락의 시집으로 시종함으로써 전쟁의 의식이나 의미를 일말의 포말로 만들었다."(*op. cit.*, p.176)며 이 작품의 통속성을 규탄하고 있다.

29) 유학영(*op. cit.*, pp.65~67)은 이 소설의 통속적 경향에도 불구하고 ① 전쟁이 등장인물들의 애정관계에 결정적 영향을 행사하는 상황조건으로 작용한다는 점, ② 등장인물의 성격이 보여주는 1950년대적 인간상 ③ 전쟁과 관련한 시대의식의 문제들을 잘 수렴하고 있다는 측면에서 50년대 전쟁소설의 특징과 문제점을 잘 드러낸 작품으로 주목하고 있다.

것이다.

그리고 이 소설에서 보여지는 경직된 이데올로기의 편협성은 전쟁을 객관적 거리로 인식하기엔 남겨진 상흔이 너무 컸던 당대의 민중적 정서와 피해의식의 자연스러운 반영으로 보여져[30] "文學이 時代와 社會의 産物"임을 다시 한 번 일깨워 주고 있다.

## 2) 戰爭 속의 日常과 理念의 모습—『市場과 戰場』

박경리의 『시장과 전장』(현암사, 1964)[31]은 韓國戰의 現場을 입체적 시각에서 조명하고 있는 특이한 복수 시점의 소설로 이제껏 많은 논자들에 의해 다양한 관점에서 주목을 받아왔다.[32]

이 소설은 남지영이란 여인의 삶의 범주를 劃定하고 있는 "市場"으로 표상되는 민중의 일상적 삶의 공간과 하기훈이란 한 不可思議한 코뮤니스트

---

30) "식민지시대부터 시작되어 해방공간에서 가일층 격렬하게 전개되었던 좌우이념 논쟁은 한국전쟁을 계기로 일단 공식적으로 종결되었다. 그리하여 1950년대 남한에서는 자유주의 이데올로기만이 유일하게 통용되었는 바, 이는 권력의 강제력에 의해 초래된 결과이기는 하지만 그것이 전부는 아니었고 대량학살과 동족상잔의 비극을 부른 이념대립에 대한 국민들의 심정적 거부감이 상승적으로 작용하여 더욱 강화된 측면이 있는 것도 사실이었다."(한점돌, 「전후소설의 현실인식」, 『한국전후문학연구』, 삼지원, 1995, p.117).

31) 본고의 텍스트는 『나남창작선』 v. 36, v. 37(나남, 1993)으로 한다.

32) 조동숙, 「민중수난과 이념의 붕괴」, op. cit. (1993).
임헌영, 「문학작품에 반영된, 한국전쟁에 대한 인식의 변모」, 『분단시대의 문학』, 태학사, 1992.
김외곤, 「전후세대의 의식과 극복」, 『1950년대 문학연구』, 예하, 1991.
조남현, 「시장과 전장과 이념검증」, 『한국의 전후문학』, 태학사, 1991.
윤병로, 「새세대의 충격과 60년대 소설」, 『한국현대문학사』, 현대문학사, 1989.
김우종, 「전쟁문학과 리얼리티」, 『한국소설의 문제작』, 일념, 1985.
김치수, 『박경리와 이청준』, 민음사, 1982.
홍사중, 「한정된 현실의 비극」, 『현대한국문학전집』 v. 11, 신구문화사, 1981.
정명환, 「폐쇄된 사회의 문학」, 『한국작가와 지성』, 문학과 지성사, 1978.
유종호, 「작가와 비평가」, 『신동아』, 1965. 8.
백낙청, 「피상적 기록에 그친 6 · 25수난」, 『신동아』, 1965. 4.

의 이념적 구현의 실습장으로 상징되는 "戰場"이란 極限的 處所로 이분되어 전개되고 있다.

사나이는 지영의 물건 앞에 선 양공주에게 달콤한 말씨로 권한다. 지영은 물건 팔 생각도 않고 바보처럼 앉아 있다. 양공주는 역시 사지 않고, 아니 사지 못하고 가버린다. 그는 건너편 가게에 가서 또 옷을 만지고 있었으나 역시 사지 못하고 시장 안을 빙빙 돌고만 있다. {……}
쩔막한 외투를 입고 고깔 같은 방한모－일제시대 방공연습할 때 쓴 두건 같은 것을 쓴 안노인이 조그마한 껍상자를 들고 걸어온다. 학교 때의 담임이었던 사람이다. 과가 달라서 지영이 직접 배운 일은 없지만 가사과의 교수 윤선생이다.[33]

이쪽저쪽 숲 속에 인민군들이 흩어져 있고, 그들은 불붙는 짚차를 지켜보고 있는 운전병을 가만히 바라본다. 운전병은 침을 뱉고 근처에 있는 샘터로 가서 물을 마신다. 입언저리를 닦고 일어서는데, 별안간 언덕 위에서 윙! 하고 쏟아져 내려온 ― 조종사의 얼굴이 보일만큼이나 아슬아슬하게 ― 비행기를 보자 운전병은 급히 숲으로 달려간다. ……비행기를 향해 따발총을 내갈긴다. 그쪽에서도 기다렸다는 듯 맹렬히 기총소사를 퍼붓는다. 다음 목표물을 향해 비행기가 사라졌을 때 운전병과 인민군 몇 사람은 벌집처럼 피를 뿜고 쓰러져 있었다.[34]

그러면서 韓國戰이란 우리 최근대사의 아픔을 요연하게 작가의 체험적 直觀으로 뭉뚱그려 하나의 서사적 입상으로 압축, 형상화하고 있다. 어설픈 반공이데올로기에 매달리거나 전쟁의 부분적 경관에 연연해하지 않으면서 전쟁이 양산한 悲劇的 曲盡性과 韓國戰의 戰史的 性格을 효율적으로 규합해 나타내고 있다는 점이 당대의 여느 韓國戰 素材小說과는 극명히 구별되는 이 작품의 변별적 포인트인 것이다.
따라서 前言한 旣成論及들이 理念的 人物의 創造와 作家의 肉化的 體驗

---

33) 대본 v. 37, p.516.
34) *ibid.*, p.293.

의 距離에 초점을 맞추면서 그 중립적 시각에 주도하고 있음은 당연한 所以라 하겠다. 물론 이데올로기문제에 대한 이러한 진전과 전쟁해석에 대한 시야의 확대는 4·19이후의 60년대적 시대여건과 고압적인 50년대적 상황과의 차이에서 기인한 것임을 부정할 수 없으나, 요는 이 소설이 가지는 독특한 구성과 전쟁을 바라보는 작가의 廣角的 洞察眼을 단지 시대적 여건변화의 副産物로만 단정할 수 없다는데서 작가의 비범한 역량에 주목하게 된다.

이 소설의 인물들은 남지영 주변의 一群과 그녀의 시숙 하기훈 중심의 一群으로 우선 나눠볼 수 있는데, 이는 지영의 황혜도 여고교사 부임을 다루는 제1장 "북한삼팔도"에서 코뮤니스트 기훈의 동요와 좌절을 그린 제40장 "달맞이꽃"에 이르기까지 거의 예외없이 두 人物群을 장별로 교체서술하고 있는 이 작품의 특이한 구성방식으로부터 자연스럽게 도출된다. 그리하여 전자의 인물군에는 지영의 남편 기석, 친정어머니 윤씨, 강대위를 비롯한 국군장교들, 순경, 송의원, 정소장, 여의사, 동료여교사 등을 위시하여 피난길이나 시장에서 스친 사람들이 망라되고 있으며 후자의 인물군에는 기훈의 연인 이가화, 그의 스승 석산선생, 자운, 장덕삼, 석산의 처 김여사, 변절자 안핵동, 동지 오사장, 인민군소년병 순길이, 빨치산군관, 숙희, 옛애인 영애 등과 전쟁터에서 조우하는 숱한 군인, 빨치산요원, 민간인들이 포함되어 있다.35) 그러나 숱한 인물의 등장과 이분된 서술방식에도 불구하고 전쟁이 민중의 삶에 미친 견인력과 한 사회주의자의 파행적 理念旅程이 하나의 家族史的 전범을 형성하면서 통일된 영상으로 수렴되고 있어 전쟁소설의 새로운 가능성을 보여주고 있는 것이다.

다시 말하자면, 소심하고 속물적인 남편 기석과 일상의 권태로부터 벗어나기 위해 황혜도 연안의 여고교사로 부임한 지영이 갑작스레 밀어닥친 전쟁의 소용돌이 속에서 맞는 시련들(남편의 구금과 구명운동, 친정어머니의 사망, 피난과정의 고충, 생활고로 인한 의류행상 등)과 때론 冷血漢이면서

---

35) 조남현, *op. cit.*, p.124.

(사상의 스승 석산선생을 숙청하는가 하면, 빨치산대열에서 도망하는 소년병 순길을 총살하기도 한다) 때론 로맨티스트요 휴머니스트(가화와의 연정에 연연하고, 퇴각 와중에 소년병 순길에게 온정을 베풀며, 동생 하기석의 가족에 애정어린 관심을 보이기도 한다)이기도 한 共産主義者 하기훈의 理念葛藤樣相이 韓國戰의 總體相으로 集約되어 하나의 表象的 이미지를 이루어내고 있다는 것이다.

특히 하기훈과 같은 知的이며 로맨틱한 공산주의자의 인물창조는 이에 대한 부정적 평가36)에도 불구하고 향후 우리 이념소설의 한 전형적 인물상을 제시했다는 측면에서 이 소설의 빼놓을 수 없는 성과의 하나로 상정된다.37) 이는 남지영의 인물설정이 작가와의 밀착된 거리38)에도 불구하고 인텔리 여성의 전쟁체험시각을 민중수난의 관점에서 투사시킴으로써 전형적 후방여인상을 정립한 것과 동궤에 놓이는 것이다.

이와 함께 본격적 이념 접근없이 맹목적 반공이데올로기의 틀에 갇혀 감정적 구호를 나열하던 50년대 전쟁소설에서 나아가 이데올로기 문제를 비교적 공정한 시각의 이념적 차원에서 다루려 시도한 점 또한 이 소설의 주목거리이다. 작가는 아나키스트 석산과 코뮤니스트 기훈의 이념대립을 바쿠닌과 마르크스의 이론적 대리전으로 채색시키는가 하면, 장덕삼과 기훈의 갈등을 통해 좌익 내부에서의 이념천착을 꾀하는 등 이데올로기문제에 대한 본질적인 정면접근을 시도하고 있다. 그리하여 좌우익에 대한 동시비판, 빨치산생활에 대한 객관적 묘사 등을 이끌어내는가 하면 "가화와 기훈의 산중 로맨스", "인민군 야전병원의 자해환자와 소년부상병 순길

---

36) 기훈이 모순덩어리의 인물로 처리되었다는 지적(백낙청, *op. cit.,* pp.326~327. )과 전쟁 발발후 석산에 대한 기훈의 돌변한 태도를 자연스럽지 못한 것으로 갈파한 조남현의 논급(*op. cit.,* p.121) 등을 들 수 있다.

37) "하기훈으로 상정되는 사회주의자상은 한국전후문학 이후 첫 문학사적 형상화로 이는 그후 분단소재 소설에 등장하는 많은 이념적 인간상의 한 전형을 이룬다."(임헌영, *op. cit.,* 태학사, 1992, p.198).

38) "작품을 통해 등장하는 여주인공과 작가의 거리가 너무 가까워서 작가의 사회적 관심권이나 시야를 확대해야 할 필요성이 빈번히 지적되기도 했다."(조동숙, *op. cit.,* p.78).

이[39]", "지영이 시장에서 맛보는 전쟁 속의 평온" 등에 대한 묘사를 통해 전쟁의 잔혹상과 이면적 그늘을 부각, 결합시킴으로써, 든든한 이념적 토대 위에 전쟁의 시각을 상당히 광역화, 입체화시키고 있다.

그러나 이념문제에 대한 중립적 시각과 이론적 천착에도 불구하고, 이를 지극히 도식적 이론으로 나열함으로써 하기훈과 그의 이데올로기가 자연스럽게 결합되어 형상화되지 못하고 空疎한 乖離 — 인물과 이념의 분열 — 를 보일 뿐 아니라, 가화의 등장으로 한낱 이데올로기를 낭만적 제재의 차원으로 떨어뜨린 감마저 든다. 따라서 종국엔 사상적으로 표류하는 기훈의 좌절을 통해 시사되는 바처럼 다분히 감상적이고 심정적 편향감에서 좌익을 비판하게 됨으로써 이념소설로서의 한계를 노정시키고 있다. 이는 이념의 문제를 휴머니즘으로 치환하면서[40] 더 이상의 이념적 천착을 유보한 이소설의 당연한 도달점으로, 아직 이데올로기를 價値觀의 優劣로 보고 그 자체의 실존적 사유에까진 이르지 못한 결과로 풀이된다. 그럼에도 불구하고 이 작품은 前述한 바처럼 분리된 전쟁현장의 교체서술을 통해 민중수난의 모습과 본격적 이념탐구의 장을 펼쳐보임으로써 한국전의 총체상을 민족사적 비극으로 심화시켜 형상화한 수작으로 평가된다.

### 3) 한 自由主義者의 渴望과 理念超克—『廣場』

---

39) 인민군 야전병원의 왼팔 부상병들은 낙동강전선에서 벗어나고픈 자해환자들임이 순길의 대사를 통해 밝혀진다(대본 v. 37, p.354.; 극한상황인 전쟁 속에서 목숨을 부지코자 자해하는 병사의 설정은 戰場의 悲壯하고 殘酷한 現場性을 효과적으로 배가시키는 장치로 볼 수 있다). 실제로 부상병의 자해여부를 판별하는 것이 가장 고통스러운 임무였다는 한 2차 대전참전 러시아 외과여의사의 회고는 이러한 전쟁상황을 잘 증언해 주고 있다(The hardest of her duties was identifying wounds that had been self-inflicted. "I had to make reports on the size of the wound, the distance of the weapon from the wound, the seriousness of the wound ; It's over, 『Time』, 1995. 5. 8, p.52).

40) 김외곤, op. cit., p.149.

崔仁勳의『廣場』(『새벽』, 1960. 10)[41]은 우리 最近代史의 가장 熾烈했던 自由謳歌期였던 4·19혁명 직후의 시대적 특혜[42] 속에서 현역 육군장교에 의해 씌어진 韓國戰 素材의 戰爭小說이다.

이명준이란 항상 "풍문에 만족치 않고 현장을 찾아가려는" 한 無限自由 主義 哲學徒의 현실적 좌절과 그로 인한 이념초극을 그리고 있는 이 소설 은 분단국의 상황한계를 초월해 한국전의 본질을 냉정하고도 적확하게 묘 파한 작품으로 평가되고 있다.

> 동족상잔의 그 큰 6·25비극을 체험한 한국에서 어째서 위대한 문학
> 이 나오지 못하느냐 하는 질문을 우리는 종종 듣게 된다. {……}문제가
> 원래 심각하므로 그 전쟁을 자신있게 정돈한 창작이 나타나기 힘들게
> 되어 있다. 또 한국전쟁은 이데올로기 전쟁일 뿐 아니라 동족간의 내전
> (內戰)이라는 점 자체가 문예창작에 주는 제약이 있다. 그것은 내전이
> 끝나고 국민이 통일되었을 때 비로소 그 전쟁의 체험을 진실되고 공정
> 하게 표현할 수 있다는 사정이다.[43]

인용에서의 지적처럼 戰後, 分斷體制가 固着되어 가던 당대 상황에서 — 4·19직후의 일시적 호기를 맞았다고는 하지만 — 끝나지 않은 戰爭을 "진 실되고 공정하게" 조명하기란 결코 쉽지 않은 일이다. 그런 여건 속에서도 이 작품은 南과 北의 實狀을 두루 體驗한 인텔리 주인공의 存在探求 行爲 및 自我와 自由에의 끊임없는 思索을 통해 韓國戰爭의 悲劇的 情況을 깊이 있게 投映해 보이고 있다.[44]

---

41) 이 작품은 1960년 10월 『새벽』에 첫 발표된 이래 1976년의 『최인훈전집』(문학과
   지성사)에 이르기까지 모두 4번의 개작과정을 거치며 문단의 관심을 증폭시켜
   왔다. 본고의 대본은 『학원한국문학전집』 v. 25(학원출판공사, 1994)로 한다.
42) "이 작품은 사실 4·19 이후 잠깐 나타났던 지적 토론의 자유로움과 개방적 분
   위기에서 발표가 가능했던 것이다. 구정권하에서나 힘의 지배이데올로기가 강
   화되었던 5·16이후에는 아마 그 발표가 어려웠을 것으로 암시되고 있다."(조동
   숙, op. cit., p.63).
43) 구중서, 「6·25와 한국문학」, 『독서신문』, 1974. 6. 30, p.15.

외래 자본주의 이데올로기 속에서 부패해 가는 南韓의 현실에 食傷한 이 명준은 越北人士인 아버지로 인한 수사기관의 핍박과 애인 윤애와의 여의치 않은 애정관계를 계기로 새로운 "광장"을 찾아 월북한다.

> 오늘날 한국의 정치란 미군부대식당에서 나오는 쓰레기를 받아서, 그 중에서 깡통을 골라내어 양철을 만들구, 목재를 가려내서 소위 문화주택 마루를 깔구, 나머지 찌꺼기를 가지고 목축을 하자는 거나 뭐가 달라요? {……}저 브로커의 무리들, 정치 시장에서 밀수입과 암거래에 깽들과 결탁한 어두운 보스들. 인간은 그 자신의 밀실에서만은 살 수 없어요. 그는 광장과 이어져 있어요. {……} 필요한 약탈과 사기만 끝나면 광장은 텅 빕니다. 광장이 죽은 곳. 이게 남한이 아닙니까? 광장은 비어 있습니다.[45]

南韓을 혼탁하고 부정한 密室만이 가득하고 진정한 廣場이 全無한 곳으로 인식했던 명준이 北에서 맞닥뜨린 현실은 어떠했는가? 다분히 反對給付的 幻想에서 廣場을 기대했던 명준의 희망은 "가난과 암흑, 무기력과 획일

---

44) 대부분의 기성논급들은 『廣場』에서의 이념탐구의 진지함, 공정한 시각 등에 주목하면서 나름대로 작품의 장단점을 파악해 내고 있다.
이기윤, 『전쟁과 인간』, 한샘, 1992, pp.156~164.
김동환, 「'중도적 인물' 설정과 소설적 전망」, 『한국현대장편소설연구』, 삼지원, 1990.
이동하, 「최인훈의 「광장」에 대한 재고찰」, 『현대소설의 정신사적 연구』, 일지사, 1989.
이재선, 「전쟁체험과 50년대 소설」, 『한국소설사』, 현대문학사, 1989.
신경득, 「회색인의 망명」, op. cit., 일지사, 1988.
김윤식, 『한국문학의 근대성과 이데올로기 비판』, 서울대 출판부, 1987, pp.221~224.
김병익, 「분단의식의 문학적 전개」, 『분단문학비평』, 청하, 1987.
김우종, 『한국현대소설사』, 성문각, 1982, pp.388~390.
천이두, 「밀실과 광장」, 『문학과 지성』, 1976. 겨울.
신동한, 「확대해석에의 이의」, 서울신문, 1960. 12. 24.
백철, 「하나의 돌이 던져지다」, 서울신문, 1960. 11. 17.
45) 대본, pp.27~28.

적 이념"으로 압축되는 잿빛공화국의 虛像앞에서 무참히 깨지고 만다.

> 제가 월북해서 본 건 대체 뭡니까? 이 무거운 공기. 어디서 이 공기가
> 이토록 무겁게 짓눌려 나옵니까? 인민이라구요? 인민이 어디 있습니까?
> 자기 정권을 세운 기쁨으로 넘치는 웃음을 얼굴에 지닌 그런 인민이 어
> 디 있습니까? 바스티유를 부수던 날의 프랑스 인민처럼 셔츠를 찢어서
> 공화국 만세를 부르는 인민이 어디 있습니까?[46]

北에서의 廣場찾기에도 실패한 명준은 때 마침 勃發한 韓國戰 參戰을 통
해 자신의 이념 실현과 인간적 검증을 도모하지만 여의치 않게 되자, 발레
리나 은혜와의 사랑을 통해 개인적 密室이나마 향유해 보려 몸부림친다.
그러나 남한에서의 경우(윤애와의 사랑)처럼, 은혜의 戰死로 이마저 실패하
고 그 자신은 포로가 된다. 南北韓 그 어느 곳에서도 대중의 밀실인 廣場(전
체의 자유)과 개인의 광장인 密室(개인의 자유)을 찾지 못한 명준은 결국
捕虜交換時 중립국(인도)을 選擇하는데, 이는 벼랑 끝에서도 광장에 대한
미련을 버리지 못하는 그의, 스러져 가는 신념의 마지막 탈출구였다. 그러
나 인도로 가는 타고르호 선상에서 명준은 집요히 뱃전을 따라오는 두 마
리의 갈매기(은혜와 그녀의 아기 분신)[47]로부터 영원한 廣場찾기의 해답을
발견하고 바다에 몸을 던짐으로써 자유에의 끝없는 도전과 열망을 마무리
짓는다.

> 돌아서서 마스트를 올려다본다. 그들은 보이지 않는다. 바다를 본다.
> 큰 새와 꼬마 새는 바다를 향하여 미끄러지듯 내려오고 있다. 바다. 그
> 녀들이 마음껏 날아다니는 광장을 명준은 처음 알아본다. 부채꼴 사북

---

46) *Ibid.*, p.56.
47) 갈매기를 둘러싼 작품 말미의 개작부분에 대해선 "광장의 실체를 부정하던 허무
   적 의미가 사랑의 합일을 상징하는 적극성으로 전환되었음"을 강조하는 김현
   (『문학과 유토피아』, 문학과 지성사, 1980)의 논급에서 "부분의 개작으론 전체맥
   락에 영향을 끼칠 수 없다"는 이동하(*op. cit.*, 일지사, 1989)의 논급에 이르기까지
   이론이 분분하다.

까지 뒷걸음질친 그는 지금 핑그르 뒤로 돌아선다. 제정신이 든 눈에 비친 푸른 광장이 거기 있다.[48]

이명준은 이념과 현실이 조화된 자유의 이상향을 적극적 의지와 행동으로 끊임없이 추구하다가 결국 죽음을 통해 상징적으로 그 꿈을 실현케 된다. 이 작품에서 보여지는 이러한 이념초극의 상징성은 동족간의 이데올로기 전쟁인 한국전의 예각적 실상을 정면에서 초점화 함으로써 균형잡힌 역사관을 부여하여 이념의 편향성을 극복할 수 있는 가능성으로 이어진다는 측면에서 주목되는 바 크다.[49]

특히 북한에서 中等의 학창시절을 보내고 越南하여 남한에서 청년시절을 보내던 작가의 兩體制 同時體驗은 이 작품의 실증적이고도 객관적 시야 확보에 큰 원동력이 된 듯하다. 막연히 감상적 차원에서 남북한을 대비하는 것이 아니라 남북한의 실상을 상당히 설득력있는 구체적 근거 위에서 형상화함으로써 양체제의 虛實을 극명히 폭로, 입체적으로 相對貶下하고 있는 것이다. 이처럼 양체제의 恥部에 대한 구체적 설정을 통한 兩非論的 認識은 窮極的으로 이데올로기에 대한 실존적 사유로서의 접근을 가능케 함으로써 韓國戰의 진정한 성격을 규명할 수 있도록 해 주는 동시에 戰爭 小說로서의 反戰性을 효율적으로 극대화시키도록 하는 데까지 나아가게 한다.

전쟁을 바라보는 역사적 안목없이 자신기 속한 측의 입장이나 정견을 대변하는 피상적 편파성에서 벗어나 공정한 시각에서 전쟁의 근원적 문제를 다룸으로써 전쟁발발과 관련된 理念因子에 대한 본격적 探究와 內省의

---

48) 대본, p.91.

49) 물론 주인공 이명준의 지극히 思辨的 性格에 대한 비판["믿음직스럽지 못한 몽상가"(이동하, *op. cit.*, p.209), "나르시시즘적 인간"(신경득, *op. cit.*, p.112), "비극적 세계관을 지닌 인물"(이기윤, *op. cit.*, p.164), "역사에 흥미를 갖지 않았던 관찰자 내지 방관자"(임헌영, *op. cit.*, p.198)]도 만만찮으나, 문제는 그가 이러한 의식을 관념의 수준에 방치하지 않고 항상 행동으로 실천(월북, 6·25참전, 중립국선택, 투신자살, 윤애와 은혜를 통한 밀실추구 등)해 왔다는 사실에 주목할 필요가 있다.

場을 마련했다는 점50)에서 이 작품의 가치가 운위되어질 수 있는 것이다. 그것은 韓國戰이 누가 이기고 졌나의 勝敗次元을 벗어난 동족간의 理念戰으로서, 우리 모두가 전쟁의 피해자요 이데올로기의 희생자였다는 사실을 주지시켜주는 不偏不黨한 전쟁이데올로기소설로서의 이 작품의 강렬한 메시지로 말미암아서이다.

## 3. 越南戰의 小說化 樣相

### 1) 房外人의 戰爭參觀 -『머나먼 쏭바강』

박영한의 『머나먼 쏭바강』(『세계의 문학』, 1977. 여름)51)은 "일종의 성장소설"52)의 모습을 띤 派越軍人의 越南戰 參戰報告書이다.

우리의 의사와 상관없이 전쟁의 소용돌이에 휘말릴 수밖에 없었던 韓國戰과는 달리 越南戰은, 보는 시각에 따라 달라질 수 있겠지만, 傭兵으로서의 參戰으로 규정되는 戰爭이다. 따라서 전쟁을 바라보는 시선도 한국전과는 판이한 양상으로 고착된다. 그것은 전쟁에 대해 그만큼 객관적 시야를 확보할 수도 있고 그만큼 절박하지 않을 수도 있다는 말과 동궤에 놓인다.

> V자대형의 팬텀기편대가 캄보디아 쪽으로 이동하고 있었다. 그것들이 남긴 여덟 개의 뚜렷한 이랑들이 하늘을 남북으로 크게 두 동강으로 잘랐다. 한 동강이 월남, 나머지 한 동강이 월맹일 것이었다. 하늘은 토막내기엔 너무 아름답고 깨끗해 보였다.53)

---

50) 물론 『시장과 전장』, 『남과 북』 등의 작품에 비해 韓國戰의 現場性은 상대적으로 약화된 감이 있으나 그것은 이념적 천착의 반대급부적 결과로 보인다.

51) 1977년 발표 당시 중편이었던 이 작품을 작가는 이듬해 장편으로 개작한다. 본고의 대본은 장편 『머나먼 쏭바강』(민음사, 1993)으로 한다.

52) 송승철, *op. cit.*, p.81.

이처럼 이 작품은 남의 전쟁이기에, 전투기가 지나간 하늘이 아름답게 보일 수 있는 다소 낭만적 시각에서 시작되고 있다. 대학생활의 따분함과 일상의 건조함에서 벗어나려 入隊後 派越勤務를 自願한 황일천의 젊은 날의 낭만적 전쟁체험으로 윤색되어 있는 이 작품은 시종 房外人的 觀察眼을 견지한다.

평범한 삶의 권태로부터 돌파구를 찾기 위해 타인의 전쟁을 찾아 온 그가 진정한 理想없는 衝動과 절박한 目標없는 蠻勇이 얼마나 허무하고 덧없는 夢想에 불과한가를 깨닫는 덴 오랜 시간이 필요치 않았다. 수동적으로 임하는 他國의 戰場에서 열망이 체념으로 변하고 또 다른 권태에 물들 무렵, 외출에서 그는 '응웬 티 빅 뚜이'란 여대생을 알게 되고 그녀와의 사랑을 통해 무미건조한 전쟁에 새로운 의미를 부여하게 된다. 귀국절차로서의 성병검진에서 오진으로 불합격, 수용소에 오게 된 일천은 수용소 당국의 학대와 일부 駐越軍의 비리에 부대끼면서 뚜이에 대한 그리움이 증폭됨을 느낀다. 마침내 결혼까지 작정하고 수용소를 무단이탈하기에 이르지만 그녀가 처한 가족적 구도의 비애(월맹정규군 장교로 전사한 오빠와 전쟁을 증오하는 어머니를 둔 처지)속에서 월남민족의 비극적 운명에 눈뜨게 된다. 그리고는 공허한 심정에서, 종잡을 수 없는 검역제도와 수용소 당국의 비인간적 대우에 대한 반발로 함부로 몸을 굴려 진짜 성병에 걸리지만 이번엔 정상 판정을 받고(월남전의 비극적 아이러니를 대변하는 것처럼) 귀국선에 오른다.

따라서 이 소설에선, 주인공 황일천 자신이 직접 전쟁에 참여하고 있으면서도 마치 전쟁을 견학하고 있는 듯한 시사를 받게 된다. 즉 황일천이 소설 속의 등장인물이라기보다는 작품의 나레이터 같은 느낌을 주고 있는 것이다. 그것은 황일천의 변혁지향적이면서도 소극적이고 냉소적인 현실 인식과 이 전쟁이 불가피한 상황이 아니라 호기심에서 선택되어진 새로운

___
53) 대본, p.11.

체험으로서의 儀式이라는 데서 기인한 것이다.

> 하지만 웬걸? 착각이었어. 허깨비를 쫓았던 거지. 천진난만한 소년이,
> 강 건너 불을 바라보며 아주 재미있을 거라고 생각한 것 같은 그런 어
> 리석음이었어. {……} 대체 여기에 무엇이 있단 말인가? 태양, 늘어진
> 야자수, 시에스터라고 불리는 그 맥빠져 자빠진 게으른 낮잠, 레이션박
> 스가 널브러져 있고, 물소떼가 느리게 지나가며, 털갈이하는 짐승의 등
> 허리처럼 살풍경한 들판{……} 거기다 뜻없이 저질러본 소소한 전투행
> 위, 뭐 그런 따위지.54)

주인공이 자리한 戰鬪現場의 지척엔 두고 온 고향도, 기다리는 가족도
있지 않으며 그가 싸우는 대상은 그와 일면식도 없는 타국인이다. 다시 말
하자면 황일천이 처한 戰場은 어쩔 수 없이 다가온 운명론적 공간이 아니
라 자발적으로 끼어든 자유의지로서의 공간이다. 여기에서 목숨을 담보로
한—피해의식으로 충만한—절박한 위기의식은 엿볼 수 없으며 대신 전
쟁을 바라보는 느긋한 여유와 客觀的 內省이 자리잡게 된다.

> 전쟁이 허무맹랑하다는 건, 엄청난 물량을 뽐내며 우릉우릉 지나가는
> 저 미군 차량들이 잘 말해 주고 있지 않느냐. 그들은 이 땅에다 초컬릿
> 에서부터 전투기에 이르기까지 엄청난 물량 공세를 펴고 있다. 내가 핥
> 고 있는 건 그 찌꺼기일 뿐이다. 소총을 떨렁대며 상관의 군홧발에 이리
> 부대끼고 저리 부대껴 온 나란 참 허무맹랑한 존재였어. 기껏, 어마어마
> 한 조직을 가진 월남전이라는 공장에서, 나사 끼우는 작업만 배당받은
> 한 기능공에 불과했어. 미국은 이 거대한 공장의 10층이거나 15층의 관
> 리실에 점잖게 앉아 있지. {……}이와 비슷한 기분은 정글 속에서도 맛
> 보았지. 내가 땀을 뻘뻘거리고 온몸에 생채기를 입으며 기를 쓰고 뚫고
> 나간 그 고통스런 20~30킬로미터란, 작전지도의 좌표에선 고작 눈금
> 하나에 불과하다는 것, {……}낯선 월남여인을 가운데 놓고 멋모르고
> 낄낄대는 이 한국군들을. 무엇을 위해 싸웠던지, 지금 어디로 가고 있는

---

54) *Ibid.*, p.105.

지 까마득하게 잊어먹고 있다. 그저 주는 대로 쑤셔먹그 시키는 대로 좇아갈 뿐이다.[55]

그리고 젊은 날의 혈기와 낭만적 휴머니티로 참전한 그의 자긍심이 용병 굴레 속의 자괴감으로 탈색되어지고 이는 곧 주인공으로 하여금 戰場에 거리를 두고 분석적 사색과 냉소적 시선으로 시종하게 하는 크나큰 요인이 된다.

　　손해만 보며 언제나 당했다고만 생각하는 너의 태도는 옳지 않다. 너의 입장보다 하등 나을 것도 없는 네 나라의 입장을 이해한다면 불평만 해선 안 될 것이다. 네가 어렵다면 네 나라드 어려운 것이 아닐까…….
네 정부는 공장주에게 가서 사정하여, 얼마나 어렵게 너희네 몫을 타냈는지 너는 알고 있느냐? 미군 GI가 받는 목숨수당이 기백 달러이고 네 것이 50달러라고 해서 불평하지 말라. 그것은 너의 정부가 할 수 있었던 최선의 방도였다.[56]

그러나 이처럼 냉정하고 객관적인 시각이 전쟁에 대한 본질적 천착으로 깊이있게 이어지지 못하고 방관적 사태인식에 머물어 월남전의 비교역학적 성격과 비극성을 조명하는 데까지는 이르지 못하고 있다.

물론 이국에서 저지른 한국군의 가학적 행위, 월남인의 반외세 의식, 민족 주체성과 평화에의 욕구, 한국군과 미군 사이의 미묘한 갈등, 한국 군인의 부정 같은 많은 곁가지[57]를 달아 외국군인이 바라보는 월남전의 鳥瞰圖를 나름대로 개진하면서 전쟁의 정신사적 기반에 입각한 총체상을 제시하려 하고 있으나, 요는 이러한 부분적 얼개들이 전체적 구도 속에서 효율적으로 수렴되지 못하고 있다는 사실이다. 즉 越南戰의 資質을 결정지을 수 있는 이러한 모습들이 주제를 심각하게 뒤받쳐 주는데 활용되지 못하고

---

55) *Ibid.*, pp.105～106.
56) *Ibid.*, pp.106～107.
57) 임헌영, *op. cit.*, 글, 1992, p.40.

단지 풍물적 배경으로 밀려나 있거나, 황일천의 사색에 밀착되어 戰爭의 野蠻性을 부각시키지 못하고 이와 유리된 채 단편적 삽화로 처리되고 있다는 것이다.[58] 그러나 뚜이와의 관계를 진전시키는 과정에서 약소국 월남의 비애와 핍박받는 월남 민족의 상처를 절감하고 막연한 객기로 남의 전쟁에 뛰어든 자신의 경솔함을 자책하는 데서 시사되는 바처럼, 韓國戰素材 小說에선 좀처럼 볼 수 없었던 "戰爭 속의 加害者像"이 미약하게나마 형상화되고 있다는 점에서 戰爭小說로서의 새로운 가능성이 점쳐진다. 전쟁소설의 진정한 본령은 일방적 피해의식이나 편파주의에 물든 裁斷에서 비롯된다기보다는 전쟁당사자 양측에 대한 균형 잡힌 인식과 戰爭遂行者로서의 면밀한 自我反芻를 통해 정립되는 것이며, 그럴 때만이 反人倫的이며 反文明的인 戰爭의 弊害를 선명히 인각시킬 수 있기 때문이다.

### 2) 同病相憐의 휴머니티 -『勳章과 굴레』

이원규의『훈장과 굴레』(현대문학사, 1987)[59]는『머나먼 쏭바강』과는 10년의 세월을 두고 씌어진 越南戰素材 小說이다. 그런 만큼 몸은 월남전의 현장에 있었지만 관찰자의 시각을 벗어나지 못하고 있는 前者에 비해 이 작품은 전쟁의 현장에 몸과 마음을 함께 내던진 한 열정적인 한국군장교의 집념을 통해 월남전의 曲盡한 眞實을 엄숙히 토로하고 있다.

월남전은 분명 우리의 전쟁이 아닌 남의 전쟁이며 그것도 국제적 역학관계가 복잡하게 얽혀 있는 다양한 성격의 代理戰이다. 하지만 이것이 결

---

58) 송승철(op. cit., pp.81~85)은 주인공 황일천이 "자기중심적인데다 엘리뜨적 우월감이 배어있는 형이상학적"성격의 소유자여서 행위의 구심점과 일관성이 없다는 점, 부분적 상황들의 설정으로 인해 "냉전논리와 민족해방 이념의 대결에서 유래한 베트남전쟁의 본질적 문제가 배경으로 후퇴하는 것" 등을 이 작품의 문제점으로 지적한다.

59) 이 작품은 1986년『현대문학』창간 30주년 기념 장편소설 공모 당선작으로『현대문학』(1986. 3~1987. 2)에 1년간 연재된 후 단행본(현대문학사, 1987. 6)으로 출간되었다. 본고의 대본은 단행본으로 한다.

코 남의 전쟁일 수 없었던 주인공 박성우의 人間愛는 그가 韓國戰의 直接被害者였다는 사실과 무관하지 않은 것이다.

　　자동화기의 총성이 허공을 가르며 날아가고, 박 교수는 튕겨지듯 몸을 틀면서 그 자리에 고꾸라졌다. 민영진은 울음을 터뜨리는 성숙에게 성우를 밀어 던지고 달려가서 박 교수를 둘러 업고 뛰어왔다. 옆구리에 관통상을 입은 박 교수는 업힌 채 일 킬로쯤 산 속으로 들어갔을 때, 자신의 운명을 알고 제자의 등에서 내렸다. "내가 이렇게 떠나야 하다니, 아아."
　　그는 고통스러운 호흡을 하면서 머리를 천천히 저었다. 그리고는 아들, 딸의 손을 잡은 채 숨을 거두었다.[60]

한국전의 와중에서 아버지 박교수를 총상으로 잃고 연이어 어머니마저 장티푸스로 떠나 보낸 박성우는 아버지의 저자 민영진과 결혼한 누나의 도움으로 대학을 마치고 R. O. T. C장교로 임관한다. 아버지의 학문을 계승해 교수로 자리잡은 자형 민영진과 하나 뿐인 혈육을 死地로 보내지 않으려는 누나 박성숙의 간곡한 만류에도 불구하고 성우는 "동굴처럼 뻥 뚫려 있는 6·25의 한"을 풀기 위해 越南戰에 自願한다. 그리고 武官家門 出身의 勇猛을 實戰에서 과시하려는 功名心에 불타는 윤광호, 嚴格한 自己節制 속의 큰 野望을 戰場을 통해 실현해 보려는 마준, 이 두사람의 절친한 고교동창도 派越隊列에 합류한다. 그리하여 이 작품은 越南戰素材 小說의 일반적 틀 — 주인공이 혼자 사병으로 파월되는 — 에서 逸脫하여 세 명의 고교동창 R. O. T. C장교들이 異國의 戰爭 속에서 맞닥뜨리게 되는 인간적 煩惱와 이를 통해 새로운 세계에 눈 떠가는 自己成長의 과정을 다루게 되는 것이다. 그리고 이들의 순수했던 의기가 광호의 장렬한 戰死와, 마준의 충격스러운 瀆職 및 事故死 속에서 변색되어지는 가운데서도 월남여인 미야에 대한 사랑과 전략촌 '다이풍' 마을에의 신념에 찬 민사공작을 통해 월남전의 진정

---

60) 대본, p.28.

한 의미를 읽어가는 성우의 박애주의적 세계관이 아련히 펼쳐지고 있다.

그런데 여기서 주목되어지는 것은 이들 세 사람의 젊은이가 애초에 월남전을 어떠한 시각에서 바라보고 있느냐 하는 사태인식에 관한 문제이다. 각기 다른 명분과 이유를 가지고는 있으나 이들의 참전동기는 하나같이 자기중심적이며 지극히 개인적인 慾求解消와 所願풀이에 있음을 알 수 있다. 즉 자신과 가문의 명예를 고양시키는 실습장으로 월남전을 택한 광호나 젊은 혈기로 포장된 개인적 욕망의 實現道場쯤으로 인식한 마준의 경우는 차치하고서라도, 성우 자신도 6·25로 비롯된 자신의 개인적 원한과 상흔을 치유할 대치공간으로서 월남전을 파악하고 있다는 사실이다.

> "아르오티시 출신 장교는 파월지원이 거의 불가능해. 네 형들의 힘을
> 빌어야 할 거야. "
> 성우는 갑자기 내부에서 일어난 열망에 싸여 광호의 손을 잡았다.
> {……}
> 광호는 눈을 홉뜨며 머리를 흔들었다.
> "안 돼. 이건 총을 들구 싸워야 하는 전쟁이야. 내가 참전하려는 이유
> 는 명분두 명분이지만 아르오티시 출신의 핸디캡을 상쇄할만한 훈장이
> 필요하다는 공리적인 것이 더 크다구. "
> 성우는 자리에서 벌떡 일어섰다.
> "난 공산주의의 폭력에 맞서 싸울 권리와 책임이 있어. 너보다 더 강
> 한 이유가 충분히 있어."61)

어느 누구도 진정으로 전쟁의 시련을 끌어 안고 사는 월남과 그 민족의 아픔을 이해하고 어루만져 주려는 구원의 사명엔 관심을 두지 않고, 자신의 일방적 입장에서 참전의 의의를 부각시키고 있음을 알 수 있다. 이같은 전쟁인식은 우리의 의사와 무관하게 전란의 참화를 당하며 선택의 여지없이 절박한 생존의 기로를 헤매야 했던 우리 자신의 전쟁, 韓國戰을 바라보는 시각과는 엄청난 乖離를 보이는 것으로, 당대 한국인의, 타인의 전쟁 越

---

61) 대본, p.35.

南戰에 대한 일반적 정서와 시각을 그대로 대변해 주는 것이라 할 수 있다.

> 두 번째 파월이라면서 화천군 오음리의 파월교육대에서 기회 있을
> 때마다 월남사정 — 흘러 넘치듯 흔한 맥주와 양주, 얼마든지 구할 수
> 있는 여자, 그리고 조금만 요령이 있으면 돈도 적당히 모을 수 있고 생
> 명의 위험이라고는 거의 없는, 전쟁 같지도 않은 전정 — 을 이야기했던
> 임대위도 통로 건너편 시트에서 자신의 무릎 속에 더마를 박고 잠들어
> 있었다.[62]

그러나 자신의 뿌리깊은 상처를 치유하여 "운명의 실"을 끊어버릴 수 있
는 해결의 장으로 여겨지던 越南에서 성우가 발견하고 깨닫게 된 것은 內
戰의 苦痛을 멍에처럼 지고 살아가는 월남인들의 더 깊은 상처였고, 우선
치유받아야 할 것은 자신의 것이 아닌 그네들의 상처란 사실을 인식하는
덴 오랜 시간이 필요치 않았다. 그리고 이러한 자각은 비슷한 상처의 고통
을 先驗的으로 치루었던 박성우 자신의 同病相憐的 苦惱와 大乘的 自己省察
에서 기인한 것이었다.

성우의 개인적 私怨과 체험에서 비롯된 이러한 의식의 전이과정은 그가
民事戰 心理將校로 개입하게 되는 다이풍村 평정작전 속에서 월남이 처한
비극적 현주소를 적확히 파악케 하는 廣角的 歷史洞察眼과 맞물려지면서
마침내는 월남전의 성격을 가장 요연히 압축해 주는 기제로서의 의미를 띠
기까지에 이른다.

> 양키들이 이야기하듯 『미개인들의 전쟁』도 아니고 『이국의 전쟁』이
> 아닌 『우리들의 전쟁』에 참여했다는 의식이 박성우의 생각이다. 이 생
> 각이 그를 살아남게 한 것이고 월남인과 그 곳의 부락에 대해 끊임없는
> 애정을 갖게 한 동력이다.[63]

---

62) *Ibid.*, pp.13~14.
63) 전영태, 「속박에서 영광으로 이르는 길」(작품해설), *Ibid*, p.352.

인용에서의 지적처럼 여기서 우리는 월남의 주변적 풍물을 시각에 담아내는데 그치지 않고 이 전쟁의 실체적 진실에 깊숙히 접근해 들어간 작가의 예사롭잖은 역사해석방식에 주목하게 된다. 다시 말하자면 한국전의 전쟁고아 성우의 시각을 통해 한국전의 피해자였던 우리 자신의 모습과 또 다른 전쟁에 찌들고 있는 월남인의 실루엣을 결합시키면서, 自由血盟의 이름 아래 남의 전쟁에 끼어 들어 자신도 모르는 새 그들의 삶을 옭아매는 加害者로 다가서고 있는 우리의 또 다른 모습을 투사시키고 있다는 것이다.64)

실제로 이러한 인식은 정성을 기울여 평정했던 다이풍村 — 한국군과 베트콩 사이의 전략거점으로 끊임없이 시달려야 했던 — 이 敵의 報復攻勢로 무참히 유린되고 그에게 협조했던 많은 인사(그의 연인 미야를 비롯한 후옹 일가와 히엔촌장의 가족 등)들이 비극적 최후를 맞이한 후, 마침내 한국군을 비롯한 모든 세력을 거부하게 되는 에피로그의 설정으로 충분한 공감을 얻게 한다.

> 한국군의 보호우산을 벗기로 했습니다. 이제부터 마을에 들어오는 모든 군인은 우리에게 불행을 가져다주는 존재로 여기기로 했습니다. 당신의 노력은 결과적으로 우리를 불행의 구렁으로 떨어뜨리고, 당신의 군대에 큰 전과를 가져다주는 꼴이 되고 말았지만, 우리는 당신이 보여준 진실을 매우 고귀한 기억으로 간직할 겁니다.65)

다이풍村의 평정공로로 훈장까지 받았던 성우로선, 결과적으로 그의 이러한 노력이 어떻게든 자기방식대로 살아 갈 수 있었던 이들의 삶을 송두리채 앗아가 버리고 말았다는66) 加害者의 自責으로 되돌아와 가슴 속 깊은

---

64) 물론 이러한 견해는 "박성우란 인물이 현대소설에서 드물게 보이는 정상적 인간"(Ibid., p.352)이라는 전영태의 지적처럼, 주인공 박성우의 성격이 너무 이상적 휴머니스트로 설정돼 전체적으로 작위적이고 감상적인 면을 띄게 되는 이 작품의 한계와 맞물리고 있는 것이 사실이다.

65) Ibid., p.334.

곳의 굴레로 자리잡게 한다. 그리고 이러한 加害者像이야말로 월남전에 대한 反共教科書式 規範에서 벗어나 이 전쟁의 진실에 접근할 수 있는 가장 빠르고 바른 소설적 전범의 한 편린이란 사실을 보여주고 있는 것이다.

### 3) 歸還兵의 戰爭後遺症 —『하얀 戰爭』

안정효의 『하얀 전쟁』(『실천문학』, 1983)[67]은 월남전의 상흔이 원인이 되어 무력한 삶을 살아야 하는 歸還兵의 이야기를 그린 격자소설이다. 22개의 장으로 분절된 시공적 배경은 현재의 한국과 과거의 월남을 번갈아 보여주면서 월남전의 비인간적 흉폭성과 戰後 한국사회에 적응하려는 귀환병의 처절한 고뇌를 여실히 대비시키고 있다.

그런 만큼 이 소설은 현존하는 최대, 최악의 인위적 災難인 戰爭에 대한 인간의 시각이 세월의 흐름에 따라 어떻게 변하는가에 관심의 초점을 맞추면서, 흘러간 젊은 한 때의 전쟁체험이 그들의 삶을 얼마나 오랫동안 구속하며 또 戰後人生에 어떠한 牽引力으로 작용하고 있는지를 요연하게 보여주고 있다.[68]

월남전에서 生還한 후 악몽의 상처를 추스리면서 생업(출판사 부장)에 매달리고 있던 한기주에게, 월남전의 幻影에서 벗어나지 못하고 현실과 몽상을 넘나드는 派越同僚 변진수의 출현은 그의 외로운 영혼을 더욱 고통받

---

66) "드골은 베트남전쟁을 가리켜 '민족주의에 눈을 뜬 베트남민족이 완전한 통일을 이룩하려는 전쟁'이라고 못을 박고 미국에게 빨리 물러날 것을 권했다. "(「베트남이 주는 교훈」, 영남일보, 1995. 4. 15)는 김학준의 지적에서 유추되는 바처럼, 이 작품에서는 이념을 초월한 월남인들의 강인한 민족의식을 촌장의 아들 탄의 의지와 집념을 통해 잘 보여주고 있다.

67) 이 작품은 1983년 『실천문학』에 「전쟁과 도시」로 발표된 후 단행본으로 출간되었다가 1989년 『하얀 전쟁』으로 改題, 再出刊된 것으로 본고의 대본은 再出刊本(고려원, 1992. 8)으로 한다.

68) 拙稿, 「안정효 소설의 휴머니티」, 『영남어문학』 v. 26, 영남어문학회, 1994. 12, p.139.

게 한다. 除隊後 취직을 하고 결혼을 하여 越南戰後의 한국사회에 복귀하는 과정에서 한기주가 겪게 되는 온갖 시련들은[69] 월남전에서 잉태된 그의 뿌리 깊은 자책과 피해의식에서 기인한 것이다.

　　한국은 내 고향이 아니라는 생각이 들 정도로 모든 것이 생소하고, 낯설고, 서먹서먹했으며 전쟁을 살다가 막상 귀국한 나는 소외된 이질감을 느꼈다. 와서는 안되는 곳으로 돌아왔다는 두려움, 씩씩하고 즐겁게 살아가는 사람들 속에서 나는 외토리가 된 느낌이었다. {……}
　　나는 타인의 땅에서 다친 영혼의 상처는 본디 내 영토였던 세계에서 아물게 하기가 참으로 힘들다는 사실을 깨달았다. 우리들은 총을 장진하는 순간에 타인을 파괴할 능력을 지닌다는 야릇한 힘의 역학에 익숙해졌고, 사랑보다도 깊고 커다란 경험을 함께 나누고 고향으로 돌아와 영혼의 범죄자가 되었는지도 모른다. 전쟁은 인간에 대한 개념 자체도 새로운 각도로 이해하게 만들었다. 순결과, 꿈과, 인간의 존엄성에 대한 종교를 잃은 댓가로 과연 나는 무엇을 찾았으며, 무엇을 누렸나? 전쟁은 너무나 거센 타성처럼 엄청난 힘이어서 그 소용돌이에 휘말렸던 인간의 영혼은 완전 분해가 되어 새로 조립하기가 힘들다.[70]

　　여기에 그보다 더한 전쟁후유증으로 극심한 現實倒錯症에 시달리는 변진수의 가세는 한기주의 움추려드는 自我를 더욱 막다른 골목으로 내몰기에 충분한 것이다.

　　그는 극심한 피해망상증에 사로잡혀 살았고, 어느날밤 사무실에서 선전부장이 들어오자 틀림없이 자기를 죽이려고 몰래 찾아온 것이라고 착각해서 철의자로 부장을 때려 직장을 쫓겨나기에 이르렀다. 모든 사람이 자기를 미워하고 의심한다는 두려움에 집으로 가도 대문이 아니

---

69) "키보다도 많은 158의 지능지수"를 가지고도 그는 출판사 제3부장에서 한직인 판매기획촉진부장으로 밀려나야 하고, 아이도 없이 불신의 성을 쌓아만 가던 아내와는 끝내 이혼의 막다른 골목으로 치달아야 할 뿐 아니라 어느 여자와도 정상적 육체관계를 가질 수 없게 된다(Ibid., p.139).
70) 대본, p.318.

라 담을 넘어 들어가고, 잠은 지하실 연탄광에 숨어서 자고. 편집형 정신분열증, 미행, 추적. 변진수는 권총을 주고 간 다음날 전화를 걸어 자기는 간첩이 아니라고 했었다. 극장에서 쫓겨난 그는 아파트 관리실, 명함을 찍어내는 작은 인쇄소, 선풍기 상점, 실내수영장 탈의실, 막걸리 공판장에서 잠깐씩 일을 했지만 그럴 때마다 비슷한 사건이 되풀이되어 결국 8년 이상을 무직 상태로 지냈다고 그랬다.[71]

따라서 이 작품은 월남전 자체의 實戰狀況에서 惹起되는 反人倫的 行爲의 直接的 告發보다는 戰後의 後遺症이 초래하는 文明批判的 視覺에 촛점이 맞춰지게 되며 이를 통해 궁극적으로 전쟁의 비인간적 잔혹성을 실존적 사유의 차원에서 부각시키고 있음을 알 수 있다.[72] 그만큼 월남전으로 인해 상처받은 이들의 혹독한 정신적 시련이 작품의 주된 제재란 말인데 이는 越南戰後의 韓國社會에 적응하지 못해 허덕이는 두 귀환병 한기주와 변진수의 방황의 근저적 기점이 과거 월남에서 비롯된 전투현장에서의 고통스런 체험이란 사실을 역설적으로 시사해 주는 것이기도 하다.

이들의 현재의 고통이 과거의 戰痕에서 비롯되었다는 사실은 결국 二重의 戰爭을 치러야만 하는 귀환병의 고뇌를 가장 요연히 압축한 것으로, 젊은 한때의 절망적 단절감에서 구원을 얻기 위해 참전했던 남의 전쟁에서 가해자로서의 죄의식과 피해자로서의 전율을 동시에 공유해야했던 주인공들의 상처받은 영혼을 통해 전쟁의 근원적 속악성을 잘 드러내고 있는 것이다.

그 베트콩을 죽이고 나는 훈장을 탔다. 하지만 세상에 태어나서 처음으로 타인의 생명을 파괴했다는 전율이 무서웠고, 한 인간이 다른 인간을 죽일 수 있는 권한은 어떤 경우에도 정당화되지 않으리라는 두려움

---

71) 대본, pp.323~324.
72) 이에 대해 송승철은 베트남전쟁에 대한 실존주의적 자기합리화는 일종의 과잉 변명에 지나지 않는다면서 한기주와 변진수의 戰後人生의 의미를 색다른 시각에서 평가하기도 한다(송승철, *op. cit.*, p.88).

에서 언젠가는 그 보복을 받으리라고 느꼈다.[73]

월남전에서 한기주에게 각인되었던 불길한 예감은 닌호아전투에서의 부상과 장거리 수색정찰의 공포[74]에서 배태된 정신적 충격을 숙명처럼 지니고 살아가는 변진수의 돌연한 등장에 때맞춰 점차 현실 속에서 무게를 더해 가게 되고 안간힘을 다해 매달리던 건강한 인간으로서의 自己正體性에 끝없는 의문을 제기하게 한다.

과거 월남참전에서 비롯된 갖가지 고통의 상처가 현상의 괴로움으로 연계되어지는 과정은 前言한 바처럼, 변진수의 출현으로 과거의 상혼 속에 침잠해 들어가는 한기주의 무기력한 현재의 일상과 두 사람의 악몽의 진원지로서의 월남의 전투현장을 번갈아 묘사함으로써 하나의 상징적 구체성을 띠면서 독자에게 다가오게 된다. 그러면서 여태껏 전쟁의 일방적 피해자로만 인식되던 자신의 과거 모습에서 불현듯 예기치 않았던 가해자상을 발견해내고는 당혹감과 함께 전쟁에 대한 새롭고 진정한 시각을 결정짓게 되는 것이다.

> 당신들은 다른 나라에서 왔으니까 여기서 영원히 살지는 않을 테니 상관이 없겠죠. 베트콩을 소탕한다고 마을을 들쑤셔 놓더라도 다른 작전 지역으로 훌쩍 떠나가버리면 그만이겠지만 뒤에 남은 우리들은 어떡합니까? 나중에 베트콩이 돌아오면 따이한에게 협조했다고 우리들을 괴롭힐 거예요.[75]

---

73) 대본, p.175.

74) 베트콩의 본거지를 찾기 위해 혼바산 죽음의 계곡에 투입되었던 44명의 소대원이 단 7명의 생존자(한기주와 변진수를 포함한)로 귀대하기까지 "지뢰와 부비트랩으로 인한 아군의 전사, 팔이 절단된 신규식병장의 주검을 두려워한 윤명철병장의 도피, 오인에 의한 채무겸상병의 윤병장 살해, 양심의 가책으로 인한 채무겸의 소대이탈, 한기주를 엄호하던 한태삼병장의 전사" 등 숱한 우여곡절을 겪는다.

75) 대본, p.76.

한국군의 무분별한 작전에 시달리는 월남인 촌장의 하소연을 통해, 자신이 월남의 평화를 지키기 위한 자유의 십자군이라기보단 오히려 월남의 민생과 안녕을 파괴한 한 외국주둔군 병사에 불과했다는 사실을 깨달았을 때 한기주의 "전쟁 읽기"는 새로운 국면을 맞이한다. 즉 전쟁가해자로서의 죄책감은 전쟁피해자로서의 공포에서 유발되는 후유증 이상의 정신적 충격과 압박을 수반하게 되며 결국 전쟁에 있어 가해자와 피해자는 모두 상처를 입는 비참한 패배자일 뿐이라는 극도의 反戰的 메시지를 이 작품은 전해 주고 있는 것이다.

따라서 피해자와 가해자의 모습으로 분절된 인간-파괴의 양상을 균형있게 조합해 전쟁소설로서의 새로운 가능성을 제시하고 있다는 측면에서 변진수를 사살하는 에피로그의 설정은 자못 그 시사하는 바 크다.

> 대리전쟁에서 우리들은 죽음의 손익계산서에 아무것도 기록하지 못했다. 그것은 우리들이 백지답안지를 낸 전쟁시험이었다. 아무 자취도 남기지 못한 하얀 전쟁을, 하얗기만 한 악몽을 견디고 겨우 살아서 돌아왔을 따름이었다. 변진수의 전쟁은 언제 끝나려나? 전쟁을 치르고 고향으로 돌아온 그는 내가 죽여줘야 오히려 자비를 베푼다는 생각이 들 정도로 파괴된 인간이었고, 전쟁을 이겨내지 못한 변진수는 그 패배의 형벌을 누구에게서인지 받아야 할지도 모른다.[76]

피해자의 안일한 망상이나 가해자의 수동적 자책에서 벗어나 전쟁의 고리를 단절시키려는 보다 전향적이고도 적극적 노력이 한기주의 변진수 사살이란 구체적 행위를 통해 제시됨으로써 이 작품의 변별성이 드러난다. 그것은 전쟁―특히 월남전의 경우―에 대한 지극히 상념적이고 미봉적인 해석과 추상적인 결말처리로 그 한계를 넘어서지 못하고 있는 여느 전쟁소설에 비해, "전쟁의 반문명성 고발과 그 상처의 극복"이란 전쟁소설의 숙명적 과제와 그 해답에 이 작품이 성큼 다가서고 있기 때문이다.

---

76) 대본, pp.330~331.

# 4. 結 論

　지금까지 본고에서는 韓國現代戰爭小說의 특성을 규명하기 위해 전쟁소설의 典範的 要素를 갖춘 6편의 長篇小說을 텍스트로 선정해 그 구체적 실상을 살펴 보았다.

　6편의 대상작품은 전쟁을 배경으로 다루되, 전쟁상황 속에서의 인간존재양식을 통해 궁극적으로 反戰的 情緖를 高揚하고 있는 작품들로서, 우리 현대사에 가장 강렬히 각인되어 오늘날까지 지대한 영향을 미치고 있는 韓國戰과 越南戰을 소재로 한 것들이다.

　먼저 韓國戰을 素材로 한 3편의 작품들에서는 이 전쟁이 동족간의 이데올로기전쟁이었던 관계로, 아직 끝나지 않은 대치상태의 긴장국면 속에서 어느 일방의 입장에 서서 전쟁을 치룰 수밖에 없었던 작가들의 전쟁당사자로서의 주관적 전쟁체험과 이데올로기에 대한 도식적이고도 편협한 인식이 작품 속에 용해되어졌을 개연성을 엿볼 수 있었다. 따라서 객관적 시각에서 전쟁 자체의 비인간성과 야만적 상황을 고발하여 반인륜적 행태에 대한 陣營을 超越한 自省을 촉구하고 있다기보다는 상대적 선악규명과 일방에 대한 전쟁책임 추궁 등 즉물적 현실인식을 드러내 보이고 있다. 이와 동시에 민족사적 수난으로서의 집단체험을 통한 전쟁의 구체적 弊害相을 부각시키면서 남북 양측에 대한 冷笑的 兩非論을 제기하기도 하는 등, 다소 감정적 차원에서 전쟁체험자로서의 피해의식을 爭點化하고 있음을 알 수 있다.

　『비극은 없다』는 한국전의 직접체험에서 비롯된 감정적 대응양상이 극에 달한 작품으로, 주인공 서강욱의 행동양태가 신념과 연계된 내적 당위성을 가지지 못하고 작위적 이데올로기에 의한 대립구도의 설정으로 경직된 소설공간에 갇혀 있다. 그리하여 이념에 대한 천착없이 개인적 원한풀이의 차원에서 공산주의를 배척하는 단순논리로 치달아 한국전의 의미를 희석시키고 있다.

『시장과 전장』은 市場으로 표상되는 전쟁 속의 일상의 공간과 戰場으로 표상되는 전쟁현장의 분리서술을 통해 민중수난의 모습과 이념탐구의 장을 펼쳐 보인 작품으로, 남지영과 하기훈의 인물창조를 통해 전쟁이 민중의 삶에 미친 견인력과 한 사회주의자의 파행적 이념여정이 하나의 가족사적 전범을 형성케 하고 있다. 그러나 이념문제에 대한 중립적 시각과 이론적 천착에도 불구하고 종국엔 이데올로기의 문제를 휴머니즘의 차원에서 재단함으로써 한계를 보여주고 있다.

『광장』은 이명준이란 한 자유주의자의 현실적 좌절과 그로 인한 이념초극을 그리고 있는 작품으로, 분단국의 상황한계를 초월해 한국전의 본질을 냉정하고 적확하게 묘파하고 있다. 남북 양체제의 치부에 대한 구체적 설정을 통한 양비론적 인식이 객관적 시각에서 전쟁의 근원적 문제를 깊이있게 성찰토록 해준다. 그 결과 주인공은 죽음이라는 적극적 행동양식을 통해 상징적으로나마 자유의 이상향을 향유하게 된다. 그러나 이념적 천착의 반대급부로 전쟁소설로서의 현장성이 그만큼 약화되고 만 것이 한계로 지적된다.

한편 越南戰을 素材로 한 3편의 작품들에서는 冷戰體制下의 새로운 國際的 構圖를 대변하는 이 전쟁의 복잡미묘한 성격만큼이나 우리의 입장에서 이를 수용하고 해석하는 작가적 시각도 다양하게 펼쳐지고 있음을 알 수 있다. 우선 이 전쟁이 민족구성원 전체의 불가항력적 집단체험이 아닌 남의 전쟁으로, 참전자 개인의 관망적이고도 선별적인 정서가 두드러진 까닭에 전쟁현장의 풍물탐색적 접근에 따른 객관적 거리의 확보가 가능해졌다는 점을 들 수 있다. 그만큼 집단체험의 격정적 분위기에서 벗어나 전쟁일반에 대한 이성적이고도 객관적인 탐구가 용이해졌다는 것이나 반면에 개별적 전쟁체험에서 초래된 유동적 전쟁접안시점으로 말미암아 전쟁을 상당히 자의적으로 해석하게 되고 이에 따라 월남전의 성격을 모호하게 규정할 우려가 있게 된다. 또한 민족적 체험의 육화에서 비롯된 구체적 전쟁폐해상을 제시하는 한국전 소재 소설에 비해, 일부의 선별적 전쟁체험에서 파생된 이국적 전쟁상황은 상대적으로 그 현실감을 떨어뜨리게 한다. 그러나 일방적 피해의식이 주조를 이루는 한국전 소재 소설과는 달리 타인의 전쟁에서 자신의 처지를 냉정히 되씹어 보게 함으로써 가해자로서의 자책이 곁들여지게 된 것은 전쟁소설로서의 進一步로 보여진다.

『머나먼 쏭바강』은 남의 전쟁인 월남전을 바라보는 한국군인의 참전보고서에 해당하는 작품으로, 주인공 황일천의 엘리트적 사색이 이국에서의 낭만적 전쟁체험으로 윤색되어져 전쟁에 대한 본질적 천착으로 이어지지 못하고 있다. 따라서 부분적으로 산견되는 냉정한 加害者意識에도 불구하고 방외인적 관찰자로서의 한계를 넘어서지 못하고 있다.

『훈장과 굴레』는 한국전의 숙명적 굴레를 뒤집어 쓴 한 열정적 장교의 집념을 통해 월남전의 곡진한 진실을 엄숙히 토로하고 있는 작품으로, 전략촌(다이풍 마을) 평정과정에서의 비극을 통해 월남과 한국의 동병상련적 고통과 상처를 형상화하고 있다. 마침내 한국군을 비롯한 모든 세력을 거부하게 되는 에피로그를 통해 외국주둔군으로서의 불가피한 加害者像을 잘 나타내고 있다.

『하얀 전쟁』은 월남전의 상흔으로 인해 무력한 삶을 살아야 하는 歸還派 越勇士의 전쟁후유증과 시련을 그린 작품으로, 현재의 한국과 과거의 월남으로 분절된 時空을 통해 월남전의 비인간적 흉폭성과 전후사회에 적응하려는 귀환병의 처절한 고뇌를 잘 대비시키고 있다. 특히 전쟁후유증을 앓는 동료를 사살함으로써 고통을 덜어주려 하는 마지막 장면은 전쟁의 악몽 속에서 과감히 탈출해 스스로 고리를 끊으려는 적극적인 戰爭斷折意志로 보여져 주목된다.

이렇게 볼 때, 韓國戰素材 小說과 越南戰素材 小說은 다 같이 전쟁에 대한 뿌리깊은 적대감, 즉 반전적 정서를 공통분모로 하고 있으나 전쟁 속에

서의 일방적 피해의식이 주조를 이룬다는 점과 보다 냉정한 시각에서 가해
자상까지 문제삼고 있다는 점에서 변별된다고 하겠다.

향후 우리의 전쟁소설은 피상적 반전구호의 나열과 전쟁피해상의 과장
에 그치지 말고, 『광장』이나 『하얀전쟁』에서 그 부분적 가능성을 보여 주
었던 바처럼 전쟁과 그 폐해상에 대한 적극적이고도 전향적인 해결방안을
제시하는데 최선의 노력을 경주해야 할 것으로 상정된다.

# 美國移民素材小說에 나타난 "脫鄕民의 뿌리찾기"

－안정효의 세 작품,「回歸」,「美國人의 아버지」,「荒野」를 중심으로－

## 1. 序 論

소설이 인간의 존재양상을 갈등의 설정과 해결을 통해 깊이있게 보여주는 일련의 서사적 모델이라 했을때, 우리는 이를 통해 삶의 가장 원초적이고도 치열한 파편들을 수합해낼 수 있을 것이다.

이런 의미에서『하얀 전쟁』과『은마는 오지 않는다』란 전쟁(월남전과 6·25동란)소재의 소설로 우리에게 번역작가 아닌 소설가로 인식되기 시작한 안정효의 일련의 이민 소재 소설들이 근자에 들어 주목을 끌게 한다. 이제 살펴 볼 그의 세 중편들(「회귀」,「미국인의 아버지」,「황야」)은 모두 미국으로의 이민을 소재로 다루고 있다. 구한말 하와이 이민을 端初로 한 우리의 美國移民史는 최근의 L.A 흑인폭동을 계기로 새로운 전기를 맞고 있다. 이제 더 이상 미국은 "꿈의 낙원"이 될 수 없으며, 오랜 세월 동안 교민들은 또 하나의 숱한 전쟁들을 치루며 그들의 코리언 타운을 건설해 왔다는 사실이 새로이 주지되어야 할 시점이다. 근자의 통계에 의하면, 문민정부의 출범 등 국내 정치. 경제 제상황의 호전으로 인해 미국교민의 상당수가 다시 국내로 역이주하는 양상이 현저함을 엿볼 수 있어, 이제 우리 사회에서 조용히 청산되어가는 "아메리컨드림"징후의 한 단면을 읽게 한다. 작가 안정효에 의하면 이 세 작품은 모두『하얀 전쟁』의 영역 출판 관계로 미국에 머물렀던 80년대 후반, 작가 자신이 직접 겪은 교민사회의 체험을 토대로 허구화한 것이라 한다. 따라서 이 작품들은 새로운 전기를 맞으며 변모, 재정립되어가는 교민사회의 고통의 뒤안길을 문학적으로 절실히 형상화하였다는 측면에서, 오늘날의 우리 미국교포사회를 바로 보게 하는 소설적 전범을 마련하였다는 최소한의 의의는 가질 수 있을 것으로 상정된다.

본고에서는 미국이민을 소재로 한 세 작품의 분석을 통해 상당한 역사가 축적된 미국이민사회의 현주소를 조명해 봄으로써 우리 소설문학에 있어서의 소재영역 확장의 가능성을 타진해 보고자 한다.

## 2. 돌아 오기 위한 조국-「回歸」

「회귀」[1]는 『불교문학』(1988. 봄)에 발표되었던 작품으로, 군사정권하의 조악한 현실 속에서 새로운 피안을 찾아 조국을 등질 수밖에 없었던 나약한 지식인의 회귀과정을 다루고 있다. 한국에서 국문학 교수로 재직하던 조덕문은 고착된 정치현실 속에서 진실로 자유로워지려 애쓰지만 그가 몸담고 있는 '상아탑'은 그런 그를 용납하지 않는다.

> 덕문이 특히 힘겨워했던 것은 학교에서의 생활이었다. 격렬한 학생 운동과 행정당국의 강압적 정책 사이에서 아무 것도 감당할 수 없다는 무기력함을 느낀 그는, 학생들 편을 들자니 너무 위험하다는 판단이 섰고 어용 교수라는 소리도 듣기 싫었으며, 그렇다고 박쥐 노릇을 하기는 너무나 자존심이 상했다. 이념 싸움의 틈바구니에서 날이 갈수록 험악

---

1) "「회귀」는 나 자신의 중편소설 「전쟁과 도시」를 미국에서 출판해 보려는 욕심으로 4개월 동안 텍사스에서 영어로 개작하고 있던 기간에 겪은 경험과 한 주일 동안의 뉴욕 여행을 토대로 삼아 만든 중편소설이다. 미국에서 집집마다 찾아가 중고품을 수집해 팔았던 사람은 나중에 한국에 와서 미술평론을 하려다가 지금은 엉뚱하게도 서울시 중구 정동에다 무역회사를 차려 놓았다. "(안정효, 『동생의 연구』, 책세상, 1990, p.281).

해지는 정치 풍토 속에서 그는 마음놓고 혼자 설 만한 땅이 없었다.[2]

결국 그는 이러한 상황에서 탈출하는 나름대로의 묘책을 생각해 내고는 이를 행동에 옮기는데 그것은 행정당국과 운동권 학생들을 다 같이 공박하는 양비론적 양심선언이었다. 그러나 자신을 해방시켜 주리라 기대했던 이 선언은 오히려 어느 곳에도 속할 수 없었던 그를 양쪽의 무차별 공격대상으로 노출시키는 결과를 초래케 했고 결국 대학으로부터 사직케 하는 '풀링-파워'(pulling-power)로 작용케 했을 따름이다. 그리고 그는 "너무 넓어 한 가지 충격의 파급 효과가 적고, 아늑한 완충 지대가 얼마든지 있으리라고 생각해서" 국제결혼한 여동생을 좇아 단신(그는 노총각 교수였다) 미국으로 건너오게 된다. 그러나 미국도 결코 그를 구원해 줄 곳은 아니란 사실을 깨닫는 데는 오랜 세월이 필요치 않았다. 여동생 수전 일가와의 텍사스 생활은 미국식 존재방식에 익숙치 않은 덕문으로 하여금 개체의 존재성마저도 망실되어 버릴지도 모른다는 고독감을 심어 주었을 뿐 아니라, 한국에서의 대학교수란 직책에 걸맞는 직업을 가질 수 없다는 자괴감은 끊임없이 그를 괴롭힌다. 생계 활동과 삶의 외로움, 이 두 가지는 덕문이 스스로 선택한 남의 땅, 미국에서 풀어야 할 절대절명의 숙제였던 것이다. 이 두 가지 숙제를 풀기 위해 그는 대학시절 동창들이 이민와 정착한 뉴욕으로 또 하나의 탈출을 시도하게 된다. 하지만 나름대로의 자기 세계를 건설해 놓고 분명한 미국인으로 살아가고 있는 동창들과의 괴리감은 아직 어디에도 뿌리를 내리지 못한 덕문을 더욱 초조하게 자극하게 되고, 대학시절 짝사랑했던 혜자(베로니카)의 국제결혼을 확인하고는 마지막 보루마저 무너져 기댈 곳이 없어짐을 절감한 그는 한국으로의 귀국행 비행기에 몸을 싣는다.

삶이란 성장하는 아픔이 평생 계속되는 투쟁의 과정이지만, 덕문은 이제 더 이상 싸우고 싶지 않았다. 그는 삶과도, 자신과도 이제는 더 이

2) *Ibid.*, 「회귀」, p.148.

상 싸우고 싶지 않았다. 그는 그냥 과거의 세계로, 태어나지 않은 자궁 속의 세계로, 그리고 그 이전 시대로의 환원이 가능하다면 그 시대로 돌아가고 싶었다. 어디에서도 살아갈 자신이 없어진 그는 이제 고향으로 돌아갈 수밖에 없었다. 무작정 상경하여 창녀가 된 시골 처녀처럼.[3]

　그러나 덕문의 귀국은 단순히 패배자로서의 그것으로만 규정될 수는 없다. 인생은 한없는 도피의 연속으로만 이뤄질 수 없으며, 자기신앙의 확립을 통해서만 참된 영위가치를 부여받게 된다는 사실을 그는 비로소 깨달을 수 있었다. 그리고 그가 도피처로 택했던 피안의 땅, 미국이 아이로니컬하게도 이 진리를 가르쳐 주었다. 덕문은 조국을 되찾기 위해 조국을 버렸던 것이다. 한국에서 텍사스의 누이집으로, 다시 동창들의 근거지였던 뉴욕에서 한국으로의 회귀과정은 참된 정착을 위한 방황의 날개짓이었다.
　미국은 한국에서 느끼고 깨닫지 못했던 덕문의 의식을 열리게 해 주는 도구화된 공간이었다. 특히나 뉴욕한인사회의 주요한 구성원으로 부각되는 덕문의 대학동창들을 통해 그는 미국 땅에서는 영원히 풀릴 수 없는 수수께끼를 들고 끝없이 헤매는 불가항력적인 자신의 실루엣을 반추해 보게 된다.

　　그리고 뉴욕에도 이미 그가 들어설 자리가 없었다. 재선과 영진과 베로니카와 헨리와 필립과 다른 뉴욕의 친구들은 이미 이곳에다 고향을 일구어 놓았다. 만일 그들에게 고뇌가 있다면 서울에서 출세한 사람이 가난한 시골 소년 시절을 그리워하는 정도의 향수와, 세상살이에 따르는 흔한 어려움이 있었을 다름이지, 덕문처럼 뿌리를 내리지 못해서 방황하는 사람은 없었다. 역시 그들은 덕문보다 한 수 위였다. 이제는 까마득해진 옛날에 그들은 이미 선택하고 행동했으며, 비록 이상은 잃었을지 몰라도 현실은 이룩해놓았다. 어쩌면 그들에게는 이곳의 삶이 바로 이상이었을지도 모르고……[4]

---

3) *Ibid.*, p.189.
4) *Ibid.*, p.184.

현실과 이상을 모두 한국에다 두고 몸만 황급히 도망쳐 온 덕문과 꿈을 찾아 온 "아메리카"에다 그들의 영육을 쏟아 부으려는 동창들 사이엔 분명히 출발과 끝이 다른 의식의 상충지대가 존재하고 있다. 작가는 주인공 덕문의 도피처를 미국으로 선정하여 평범한 다른 이민들과의 차별성을 부각시키면서, 풍요의 나라 미국이 고국에서 상처받은 자의 영혼까지 치유할 수 있는 만사형통의 이상향이 결코 아님을 보여 주고 있다.

이는 작가의 체험적 전쟁소설인『하얀 전쟁』과『은마는 오지 않는다』에서도 시사된 바처럼 미국이란 절대적 대상에 대한 인식론적 전환의 촉구와 일면 동궤에 놓이는 것으로 볼 수 있다. 다시 말해, 미국은 우리에게 "병도 주고 약도 주는" 치료자이면서 동시에 가해자일 수 있다는 시각의 은밀한 확산이다. 아직껏 우리 사회에 희미하게나마 남아 있는 시혜국, 해결사로서의 미국의 이미지를 신기루의 껍질을 벗기고 정확하게 파악할 수 있을 때, 조덕문과 같은 도피자의 시행착오는 근절될 것이며 진정한 "아메리컨 드림"의 청산도 기대할 수 있다는 것이다.

덕문이 상처입은 곳이 한국이었듯이 그를 치료허 주고 그가 스스로 요양할 곳도 한국이어야 하고 또 그럴 수밖에 없다. 그는 누구의 문제도 아닌 오직 자신의 문제에 적극적으로 매달려 그 신념과 주관을 확인하는 처절한 과정을 미국 아닌 한국 땅에서 치뤄야만 하는 것이다. 그러기 위해 그는 돌아 온 것이다.

그러나 이 작품에서 설정한 덕문과 혜자(그녀는 미국으로 이민 후 베로니카로 개명하고 뉴질랜드인과 결혼한다)의 관계가 덕문이 방황을 청산하고 귀국하게 되는 대단원의 비장한 메시지에 강력한 견인력으로 작용하지 못함으로써 작가의 본래 의도와 달리 단순한 에피소드적 성격으로 주저앉고 말아, 소설의 극적 효과를 반감시키고 있는 것은 아쉬운 한계로 지적되지 않을 수 없다.

## 3. 코메리컨의 비애 — 「美國人의 아버지」

한국인의 교육열은 가히 세계적이라고들 한다. 일찍이 '상아탑'을 '우골탑'이라 불러야 했던 서글픈 내력은 접어 두고라도 소득수준이 높아진 근자에 들어선 많은 외국 유학생 — 특히 미국으로의 — 을 양산해내고 있다. 그들 중 소신있게 학업에 정진하는 학생들도 많지만 부모로부터의 무한한 보조를, 따라가기 힘든 공부보다는 졸부 수업에 투자하는 소위 "오렌지족"도 상당수인 모양이다. 부강한 일등국 미국의 풍조를 모방하려는 심리엔 노소의 차이가 없겠지만 그네들의 잘못된 껍데기만 손쉽게 추수(追隨)하려는 철없는 한국 청소년들, 특히 뿌리는 한국인이지만 미국사회에서 미국인으로 살아가야 하는 이민청소년들에게 미국은 과연 어떻게 비춰지고 어떤 모습으로 다가오고 있으며 이민 1세대인 기성세대는 그들을 위해 무엇을 할 수 있으며 또 해야 하는가?

안정효의 「미국인의 아버지」(『현대소설』, 1990)[5]는 바로 그런 점에서 의미심장한 의문부호를 던지고 있다.

20년전 아내의 강권으로 미국에 이민오게 된 한우식은 청과물 가게와 사무용품 도매상을 거쳐 "오리엔트 투어"란 관광회사로 정착한 착실한 가장이지만 아내를 비롯한 처가식구들에게 둘러싸여 피동적 삶을 살아갈 수밖에 없는 유약한 인물이다.

> 우식은 결혼한 이후 지금까지 별로 자신의 삶에서 무엇 하나 마음대로 선택한 것이 없었다. 미국으로 건너 온 이민 자체도 아내가 선택한 행동이었으며, 처음 청과물 가게를 한 것도 아내의 결정이었고, 장인과

---

5) "「미국인의 아버지」는 작년초에 『현대소설』에 발표했던 작품이고 {……} 1989년 「하얀 전쟁」이 미국에서 출판되어 책 선전을 위해 한 달 동안 미국의 여러 도시를 돌아다니던 무렵에 만난 두 사람의 이민 생활 얘기에 군살을 붙여만든 중편들이다."(안정효, 『미늘』, 열음사, 1993, p.269).

장모가 뒤따라 이민을 들어온 다음 식구들이 모두 협을 합해 사무용품 도매상을 하기 위해 직장을 바꾼 것은 청과물 가게를 그냥 계속하고 싶어하던 우식만을 제외한 처가집 식구들의 만장일치 의견에 따른 결정이었고, {……} 이제는 아이들까지 합쳐 스물세 명으로 늘어난 일족이 살림을 갈라 저마다 다른 분야로 진출하자는 합의가 이루어진 다음, 관광회사를 차리자는 말을 아내가 꺼냈을 때, 돈벌이라면 눈에 살기가 등등할 정도인 아내와 처가 식구들한테 너무 오래 시달렸던 우식은 그냥 고개를 끄덕이기만 했었다.[6]

미8군의 용산기지 배차계에 근무하던 우식이 역시 미8군 USO 사무실의 안내역이었던 지금의 아내 임경숙과 결혼하게 된 것은 순전히 적극적 성향의 그녀에게 수동적인 그가 꼼짝없이 빨려 들어간 때문이었다. 결혼전 미군들과의 자유분방한 관계에서 이미 짐작했듯이 그녀는 처녀가 아니었으며, 내주장형의 경숙은 "별로 잘 생긴 구석도 없고 섹스에 있어서도 아내에게 흡족할 만한 정도는 아니고, 그렇다고 해서 생활력이 강하지도 못한" 이등남편 우식을 그녀에게 만만하다는 이유 하나만으로 선택한 것이었다. 그녀의 예상대로 결혼 후, 손쉽게 경숙은 우식을 후어잡았고 집안 일은 그녀의 마음먹은 바 계획대로 결정되고 시행되었으며 단지 우식은 아내로부터 결정사항의 사후통고만 받으면 되는 지극히 편한(?) 생활의 연속이었다. 친가 가족들로부터 버림받게 한 낯선 땅 미국으로의 이민이 그러했고, 이곳에서의 직종선택이 그러했고 처가식구들의 초청이 그러했으며, 그리고 그들의 딸 미아(美雅)의 교육 역시 아내의 일방적 설계에 의해 집행되어졌다.

"우리 애들은 미국에서 태어난 미국인들예요. 그러니 참된 미국인이 되도록 키워야지, 한국에는 가서 살지도 않을 텐테 무엇하러 한국인이 되게 키운단 말예요? 공연히 애국자인 체하면서 자식들이 주체의식의 갈등을 일으키고 가치관이 흔들려 혼란어 빠지게 만드는 건 현명한 짓

6) *Ibid.*, 「미국인의 아버지」, pp.121~122.

이 아녜요"7)

아내의 질서정연하고 앙칼진 논리에 당할 수 없었던 우식은 "엄마를 닮아 머리도 좋고 어학 실력도 능해 적어도 언어적인 면에 있어서나마 미아가 놀랄 만큼 빠른 속도로 완벽한 미국인으로서 성장하는 모습"에 대견해 하면서 아내의 교육방침을 수긍할 수밖에 없었다. 그러는 사이, 딸 미아는 아버지 우식의 "브로큰 잉글리시"발음에 대해 면박을 주며 교정해 주기도 하고, "스트레이트 A"성적의 최우수 학생으로『틴, 틴, 틴에이저』연극의 주연을 맡기도 하는 완벽하고도 자랑스러운(?) 미국인 여고생으로 성장했다. 그리고 이제 그 딸은 아버지의 어설픈 발음뿐 아니라 그 사고방식(지극히 촌스러운 한국적 도덕관념)까지도 경멸하며 노골적으로 무시하게 되었다. 축복받은 땅 미국의 떳떳한 청소년으로서 고루하고 무식(?)한 아버지를 이해하지 못하는 딸과 미국인 딸을 둔 안타까운 한국인 아버지의 갈등은 아버지가 딸의 책상 서랍에서 스무 개의 콘돔을 발견한 직후, 정점을 향해 치닫게 된다.

우식은 지진이 일어난 날 우연히 스무 개의 콘돔을 발견하게 된 경위를 설명했다. 그러나 미아는 치부를 도둑맞은 듯한 기분을 쉽게 벗어나지 못하는 눈치였다.
"러버 몇 개 미리 준비해 두는 것이 뭐가 잘못이라고 그러세요?" 발끈 화가 난 목소리로 미아가 말했다. "그럼 대디는 내가 러버도 준비해 두지 않았다가 프레그넌트 되거나 AIDS라도 걸렸으면 좋겠다는 말인가요?"8)

여자라면 몸가짐을 조심해야 한다는 지극히 동양적 윤리관으로 딸을 훈도하는 아버지에게 섹스는 생리적인 것이며 거기에 남녀 차별이 있을 수 없다는 너무나 분명한 미국식 논리로 맞서는 한국인이 낳은 미국인 딸 미

7) *Ibid.*, 「미국인의 아버지」, pp.124~125.
8) *Ibid.*, 「미국인의 아버지」, p.157.

아 앞에서, 우식은 "주체성과 독립심을 키워 주려다가 안하무인 이기주의 자"로 길러져 버린 실패한 교육의 산물을 보는 듯 참담함을 느낀다. 그리고 그래도 딸을 포기할 수 없는 그가 마지막으로 선택할 한국식 응징은 물리적 완력의 시위밖에는 없었다.

> 우식은 억울했다. 그리고 분했다. 그가 가장 분하고 억울했던 것은 딸이 잘못이라는 점을 증명할 만한 능력이 자신에게 없다는 사실이었다.
> {······}
> 그는 식탁을 번쩍 들어 부엌 바닥에다 팽개쳤다. 믹서와 유리잔 몇 개와 설탕 그릇이 요란한 소리를 내며 깨졌다.
> "대디! 뭐하는 거예요!" 미아가 표독스럽게 소리쳤다. {······} 우식은 또다시 딸의 뺨을 때렸고, 미아는 부엌 바닥으로 나둥그러졌다가 기겁을 해서 벌떡 일어나 비명을 지르며 도망쳤다. "Help! Help! Somebody call the police! Please, somebody call the police!"[9]

"외국인들하고 마주앉아 농담을 나눌 때면 남편을 거추장스러워하고, 함께 대화를 나누다가 우식이 농담을 제대로 알아듣지 못하는 경우에 가끔 그를 멸시하는 표정이 역력하던" 아내의 분신을 그는 딸 미아의 모습을 통해 보게 된 것이다. 멸시의 차원을 넘어 살벌할 정도의 당당한 적대감마저 느끼게 하는 딸의 태도에서 우식은 모든 굴욕과 역경을 참으며 코메리컨으로서의 인고의 삶을 감수하면서도 버티어 왔던 마지막 보루가 일시에 허물어지는 소리를 듣는다.

미국이민 1세대들에겐 이제 미국 땅에서의 자립 이상으로 자녀 교육 문제가 심각한 문제의 수위에 육박했음을 이 소설은 말하고 있다. 그리고 비록 몸은 미국인으로 살더라도 정신의 뿌리는 어디에 두어야 할 것인가에 대한 처절한 물음을 던지고 있다. 그것은 아내 경숙의 무시와 건방지고 우매한 한국인 졸부관광객들의 허세에도 이를 악물며 참아냈던 우식이 무너질 수밖에 없었던 코메리컨의 비극이 어디서 비롯된 것이었는지, 그 진원

---

9) *Ibid.,* 「미국인의 아버지」, p.161.

지를 찾아내는 작업으로부터 비롯되어야 할 것임은 자명한 사실이다.


## 4. 버림받은 자의 자기학대와 조국 ─ 「荒野」


우리는 공안통치 시절 많은 양심적 지식인들이 타의에 의해 조국을 버릴 수밖에 없었던 현실을 지켜 보아왔다. 분단상황이 빚은 어쩔 수 없는 현실로 치부하기엔 너무나 가슴메이는 이야기들, 그리고 그 이야기의 주인공들, 안정효의 「황야」(『문학정신』, 1991)[10]는 그런 사람들의 아픔을 대변해 주는 소설이다.

이 소설은 절친한 친구 진학의 근심스러운 존재를 확인하기 위해 병구가 미국 땅을 밟는데서부터 시작된다. 인쇄소 사업에 실패하여 형의 연쇄점 일을 도와 주고 있던 병구는 이민간 동창의 힘을 빌어 형의 미국진출을 성취시키고자, 미국으로 건너 온다.

> 재작년부터 상무라는 직책으로 형 회사로 들어앉아 건성으로 월급을 받아먹고 있던 병구가 그 조사를 맡겠다고 나섰던 데는, 그나마 대학에서 배운 지식을 동원하여 형에게 무엇인지 월급값을 해야 되겠다는 의무감이 발동하기도 했었지만, 사실 그보다는 모처럼 처음으로 미국을 갈 핑계가 생긴 김에 세 사람의 옛친구를 어떻게 해서든지 만나 무슨 사연이 있길래, 타향 생활이 얼마나 힘겹고 바쁘기에 이렇게까지 서먹서먹한 사이가 되어야만 했었는지를 확인해 봐야 되겠다는 막연한 위기의식이 크게 작용했기 때문이었다.[11]

---

10) "특히 「황야」의 진학으로 등장하는 전 모(某)씨는 그 삶이 무척 뼈아프게 여겨져서 본인이 그 얘기를 작품(희곡)으로 쓰지 않는다면 나라도 중편으로 쓰고 싶다는 사전 허락까지 받아 두었던 일이 있다. 그러나 이 작품도 막상 잡지에 싣고 보니 산만하고 허술한 구석이 너무 많이 보여 여기에 수록할 때는 30매 가량을 잘라버리고 부분부분 손질도 했음을 밝혀 둔다."(*Ibid.*, p.269).

11) *Ibid.*, 「황야」, p.166.

이처럼 사업상의 표면적인 이유보다는 훨씬 절박했던 이면적 이유를 가지고 있었던 병구의 미국행은 그러나 쉽사리 그 목적(세 친구, 진학·세화·상호와의 만남)을 달성하기 어려웠다. 반갑게 공항으로 마중나온 상호를 통해 부부였던 진학과 세화의 파탄소식을 접한 병구는 자신이 상상했던 그들 네 사람만의 따뜻한 상봉이 현실적으로 불가능함을 깨닫는다. 그리고 무엇이 세화를 억울한 이혼녀로 만들었고, 진학을 거대한 미국 땅에서의 초라한 도망자로 변하게 했는지 그 미궁의 수수께끼를 풀어 보기로 결심한다. 병구는 유신 정권 초기에 반정부 희곡을 썼다고 대공과 형사들에게 곤욕을 치른 진학이 먼저 미국에 이민가 자리를 잡았던 상호의 도움으로 부인 세화와 함께 미국으로 건너갔던 과거를 되새겨 보며, 세화부터 만나 보기로 한다. 그리고 세화를 통해, 병구는 진학이 고국에서의 피해의식과 미국직장에서의 부적응때문에 세화에게 죄책감과 부담감을 느낀 나머지 급기야 그녀와 이혼하게 된 내력을 듣는다.

> 진학씨는 자신의 고통뿐이 아니라 자기 때문에 내가 받으리라고 상상되는 고통에 대해서도 고민했던 것이 분명해요. 내가 받는 모든 고통이 자기 탓이라는 죄의식 때문에요. 도대체 아무런 희망이 보이지를 않더군요. 그리고 막상 미국으로 와서도 희망이 없기는 마찬가지였어요. 환경의 변화가 이루어지면 무슨 돌파구가 생기려니 했던 상호씨와 나의 생각이 헛된 꿈이었구나 하는 게 곧 밝혀졌으니까요."[12]

"미국인이 되고 싶지 않다는 반발과 동족에게 자신의 초라한 모습을 보이고 싶지 않다는 자존심 때문"에 진학이 겪은 정신적 고통과 그로 인해 옆에서 더 큰 고통을 치뤄야 했던 세화의 고뇌는 서로를 자유롭게 해방시키기 위해 이혼이란 제도적 장치로 일단 결말지워졌던 것이다. 그러나 아직도 미국 땅에서 "행복이 아니라 생존을 추구하는 유목민"으로 방황하고

12) *Ibid.*, 「황야」, p.184.

있을 진학과 그 방황의 끝을 안타깝게 지켜보고 있는 중년이 된 세화의 서글픈 모습을 통해 끝나지 않은 한 부부의 비극을 병구는 눈 앞에 떠올리게 된다. 그리고 평범한 소시민의 행복을 마구 짓밟아 버렸던 치사할 정도로 막강한 권력에 대해 형언할 수 없는 분노를 느낀다. 병구의 이러한 분노는 고생 끝에 시카고에서 자동차 정비공장으로 자립한 진학을 직접 찾아가 만나게 됨으로써 보다 구체적 양상으로 현시화 되어진다. 오늘이 있기까지 미국의 여러 도시를, 한국에서의 고문으로 불편해진 다리를 절룩거리며 전전하면서도 진학은 자신을 내던진 조국에 대한 증오만은 끝까지 간직하고 있었던 것이다.

> "난 죽을 때까지 고향에는 돌아가지 않겠어. 그건 내가 쫓겨나다시피 그 나라를 떠나야 했고, 돌아가면 위험하다거나 무섭기 때문이 아냐. 그런 감정은 이제 다 삭아 버렸으니까. 내가 돌아가지 않는 건……."
> 그는 병구를 빤히 쳐다보며 잠시 침묵을 지킨 다음 말을 이었다.
> "그건 내가 조국을 용서할 수 없기 때문이야."[13]

그리고 진정으로 진학이 시달리는 것은 "소아마비에 걸린 정치의식밖에 가지고 있지 못한 조국"에의 망령보다는 그들의 고문에 굴복하고 타향으로 쫓겨와야만 했던 지식인의 무너진 자존심 때문이란 것을 병구는 알게 된다.

> 그리고 시간이 좀 흐른 다음에 나는 깨달았어. 고문을 자행하는 자들이 노리는 계략에 내가 넘어가고 말았다는 사실을. 그래서 나는 육체적인 고통에 굴복하고 만 나 자신에 대해서 수치심을 느끼기 시작했지. 나는 굴복한 나 자신을 미워했고, 나를 물리적으로 억압하여 스스로 수치심을 느끼게 만든 자들 — 직접 고문을 저지른 자들로부터 그런 식의 통치를 구사하는 모든 자들을 미워했고, 단순히 내 주변에 존재함으로써 나로 하여금 수치심을 인식하게끔 만드는 모든 사람이 미워졌고, 그 모

---

13) *Ibid.,*「황야」, p.201.

든 사람들로부터 도망치고 싶어졌어. 그리고 이 수치의 비밀을 아는 모든 사람들, 특히 세화를 피하고 싶었던 거야. 그래서 끝없는 도망을 시작했지만, 어디로 도망을 쳐도 나 자신만은 떨쳐 버릴 수가 없었어."[14]

결국 병구는 세화에게로 돌아가지 못하는 진학의 "환상적 고뇌"를 "역사적 현실"로 받아들이며 진학과 아쉬운 작별을 고할 수밖에 없었다.

정비공장 앞, 문짝이 부서진 트럭의 옆이 서서 진학은 멀어져 가는 병구의 차 뒷모습을 멀건이 쳐다보고 있었다. 고향으로 돌아가지 못하는 한 사람이 고향으로 돌아가는 친구의 뒷모습을 물끄러미 쳐다봐야 하는 심정. 매를 맞고 고향을 떠나, 사랑하는 조국으로부터 배반을 당했다고 느끼며, 보복할 대상이 따로 없어 자신만을 학대해온 망명자. 그 고향나라로 돌아가는 친구를 그냥 쳐다보기만 해야 하는 국적 상실자. 내가 세상을 잊고 싶듯이 세상도 나를 잊어주기를 바라며 타향살이를 하는 방랑자. 국가로부터 버림을 받아 분노한 나머지 민족을 버려야 했던 한 인간. 지상의 낙원에도 황야는 있었다. 지저분한 정비공장 앞에 멍하니 서서, 어쩌면 분노하고 있을지도 모르는 진학, 그는 버림을 받고 황야에 홀로 서서 아파하고 슬퍼하는 한 인간이었다.[15]

이 소설은 도대체 조국은 우리에게 있어서 무엇인가 하는 의문을 던지게 한다. 무엇이 축복받은 조국에서 유능한 희곡작가로 활약했어야 할 진학을 피안의 낯선 땅에서 괄시와 냉대 속에 온갖 육체적 잡노동을 감수케 했으며 끝내는 정비공장 부사장으로 둔갑시켜 놓았던가? 조국이 있으면서도 이를 부정하고 방황하는 자의 비애 ─ 조국에 대한 분노를 미국이민으로 상쇄시키려 했으나 그마저 실패하고 만 진학의 고뇌는 무엇을 말해 주는 것인가? 누가 어떻게 진학의 잃어버린 조국을 되찾아줄 수 있나? 여기서 우리는 조국이 미워 미국으로 건너왔지만 그곳에서도 결코 행복할 수

14) Ibid., 「황야」, p.203
15) Ibid., 「황야」, p.205.

없었던 진학의 실체를 바로 볼 수 있어야 한다.

결국 작가는 한국인 진학이 미국사회에서 겪게 되는 또 하나의 좌절을 통해 마침내는 조국고향을 그리지 않을 수 없다는 역설적 코리언 시오니즘(Korean-Zionism)[16]을 현현시키고 있는 것이다. 그리고 그 메시지 속에는 조국의 정치적 성숙과 민중역량의 결집을 통한 소시민사회의 정착이라는 간곡한 염원이 담겨 있는 것이다.


## 5. 結 論


지금까지 미국이민을 소재로 한 안정효의 세 작품을 훑어 보았다.

이들 세 작품은 공히 미국이민사회를 배경으로 다루고 있으며 완벽한 허구가 아닌 실화를 제재로 하고 있다는 공통점을 가진다. 그러나 실제론 공간적 배경으로서의 동질성 이상의 의미는 없다. 다시 말하자면, 각 작품의 정신적 지향점은 각기 다른 선상에 위치하고 있다는 점이다.

「회귀」는 미국을 감상적 도피수단으로 삼았던 한 전직 대학교수의 좌절과 개안을 그리고 있다. 미국이 경제적 상승과 정신적 안주 등 개도국 사람들의 모든 것을 해결해 주는 파라다이스가 아님을 주지시킨다. 따라서 미국내에서 나름대로의 경제집단을 이루며 정착한 한인교포들의 피나는 노력을 상대적으로 부각시키고 있다.

「미국인의 아버지」는 미국이민사회가 안고 있는 또 하나의 절박한 문제를 깊이있게 다루고 있다. 낯선 땅에서 경제적 자립을 위해 한눈 팔 겨를이 없었던 기성세대가 이제 타국에서 그들의 자녀를 과연 어떻게 기를 것인가에 대해 고뇌어린 관심을 기울일 때가 되었음을 이 소설은 강변한다.

「황야」는 지난 날 강압적 폭력정권에 의해 조국을 등질 수밖에 없었던

---

16) 시온(Zion)은 예루살렘의 언덕으로서, 시오니즘(Zionisim)이란 유태인들의 고향 수복의지를 뜻한다.

한 지식인의 조국에 대한 분노와 그로 인해 낯선 황야에 서게 된 뿌리뽑힌 자의 비애를 보여 주고 있다. 어쩔 수 없이 선택한 남의 땅 미국이 황야에 대비되는 것은 자기의사와 무관하게 조국을 빼앗겨 버린 망명객들에게 있어선, 역설적 회향의 이미지로 남게 된다.

이 작품들은 오늘날 우리 이민사회의 현상적 실체를 문제적 시각에서 층위별로 제시함으로써 이민사회를 바라보는 우리의 시각을 다양한 관점으로 견인. 확산시켰다는데 그 의의를 찾을 수 있을 것이다. 화려한 코리언타운의 이면에는 고향떠난 자들의 치열한 뿌리찾기가 이 시간에도 계속되고 있음을 상기시키는 —다시 말해 코리언시오니즘을 추구하는 — 이 작품들은 그러나 제재로 다뤄진 미국이민사회를 작품 속에서 보다 포괄적이고도 적확하게 포착하지 못한 아쉬움을 느끼게 한다.

그리고 바로 이러한 점이 향후 이민소재소설의 숙제인 동시에 우리 소설이 담당하고 해결해야 할 새로운 가능성이기도 한 것이다.

# 濠洲韓人文學硏究

## 1. 序 論

白濠主義(White Australianism)를 표방하며 "앵글르 화이트"(Anglo White)
만의 낙원을 구가하던 오스트레일리아(이후 濠洲로 지칭)가 새로운 세계를
지향하며 그 굳은 빗장을 풀고 多民族多文化 社會로 전환한 지도 이제 언
30년이 되어간다.[1] 실제로 濠洲의 거리를 걷다 보면 서로 다른 피부색의
인종들이 자연스레 어깨를 맞대고 활보하는 모습들을 얼마든지 목격할 수
있고, 사람들이 많이 모이는 어느 장소, 어느 직장에서도 세계 각국 출신의
이민자들이 독특한 억양의 영어를 구사하며 자기 관심사와 직무에 몰두하
고 있는 광경들을 대할 수 있다.[2] 이처럼 코스모폴리틱한 호주의 移民社會

---

[1] 1851년 빅토리아주에서의 골드러시를 계기로 중국인 채광 노무자가 급격히 증가
하자, 이에 대한 위기감에서 1860년 이래 白濠主義 정책을 펴 왔던 濠洲는, 노동력
부족을 절감하고 1973년부터 이를 정책적으로 폐지했으며, 1986년 이를 공식적으
로 선언하기에 이른다.

[2] 원래 영국의 식민지로서 아일랜드계 켈트족의 유배지로 시작되었던 호주의 이민
사는 골드러시 이후, 비아일랜드계의 영국 본토 앵글로 화이트의 자유이민이 급증
하면서 급격히 백인중심의 사회를 정착시키게 됨에 따라 백인계의 타국으로부터
의 자유이민도 활발히 추진되었다. 백호주의 폐지 이후엔 아시아, 아프리카를 비
롯한 세계 각국에서의 이민이 쇄도하고 특히 세계의 분쟁지역(베트남, 중동, 보스
니아, 이디오피아, 구소련국가들 등) 출신의 긴급피난민의 유입도 상당하여서 문
자 그대로 다민족 다문화 사회를 형성하게 되었다. 싵제로 근래의 통계에 의하면
호주인 5명 중 1명은 외국 태생이고, 최소한 5명 중 1명은 부모나 그들 중 한 사람

속에서 우리의 韓人社會도 이제 그 당당한 일원으로서의 획을 그으며 잠재력을 행사하고 있다. 호주 최대의 도시인 시드니(Sydney)를 비롯해 빅토리아주의 멜번(Melborne), 퀸즈랜드주의 브리즈베인(Brisbane)과 골드코스트(Gold Coast), 사우스오스트레일리아주의 애들레이드(Adelaide), 웨스턴오스트레일리아주의 퍼스(Perth), 그리고 태즈매니아주의 호바트(Horbat)와 수도 캔버라(Canberra)에 이르기까지 한인의 수는 줄잡아 4만여명에 이르고 있다.

이는 아직도 백호주의의 기세가 등등하던 1961년, 재호작가 돈오 김이 유학생의 신분으로 건너와 최초로 정착한 것을 효시로, 73년 白濠主義의 폐지후 일군의 지질학자, 헬리콥터 조종사, 교사 등 소수의 전문기술자 이민이 시도된 이래 실로 근 30년 만에 형성된 또 하나의 해외 한인촌으로, 우리의 근대 해외이민사 중에서도 단시일 내에 성공적으로 정착한 대표적 사례의 하나로 평가되고 있다.3)

그간 한국과 호주 양국 간의 대외적 관계도 1965년 9월의 무역협정 체결에서부터 1997년 8월의 핵물질 재이전 교환각서에 이르기까지 점차 비중을 더해 왔고, 근자에 와선 한국이 대호주 수입실적에 있어 전체 무역대상국 중 3위(98년 현재 유연탄, 귀금속, 철광 등을 포함해 $4,614,716,000어치)를 차지할 정도로 활발한 교역상을 보이고 있다. 그러나 이러한 외형적 수

_____

이 외국 출신이라고 한다.

3) 이후, 월남 패망 직전인 1974년부터 파월기술자 500여명이 휘트럼(Whitlam) 정권의 비자간소화 정책에 의거해 관광비자로 대거 입국한 것을 계기로, 75년엔 천 단위 이상으로 이민이 급증하였고 관광비자로 입국한 이들의 대부분이 76년의 사면령에 의해 영주권을 취득하고 한국 내 가족을 초청하였다. 그 후, 남미체류자 및 중동취업근로자들이 계속 입국하였고 이들이 80년의 사면령에 의해 영주권 취득 후 가족을 초청함에 따라 이민자의 수는 6,000명 수준으로 육박하였다. 80년대 이후엔 입양가족 초청이민과 취업 및 사업, 투자이민, 유학 등 그 채널이 다양해짐에 따라 이민자의 수도 급증하여 1986년 경부터 만 단위 이상의 수준으로 증가하였다. 그러나 1990년대에 이르면서 부터는 호주의 경기침체에 따른 이민 쿼터의 감소 및 이민심사 강화, 그리고 한국경제의 상대적 상승과 이에 따른 역이민 증가 등으로 최근의 몇 년간 이민의 감소 추세를 보이고 있다[이상은 2000년 9월 현재, 시드니 주재 한국총영사관의 홈페이지(www. korconsyd. org. au) 중 「외교관계」편을 참고 하였음].

치의 성장과 관계의 지속적 진전에도 불구하고 아직 호주사회에서의 한국에 대한 인지도는 결코 만족할만한 수준에 이르지 못하고 있는데, 이는 우리에게 여러 가지를 示唆하고 있다.

즉 이에는 쌍방적 관점이 필요한 바, 호주당국 및 호주인들의 몰이해와 무관심에 못지 않게 우리 측의 소극적이고 비자주적 자세에서 기인한 결집력의 부족도 함께 지적되어야 할 것이라는 점이다. 그렇다면 저들의 문제는 외교채널을 비롯한 다각적 모색을 통해 해결한다손 치더라도, 우리 측의 문제는 우리 스스로 풀지 않으면 안 될 것이다. 이런 관점에서 濠洲韓人의 正體性 確立이 그 어느 때보다 요구되는 것이 오늘의 현실이다. 전술한 기조를 바탕으로, 본고에서는 이러한 호주한인의 정신적 현주소를 대변한다고 볼 수 있는 호주지역 한인문학의 실상을 고구함으로써 현상적 실체를 점검하고 나아가 새 시대의 바람직한 한인상을 정립케 하는데 일조하고자 한다.


## 2. 濠洲의 韓人文學


### 1) 濠洲 韓人文學의 形成背景

호주의 한인문학은 일천한 이 나라의 建國史 및 우리 移民史와 맞물려 오랫 동안 개별적 탐색의 도정에 머물러 있었다. 1961년 유학생의 자격으로 건너 온 돈오 김이 아시아인 최초로 영주권을 획득한 후, 호주의 유력지들에 영문으로 작품을 발표하다가 1968년 『내이름은 티안』(My name is Tian)이란 영문소설을 단행본으로 출간한 것을 호주 한인문학의 공식적 출범으로 본다면 그 역사는 30여 년이 되는 셈이다. 70년대 중반 백호주의의 철폐 이후, 호주한인의 수가 급증하면서 각계 각층에서 활약하는 전문직 종사자의 수도 눈에 띄게 늘어 났지만 문필을 업으로 하는 전업 문인은 보기 어려웠고 그 나마도 가시적인 문단이나 한인문학의 집단적 권역을 형성한 단계에는 이르지 못한 극히 소박한 형태의 수준이었던 것이다.

그러다가 80년대 중반, 한국에서 이민 온 일부 문인들이 시드니를 중심으로 동인 성격의 모임을 가지게 된 것을 효시로 1989년 이무, 윤필립 등의 문인들에 의해 재호문인회가 결성되기에 이르렀고 이후, 회칙정비와 회원 배가운동으로 내실을 도모한 끝에 1996년 7월 재호한인문인협회로 바뀌어 오늘에 이르고 있는 것이 호주한인문학의 문단적 윤곽인 셈이다.[4]

일반적으로 移民者[5]들의 정서적 전이과정은 4단계로 나뉘어 설명되어 진다. 즉 이민직후의 들뜬 도취상태(Initial Euphoria)에서 이국적 상황의 이질성에 대한 위화감과 적의의 단계(Irritation and Hostility)와 점차적인 조정(Gradual Adjustment)의 단계를 거쳐 완전적응(Adaptation)의 단계로 들어선다는 4단계론[6]이 바로 그것으로 대부분의 이민문학이 이민에서 비롯된 심리적 공황과 정착의 과정을 형상화한 것이라 볼 때, 이민문학의 소재적 범주도 결국은 이러한 패러다임에서 크게 자유로울 수 없을 것으로 상정된다.

특히 이 도정에서 주목되어지는 것이 급격하고도 격렬한 심리적 정서적 혼란상을 일컫는 이른바 "문화적 충격"(Culture Shock)으로서 이민문학에서 가장 깊이있게 다뤄지는 부분이기도 하다.[7] 문제는 이민자들이 어떻게 이

---

4) 재호한인문인협회는 96년 말부터 회원들의 작품들을 엮어 회지「재호한인문인협회」를 발간, 현재 10여 호까지 나온 상태이나 이는 어디까지나 내부용의 뉴스레터(newsletter)에 불과했다. 이에 금년 연말 발간을 목표로 회원들의 연례 작품집『재호한인문학』(단행본) 창간호가 현재 편집 단계에 있다. 그간 재호한인문인협회는 이무, 이효정, 윤필립 등 초창기 체제 정립에 애쓴 회장들을 거쳐 김오 시인을 현 회장으로 맞아 새로운 도약을 기약하고 있다.

5) 이민이란 정치 경제 사회적인 이유로 한 나라에서 다른 나라로 옮겨 가는 행위, 혹은 그런 사람들을 말한다. 원래의 땅에서나 옮겨가는 땅에서나 이들을 보는 관점은 구세계로부터의 도망자이자 신세계의 발견자 혹은 항해자이자 모험가들이다. 호주한인들의 작품들에서는 이러한 일반적인 이민자상(W. Q. Boelhower, 『The Brave New World of Immigrant Autobiography』, The Society of the Multi-Ethnic Literature of U·S·A, 1982, p.11)이 어떻게 변용되어졌는지 자못 흥미롭다.

6) L. Robert Kohls, 『Survival Kit for Overseas Living』, Intercultural press, U.S.A. , 1979, pp.64~67.

러한 위기를 극복하고 새로운 세계에 적응해 나갔으며, 또 그 위기의 성격과 정도는 어떠했는가를 문학적으로 예각화했느냐는 것인데 호주한인문학에 있어서도 이는 매우 중요한 의미를 가지는 것이다. 그것은 이들 한인작가들이 싫든 좋든 조국을 등지고 이국의 땅에 그들의 새로운 둥지를 틀었고 그 과정에서 숱한 내면적 풍경들을 축적했을 것이기 때문이다. 이제 항을 달리하여 이들의 내면적 풍경을 운문문학과 산문문학의 장르별로 나눠 살펴본다.

## 2) 濠洲韓人의 韻文文學

호주한인문학은 어쨌든 移民文學의 한 형태이다. 따라서 前言한 바처럼 이민자의 신세계에서의 정착과정이 호주한인문학의 주된 소재가 됨은 재론의 여지가 없다. 이런 점에서 호주한인의 운문문학처럼 이민자의 정서를 절실히 대변하는 장르는 다시 없을 것으로 상정된다.[8] 호주의 한인이민은 일본이나 만주 혹은 중앙 아시아 지역의 이민1세대들의 경우와는 달리 대부분이 자발적인 경제이민들이다. 그럼에도 불구하고 移民이란 상황이 가져다 주는 원초적 乖離感은 이들에게 상당한 고통을 수반하게 했던 것으로 보인다.

---

7) 일반적으로 "문화적 충격"이란 용어는 부정적인 측면에서 조명되어 온 것이 사실이다. 그러나 근자에 와서 일부 심리학자들을 중심으로 새로운 세계에 편입되는 과정에서의 순기능적 측면이 새롭게 제기되고 있어 주목을 끈다. 미국의 심리학자 피터 애들러(Peter Adler) 같은 이는 문화적 충격을 "고차원의 자각 및 개아 성장으로 이끄는 심오한 학습경험"(profound learning experience which leads to a high degree of self-awareness and personal growth)으로 해석한다(L. robert, *ibid* 참조).

8) 시드니의 어느 한인단체 행사 팜플렛에 적힌 다음의 의미심장한 문구는 타국 땅에서 고군분투하는 호주한인들의 정신적 현주소를 잘 나타내 주고 있다.
"이 땅에 살기 위하여 떠밀려서 왔더라도 떠밀려 살지 않기 위하여 씨뿌리는 마음으로 우리는 이제 새 맘으로 시작하여야 한다. 오천년의 쓰라린 역사 꺾이지 않는 질경이처럼 이 땅의 자랑스런 코리안으로 수 많은 형제들과 어깨를 걸고 당당하게 거대한 이 대륙에 꿋꿋이 서기 위하여 튼튼한 뿌릴 땅속 깊이 내려야 한다."

시드니 항구의 탐조등이 내 등줄기를 훑을 때
난 알았지 이것이 운명의 갈림길이라는 것을
위장된 평화의 적막을 찢으며 사이렌이 울릴 때
배로 되돌아가기엔 너무 늦었어
{……}
포수의 총탄을 몸으로 받으며 매달리는
상처 입은 짐승의 처절한 자유를.[9]

쉽사리 신세계의 일원으로 동화될 수 없는 이민자의 방황을 불법체류자의 비애에 대비시키는 위의 싯구는 정책적으로는 다민족 다문화주의를 표방하고 있지만 교묘히 유색 아시아 인종을 차별하는 호주당국의 이중성과 그로 인한 좌절감을 잘 형상화하고 있다. 노동력의 부족을 절감하고 백호주의를 철폐하여 유색인종의 무차별 이민을 허용하긴 했으나 유입된 이민들은 어디까지나 백인(Anglo White)들의 안정된 삶을 위한 방편으로서의 존재에 불과했다. 당연히 아시아계 이민들은 최하층 그룹을 형성하여 백인들이 기피하는 직종에 종사하며 허울 뿐인 다민족주의의 둘러리를 서야만 했다.

{……} 실제로는 세계 경제공황의 타격을 이유로 이민자의 수를 대폭 축소시켰으며, 특히 비유럽 국가로부터의 이민은 거의 제한된 상태였다. 어쩌면 호주의 아시아화에 대한 지나친 염려가 반영되었다고 말할 수 있겠다. {……} 실제적으로 이당시 동남아시아로부터 다수의 난민이 호주로 입국했다. 그것은 어쩌면 국제압력에 못 이긴 호주정부의 처사였지만, 다민족문화 확장사업은 소수민족 중산층의 보수정치 지향에 적당히 협조하면서 국민의료보험제도(Medibank) 삭제로 인한 물의를 무마시키기 위한 수단이었다는 논쟁도 있다. 즉 정치적 보수주의를 다문화진보주의로 둔갑시킴으로써 실제 소수민족 중산층들의 사회적 지위와 위상은 증가되었지만 중산층 이하의 노동하는 이들은 더욱 실업

---

9) 황수환, 「무제」, 『시드니에 내리는 눈』, 오늘의 책, 1997, p.37.

과 저임금 그리고 주택문제로 시달려야 했으며 호주 전체의 아시아인
들에 대한 인식은 변화가 없었다는 것이다.[10]

다음의 시편들에서 이러한 저간의 상황을 더욱 구체적으로 읽을 수
있다.

일년에 단 며칠, 아니,
꼭 하루라도 좋아
시드니에도 펑펑 하얀 눈이 내렸으면……
{……}
그리운 이 모습 훔쳐보려 까치발 서던
옥분이네 사립문 안마당에 쌓이던

뭐 꼭 그런 눈이 아니라도 좋아

목수일 하다 2층에서 떨어져 허리 다친 박씨 아져씨
홀아비 냄새 풀풀 나는 캠시 하숙방 창가에

3년째 신발 공장서 일하다 어깨 결리고 머리 빠져
드러누운 스트라스필드 정씨 아주머니
두고 온 자식 생각으로 뿌연 눈망울 속에

불법 체류 4년에 고향 길이 꿈길이 됐뿌렀다고
못 배운 놈은 쓰벌 어딜 가나 또옥 같다고
깡소주 몇 잔에 눈알 부라리는 동팔이 녀석
기름 때 엉겨 붙은 떠꺼머리 위에

살포시 내려앉은 하얀 눈이
시드니에도 하루쯤은 내려 줬으면……

---

10) 「Centre for Multicultural Studies」, 『The Construction of Ethnicity 1972~1987, Mistaken Identity』, Woolongong University Press, 1990, pp.34~35.

{······}11)

캠시에 내리는
어둠을 비켜가며 바람이 분다.
{······}
오즈의 마법사를 찾아가던
허수아비, 우리도 이미 가슴을 잃고
넘어져 버린 허수아비
떠나고 또 떠나왔는데
캠시의 여름은 푸른 검정색
발이저리다. 어디선가
다른 꿈이 팔려가 수용되었다.
낙원은 더욱 멀다.
몇몇이 쫓겨가던 밤에
더 많은 몇몇이 김포를 떠나고 있다.
목적지 시드니 캠시
{······}12)


위의 시에서 거론되고 있는 캠시와 스트라스필드는 시드니의 한인 밀집
촌이며, 오즈의 마법사를 찾아 이민의 길을 택했던 한인들이 불법체류의
멍에를 쓰고 쫓겨가는 서글픈 밤에 잠 못이루는 박씨 아저씨, 정씨 아주머
니, 동팔이는 이민의 힘든 굴레를 벗어 던지려 몸부림치는 한인들이다. 이
들에게 호주 시드니는 오페라 하우스의 곡선미가 아름답고, 하버 브리지의
야경이 찬란한 낭만적 이상향이 아니라 서울의 여느 달동네와 다름 없는
처절한 생의 공간일 따름이다.

　　나는 울었네
　　그해 겨울 따뜻한 나라에서

---

11) 황수환, 「시드니에 내리는 눈」, *ibid.*, pp.40~41.
12) 김오, 「캠시」, 『월간문학』 통권294호, 1993. 8, pp.239~240.

우리는 먼저 오페라 하우스를 돌아보고
그들의 철각 무직한 하버 브리지를 바라보며
역시 러키 컨트리죠 여긴 러키 컨트리예요
전반전에 그는 이민생활 8년의 아름다운 추억을
들추고 빛내고 시드니항이 유명하지만
진짜는 이 나라의 복지예요 복지
{……}
알 수 없습니다. 이들보다 우리는 몇 배 더 노동하고
밤잠을 줄이면서 노심초사하건만……
도시의 변두리이건만 삶의 한가운데 선
노랑머리 두 젊은이가 입맞추는 뒤켠에 앉아
편지를 접고 다리를 접고 고개를 묻고
나는 울었네[13]

　　복지국가, 이상향을 꿈꾸며 이민온 유색인종은 대로변 어디서나 장시간
포옹을 하며 격렬한 키스를 나누는 백인, 그들만의 파라다이스에 그림자를
드리운 밑그림에 불과하다. 일반적으로 빈곤과 식민상황으로부터의 도피
자들이었던 미주나 일본 그리고 만주 이민들과는 뚜렷히 구별되는 호주 이
민들에게 있어서도 신세계에서의 정착은 房外人으로서의 소외감과 좌절[14]
을 거쳐서만 가능한 것이었다.

　　'미래적 전망 없음'
　　허기진 20세기를 살다
　　내내 허기질 것 같은 21세기로
　　그냥, 떼밀려 건너왔을 뿐
　　먼동은 여태 트지 않았습니다.
　　{……}

---

13) 박철, 「눈물의 시드니」, 『밤거리의 갑과 을』, 실천문학사, 1993, pp.9~11.
14) 재호 시인 하란사는 그의 시 「흔들리는 행성」(『재호한인문인협회보』, 1998. 3)에
　　서, 이방인으로서의 소외와 고독을 "달리 손쓸 새도 없이 무수한 원형이 변해
　　버린 실낙원의 파편들"로 상징화하고 있다.

해피 뉴 밀레니엄!

타오르다가…… 한순간에
스러지는 저 불꽃 속으로
당신은 오고 있습니까
외딴 방, 60촉 알전등 아래
불쾌하게 취해버린 벗들과
마땅히 기댈 곳 없어, 서로
등 마주하고 있는 이웃들 위해
쾅! 쾅! 지축을 흔들며
당신은 오고 있습니까
{……}15)

  "뉴 밀레니엄"의 구호도 요란하게 CNN이 생중계하는 시드니 하버의 새 천년 맞이 불꽃놀이의 뒤안길에선 아직도 많은 가난한 이들이 "60촉 알전등"16) 아래 "미래적 전망"을 희구하고 있으며 이들 중엔 안정된 삶을 위해 새벽부터 밤 늦도록 일하는 많은 한인들도 포함되어 있다.

    낯선 나라에 와서 공부하고 일하면서 길을 간다는 게 쉽지 않았다. 한 그릇의 『밥』을 위해서 밤 새워 청소를 하고, 바다만큼이나 넓은 잔디밭을 깎아 내야만 했다. 문학을 계속해야겠다는 단 하나의 이유 때문에 선택했던 호주 이민이 생존이라는 어찌할 수 없는 현실 앞에서 무기력하게 넘어지려 하고 있었다.17)

  문학에 대한 열정으로 "회귀선 너머 지구 반대쪽으로 도망쳐 왔던" 이 시인18)에게 있어서도 호주에서의 이민생활, 그것은 눈 앞에 닥친 생존의

---

15) 윤필립, 「새 천년의 메시아」, 『신동아』, 2000년 3월호, pp.458~459.
16) 환경보호와 안정기의 소음방지를 위해 호주의 가정에선 형광등보다 전구의 사용이 일반적이다.
17) 윤필립, 「책머리에」, 『시드니에는 시인이 없다』, 고려원, 1995.

몸부림이었고 자기 정체성의 재확인과정이기도 했다. 그러나 시인은 결코 포기하지 않는다. 이민의 먹구름을 헤치고 긴 터널을 빠져 나와 밝은 햇살 속에서 비로소 희망을 보게 된다.

> 떠나온 사람들은 알고 있습니다. 그리운 것들 도두 채워두고 닫았던 문을 다시는 열어볼 수 있을지 아무도 장담할 수 없는 깊은 절망과 날이 선 후회와 안타까움을 떨치지 못하고 서둘러 결행했던 생의 한 고비의 상처가 화인처럼 남아 뜨겁습니다. 수평선을 바라보는 시야엔 모든 것들이 텅 비어 있습니다. 문도 그리움도 마을도 이웃도 인정도 고샅길까지 어디론가 숨어 버리고 맙니다. 그러나 이상합니다. 씩씩하게 자라난 상추 들깨 고추 등 푸성귀들이 철없는 아이들의 웃음만큼 싱그럽습니다. 울얕은 마당이 슬금슬금 고물 끝에 매달려 뜨라오고 있습니다. 아아, 우리는 깨달았습니다. 떠나와서야 비로소 돌아갈 수 있다는 희망이 적도의 태양처럼 타오르고 있음을.[19]

고향을 떠나옴으로써 비로소 돌아갈 수 있는 진정한 고향을 깨닫게 된 시인의 역설적 자각은 미래에의 도전과 희망의 메시지와 함께 결코 쉽게 주저앉지 않을 끈질긴 호주 한인들의 체험적 응집력을 잘 형상화하고 있다. 이처럼 이민 정착의 4단계[20] 중 두 번째 단계에 속하는 "위화감과 적의의 상태"(Irritation and Hostility)에 드리운 그림자를 여하히 해소하고 점차 적응의 단계로 들어서는지의 도정을 보여주고 있는 것이 濠洲韓人 韻文文學의 현주소로서, 아직은 일천한 호주 한인문학사를 고려할 때 "완전적응"(Adaptation)의 단계로 들어서기까지엔 일정한 시간이 소요될 것으로 상

---

18) 윤필립 시인은 필자와의 방담에서, 온전히 詩作에 몰두할 수 없었던 서울에서의 직장생활의 중압감에서 벗어나 새로운 돌파구를 찾기 위해 호주 이민을 결심했다고 담담히 토로했다.

19) 김오, 「안홍리 1」, 『자유문학』, 1999. 12, p.302.

20) 註 6)에서 언급한 바 있는 L. Robert Kohls의 이민 적응의 4단계론을 일컫는 것으로 도취상태, 위화감과 적의의 상태, 점차적 조정의 상태 그리고 완전 적응의 상태의 4단계가 바로 그것이다.

정된다.

## 3) 濠洲韓人의 散文文學

個我의 抒情性에 주력하는 운문문학에 비해 具體的 狀況의 敍事에 치중하는 산문문학의 장르적 특성상 호주 한인의 산문문학은 이민생활에서의 다양한 모습과 이에서 기인한 사색의 표정을 보다 역동적으로 보여주고 있다.

> 호주에 터전을 두고 살아온 지 십여 년, 그간 여러 번 한국에 다녀왔지만 가장 긴 휴가철인 크리스마스 시즌을 이용하다 보니 한국의 가을을 못 본 것이 호주에 체재한 연수만큼이나 되게 되었다. 호주에서 살아가면서 내 정서가 무뎌졌다면 그것은 호주의 가을이 지나치게 짧음에서 온 것은 아닐까.
> 과문(寡聞)한 탓인지 모르지만 아직까지 한국의 가을 하늘만큼 높고 파아란 하늘을 본 적이 없다. 유감스럽지만 지금의 한국 도시에서는 심각한 대기 오염 때문에 이전의 맑은 하늘을 보기가 어렵다. 수차례 한국에 다녀올 때마다 잿빛으로 짙어가는 하늘을 보고 쓸쓸함을 느끼곤 했다.[21]

시드니의 가을 하늘에서 예전 한국의 청명한 산하를 떠올리는 작가의 순수와 자연에 대한 애착이 이민생활의 고달픔보다는 일상사의 토로를 통해 삶의 진정성과 조우하는 담백한 수필의 한 전형을 보는 듯하다. 수필이 일상생활과 인생체험에서 느끼고 생각한 바를 자유로운 형식으로 쓴 산문문학의 가장 보편적 형태임을 주지시키는 글이다. 호주의 자연은 한국과는 판이하다. 삭막한 콘크리트 공간에 갇혀 각종 가전제품의 조력을 받아 인

---

21) 조종춘, 「다시 시드니 가을에 서서」, 『재호한인문인협회보』, 재호한인문인협회, 1998. 6, p.5.

공적 삶을 영위해야 하는 한국의 도시인들이 처음 호주에서 느끼는 감회는 세계가 부러워하는 호주의 아름다운 환경, 그에서 기인한 자연에의 敬畏感 바로 그것이다. 금방 구름 위로 차오를 것 같은 하버브리지와 두둥실 노 저어 갈 수 있을 것 같은 오페라하우스, 이민의 눈에 비친 신천지 호주는 문자 그대로 녹색 바다에 떠 있는 거대한 무지개요 환상의 끝에서 어른거 리던 신기루이다.22) 그러나 호주에 사는 한인작가의 마음 한 켠에는 두고 온 고국 산하의 옛적 모습과 낯익은 고향 골목이 쉽사리 지워지지 않는다.

> 그동안 나는 결코 내 생애에서 짧다고 할 수 없는 세월을 호주에서 살아왔다. 그럼에도 불구하고 돌이켜 보건대 호주를 한번도 내 나라라 고 꿈 속에서나마 생각해 본 기억이 없는 것 같다. 호주 속에서 나라는 존재는 언제나 이방인이었다. {……} 한국은 지금 한창 피어오르는 봄 기운과 꽃샘 추위가 실랑이를 벌이는 이른 봄이었다 먼지 바람을 일으 키며 정신없이 불어대는 봄바람에도 나는 훈훈함을 느낄 수 있었고 공 해가 심하다는 도심의 인파 속에서도 나는 따뜻한 고국을 만끽할 수 있 어서 모처럼 마음의 안온함에 즐겁기만 했다.23)

모처럼 고국 나들이를 한 작가에게 한국은 더 없이 안온한 곳이다. 가는 곳마다 서툰 영어 때문에 눈치 볼 일 없이 어디에서고 "귀는 막힘 없이 번 쩍번쩍 트여서 신이 나고" 왁자지껄한 재래시장의 아낙네들의 모습에서 "비록 가난의 때는 묻어 있어도 주눅들어 사는 듯한 눈치는 전혀 엿볼 수 없어" 왠지 마음까지 든든하다. 하지만 고국 나들이에서 얻은 이러한 安穩 함은 오래 가지 않는다.

> 며칠 동안 신바람이 나서 외출이 잦았던 내게 이상현상이 온 것은 한 국에 도착하고 1주일도 못되어서였다. 호주의 파란 하늘과 강렬한 태양 빛이, 맑은 공기가, 마음놓고 들이킬 수 있는 수돗물이, 골목길이 아니

---

22) 윤필립, 『시드니에는 시인이 없다』, 고려원, 1995, p.14.
23) 이효정, 「조국 나들이」, 『시드니의 여름노래』, 교음사, 1998, pp.74~75.

고 확 트인 정갈한 주택가가, 핏대오르지 않고 소곤소곤 말을 하는 조용한 거리가, 공무원들의 친절이, 매사에 정확하고 속았다거나 속인다거나 하는 불안이 없는 합리적인 질서가, 노동일 한다고 깔보지 않는 사회가, 돈 있다고 뽐내지 않는 사람들이 나는 그리워지고 있었다.[24]

그리하여 그녀는 빨리 호주로 돌아가고픈 마음에 "머리가 지근지근 아파오고 먹은 것은 소화가 안되어 배탈까지 나 기력을 잃은 초췌한 몰골로" 예정일자를 앞당겨 호주행 비행기에 오르고 만다. 이쯤 되면 이민정착의 마지막 단계인 "완전적응"(Adaptation)의 상태에 이른 듯하다. 이민온 나라에 특별히 잘 적응한 이민의 경우, 실제로 이 단계에선 "문화적 역충격"(reverse culture shock)을 경험하게 되며 이는 이민초기에 겪게 되는 신세계에서의 문화적 충격보다 더 큰 고뇌를 야기한다고 보기 때문이다.[25]

그러나 그녀는 돌아오는 비행기 안에서 비로소 자신의 실체를 깨닫는다. 그것은 결국 자신은 "호주에서도 자기 모국에서도 이젠 겉도는 사람이 되고 말았다"는 自愧感 어린 思惟에서 비롯된 것이다. 따라서 그녀의 이민성적표를 고려할 때, 아직은 문화적 역충격을 동반한 완전적응의 상태에 이르지 못하고 있음을 알 수 있다. 호주에 돌아가서는 또 다시 한국의 흙 냄새와 소란스럽던 재래시장의 분위기를 그리워할 것이기 때문이다. 어쩌면 영원히 완전적응의 성적표를 기대하기 어려울는지 모른다. 그리고 그녀는 결코 그것을 바라지 않을 것이다. 작가에게 있어 이민생활의 완전적응이란 그녀의 소중한 한 부분의 영원한 상실을 의미하기 때문이다.

이민을 통해서 얻는 것과 잃는 것이 많이 있다고 하지만, 그 중에서도

---

24) 이효정, *Ibid.*, p.75.

25) {······} indeed, to which you have in some degree acculturated, and you'll miss them when you pack up and return home······. You can also expect to experience "reverse culture shock" upon your return [to your home country]. In some cases, particularly where a person has adjusted exceptionally well to the host country, reverse culture shock may cause greater distress than the original culture shock(L. Robert Kohls, *ibid*).

어린 시절을 같이 보냈던 친구들을 잃는 것처럼 쓸쓸한 것이 또 있을
까? 호주에서도 사람들을 만나게 되고 친구를 사귀게 된다. 그러나 우리
는 더 이상 어린 아이가 아니다. 어른이 되어서, 적당히 때가 묻은 가슴
으로 만나는 이민 친구들이 고향 친구들과 똑 같을 수는 없다. 그저 빈
웃음으로 만나는 사람들은 매일 만나도 타인일 뿐이다. 기쁠 때 잔을 부
딪칠 사람은 이민 사회에도 많이 있지만, 슬플 때 같이 울어 줄 사람은
거의 없는 것 같다.26)

말하자면 이민에서의 완전적응이란 이민 친구를 얻기 위한 고향 친구의
상실을 의미한다. 결국 그것은 自己正體性(Identity)의 손상에 다름 아니다.
순수한 이민의 입장에선 하루 빨리 이민사회에 적응하는 것이 급선무이며
그것은 그들의 생을 안정되게 하는 지름길이다. 그러나 고국에서의 정서적
영감에 기대어 내면세계의 은밀한 충동을 문학적으로 형상화함으로써 한
국문학의 또 다른 주변부를 이뤄가고 있는 호주의 한인작가들에게 있어 이
는 문학적 소재의 근원적 차단을 의미하는 것이기에 이민생활에서의 "완
전적응"이란 영원히 이들과는 거리가 먼 세계의 이야기일 뿐이다.27)

그러나 이러한 보편적인 한인작가들과는 달리 독특한 방식으로 이민문
학을 일궈가고 있는 독보적인 한인 작가가 있다. 호주한인의 산문문학은
바로 이 소설가 돈오 김(Don'o Kim)을 빼곤 운위될 수조차 없을 것이다.

돈오 김은 고려대 영문과를 졸업하고 KBS에서 방송작가로 잠시 일하
다가 1961년 호주로 오게 되었다. 아직 백호주의가 기승을 부리고 있을
때 그는 시드니 대학과 N. S. W 대학에서 영문학을 공부했다. 한동안
선생님이 되어서 여러 대학에서 가르치기도 했고, N. S. W 주립도서관

---

26) 윤필립, 『시드니에는 시인이 없다』, p.45.
27) 호주에 이민와서 첫 사랑의 분신과 극적으로 해후하는 장면을 그린 손성훈의
   소설 「고통의 유산」과 이민생활의 고달픔을 그린 「이름 그리고 운명」, 호주 속
   의 아시아, 나아가 한국의 위상을 젊은 날의 호기와 절제된 관념으로 풀어 헤쳐
   본 한기웅의 단편 「백수광부의 노래」 등의 작품들에서도 재호 한인작가들의 끊
   을 수 없는 고국과의 고리를 절감케 한다.

에서 근무하기도 했다. 그러던 중 돈오 김이라는 필명으로『내 이름은 티안(My Name is Tian)』이라는 장편소설을 발표하면서 최초의 아시아 출신 작가가 되었다. 이어서 『암호(Password)』라는 장편을 발표했고, 1984년에는 드디어 그의 대표작이라고 할 수 있는 『차이나맨(The Chinaman)』을 발표했다. {……} 돈오 김은 호주 정부로부터 '71년과 '73년「Commonwealth Literary Fellowship」등 여러 차례 문학상을 받기도 했다.

　　제4회 해외문학 심포지움에서 주제 발표를 한 시드니 대학 영문과의 마이클 와일딩 교수는 "돈오 김의 장편『차이나맨』은 한 마디로 경이로운 작품"이라고 말했다. 와일딩 교수는 '88년 런던 대학에서 발표한 논문을 통해 "『차이나맨』은 호주문학이 이루어낸 쾌거로서 세계문학사에 길이 남을 작품이다"라고 격찬했다.[28]

그는 모든 작품을 영어로 발표하였고, 때문에 그의 작품들은 영국문학사에서 당당히 연방문학(Commonwealth Literature)의 일원으로 언급되어지고 있다. 뿐만 아니라 아시아 출신 작가로서는 보기 드물게 호주문학사에서도 비중있게 다뤄지고 있다. 비교적 짧은 시간 내에 호주 문학 속에서 돈오 김이 이처럼 굳건히 뿌리를 내릴 수 있었던 것은 원어민을 능가하는 출중한 영어실력에다, 아이러니컬하게도 그의 문학의 원천을 고국인 한국에 두지 않았기 때문이다. 이는 여느 한인작가들과 구별되는 돈오 김 문학의 두드러진 특색으로, 그만큼 그는 작품의 소재로부터 자유로울 수 있었던 것이다. 시드니 근교의 아름다운 포구 "파통카"에 은거하며 "한 그루의 나무처럼, 이름 모를 새처럼, 긴긴 세월을" 조탁해 빚어낸 그의 작품들은 열린 세계를 지향하는 호주문학의 코스모폴리틱한 본질에 부합하는 것이기도 했다.

월남전의 참화 속에서 성숙해 가는 한 소년의 비애를 통해 아시아문제를 절묘한 문체로 제기하고 있는 그의 호주문단 데뷔작『*My Name is Tian* 내 이름은 티안』(Angus&Robertson, 1968), 제2차 세계대전 무렵의 중앙아시아를 배경으로 열강의 각축을 긴박감있게 다룬 『*Password* 암호』(Angus &

---

28) 윤필립, 『시드니에는 시인이 없다』, pp.97~98.

Robertson, 1974), 그리고 대보초 해안(Great Barrier Reef)을 배경으로 청정사회 호주의 미래를 종교적 화두로 풀어내고 있는 『The Chinaman 차이나맨』[29] (Hale & Iremonger, 1984)의 세 작품은 모두 작가의 고국인 한국과는 무관한 영문소설들이다.[30]

'정치적 음모'(A Political Intrigue)란 부제가 붙어 있는 그의 대표작 『암호』에 눈길을 돌려보자.

2차 대전 무렵 중국의 지배하에 있던 중앙아시아의 타타리아[31]에 총독의 군사고문으로 부임하는 일본 유학생 출신의 엘리트 중국군 장교 '미스터 노'의 1인칭 시점을 통해 당시 제국주의 열강의 비열한 음모와 그 와중에서 정치적 희생물이 되고 마는 한 이상주의자의 좌절을 그리고 있는 이 작품은 무엇보다도 당대 정세에 정통한 작가의 해박한 지식과 번뜩이는 추리력이 돋보이는 정치소설이다.

> Closer to everyday realities, politicians called it an explosive pivot among Russia, China, Japan and, to a lesser extent, The British, as it was in the late 'thirties

---

29) 특히 이 작품에 대해 호주 비평가들의 관심이 지대한 것은 영문으로 쓰여졌으나 아시아문제를 다룬 두 작품에 비해, 직접 호주를 배경으로 호주의 문제를 깊이 있게 다뤘기 때문이다.

30) 따라서 돈오 김의 작품들을 한국문학의 범주에 포함시킬 것인가 하는 문제는 보다 신중한 논의를 요한다. 영문으로 쓰여졌더라도 한국을 배경으로 한국인의 사상과 정서를 다룬 것이라면 한국문학의 한 부분으로 수용하는데 별 무리가 없었을 것이다. 그러나 돈오 김이 한국 출신이 분명한 이상 그의 작품을 한인문학으로 분류하는데는 이론이 없을 것으로 상정된다.

31) 현재 러시아 연방의 자치공화국으로 남아 있는 타타리아(Tartaria)의 실제 지도상의 위치는 중앙아시아에서 훨씬 떨어진 유라시아 대륙의 서남부이다. 작가는 필자와의 대담에서 작품의 배경인 타타리아는 실제의 위치가 아니라 현재 중국의 위구르 자치주인 신장지역을 모델로 한 것이라고 밝힌 바 있다. 따라서 작품의 내용도 역사적 사실성과 작가의 상상력이 배합되었다는 것이다. 그는 작품의 서문에서도 다음과 같이 말하고 있다.
"The fact-curious mind would be able identify certain events and characters in these pages, but beyond that, I must warn, such effort would bear little fruit because Tartaria of Password existed only in my sense of reality and probably in no one else's."

when they all tried to assume authority in the region with the ideologies then in fashion. Tartaria, apart from its strategic signifiance, had enormous un-derground resources to be exploited.[32]

대학시절의 은사, 히시 교수의 강력한 추천으로 총독의 군사고문이 되려 남경을 떠나 타타리아로 날아가는 "나"의 뇌리엔 약소국의 독립을 돕기 위한 순수한 열정으로 충만하다. 한때 세계를 호령했던 징기즈칸의 후예들이 제국주의의 조류를 탄 주변강국의 틈바구니 속에서 약자로 전락해 방랑의 삶을 엮어가는 것이 그의 눈엔 못내 안스럽기까지 하다.

I thought of those who had wandered into Tartaria retreading the Khan's path from the Red Sea, the Black Sea and the Persian Gulf, across the Altai Rangers, the Gobi and beyond the Pamirs and the Himalayas, and they now included me, coming not in the hope of raising goats and sons and daughters in the new land but in the fear of my own dream, in the fear of all that seemed possible within me.[33]

다행히 그가 만나본 타타리아의 총독(The Tupan)은 남다른 개혁의지를 가진 중국군 장성이다. 총독은 주변열강의 세력을 적절히 견제, 이용하면 서 내실을 다지자는 "나"의 전략적 견해에 공감하고 전폭적 후원을 약속한 다. 그러나 팽배한 민족주의 감정과 일본군부의 원조를 등에 업고 중국정 부의 타타리아 지배에 반기를 든 "리 장군"의 반군세력이 막강한 무력으로 밀어닥칠 기미를 보이자 "나"는 스탈린의 소련군부를 이용하려는 총독을 설득하여 "리"일당의 행보를 조절할 수 있는 유일한 끈인 일본군부의 힘을 빌리기로 하고 자청하여 만주로 간다. 만주 주둔 일본군 사령부에서 고급 참모로 근무하는 대학동창 기또 대좌의 조력을 얻기 위해서였다. 그러나 끊임없이 "나"를 미행하는 중국정부의 밀정과 경찰을 따돌리는 와중에 중

---

32) Don'o Kim, 『Password』, Angus&Robertson, 1974, ─Author's Note─.
33) Don'o Kim, Ibid., p.4.

국 공산당 비밀조직의 포로가 됨으로써 기또와의 준선은 실패로 끝나게 된
다. 계파를 초월한 중국인들의 반일감정을 확인한 그가 우여곡절 끝에 다
시 타타리아로 돌아 왔을 땐, 비밀리에 코딘테른에 가입한 총독이 스탈린
의 힘을 빌어 이미 "리"일당을 진압한 뒤였다. 이 모든 것이 중국인 혼혈
아내를 앞세운 러시아 공사 카렌스키의 치밀한 공작과 중국정부의 통제에
서 벗어나 새로운 패권주의를 꿈꾸는 총독의 은밀한 야망에서 비롯된 정치
적 음모였음을 뒤늦게 깨달은 "나"는 총독의 강력한 회유에도 불구하고 양
측간의 조약체결을 반대하며 결국 총독과 결별한다. 그리고는 총독지지 세
력과 민족주의 민중세력의 군중시위로 촉발된 소요의 와중에서 정체불명
의 총탄에 맞아 쓰러진다.

> I felt the hot breath of the heat-wave over my face, then, amid the uproar
> of the crowd, I thought I heard a rifle shot. At the same moment, there was
> a flash between my eyes, and a sudden tremor in my spine. I dropped the gun.
> I hung onto the bridle in my hand. I reached out for the messenger's stooped
> back. But he was already moving out of my vision. Then, I saw Kito looking
> down at me from the other side of the veil. I could no longer keep my eyes open
> but I raised my spread finger as high as I could reach. The clicking tongues grew
> louder and louder in my ears.[34]

"나"의 스러져가는 의식 속에서 대비되어지는 기또의 묘한 실루엣은 비
정한 음모가 횡행하던 당대의 정치적 굴절상을 처연히 부각시키기에 족하
다. 작가는 순수한 이상을 가진 한 젊은 휴머니스트를 무참히 짓밟은 아시
아의 최근세사를 통해 고난에서 잉태된 반성적 사유의 메시지를 보내고 있
다.[35]

---

34) Don'o Kim, *Ibid.,* p.184.
35) 『암호』는 훌륭한 주제의식과 치밀한 구성, 그리고 빼어난 문장력에도 불구하고
   한국을 담보로 한 정신사적 배경이 근본적으로 결여된 점을 지적하지 않을 수
   없다. 그러나 최근(2000. 8. 28) 필자와의 면담에서 돈오 김은 현재, 남북통일을
   소재로 한 장편소설 『태극』(Cross Circle)이 거의 탈고단계에 있음을 시사해 기대

이렇게 볼 때 호주한인의 산문문학은 떠나 온 고국에 소재적 근원을 두고 있는 경우와 과감히 이에서 벗어나 호주문학 속으로 뛰어드는 돈오 김의 경우로 뚜렷이 대별된다고 하겠다.

## 3. 結 論

본고에서는 호주의 한인문학을 운문과 산문의 갈래로 나누어 살펴 보았다. 어쩌면 호주의 한인문학에 대해 결론을 낸다는 것은 아직은 시기상조인지도 모른다. 그만큼 앞으로의 열린 가능성에 더 기대를 걸어야 할 무한한 잠재력을 담보하고 있는 까닭이다. 일천한 이민사에서 기인한 걸음마 단계에서 벗어나 새로운 도약을 준비 중인 호주의 한인문학이 찬란히 開花할 날을 고대하면서 지금까지의 논의를 요약해 본다.

첫째, 호주 한인의 운문문학 작품들은 이민에서 비롯된 심리적 공황과 정착의 과정을 호주사회의 특수성에 의탁해 내성적으로 형상화하고 있음을 알 수 있다. 이는 호주한인의 삶이 정착과정에서 드리워진 어두운 그림자를 해소하면서 점차 적응의 단계로 들어서는 도정에 위치하고 있음을 보여주고 있는 것으로, 현실의 정서적 반영에 충실함을 알 수 있다.

둘째, 호주 한인의 산문문학은 운문문학의 서정성을 보다 역동적으로 전환시키면서 다양한 삶의 편린들을 보여주고는 있으나, 소박한 일상성의 굴레에서 벗어나 '서사적 허구'(plausibility)의 세계로 접어들지 못하는 한계를 나타내고 있다. 그런 가운데서도 호주문학 속으로 깊숙이 뿌리내린 발군의 작가, 돈오 김을 가지게 된 것은 호주 한인문학의 자랑거리가 아닐 수 없다.

자료의 미비와 연구자의 무능에서 비롯된 본고의 문제점들은 후고를 통해 보완할 예정이다.

---

를 모으게 한다.

제3부

# 1920年前後 韓國小說에 나타난 죽음樣相考

## — 妓女의 自殺을 중심으로 —

## 1. 머리말

일찍이 죽음은 삶, 사랑과 더불어 문학의 3대 명제로 다뤄져 왔으며 人生의 根本問題이기도했다. 이들 중 특히 죽음에 대한 人間樣相의 存在論的認識이 확대되면서[1] 작품에 수용되었던 그 양상의 변모 발전의 과정도 주목의 대상이 됨은 물론, 근자에 이르러선 소설작품에 나타나는 '죽음의식'의 규명을 위한 의미깊은 穿鑿들이 시도돼고 있다.[2]

이러한 관점에서 볼 때 해피엔딩(happy-ending)을 추구하는 古小說에서 상대적으로 유보될 수밖에 없었던 죽음의 양상이 新小說의 탄생과 함께 1910년대를 거쳐 1920년대에 이르기까지 다양하게 우리 현대소설에 투영되었던 사실은 어쩌면 당연한 현상으로 볼 수 있을 것이다.

---

1) 이재선은 R.Unger와 R.W.B. Lewis, T.Ziolkowski, R.M.Alberes 등의 말을 들어 문학에서의 죽음의 문제사적 해명을 이미 논급한 바 있으며, 이인복도 죽음을 근본적인 인간양상의 존재론적 탐구에 근거한 문학예술의 대상으로 파악하고 있다(이재선, 『한국단편소설 연구』, 일조각, 1975, pp.188~190. ; 이인복, 『한국문학에 나타난 죽음의식의 사적 연구』, 열화당, 1979, p.3).

2) 이재선, *ibid.*
   이인복, *ibid.*
   정재훈, 『한국현대소설에 나타난 죽음의 연구』, 경희대 교육대학원, 1976.
   장백일, 「김동인 문학의 갈등과 죽음의 문제」, 『어문학』 1집(국민대), 1981.
   이유식, 『1920년대 한국소설의 죽음의 결말 연구』, 한강대 대학원, 1983 등 다수.

그러면 신소설의 등장 이후, 1920년을 前後한 우리 현대소설에 나타난 죽음의 실상은 과연 어떠했는가? 본고는 궁극적으로 이에 대한 해답을 얻기 위한 것으로, 인간존재의 해명을 위해 죽음과 인간진실과의 관계를 노정시키고저 하는 문학의 탐구적 기능[3]에 그 근본적인 논의의 실마리를 두고 있음을 밝힌다. 이를 위해 본고에서는 동일한 소재의 죽음(妓女의 自殺)을 다루는 1920년 전후의 세 작품을 대상으로 그 죽음의 의미를 각기 고찰해 보고자 한다.

　　먼저 살펴볼 「明月亭」은 朴頤陽이 지은 新小說로서 1912년 7월 30일, 唯一書館에서 간행되었는데 '허원'의 妾이 된 기녀 '차채홍'의 자살을 다루고 있다. 다음의 「淸流壁」은 1916년 玄相允에 의해 『학지광』 제10호에 발표된 것으로, 남편에게 버림받아 娼妓가 된 玉香의 自殺이 펼쳐지고 있는데 개화기 신소설에서 20년대 근대단편으로의 교량적 구실을 담당한[4] 현상윤 소설의 특성을 잘 나타내 주는 작품이다. 마지막으로 거론될 「눈을 겨우 뜰 때」는 1923년 『開闢』에 발표된 金東仁의 대표적 단편으로 平壤名妓 '금패'의 자살을 다루고 있다.

　　이들 작품들이 모두 妓女의 自殺을 作品內에 受用하고 있다는 점은 본고의 논의진행상 시사하는 바가 자못 크다. 그것은 인간을 완성시키는 最後因子인 죽음의 양상이 왜 自殺로 표출되었나 하는 문제와 이들의 자살과 기녀란 신분의 상관성 때문이다.

　　시기적으로 이행, 변천되는 죽음의 형태면에서 볼 때 신경향파 문학이 등장하는 1925년 이전의 소설에 나타난 죽음의 모습은 살인 아닌 주로 自殺, 凍死, 그리고 病死의 형태였다.[5] 신소설의 등장 이후 프로문학의 살인충동이 작품에 구체화되기 전인 20년대 중반까지엔 그 중에서도 자살의 결말이 가장 현저했다. 이는 전통적인 한국인의 사고방식이나 의식구조에서 기인한 것으로, 자기를 스스로 약체화시켜 生의 問題를 죽음으로써 탈각하

---

　3) 이인복, ibid., pp.11~12.

　4) 주종연, 『한국근대단편소설 연구』, 형설출판사, 1981, p.70.

　5) 이유식, op. cit.

려는 소극적 감상화가 뚜렷해 삶의 현장에 대결하려는 공민적 용기와 개체 보호의 자주적인 사고가 결여된 탓에 나온 결과로 지적되었다.[6]

즉 작가들이 우리의 봉건전통사회에서 현대로 옮아오는 과도기에 성장하고 또 작가로 출발한 만큼 그들의 의식 속에서도 전통적 사고방식이 뿌리 깊이 내재하여 소설 속의 인생을 자살이란 가장 편리하고도 보편적인 결말로 처리케 했던 것이다. 따라서 25년 이전에 발표된 이들 세 작품들도 환경으로부터의 소극적 자기방어요 퇴행현상인 '自殺'을 공통적인 죽음의 양상으로 표출하고 있다. 이는 "自殺이 自我에게 향해진 사회에 대한 격노"라 지적하는 '팔머'의 견해[7]에 의하면 妓生이란 사회적 신분과 자살과의 상관성의 측면에서 그 접근을 가능케 한다. 또 당시 죽음 양상의 한 특질이었던 자살의 모습이 비교적 비슷한 시기에 일정한 간격을 두고 발표되었던 세 작품에서 시대의 추이에 따라 어떤 변모와 발전을 보이는가 하는 것도 관심을 가지고 추적할만한 과제이다.

## 2. 「明月亭」에 나타난 '죽음'의 양상

### 1) 채홍의 自殺

신소설 「명월정」에 대한 논급은 이재선의 『한국현대소설사』[8]와 서대석의 연구발표[9]를 제외하면 거의 전무할 정도로 그간 이 작품은 신소설 연구 대상의 외곽에서 주목을 받지 못한 것이 사실이다.

그러나 기녀 차채홍의 자살을 다루는 이 작품에서 나타난 죽음양상은

---

6) 이재선, 『한국현대소설사』, 홍성사, 1979, p.133

7) Stuart Palmer, 『*The Violent Society*』, College & University Press. New Haven, 1972, p.93.

8) 이재선, 『한국현대소설사』, 홍성사, 1979, p.132.

9) 서대석, 「신소설 『명월정』의 번안양상」, 『국어국문학』 72·73호.

당대인들의 사생관의 한 片鱗을 가장 효과적으로 엿보게 한다. 그것은 이미 서대석에 의해 지적된 바처럼 이 작품이 중국 明代의 소설 「蔡小姐忍辱報仇」를 번안한 飜案小說이란데서 기인하는 것이기도 하다. 서교수는 明末에 姑蘇抱擁 老人에 의해 편찬된 단편집 『今古奇觀』에 실린 40편 중의 하나인 「채소저인욕보구」와 박이양의 신소설 「명월정」을 다각도로 대비, 분석한 후 「명월정」이 번안소설임을 논증하고 있다.

번안소설이란 외국소설의 줄거리를 차용해 自國風으로 改作한 작품을 일컫는 것으로 외국작품을 自國人의 生活習俗과 전통 속에 부합시키기 위해선 자국내의 적절한 장르적 모델의 설정이 필요하게 된다. 이때 필연적으로 외국의 원작과는 달리, 당대 자국인의 가치관은 물론 재창조된 작가의식이 변별적으로 드러나게 되며 따라서 당대인들의 죽음에 이르는 통찰과 사생관도 작품을 통해 보다 용이하게 포착될 수 있게 되는 것이다.

여기서 「명월정」의 줄거리를 요약해 소개한다.

차채홍은 남동생 상순과 함께 부모를 모시고 서울에서 여학교에 다니는 학생이었는데 아버지 차기문이 술로 인해 사업에 실패하자 연안으로 이사하게 된다. 이삿짐을 배에 싣고 가는 도중에 뱃사람이 강도로 돌변해 채홍 만을 남기고 가족들을 모두 수장시킨다. 두목 진치보가 술에 취해 잠든 사이에 나머지 도둑들은 재물을 나눠 달아나고 진치보도 술이 깨자 채홍의 목을 조르고 달아난다.

죽다가 살아난 채홍은 변시복에게 구조되어 개성의 기생조합에 팔려간다. 그러나 자기 의사에 반해 기생이 된 채홍이 순순히 말을 안 듣자 송도 여인을 첩으로 삼으려 개성에 온 허주사에게 인도된다.

허주사와 함께 상경하던 채홍은 도중에서 진치보 일당을 발견해 허주사의 도움으로 그들을 처결하는 데 성공한다. 이어서 자식없어 고민하던 허원(허주사)의 아들까지 낳아 자신을 구해준 보은을 하고 행복한 나날을 보낸다. 그러던 어느날, 관립학교 운동회에서 죽은 줄 알았던 동생 상순을 극적으로 해후한다. 그러나 기생으로서 첩이 된 자신의 신세를 동생 앞에 드러내 보인 것을 자책해, 그 옛날 학생 시절 동생에게 결단코 妾노릇 안하기로 맹세한 것을 떠올리며 유서를 써놓고 한강에 투신 자살한다.

이상에서 살펴본 바와 같이 「명월정」에 나타난 채홍의 자살은 그 죽음의 의미가 매우 약하여 작가의 意圖的 裝置에 의한 작위적 경향이 짙다. 이는 서대석의 지적에서처럼 중국의 원작 「채소저인곡보구」와는 달리 번안과정에서 작가의 주안점이 변모되었기 때문으로 볼 수 있다. 즉 채홍이 허원이 첩이 되기 전까진 처녀성을 지키고 있는데 반해, 「채소저인욕보구」에 등장하는 蔡瑞虹은 이유야 어찌되었든 卞福, 胡悅 등의 뭇사내를 거쳐 朱源을 만난다는 내용상의 차이에서 기인하는 것이다. 과라서 이렇다 할 남성편력이 없는 채홍의 경우, 그 죽음의 의미가 약화되어지는 것이다.[10]

여기에서 우리는 번안소설인 「명월정」에서 변볕적으로 나타나는 작가와 당대인의 가치관을 엿볼 수 있다. 즉 아직까지 貞操를 매우 소중히 여기는 관념과 함께 기생계급에 대한 천시현상, 그리고 명예와 명분을 위해 쉽사리 목숨을 끊는 사생관 등이 그것이다.

일반적으로 妓女의 발생근원은 世襲妓를 제외하고 크게 다음의 다섯 가지로 나눌 수 있다.[11]

첫째, 良女의 고아가 기녀가 되는 경우.

둘째, 부모 혹은 보호자가 빈곤이나 기타 사정으로 妓家에 女子를 팔아서 된 경우.

셋째, 지방관아의 사령의 자녀와 양가의 자녀로서 여성 본능의 화려한 생활에 현혹되거나 운이 좋아 高貴宗門의 副室(妾)도 들어가면 일생을 호화롭게 생활할 수 있다는 허영심에서 본인이 희망하여 된 경우.

넷째, 유교적 윤리관에 의해 정욕을 죽여야 했던 과부가 자유로운 性生活을 위해 妓가 된 경우.

다섯째, 양반의 婦女로서 淫行하여 恣女案(淫女記錄帖)에 기록되어 妓가 된 경우.

---

10) *Ibid.*, p.675.
11) 현문자, 『기녀고』, 동아대 대학원, 1967.

이 중, 첫째와 둘째 경우는 어쩔 수 없이 외적 환경에 의해 妓女가 된 사례로 볼 수 있으며 나머지 세 경우는 자발적 의지에 의해 妓籍에 오른 경우이다.

「명월정」의 차채홍은 첫 경우에 속하므로 자기의사와 무관하게 기생이 된 사례이다. 다복했던 여학생이 이사 도중 가족을 잃고 고아로 전전하는 과정에서 자신의 의사와는 무관하게 기생이 된 것이다. 따라서 이처럼 타의에 의해 이뤄진 신분 결정은 당대의 가치관에 비춰볼 때 채홍을 죽음으로 이끄는 중요요인으로 등장한다.

## 2) 죽음의 의미—名分의 죽음

「명월정」의 줄거리를 통해 살펴본 결과, 채홍의 自殺은 현실적인 죽음의 의미가 매우 약하여 자살의 논리에 있어 그 동기가 필연성 내지 충분조건으로 제시되어 있지 못함을 알 수 있다

비록 자기의사에 반해 기생으로 남의 첩이 되긴 했으나 자살 직전 채홍의 현실은 행복이 충만한 상태였다. 신문명에 일찍이 눈을 뜬 개화인으로 누구보다도 채홍을 사랑하는 지아비 허원과 첩인 채홍을 투기하지 않고 따뜻이 감싸는 이해심 많은 본처, 그리고 자식 없던 허씨 가문에 채홍이 들어와 낳은 그녀의 아들과 함께 남부럽지 않은 가정을 이루고 있었던 것이다. 따라서 기생으로서 첩이 되었다는 신분에 대한 열등의식과 하향된 신분에의 죄의식이 채홍을 사지로 몰고 가는 직접적 원인이며 이는 현실적인 타당성을 부여받기 보다 어디까지나 명분의 범주에 속하는 문제이다.

다시 말하자면 채홍의 자살은 기생과 첩됨을 비관해 행해지는 것으로 동생에게 한 맹세를 실천에 옮기기에 불과한 명분론적 죽음에 지나지 않는 것이다.

"이아 나는 부모가 강제로 무식한 야만에게 시집보내거나 또 남의 첩

을 주거든 죽어도 그런 명령은 봉승치 아니하려느냐 하는 말씀에 일어
섰다……"12)

위의 인용은 채홍이 여학생 시절, 남동생 상순과의 대화 도중 한 언약으
로, 결국 그녀를 죽음으로 이끄는 직접적 동기로 성장하는 문제의 발언이
다. 이러한 단호한 결의에 걸맞게 불가피한 외적 환경에 의해 결정된 자신
의 신분에 대해 처음, 채홍이 취하는 태도는 거부 일변도의 반응으로 나타
난다. 이는 변시복의 처에 의해 300원에 팔려 기생조합에 넘겨졌을 때의
채홍의 반항적 자세에서 충분히 엿볼 수 있다.

      "이놈들의 영업은 참 못하겠소. 일전에 삼백 원 들여 데려온 계집은
   말하는 벙어리요 쩍지게 내외는 하고 외모 아깝게 내숭스럽고 독하여
   서 저희 기생들끼리 조조 화룡도 빌 듯 천만 가지로 달래고 우려도 한
   모양이기에 심지어 잔채질하여도 무가내하니 이런 기막힌 일이 있소?
   속담에 열 번 찍어 넘어지지 않는 나무가 없다 하기에 연주회 광고할
   때마다 인력거 태워 마풀님 시켜도 그 식이 장식이니 차 소위 소 잃고
   송아지 옷질 치는 격이야요, 가만히 흘러본즉 제만은 창기 바탕은 아니
   고 씨있는 계집인데 어찌하여 그리 되었는지 말 아니하니까 모르거니
   와 외모도 똑똑하고 여간 글자도 있는 모양이라……"13)

채홍이 기생으로의 변신에 항거함으로써 골치를 앓고 있는 기생조합 조
장의 푸념이다. 채홍의 이러한 기생의 계급에 대한 인식은 그녀만의 것이
아니라 당대인, 나아가서는 작가의 인식의 結晶이기도 하였다. 이는 채홍
을 달래는 동료 기생들의 대사를 통해서도 알 수 있는데,

      "우리네들도 이리 되누라니 산전수전 다 겪었지, 누구라 기생 노릇
   하기를 즐겨할라구? 팔자가 글러 이 지경이지 수원수구하리? 차 소위

---

12) 「명월정」, 『한국신소설전집』 권6, 을유문화사, 1976, p.118.
13) Ibid., pp.108~109.

절에 간 색시지, 하자는대로 할 거야."

　{……}

"여보 과부 설움은 동무 과부가 안다고 이년도 부모 하탈문 입밖에 떨어질 때에 이 모양 되라면 진작 죽지 않고 살았다가 하구많은 생선에 복생선으로 이 천한 기생이 되어 몹쓸 형벌 별별 트집 받아가면서 歌詞 한 장, 시조 점수 떼어놓고 보니……."14)

　하나같이 자기 신분에 대한 열등감과 불만을 토로하고 있다. 이 같은 천한 신분으로의 하향에 강한 저항을 보이던 채홍이었지만 허원을 만난 후 그의 개화된 성품과 폭 넓은 인간미에 이끌려 그녀가 천한 신부의 세계를 수용한다. 그리고는 자식이 없던 허원의 아들을 낳아 줌으로써 더욱 따스해진 현실 속에 점차 안주하려 한다. 그러나 이러한 채홍의 갈구는 갑작스레 등장한 동생으로 말미암아 깨어지고 잠시나마 그녀의 가슴 깊숙이 잠재되어 있던 신분의식을 다시금 환기시키게 한다.

　이는 곧 동생에게 한 맹서와 직결되는 것으로 고민하던 채홍을 끝내 사지로 몰고 간다. 열기에 끓던 학생시절의 장담은 동생 앞에 내보인 자기 신분을 수치로 받아들이게 하고 이를 죽음으로써 벗어나야 한다는 명분의 논리가 그녀의 위신을 세우는 데에 작용한다.

　　하루는 채홍이 심히 조용한 밤을 타서 혼잣말로 "내가 이제는 가슴에 맺히고 서린 슬픔을 다 풀었지마는 나의 일신상의 명예와 흠점이 이 세상에서 살고서는 씻을 수 없으니 이리 할 밖에 없다" 하고…….15)

　이러한 명분의 죽음은 고소설에서 보이는 전근대적 징벌로서의 죽음과 상통하는 것으로 이 작품이 시기적으로 고소설과의 연계선상에 있는 新小說이란 점에서 노정되어지는 古套로 보인다. 즉 채홍의 죽음을 유도한 배경의 근저엔 贖罪와 自己潔白을 증명하는 최고수단이 자살이라는 한국인

---

14) *Ibid.*, p.112.
15) *Ibid.*, p.149.

의 전통적 사고방식이 내재해 있다고 볼 수 있는 것이다.

이는 설화나 조선조 소설에서 자주 보인 모티프였고 과거의 전통사회에서 자주 있었던 일로, 치욕적인 누명을 벗을 길이 없을 때 쉽게 택한 결벽증명의 방법이었다. 고의적이었건 피치 못할 사정이었건 일단 어떤 일로 말미암아 결정적인 잘못의 결과가 와서 깊은 회한과 죄의식에 빠질 때면 곧잘 한국인, 특히 여인들은 자결로 속죄하려는 경향이 매우 높았던 것이다.16) 또한 채홍의 죽음은 현실적인 바탕이 부족한 명분상의 죽음인 만큼 죽음을 초래하는 내적 갈등이 전혀 보이지 않는다. 현실에 점차 안주해 가던 그녀가 동생의 등장으로 갑작스레 죽음을 결심했으므로 그간의 갈등이 개입할 여지가 원천적으로 봉쇄되어 있는 것이다. 따라서 이는 죽음의 의미를 약화시키는 중요한 요인이 되고 있다.

이와 함께 상징적인 의미에서 볼 때 채홍의 죽음이 밤에 이뤄진다는 것은 밤의 고독감과 카오스적 보편상징17)에 미뤄 한강에 투신하는 이미지의 상징성과 더불어 하강적 의미의 죽음18)으로 파악된다.


## 3. 「淸流壁」에 나타난 죽음의 樣相


### 1) 玉香의 自殺

1916년에 발표된 현상윤의 「청류벽」에는 玉香이란 妓女가 등장한다. 이 작품에서의 옥향은 이미 현상윤 작품의 기성 연구1)에서 논의된 바처럼 현

---

16) 이유식, 『1920년대 한국소설의 죽음의 결말 연구』, 한양대 대학원, 1983, p.40.

17) 이재선, 『한국현대소설사』, 홍성사, 1979, p.133.

18) 명형대, 『동인소설의 죽음 연구』, 부산대 대학원, 1976, p.16.; 질서를 깨뜨리고 타락과 불행의 부정적 행위로 나타나는 것을 하강(decert)이라 했을 때 채홍이 허원의 행복한 가정이란 질서를 깨뜨리고 현실적으로 아구런 이유 없는 명분의 죽음을 택함으로써 스스로 불행을 자초했으므로 하강적 의미의 죽음으로 볼 수 있다.

실인식에 입각한 경험적 사실성을 추구하는 현실적 인물이다.

李人稙에서 비롯되는 근대단편의 명맥을 김동인, 염상섭, 현진건 등 20년대 작가들에게 연결시켜 주는 교량적 구실을 담당한 작가로 평가되는 小星 玄相允이었던 만큼 그의 작품들은 당시의 통속 신소설과는 구분되게 현실인식에 투철했던 것이 사실이다. 아직껏 구태의연한 상식성과 통속성의 고투를 벗지 못하고 있던 新小說들에 비해 현상윤의 소설은 시기적으로 약간의 차이가 있긴 하나 개척적인 면모를 보이고 있는 것이다.

이는 본고의 대상인 「청류벽」에서도 나타나는 바와 같이 逆進的 時間構成, 冒頭의 破格性, 對話와 지문의 명확한 구별, 표제의 예시성 지양 등 여러 가지로 지적될 수 있다. 하지만 「청류벽」에서 무엇보다도 우리에게 강렬한 인상으로 대두되는 것은 玉香이란 현실적 인물의 출현이다.

황해도 재령에 살던 김선달의 딸 永愚은 인근 안악읍 이과부의 아들 成道와 결혼해 부부가 된다. 그러나 얼마 후 시어머니가 타계하고 남편 성도는 방탕한 생활을 시작한다. 끝내는 남편에게 버림받아 친정으로 돌아오게 되고 어쩔 수 없이 재령군 주사로 와 있던 평양 사람 황석보의 첩이 된다. 그러나 황주사가 임기를 마치고 평양으로 전근하게 됨에 따라 본처의 눈치를 살피지 않을 수 없게 된다. 이에 황주사는 영은을 평양 사창가의 降仙館에 몸값 300원에 5년 기한의 창기로 팔아 버린다. 양가에서 자란 영은에게 강선관의 창기생활이란 차마 못할 고된 것이었다. 고통의 나날을 보내던 그녀에게 어느날 罪過를 뉘우친 성도가 찾아온다. 그리곤 옛 아내인 영은의 몸값을 갚아 자유로운 영은과 못다한 행복을 누리고자 다짐한다. 그러나 새 희망에 부푼 영은에게 몸값 300원의 경제적 한계를 극복치 못한 성도의 눈물어린 하소연이 전해지고 영은으로 하여금 이제 자기는 이러한 고통의 굴레에서 영원히 벗어날 수 없을 것으로 판단케 한다. 실낱 같은 마지막 희망을 송두리째 짓밟힌

---

19) 김기현, 「현상윤의 단편소설」, 『문학과 지성』, 1972. 겨울.
　　김학동, 「소성 현상윤론」, 『어문학』 v.27, 한국어문학회, 1972.
　　주종연, 「현상윤의 단편소설」, 『한국 근대단편소설의 연구』, 형설출판사, 1981.
　　김현실, 「현상윤의 단편소설 연구」, 『국어국문학』 v.93, 국어국문학회, 1985 등.

영은은 마침내 생의 지표를 상실하고 어느 가을밤 돌래 강선관을 빠져
나와 대동강 청류벽에 몸을 던진다.

이상에서와 같이 「청류벽」에 등장하는 옥향의 자살은 현실 속에서 굴복
하는 나약한 한 여성의 죽음일 뿐이다. 현실적인 죽음의 의미가 약했던 「
명월정」에 비해 「청류벽」에선 현실적으로 타당성 있는 옥향의 죽음 논리
가 전개되어지고 있는 것이다. 이와 함께 영은이 기녀 옥향이 된 것은 前言
한 기녀 발생의 다섯 경우 중, 두 번째 사례에 속하므로 역시 자기 의지와
무관하게 신분이 결정된 경우로 볼 수 있다.

그러면 「명월정」의 채홍처럼 자기 의사와 관계없이 기녀가 된 옥향에게
있어 죽음에의 요인은 어떻게 달리 작용되고 있는지 그 죽음의 의미를 통
해 알아 본다.


## 2) 죽음의 의미—現實的 죽음

기녀 옥향이 된 영은의 자살은 차채홍의 경우와 같이 他意에 의해 기녀
가 된 사례이지만 그 죽음의 성격은 판이하다. 기녀란 사회적 신분이 賤한
계급의 가치대상으로만 인식되어지는 「명월정」에 비해 「청류벽」에선 고통
에 찬 하나의 현실적 직업으로 대두된다.

> 이제까지 되지도 못한 촌쟉쟈의게 뎨야단을 다밧던 玉香이는 겨우 몸
> 을 빼여나서 허순허순 느저진 옷고름을 다시 조려대면서, 맥업시 바람
> 을 지고 쓰러져 안느다. "아이고 이노릇을 언제야‥‥." 하면서 혼자말
> 노 한숨을 지우며, 뚝뚝 뛰는 가슴을 가만이 집코 마음업시 床머리에 느
> 러져 잇는 電燈을 바라보고 있다.[20]

그러나 이것이 엇지 영은이의 하고십허 하는 酬酌이며 웃고십허 웃

20) 「청류벽」, 『학지광』v.10, p.337.

는 우숨이리오. 아침부터 저녁까지 늙은이 젊은이 할 것 업시 고은이 미운이 할 것 업시 雜놈 건달놈 할 것 업시 멧圓 돈만 주는 놈이면 달녀드러와 시달니며 놀니고 마음에도 업는 니약이를 남웃기기 爲하야 불으지 안을 수 업스며 {……} 이것을 엇지 生命잇는 生이라 하며 이것을 엇지 價値잇는 목숨이라 하리오. 아 사람 한 세상이 이다지 괴로우며…… "사람의 八字가 이럴데가 웨 잇을고!?" 하고 속깁히 흐득여 나오는 셜음에 "이놈들 그럴데가……." 하는 원망은 좁은 가슴에 하로 이틀 사모차 가더라.[21)

위의 인용을 통해서도 알 수있듯이 옥향에게 있어 娼妓란 직업 그 자체가 죽기보다 더 괴로운 현실로 파악되고 있다. 따라서 이러한 고통의 현실을 속히 벗어나려 애쓰며 "다시 오는 세월에 좋은 운수를 바라리만 하는 생각에 조금 마음을 돌려 하루 이틀 혀를 물고 차마 못할 일 차마 못할 행동을 지긋 지긋 참아 지내는 " 옥향의 忍苦는 실로 눈물겨운 것이었다. 그러던 옥향에게 참고 지내던 고통의 세월을 보상해줄 수 있는 희망의 계기가 마련된다. 죄과를 뉘우친 남편 성도가 구원의 손길을 뻗친 것이다. 그러나 300원이란 몸값은 성도에겐 너무 큰 부담이었다.

결국 妓女의 굴레를 벗어나려는 玉香의 소망은 좌절되고 만다. 기대가 컸던 만큼 그 낙망은 더할 수 없이 뼈저린 것이었다. 고통의 현실을 벗어날 수 있는 유일한 길이 봉쇄된 후 그녀가 생각게 된 것은 죽음 뿐이다. 죽음을 유발토록 한 옥향의 현실은 죽음에 임하는 옥향에게 갈등의 양상으로 나타난다.

"그래 나는 벌서 죽어 싼년이로다. 다시 무엇을 바래고 {……} 樂이라고는 半分어치 업고 생기는 것이 苦生뿐인 八字에 {……} 죽는 것이 上策이다." 하고 와락 니러셔서 길섭헤 잇는 바우우에 올나가션다. …… 험한 절벽은 까닭업시 비죽비죽 나를 嘲笑하는 듯하고 발압헤 울굴굴 흘러가는 푸른 江물은 속절업시 千古의 恨을 알외는 듯한데, 멀니 안개

---

21) ibid., p.340.

속으로 稀微하게 보이는 中和海鴨山은 생ㄷ하는 사람이 나를 기다리고
서잇는 듯하고 잔잔한 불빗만 여긔져긔 반작이는 平壤城中은 무슨 惡魔
가 입을 버리고 나를 向하야 다가오느 것 갓치 보인다.
　"아아 自然아 나를 다려다 주렴 – 아모 苦로움 업고 拘束업는 님잇는
곳에…… 아이고 나를 노아만 주렴 노아만 주어……." 하고 여러 가지
일과 여러 가지 형편을 생각하다가…….22)

　이렇게 옥향은 죽는 순간까지 자기를 죽게 한 현실 속에서 경미한 갈등
을 일으킨다. 이는 그녀의 자살이 철저히 현실적 요인에서 기인하기 때문
이다.

　오늘날의 소설이 갈등양상의 尖銳化를 통해 작품 속에 의미있는 죽음을
구현하고 있음을 볼 때, 옥향의 죽음은 아직까진 많은 未熟性을 내포하곤
있지만 「명월정」의 채홍의 죽음보다는 한결 현실적인 갈등양상을 보여주
고 있는 것이다. 이는 무엇보다도 재래적 가치와 믿음이었던 명분적 도덕
률을 문학작품에 있어 이미 경험적 현실세계와의 不調和를 이루는 相關物
로 파악한 현상윤의 남다른 현실인식이 투영된 결과로 보인다.

　따라서 그의 작품 속에선 현실이 낙관적이든 절망적이든 현실세계를 정
면으로 응시하여 수용하게 되는 사실추구의 미학을 엿볼 수 있다.23) 그리
하여 등장인물들은 더 이상 명분과 헛된 이상을 좇는 허위적 인물이 아니
며24) 현실 속에서 고민하다 순응, 좌절하는 현실에 바탕을 둔 經驗的 個我,
즉 현실적 인물들이다. 그의 눈에 비친 일제하, 당대 우리 민족의 객관적
현실은 비관적일 수밖에 없었고 따라서 비극적 생기 작품 속에 제시된 것
은 당연했다.

　이러한 비극적 세계인식은 현실 속의 自我로 하여금 실제 구체적 세계

---

22) *ibid.*, p.342.
23) 현상윤은 「청류벽」 이외에 「박명」, 「한의 일생」, 「핍박」 등의 작품에서도 새로운
　현실인식에 입각한 경험적 사실성의 세계를 추구하고 있다.
24) 주종연은 이를 "전형적 인물의 지양"이라고 말한다(주종연, 『한국 근대단편소설
　연구』, 형설출판사, 1981).

의 횡포를 받아들이는데 있어 더 이상 우연이나 재래적 도덕률에 얽매이지 않고 절망적 현실세계를 정면으로 응시하고 수용하도록 하는데로 나아가게 한다. 그리하여 이를 인식한 현실 속의 자아는 그 결과, 살인 또는 소극적 반항의 양태인 자살의 자기파멸적 자세를 보일 수밖에 없게 되는 것이다. 옥향의 자살은 이런 견지에서 이해될 수 있다.

이와 함께 상징적 의미에서 보면, 옥향의 죽음 역시 밤중에 청류벽에서의 투신자살로 나타나지는 이미지의 상징성과 더불어 가치개념상 하강적 의미의 죽음으로 파악된다.[25]

## 4. 「눈을 겨우 뜰 때」에 나타난 죽음의 樣相

### 1) 금패의 자살

금패는 金東仁의 단편 「눈을 겨우 뜰 때」에 등장하는 주인공으로 역시 기생이다. 그녀는 「명월정」의 車采虹이나 「청류벽」의 玉香과는 달리 어릴 때부터 妓生의 화려한 생활을 동경하여 自意로 기녀가 된다. 따라서 이는 전언한 기녀 발생 유형의 3번째 경우에 해당하는 것으로 금패의 기녀로서의 자부는 대단한 것이다. 그녀가 동경해 스스로 선택한 위치인 만큼 자기 직업에 대한 아이덴티티(identity) 認識은 執拗하고도 自矜스러운 것이었다.

이런 금패에게 自己正體性에 대한 懷疑를 일으키게 하는 事件이 일어난다. 뱃놀이 나갔다가 여학생들로부터 자신의 자존심을 심히 손상시키는 모욕적인 말을 들은 것이다. 여기에서 자신에 대한 진정한 자아를 自覺하게 된 금패에게 있어, 손님 A와 청류벽에서의 소녀의 죽음은 그녀의 뇌리 속에 彼岸의 새로운 생으로서의 죽음의 세계를 심어놓게 한다. 그리하여 금패는 껍데기만 화려했던 자신의 허상으로부터 과감히 탈출하여 진정한 자

---

25) 이재선, *op. cit.*, 홍성사, 1979 & 명형대, *op. cit.* 참조.

아로 회귀하기 위해 스스로 목숨을 끊고 마는 것이다.

결국 이 작품은 대동강변의 요란하고 화려한 축제를 배경으로 이와는 대조적인 인생의 본질적인 죽음을 다루고 있는 것이다. 그럼 자의로 기녀가 된 금패의 죽음의 의미를 다음에서 자세히 糾明해 보기로 한다.

## 2) 죽음의 의미―自己回歸的 죽음

앞서 언급했듯이 금패는 平素에 妓女란 職業을 憧憬하여 자기의 소망을 이룬다.

> 그는 쾌활한 성질이었다. 여덟 살까지 손곳만으르 길에 나와서 사내애들과 싸우던 것도 아직 그의 기억에 남아 있는 바이다. 아홉 살에 그는 기생의 빛나는 살림을 그리어 기생 서자에 붙여 달라 하여 성공하였다. 그리하여 열 네 살 시사할 때까지에 그는 기생의 일반 재주에 그다지 남한테지지 않게까지 되었다.[26]

이와 같이 어쩔 수 없는 현실이 타율적으로 그녀의 신분을 결정한 것이 아니므로 금패의 妓女觀은 훌륭하고 멋있는 직업으로서의 그것이다.

> 여학생이라는 것이 차차 변하여졌다. 전에는 서른 살 이상의 늙은 여학생들이 많더니 차차 어린 여학생이 보이게 되었다. 그와 함께 여학생의 풍조가 차차 사치하게 되었다. 금패는 이것을 "여학생이 기생을 본받는다." 부르고 이긴 자의 쾌락을 맛보는 마음으로 이를 보았다.
> 노세 젊어서 노세
> 늙어지면은 못 노느니
> 이 노랫가락 한 구절은 그의 가장 즐기는 노래이었다. 때때로 여학생들이 기생을 경멸하는 것을 볼 때에는 그는 분하기는커녕 도리어 통쾌하였다. 그들(여학생들)은 자기네 기생과 같이 마음껏 <거드럭거리>지

---

26) 「눈을 겨우 뜰 때」, 『김동인 전집』 v.5, 삼중당, 1976, p.148.

못하므로 시기함이라. 금패는 이렇게 생각하였다. 그리고 노래하라, 놀라, 웃으라, 거드럭거리라 하여 끝까지 젊음을 즐기려 하였다.[27]

이렇게 자신만만하던 금패에게로 향한 여학생들의 조롱은 가히 衝擊的이었다.

> "옷이나 잘 닙으면 뭘 해, 너 이제 십년만 디내 봐라. 데것들의 꼴이 뭐이 되나 미처 시집두 못 가구, 구주주하게……"[28]

> 자기네의 이 뒷살림은 과연 여학생들의 말과 같이 구주주할까? 금패는 그것을 똑똑히 생각지 않으려 하였다. 그러나 그동안에 순서 없이 몇 가지의 생각은 저절로 그의 머리에 지나갔다. 첩, 병, 매음, 매, 본마누라, 싸움 이것이었다. 자기네의 앞에 막혀 있는 그림자는 이것이었다.[29]

비로소 그동안의 자신의 헛된 삶을 깨달은 것이다. 그리고는 이러한 삶으로부터의 돌파구를 모색케 된다. 그리하여 전에 자신이 경험한 A의 죽음 — 금패를 사모하던 가난한 자의 凍死 — 에서 某種의 示唆를 받게 된다. 즉 그녀의 現存在의 時間構造 속에 불안으로서의 죽음, 곧 미래의 시간이 內在해 있다는 사실을 인식함으로써 현재의 헛된 자신의 삶에서 진정한 자신의 삶을 되찾고자 번민케 되는 것이다.

> 이 일이 있은 뒤에 금패의 마음은 크게 변하였다. 그리고 또 이 일로 말미암아 금패는 두 가지 일을 깨달았다. 첫째는 사람의 앞에는 <죽음>이라는 커다란 그림자가 있다는 것이었다. 금패 자기의 앞에도 그것은 확실히 있었다. {……} 또 둘째는 이 세상에는 <돈과 멋> 밖에 <참과 그리움>이 있다는 것을 그는 깨달았다.[30]

---
27) *ibid.*, p.148.
28) *ibid.*, p.147.
29) *ibid.*, p.150.
30) *ibid.*, p.149.

금패는 그녀의 사회적 자아 — 기녀로서 호화스런 겉生活을 영위하는 자각치 못한 자아 — 와 본래적 자아와의 갈등에서 A의 죽음을 통해 잃었던 진정한 본래적 자아를 되찾는 계기를 마련한 것이다. 그리하여 죽음 속에서 본래적 자아의 회복을 추구하던 금패의 내적 갈등은 고통과 절망과 회의로 그녀의 삶을 칼질해 뒤흔들어 놓게 되고 때마침 손님들과 어죽놀이 갔다가 목격하게 된 16세 소녀의 청류벽 落死는 이러한 그녀의 의식을 더욱 구체적으로 가속화시킨다. 즉 그녀가 목격하게 되는 죽음들은 그녀 자신의 삶에 견인력을 가지며 夢中의 상태에서처럼 그녀를 향해 유혹의 손길을 뻗치게 되는 것이다.

> 그날 밤 집에 돌아와서도 그는 한잠도 이루지 못하였다. 아까 그 계집애의 죽음에서 시작된 그의 머리는 몇 해 전 자기에게서 쫓겨나가서 길가에서 얼어죽은 A며 자기와 친하던 기생 몇의 죽음……. 술좌석에서 갑자기 뇌일혈로 거꾸러져 죽은 N이라는 손님의 죽음을 순서 없이 생각하였다. 그리고 그는 한숨을 쉬었다. <죽음> 그것은 무섭지 않다.
>
> 그러나 이를 생각하며 계획하고 실행하는 것이 무서운 일이라고……. 이리하여 그의 머리에는 <죽음>이라는 문제가 성장하기 비롯하였다.[31]

소설은 갈등(Conflict)의 문학적 형상화이며 갈등이 소설 구상에서 가장 중요한 핵심을 이룬다고 할 때[32] 이 작품에서 금패의 죽음에 임하는 內的 葛藤의 대립적 구조는 自己回歸란 人生의 본질적 죽음을 다루는 만큼 상당히 예각적으로 드러나고 있다. 금패의 삶의 인식은 수 많은 죽음을 목격하게 됨으로써 더욱 강렬하게 삶의 의미를 인식하게 되고 삶에 대한 내적 갈등으로부터의 회의는 결국 죽음(自殺)을 동경하기에 이른다. 그러던 어느 날, 단오 그네놀이를 하던 그녀는 높이 솟구친 그네에서 손을 놓음으로써

---

31) *ibid.*, p.161.
32) 장백일, 「김동인 문학의 갈등과 죽음의 문제」, 『어문학』v.1, 국민대, 1981, p.63.

생의 고뇌를 극복하고 진정한 자기회귀를 이루게 된다. 無視와 蔑視, 侮辱이 빚은 正體喪失에서 비롯된 自覺이 결국 어린 기녀로 하여금 스스로 목숨을 끊어 진정한 자아를 되찾도록 한 것이다.[33]

따라서 妓女란 신분적 현실은 금패가 자각하고 죽음으로 진정한 아이덴티티를 되찾게 되는 重要因子로 작용하고 있다. 그녀가 기녀로서의 그녀의 신분과 직업에 대한 모욕적인 조롱을 받음으로써 그녀의 위치를 되새김질할 수 있는 기회를 주었기 때문이다.

한편 당시의 현실은 1894년 갑오경장 후 기녀를 관장하던 掌樂院의 有名無實化와 함께 터전을 잃고 뿔뿔이 흩어져 곤궁한 생활을 하던 기녀들이 다시 조직의 체계 속에서 활성화를 도모하여 이를 정착토록 한 단계에 처해 있었다. 즉 1915年傾 宋秉畯이 平壤妓를 중심으로 조직한 茶洞組合을 효시로 모든 기녀들은 춥고 배고픈 방황에서 벗어나 妓女組合의 체제 아래 受用되었다. 그러다가 京城에 日本妓를 공급하는 券番이 생겨나자 이에 따라 권번이라 칭하면서 권번식의 경영을 하게 되었다.[34] 권번식의 경영이란 권번에 소속된 妓로 하여금 歌舞音曲을 익히게 하여 영업허가증을 얻게 해 官에 등록 후, 영업을 하게 하고 각자 세금을 내도록 한 것을 말한다.[35]

따라서 1923년에 발표된 「눈을 겨우 뜰 때」에 등장한 금패는 작품 중 여학생들의 조롱에서 볼 수 있는 바처럼 아직 일반적 선입견의 여지는 있으나, 천한 신분으로서의 인식보다는 전대에 비해 안정된 생활을 누리는 당당한 職業人인 것이며 이는 그녀가 스스로 동경하여 취한 개별적 직업이라는데서도 대변되고 있다. 그리고 이 작품이 自己回歸的 죽음, 즉 인생의 본질적 죽음을 다루며 내적 갈등이 심화된, 보다 고차원의 죽음의식을 발현하고 있는 것은 일찍이 『창조』지를 통해 서구 자연주의와 사실주의의 영향

---

33) 장백일, *ibid.*, pp.79~80. 및 윤정헌, 『김동인 단편소설 연구』, 영남대 대학원, 1984, pp.17~18. 참조.

34) 근자에 김윤식은 <권번>을 엄연한 제도적 장치의 일환으로 보고 이것이 사회적으로 허용되어 있다는 사실에서 '기능적 측면에서의 기생'의 역할에 대해 주목하고 있다(김윤식, 「춘원, 동인, 횡보의 기생론」, 『월간조선』, 1986. 4, p.429).

35) 현문자, *op. cit.*, pp.39~40.

을 수용했던 김동인의 대가적 기질에서 기인하는 것으로 볼 수 있다.

이와 함께 "삶-갈등-죽음"의 패턴을 브인 근대 장편소설의 영향과, 죽음의 문제와 깊은 관련을 갖고 있는 세계문학에서 얻은 교양과 독서체험 등이 죽음의 의미공간을 보다 심화 확대하는데 이바지한 것이다. 이렇게 심화, 확대된 죽음의 의미는 "육체의 성숙은 죽음으로 통하며 완전한 것은 죽음을 원한다"[36]는 관점에서 볼 때 "삶을 예찬하는 계기가 되고 요지부동한 테두리에 갇혀있는 삶을 動的인 힘으로 변모시키는 수단"이란 알베레즈의 지적을 확증시키는 데로 나아가고 있다.

한편 상징적 의미에서 볼 때 금패의 죽음이 한낮에 그네의 날아오름과 함께 이뤄졌다는 것은 상승적 의미의 죽음으로 해석되어진다.[37] 이는 그네의 가벼움과 飛翔의 이미지로 획득하게 되는 가치인식상의 상승적 의미로서 自己回歸的 죽음이란 至高한 죽음을 일컫게 되는 것이다.


## 5. 맺음말


이상 기녀의 자살을 다루는 1920년 전후의 세 작품에 나타난 죽음의 양상을 대비 고찰한 결과, 각기 명분의 죽음, 현실적 죽음 그리고 자기회귀적 죽음으로 나눌 수 있었고 이는 다시 죽음이 지향하는 상징성에 따라 상승적 혹은 하강적 의미의 죽음으로 귀착시킬 수 있었다. 그리고 기녀란 신분과 죽음의 관련성에 있어 세 작품 공히 그 상관성이 드러나지만 죽음을 이루는 내면적 역동성에 그 차이가 있음을 알 수 있었다.

즉 「명월정」의 채홍이 현실적 논리적 타당성 위에서라기보다 단순히 기녀란 신분 때문이라는 외면적 상관성에서 죽음을 초래한다는 것이나 「청류벽」의 옥향 역시 기생이 처하게 되는 현실적 고통에서 죽게 되는 것이긴

---

36) Norman, O.Brown, 『Life against Death』, p.108.

37) 명형대, op. cit., p.16.

하지만 죽음에 이르는 내면적 갈등이 단순하다는 면을 간과할 수 없다. 이에 비해 「눈을 겨우 뜰 때」의 금패는 기녀란 그녀의 신분이 조롱을 받고 자각할 수 있는 도구적 위치로 선정되어져 내면적 죽음의 갈등이란 심연의 세계에 도달할 수 있는 계기로 작용하고 있음을 알 수 있었다.

채홍에서 옥향을 거쳐 금패에 이르는 각 인물의 등장은 유형적 성격에서 점차 내면화되어가는 캐릭터(character)의 변형을 露呈시켜주는 것이다. 다시 말하자면 신분사회가 일궈낸 개인의 비극이 당면한 현실 속에서의 개인의 좌절로 바뀌어지고 이는 다시 영원회귀를 지향하는 세속적 삶의 抛棄를 통해 迷惑한 의식에서 깨어나려는 個我의 覺醒으로 이어지는 것이다. 이와 함께 기녀가 되는 다섯 경우 중 타의에 의한 두 경우와 자의에 의한 한 경우가 순차적으로 작품에 나타난 것은 전언한 바처럼 점차 조직 속에서 기생이 떳떳한 직업인으로 자리잡아 가고 있다는 증좌인 동시에, 당시 작품들 속에 기녀가 등장해 그들의 죽음과 같은 인간의 본질내적 문제가 다뤄지고 있는 것은 사회가 그들을 받아들이는 포용력이 점차 확대되어 간다는 사회적 성격에서 재검토되어져야 할 문제로 보인다.

# 30年代 小說에 나타난 人間疎外의 樣相

## ─ 朴泰遠 小說의 경우 ─


## 1. 序 論


1930년대는 日帝에 의한 자본주의적 근대화가 정점에 달했던 시기였다. 식민지의 수도 京城의 한복판을 관통하는 청계천을 중심으로 남촌과 북촌으로 분리되었던 서울은 바야흐로 국가독점 자본주의의 난숙기를 맞고 있던 일제의 편의와 필요에 의해 조형화된 공간이었다.

대한제국의 멸망과 함께 독립주권국 수도로서의 통치기능을 완전히 상실한 서울은 일본 중앙정부의 통치를 받는 지방격 수도(Subnational Capital)로 격하되면서 그 규모도 1/8로 축소되었다.[1] 그러나 1930년대에 접어들면서 대륙침략의 전진기지로서의 역할이 가중된 京城이 여러모로 비대해지자 효율성 제고를 위해 일제는 '조선 시가지 계획령'에 의거, 그 공간의 재편에 착수하게 된다. 이에 따라 조선총독의 포고에 의해 풍치지구(주거, 상업, 공업), 미관지구, 방화지구, 풍기지구 등이 지정되어 경성 시가지는 급격한 공간 재조직이 행해졌던 바, 이 과정에서 소위 南村과 北村이 생겨나게 되는 것이다.

즉 청계천 이남의 일본인 住居留地域이었던 충무로 진고개일대(본정통)를 메인스트리트로 일본인을 위한 각종 편의시설과 관공서, 상가 등이 들

---

1) 임덕순, 『서울의 수도기원과 발전과정』, 서울대 박사논문, 1985, p.108.

어선 곳을 남촌이라 이르게 되었으며, 이곳 너머 청계천 북쪽 종로통 일대는 북촌이라 하여 한국인이 상권을 쥐고 있었다. 남촌만큼 화려하진 않았으나 화신상회, 한청빌딩을 비롯한 현대식 건물이 즐비하여 나름의 외형적 근대화를 구가하고 있었다.[2] 그러나 한국인의 제반실정을 고려치 않고 식민논리에 의해 타율적으로 진행된 기형적 도시화는 상대적으로 또 다른 문제를 야기시켰으니, 농촌의 상대적 피폐화와 인구의 도시집중으로 인한 실업자 격증이 바로 그것이다.

> 貧者는 京城에서도 많아, 一日一食하는 極貧者의 戶數는 17,000戶로 전체 府民의 35.2%나 되었다. 이밖에도 몰락된 農民들이 都市에 모여들어 "市中은 乞人의 沙汰요, 各鐵道停車場은 流浪群으로 차 있다"고 했다. 이러한 내용은 日帝時의 新聞記事에서 자주 찾아볼 수 있다. 이것을 보면 都市人의 生活水準은 農村人보다 훨씬 나은 것 같은데, 그럼에도 불구하고 流浪者들이 大都市에 대단히 많다는 것도 알 수 있다.[3]

이 와중에서 특히 관심을 끌게 되는 것은 소위 식민지 회이트칼라의 심각한 실업률이었다. 일본의 경우, 계급구조에 있어 근대적 산업과 직업의 체계적 발달로 근대적 계급분화가 착실히 이뤄졌으나 이와 상황이 같을 수 없는 식민지 한국에 있어선 높은 교육열로 양산된 지식인 계층을 직업구조 속에 수용치 못하고 도시의 룸펜으로 내몰 수밖에 없는 실정이었다.

여기에서 현실질서에서 배제된 당대 식민지 지식인의 疏外意識이 파생되어지게 된다. 근대사회의 성립 이후, 자연법론자들에 의해 "원초적 자유의 상실, 즉 원초적 자유의 위탁, 양도와의 관련하"(fur die Beziehung des Verustes der Ursprunglichen Freiheit, der Ubergang, Verausserung der Ursprunglichen Freiheit)[4]에서 보편적으로 사용되기 시작한 疏外의 槪念은 市民革命을 거쳐

---

2) 서준섭, 『한국 모더니즘문학 연구』, 일지사, 1988, pp.22~24.

3) 김영모, 「일제하의 사회계층의 형성과 변동에 관한 연구」, 『일제하의 민족생활사』, 현음사, 1982, pp.630~631.

4) G. Lukacs, 『Der junge Hegel』, Suhrkamp Taschenbuch Verlag, 1973, pp.828~829.

도래한 근대 자본주의 사회의 본격적 생성과 밀접한 관련을 맺는다.

르네상스 이래의 인간해방은 인간을 종래의 공동체로부터 이탈, 독립시킴으로써 개인적 이해의 중요성이 표면화되는가 하면, 또 다른 측면에선 모든 사물을 자연의 수준, 즉 그 성질을 계측하고 수량화할 수 있는 수준에서 수용해 이해하게 했던 것이다. 이같은 인간이나 사물의 同質化나 대상의 量的 認識은 자연 및 사회현상의 처리에서 보편화되고 인간의 경제적 활동 가운데서 그 실제적 적용이 급속도로 이뤄지게 된다. 근대초에 나타난 자연과학과 사회과학의 눈부신 발전, 그리고 근대자본주의를 형성케 한 경제적 발전은 바로 사물의 이같은 인식방법에 근거하는 것이다.

그리하여 근대사회는 사물의 동질화나 량적 기술적 조작을 통해 모든 사물의 물화를 촉진시킴으로써 살아있는 인간관계는 비인간화되고, 사물간에 나타나던 객관적 관계는 그 물신적 성격을 점차 사회구조적인 제요소에까지 확대하게 되었던 것이다. 5)

따라서 일제의 강제식민화에 의해 역할을 배당받지 못하고 경제적 방외인이 되어 실업자로 지내야 했던 1930년대의 숱한 식민지 지식인 들은 혼자 고립된 체제 속의 긴장을 맛볼 수밖에 없게 된다. 여기서 실직지식인의 소외감을 필연적으로 낳게 되는 것이다. 그런데 문제는 이러한 소외의식이 근시안적 일개인의 일상사에 그치지 않고 동시대의 식민치하를 살아가는 모든 이들의 공통된 관심사로 귀결될 조짐을 보여준다는 데 주목할 필요가 있다는 것이다.

본고에서는 이러한 식민지 실직지식인의 소외양상을 가장 극명히 포착해냈던 仇甫 朴泰遠의 일련의 작품 분석을 통하여 30년대 도시소설의 한 특성을 파악해 보고자 한다. 이는 1930년대의 시대적 특성을 우리 소설이 어떻게 감당해 나갔나를 검증해 보는 것으로서, "문학은 시대와 사회의 반영물"이란 명제를 소외의 개념을 통해 풀어 보려는 시도의 일환이기도 하다.

---

5) 정문길, 『소외론 연구』, 문학과 지성사, 1989, pp.20~21.

## 2. 朴泰遠 小說에 나타난 人間疎外의 樣相

　조국 식민화 과정의 댓가로 부상한 중인계층 출신이었던 박태원은 그 혜택으로 일본유학까지 마친 화이트칼라가 되었으나 신세대 엘리트로서의 프라이드를 만끽하기도 전에 그 자신도 식민지의 희생양에 불과하다는 사실을 깨닫고 회의에 빠지게 된다. 이같이 급속히 근대화된 경성의 뒤안길에서 부푼 기대와 덧없는 좌절의 세계를 공유했던 박태원의 체험[6]은 향후 그의 소설세계를 일정부분 획정케 하는 인자로 작용한다.

### 1) 都市人의 疎外와 自責

　「5월의 훈풍」(『조선문학』, 1939. 10)에는 어린 시절, 소꿉장난에서 기인한 주인공의 자책감이 룸펜인텔리의 도시 속에서의 소외의식과 교차되어 나타나고 있다. 東京에서 英文學을 수학하다 돌아온 철수는 식민화 되어버린 조국의 수도 종로 네거리 한복판에서 시대의 능동적 주체가 되지 못하고 소외된 자신을 깨닫는다.

　　　토요일 오후―.
　　　멋 없도록이나 맑게 개인 날이다.
　　　누구나 그대로 집안에 붓박혀 있지 못할 날이다.
　　　볼 일도 없건만, 공연스리 거리를 휘돌아 다니고 싶은 날이다.
　　　철수는 양말을 두켤레 사서, 그것을 아모렇게나 양복주머니에 처넣고, 화신상회를 나왔다. 그러나 그곳을 나와서 집으로 밖에는 어데라 갈 곳을 가지지 못한 철수였다. 양말을 살 것이 오늘의 사무였고 그 사무

---

　6) 동경유학을 마치고 귀국후, 일정한 직업 없는 실업자로 전전하면서 비고정적 투고 수입에 의존하여 곤궁한 생활을 해야만 했던 박태원은 결혼해 분가한 후에도 4번이나 이사하는 어려움을 겪는다.

는 이미 끝났다.

　그는 백화점 앞에 가 서서, 물끄럼이 종노네거리를 오고 가는 사람들
을 바라보고 있었다.[7]

　그러나 그의 이러한 소외의식은 무력한 식민지 지식인의 어쩡쩡하고 현
실도피적인 방관의 자세로 이어지는 것이 아니라 보다 구체적인 현실 속의
삶을 통해 깊이있게 조명되고 있다. 어쩌면 이기적일 정도로까지 자기 자
신에만 머물었던 내성의 범위를 타인에게로 확대시키고 나아가 당대 식민
지 조선인 전체의 삶과 접목시켜 보려는 자의식 고잉의 세계가 펼쳐진다.
자책감은 여기서 비롯된다. 자신에게만 쏠렸던 눈을 타인에게로 돌렸을 때
고통받는 소외자로 존재했던 자기 자신이 오히려 타인에게 피해와 고통을
준 대상이었음을 깨닫게 된다. 그리고 이 모든 과정은 근대도시 경성이 일
제에 의해 식민화되어 가는 현실 속에서 펼쳐짐을 미약하게나마 시사하고
있다.

　　그러자 뜻하지 않고 그의 머리에 [기순]이 생각이 떠올랐다.
　우리는 곧잘 뜻하지 않은 때에 뜻하지 않은 사람을 생각하는 일이
있다.
　지금 기순이 생각을 한 철수의 경우가 바로 그러하다.[8]

　이제까지 덧없이 도시 군중 속의 고독에 빠져 있던 철수는 문득 어릴 적
의 소꿉친구 기순이를 생각하고는 자책에 휩싸인다. 15년 전의 5월 어느날,
서울의 수전동 골목 안에서 "보통학교도 다니지 않는" 가난한 기순이와 놀
며 "이백일흔댓냥짜리 양복"을 입고 뽐내던 은식(철수의 아명)은 실수로
기순의 얼굴에 생채기 흠터를 낸다. 그후 철수로 개명한 은식이 중학을 마
치고 동경에서 대학 영문학부에 학적을 두던 해, 기순은 마흔이나 된 연초

---

7) 「5월의 훈풍」, 『소설가 구보씨의 일일』, 문장사, 1938, p.33.

8) *ibid.*, p.33.

회사 직원의 후취가 되었다.

> 갓스물짜리 처녀가 마흔이나 된 사나이의 후취로 들어갔다는 것이
> 그의 마음을 적지 아니 불쾌하게 만들어 주었다.
> 만약 그곳으로 시집을 갈 수밖에 없었던 것이, 전혀 이마의 상체기
> 까닭이라면, 그리고 그의 결혼생활이 불행하다면, 여자는 응당 체경을
> 대할 때마다 자기를 원망할게다.
> 그것을 생각하면, 철수는 은근히 마음이 아프기조차 하였다.
> 그리고 그러할 때마다 그는, 사실은, 기순이가 비록 넉넉지 못한 살림
> 살이 속에서도, 자기네들의 행복을 발견하고 있는 것이기를 굳이 미드
> 러들었다.
> 그러나 그 생각은 언제든 실감을 상반하지 않아, 철수의 마음을 불안
> 하게 하여 주었다.9)

기순에 대한 철수의 자책감은 지식인의 자기중심적 소외의식에서 벗어
나 자신을 둘러싸고 있는 현실과의 맥락 속에서 비롯된 것이다. 조선인의
의사와 무관하게 일제에 의해 급속히 진행된 자본주의화는 대부분의 식민
지인을 빈민으로 전락시켰고 부실한 경제구조로 빈부간의 격차를 노정시
켰다. 마흔된 사내의 후취가 된 가난한 기순이나 동경유학까지 했으나 룸
펜인텔리에 불과한 부유한 철수나 모두 당대의 식민지 현실이 빚어낸 군상
들인 것이다. 철수는 기순이의 처지를 자기 탓으로 생각하고 괴로워하다
우연히 전차 안에서 아이를 안은 그녀의 모습을 보고 그의 생각이 기우였
음을 알게 된다.

> 이제는 한 아이의 어머니인 옛날의 기순이는 자기 곁에 철수가 있는
> 것도 모르고, 한손에 치켜안은 어린 아들에게 창밖 전매국 공장을 손꾸
> 락질하였다. {……} "아빠, 뚜— 아빠 뚜—."
> 철수는 그 소리를 듣자, 저도 모르게 사람들을 헤치고, 차장대로 나

---

9) *ibid.*, pp.42~43.

와, 달려 가는 전차에서 뛰어나렸다. 그리고 그가 아모렇게나 되는대로
거리를 걸어갔을 때, 그의 가슴 속에 기쁨이 치밀어 올랐다. [그는 행복
이다. 그는 지금 행복이다.][10]

지아비의 직장을 어린 아들에게 자랑스럽게 가리키는 기순이의 주부된
모습에서 행복을 읽은 철수는 비로소 자책에서 벗어날 수 있었다. 자기로
인한 상처 때문에 불행해졌다는 철수의 과잉된 자의식은 누가 누구에게 피
해를 주고 입혔냐는 개별적 이해관계에서 비롯된 것이다.

그러나 이와 무관한 기순의 삶을 철수가 확인한 것은 이들의 삶이 결코
한 두 사람의 인과관계에 의한 것이 아니라 시대적 공존의 큰 테두리 속에
있음을 말하는 것이다. 따라서 이 작품이 지식인에게 처해진 현실문제를
드러내기보다는 실직지식인의 내면을 통해 미적 분위기를 부여한 것[11]이
란 지적은 다소 축소지향적 해석의 감이 있다.

「전말」(『조광』, 1935. 12)에는 가출한 아내를 찾아 애태우는 남편의 상처
받은 자존심이 그려지고 있다. 가난한 지식인 "나"의 실업자로서의 소외의
식과 무능한 가장으로서의 자책이 주인공의 섬세한 심리묘사로 표출된다.
그리하여 당대의 식민지 현주소를 어느 정도 노정시키고 있으나 지나치게
주인공 "나"의 과잉된 자의식 세계에만 치중하여 식민지 외부현실에 대한
구체적 비판은 유보되고 있다.[12]

> 어느날 저녁 나는 장모되는 이가 그의 딸인 나의 안해에게 내게는 전
> 혀 비밀로 삼원의 돈을 보낸 사실을 발견하였다. 그는 그 돈을 그의 딸
> 에게 보내는 옷보퉁이 속 버선짝에다 넣었던 것이다. {……} 나는 즉시
> 안해에게 내일이라도 집에 돌아가 그 돈을 반환하고 오라고 명령하였
> 다. 내가 가난한 것은 사실이나 나는 그러한 방법으로 남의 원조를 받고
> 싶지는 않았다.[13]

---

10) *ibid.*, pp.44~45.

11) 강상희, 「박태원론」, 『한국학보』58, 일지사, 1990봄, pp.172~173 참조.

12) 정현숙, 『박태원소설연구』, 이화여대 박사논문, 1990, pp.60~61.

실상은 처가의 도움을 받을 수밖에 없도록 궁핍한 내가 장모의 호의를 묵살해야만 하는 자의식의 과잉은 당대 지식인 소설[14]의 공통된 관심사였던 것으로 보인다. 그러나 이 작품은 다른 것들에 비해 지식인의 궁핍과 실업을 몰고 온 사회현실을 문제삼기보다는, 나약한 현대인의 자기푸념에 불과한, 문자 그대로 철저한 내성의 세계에 주안점이 놓여져 있다. 따라서 말다툼 끝에 집을 나간 아내에 대한 죄책감과 걱정이 룸펜 인텔리의 소외의식을 위장시켜 주는 허세와 더불어 적나라하게 묘사되고 있다.

> {……}그러한 경우에 당황하여 그의 옷자락을 잡는다거나, 또는 위류하는 뜻의 말을 한다거나 하는 것은, 남자로서 다시 없는 추태일 것이다. {……}안해는 그러나 오직 경박하게 코웃음치고, 분연히 집을 나간채, 우선 하룻밤을 내게 돌아오지 않았다.
>
> 위인이 변변치 못하다고, 그러한 말을 듣는다드라도 하는수 없는 노릇이, 나는 꼬박이 그 밤을 새우고 말았다. 안해가 나를 괴롭히려고 그러한 행동을 취한 것이라면 그는 그가 예기한 이상으로 성공하였다 할 수밖에 없다. 나는 젊은 안해의 몸우에 일어날 수 있는 왼갖 불행한일, 왼갖 놀라운 일, 그러한 것들을 생각하여 보고, 마음이 편안하지 못하였다. 그러나 그것이 모다 당치 않은 것이오. 역시 안해는 그의 친정으로 돌아가, 나의 장모되는 이에게 나의 참소를 하고, ……그렇게 생각되었을 때, 나는 새삼스러이 내자신의 경우가 얼마나 불쾌한 것인가를 깨달았다. 나는 멀거니 책상우의 시계를 바라보다가, 오전 열한시면 혹은 집을 나간 안해가 다시 돌아올 그러한 시각일지도 모르겠다고, 즉시 옷을 갈아입고 모자를 썼다. 이번엔 이를테면 내차례다. 내가 없는 사이에 돌아온 안해는 내가 결코 집에 붙어있지 않은 것을 발견하고, 제 마음대로 근심하고 또 걱정하여야 할 것이다. 나는 휘바람조차 불며 집을 나섰다.[15]

---

13) 「전말」, 『소설가 구보씨의 일일』, 문장사, 1938, p.101.

14) 현진건의 「빈처」, 이학인의 「예술도적」, 계용묵의 「신사허재비」, 채만식의 「사호일단」 등 일련의 작품들은 지식인 주인공의 삶을 시대, 사회, 사상과의 연관 속에서 조명하려 한 흔적이 보인다.

조바심 속에 거리를 배회하던 나는 마침 집으로 돌아오던 아내와 반갑게 해후하여 사랑을 확인하게 된다. 결국 나의 고뇌는 식민지 현실이 몰고 온 인텔리의 실업과 그 자책에서 비롯된 것이다. 아내에게 위장된 허세를 부릴 정도로 남편의 자존심을 내세우게 한 것은 바로 주인공을 실업자로 전락시킨 식민지의 사회현실이었음을 간과할 수 없기 때문이다.[16]

「향수」(『여성』, 1936. 11)는 동경유학 시절의 로맨스 때문에 자책받는 한 룸펜 인텔리의 회상을 1인칭 서술로 그리고 있는 작품이다. 어느날 시골서 올라온 옛벗과 "미생정"을 찾아간 나는 유학시절 사귀었던 옛 연인의 소식을 그녀의 친우로부터 듣게 된다.

> 나는 번개같이, 나의 옛 애인 향월이를 생각해내고 그를 굳이 문깐까
> 지 끌어내어, 내 정인의 소식을 물었다.
> "향월이요? 향월인 그저 동경에 있죠"
> "그럼 저어, 그대루 명월관에?" {……}
> "오오이마찌(大井町)라든가, 어디든가, 게서 양복점허는 조선사람허
> 구 혼인했죠"
> "혼인? 아, 은제?"
> "벌서 삼년이나 되는걸요. 작년에 아들 낳구……"[17]

여기서 주인공은 5년전의 유학시절을 거슬러 올라가 회상에 잠긴다. 그림공부를 위해 동경에 건너갔던 나는 동경 간다(神田)에 소재한 명월관의 조선인 여급 향월과 사랑에 빠진다.

> 그러나 우리는 슬펐다.

---

15) 「전말」, *op. cit.*, pp.103~104.
16) 이 작품에선 역시 아내를 찾아 헤매는 한 사나이를 등장시켰다가 결말에서 주인공과 함께 아내를 찾는 것으로 끝맺고 있는데 이는 당대 실직자 남편의 가장으로서의 역할에 대한 강박관념을 암시하는 복선으로 보인다.
17) 「향수」, 『소설가 구보씨의 일일』, 문장사, 1938, p.108.

우리가 이미 서로 마음을 허락한 사이라면, 세상의 모든 축복받는 애인들과 같이, 우리는 마땅히 남의 눈을 피하여 우리들만이 조용히 만나고 은근히 이야기하고, 그래야만 하는 것을, 우리는 우리의 밀회장소를, 언제든 여자의 일터인 [명월관]으로 정하지 않으면 안되었으므로, 우리는 남들의 이목이 번다한 그 속에서 얼마든지 행복될 수는 없었다.
　　그는 오백칠십원의 몸값으로 이곳에 팔려 왔던 것이오, {……} 나의 그림이 팔리기라도 한다면, 오백칠십원쯤 아무것도 아니리라.
　　그보다도 문제는, 내가 차차 서울로 돌아가야만 할 그때가 가까워 오는데 따라, 나는 이 여자에게 대하여 어느 틈엔가 사랑을 거의 상실하고 있는 내 자신을 발견하지 않으면 안되었던 것이다.[18]

　　결국 나는 향월과의 관계를 청산하고 단신 귀경했었고 그후 5년간을 그녀를 버린 죄책감에 시달리게 된다. 그러나 향월의 새출발 소식을 듣고는 비로소 자책에서 벗어난 안도감과 옛 추억에의 향수를 동시에 맛보게 되었던 것이다. 팔리지 않는 그림에 생활의 전부를 걸어야 하는 무직화가의 장래에 대한 착잡함과, 가난 때문에 일본까지 팔려 와야 했던 여급의 애환, 그리고 그 속에서 버린 여인에 대한 죄책감에 시달리는 지식인의 양심, 이 모든 것들은 당대 식민지 현실의 조그마한 한 內面風俗圖로 볼 수 있는 것이다.[19]

　　「누이」(『신가정』, 1933. 8)에는 누이동생에게마저 떳떳할 수 없는 실업자

---

18) 「향수」, *ibid.*, pp.113～114.

19) 주인공이 쉽사리 향월에게 빠진 것은 그녀의 외모도 외모지만 일본 속에서 오랜만에 접한 한국적 미에 대한 향수 때문이었다.:"그러나, 내가 그렇게도 쉽사리 그에게 마음이 쏠렸던 것은, 어쩌면 그의 용모나 그러한 것에보다도, 오히려, 참으로 오래간만에 눈에 띠인 그 쪽진 머리며, 자주 끝동 단 노랑저고리며, 연분홍 하부다이치마며, 또 흰 고무신이며, 그러한 모든 것에이기 쉬웁다. 내 입이 김치를 맛보고 싶다 한 그것과 똑같이, 내 눈은 그러한 모든 것에 좀 주렸던 것인지도 모른다."(「향수」, *ibid.*, p.111)
결국 주인공과 향월이의 관계는 식민지의 피지배인이란 공통분모 속에서 성립된 것이었음을 부인할 수 없다. 따라서 이 작품을 통속성이 가미된 당대의 애정풍속도로 파악하는 것(강상희, *op. cit.*, p.181)은 그 의미를 상대적으로 절하시킬 우려가 있다고 본다.

의 심리상태가 만연체의 꼬인 문장으로 잘 나타나 있다. 하루 중 불과 몇 시간 동안의 무명소설가 "나"와 누이동생과의 대화와 그로 인해 펼쳐지는 심리적 반응으로 요약할 수 있는 이 작품은 당대 식민지 인텔리의 고급실업문제의 심각성을 어렴풋이 시사하고 있다.

누이동생에게 염색하다 버린 양말을 사 주는 조건부로 자신의 와이셔츠 염색을 부탁해야 하는 실업자(팔리지 않는 소설을 쓰는 무명소설가이므로 고정수입이 없는 실업자에 해당한다) 주인공의 자책과 자조에 휩싸인 감정이 우회적으로 잘 나타나 있다.

> 그리고 오늘 이렇게 뜻하지 않고 상호부조(相互扶助)의 미거(美擧)를 이루는 데 질서(秩序)를 보존키 위하여 신청순(申請順)으로 하는 것이 좋겠다고 제의하였다. 누이가 내 와이셔츠부터 우선 염색을 하여 주면 다음에 내가 목은 목이라두 고운 목으로 짠 양말을 한 켤레 사주마고 덧붙이어 말하였다. {……}
>
> 누이는 말없이 내 말을 듣더니,
>
> "온 참 오빠가 무얼 해 준 게 있수? 있거든 대 봐요."
>
> 하고 강경한 태도로 대한다. 무어 대단치도 않은 청을 몇 가지 들어 주었다고 새삼스러이 쳐들어 말할 것도 아니지만 부득부득 대보라는 통에 나는 하는 수 없이 기억을 더듬었다.
>
> (1) 누이의 청으로 연하장 오십 칠 매 써 준 것.
>
> (2) 누이의 청으로 본정가서 「슈후노도모(主婦之友)」 한 권 사다준 것.
>
> {……}
>
> (10) 누이의 청으로 전후 십여 차례나 시내 각 활동 사진관에 상연사진명(上演寫眞名)과 입장요금을 전화로 물어 보아 준 것.
>
> 나는 "누이"만 약속을 지켜 주면 나 역시 언약을 저버리지는 않겠다는 뜻을 간곡히 설명하여 주었다.[20]

누이동생과 밀고 당기는 신경전 끝에 결국 주인공은 목적을 달성할 수 있었지만 평소 자신의 누이동생에 대한 공적을 낱낱이 열거해야 하는 등

---

20) 「누이」, 『성탄제』, 을유문화사, 1988, pp.103~104.

수난을 겪어야 했다. 남매지간에 간단히 해결될 수 있는 잔심부름조차도 이같은 과민한 신경증적 사색을 거쳐 처리해야만 하는 그의 자의식과잉과 누이의 주인공에 대한 시선은 당대 인텔리의 고급실업문제의 한 단면을 부각시키기에 족한 것이다.[21] 이는 그대로 실직지식인의 소외의식과 무관치 않은 것이다.

「진통」(『여성』, 1936. 5)은 도시실업자의 소외의식과 열등감이 동병상련의 동정심과 이성에의 연정으로 자연스럽게 이어지면서 전개되는 심리적 추이를 다룬 작품이다. 제 집을 떠나 동경 시외의 어느 낡은 아파트에서 별로 하는 일도, 찾아 오는 사람도 없이 소일하던 "그"는 우연히 윗층에 사는 어린 댄서 마미꼬의 구두를 닦아준 것을 계기로 그녀의 잔심부름을 도맡아 하게 된다. 무료하게 세월을 보내던 그에게 있어 이것은 커다란 낙이요 행복이었다. 그러나 이내 그녀가 폐병을 앓고 있는 미혼의 임산부임을 알게 되고 자신의 처지를 생각하며 그녀의 고통에 동화된다.

　　그 이상한 소리가 용이히 멈추지 않고 도리어 차츰차츰 커졌을 때, 그는 이내 참지 못하고, 한숨에 여자의 방문밖까지 달음질쳐 올라가, 기계적으로 장지틈을 살펴 보고는, 마미꼬상 마미꼬상 하고 초조스러이 여자의 이름을 부르려니까, 여자는 그 고통중에도 역시 잠간은 주저하는듯 싶더니, 이내 괴로운 호흡으로 [와다나베 기요]에게 즉시 전화를 걸고,……

　　[와다나베 기요]의 전화번호보다도 좀더 먼저 산파라 기입된 그의 직업이 눈에 띠어 잠간은 어리둥절한채, 그러면 여자는 어느틈엔가 아이를 배고 있었던 것일까, 순간에 제몸이 절망의 구덩이에 빠지는듯도 싶었으나 번개 같이 여자의 그렇게도 투명한 피부를 생각하고, 그의 아픈 폐를 생각하고, 또 대개는 경박하고 무책임할 여자의 애인을 생각하고, 이것은 아무래도 자기가 언제까지든 돌보아 주지 않으면 안 될지도 모르겠다고, 막연하게 그러한 난데 없는 생각을 하여 보며, 어느틈엔가 제

---

21) 그러나 표면상에 드러난 이들의 행위만으로 이를 속단키는 곤란하다. 즉 누이가 오빠의 청을 들어준 데는 역시 식민지의 현실적 삶을 공유하고 있는 남매간의 끈끈한 혈육의 정이 은연중에 작용했다는 사실을 간과할 수 없기 때문이다.

자신 하복부에 격렬한 진통을 느끼기조차 하였다.[22]

마미꼬가 겪어야 할 진통을 주인공 자신이 느끼고 있다. 새로이 재편된 근대도시적 삶 속에서 가족과 떨어져 혼자 살아야 하는 실업자의 자조어린 소외와 고독이, 역시 근대도시의 그늘진 구석에서 시들어야 하는 댄서의 고통을 자신의 것으로 받아 들이는 소외된 자의식의 의식구조를 낳게 한 것이다.

이밖에 「수풍금」(『여성』, 1937. 11)과 「적멸」(동아일보, 1930. 2. 5∼3. 1)에서도 도시적 삶 속에서 자의식과잉으로 소외감으로 고통받고 몰락하는 인물들의 이야기가 펼쳐지고 있다. 「수풍금」은 밤의 다방을 배경으로, 폐병으로 아내를 잃은 사나이의 고독을 심도있게 묘사하고 있으며 「적멸」은 한 염세주의자의 자의식과잉으로 인한 자폭과정을 액자소설형식으로 그리고 있다.

이처럼 이들 작품에서는 근대화된 도시적 삶 속에서 소외되고 자책받는 이들의 내성을 통해 당대적 현실을 노정시키고 있음을 알 수 있다.

## 2) 回想의 時間

등장인물이 소외된 자의식의 모습을 보이는 작품세계에선 적나라한 의식세계의 표출과 이의 바탕이 되는 대상 현실의 시간적 자의성을 확보해 줄 수 있는 장치가 필요하게 된다. 즉 이들 작품에서 주인공의 내성의 요인이 되는 사건을 상대적으로 부각시킴으로써 그로 인한 효과적인 사유의 공간을 제공받게 되는 것이다. 여기서 주인공의 내성의 모티프가 되는 사건으로의 시간적 소급이 생겨나게 된다.

그런데 이러한 시간의 역전을 통한 소설적 효과는 궁극적으로 소설 속의 "시간의 층"의 간격에서 파생되어지는 것이다. "시간의 층"이란 화자가

---

22) 「진통」, 『소설가 구보씨의 일일』, 문장사, 1938, pp.202∼203.

이야기를 서술하는 "화자의 현재"(narrator's present)와 작중인물이 활동하고 있는 "작중인물의 현재"(character's present) 등, 소설 속의 시간상의 서술층을 말하는 것으로, 이 두 시간 사이에는 반드시 간격이 존재하며 화자의 현재가 작중인물의 현재보다 시간적으로 뒤에 위치하게 된다.[23] 이때, 두 시간 사이의 분명한 간격은 작중인물의 의식의 변이를 뚜렷하게 나타내 주는 효과를 가지게 된다.

「향수」에서 주인공 "나"는 시골서 올라온 벗과 우연히 들른 요정에서 옛 애인 향월의 동료를 만나고 그로 인해 동경시절의 로맨스에 잠기게 된다.

> 내가 결코 유복한 터도 아니엇만, 제법 오랜동안을 동경에 가 머믈러 있었던 것은, 전혀 그림을 공부하기 위하여서이었다.
> 술을 먹고, 계집을 사랑하고 그러기 위하여서가 아님은, 누구보다도 내가 잘 알고 있었다. 그러나 만리이역에서 청춘은 고독에 빠지기 쉽고 그리고 그 고독을 혼자서는 주체하지 못한다. 나는 마침내 밤출입이 잦았고, 나가면 으레히 술이 취하여 가지고 늦게야 돌아오군 하였다. 그러는 중에 내가 가장 손쉬웁게 한 여자를 사랑하게 되엿더라도 그것은 어지 하는 수 없는 노릇이다. {……} 그로서 이미 오년……. 이렇구, 저렇구, 그는 선량한 시민의 안해로서, 이미 돌이 지난 아들조차 가지고 있다지 않나? 나의 부질없이도 잃어진 청춘은, 대체 어떠한 방법으로 도루 찾아야 할 것일까?[24]

위에서 우리는 화자의 현재와 작중인물의 현재 사이에 5년간의 시차가 있음을 알았다. 그리고 화자는 다분히 부정적인 시각에서 5년 전의 과거를 회상하고 있음을 보게 된다. 5년간의 시간을 통해 성숙된 자아의 모습이 5년 전에 행동한 자아의 모습에 냉철하게 투영되고 있다. 그것은 여러 가지 양상으로 나타나는데 우선 동경 유학 원래의 목적을 저버리고 주색잡기로 시종한 자신에 대한 비판적 시각을 들 수 있고, 다음이 자기의 옛 애인

---

23) 김천혜, 『소설구조의 이론』, 문학과 지성사, 1990, p.59.
24) 「향수」, *op. cit.*, pp.109~110.

을 무책임하게 버린 자신에 대한 회오와 가책의 내성적 자세를 들 수 있다. 이는 그대로 지식인의 소외된 자의식 세계를 표출하는 것으로, 과거에 있었던 내성의 대상 사건이 시간적으로 역전되어 현상의 시간 속에서 부각된 기법적 효과에 힘입은 바 크다.

「오월의 훈풍」에서도 어린 시절의 실수를 성년이 되어 회상함으로써 자의식 과잉의 소외감에 빠지는 작중인물이 등장한다.

> 십오년전의 오월. 서울 수전동 골목 안에 모여 노는 아이들 틈에서 열 세 살 먹은 은식이는 가장 자랑스러웠다. 철없는 부러움을 가지고 대하는 아이들에게 향하여, 자기가 입은 이백일흔댓냥짜리 양복을 한껏 뽐낼 수 있었던 은식이였던 까닭이다.[25]

회상의 서두부터 화자의 현재는 작중인물의 현재가 철없음을 지적하고 있다. 그리고 결국 소꿉장난 끝에 저지른 자신의 15년 전의 과오에 대해 깊은 회의와 번민의 태도를 보이게 된다. 현상의 시간 속에서 구성적 역전을 시도하여 과거를 유추시킴으로써 자의식과잉으로 고통받는 인물의 심리를 선명히 부각시킨다.

「수풍금」에는 상처한 사나이의 고독한 소외감이 죽은 아내에 대한 회상 속에서 펼쳐진다. 빈 다방의 구석진 테이블에 홀로 앉아 있는 사나이의 처량함은 죽은 아내에 대한 회상을 통해 애달픈 과거에의 추억을 불러 일으켜 연민의 정을 배가시킨다.

「전말」은 아내의 가출원인이 이미 1년 전의 사건에서 연루되어 있음을 보여주고 있다. 아내가 가출한 뒤 "나"는 불안 속에 아내가 가출하기 전의 과거를 되돌아본다. 그리고 그의 불안은 더욱 가중되어지게 된다.

이러한 회상에서 비롯된 불안과 소외의 심리는, 작품 전체가 아파트에서 일어난 사건에 대한 회상으로 처리되어 이웃없는 도시 실업자의 소외의식을 부각시키는 「진통」, 누이에게 과거의 치적을 들어가며 궁색하게 염색을

---

25) 「오월의 훈풍」, *op. cit.*, p.34.

부탁하는 룸펜인텔리의 움츠린 자아를 보여주는 「누이」, 그리고 액자소설 형식으로 자폐증 청년의 파멸을 그리고 있는 「적멸」 등의 작품에도 그대로 이어져 소외된 도시인의 의식세계를 표출하게 된다.

## 3) 휴머니즘적 語調

근대화의 도정에서 소외와 자책으로 고통받는 도시인의 內省의 모습은 이를 효과적으로 뒷받침하는 어조(tone)에 의해 더욱 생생히 독자에게 다가 온다. 어조란 사물이나 관념에 대한 작가의 태도를 말하는 것으로 26) 작가 고유의 문체에 의해 형성된다. 그래서 어조의 차이는 작가가 독자를 어떤 인물로 대하는가에 따라 나타난다고 할 수 있다.27) 따라서 어조는 담화자 의 사람됨, 그의 신분, 정신상태를 나타냄은 물론 독자의 신분, 정신상태에 대한 그의 판단도 은연중에 암시하게 되는 것이다.28) 박태원은 평소 "어조" 와 이를 담고 있는 그릇이라 할 수 있는 "문체"에 대해 남다른 식견을 가지 고 있었다. 29) 그의 이같은 감각은 그대로 작품 속에 이어져 인물의 성격과 작품의 분위기를 시사하는 생동감있는 어조를 생성시킨다.

「오월의 훈풍」에서 어린 시절 소꿉장난 중의 실수를 가슴의 멍에로 삼 고 살아가는 마음여린 주인공 철수는 토요일 오후, 종로 네거리의 인파 속 에서 불현듯 피해자 기순이 생각을 한다.

> 그 기순이 생각을 철수는 바로 지금 종노 네거리에서 한 것이다. 그뒤 로 기순이 소식을 듣지 못하기 이미 사년이다. 기순이는 지금 어쩌고 있 을까? 남편은 그저 연초공장에서 [뚜―] 하고 있을까? 그들은 행복일 까?30)

26) M.K. Danziger & W.S.John, 『*An Introduction to Literary Criticism*』, Boston, 1961, p.59.
27) 정한모・김용직, 『문학개론』, 박영사, 1983, p.154.
28) 박철희, 『문학개론』, 형설출판사, 1985, p.91.
29) 「창작여록(표현, 묘사, 기교)」, 조선중앙일보, 1934. 12. 19~20 참조.

자신의 실수로 이마에 생채기가 난 기순이가 연초공장 직공인 마흔된 사내의 후처가 된 것이 철수는 못내 죄스럽다. 기순이의 그러한 혼인이 자신에 의한 이마의 생채기 때문인지 기순이 집안의 가난 때문인지는 분명치 않다. 그리고 후취로서의 삶이 반드시 불행한 것이라는 등식도 성립될 수 없다. 그러나 철수는 기순이가 자신 때문에 불행해졌다는 생각을 떨쳐버릴 수 없다. 위의 인용에서 작가는 철수의 양심을 애틋하게 비춰주고 있다. 작품의 말미에서 밝혀지듯이 실상 기순이는 철수의 생각처럼 그렇게 불행한 것이 아니다.

아이를 업고 남편의 직장을 자랑스러이 가리키는 기순의 모습에서 철수는 비로소 자신의 생각이 기우였음을 깨닫는다. 그러나 이를 대하기 전까지의 철수의 자의식은 자책과 불안의 상태(이는 물론 실직 지식인의 소외의식과도 무관치 않다)에서 벗어날 수 없다. 피해자인 기순은 나름대로의 행복을 갖고 있는데 가해자인 철수만이 좌불안석이다. 문약한 지식인 특유의 나약한 심정은 매사에 자신이 없고 소극적이게 된다. 따라서 스스로의 고뇌는 깊어만 간다. 이러한 철수를 작가는 상당히 딱하게 여기고 나아가 동정적 시선으로 바라보게 된다. 이는 곧 작가 자신이기도 한 당대 룸펜 인텔리에 대한 작가의 인간적 동참을 뜻하는 것이기도 하다.

자신의 의지와 무관하게 실업의 나날을 보내면서 자학적 소외의식을 떨쳐버리지 못하는 가난한 지식인에 대한 인정어린 작가의 태도는 「전말」에서 구체적으로 엿볼 수 있다.

> 나는 전신에 피로를 느끼며, 그대로 마루우에 가 쓰러져버렸다. 안해의 몸우에, 혹은, 정말 불행이 있었는지도 모른다. 그가 그의 친정에 돌아간 것이라면, 적어도 오늘 아침까지에 무슨 소식이든 게서 있었어야만 할 것이다. 이제 나는 다시 안해를 볼 수 없을지도 모른다…….
> 문득 어제 저녁, 집을 나갈 때의 안해의 뒷모양이, 결혼식장에서 돌아

---

30) 「오월의 훈풍」, *op. cit.*, p.43.

올 때, 찻속에서의 그의 옆얼굴이 그리고 내게 희망과 행복을 아르켜 주던 그의 눈이, 뺨이, 입이, 그러한 모든 것들이 질서없이 나의 망막 우에 떠오르고, 또 사라졌다.[31]

아내의 가출로 극도의 불안에 빠진 "나"를 작가는 비감한 어조로 애잔하게 보여주고 있다. 실직자를 딱하게 바라보며 당대 사회의 어두운 분위기를 조명하는 어조는 「진통」과 「수풍금」에서도 나타난다.

어느날 아침 그는 문깐 마루에 앉아 제 구두를 닦고 난 김에, 아주 옆에 놓여 있는 여자의 구두마저 약칠을 하고 솔질을 하고 하였다. 제집을 떠나 동경시외 그 보잘 것 없는 [아파트]에서 별로 찾아올 사람도 가지지 않은채, ……[32]

각기 마음에 드는 탁자 앞에 자리를 잡고 앉아서, 한잔의 홍차를, 혹은 한잔의 커피를 질기고 있다. 뿐만 아니라 그들 중에는 젊고 아리따운 안해를 동반하여, 레몬티나 그러한 것을 상미하고 있는 행복된 젊은이조차 있었다. 사나이는 가만한 한숨과 함께 술기운을 토하고, 저편 구석에, 자기나 한가지로 외로히 앉아 있는 한 여인을 물끄럼이 바라보았다.[33]

여기서 사나이의 한숨은 상처한 지식인의 애처로움에서 야기된 비탄, 바로 그것이며 이는 식민지 지식인의 소외의식을 한층 심화시키는 기제로 작용한다.

「수풍금」의 주인공의 한숨과, 같은 아파트에 사는 여급의 구두를 닦아주며 소일해야 하는 「진통」의 주인공의 고독은 모두 작가에게 서글프게 비친 당대 지식인의 모습으로, 이는 작가 자신의 무력감에서 기인한 것이다.[34]

---

31) 「전말」, *op. cit.*, p.110.
32) 「진통」, *op. cit.*, p.197.
33) 「수풍금」, 『박태원단편집』, 학예사, 1939, p.163.
34) 이강언, 『1930년대 모더니즘 소설 연구』, 영남대 박사논문, 1987, p.97.

이와 함께 「향수」에서도 향월을 버린 후, 그녀의 불행을 막연히 예감하며 죄책감에 시달리는 주인공을 작가는 서글픈 어조로 딱하게 조감해 보이고 있다. 이처럼 소외감에서 기인한 자의식과잉으로 고통받는 도시인의 모습은 이를 효과적으로 뒷받침하는 휴머니즘적 語調(tone)에 의해 더욱 생생히 표출되어질 수 있었던 것이다.

## 3. 結 論

본고에서는 1930년대의 식민지적 상황이 초래한 실직 지식인의 소외양상을 30년대의 대표적 내성작가 박태원의 작품을 통해 포착해 보았다.

日帝에 의해 타율적으로 진행된 허울 좋은 근대화 속에서 역할을 배당받지 못하고 울분을 삭여야만 했던 당대 지식인의 日常에서의 疎外感을 작가는 어떻게 표출하고 있는지 살펴봄으로써 1930년대의 시대적 특성을 우리 소설이 여하히 감당해냈는지를 검증해 보려 한 본고의 의도에 얼마나 부합했는지는 여전한 의문으로 남는다. 미진한 부분은 후고를 통해 보완하기로 하고 지금까지의 논의를 요약해 결론에 대신한다.

식민지 지식인의 소외의식을 다룬 「오월의 훈풍」을 위시한 일련의 작품들에선 도시적 삶을 통해 소외되고 자책받는 인물들의 과잉된 자의식을 통해 식민지적 삶의 실체를 적나라하게 노정시키고 있었다. 이러한 주인공들의 의식세계의 표출과 대상현실의 시간적 자의성 확보를 위해 回想을 통해 시간을 소급시키고 있었으며, 아울러 식민지인의 고통받는 자의식을 부각시키기 위해 휴머니즘적 어조를 구사하고 있음을 알 수 있었다.

이는 식민지 현실 속에서 나름대로의 깊이있는 고민과 방황을 거듭했던 작가의 현실접안적 노력의 한 도정으로 보여져 주목된다.

# 40年代 親日小說의 展開樣相

## 1. 序 論

　1940년을 전후한 日帝末期의 韓國文學을 우리는 흔히 暗黑期의 문학[1]이
라 하여 아예 논급의 대상에서 제외해 버리거나, 극히 固着的 視覺에서 裁
斷해 왔던 것이 사실이다.

> 　이 때의 作品이란 直接 日本戰爭協力을 위한 것이 아니면 檢閱이 通過
> 되지 않는 時代에 있어 그 內容이 朝鮮語作品이란 벌써 眞正한 朝鮮文學
> 과는 距離가 먼 것이었다. 그리하여 一九四一年末부터 一九四五年까
> 지의 約五年間은 朝鮮新文學史上에 있어서 羞恥에 찬 暗黑期요 文學史的
> 으로는 白紙로 돌려야 할 부랑크의 時代였던 것이다.[2]

　그러나 이같은 견해는 지극히 피상적인 인식의 소산으로, 당대 우리문학
에 대한 自嘲的 偏見의 일단을 드러낸 것으로밖에 볼 수 없다. 그간 대부분
의 이 시기 문학연구—특히 소설에 있어—가 별다른 실증적 탐색 없이
척박한 시대환경을 문제삼아 일방적인 재단을 일삼아 왔던 것이 사실이고

---

1) 흔히 일제말기의 문학을 지칭할 때 쓰여지는 "암흑기"란 수사어는 백철(『조선신문
학사조사』, 백양사, 1950)에 의해 처음 사용된 후 이 시기 문단을 상징하는 전범적
용어로 굳어져 왔다.
2) 白鐵, 『조선신문학사조사』 현대편, 백양당, 1950, pp.398~399.

보면 이제 이같은 선입관은 우리 문학사의 일관성있는 체계정립을 위해서도 반드시 극복되어야 할 걸림돌인 것이다. 따라서 이른바 親日小說을 바라보는 시각도 보다 엄정하고 치밀한 토대 위에서 새롭게 확장되어야 할 것으로 사료된다.

1931년 9월, 滿洲事變이후 수립한 만주국을 교두보로 대륙침략의 야심을 불태우던 日帝는 1937년 中日戰爭을 일으키더니 1941년에는 마침내 태평양전쟁으로 비화시키면서 군국주의적 색채를 더욱 강화시켰다. 이 와중에서 한국은 국토 전체가 침략전쟁의 병참기지로 전락하고 민족의 주체성은 더할 수 없는 시련에 직면하게 된다. 그리하여 民族文化抹殺政策에 의한 각종 매체의 폐간, 한글사용의 규제 및 일어상용의 강요, 문단의 어용화 등 소위 "皇民化"로의 길을 밟게 되는데, 특히 1941년 이후 <조선문인협회>, <조선문인보국회> 등과 같은 어용문인단체에 의해 주도된 문단은 일어 창작의 굴레 속에 황도문학의 기치를 내걸고 암흑의 극으로 치닫게 된다.

민족지 朝鮮日報와 東亞日報의 폐간 직후인 이 시기의 대표적 작품발표지는 『國民文學』으로서, 그 이전의 친일잡지였던 『인문평론』을 비롯한 21종의 잡지를 통합해 출발한 이 잡지는 연중 단 2회의 한글판을 제외한 대부분이 일어판이었고 모든 용어도 일본어로 통일되었다. 결국 친일적 전시문학을 주도했던 『국민문학』에 의해 범주화될 수밖에 없었던 소설문단도 이러한 여건 속에서 기형적 양상을 펼쳐 보이게 된다.[3]

물론 이 시기의 소설이라 하여 모두가 친일소설로 단정할 수도 없고[4], 특히 일어로 발표된 작품이더라도 전시의 국책과 상관없이 예술적 척도에서 평가될 수 있는 것도 있는[5] 등, 이 시기 소설을 바라보는 시각도 前言한 바처럼 이제 단순한 고정관념에서 탈피해 보다 성숙된 의미확장을 할 때가

---

3) 송민호, 『일제말 암흑기 문학 연구』, 새문사, 1991, pp.28~29.

4) 근자에 辛熙敎는 그의 박사학위논문(『일제말기소설연구』, 고려대, 1992. 6)에서 이 시기 소설을 친일어용소설과 순수지향의 소설로 양분함으로써 그간 암흑기란 구호 속에 일방적으로 도식화되었던 이 시기 소설연구의 지평을 확대시킨 바 있다.

5) 김윤식, 「일제말기 한일문단의 관련양상」, 『한일문학의 관련양상』, 일조각, 1974, p.112.

된 것이 사실이다.

본고는 이러한 시각에서, 일제 강점기 시대적 상흔 속에서 파생되었던 친일소설의 전개양상을 그 附和雷同의 程度에 따라 "적극적 어용소설"과 "소극적 시국소설"로 각각 命名해 정리해 봄으로써 감흑기 친일소설에 대한 막연한 심정적 평가에 실증적 단서를 제공하고 이 시기 소설연구의 새로운 방향을 제시코자 한다.

## 2. "積極的 御用小說"의 展開樣相

이 시기의 가장 큰 이슈는 역시 戰爭이었다. 따라서 전쟁수행과 관련된 제재들이 친일어용소설의 주류를 이루게 되는데, 여기에선 편의상 전쟁수행상의 프로파갠더적 색채와 식민지 일반정책의 호응 여부에 따라 소위 "전쟁고무형의 소설"과 "체제유착형의 소설"로 갈라 본다.

### 1) 戰爭鼓舞型 小說

중일전쟁이 발발한 이듬해인 1938년 2월에 공포되었던 志願兵制와 전쟁의 막바지인 1943년 3월에 공포된 徵兵制는 日帝의 皇民化政策 앞에서 束手無策으로 끌려 다녀야 했던 친일작가들에겐 더 없이 좋은 소재가 되었다.

鄭人澤의 「돌아보지 않으리」(『국민문학』, 1943. 10, 日文 : かへりみはせじ)는 징병을 독려한 대표적 작품이다. 당시 軍 보도부에서 가장 바람직하게 생각한 전형적 어용소설인 이 작품은[6] 그 표제브터가 일단 출전하면 뒤돌아보지 않겠다는 詩句의 일부이다.

일본을 위해 결사적 충성을 다짐하는 出征志願兵, 賢이 戰地에서 후방의

---

6) 송민호, *op. cit.*, p.199.

홀어머니와 남동생에게 부친 편지글의 형식을 취한 이 작품은 소설의 본질적 요소인 서사적 사건의 전개보다는 전시 병사의 충성구호를 여과없이 흘려보내는 캠페인적 형식에 치우쳐 있다.

어머니 나라를 위해 싸움터에 나가 영광스럽게 죽는 것, 그것은 보람 있는 나라에 생을 누린 남자로서는 무엇보다도 자랑스런 일이요, 또한 바라는 바입니다. 따라서 그것은 어머니에 있어서 결코 슬픈 일이 아닙니다. 탄식할만한 일이 아닙니다. 그렇기는커녕 그 이상 없는 명예요, 기쁨인 것입니다. 그렇기 때문에 내지에서는 전사한 유족의 집을 찾아갔을 때,
"이번에 큰 공을 세우고 명예의 전사를 하셨다니 정말 축하합니다."
라고 인사하는 것입니다. 그렇습니다. 남자로 태어나서 싸움터에 나가 죽는다는 것은 어디까지나 영광스런 일로서 결코 슬픈 일이 아닙니다. 그러므로 조상을 하는 대신에 축하의 말을 하는 것입니다.[7]

뿐만 아니라, 주인공 현은 후방의 남동생에게도 장차 징병에 응해 자기와 같은 決死報國의 충성을 다하도록 당부하고 있다. 그런데 이 소설의 주인공은 대학진학을 포기하고 농촌의 발전을 위해 고등농림학교에 진학했다가 지원병에 입대한 인물로 설정되어 있다. 다시 말해 저학력자가 아닌 고학력자 출신 지원병인 것이다. 이는 신희교의 지적[8]처럼 시사하는 바가 대단히 크다.

賢이 전장에서 보낸 편지에는 생명의 마스코트인 "센진바리(千人針)" 및

---

7) 송민호, *op. cit.*, 부록편, p.253.

8) 즉 일제의 전시정책(지원병제)에 고학력자를 많이 흡수하기 위한 宣傳的 性格을 띤 것인데, 징병독려와 관련해 이 소설이 지니는 의미를 4가지로 요약하면 다음과 같다는 것이다.
① 주인공의 고학력설정으로 인한 고학력자 지원병 증가 기대
② 강한 군인의 강한 어머니상 창출
③ 징병에 응하는 병정의 결사보국의 자세 확립
④ 징병응소는 천황에의 보은임을 강조(신희교, 『일제말기 소설 연구』, 고려대 박사논문, 1992. 6, pp.67~71 참조).

위문품을 받은 데 대한 감사의 인사와 1년 3개월간 소식을 전하지 못한 연유가 서술되어 있다. 즉 전장에서 공을 세우지 못해 황은에 보답치 못한 부끄러운 마음 때문이었다는 것이다. 이처럼 이 소설은 뚜렷한 줄거리 없이 시국적 국가관에 편승한 주인공의 作爲的 思辨으로 일관하고 있다.

그리하여 어머니에겐 아들의 전사를 자랑스럽게 받아 들이는 강인한 정신력을 요구하고 있고9), 동생에겐 한국인을 일인과 동등하게 대우하는 皇恩에 보답키 위해서라도 징병에 적극 호응하여 결사적으로 싸우라고 역설하고 있는 것이다.

조선문인협회 주관의 현상당선 소설인 安東益雄(本名 未詳)의 「젊은 힘」(『국민문학』, 1942. 5. 6合, 日文 : 若い力)은 당시 전문학교 재학생이었던 무명작가의 戰爭鼓舞型 소설이다. 歸鄕志願兵 德次와 松峠里 부락 校長 牧野信一의 형상화되지 않은 언행을 통해 전쟁혼 고취와 소국민 연성에 주력하고 있는 이 작품 역시 소설적 구성이 극히 미약한 시국적 선전물에 불과하다.

> 德次는 전신체가 찌릿 찌릿 경련하며 생각할 사이도 없이 一死報國이라는 말을 마음 속에 부르짖었읍니다. 국가는 지금 나같은 청년을 구하고 있읍니다. 나는 결사보국의 각오가 있을 따름입니다.10)

지원병 훈련을 마치고 귀향한 德次를 중심으로 좌담회와 국어 강습회가 열리고 이를 계기로 4명의 지원병을 합격시킨다는 판에 박힌 줄거리는 어용소설의 상투적 계보를 잇기에 부족한 점이 없다. 德次가 출정하는 날 부

---

9) 1939년 7월 4일부터 6일까지 매일신보에 연재된 주한일본군사령부 보도부장 鄭勳 소좌의 담화문 「반도부인에게 고함」에는 자식을 전장에 보낸 한국 어머니들의 결연한 정신무장에 대해 언급하고 있어 이 작품의 창작동인을 엿보게 한다(임종국 편, 『친일논설선집』, 실천문학사, 1987, pp.245~246 참조).

10) 송민호, *op. cit.*, p.105 재인용
　{原文} : 德次は 全身體がびりどして思はず一死報國の言葉を心の中に叫びました. 國家は今私達のやうな靑年を求めています. 私は決死報國の覺悟があるだけです (『국민문학』, 1942. 5. 6合).

락민이 총동원되어 전송하는데, 이 과정에서 "묘한 흥분에 사로잡혀 쉴 새 없이 職域奉公을 부르짖는" 牧野[11]나 차 속에서 "나의 大君에 불리움을 받다 — 이제 가라 씩씩한 日本의 男子"라는 노래를 重唱하는 지원병들의 모습은 바로 일제의 전시정책에 방향감을 상실한 채 견인되어 나가던 당시 친일작가들의 자화상에 다름 아닌 것이다.

시국적 색채와 무관한 「孟進士宅 慶事」(『국민문학』, 1943. 4)로 주목을 끌었던 시나리오작가 吳泳鎭의 「젊은 龍의 고향」(『국민문학』, 1944. 11, 日文)은 태평양전쟁 당시 모 해병단에 대한 견문기록의 성격을 띠고 있다. 즉 특수잠항정을 타고 敵港에서 전사한 '이와사 나오지'[岩佐直治]의 부모에게 보내는 私信을 陣中 시나리오작가가 소개하는 것으로 끝맺고 있는 것이다.

> 이 과업을 완수한 연후에 목숨이 다하거든 칭찬해 주십시오. 또한 이 과업을 완수하지 못한 채 이 생명이 다했다면 나오지의 영혼이 향하는 곳이 어딘지 헤아려 주십시오. 사꾸라가 져야 할 때 지는 거야말로 야마또의 꽃이라 칭찬할 수 있는 것을 몸은 비록 異域萬里 바다에서 진다 해도 절대로 양보하지 않으리 야마또 皇國을[12]

결국 이 소설도 앞의 두 작품처럼 군국 일본이 조선청년을 세뇌해 심은 '전시하 청년들의 결의'가 남김없이 설파된 것으로[13], 징병응소 군인이 가져야 할 決死保國의 정신을 예외없이 강조하고 있음을 알 수 있다.[14]

香山光郎이란 창씨명으로 암흑기 문단을 횡행하던 대표적 親日知性人 李光洙의 「봄의 노래」(『신시대』, 1941. 9~)는 전시하의 군국주의적 생활양식의 장려를 통해 전쟁(聖戰)의 불가피성을 강조하고 있는 작품이다. 그 연재 앞머리에 장편으로 기획되었음과 작가의 국민적 정열이 넘치고 있음을 밝히고 있는 이 작품은[15] 황국신민으로 철저히 규격화된 출정 지원병 요시오

---

11) 임종국, 『친일문학론』, 평화출판사, 1983, p.438.

12) 김병걸·김규동 편, 『親日文學作品選集』 V. 1, 실천문학사, 1986, p.343.

13) 송민호, *op. cit.*, pp.100~101.

14) 신희교, *op. cit.*, p.73.

(韓山李氏 牧隱의 後孫)를 비롯한 등장인물들의 군국주의적 생활철학을 이광수 특유의 삼각애정 배경 속에 다루고 있다. 명문의 후손이면서도 창씨개명을 해야 했고 어려운 가정환경 때문에 애인 도시꼬를 버리고 구장의 딸 후미꼬와 결혼해야 했으며 그 아내의 不貞에도 아랑곳없이 "이 몸은 폐하께 바친 몸"이라며 지원병의 각오를 되새기는 요시오는 당시 일제가 주문하던 황국신민의 전형적 인물임에 틀림없다.

이상 살펴본 바와 같이 전쟁을 고무, 찬양하며 시국에 편승하던 이러한 작품들은 하나같이 전쟁현장의 사실감있는 묘사를 통해 자연스럽고 깊이 있게 소설내적 형상화를 일궈내지 못하고 흔히 관념적이고 피상적인 목적의식이 선행됨으로써 마치 시국구호가 담긴 연설문 내지 從軍檄文같은 인상을 주고 있다.

이런 의미에서 정인택의「鵬翼」(『조광』, 1944. 6)과 이석훈의「하늘의 영웅」(『야담』, 1942. 12) 등은 전쟁현장을 직접배경으로 다뤘다는 점에서, 그리고 정인택의「濃霧」(『국민문학』, 1942. 11)와 南山壽의「한떨기 晚香玉」(『신시대』, 1941. 1) 등의 작품은 후방의 비적토벌과 첩보전을 직접 그리고 있다는 점에서 그 어용성의 정도를 불문하고 현실감있는 소재선택이 돋보인다.

한편 비련의 상처를 간직한 여인의 지원병훈련소 견문록을 서간체형식으로 그린 최정희의「野菊抄」(『국민문학』, 1942. 11), 娘子關戰鬪에서 부상을 입은 조선인병정의 어머니가 아들에게 젖을 물려준다는 내용의 박계주의「乳房」(『조광』, 1943. 2) 등은 군국주의가 지향하는 강한 어머니상을 보여주고 있으며, 징병제 실시에 감격하는 조선청년의 모습을 도식적으로 그리는 張赫宙의「새로운 출발」(『국민총력』, 日文 ; 新しい出發), 조선인 출정가정의 위문을 통해 銃後國民의 時局協力相을 강조하고 있는 金龍濟의「壯丁」(『국민문학』, 1942. 2), 전시하 총력체제 속의 보도관계요원의 정신적 다짐을 그린 최재서의「報道演習班」(『국민문학』, 1943. 7), 출정군인의 아내의

---

15) 이광수,「봄의 노래」,『신시대』, 1941. 9, p.215.

자세를 부각시킨 조용만의 「森君夫妻와 나와」(『국민문학』, 1942. 12) 등은 후방의 국민정서를 활용해 징병제와 관련한 전시시책의 홍보에 주력하고 있다.

이와 함께 이질적인 사상을 가진 형제간의 갈등을 침략전쟁의 합리화란 주제로 수렴하고 있는 정비석의 「三代」(『국민문학』, 1942. 신년호)를 비롯해 新羅 元述郞의 사적을 소재로 침략전의 역사적 의미를 牽强附會하고 있는 역사소설인 최재서의 「非時의 꽃」(『국민문학』, 1944. 8, 日文 ; 非時の花)과 이광수의 「원술의 출정」(『신시대』 v. 6, 日文 ; 元述の出征) 등의 작품을 통해서도 전쟁혼을 고무하던 당시 암흑기 문단의 편린을 생생히 엿볼 수 있다.

## 2) 體制癒着型 小說

일제말기의 작가들에게 있어선 전쟁수행을 위한 戰時施策 외에도 지속적인 관심을 보여야 하는 皇國臣民으로서의 一般施策들을 어떻게 作品化하는가 하는 것이 항시 크나큰 숙제로 남아 있었다. 그리하여 이 시기 작품들 속에는 "內鮮一體"를 위한 총독부의 상시정책들이 갖가지 소설적 포장의 모습으로 등장하게 된다.

이광수의 「그들의 사랑」(『신시대』, 1941. 1~3)은 韓日間의 生活方式의 對比를 통해 내선일체를 강조한 이 시기의 대표적 작품이다.

가난한 고학생 이원구가 국학자 니시모도박사의 아들인 다다시의 호의로 그 집에서 가정교사로 기숙하게 되면서 日本精神에 눈 떠가는 과정을 그리고 있는 이 소설은 니시모도의 회상 서술방식을 취하고 있다.

> "나는 첫째로 일본이 내 조국인 것을 깨달았소. 나는 지금까지 두 마음을 가지고 오던 생활을 청산하고 오직 한 마음으로 일본을 위하여서 충성을 다하기로 결심하였소. 지금에 와서 조국에 대하여서 반항하는 감정을 털끝만치라도 우리의 가슴에 남겨두는 것은 다만 국가에 대하

여서 비국민적일 뿐더러 조선사람에 대하여서 큰 불행을 주는 일이라
고 믿소."16)

니시모도집에서 기거하는 동안 일본인의 문화와 생활양식에 한없는 경
의감을 품게된 이원구(牧原勝治)가 조선인 학생들 앞에서 강변하고 있는 그
릇된 民族觀은 상대적으로 조선인의 正體性을 부정하고 이를 경멸, 비하하
는데서 비롯된 것이어서 그 충격의 도를 더하게 한다.

조선인의 가정생활이 방만하고 무질서하며 도덕의 정도는 야만인의 수
준을 벗어나지 못하고 있는데 비해 일본인들은 시간을 잘 지키고 정숙하며
예의 바르고 매사에 열심이며 청결한 문화인이라는 게 이원구의 兩國文化
論이다. 이처럼 이 소설은 주인공이 일본인의 생활태도에 감명받아 황민의
식을 다지게 된다는 단순한 논리를 통해 생활태도의 개량이 내선일체의 지
름길임을 천명하고 있는 啓導用作品이다.17)

같은 작가의 「가가와 교장」(『국민문학』, 1943. 10, 日文 ; 加川校長) 역시
일본인에 대해 한국인을 상대적으로 비하시키면서 민족적 굴욕을 유발시
키는 작품으로, 작가의 분신을 소설화한 듯한 착각이 드는 작품이다. 시골
의 신설 공립중학교 교장 가가와[加川]가 동족인 한국인의 부정적인 인성
을 고매한 일본인의 인성으로 변모시키기 위해 모범적인 皇民相을 펼쳐보
인다는 내용의 이 소설은 그 작위적이고 도식적인 인물설정이 프로파갠더
(propaganda)문학의 교본을 보는 듯하다.

교원 노릇을 15년이나 하고 보면 일생의 제자라고 할 수 있는 사람이
필요하기도 했다. 교원생활이란 가난뱅이 팔자라고 말하지 않는가. 가
가와의 고등학교 동창생 중에는 벌써 친임관(親任官)이 된 사람도 있다.
그런데 가가와는 지금 겨우 고등관 5등의 중학교 교장으로서 명예도 재
산도 없는 것이다. S교에 있었으면 지위나 명망 높은 사람들과 접촉할
수 있었다. 그것이 소위 출세의 실마리로 필요할 것이다. 그것을 버리고

---

16) 이광수, 「그들의 사랑」, 『친일문학작품선집』v. 1, 실천문학사, 1986, p.59.
17) 신희교, *op. cit.*, pp.62~64.

가가와는 K교의 교장으로 왔던 것이다. 거기에는 천황의 부르심이라는 마음이 주가 되었지만 자기가 설계한 대로 제자를 만들어보겠다는 소원 역시 절실했던 것이다.[18]

기무라의 정직스러운, 자기와 같이 영리하지 못하고 세속에 물들지 않은 얼굴을 생각했다. 그것이 한없이 가가와의 마음에 들었다. 가가와의 지론으로서는 이 세상을 더럽히는 것이 약아 빠진 사람이라고 생각했다. 특히 조선사람이 그러해서 조선사람의 아이들 중에는 지나치게 약아빠진 사람이 많다. 가가와에게는 바보스런 얼굴이 좋았던 것이다.[19]

인용에서 보는 바처럼 가가와란 인물의 敎條的 固着性, 韓日間의 國民性에 대한 다분히 자의적이고 의도적인 대비 등 소설적 형상화과정을 거치지 않은 정치적 군더더기들이 이 작품을 친일어용소설로 범주화시키는데 주저치 않게 하고 있다.

한편 구한말의 친일 개화당 정치인이었던 金玉均의 역사적 행보를 친일적 관점에서 부각시켜, 내선일체의 체제홍보에 활용하려 한 역사소설들이 이 시기에 또한 발표되어 주목을 끈다.

신인추천작가로 투고한 南川博의 「김옥균의 사」(『국민문학』, 1944. 3, 日文 ; 金玉均の死)는 갑신정변에 실패해 일본에 망명했던 김옥균이 새로운 정치구도 속에 몸부림치다 상해에서 민비의 자객 홍종우에게 암살당하기까지의 정치적 일대기를 소설화한 작품이다.

일본과 조선과 청국 이 삼국이 완전히 일체가 되었을 때만이 영원한 동양 평화가 확립될 것이라고 믿고 있었다.[20]

---

18) 이광수, 『가가와 교장』, 송민호, *op. cit.,* p.231.
19) *Ibid.,* p.243.
20) 남천박, 「김옥균의 사」, 『국민문학』, 1944. 3.
   [原文] : 日本と朝鮮と淸國この三國が完全に一體となつた時こそ永遠の東洋平和が確立できるものと信じていた.

김옥균의 政治觀을 恣意的으로 屈折解析하여 時局趣旨에 맞춤으로써 역사적 개연성을 針小棒大시키고 있음을 알 수 있다.

조용만의 「배 안에서」(『국민문학』, 1942. 7)는 갑신정변의 실패 후 김옥균, 박영효, 서광범, 유혁로 등 개화당 수뇌들이 한 의협심있는 일본인 청년선장의 결단으로 사대당의 추격을 피해 무사히 탈출할 수 있었다는 내용으로, 역시 역사적 사실을 필요에 의해 작위적 시각에서 허구화한 작품이다.

이외에도, 부모가 점찍은 여성과의 결합을 거부하고, 동경교외 여관의 일본인 하녀에게 애정을 느끼는 한국인 청년의 과장된 정서를 통해 韓日民族間의 紐帶를 강조하고 있는 鄭人澤의 「扶桑館의 봄」(『춘추』, 1941. 3), 시국을 새롭게 인식하고 更生의 의지를 불태우는 한 청년의 심리추이를 통해 내선일체의 절박한 의미를 강조하는 崔秉一의 「本音」(『국민문학』, 1943. 11), 불구처녀의 체제순응적인 모범생활을 통해 시국적 의미를 되씹게 하는 金士永의 「幸不幸」(『국민문학』, 1943. 11), 나태한 정신에 물들어 있던 부인의 시국인식과정을 그린 최정희의 「薔薇의 집」(『대동아』, 1942. 7), 회사 중역의 딸을 마다하고 몸페이 차림의 여인을 배필로 맞는 인텔리청년의 시국관을 그린 조용만의 「冬箋」(『춘추』, 1944. 2), 저수지 개조공사에 나선 한 건설기술자의 결연한 의지를 그린 李北鳴의 「氷原」(『춘추』, 1942. 7), 방공감시원으로 체제에 순응하게 된 문인의 감회를 다룬 박계주의 「오리온 성좌」(『조광』, 1943. 3), 금광의 생산현장을 배경으로 시국시책을 부각시키는 석인해의 「歸去來」(『춘추』, 1943. 6), 일제의 만주개척 정책을 養蜂에 매달리는 한 여성의 적극적 의지를 통해 홍보하고 있는 尹白南의 「벌통」(『신시대』, 1945. 1), 만주개척이민의 수난사를 다루는 가운데 일본을 광명과 은혜의 나라로, 중국을 미개와 원수의 무리로 부각시키고 있는 申曙野의 「피와 흙」(『춘추』, 1943. 4), 비적의 습격 등 온갖 고난에도 굴하지 않고 "日滿兩國旗"의 가호 아래 부락재건에 성공한다는 만주개척이민의 결연한 의지를 다룬 松山實의 「寒燈」(『춘추』, 1943. 4) 등의 작품들에서 당시 日帝體制에 癒着

하는 御用意識들을 엿볼 수 있다.

## 3. "消極的 時局小說"의 展開樣相

이 시기의 시국과 관련된 작품들 중에는 보는 시각에 따라선, 당시의 고
압적 분위기 속에서 수동적으로 창작되어진 것으로 보이는 소설들도 상당
수 눈에 띈다.[21]

어두웠던 시절의 이러한 고충은 桂鎔默의 다음과 같은 회고를 통해서 더
욱 생생히 느껴진다.

> 이 時期에 있어서 勤勞精神을 鼓吹한 農民物 같은 것이, 全然 이 方面
> 에는 붓을 대지 않던 몇몇 作家에게서 製作이 되었다. 내 自身 것으로
> 말하더라도 『시굴老婆』, 『苗裔』, 『不老草』 같은 것이 그것으로, 글을 아
> 니 쓰게는 못되고, 그렇다고 뜻에 없는 붓대는 놀릴 수가 없고 해서 勤
> 勞精神으로 協力을 假裝하자는데서 이런 作品들을 썼다.[22]

본인의 지적처럼 계용묵의 「不老草」(『춘추』, 1942. 6)는 등장인물들을 근
로와 영농의 현장에 의도적으로 배치하여 근로정신을 고취하고자 한 작품
이다. 다리에 풍을 맞은 할아버지의 농사욕과 손자의 농사일 흉내내기를
통해 한 폭의 수채화를 연상시키는 목가적 분위기 속에서도 일제의 시책에
부합되게 작품을 귀결시키고 있는 것이다.[23]

당대 작가들의 이러한 타율적이고 강요된 현실해석에서 기인한 지성인
으로서의 딜레마는 지식인의 전향을 다룬 백철의 「展望」(『인문평론』, 1940.

---

21) 송민호는 이처럼 進退兩難의 궁지에서 강요당해 써진 듯한 작품들을 "鍍金된 御
    用"의 문학으로 이름하여 분류하고 있다(*op. cit.*, pp.129~138).

22) 계용묵, 「암흑기의 우리문단」, 『현대문학』 통권26호, 1957. 2, p.55.

23) 신희교, *op. cit.*, p.85.

신년호)에서도 잘 드러나고 있다.

　여기서 나는 비로소 자기로 돌아와 고요히 지금까지의 행위를 반성
해보는 기회를 가진다. 차차 잠을 이루지 못하는 괴로운 밤이 며칠이나
계속되었다. 그것은 자기의 근년의 생활에 대한 하나의 고민이었다. 그
러나 그 고민은 세상에 흔히 있는 인테리들의 사상적 고민과는 類가 다
르다. 청년에게 있어 그 정치적인 사상이 옳고 그르고는 문제가 아니었
다. 그보다는 먼저 자기 자신에 대한 고민이었다.[24]

　식민지 지식인의 현실 속에서의 갈등은 李石薰의 「고요한 폭풍」(『국민
문학』, 1941. 11, 日文 ; 靜かな風)에 이르러 더욱 극명하게 구체화된다. 한
지식인변절자(소설가 박태민)의 자기합리화를 위한 끊임없는 번민이 당시
문단 시대상 속에서 적나라하게 펼쳐지고 있는 이 작품은 갈등 끝에 변절
하거나 적어도 그 아류에 머물 수밖에 없었던 당시 문인들의 처절한 양심
보고서의 성격을 띤다.

　이 땅에서 작가로 살아남기 위해서는 아무래도 이 폭풍의 시대를 빠
져나가지 않으면 안된다. 그것은 단순히 무의식적으로 생활하는 것이
아니라 의식적으로 시대를 호흡하는 것이다. 그러기 위해서는 우선 소
승적인 민족적 입장을 일단 극복하지 않으면 안된다. 보다 높은 대승적
지성과 예지가 필요한 것이다. 허나 박태민은 자주 깊은 회의 속에서 방
황했다. 의식은 분열하고 싸우고 그리고 결론에 도달할 수 없었다. 정처
없이 거리를 돌아다닌다. 친지를 만나기도 하고, 다방에서 커피를 마신
다. 사상의 핵심을 벗어난 일상적인 대화를 주고 받는다.[25]

　이 소설의 주인공 박태민처럼 노골적인 친일의 길로 들어설 수도 없고,
그렇다고 달리 조여오는 시국의 압력을 피해 갈 수도 없었던 당대 대부분

---

24) 백철, 「전망」, 『인문평론』, 1940. 1, p.206.
25) 이석훈, 「고요한 폭풍」, 송민호, op. cit., p.263.

문인들의 절박한 입지가 결국은 피동적으로나마 변절하고야 마는 우울한 자화상이 되어 현실감있게 다가온다.

비교적 시국적 색채가 없이, 한국인 신문기자 顯과 일본인 여급 阿佐美의 사랑의 우여곡절을 다루고 있는 이효석의 「아자미의 障」(『국민문학』, 1941. 11)은 편집후기에서의 해설처럼 내선일체의 문제에 초점을 맞춘 것이다. 그러나 적극적인 시책선전이라기보다는 국민감정을 초월한 두 남녀의 순수한 애정 전개양상에 비중을 두어 분위기를 유화시키면서 부수적으로 내선일체란 시국의 빌미에 귀결되도록 의도된 느낌을 주고 있다.

> 조용한 거리를 빠져나와 둘은 차츰 행인들이 많은 덕수궁 안으로 들어섰다. 하얀 길 양편으로 빨갛게 물들기 시작하는 나뭇잎들이 싱그럽고, 넓은 잔디는 아직 초록 기운에 선연하게 젖어 있었다. 못의 분수는 차갑게 햇살에 번쩍이고 그 뒷 배경의 白堊 박물관으로 하여 냉랭하고 조용해 보였다. 아자미의 청초한 자태는 그 뜰 속에서도 더 한층 돋보이는 듯하여 현은 내심 자랑스런 생각까지 들어 한점 얼룩조차 없는 사랑의 만족감에 흠뻑 젖어 있었다.26)

인용에서 보는 바처럼 두 사람의 애정은 국적과 신분의 이질성을 초월한 순수한 의기로 충만해 있다. 그러나 이들의 사랑 앞에는 많은 난관이 가로 놓여있다. 國籍의 相違에서 오는 주변의 따가운 눈총과 文化的 差異를 극복해야 할 원초적 부담은 말할 것도 없고, 이민족의 여급출신 여인을 며느리로 맞지 않으려는 식민지 명문가의 완강한 반대는 이들이 넘어야 할 가장 크고 힘겨운 장벽이다. "20년 가까이 관직에 몸담았던" 현의 아버지가 며느리로 내정한 명문가의 딸 麗姬가 등장하자 아자미가 그녀의 고향 구마모도[熊本]로 잠적하는 것으로 끝맺고 있는 데서 알 수 있듯이 이들의 사랑은 未完의 상태로 남는다. 작품 속에서 다소 과장되게 묘사된 두 사람의 兩國文化에 대한 友好的 認識에도 불구하고, 결국 이들의 사랑에 결론을

---

26) 이효석, 「아자미의 장」, 송민호, *op. cit.*, p.218.

유보시킴으로써 적극적 시국동참에서 벗어난 작품이 되었다고 볼 수 있다.

이 밖에도 전문학교 동기생인 세 인텔리 여성의 이야기에 물자절약 시책을 곁들인 이태준의 「행복에의 흰손들」(『조광』, 1942. 1∼1943. 1), 빈한한 식민지 가정의 생활역경을 勤勞保國의 일상화로 포장한 이북명의 「형제」 (『야담』, 1942. 3), 겨울여정의 승객들을 통해 전시하의 고난 속에서도 내핍을 강조하는 정비석의 「寒月」(『국민문학』, 1942, 2), 아내를 잃은 슬픔 속에서도 농산물증산 시책에 등한하지 않는 순박한 농부를 그린 이무영의 「文書房」(『국민문학』, 1942. 3)과 농촌 억척과부의 눈물겨운 榮農意志 속에 식량증산 시책을 내비치고 있는 「母」(『情熱の書』, 1944. 4), 土幕民의 삶을 통해 영농의지를 조명한 박연희의 「秋夕날」(『야담』, 1944. 12), 선구적 만주개척이민의 정착과정을 통해 이주민의 의지와 일제시책을 결합하려 한 안수길의 「牧畜記」(『춘추』, 1943. 4)와 「圓覺村」(『국민문학』, 1942. 2), 畵家志望生인 조선인 청년과 일본여인의 애정행각을 내선일체의 문제로 포장하려 한 한설야의 「血」(『국민문학』, 1942. 1), 서울 변두리 빈민의 생활상을 愛國班의 활약상과 함께 실감나게 묘사한 정인택의 「淸凉里界畏」(『국민문학』, 1941. 11), 등의 작품들에서, 소설적 공간 속에 형식적으로나마 시국의 문제를 포착해 보려는 당대작가들의 역력한 고민의 흔적을 엿볼 수 있다.


## 4. 結 論


지금까지 일제 강점기 친일소설의 전개양상을 살펴 보았다.

이 시기의 가장 지대한 관심사가 戰爭遂行이란 긴박한 과제에 맞물려 있었던 만큼 대부분의 친일어용소설들이 戰魂을 鼓吹, 鼓舞시키며 民心을 統制하는데 주력하고 있음을 볼 수 있었다. 정인택의 「돌아보지 않으리」, 안동익웅의 「젊은 힘」, 이광수의 「봄의 노래」 등 일련의 작품들에서 皇軍의 決死保國 精神과 戰時 軍國主義的 生活樣式이 극도로 강조되고 있음을 알 수 있다.

이와 함께 지속적인 植民地 經營策略과 관계된 소재들도 병행하여 작품 속에서 다뤄졌음을 알 수 있었는데 특히 內鮮一體를 골자로 한 체제유착 성향의 작품들이 대종을 이루었다. 이광수의 「그들의 사랑」과 「가가와 교장」, 남천박의 「金玉均의 死」 등 일련의 작품들에선 민족적 정체성을 遺棄한 體制癒着의 표본을 대할 수 있다.

한편 당대의 고압적 시대풍토 속에서 수동적으로 창작되어진 작품들도 상당수 눈에 띄어 작가들의 고충을 엿볼 수 있었는데, 이러한 작품들은 거의가 당대의 생활상을 시국적 문제와 의도적으로 결부시킨 것들이었다. 이석훈의 「고요한 폭풍」, 백철의 「전망」, 이효석의 「아자미의 장」, 계용묵의 「불로초」, 안수길의 「원각촌」 등 일련의 작품들은 창작에의 욕구와 시대적 분위기 사이의 괴리를 여실히 보여주고 있다.

따라서 이 시기의 친일소설을 바라보는 시각도, 작품의 제재 그 자체보다는 우회적 창작배경의 문제에 초점을 맞춰 여백의 진실을 밝혀내려는 보다 전향적 관점에서 재정립되어야 할 것이다. 물론 이 시기 대부분의 작품들이 문자 그대로 친일어용의 굴레에서 벗어날 수 없는 내용들을 담고 있는 것이 부인할 수 없는 사실이고 일부 작품의 구조적 작태는 그 附日阿諛의 도가 운위의 정도를 넘어선 감이 있다.

그러나 "일제말기 소설=친일소설"이라는 先入觀的 裁斷에서 탈피해, 보다 객관적 작품검증을 통해 작품의 내재적 진실을 밝혀내는 동시에, 그 정신사적 기반을 추출하기 위해 당대의 문단내외적 정황을 주도면밀히 反芻하는 작업도 병행되어야 할 것으로 사료된다. 이를테면 친일작가로 膾炙되는 소설가의 작품이라 하여 무조건 어용소설로 몰거나(실제로 이 시기 소설 중, 동일작가의 작품이라도 어용성을 띤 것과 순수문예물의 성격을 띤 것들이 공존하는 경우가 상당수 있다.), 일어로 씌어진 작품이라 하여 내용 여하에 상관없이 매도하거나(당대여건상 일어란 매개수단을 사용했더라도, 언어를 초월해 우리 문학의 독자적 저변을 고수한 작품도 눈에 띈다.), 혹은 당대의 시책을 작품배경으로 다뤘다는 이유만으로 평가절하하는(어차피 문학은 시대상의 반영이므로 당대 시책이 작품배경으로 다뤄진 것 자체를 문제삼기 보다, 그것이 어떤 의미를 가지느냐에 초점을 맞춰야 한다.) 등등의 사례는 지극히 便宜的인 思辨의 산물임을 부인할 수 없는 것이다.

　이러한 점에서 이제 일제 말기 소설을 바라보는 시각도 보다 복합적이고도 입체적인 혜안을 절실히 요구하게 되었다. 새로운 시각에서의 접근이 활발해질 때, 비로소 친일소설의 오명을 덮어 쓰고 암지에 묻혀 있던 작품들의 굴절된 진가를 복원할 수 있을 것이며, 그렇게 함으로써 우리 소설사의 온전한 의미망 정립에 기여할 수 있을 것으로 본다.

제4부

# 私小說의 韓國的 變容 考察
―「소설가 구보씨의 일일」에 나타난 패러디(Parody)적 상관성을 중심으로―

## 1. 序 論

### 1) 私小說의 發生과 韓國的 變容

周知하다시피 私小說은 大正時代 末期에 성행했던 일본문학의 가장 독자적인 서사양식으로, 日本文學이 自力으로 產出해낸 거의 유일한 문학사상으로서의 의미를 지닌 것으로 평가되고 있다.[1]

사소설의 발생요인 및 발전 등 그 전반적 형성과정과 변별원리에 대해서는 일본학계와 비평가들 사이에서조차 해석이 구구한 실정이나 대체로 서구 자연주의의 일본유입과정에서의 일본적 정서와의 융합의 산물로 추정되고 있다.[2] 다시 말하자면, 일본에서 자연주의가 그 본령을 터득하여 沒個性의 社會性 抽出을 위한 객관적 인식태도로 나아가지 못하고 이것이 反俗的 엘리트의식으로 內向化되어 "작가 자신을 주인공으로, 일상생활의 체험에서 취재하여 그 체험의 진실성을 통해 예술적 감흥, 즉 작품세계의 리

---

1) 長谷川泉·高橋新太郎 編, 『文藝用語の基礎知識』, 至文堂, 1988, p.812.
2) わが國の寫實主義や自然主義が實證と合理との方法意識や批評態度におい て缺けるところがあり, 文學的方法として客觀的(あるいは社會的, 歷史的) に確立されなかつ たために, 作家の現實認識がもつ ぱら自己の身邊にし ばられ, その體驗する 日常生活の範圍に限られるようになつ た(久松潛一 外 編, 『現代日本文學大事典』, 明治書院, 1990, p.1257).

얼리티를 추구하는 일본의 독자적 소설형태"를 의미하는 사소설이 탄생하게 되었다는 것이다. 그 후 私小說은 中村武羅夫, 久米正雄, 宇野浩二, 小林秀雄 等에 의해 이론적 검증[3]을 거치면서 1920년대 이후 日本 純文學의 理想을 구현하는 양식으로 공인받기에 이르면서 실로 다양한 양상[4]을 펼쳐 보이게 된다.

우리문단에서도 1930년대의 대표적 순수문학 작가들 — 이태준, 박태원, 안회남 등 — 에 의해 일본 사소설의 형식적 관습에 비추어 해독 가능한 작품들이 상당수 양산되었음은 주목할만한 사실이다.[5] 특히 박태원에 의해 발표되었던 「小說家 仇甫氏의 一日」(조선중앙일보, 1934. 8. 1～9. 19)은 식민지 지식인의 무력감을 "나의 醇化"라고 하는 사소설의 창작원리에 의탁해 탁월하게 형상화한 것으로, 이 작품은 이후 최인훈, 주인석 등의 후대작가들에 의해 더욱 성숙한 모습으로 패러디되면서 우리 문단에 한국적 풍토에서 변용된 사소설의 궤적을 그려 보이고 있음은 자못 의미심장한 사실로 받아 들여진다.


## 2) 패러디(parody)로서의 「소설가 구보씨의 일일」

기성작품의 성과에 편승해 새로운 문학적 가치를 재생산해 내려는 기도

---

3) 中村武羅夫(1924), 「本格小說と心境小說」.
　　久米正雄(1925), 「私小說と心境小說」.
　　宇野浩二(1925), 「『私小說』私見」.
　　小林秀雄(1935), 「私小說論」.

4) 昭和二十年代に至つて, 私小說卽心境小說とする解釋は伊藤整. 平野謙によつて新しい分析が行なわれた. すなわち廣義の私小說お破滅型の現世放棄者の文學と調和型の現世把持者の文學に分け, 前者お狹義の私小說, 後者お心境小說に腑分けした. 破滅型には近松秋江. 葛西善藏から嘉村磯多お經て太宰治. 田中英光に至る系譜, 調和型には志賀直哉から瀧井孝作お總て外村繁. 尾崎一雄に至る系譜が考えられ, その中間に上林曉. 川崎長太郎らが位置する(長谷川泉・高橋新太郎 編, *ibid.*, 1988, p.812).

5) 한용환, 『소설학사전』, 고려원, 1992, pp.204～205 참조.

의 일환으로 우리는 패러디(parody)를 들 수 있다. 흔히 "풍자적 모방"으로 간단히 일컬어지는 이 용어의 정확한 개념과 기능에 대해선 다소의 혼란이 있는 것 같다. 원래 민속시(folk verse)류를 노래 부르는 대신 구술하는 것이나, 텍스트 암송의 운율변조를 의미했던 이 비평용어의 개념은 근자에 들어, "어느 작가의 어휘, 사상 혹은 문체에 경미한 정도의 변용을 가해 이를 새로운 목적 또는 기성주제의 풍자와 조롱에 적용시키는 것"[6]을 의미하는 개념으로 굳어지게 되었다. 따라서 새로운 목적이란 문구에 주목하게 되면 반드시 풍자적 색채를 띠지 않더라도 기성 작가나 그 작품을 모방적으로 재현하는 일련의 언술방식을 폭넓게 의미하는 것이다 규정해도 별 무리는 없을 듯하다.

> 패러디는 기존 작품의 형식이나 특정한 문제를 존속하면서 거기에다 이질적인 주제나 내용을 치환하는 일종의 문학적 모방이다. 패러디스트는 문체, 어법, 리듬, 운율, 어휘 등의 문제에 있어서 패러디 되는 작품의 형식적 관습들을 가능한 한 밀접하게 모방함으로써 작품을 이뤄간다.[7]

이렇게 볼 때 패러디란 동일한, 혹은 유사한 틀 속에서 여하히 다른 문제의식을 파생케 하는가에 그 성립의 관건이 있다고 해도 과언이 아닐 것이다.

문학, 특히 소설이 궁극적으로 작가의 현실해석 내지 그 대응방식을 허구적으로 보여 주는 언표라 한다면, 소설작품의 패러디를 통해 나타나는 양자 — 기성작품과 패러디화 된 작품 — 사이의 간극에서 우리는 작가의식의 한 단면을 분명히 읽어낼 수 있을 것이다. 즉 서로 달리 나타나는 주제를 통하여, 확실히 변별되는 작가의 의식과, 그러면서도 비슷한 소재와 형식을 다루게 되는 기술상의 측면을 통해선 작가의 기량을 의미깊게 포착해낼 수 있다는 말이다.

---

6) Joseph T.Shipley, 『*Dictionary of World Literary Terms*』 The Writer Inc., Boston, 1970, p.231.
7) 퍼트리샤 워, 『메타픽션』, 열음사, 1989, p.95.

이러한 시각에서, 본고는 일본 사소설의 창작원리에서 출발하고 있는 朴泰遠의 「小說家 仇甫氏의 一日」과 70년대 崔仁勳의 「小說家 丘甫氏의 一日」, 그리고 90년대 주인석의 연작 「소설가 구보씨의 하루」들 사이에서 나타나는 패러디적 양상의 천착을 통해 일본 사소설의 한국적 변용상을 고찰해 보고자 한다.

## 2. 作品에 나타난 變容相

30년대 우리문단의 대표적 모더니스트였던 박태원의 「소설가 구보씨의 일일」은 일본유학에서 돌아온 실직지식인 仇甫의 눈에 비친 식민지시대의 암울상을 소설가의 창작과정 탐색을 원용해 소설화하고 있는 작품이다.

분단시대 지식인작가의 존재탐구를 다룬 최인훈의 「소설가 구보씨의 일일」은 1969년 『월간중앙』과 1970년 『창작과 비평』에 연작의 형태로 발표되었고, 다시 1971년부터 72년까지 「갈대의 사계」란 제목으로 『월간중앙』에 연재되었다. 그 후 이를 재배열하여 72년 삼성출판사에서 단행본으로, 76년 <문학과지성사>에서 전집 중의 한 권으로 각각 출간하였다.[8]

포스트 모던시대의 허무를 대변해 주는 주인석의 연작소설 「소설가 구보씨의 하루」는 91년부터 各 季月刊誌에 分載되어 오고 있는데[9], 두 선배작가의 창작관행에 의탁해 90년대의 구보를 의미깊게 형상화시키고 있다.

이들 작품들은 모두 지식인 소설가의 反俗的 엘리트의식에서 비롯되어

---

8) 본고의 텍스트는 76년판 문학과 지성사간의 『최인훈전집』으로 한다.

9) 지금까지 이 연작은 1편에 해당하는 「옛날 이야기를 좋아하면 가난하게 산단다」(『문학과 사회』, 1991 여름)를 비롯하여 「사잇길로 접어든 역사」(『문학정신』, 1992. 1), 「그때 시라노는 달나라로 떠나가고」(『현대소설』, 1992 봄), 그리고 「한국문학의 현단계, 1992년 겨울」(『비평의 시대』, 1993. 1)에 이르기까지 모두 4편이 발표되었는데, 본고에선 논의의 편의상 가장 근작인 「한국문학의 현단계, 1992년 겨울」을 주된 텍스트로 다루기로 한다.

지는 사소설적 특성을 공유하고 있으나, 최인훈과 주인석에 의해 패러디되는 과정에서 점차 주인공이 몸담고 있는 사회공동체와의 연대감이 강조되고 있다는 점에서 사소설의 한국적 변용상을 엿보게 한다.

## 1) 인물의 성격

朴泰遠의 「小說家 仇甫氏의 一日」(조선중앙일보, 1934. 8. 1~9. 19)에는 일본유학에서 돌아와 무명소설가의 우울하고 답답한 습작시절을 보내는 주인공 仇甫가 등장하고 있다.

> 스물여섯해를 길렀어도 종시마음이 놓이지 안는것은 자식이었다.설혹 스물여섯해를 스물여섯곱 하는일이 있다래도, 어머니의 마음은 늘 걱정으로 차리라. 그래도 어머니는 그가 작은 며누리를 보면, 이렇게 밤 늦게 한가지 걱정을 덜수있으리라 생각한다.
> "참 이애는 웨 장가를 들려구 안하는겐구."
> 언제나 혼인말을 끄내면, 아들은 말하였다.
> "돈한푼 없이 어떻게 기집을 먹여 살립니까?"
> 허지만…… 어떻게 도리가 있느니라. 어긔 월급쟁이가 되드래두, 두 식구입에 풀이야 못헐라구…….
> 어머니는 어디 월급자리라도 구할 생각은 없이, 밤낮으로, 책이나 읽고 글이나 쓰고, 혹은 공연스리 밤중까지 쏘다니고 하는 아들이 보기에 딱하고, 또 답답하였다.[10]

이렇듯 어머니의 근심을 뒤로 하고 집을 나와 목적지 없이 거리를 배회하게 되는 주인공 구보의 모습은 바로 1930년대 식민지 조선의 지식인이며 이 소설의 작가인 박태원의 자화상에 다름 아니다. 다시 말해 이 작품은 당대의 작가 자신을 모델로 한 다분히 신변체험적 소설인 것이다. 일정한

---

10) 박태원, 「소설가 구보씨의 일일」, 『소설가 구브씨의 일일』, 문장사, 1938, pp.22
3~224.

직업없이 아침에 집을 나가 새벽에 돌아 오기까지 구보는 숱한 만상과 접하게 되는데, 여기서 당대의 제도적 직업권으로부터 일탈되어 소외된 식민지 지식인의 방관적 시선을 보여 주게 된다. 그리고 이러한 관념의 소재는 구보가 작가 자신의 분신임을 입증하듯 작가의 실제 생활권을 벗어나지 않는다.

> 仇甫는 다시 걷기로한다. 여름 한낮의 쬐약볕이 맨머리 바람의 그에게 眩氣症을 주었다. 그는 그곳에 더 그렇게 서 있을 수 없다. 神經衰弱. 그러나 勿論, 衰弱한 것은 그의 神經뿐이 아니다. {……}
> 때마침 옆을 지나는 壯年의, 그 精力家型肉體와 彈力있는 걸음걸이에 仇甫는, 一種威脅조차 느끼며, 문득, 아홉살 쩍에 집안 어른의 눈을 기어 春香傳을 읽었던 것을 뉘우친다. {……}
> 便秘.尿意頻數.疲勞.倦怠.頭痛.頭重.頭壓.森田正馬博士의  鰕鍊療法…….
> 그러한 것은 어떻든, 보잘것없는, 아니, 그 殺風景하고 또 어수선한 太平通의 거리는 仇甫의 마음을 어둡게 한다. ……문득, 반자의 문의가 눈에 시끄럽다고, 洋紙로 반자를 발라 버렸던 曙海도 亦是 神經衰弱이었음에 틀림없었다고, 이름 모를 웃음을 입가에 띄어보았다. ……仇甫는 故人에게서 받은『紅焰』을, 이제도록 한 페이지도 들처보지 않았던 것을 생각해내고, 그리고 딱한 表情을 지었다.11)

이 작품 발표 당시, 실제로 26세의 총각이었던 작가 박태원은 24도의 근시 안경을 끼고, '3B水'란 신경안정제를 복용하던 萬病客(신경쇠약, 중이염, 만성두통, 변비 등을 앓는) 이었다. 뿐만 아니라 그는 아홉 살 경에 이미 「춘향전」, 「심청전」, 「소대성」 등 고소설을 섭렵했으며12) 「탈출기」, 「홍염」 등의 작품을 통해 당대의 빈궁문학을 대표했던 작가 최서해와 두터운 우정을 나누기도 했었다. 그러나 당대의 현실은 냉엄한 것이어서 일본유학까지 마친 엘리트 박태원을 한갓 거리의 방관자로 내몰 뿐이다. 1930년대는 급

---

11) 박태원, *Ibid.*, pp.246~247.
12) 박태원, 「춘향전 탐독은 이미 취학이전」, 『문장』 2권 2호, 1940. 2.

속한 근대화에 따른 직업의 분화로 이 구조 속에 수용되지 못한 많은 지식인 실업자를 양산해 냈는데, 특히 일본과는 달리 근대적 계급분화가 착실히 이뤄지지 않았던 식민지 조선의 경우, 이는 더욱 심각한 양상으로 나타나게 되었던 것이다.[13] 그리하여 역할을 태당받지 못하고 아침에 집을 나가 새벽에 돌아오게 되는 방관적 지식인작가 박태원을 낳게 했고 이것이 그의 작품 속에 仇甫라는 인물로 형상화되기에 이른다. 그리고 바깥 세상의 체험적 물상을 통해 주인공이 갖게 되는 내성적 반응은 자신을 거리의 방관자로 내몬 시대현실에 대한 비판의 메시지도 나타나지 않고, 오히려 제도권으로의 병합욕구, 즉 당대의 사회구조 속에 같이 동참하고픈(자신도 버젓한 직업과 가정을 가진 사회인으로서) 현실안주에의 갈망으로 나타나게 된다.[14] 따라서 仇甫란 주인공의 애펠레이션(appellation : 命名)도 사회현실 속에 수용되지 못한 자신에의 侮蔑感, 自愧感에서 비롯된 것으로 볼 수 있다.[15]

최인훈의 「小說家 丘甫氏의 一日」에도 '소설노동자'로 자처하는 독신 작가 구보가 등장하고 있다.

우리나라가 남북으로 갈라진 지 스물 다섯 해째가 될 무렵인 1971년 9월의 어느 날, 두시쯤 해서 보통 키에 약간 마른 편인 삼십대의 남자가, 서울에 있는 옛날에 임금이 쓰던 집의 하나인 경복궁 삼청동 쪽 담을 끼고 걸어가고 있었다. 이때로 말할 것 같으면, 제2차 대전이라고 불리는 큰 싸움이 끝난 후에 크게 맞서서 이 지구의 우두머리 자리를 다투

---

13) 김영모, 「일제하의 사회계층의 형성과 변동에 관한 연구」, 『일제하의 민족생활사』, 현음사, 1982, p.624 참조.
14) 권성우, 『1930년대 한국 모더니즘소설연구』, 서울대 대학원, 1989, p.25 참조. 주인공의 이러한 현실 수용 내지 방관적 자세로 인해 이 작품은 考現學的 方法論(눈에 보이는 만상을 두루 살펴 일반의 공통된 징후나 현상을 잡아 이것이 마치 사회의 본질적 제요소인 것처럼 인식케 되는 사회고찰의 한 전형)을 소설창작에 원용한 것으로 이해되기도 한다(김윤식, 「고현학의 방법론」, 『한국문학의 리얼리즘과 모더니즘』, 민음사, 1989, p.130 참조).
15) 仇甫의 의미를 逐字解釋하면 "원수같은 놈"이 된다.

던 미국이라 하는 나라와 소련이라 하는 나라가 점점 사이가 부드러워
지고 있던 중, 이번에는 오랫동안 사이가 나쁘던 미국과 중공이 화해할
낌새를 보이기 시작하던 때이다. {……} 각설, 그래서 지금 경복궁 담을
끼고 올라가는 남자도 그럴 만해서 이 길을 걸어 가고 있을 것만은 틀
림없는 일이었다. 이 사람으로 말할 것 같으면 소설 노동을 직업으로 삼
고 있는 이름을 구보라고 하는 홀몸살이의 이북 출신 피난민이었다.16)

　박태원의 구보가 26세의 작가 자신을 모델로 한 1930년대 식민지의 실직
지식인 작가로 그려졌다면, 최인훈의 구보 역시 30대 초중반(33세~36세)의
작가 자신을 모델로 한 60년대 후반에서 70년대 초반의 격동기에 걸쳐 있
는 越南獨身作家의 모습으로 작중 현실에 참여한다. 1936년 함북 회령에서
출생한 최인훈은 함남의 원산고교 재학 중 6·25동란을 맞게 되고 이때 가
족 전원이 월남하게 된다. 그리고는 남한에서 상급학교와 군 복무를 마치
고17) 「광장」, 「구운몽」, 「회색인」 등의 발표를 통해 주목받는 작가로 성장
한다. 특히 이 작품을 발표할 69년에서 72년 당시, 그는 이미 수십편의 문
제작을 발표한, 누구도 부인 못할 우리 문단 중진소설가의 한 사람이었다.
따라서 이 작품에 등장하는 구보도 당연히 당시의 작가의 모습을 그대로
대변하게 된다. 그는 자신의 文名에 걸맞게 잡지사의 신인응모작 심사를
하기도 하고, 대학의 문학강연회에 연사로 초빙되는가 하면, 문단 선배의
출판기념회에 초대받기도 하는 등 문인으로서의 바쁜 나날을 보낸다. 그러
면서도 독신18)의 보금자리인 하숙집을 아침에 나와 월남한 동향친구 김순
남씨를 만나기도 하고, 창경원을 찾아 동식물을 관상하기도 하며, 이중섭

---

16) 최인훈, 『소설가 구보씨의 일일』, 문학과 지성사, 1988, pp.147~148.

17) 월남 후 최인훈은 목포고교를 졸업하고, 피난수도 부산에서 서울법대에 입학하
　　지만 57년 이를 중퇴하고 군에 입대, 63년 중위로 제대할 때까지 통역 및 정훈
　　병과에 근무하며 창작활동을 겸한다(김종회, 「관념과 문학 그 곤고한 지적 편력
　　」, 『문학세계』 90년봄, pp.20~41 참조).

18) 최인훈은 70년 11월 17일 34세의 나이에, 이헌구의 주례로 원영희와 결혼, 총각
　　을 면하게 된다. 따라서 그는 이 작품을 한창 써 나가던 무렵, 비로소 독신생활
　　을 청산하게 된 셈이다.

과 샤갈의 전람회장을 기웃거리기도 한다. 그리하여 문단동료와 술잔을 나눈 후, 늦은 귀가를 하기까지 구보의 시야에 포착되는 모든 물상은 그의 관념과 사색의 자료로 활용되어진다.

> 이 골목에도 음식점은 많이 있었다. 그들은 막연히 그 앞을 지나 걸어 갔다. 도시라는 곳에는 골목마다 먹고 마시는 것을 파는 집이 줄줄이 늘어서 있다. 구보씨 모양으로 밖에서 사 먹는 일이 많은 처지고 보면 이런 일에도 보이는 게 많다. 대개 어떤 집에서 무얼 잘한다 하면 그리로 밀어닥친다. 아닌게 아니라 좀 입맛에 맞는 음식 솜씨가 알린다. {……} 도시의 음식점은 옷차림이나 굿거리, 놀이와 마찬가지로 돌림병 같은 것이다. <패션界>니 <예능界>니 하는 잡지가 있는데 <음식界>라는 잡지가 왜 없는지 야릇한 일이다. {……} 방황하는 <식사의식>에 <가치관>을 <확립>하는 것이 <식사 근대화>의 긴급과제라 아니 할 수 없다는 것이 구보씨의 믿음이다.[19]

그런데 여기서 주목할 만한 것은, 구보의 사물에 대한 의식적 접근이 박태원의 경우처럼 단순히 시대의 표피적 현상에 경도되어 있는 것이 아니라 보다 본질적인 시대적 명제로 나아가고 있다는 점이다. 다시 말하자면 이 소설의 시대적 배경이랄 수 있는 1969년에서 1972년까지의 기간은 6·25 이후 고착되어 있던 이 땅의 분단 이데올로기가 미국과 소련, 미국과 중공의 화해 무드에 힘입어 새로운 양상으로 전환될 때였던 만큼 이러한 역사적 변혁기에 선 지식인 작가의 시각도 더 이상 피상적 인식의 수준에 머무를 수는 없게 되었던 것이다. 작품 속의 소재로 다뤄지고 있는 숱한 시사적 사건들, 즉 키신저의 중공 방문, 이산가족 찾기 남북적십자회담, 군죄수의 집단무장탈영난동이었던 실미도 사건, 중공의 유엔가입, 닉슨의 소련 방문과 월남전 협상, 장안에 퍼진 수도천도설, 그리그 71년 10월의 대학가에 내려진 위수령 등을 통하여 주인공 구보는 나름의 현실대응방식을 수립하게 되는데, 그것은 곧 당대를 살아가는 직업작가인 구보의 정치관, 예술관으

---

19) 최인훈, *op. cit.*, p.259.

로 연결된다.

　　구보씨는 금년 들어 신문을 들여다볼 때마다 깜짝깜짝 놀라면서 어
느덧 이 해도 반이 되었다. 그만큼 1971년의 첫 반쪽은 사건이랄 만한
것이 많았다. 먼저 4월과 5월에 있었던 국회의원과 대통령 선거가 있다.
{……} 구보씨는 지난 세월 동안에 번번이, 에익 내 다시는 신문 일면을
읽으면 개손자놈이다, 이렇게 해마다 해밑이면 반성을 한 것이었으나
실지로는 해마다 그런 반성을 하게 되는 것이었다. 올해도 마찬가지였
다. 구보씨는 스스로 대통령이 되고 싶다거나 국회의원 되고 싶은 마음
은 현재로서는 없다. 그러나 예술에 종사하는 노동자로서, 그쪽 방면이
개운치 않으면 늘 제가 하고 있는 예술이라는 직업에 안심할 수가 없는
것이었다.
　　{……}그럴 때는 예술가도 남을 보살피기 위해서 팔을 걷어붙여야
한다. 그런데 현재까지 구보씨가 택한 길은 진짜로 팔을 걷어붙이는(그
의 가냘픈, 그러나 우아한 팔 말이다) 길이 아니라 <글 속에서> 팔을
걷어붙여 보자는 길이었다. 보자, 이라고 하는 까닭은 다름이 아니라
속마음인즉 그러했는데, 실지로는 <글 속에서>도 얼마 팔을 걷어붙이
지 못했다는 것이 구보씨의 반성이었다.[20]

　　그러나 구보의 이러한 적극적 현실인식은 어디까지나 관념 속의 그것으
로서의 한계를 지닐 수밖에 없는 것이다. 그 자신이 '소설노동자'로 자처하
듯이 그는 다만 영세 수공업자의 끊임없는 잔일의 생활만을 가능케 하는
사회역학의 주변적 인물에 불과하기 때문이다.[21] 하지만 격변하는 국제정
세 속에서도, 분단현실을 담보로, 실제로는 별로 나아진 것이 없었던 당대
의 고압적 국내 정치상황을 이만큼이라도 함축할 수 있었다는 데서 박태원
의 작품에서와는 변별되는 최인훈의 丘甫[22]를 실감할 수 있게 된다. 그러

---

20) 최인훈, *Ibid.*, p.114.

21) 김우창, 「남북조시대의 예술가의 초상」, 『소설가 구보씨의 일일』, 문학과 지성사,
　　1976, pp.343~344 참조.

22) 丘甫를 逐字解釋하면 "언덕에서 관망하는 者"로 유추할 수 있다. 즉 다분히 自嘲
　　的인 仇甫에 비해 丘甫란 애펠레이션은 대상에 대한 보다 적극적 규명의지를 상

면서 丘甫는 정치 및 사회의식은 있으나 그 현실에 직접 개입할 수 없는 자신의 작가적 입장을 종교, 특히 불가에의 가능성 제시를 통해 대변해 보이고 있다.[23]

주인석의 「한국문학의 현단계, 1992년 겨울―소설가 구보씨의 하루 · 4」에서는 90년대의 오늘을 살아가는 신세대 작가 구보[24]의 신랄한 비평정신과 만나게 된다.

> 보릿고개라는 말은 이제 사전에서 사라질 때가 되었다. 그러고 보면 구보씨는 군사 독재 정권에서 톡톡히 수혜를 받은 셈이다. 소설가란 이름을 앞에 달고도 배고픈 줄을 모르다니. 단지 추워서 소설을 쓰지 못하겠다는 헛소리나 해대고. 그런 조짐이 없어왔던 것도 아니지만, 1992년에 들어와, 문학은, 특히 조선의 문학은 일대 위기에 봉착한 것 같다. 근래에 들어 문학은 현격히 문화적 마이너리티로 전락하고 있다. 물론 구보씨는 소설을 써서 문화의 머저리티에 가담하고자 했던 것은 아니다. 조연이 당연한데도 굳이 3류 영화에서라도 주연을 맡아보려고 버둥대는 것이 아닐는지. 그런 추악한 모습, 그것이 1992년 서울 겨울의 조선 문학의 현단계인 것이다.[25]

홀어머니와 함께 불광동의 이층 전세집에서 살면서 우울한 1992년의 겨울을 보내고 있는 청년작가 구보에게 있어 오늘의 현실은 소설쓸 신명도, 의무감도 송두리째 앗아가 버리는 것이다. 군사정권이 가져다 준 물질의

---

정케 한다.

23) 이 작품 속에서, 구보는 따분한 일상의 돌파구를 교외 사찰에서의 법신스님과의 해후와 대화에서 찾고 있을 뿐 아니라, 마지막의 에피로그로 제시된 작중 소설의 명상에서도 불교에의 귀의를 궁극적인 이상(사랑을 통한 이 세상의 재확인)으로 제시하고 있다.

24) 주인석은 1963년 파주 생의 서울대 출신 엘리트작가르, 이 작품 속에서 불광동의 이층전세집에서 어머니와 함께 사는 갓 서른의 총각작가로 자신을 투영시키고 있다.

25) 주인석, 「한국문학의 현단계, 1992년 겨울」, 『우리 시대의 문제소설 Ⅰ』, 평민사, 1994, pp.132~133.

풍요 속에서 상대적으로 위축되어 버린 정신문화의 현주소에 절망할 수밖에 없는 구보는 자신이 살고 있는 시대에 대한 정신노동자—소설가로서의 책임감을 통감하고 있는 것이다.26) 시대현실에 대한 공동체적 삶으로서의 소설가의 각성은 특히 오늘의 문단풍토—민중문학의 이데올로기에 식상한 결과로서의 예술성 상실, 포스트모더니즘의 즉물적 탈정신성으로 인한 문학의 황폐화, 극도로 상품화되어 표절과 외설 시비가 난무하는 문단의 혼탁상—와 무관하지 않은 것으로 이는 구보씨의 무력감과 우울의 사실상의 가장 큰 원인이 된다.27)

결국, 뚜렷한 對社會觀 없이 30년대의 핍박한 식민지 현실 속에서 소외된 한 지식인 작가의 현실포용욕구를 개인적 차원에서 문제삼고 있는 박태원의 구보와 막연하나마 작가의 정치의식의 일단과 그 지향점을 보여 주고 있는 최인훈의 구보, 그리고 즉물적 정신부재 시대의 작가의 사회적 책임감을 강조하는 주인석의 구보는 사실상의 작가 자신이 등장하고 있는 작품 속에서 그 분명한 현실인식의 간극을 노정시키고 있다고 볼 수 있다. 따라서 최인훈과 주인석의 작품들은 이미 박태원에 의해 시도된 양식(實名小說家의 分身이랄 수 있는 작중인물의 신변취재를 통해, 창작관행상 시대현실과 결코 유리될 수 없는 소설가의 당대현실을 바라보는 시각을 질서정연하게 표출해 보이려는 소설적 탐색과정의 형상화)에 의탁해 더욱 의미 깊고 효과적으로 소설가의 사회적 책임에 대해 천착하고 있음을 알 수 있다.

## 2) 시공간적 배경의 의미

---

26) 김외곤, 「소설가에 의한 소설, 소설가의 존재방식에 대한 탐색」, 『문학정신』, 1992. 9, p.159.

27) 오양호는 구보가 느끼는 소설가로서의 무력감이 3가지 이유(기능주의적 현실에 대한 암담함, 혼탁한 문단상황에 대한 분노, 소설적 긴장감의 상실)에서 기인한다고 분석한다(오양호, 「1992년 소설가 구보씨의 우울」, *op. cit.*, 평민사, 1994, pp.147~148).

박태원의 「소설가 구보씨의 일일」에서, 주인공 구보는 아침에 집을 나와 익일 새벽 2시경 귀가하기까지 만 하룻동안 무려 18군데의 노정을 밟게 된다. 이는 구체적으로, "집—천변길—종로 네거리—長谷川町으로 가는 길—다방 안—길—경성 역—조선은행 앞—다방 안—종로거리—다방—식당—길—다방—길—카페—종로 네거리—집으로 향하는 길"의 형태로 가시화할 수 있다.[28] 하루라고 하는 한정된 시간 속에 일제에 의해 타율적으로 근대화되어 가던 1930년대, 경성의 도시공간이 적나라하게 펼쳐지고 있음을 알 수 있다. 즉 이 작품에서 의도되는 주된 과제는 주인공 구보의 도시 배회를 통한 近代都市相의 공간적 포착인 것이며 이에 따라 여기에 소요되는 시간의 의미는 상대적으로 반감하게 된다. 18번의 노정을 거치는 동안, 그 속에서 목격되어지고 조우하는 사건과 인물을 통해 구보는 도시 공간의 편린들을 자신의 뇌리에 편입시키게 되고, 다시 이를 당대 만상의 나열이란 방관적 관념의 도구로 활용하게 된다.

> 茶房의 午後 두時, 일을 가지지 못한 사람들이 그곳 藤椅子에 앉아, 茶를 마시고, 담배를 태우고, 이야기를 하고, 또 레코-드를 들었다. 그들은 의 다 젊은이들이었고, 그리고 그 젊은이들은 그 젊음에도 不拘하고, 이미 자기네들은 人生에 疲勞한것 같이 느꼈다. 그들의 눈은 그 光線이 不足하고 또 不均等한 속에서 쉴사이 없이 제각각의 憂鬱과 고달픔을 하소연한다. 때로, 彈力있는 발소리가 이 안을 찾아들고, 그리고 豪華로운 웃음 소리가 이 안에 들리는 일이 있었다. 그러나 그것들은 이곳에 어울리지 않았고, 그리고 무엇보다도 茶房에 깃드린 무리들은 그런것을 업신녀겼다.[29]

위의 인용에서 보는 바처럼, 구보가 대하게 되는 외부의 대상은 그의 방관적 자의식의 자료로 활용되어 내면의식을 구체화시키고 있음을 알 수 있다. 즉 다방이란 근대적 공간의 디테일이 야기한 비자발적 인식의 연쇄적

---

28) 강혜원, 『박태원 소설의 서술구조 분석』, 이화여대 대학원, 1988, p.344 참조.
29) 박태원, 「소설가 구보씨의 일일」, *op. cit.*, pp.241~242.

확산, 그것은 바로 다방 자체의 공간구속적 특성(space bound)에 기인한 것이란 사실이다. 다시 말해 작품 속에서 구보가 접하게 되는 공간내적 체험은 그대로 주인공의 잠재해 있던 인식 및 기억이 내부성찰로 향하게 하는 강력한 촉매제로 작용케 하는 것이다. 이는 시간의 사장과 공간의 부상으로 특정지워지는 주인공의 도시나들이가, 즉흥적 연쇄의식의 개입으로 말미암아 깊이있는 현실인식의 단계로 나아가지 못하고 방관적 관념의 수준에 머물게 되는 중요한 한 요인이기도 한 것이다.[30]

최인훈의 작품에서의 丘甫 역시, 매일같이 아침에 집을 나가, 수 많은 사건의 주인공이 되기도 하고 때로는 보조인물 내지는 목격자가 되어 대부분의 시간을 수도 서울의 도시공간에서 보내고 있다. 그런데 여기서 주목할 일은 이 작품,「小說家 丘甫氏의 一日」에서의 하루는 박태원의 경우와는 달리, 일반적으로 인식하는 자연적 시간, 즉 24시간으로서의 하루가 아니라는 점이다.[31] 모두 15장으로 이루어진 이 소설에서의 정확한 자연적 시간은 1969년의 동짓달부터 1972년의 5월 사이에 걸쳐 있는 셈이다. 따라서 근 2년 6개월 여에 걸친 소설가 구보의 행장이, 하루 내지는 며칠 동안의 구보의 신변에서 취재된 4계절에 걸친 에피소드의 나열로 이뤄진 각 장들의 통합을 통해 "소설가 丘甫의 하루"라고 하는 상징적 일상성의 이미지를 구현해 나가고 있는 것이다. 다시 말하자면 소설가라고 하는 일정 수준 이상의 두뇌를 가진 현대인 구보의 하루 일과(소설이란 그의 업과 직간접적 관련 양상을 맺고 있는)가 모여서 결코 별 다를 것이 없는 한 달 동안의 그의 생활양태를 규정하게 될 것이고 다시 이것들이 모여서 봄, 여름, 가을, 겨울의 사계에 걸친 1년 동안의 구보의 모습을 형성하게 될 것이며 결국 이는 구보의 일생을 관통하는 중요한 특질인, 그의 직업을 둘러싼 변함 없는

---

30) 졸고,『박태원소설연구』, 영남대 박사학위 논문, 1991. 6, pp.42~45 참조.
31) 이 점에 대해선 이미 김우창을 비롯한 여러 평자들이 언급한 바있으며 특히 이명희(『최인훈의 "소설가 구보씨의 일일" 연구』, 인하대 교육대학원, 1987)의 논문에선 이 작품에 나타난 시간의식을 주제적 양상, 형식적 양상, 언어적 양상으로 3분해 상술하고 있다.

일상성으로 고정된다는 것이다. 이는 각 장의 시공간성을 드러내는 몇 구절들을 대비해 보면 확연해진다.

　　어느 봄날, 소설가 구보씨는 {……} 집을 나와 원남동 쪽으로 가는
버스에 올랐다. 수요일이었다.
　　　　　　　　　　　　　　　　　— 제2장 "창경원에서"


　　1971년 초여름의 어느날, 소설가 구보씨는 <石竈庵>에 들어섰다.
　　　　　　　　　　　　　　　　　— 제4장 "위대한 단테는"


　　장마가 개인 어느날 아침 소설가 구보씨는 집을 나섰다.
　　　　　　　　　　　　　　　　　— 제5장 "홍콩 부기우기"


　　청계천 초입에서 버스를 내린 구보씨는 조금 걸어갔다.
　　　　　　　　　　　　　　　　　— 제6장 "마음이여 야무져 다오"


　　우리나라가 남북으로 갈라진 지 스물 다섯 해째가 될 무렵인 1971년
9월의 어느 날, 두시쯤 해서 보통 키에 약간 마른 편인 삼십대의 남자가,
서울에 있는 옛날에 임금이 쓰던 집의 하나인 경복궁 삼청동 쪽 담을
끼고 걸어가고 있었다.
　　　　　　　　　　　　　　　　　— 제7장 "노래하는 사갈"


　　1972년 정월 초순의 어느 아침의 일이다. 서울 청진동에서 안국동으
로 빠지는 골목의 초입인 숙명여학교 앞길을 걸어가는 한국인 중년 남
자 하나가 있었다.
　　　　　　　　　　　　　　　　　— 제11장 "겨울낚시"


　　1972년 2월 하순의 어느 날 오후, 소설 노동자 구보씨는 이 눈발을 보
고 있었다. 그것은 그의 친구의 사무실이었다.
　　　　　　　　　　　　　　　　　— 제12장 "다시 창경원에서"


　　1972년 어느 봄날 오후였다. 소설 노등자 구보씨는 광화문 시민회관

앞에서 버스를 내렸다.
　　　　　　　　　— 제13장 "남북조시대 어느 예술노동자의 초상"

　1972년 4월 중순의 일이다. 서울 광화문 시민회관 앞에서 한 중년의
한국인 남자가 버스에서 내렸다.
　　　　　　　　　　　— 제14장 "홍길레진 나스레동"


　각 장의 모두에서 인용된 윗글들은 구보가 그의 하숙집을 나서 — 주로,
당대 서민들의 가장 대표적 대중교통수단이었던 버스를 이용하여 — 서울
도심의 외부세계에 사건의 시공간을 확보하는 것으로부터 스토리가 전개
됨을 보여 주고 있다. 판에 박힌 듯한 그의 이러한 일상성은 아침 잠자리에
서 깨어나 뒤척이는 구보의 하숙방으로부터 시작되는 다른 장(1, 3, 8, 9, 10,
15)에서의 그것과 함께 이 작품의 불가결한 시공간적 배경으로서의 단서를
제공하고 있다. 그러나 자칫 매너리즘과 자기안일에 빠지기 쉬운 이러한
도식적 행태 속에서도 구보는 지식인 작가 특유의 통찰력을 잃지 않고 자
신이 접하는 매일의 물상을 통해 나름의 현실대응방식을 제시한다.
　대학의 문학강연회장에서 그는 환경론에 대한 작가의 입장을 피력하기
도 하고, 창경원의 동물원 우리 속에 갇힌 호랑이를 통해 우리 정치현실의
현주소를 유추해 보기도 한다. 남북이산가족찾기 회담의 제의 와중에 터진
실미도 사건을 통해서는, 월남실향민의 부푼 기대 속에서도, 아직은 꿈일
수밖에 없는 통일의 허상을 냉철히 읽어낸다. 「솔저 블루」란 영화를 보
면서, 여주인공의 행위를 통해 역사의식을 떠올리기도 하고, 자신에게 배
달된 젊은 시인의 유작시집에서 죽음에의 강한 흡인력을 체감하기도 한다.
서양영화를 상영하는 극장 앞에 줄지어 선 사람들을 보면서 주체적 문화의
실종을 탄식하기도 하고, 샤갈의 미술작품 전시회장으로 향하면서 예술표
현의 자유를 반추해 보기도 한다. 그리고 이중섭의 전시회장에선 그의 예
술혼을 부러워하며 같은 예도를 걷는 자신의 분발을 다짐한다. 그러면서
구보는 평소 생활에서 얻은 온갖 번뇌를 하숙집 뒤뜰을 산책하며 얻은 영

감으로 정화시키면서 이의 해결책으로 불교에의 귀의를 주창한다.

주인석의 작품에서도 구보는 집을 나선 하루 동안의 행보를 통해 지식인 특유의 비판적 사유를 끊임없이 하게 되는데 이는 90년대 한국의 사회적 현실과 직접적으로 맞닿아 있는 것이다.

점심에 가까운 늦은 아침식사를 마친 구보는 집을 나와 선거열풍이 휘몰아친 거리로 나선다. 그리고 그는 출판사 순방을 하게 되는데(결국은 불광동 집에서 가까운 문지사 한 곳의 방문에 그치고 말지만) 여기에서도 마음의 안정을 찾지 못하고 집으로 돌아오는 도중, 광화문 근처에서 만난 여류문우들(허숙영과 심경숙)과 술집으로 향하면서 하루의 심사를 결산한다. 집(구보의 방─어머니의 건너방)─거리─둔지사─거리─광화문 부근의 모처─술집으로 이어지는 하루의 여정은 모두 구보의 의식세계의 顯現過程으로서의 端緖를 제공하는 것이 된다.

어느덧, 겨울이 왔다. 소설가 구보씨는 아침에 자리에서 일어나며 어떤 위기감에 사로잡혔다. 잠자리에서 벌떡 일어난 구보씨는 잠시 막막하게 서 있다가 책상에 앉았다. 구보씨가 어머니와 함께 살고 있는 불광동의 전셋집 이층은 사실 너무 춥기도 하다. 조선의 추운 날씨 탓에, 그리고 구보씨의 집이 추위를 막아내기에는 너무 혀술한 탓에 금방 손가락이 얼어붙기도 했지만, 신명이 나지 않고 맥이 풀린 구보씨의 손에는 볼펜 한 자루조차 무거운 것이었다. 이제 그 볼펜 한 자루 쥘 힘조차 사라지고 만 것이다. 아, 이제 이 험한 세상을 어찌 살꼬.

─ 구보의 방 ─

잠에서 깨어나 책상에 멍하니 앉아 있던 구보씨는 아침 식사, 아니 사실은 점심식사를 하기 위해 어머니의 방으로 건너갔다. 구보씨도 요즘 들어 어머니와 함께 몇 번 텔레비전 드라마를 본 적이 있다. 소설을 쓰지 않거나 못 쓰거나 하자, 갑자기 그에게 어머니의 인생이 보이기 시작한 것이다. "너도 저런 거 한번 써봐라. 니 소설은 도무지 읽을 수가 없더구나." 어머니가 그런 말을 하면 구보씨는 위축되고 만다. 빌어먹을, 저 천박한 바보 상자가 나를 기죽이다니. 그야말로 천박한, 더 이상은 없을 천박한 포스트모던의 시대로군. 나의 시대가 아니야.

— 어머니의 방 —

거리에는 대통령 후보들의 기호와 이름이 적혀 있는 현수막과 포스터가 빽빽이 들어차 있었지만, 역시 맥풀린 분위기였다. 소설적 긴장뿐만 아니라 정치적 긴장도 없어졌다. 누가 돼도 그것이 그것이다, 라고 사람들은 생각한다.

— 거리 —

딱딱. 바둑알 놓은 소리 사이로 많은 이야기들이 오갔다. 일본에서는 이열씨나 장일씨의 소설을 흥미롭게 보더라는 이야기, 요즘 어떤 문예지에 연재되고 있는 작고한 금연씨의 일기가 살아 남은 사람들을 긴장시키고 있다는 이야기, 꼭 죽은 제갈공명이 산 사마중달을 가지고 논 거나 마찬가지라는 이야기, 마성기씨의 필화 사건도 표현의 자유를 침해한 사건으로 볼 수 있는가 하는 이야기.

— 문지사 —

구보씨는 자기의 집으로 돌아가기 위한 절차를 밟아야만 했다. 그건 다름아니라 집을 나서면서 어머니에게 말했던 대로 허숙영과 심경숙을 만나는 일이었다. 그렇게 해야만 어디론가 떠나고자 했던, 그래서 마지막 인사나 하자고 나섰던 출판사 순방길이 무화되고, 떠남의 주술로부터 헤어나올 수 있는 것만 같았다.

— 거리 —

"구보, 허가 독일로 떠난대."

심이 촌스럽게 울먹이며 말한다. "고향을 떠나더니 이제 조국을 떠나는군."

그렇게 말하는 구보씨의 코끝이 찡해온다. 촌스럽게. 빌어먹을 코. 허는 아무 말도 않는다. 그들은 과자 부스러기를 씹으며 수다를 떨 수 없었다.

— 광화문 부근의 모처 —

인용에서 보는 바처럼 이 작품에서의 시공적 배경의 이동은 그대로 구보의 의식을 검증하는 비평적 소재의 전이를 의미한다. 자신만의 공간인 구보의 방에서 그는 소설가로서의 자신의 한계에 대한 깊은 자성의 시간을 갖게 된다. 식사를 하기 위해 어머니의 방으로 건너온 구보는 텔레비전 드라마에 빠져 있는 어머니를 통해 자신의 무능을 새로운 차원에서 재인식한다. 현실사회의 현상학적 인식에서 비롯된 그의 이러한 무력감은 선거 현수막과 포스터가 빽빽한 거리에서는 정치적 무관심과 냉소로 이어지고 문지사에서의 대담을 통해선 현 문단상황에 대한 뿌리 깊은 회의로 나타난다. 그리고 집으로 오는 도중에, 허숙영의 독일행을 전해 듣고는 그래도 포기할 수 없는 소설가의 미련 섞인 사명을 되뇌이게 된다.

그런데 여기서 주목할 것은 구보의 현실사회에 대한 비판적 인식은 집을 나서기 전에 이미 확립되어 있는 것이며 이후의 공간 이동은 이의 확인으로서의 의미를 가질 뿐이라는 사실이다. 그는 이미 집(특히 자신의 방)에서의 사유를 통해 현시대의 정치적 상황과 문단의 풍토와 오늘을 살아가는 현대인의 정신적 현주소를 비롯한 사회 전반적 현실에 대한 깊이있는 천착을 보여 주고 있다. 그만큼 그의 의식은 시대현실과 심도있게 밀착되어 있으며 이는 사물을 대하는 사유적 계기로서의 즉흥성에서 벗어나 보다 본질적인 시대인식의 차원에서 비롯되어진 것이다. 결국, 소설가의 사회적 책임에서 비롯된 구보의 보다 비판적 현실인식으로 공간이동의 의미는 반감되어질 수 있으나 여전히 그 시공적 배경은 사유의 단서를 제공하는 중요한 몫으로 남아 있게 되는 것이다.

이를 종합해 보면, 뚜렷한 핵심사안 없이 하루동안의 견문을 토대로 30년대 서울의 도시공간을 총체적으로 나열하는데 그친 박태원의 구보와는 달리, 우선 최인훈의 구보에서는 15개의 분절로 나누어진 개체적 시공을 통해 보다 구체적이고도 충분한 사유의 여지를 제공받을 수 있었음을 알 수 있다. 그리하여 丘甫는 복잡다단한 70년대의 다양한 풍속도를 분절화된 시공을 통해 사안별로 깊이있게 제시하면서, 자칫 우리의 시야 밖으로 밀려나 버릴지도 모를 현실문제의 뒤안길을 중점적으로 조명해 보이고 있다.

각 장별로 부각 제시되는 시공간적 배경은 구보의 정치·사회의식 나아가 문명의식을 검증하는 척도로 활용되고 있음을 알 수 있다. 70년대, 허울 좋은 고도성장의 기치 아래, 개아의 민주역량이나 인권의식을 보살필 겨를이 없었던 당대 모든 지식인을 대변하여 구보는 주체적 자각 아래 끊임없이 자문자답하고 있다.

한편 주인석의 작품에서도 소설가의 사회적 책임감으로 무장된 비판적 현실인식이 즉물적 정신부재를 상징하는 90년대의 시공적 배경 속에서 명백히 표출되고 있으나 사유적 계기로서의 즉흥성에서 벗어나 보다 본질적인 시대인식으로서의 깊이를 가짐에 주목하게 된다.

따라서 이러한 시공적 배경은 구보의 의식을 심화시키면서도 그 균형있는 절제를 위해 효과적으로 원용되고 있는 것이다. 다시 말하자면, 주인공의 잠재해 있던 극히 개인적인 기억의 즉흥적 돌출에 원용되었던 박태원 작품에서의 시공간적 배경의 역할과 달리, 최인훈과 주인석 작품에서의 시공간적 배경은 시대현실에 초점을 맞춘 의식있는 지식인의 책임있는 자아 탐구과정의 지표로 되살아나고 있는 것이다.


## 3) 그 밖의 양상들

崔仁勳의 「小說家 丘甫氏의 一日」에서 구보는 주로 소설가의 직무수행과정으로서의 외출을 통해 그의 의식의 일단들을 드러내게 되는데, 이때 주변풍물 못지 않게 그의 의식인각작용의 단서를 제공하는 것이 그가 접하게 되는 신문기사의 내용들이다.

> 닉슨政府 경악/(워싱톤 25日 AP合同 本社特約) 美國의 逆重要事項決議案이 25日밤 總會에서 부결되자 닉슨政府는 경악했다.이날 낮까지만도 美國 관리들은 소위 逆重要事項決議案이 통과되리라는 확신을 表明했었다.
> 에익 <神哥놈> 하고, 구보씨는 속으로 중얼거렸다. {……} 구보씨는

&lt;닉슨 政府 경악&gt;이라는 글자를 보면서 &lt;공갈&gt; 하고 역시 속으로 중얼거렸다.[32]

시대상 반영을 위해 이야기 사이에 도안을 삽입해 넣는 뉴우스리일(newsreel)기법[33]의 하나로 볼 수 있는 이러한 장면의 제시는 곧 구보의 정치의식을 현시화시키는 도화선이 된다. 여기서 逆重要事項決議案이란 1971년, UN총회에 상정되었던, 대만의 축출을 전제로 하지 않는 중공의 UN가입을 기획한 案을 말한다. 그러나 이 안의 발의자인 미국도, 실상은 이의 통과를 크게 기대하지도, 이를 위해 별다른 노력을 경주하지도 않았다는 것이 당대의 정세를 분석하는 구보씨의 판단이다. 따라서 워싱톤발의 외신기사로 보도된 미국정부의 경악은 "눈 가리고 아옹"식의 제스츄어에 불과하다는 것이다.

이 같은 도식적 의장의 삽입은 박태원의 「小說家 仇甫氏의 一日」에서 이미 시도된 바 있다.

$$
\begin{array}{cccccc}
臭 & 臭 & 臭 & 苦 & 水 & 一 \\
剝 & 那 & 安 & 丁 & & 日 \\
\end{array}
$$

三
回
分
服

$$
\begin{array}{cccccc}
四, & 二, & 二, & 四, & 二 & 二 \\
 & & & & 〇 & 日 \\
〇 & 〇 & 〇 & 〇 & 〇 & 分^{34} \\
 & & & & 〇 & \\
\end{array}
$$

---

32) 최인훈, *op. cit.,* pp.182~183.
33) 이강언, 『1930년대 모더니즘소설연구』, 영남대 박사학위논문, 1987, pp.92~94 참조.
34) 박태원, 「소설가 구보씨의 일일」, *op. cit.,* p.228.

한낮의 길거리에서 신경쇠약증의 구보가 떠올리게 되는 藥의 처방전이 입체적으로 제시되고 있는데, 이는 만병객 구보의 뒤숭숭한 심사를 효과적으로 나타내는 다시 없는 방편으로 활용되고 있음을 알 수 있다. 그러나 이것은 어디까지나 仇甫의 개인적 문제에 국한된 것이므로 최인훈의 丘甫에 이르러서야 그 공동체적 시대현실의 시사성이 부각되게 되었다.

이와 함께, 실존인물인 작가 자신을 모델로 삼는 데서 비롯되는 이 작품들의 사소설적 성격은 소설가인 주인공의 생활권역 설정을 통해 더욱 분명해짐을 알 수 있다. 즉 최인훈의 작품에서, 소설가 구보가 주로 출입하게 되는 처소는 문단 주변의 한정성을 벗어나지 않아서, 신문사, 잡지사, 문학강연회장, 출판기념회장, 전시회장 등 평소 작가 최인훈의 궤적과 일치한다는 것이다. 그런데 여기서 주목할 것은 작품 속에서 구보의 文友로 둔갑하는 최인훈의 文壇知己들에 대한 익살스러운 애펠레이션(appellation)이다.

> 김관씨부터 시작했다. 그는 60년대에 나온 신인들의 문학 세계를 솜씨
> 있게 소개하였다. {……} 구보씨는 이 자기보다 약간 후배이지만 거의
> 문단생활을 같이 시작한 불란서문학 전공의 비평가를 새삼스레 쳐다보
> 았다. {……}
> 다음에는 이동기 시인이 했다. 그는 지난 십년의 한국시가 여러 문학
> 세대의 연립(聯立)이었다고 말하면서……35)

구보와 함께 문학강연회의 연사로 초빙된 김관과 이동기는 문단의 실존인물 김현과 이형기를 지칭하는 것임을 최인훈 주변의 일상성을 유추해 보면 쉽게 알 수 있다. 뿐만 아니라 그는 작품 속에서 원로시인 金廣攝의 「성남동 까치」 출판기념회에 참석하는데, 이 역시 金珖燮의 「성북동 비둘기」를 뜻하는 것임을 분명히 알 수 있다. 이밖에도 무수한 실존인물들과 이에 연관된 각종 명칭들이 유사하게 변형되어 작품 속에 등장하고 있다.

주인석의 「한국문학의 현단계, 1992년 겨울」에서도 우리가 익히 알 만하

---

35) 최인훈, *op. cit.*, p.10.

거나 혹은 작가와 관련을 맺고 있는 많은 實名人士들의 이름과 연관사항들이 작품 속에서 풍자적으로 굴절되어 나타남에 유의하게 된다.

　　1992년 봄 류인화(*이인화)라는 작가의 『네가 나틀 모르는데 낸들 나를 알겠는가』(*『내가 누구인지 말할 수 있는 자는 누구인가』)라는 작품이 일대 파문을 일으켰었다. 그런데 누군가 그 작품이 왜국의 바나나인지 파인애플인지의 작품을 베낀 것이라고 주장했다. 그러나 단순히 베낀 것이 아니라 기법적으로 베낀 것이라는 주장을 글로 발표했다. 이철균(*류철균)이라는 본명으로. 그것이 죄라면 죄였다. 여름, 박이무(*박일문)라는 또 하나의 문제 작가가 등장한다. 그는 『죽어 버린 자의 기쁨』(*『살아 남은 자의 슬픔』)이라는 작품으로 서울의 지가를 올린다는 문음사(*민음사)의 '내일의 작가상'(*오늘의 작가상)을 ㅅ상했다. 그런데 그 작품이 또 표절이라는 주장이 터져나왔다. 그 두 문제의 작가 때문에 소위 신세대 문학에 대한 재판이 벌어지기 시작했다. 자기가 없고 남의 글을 베끼거나 흉내내거나 천박한 패러디만 일삼는다. 글도 더럽게 못 쓴다. 나쁜 놈들이다.

　　조선문단은 심각한 엄숙주의와 권위주의와 분파주의로 굳어져 버렸다. 문학이 무슨 권력인가. 병신들, 그럴 거면 깡패가 되거나 장사꾼이 되지. 전삼환·이삼성·주용필보다도 못한 놈들. 그러다가 겨울로 접어드는 문턱에서 조선 문학사상 가장 희귀한 필화 사건이 발생한다. 모 명문대학의 국문학과 교수이자 시인이자 소설가이자 당대의 컬럼니스트인 마성기(*마광수)교수가 『즐겁게 살아』(*『즐거운 사라』)라는 작품으로 에로티시즘 논쟁을 일으키다가 국가 공권력에 의해 신체의 자유를, 아울러 에로티시즘의 자유를 구속당한 사건이었다. (*은 필자주)[36]

이밖에도 이 작품에서는 숱한 인물과 대상에 대한 변형된 애펠레이션[37)]

---

36) 주인석, *op. cit.*, pp.133~135.
37) 이를테면, '문학과 지성'을 '문학적 지성'으로, '창작과 비평'을 '창작적 비평'으로, '김병익'·'김치수'·'김주연'·'김현' 등의 비평가를 각각 '금병매'·'금치산'·'금주령'·'금연' 등으로 패러디하는가 하면 92년 대선후보들의 이름을 '금용삼'·'금대중'·'정도령' 등으로 치환시키고 있다.

을 통해 신랄한 현실 풍자를 기도하고 있음을 알 수 있다. 이러한 시도는 독자와 차단된 폐쇄적인 사소설의 취재범위에서 일탈하여 사회공동체적 관심사로서의 정보를 최대한 활용[38]하는 데서 그 소기한 목적에 보다 근접할 수 있었던 것으로 보인다.

이는 작품 속에서, 자신의 知己들을 實名 그대로 등장시키거나 不特定名稱으로 다루고 있는 박태원의 경우와는[39] 또 다른 변별성을 보여 주는 것이다. 이를 통해 자칫 신변잡담으로 떨어질 수 있는 사소설에서의 넌픽션적 성격을 보완하여 본연의 허구성으로 환원케 하려는 작가의 세심한 노력과, 시대 현실에 대한 깊이있는 천착 도구로서의 원용이 돋보인다.

이외에도 최인훈과 주인석의 작품들에서는, 박태원의 소설 「小說家 仇甫氏의 一日」을 효과적으로 패러디한 다양한 양상들을 엿볼 수 있다.[40]


## 3. 結 論


지금까지 본고는 일본 사소설의 창작원리에서 출발한 박태원의 「小說家 仇甫氏의 一日」과, 최인훈의 「小說家 丘甫氏의 一日」, 그리고 주인석의 「소설가 구보씨의 하루」들 사이에서 나타나는 패러디적 양상의 구체적 천착

---

38) 물론 30년대 일반대중의 정보량과 대중매체의 홍수 속에 사는 90년대 대중의 그 것과의 차이를 간과할 수는 없으나 문제는 정보의 수용량이 아니라 이를 해석하고 파악하는 능력과 관심의 정도에 달려 있다고 본다. 그런 면에서, 30년대에 비해 오늘의 작가와 독자는 거의 대등한 공통의 정보사회에 살고 있는 셈이다.

39) 「小說家 仇甫氏의 一日」에는 최서해·최독견·윤백남 등의 실명과 「홍염」·「승방비곡」·「대도전」 등의 실작품명이 사용되고 있으며, 김기림을 시인이면서 신문사 사회부 기자로 근무하는 벗이라고만 소개하고 있다.

40) 가령 박태원의 소설에서 이미 시도되고 있는 주인공의 원점회귀적 여로라든지 관념적 어휘의 나열과 이에서 기인한 만연체의 문장, 접안된 사물을 관념의 자료로 활용하는 연상적 수법 등이 최인훈과 주인석에 의해서도 빈용되고 있으나, 이들의 경우엔 한 걸음 더 나아가 이를 주인공의 시대현실을 투시하는 주체적 잣대로 활용한다는 점이 돋보인다.

을 통해 사소설의 한국적 변용상을 살펴 보았다.

그 결과 이들 작품들은 모두 反俗的 엘리트의식[41]에 기저하여 작가 자신의 개인적 체험을 "나의 순화"라고 하는 내성적 창작원리로 표출하는 일본 사소설의 관습적 틀을 공유하고 있음을 알 수 있었다.

특히 박태원의 소설은 작가 자신을 의탁한 소설가 주인공의 하루동안의 경성 시내 주유를 통한 창작수행과정으로서의 내성적 성찰을 다룬 작품으로, 창작관행상 사소설의 전형적 특질을 보여주고 있다. 이에 비해 최인훈과 주인석의 작품들은 이러한 박태원의 창작방식을 패러디적 기법으로 차용하고는 있으나 주인공의 의식이 극히 즉흥적이고 개인적인 차원에 머물러 있는 박태원 소설에서의 사소설적 폐쇄성을 극복하여, 보다 공동체적 현실인식으로 무장된 "사회화된 주인공"의 사회적 책임감을 顯現하고 있음에 주목하게 된다. 여기서 박태원 소설과 변별되는, 한국 소설에서의 사소설적 변용의 일단을 엿볼 수 있게 된다.

박태원의 작품에서 仇甫는 아침에 집을 나서 그의 눈에 비친 1930년대 경성의 만물상을 즉물적 사유의 계기로 끊임없이 포착하고 있다. 그러나 이는 시대 공동체적 현실의 자각으로 이어지지 못하고 식민지 지식인의 방관적 자의식으로서의 자아 함몰을 그리는데 그치고 있다. 따라서 설정된 인물의 성격, 배경, 기타 기법적 장치 등에 있어 사소설의 유형적 전범을 보여주게 된다.

최인훈의 丘甫는 박태원의 仇甫로부터 출발하고 있으나, 시대현실에 대한 적확한 소명의식없이 30년대 경성의 만물상을 개인적 차원에서 문제삼고 있는 仇甫와는 달리, 정치 · 경제 · 문화 등 사회전반적으로 격동의 현장이었던 70년대를 살아가는 지식인 작가로서의 나름의 현실대응방식을 제시하고 있다는 점에서 구별된다는 점을 알 수 있었다. 이에 따라 작품에

---

41) 私小說の發生.流行.純化の過程が, 大正期文壇の理念たる文學修行卽人間修行という芭蕉の鍛錬道にも通ずる側面と藝術至上主義ともいうべき反俗的のエリイト意識に支えられて進行したことはよく指摘されるところである(長谷川泉 · 高橋新太郎 編, op. cit., 1988, p.812).

나타난 인물의 성격, 시공간적 배경을 비롯한 여러 요소들이 최인훈에 의해 새롭게 해석되어 재창조되고 있음을 살펴 보았다.

한편 주인석의 경우에 있어선 이러한 현실대응방식이 더욱 적극적인 양태로 변모하여 시대현실에 대한 신랄한 비판안으로 무장되면서 소설가의 사회적 책임감을 부각시키고 있음에 주목하게 된다. 이를 위해 최인훈 작품에서 보였던 패러디적 기능을 더욱 재치있게 계승해 우리 시대의 진정한 삶에 대한 물음을 던지고 있다. 이렇게 함으로써 30년대 한 식민지 지식인 작가의 개인적 성찰에서 출발하였던 구보의 나들이는 이제 완전히 "공동체적 현실동화"로서의 의미를 부여받게 되는 것이다.

이러한 양상들은 일제하의 강압적 시대상으로 압축될 수 있는 30년대의 여건과, 냉전시대의 군사독재정권이기는 하나 어떻든 자유주권국가의 일원으로 살아갈 수 있었던 70년대적 사회상, 그리고 즉물적 정신부재 속에서도 문민정부 치하의 자유를 구가하고 있는 90년대적 분방함 등, 실로 분명한 정치여건상의 간극에서 기인된 것으로도 상정해 볼 수 있을 것이다.

끝으로 본고에서 행하지 못한, 이들 작품과 일본 사소설 작품과의 직접대비를 통한 변용상의 추출은 후일의 과제로 남기고자 한다.

# 小說을 통해 본 基督과 反基督의 對立樣相
— 「사반의 십자가」와 「사람의 아들」을 중심으로 —

## 1. 序 論

基督敎는 금세기 인류문화와 문명에 가장 지대한 영향을 끼친 종교인 동시에 규범이요 철학이다. 그리하여 오늘날 서양정신문화의 근간을 이루고 있음은 물론, 우리나라를 비롯한 동양권에서도 유력한 신앙세력으로 부상한지 이미 오래이다. 우리나라의 경우, 信徒數의 절대치에 있어선 佛敎가 앞서고 있을 지 모르나, 조직적 교단활동과 크리스마스로 대변되는 범세계적 축제의 강렬한 刻印으로 인해 현대사회의 가장 대표적 종교로 그 전형성을 획득하고 있음은 주지의 사실이다. 그러나 근자에 이르러 외형적 성장에 치우쳐 온 우리 基督敎는 중대한 기로에 처해 있다.

IMF시대를 맞아 개신교 내에서 물량위주의 교회성장주의와 개인적 기복주의 신앙이 경제난국을 초래했다는 반성이 일고 있다. {……}
孫寅雄 牧師는 "한국교회는 30여년 간 복받고 병고치는 개인적 기복 신앙에 치우쳤다고"고 지적하고, "복된 삶이란 바르고 보람있게 사는 것이라기보다 많이 소유하고 출세하는 것이라고 교회가 잘못 가르쳐왔다"고 말했다. {……}
孫鳳鎬 敎授도 "인구의 25%를 차지하는 기독교인들이 제대로 살았더라면 이런 불행이 왔을까"라며 ……교회를 호화롭게 꾸미고, 성직자들이 중형차를 타고, 해외선교를 빙자해 무자격자를 파송하는 것 등을 부

패사례로 제시했다. {……}

연세대 대학원장 朴俊緖 敎授는 "경제성장기에는 열심히 일하고 기
도하면 복받는다는 기복신앙이 시대에 맞는 메시지였지만 이제 교회의
사회적 책임을 강조하는 내용으로 바뀌어야 할 때"라고 말했다.

회개운동과 함께 기독교인들이 사회의 빛과 소금이 되기 위해 무엇
을 해야 할 것인가를 고민해야 한다는 움직임이 고조되고 있다.[1]

이러한 사회적 풍조와 정신적 기반을 바탕으로 이제 우리 기독교계는
물론, 안이하게 기독교적 피안을 작품 속에서 구상해 오던 우리의 창작풍
토도 새로운 자성을 요하게 되었다. 즉, 이러한 기독교의 위기를 과연 문학
에서는 어떻게 다루어 왔고 또 다루고 있는지 자못 궁금해지는 것이다.

그간 기독교를 소재로 한 많은 작품들이 우리소설문단에서 창작되어져
왔으나, 기독교의 교리적 문제를 철학적 차원에서 깊이있게 천착했다기보
다는, 단지 기독교를 소설의 배경론적 차원에서 가볍게 다룬 것들이 대부
분이어서 우리 사회에서 급속히 영향력을 배가하고 있는 이 종교의 외형적
성장을 문학이 제대로 裁斷해 내지 못하고 있다는 斷想까지 일으키게 한다.

이러한 저간의 상황 속에서도, 소재론적 차원을 극복해, 비교적 기독교
의 본질에 깊이있게 접근하여 神性과 人間性의 문제를 主題化하고 있는 작
품으로 김동리의 「사반의 十字架」(『현대문학』, 1955. 11~1957. 4)와 이문열
의 「사람의 아들」(민음사, 1979)을 들 수 있다. 이 두 작품은 발표시기로 보
아 20여년의 시차가 있으나, 공히 기독교를 비판적 시각에서 투영하면서,
결코 풀릴 것 같지 않는 "神과 人間의 문제"에 穿鑿함으로써 그 주목에 값
하는 작품성을 획득하고 있다.

본고에서는 이 두 작품에 나타난 "基督과 反基督의 對立樣相"의 대비를
통해 우리 基督敎文學의 현주소와 그 깊이를 가름해 보고자 한다.[2]

---

1) 조선일보, 1998. 4. 25, 19면.

2) 두 작품은 공히, 최초발표 이후 改作과 轉載의 과정을 거쳤다. 따라서 본고에선 변
혁지향의 작가정신을 존중한다는 의미에서, 비교적 근자의 출판물(「사반의 십자
가」, 『학원 한국문학전집』 v.10, 학원출판공사, 1994 ; 『사람의 아들』, 민음사, 1996)

## 2. 本 論

### 1) 「사반의 십자가」에 나타난 基督과 反基督의 對立樣相

#### (1) 사반과 예수─人間性(humanity)과 神性(divinity)의 表面的 對立

「사반의 십자가」에는 "사반"이란 이름의 유태인 혈맹단장이 가공의 등
장인물로 설정됨으로써 歷史上의 聖人 예수와 대결적 구도를 취하고 있다.
사반이 로마에 짓밟힌 조국 유대와 유태민족을 해방시키고 그들만의 자유
로운 지상왕국을 세우려는데 비해, 역시 유대민족의 후예로 그들의 기대를
한 몸에 받으며 등장한 예수는 지상의 모든 것을 초월한 천상의 왕국을 제
시한다. 이 작품은 이러한 두 사람의 對峙된 理想世界를 일종의 歷史小說의
형식에 담아 그려 나가고 있다. 작가는 聖書를 배경으로 한 예수의 實事的
歷程을 바탕으로 사반을 비롯한, 실비아, 하닷 등의 허구의 인물과 세례요
한, 막달라마리아, 유다, 도마 등의 실존인물을 적절히 얽어서 기독교의 복
음서와는 또 다른 세계관을 펼쳐 보인다. 그런데 여기서 흥미를 끄는 것은
성서에 언급되지 않은 허구의 주인공 사반의 역사관은 물론이려니와, 이미
성서에 언급된 인물들 — 막달라마리아, 세례요한, 유다, 도마, 글로바 등 —
에 대해 작가 나름의 시각으로 새롭게 성격을 육화시키고 있다는 사실이
다. 그리하여 聖書上에서 예수와 확연한 관계를 형성하는 막달라마리아, 세
례요한, 유다, 도마, 글로바 등의 역사상의 인물들이 허구의 인물 사반과
긴밀한 관계를 맺게 함으로써 사반과 예수의 遭遇를 자연스럽게 이끌어내
게 하고 있다.

고대하던 메시아의 출현을 기다려 그의 힘을 빌어 유대의 독립을 성취
하려는 血盟團 領袖 사반(본명 : 도비야)은 신비의 점성술을 가진 하닷을 團
師(혈맹단의 고문)로 모시고 아나니아, 스가랴, 도마, 야일, 갈리오, 유다 등

─────────

을 텍스트로 삼는다. 이하 인용문에서는 대본이라 칭한다.

의 동지들을 일차단원으로 삼아 秘密結社를 조직한다.

> 그러나 유대인의 실정으로는 도저히 군대의 준비가 불가능하였다. 설사 비밀리에 소규모의 군대를 훈련시킨다 할지라도 그 몇 사람으로 대규모의 군단을 상대하기는 지극히 어려운 일이라고 생각하였다. 이 문제에 대하여 그는 오랫동안 고민하여 하나님께 빌었던 것이다. 그 결과 그에게 새로운 서광을 비쳐준 것은 메시아에 대한 새로운 신념이었다. 메시아를 받들고, 메시아와 함께 싸우면 로마군도 물리칠 수 있으리라고 믿어졌던 것이다.3)

따라서 그들은 일찍이 로마군에 무모하게 완력으로 저항하다 스러져 간 熱心黨의 드다와 그 뒤를 이은 유다 혹은 맛디아들과는 달리 조국해방을 위한 분명한 청사진을 그리게 된다. 그들을 이끌고 도와줄 메시아는 團師 하닷의 星占啓示에 의하면 암별인 사반의 相對星인 위대한 숫별로 나타난다는 것이다. 혈맹단의 모든 進退는 하닷의 계시와 이를 절대적으로 추종하는 사반의 통솔에 의해 이뤄지게 되고 그 과정에서 사반은 하닷의 외딸인 실비아를 아내로 맞기까지 한다.4)

이처럼 "메시아의 날"을 정해 놓고 궐기의 그날을 기다리던 때, 여느 선지자와는 다른 "세례 요한"이 나타나 "내 뒤에 오는 이"란 의미심장한 啓示를 한다. 그가 바로 예수임이 곧 밝혀지고 혈맹당은 그날이 임박했다는 기대 속에 예수가 메시아인지를 확인하려 한다. 이 과정에서 작가는 성서상의 예수제자들 중 일부를 혈맹단원으로 설정해 놓음으로써 허구의 주인공

---

3) 「사반의 십자가」, 대본, p.25.
4) 사반을 철저한 운명론자로 파악하고 있는 김종호의 견해(「종교적 거짓과 소설적 진실」, 『김동리 문학 연구』, 살림, 1995, pp.126~127)는 상당한 설득력을 갖는다. ; 사반은 하닷의 점성술에 압도당했고 항상 그의 점성술에 따라 행동했다. 메시아를 기다린 것은 메시아 사상 대문이 아니고 점성술 때문이었다. 실비아와의 결혼도 납치된 실비아의 안위를 확인하는 일도 별의 지시에 따랐다. 사반에게 점성술은 미래 예측과 행동계획의 수단이다. {……} 이러한 점성술을 다루는 술사의 설정 자체가 샤머니즘적이다.

사반을 예수와 동시대를 살았던 역사상의 인물로 자연스럽게 소설공간에 편입시킨다.

그리고 이들은 소설 속에서 몇 차례나 만나 (언제나 사반의 의도에 의해) 서로의 확연히 다른 세계관을 확인한다.

> "랍비여, 우리는 땅 위에 있나이다. 땅 위에 맺은 것을 땅 위에서 이루게 하여 주소서." 사반의 본디 잠긴 듯한 굵은 목소리가 사뭇 떨리어 나왔기 때문에 조금 떨어진 곳에서 들은 사람은 흡사 멀리서 큰 짐승의 울음 소리를 듣는 듯했던 것이다.
>
> "사람이여, 들으라. 사람이 땅 위에 있음은 오직 하늘에 맺기 위함이니라. 사람과 사람이 더불어 맺으면 사람과 함께 죽을 것이요, 사람과 땅이 더불어 맺으면 땅과 함께 또한 멸망할 것이니라. 진실로 내 그대에게 이르노니 사람의 귀중한 생명이 오직 하늘에 맺어짐으로써 하나님 아버지의 끝없는 삶과 영광을 누릴지니라."
>
> 예수의 물 흐르는 듯한 투명한 목소리는 강한 향기처럼 그들의 오관에 스며드는 듯했다. 그러나 끝까지 땅을 비켜서 하늘에 맺는다는 말을 이해할 수 없는 사반은 맘속으로 이 사람이 어쩌면 메시아가 아닐는지도 모른다는 생각을 하며,
>
> "랍비여, 이스라엘은 하늘에 맺은 땅이요, 백성이외다. 이스라엘을 땅 위에 서게 하소서." 하고 항의를 제출해 보았다.
>
> 그러나 예수는 오히려 서글픈 얼굴로,
>
> "사람이여, 들으라. 이스라엘이 하늘에 맺어졌기에 그대들로 하여금 하늘의 영광과 복을 누릴 수 있도록 지금 내가 여기 있지 않는가." 하고 계속 하늘의 영광과 복음을 내세웠다.[5]

이들은 이후에도 몇 차례 만나 열띤 논쟁을 벌이지만 그들이 가진 神性과 人間性의 합일될 수 없는 한계를 확인하게 될 뿐이다. 휘하 혈맹단원의 철저한 보안조직과 용맹성, 그리고 하닷 단사의 신통력에 자신의 비범한 재능을 바탕으로 예수의 이적을 빌려 "지상의 왕국"을 실현하려는 사반의

---

5) 「사반의 십자가」, 대본, p.61.

소망은, 유태인의 적 로마군에 테러를 가한 사반 일당을 오히려 비판하고, 땅위의 모든 악을 초월한 "천상의 왕국"을 제시하는 예수에 의해 번번이 거부된다. 결국 두 사람은, 예수의 이적에 기댈 수 없게 된 사반이 혈맹단 자력으로 거사를 벌이려다 아굴라의 간계로 체포되고, 예수 또한 인류와 종파를 초월한 그의 변혁적 이상을 저지하는 바리새 교인 및 유다, 글로바의 배반으로 로마군에 검거됨에 따라, 같은 날 골고다의 언덕에서 십자가에 못박혀 최후를 맞게 된다.

그리고 두 사람은 최후의 순간까지도 神性과 人間性의 극명한 대립을 보여준다.

> 그때 예수는 "오오, 아버지여, 아버지여!" 하는 신음소리를 내었다.
> {……} 사반은 예수에게로 고개를 돌렸다. {……}
> "지금이 그때다! 지금은 하늘의 권능을 보여야 한다!"
> "나는 땅에 속한 일로 하늘의 권능을 시험할 수는 없다."
> "예수여, 임자는 자신과 함께 유대를 버리는가?"
> "버리는 것이 아니고 구하는 것이니라."
> "이 아픔 속에서 구하라!"
> "육신의 아픔은 육신과 함께 사라지리라."
> 두 사람의 문답은 신음 소리와 함께 지극히 낮게 건네졌다.6)

그러나 이들의 대립은 표면상의 그것에 그치고 실상은 人間救援의 大命題로 합일, 수렴되고 있음을 엿볼 수 있다. 로마로부터의 유대민족 독립이라는 가시적 목표를 현실적으로 달성하려는 사반의 꿈이나, 유대민족을 포함한 이 땅의 모든 인류를 천상의 영광으로 인도하려는 예수의 이상은 사실상 같은 맥락에서 이해될 수 있기 때문이다. 세상을 바라보는 시각과 구원의 방법, 그리고 그 범위와 대상의 차이가 이들을 표면적으로 대립케 했을 뿐이다. 어쨌든 두 사람의 목표는 그들의 반대편에 선 로마군과 바리새 교인에 의해 끝내 이뤄질 수 없었고, 같은 날 동시에 처형당함으로써 다

---

6) 「사반의 십자가」, 대본, pp.199~200.

같이 "지상에서의 실패와 좌절"로 종지부를 찍는다. 이는 이들의 목표가 다르지 않았음을 극적으로 보여 준 것이기도 하다. 이처럼 사실상 같은 목표를 가진 이들이 神性과 人間性이란 서로 다른 正體性(아이덴터티 : identity)을 보유함에 따라 표면적 대결양상을 펼쳐 보이는 이 작품에서 우리는 인간의 이성과 정서가 극단의 편벽된 흐름으로 나아감을 우려하는 작가의 참다운 휴머니즘정신 ─ 신과 인간의 조화를 통한 ─ 을 읽을 수 있는 것이다.[7]

### (2) 聖書와 野史의 調合

前言한 바처럼 이 작품은 성서 및 정사에 기초한 역사상의 사실을 허구의 인물과 설정에 포개어 서사하고 있다. 분명한 역사상의 인물 예수와 그 제자들, 그리고 당대 유대의 위정자 헤롯 안디바왕 일가, 세례요한과 그의 무리들, 로마 총독 빌라도 및 유태인 대제사장 가야바와 그의 장인 안나스 등 수구세력, 막달라 마리아, 세리 마태, 베드로 등의 실존인물들에 의해 당대의 實在事가 重要話素로 펼쳐지고 있다.

따라서 이 작품은 예수활동시대를 배경으로 한 역사소설의 형식을 취한 것으로 보인다. 그러나 이 작품은 정사에 입각하여 이를 순리적으로 승계한 정통적 의미의 역사소설은 아니다. 우선 주인공 사반부터가 성서의 기록을 바탕하긴 했으나 가공된 허구의 인물일 뿐 아니라[8], 사반을 수괴로

---

7) 「사반의 십자가」는 개성의 자유와 인간성의 존엄을 신장하려는 제3휴머니즘의 정신적 기조로 사반의 지상의 영광과 예수의 천상의 영광을 성취하려는 지향의식이 그 축을 이루고 있다. 神明을 찾는 삶의 자서가 부각되어 있고, 의식이 결여된 사반의 행동과 인지와 의식을 성취하려는 예수의 자세와의 차이를 보이면서, 十字架의 기적을 기원하는 최후의 순간과 사반의 죽음의 超克과 예수의 인간 회귀로 새로운 지평을 가능케 하는 변증법적인 지양을 보여주어, 서구의 인간중심사상과 신중심사상의 새로운 조화에 의한 가능성도 암시해 주고 있다(구인환, 「천상과 지상의 변혁과 회귀」, 『김동리 문학 연구』, 살림, 1995, p.26).
8) 예수가 처형 당할 때, 좌우에 두 정치범(성서에는 도적이라 쓰여 있으나, 당시엔 정치범을 도적이라 불렀다)이 함께 처형 당한 것으로 성서를 비롯한 당대의 기록이 전한다. 이 두 정치범 중 한 사람은 예수에게 끝까지 메시아의 이적을 보이라며

한 혈맹단의 존재9)와, 실비아와 하닷 부녀, 나바티야國 아레타스 왕의 사신 아굴라 등 야사와 구전에 기초한 숱한 가공의 인물들과 그들에 의해 펼쳐지는 사건들이 실재사와 복잡하게 얽혀 있기 때문이다. 그리하여 막달라 마리아가 고라신의 요단강가에 버려졌던 사반의 친동기로 설정됨에 따라 연인 사이였던 두 사람의 결별을 유도하여 그녀를 예수의 품으로 돌려주고 있으며, 예수의 제자 중 일부가 열심당이었다는 야사에 바탕해 유다, 도마, 갈리오, 글로바, 스가랴 등의 혈맹당원을 예수의 측근으로 설정함으로써 사반과 예수의 행보를 손쉽게 대비시키기도 한다.

이처럼 이 작품이 성서와 야사를 조합한 역사소설의 형식을 취하고 있는 것은 과거시대의 충실한 재현 그 자체에 목적이 있는 것이 아니라, 과거를 통해 현재의 삶을 비춰 보려는데 작가의 진지한 의도가 숨어 있기 때문이다.

> 과거의 시대를 오늘의 감각에 맞추어 재현함에 있어 어느 정도의 시대착오 anachronism는 불가피해진다. 루카치는 역사의 전체적 흐름에 대한 파악과는 무관한 복고 취미의 장식적인 소설, 개개의 역사적 사실들에 대한 정확한 재현에만 충실한 소설을 가리켜 "사이비 역사주의"라고 말한 바 있거니와, 서구에서 플로베르의 <살람보>로 대표되는, 19세기 후반에 일대 유행했던 자연주의적 경향의 역사소설들이 그런 예의 소설들이다.10)

다시 말하자면 역사소설의 성패는 역사적 사실을 소재로 하되 작가의 역사의식이 이에 여하히 작용되어지는가에 달려 있다고 보는 것이다. 여기서 우리는 역사소설의 두 관건인 事實性과 虛構性에 대해 생각해 보게

---

항변했다고 하는데 작가는 이자를 사반의 캐릭터로 정한 것이다.
9) 물론 이 또한 완전히 가공된 허구라기보단, 당대의 비밀결사 레지스탕스였던 열심당, 혹은 바라바, 드다, 맛디아, 유다 등의 정치범들로부터 소재를 얻은 것으로 보인다.
10) 한용환, 『소설학사전』, 고려원, 1992, p.303.

된다.

　　따라서 어떤 측면에서는 모순된 대립개념인 역사소설의 事實性과 虛
構性의 진정한 조화는 역사소설가가 역사적인 기록이나 증거를 토대로
하여 상상력을 발휘하여 작품에서 요구되는 역사적 진실성과 예술성을
함께 확보할 수 있을 때 이루어지는 것으로써 이 때 작용하는 중간매체
를 우리는 작가의 역사의식이라 부를 수 있다.[11]

　결국 과거의 역사를 현재의 시각에서 재해석해 이를 문학적으로 형상화
해 내는데 밑거름이 되게 하는 정신적 역량을 "역사의식"이라 할 수 있겠
는데 이는 일견 대립적 요소인 사실성과 허구성을 어떻게 조화롭게 절충하
느냐에 달려 있는 것이다.
　「사반의 십자가」에서 작가는 성서와 정사에서 논의되는 예수의 神性에
맞서는 인물로 사반이라고 하는 人間性의 상징을 내세운다. 그리고 사반은
성서와 정사의 여백을 인간성의 化身으로 메워 나가면서 소설의 흐름을 주
도하게 된다. 그리하여 신성일변도와 종교적 만능주의로 치닫는 기독교의
성서관을 조심스레 반증하면서 나머지 여백의 가능성을 증폭시킨다. 이는
宗敎的 事實性 의 세계에 갇혀 있는 기독교의 지평을 확대하여 人間的 虛構
性을 고양함으로써 입체적 균형감을 부여하려는 작가의도의 소산이다.
　여기서 성서에 기초한 正史와 作品을 대비시켜 "예수와 사반의 최후"를
다룬 장면을 보자.

　　성서에 의하면 예수가 십자가에 달린 것은 正午이다. 그리고 숨을 거
둔 것은 오후 3시이다. 이 세 시간의 형언할 수 없는 고통 속에서 예수
도 남은 힘을 다해 자기를 바라보는 사람들에게 띄엄띄엄 끊일 듯이 말
을 건넸다. 좌우편의 십자가에 함께 못박혀 있는 두 정치범에게도 가냘
픈 목소리로 말을 건넸다. 그 말이나 기도는 성서에 기록된 것 이상으로
많았으리라 싶은데, {……} 그 일례는 죽기 직전, 즉 오후 3시에 그가

---

11) 이용남, 「역사소설의 평가문제」, 『한국문학사의 쟁점』, 집문당, 1989, p.690.

기력을 잃어 숙였던 머리를 쳐들고 부르짖은 저 유명한 말 "나의 하나님, 나의 하나님, 어찌하여 나를 버리셨습니까?(엘리 엘리 레마 사박다니)이다. {……}

이처럼 괴로운 숨을 몰아쉬면서도 31편의 기도문까지 드리고 있었음을 뚜렷이 보여주고 있는 것이다. 함께 십자가에 달린 정치범 중 하나를 향해 "너는 오늘 나와 함께 낙원에 있게 될 것이다."라고 한 말은 누가복음서에만 기록되어 있고……

"아버지, 저 사람들을 용서하여 주옵소서……"라는 말을 예수의 유언의 하나로서 삽입하고 있는데, {……} 십자가상의 예수의 말은 두 종류로 나눌 수 있다. 하나는…… 신에 대한 절대적 신뢰이다. 또 하나는 자기에게 이같은 고통을 준 사람들에 대한 용서와 신에 대한 중보(仲保)의 말이다. {……} 백인대장은 예수가 이미 다른 사형수와 함께 숨져 있음을 확인했으므로 그의 무릎을 꺾지 않았다.[12]

그러자 예수는 다 죽은 듯하던 얼굴이 그래도 그 말을 알아 들었는지, "그대여, 오늘로 그대는 나와 함께 낙원에 있으리라." 하고 힘없이 중얼거렸다. 그러나 그것은 사반에게도 들릴 만 했다. 그와 동시 사반은 화가 버럭 치밀었다. 제 자신의 생명도 구하지 못하는 자가 죽음에 들어서 남을 이끄느냐 싶었던 것이다. 그는 마지막 힘을 다하다시피 하여 "비겁한 자여, 너는 유대 나라와 너의 생명을 버리고서 어디다 낙원을 찾고 있느냐?" 하고 예수를 꾸짖었다.

예수는 대답이 없었다. 그의 의식 속에는, 어쩌면 <아버지께서> 그의 의식이 다하기 전에 어떤 다른 형태의 영광을 보여주시리라, 하는 기대가 막연히 깃들어 있었지만 드러내어 약속할 수는 없는 성질이었다. 오후 3시쯤 되자 하늘엔 검은 구름이 덮였다. 바로 그때 예수는 갑자기 발작과도 같은 높은 소리로 "나의 하나님이시여, 나의 하나님이시여, 어찌 나를 버리시나이까." 하고 외치자 이내 숨이 끊어져 버렸다. 그러나 사반은 이때까지 아직 정신이 멀쩡해 있었다. 이대로 버려둔다면 그의 고통은 앞으로 얼마든지 더 계속될 듯하였다. 내려오는 방식대로 그들의 다리를 꺾어 숨을 거두게 했다. 사반과 다른 죄인도 그날 안으로 모두 숨을 거둘 수 있게 되었다.[13]

---

12) 엔도 슈사꾸(遠藤周作), 『그리스도의 탄생』, 수문서관, 1980, pp.32~38.

正史를 언급한 첫 번째 인용14)에서, 예수는 최후의 순간까지 神性의 위엄과 품위를 잃지 않고 원수를 용서하며 죽어가고 있음을 알 수 있다. 이와 함께 사반의 캐릭터로 형상화된 것으로 보이는 두 정치범 중의 一人에 대해선 별 다른 주의와 언급이 없다. 그러나 두 번째 인용인 작품 속에서는 어떠한가? 끝까지 초연하려 애쓰며 자신을 따르는 다른 죄수에게 축복의 메시지를 전하기도 하지만, 예수 역시 죽음을 초월할 수 없는 한 나약한 인간일 뿐이다. 이에 반해 사반이 오히려 강인한 인간정신의 소유자임을 역설적으로 보여준다. 따라서 십자가에 못박힌 세 사람이 모두 다리를 꺾이지 않고 그 상태로 숨져갔음을 밝히는 聖書에서완 달리, 神性의 상징인 예수보다도 오히려 人間性의 상징인 두 죄수(사반을 포함한)가 더 오래도록 버텨서 종내는 다리를 꺾이게 되었음을 보여주그 있다. 이 부분적 인용을 통해 유추할 수 있는 바처럼 이 작품은 성서의 정사적 사실성에 가변적 해석의 여지를 부여하고 있는데, 이는 성서 속의 한 작은 주변인물에 불과했던 한 정치범의 존재를 사반이라는 인물로 허구화할 수 있었기에 가능했던 것이다.

그렇게 함으로써 이 작품은 예수의 십자가 처형을 종교적으로 미화시키는 성서의 공허함과, 한때 메시아로 믿었던 동족들 십자가에 매달 수밖에 없었던 당대 유태인의 허무와 절망을 보다 객관적으로 상쇄시켜 형상화할 수 있게 된 것이다. 이는 신성일변도의 기독교적 가치체계를 현대적 시각에서 냉정히 검증하여 참다운 휴머니티를 고양하려는 작가의 역사의식의 산물이기도 하다. 그리고 이는 역사를 새로운 시대의 가치관에 맞게 재구하는 역사소설의 형식이 아니면 담아내기 힘든 談論인 것이다.

---

13) 「사반의 십자가」, 대본, pp.201~202.
14) 일본의 대표적 성서작가 엔도 슈사꾸의 이 책은 물론 성서 그 자체는 아니지만 성서를 비교적 공정한 시각에서 해석한 것이다.

## 2) 「사람의 아들」에 나타난 基督과 反基督의 對立樣相

### (1) 아하스 페르츠와 예수-人間性과 神性의 深層的 對立

「사람의 아들」은 제3회 '오늘의 작가상'(1979) 수상작으로 당시 무명작가였던 이문열(본명 : 이열)의 출세작이기도 하다. 작가 자신도 놀란 이 소설의 사회적 반향에 대해 이문열은 다음과 같이 말하고 있다.

> 70년대까지 한국 소설을 풍미한 것은 감수성의 문학 아니면 리얼리즘의 민중문학이었습니다. 그런데 80년대의 개막을 앞두고 해묵은 신(神)의 문제를 다시 진지하게 다뤘다는 점이 사람들의 호감을 샀던 것 같습니다.[15]

성경을 비롯한 관련도서의 논리적 허점을 소설의 창작 모티프로 삼았다는 작가의 말[16]에서 예견되듯이 이 작품은 기독교에 대해 다분히 비판적 시각을 견지하고 있다.

「사람의 아들」은 D시에서 벌어진 한 기괴한 살인사건을 배경으로, 기독과 반기독의 문제, 인간과 신의 문제를 넘어 인간존재의 근원적 고뇌와 갈등을 심층적으로 파헤치고 있다. 살인사건을 담당하게 된 수사관 남경호 경사가 피살자 민요섭의 행적을 추적하면서 그의 노트 속에 묘사된 아하스 페르츠의 종교적 편력에 경도되어 가는 과정을 액자소설의 형식으로 그리고 있는 이 소설은 액자 속의 내부 이야기에서 민요섭의 삶의 궤적을 대변하는 아하스 페르츠의 구도적 삶이 고대 오리엔트지방의 다양한 종교적 제의 및 신성관과 함께 펼쳐지고 있어 주목된다.

따라서 이 작품은 혁명적 기독교인 민요섭의 피살과 한 때 민요섭의 추

---

15) 조선일보, 1997. 10. 29, 37면.
16) *Ibid.*, 37면.

종자였으나 종교적 신념의 괴리와 좌절로 그를 살해할 수밖에 없었던 조동팔의 검거와 자살, 그리고 이 사건을 맡은 일개 수사관의 입장에서 점차 이들의 혁신적 종교논리에 집착해 가는 남 경사의 심경추이를 그린 액자부보다는, 민요섭과 조동팔의 반기독적 입장을 요연하게 대변하는 종교적 이상주의자 아하스 페르츠의 超越的 諸神遍歷을 다룬 내부 이야기에 먼저 초점을 맞춰야만 작가의 메시지를 정확히 읽어낼 수 있다.

그러면, 민요섭이 자신의 반기독적 논리를 대변하는 인물로 그의 노트 속에 제시한 아하스 페르츠는 어떤 존재인가? 예수와 동시대를 살았던 유대인 아하스 페르츠는 경건한 유대교 집안에서 덕망있는 한 샴마이 학파 율법사의 아들로 태어난다. 야훼의 아들 여수가 태어난 그 시각에 진정한 사람의 아들로 태어난 아하스 페르츠는 비범한 자질로 일찍이 "인간의 비참과 불행"을 인식하고 야훼의 허구성에 눈뜬다.

　　이튿날 알지 못할 힘에 끌려 약속장소르 나간 아하스 페르츠를 데리고 그 남자— 메시아 가칭자(假稱者) 테도스가 처음 간 곳은 성 변두리에 있는 빈민가였다. 누더기도 걸치지 못해 벌거벗은 채 배고파 울고 있는 아이들 곁에서 한 덩이 빵 때문에 아낙네들이 쌍스런 욕설과 함께 서로 머리채를 휘어잡고 뒹구는 광경은 물질의 결핍이 인간을 얼마나 비참하고 고통스럽게 만드는가 하는 것을 그대로 보여주었다. 다음은 노예들의 작업장. 거기서는 어떤 사납고 표독한 짐승도 자기와 동종(同種)에게는 씌운 적이 없는 잔인한 굴레를 인간이 인간에게 씌워 채찍으로 부리고 있었다. 그들이 쓰고 있는 비참과 고통의 굴레는 결국 육신을 벗는 날에야 떨어져 나가게 될 것이었다. 그 어둡고 습기찬 곳에서 아하스 페르츠가 본 것은 그대로 충격이었다. 도둑질·강도·살인·강간— 밖에서 듣기에는 끔찍하기만 하던 죄악을 저지른 자들도 실은 육체와의 싸움에 진 가엾은 동족에 지나지 않았으며, 더구나 그들의 싸움을 불리하게 만든 것도 대개는 그들에게 책임이 없는 시대와 제도였다.[17]

---

17) 「사람의 아들」, 대본, p.58.

유대교의 외피적 교조성을 직시한 이단자 테토스의 인도로, 아하스 페르츠는 현실의 온갖 고통과 비애 속에서도 야훼를 맹신하며 신의 노예가 되어버린 유대인 동족의 불행에 접한다. 어린 시절, 가슴 속 깊이 품게 된 신에 대한 회의는 이후 청년기에 겪게 된 이웃 유부녀 아삽과의 육체적 사랑을 통해 더욱 열정적으로 변모하게 되고, 결국 그는 진정으로 인간을 구원할 새롭고 완벽한 신을 찾아 고향을 떠난다.

그러나 고향을 떠난 10년 동안의 구도적 방황(이집트, 가나안, 페니키아, 시리아, 바빌론, 페르샤, 인도, 로마)에도 불구하고, 그는 진정한 신을 찾는데 실패하고 고향으로 돌아온다. 그리고 그의 조국 유대에서 구도자의 고행을 다시 시작하게 되고, 마침내 쿠아란타리아의 광야에서 그토록 갈망해 찾아 마지 않던 理想의 神을 만난다. "위대한 영(靈)"이라 이름하는 이 神은 正義와 善의 상징인 야훼와 함께 "인간의 지혜와 자유"를 관장하는 唯一神의 반쪽이었다.[18] 이후 아하스 페르츠는 "위대한 靈"의 지상대리인이 되어 야훼의 아들인 예수와 조우하게 되고, 그와 각각 반쪽의 신을 대변하여 치열한 논쟁을 벌인다. 그러나 야훼의 권능을 앞세워 인간의 지혜와 자유를 봉쇄하고 정의와 선의 계율만을 강조하는 예수와 그 반대편에 선 아하스 페르츠의 관점은 영원히 합일될 수 없는 것이다. 결국 예수가 십자가에 못 박혀 처형됨으로써, 끝내 "야훼"와 "위대한 靈"으로 분리된 唯一神은 본래의 완전무결한 이상적 신의 모습을 복구하는데 실패하고 만다. 작가는 예수의 처형이 네 방향에서 주도되었음을 밝히고 있는데, 특히 기성의 宗教

---

18) 쿠아란타리아 광야에서의 아하스 페르츠와 "위대한 靈"의 조우는 「死海文書」에 나오는 "義의 敎師"(teacher of Justice) 이야기에서 취재한 듯하다. ; 이 엣세네파가 어떤 것인지 우리들에게 알려진 것은 1947년의 극적인 사해문서의 발견에 의해서이다. {……} 세례요한과 엣세네파의 쿰란 교단과의 사이에는 지리적 활동범위에 있어서, 광야에서의 신비주의나 금욕생활, 또 신의 심판의 예고라는 점에서 수많은 공통점이 있다는 것, {……} 요한에게는 엣세네파의 색채가 강한 것도 역시 부인할 수 없는 것이다. 사해문서 속에는 "義의 敎師"라 불리는 쿰란 교단의 통솔자에 대하여 쓰여 있다. 이 "義의 敎師"는 교단의 지도자이자 입법자였는데 예루살렘의 유대교 주류자로부터 박해를 받고 처형되었다(엔도 슈사쿠, 『예수의 생애』, 대한기독교서회, 1975, p.22).

史와는 달리, 아하스 페르츠와 같은 "진정한 인간의 자유와 지혜"를 갈망하는 지적인 소수의 각성을 이에 추가하고 있어 주목된다.

　그 첫째는 바리사이파 사람들과 제관들 같은 종교가들이었다. 그들은 예수의 천한 출생과 지위를 경멸했으며 자기들의 선입관념이나 주의를 무참히 파괴하는 그의 교리를 혐오했고……. 그 다음은 세속적인 사두개인들과 헤롯의 패거리들이었다. 그것이 정치적 반란으로 발전할 경우 내려질 로마의 보복과 처벌이 두려웠던 것이다. 그 셋째는 열심당을 선두로 한 여러 민족주의자와 애국지사들이었다. 그러나 기대와는 달리 사랑과 용서의 가르침은 증오와 적개심으로 뭉쳐야 할 민중들을 나약하고 무기력하게 만들고 있었다. 그리고 마지막으로는 소수이긴 하지만 지혜로운 정신들의 각성이었다. 수천 년 기다렸던 구원이 그런 감당 못할 조건을 가진 데 실망했던 것이다. 그런 그들의 정신에는 아하스 페르츠의 그림자가 깊숙이 드리워져 있었다.[19]

　진정한 신을 찾기 위한 아하스 페르츠의 방황은 예수와의 대립을 조화롭게 해결하지 못함으로써 끝내 실패한 것이다. 이는 액자부의 주인공 민요섭의 삶과 그 행적에 고스란히 이식될 수 있다. 전쟁고아로 외국인 선교사 알렌의 養子로 입양된 민요섭은 출중한 신학대학생이었으나, 세속화된 교회의 부정비리와 위선적이고 교조적인 기독교의 교리에 회의를 느껴 이단아적 방황을 시작한다. 갇혀 있는 성경 속의 신에 실망한 나머지, 새로운 신을 찾아 인생의 밑바닥을 전전하며 불행하고 버림받은 자들을 위한 실천신앙에 주력하던 그는 조동팔이란 열렬한 추종자를 얻게 된다. 민요섭에 감화되어 그의 사상을 현실 속에서 거리낌 없이 행동화하는 조동팔의 적극성에 힘입어 이들의 외로운 구도행위는 활빈당에 버금가는 격렬한 행동주의로 나아간다. 비참하고 고통받는 사람들을 위해 자신들의 노동을 파는 것은 물론이고, 조동팔은 자기 집을 강도의 대상으로 삼기까지 한다. 마침내는 가진 자들의 돈을 강취, 못 가진 자들에게 나눠 주기 위해 사망한 노

---

19) 「사람의 아들」, 대본, pp.246~247.

동자로 신분을 위장한 후, 살인강도 행각까지 일삼는다. 나중에 밝혀지는 바와 같이 이는 그들이 발견해낸 새로운 신의 교의에 의한 것이었다.

> 선이 홀로만을 주장할 때 독선이 되듯 지혜가 홀로만을 주장하면 악이 될 뿐이다. 독선을 악으로 바꾸어본들 물에 빠진 이를 건져 불구덩이에 내던짐과 무엇이 다르랴. 나의 부정은 더 큰 긍정을 위해 있었으며, 우리 양성(兩性)의 대립도 궁극으로는 거룩한 조화에 이르기 위한 과정일 뿐이다. 만약 너희가 진정으로 믿고 섬겨야 할 신이 있다면 그는 바로 그때의 하나로 된 우리이다.[20]

일찍이 아하스 페르츠가 쿠아란타리아의 광야에서 만난 것은 유일신의 반쪽에 불과했던 "위대한 영"이었으나, 이처럼 민요섭과 조동팔의 새로운 신은 아하스 페르츠도 이룰 수 없었던 야훼와 "위대한 영", 두 반쪽신의 완전한 조합 그것이었다.

그러나 민요섭이 찾아내고 조동팔이 그토록 열렬히 추종했던 이들의 새로운 신은 엄밀한 의미에서 신이 아니었다. 섬김과 믿음의 대상이 되기를 거부하고 스스로의 힘과 자유의지로 지상의 낙원을 건설하라는 이 새로운 신의 가르침은 사실상 신의 말씀이 아니라 인간들의 정의인 것이다.[21] 이는 기성의 신을 부정하면서도 결국은 그 언저리를 벗어날 수 없었던 한 나약한 인간 민요섭을 또 다시 회의하게 만들고 마침내 기독교의 교리로 회귀하게 한다. 그러나 민요섭류의 고민과 사색없이 실천적 행동만을 가속화하던 조동팔은 자신들의 새로운 신을 끝까지 지키려 몸부림치다 변절자 민요섭을 살해하고 만다.

> 선악의 관념이나 가치판단에서 유리된 행위, 징벌 없는 惡과 보상 없는 善도 마찬가지로 공허하다는 거였소. {……} 그 이상 마르크시즘과 손을 잡게 되는 한이 있더라도 우리는 <신 안에> 남아 있었어야 했다

---

20) 「사람의 아들」, 대본, p.295.
21) 이남호, 「신의 은총과 인간의 정의」, 대본, pp.330~331.

고. 불합리하더라도 구원과 용서는 끝까지 하늘에 맡겨두어야 했다고. 우리는 무슨 거룩한 소명이라도 받은 것처럼 새로운 신을 힘들여 만들어냈지만 실은 설익은 지식과 애매한 관념으로 가장 조악한 형태의 무신론을 얽었을 뿐이라고.[22]

하지만 민요섭의 기독교 회귀와 조동팔의 민요섭 살해는 기성 기독교의 교조적 교리를 부정해 출발했던 그들의 새로운 종교도 역시 또 다른 교조적 도그마에 갇혀 있음을 역설적으로 보여주는 것이다. 따라서 "지금 나를 부르고 있는 것은 민요섭의 피"라고 끝까지 새로운 신을 강변하며 스스로 죽어가는 조동팔의 최후에서 결국 신 앞에 무릎을 꿇고 그에게 회귀할 수밖에 없는 무력한 인간의 한계를 볼 수 있을 따름이다.

일차적으로 이 작품에서 예수와 아하스 페르츠의 대립을 통해 독자에게 분명히 제시하고 있는 것은 기독과 반기독의 논리이고 이는 다시 형식상 神性과 人間性의 대립으로 유추될 수 있다. 그러나 작가는 작품의 말미에서 민요섭과 조동팔의 경전 <쿠아란타리아서>를 통해, 반기독의 메시지를 강조키 위해 시종 무게를 실어온 아하스 페르츠의 존재마저 부분적으로 부정해 버린다.[23] 곧 예수와 아하스 페르츠의 대립은 야훼와 "위대한 靈"의 代理戰에 지나지 않으며, 이는 곧 인간이 만든 도덕적 굴레와 인간의 자유의지 사이의 갈등을 의미하는 것으로 결국은 신의 문제가 아닌 인간 존재의 근원적 심연에 닿아 있는 것이다. 따라서 반쪽 神의 논리에 집착해 온 아하스 페르츠의 한계와 절망을 극복코자 민요섭이 온전한 신을 만들어내지만 그것은 이미 신이 아니라 신의 이름을 빌린 새로운 인간논리에 불과할 수밖에 없었다. 결국 기독교의 부정에서 출발한 민요섭의 새로운 신 찾기는 실패할 수밖에 없고, 이는 민요섭의 새로운 神(인간의 자유의지에

---

22) 「사람의 아들」, 대본, pp.310~311.

23) "아하스 페르츠의 기독교에 대한 부정은, 하나의 방법론적 부정이었던 셈"이라며 민요섭이 찾아낸 새로운 신은 "참된 신이라기보다 기독교의 논리로 더 이상 합리화될 수 없는 지상의 카오스를" 정비할 새 논리의 도그마임을 밝히고 있는 이남호(op. cit., pp.330~331)의 지적은 상당한 설득력을 갖는다.

입각한 이상적 정의)을 용납할 수 없는 당대 우리 사회의 부정직하고 삐뚤어진 자화상이 빚은 당연한 결과이기도 하다.

따라서 아하스 페르츠와 예수의 관계도 인간성과 신성의 단순한 표면적 대립이라기보다 인간존재 본연의 근원적 질곡을 대립적으로 형상화한 것으로 의미확장할 수 있는 것이다. 이처럼 「사람의 아들」에서 아하스 페르츠와 예수의 대립은 그 표면적 의미 이상의 다층적인 상징성을 띠게 되는 것이다.

### (2) 額子小說의 形式을 통한 交通

이 소설은 額子小說의 형식을 취한다. 그리하여 민요섭의 반기독적 방황과 새로운 신 찾기의 과정을 그리고 있는 外話를 額子部에, 민요섭 행위의 根源因子인 아하스 페르츠의 諸神涉獵과 구도적 방황을 그리고 있는 內話를 내부 이야기에 각각 배치하여 相互交通의 談論構造를 보여주고 있다.

액자소설은 단일소설의 형태로는 독자의 공감을 얻기 어려운 비현실적이며 신비스러운 스토리를 독자에게 무리없이 전달하기 위한 방편으로 주로 채택된다. 「광화사」, 「광염소나타」, 「배따라기」, 「K박사의 연구」 등과 같은 1920년대 김동인의 단편소설에 이처럼 액자소설의 형식이 빈용된 것은 이 작품들이 모두 비현실적 소재를 취하고 있거나 奇人을 주인공으로 한 怪談에 머물러 있었던 것과 무관하지 않다. 그러나 「사람의 아들」이 액자소설의 형식을 취하는 요인을 20년대 소설과 동궤에서 파악하는 것은 무리가 있다.

물론 아하스 페르츠의 제신편력과 방황을 다루는 이 작품의 內話는 지극히 전문적이고 현학적이다. 뿐만 아니라 기독교를 송두리째 부정하고, 새로운 신을 찾아 기행적 삶을 일삼는 민요섭과 조동팔의 행각을 다루는 外話도 가히 충격적이다. 따라서 당혹스러워 하는 독자들을 위한 완충장치로서의 액자의 효용은 그 충분한 설득력이 있다.

이야기(story)는 편지나 일기를 통하여 이루어질 수가 있다. 혹은 일화
로부터 발전해 갈 수도 있다. 다른 여러 이야기를 내포하고 있는 틀 안
에 든 이야기(frame-story)는 역사적으로는 일화와 소설을 연결해 주는 다
리이다.[24]

　　여기서 "틀 안에 든 이야기"란 곧 액자소설을 가리키는 것으로, 인용부
분은 액자소설이 일화와 소설의 연결고리토서의 통로 역할을 하고 있음을
밝히고 있다. 즉 순수하고 명민한 신학도였던 민요섭이 열렬한 배교자가
되어 기행적 구도행각을 벌이기까지의 의식의 변화와 그 추이를 단일한 평
면적 서술공간에서 독자들에게 납득시키기엔 무리가 따르기에, 이를 아하
스 페르츠를 모델로 한 逸話의 형식에 담아 따로 서술하게 되는 것이다.
이렇게 함으로써 민요섭의 극단적인 현재와 과거의 삶이 혼란스럽게 직접
결합하는 것을 유예시켜, 지극히 관념적이고 철학적인 민요섭의 探神過程
에서의 思惟와 苦惱를 보다 객관적으로 현실감있게 독자들에게 각인시킬
수 있었던 것이다. 다시 말하자면 액자와 내부 이야기의 유연한 교통을 통
해 "작가의 自我를 억제하는 遠近法的인 客觀性과 事件經過의 距離化"[25]에
성공할 수 있었다는 것이다.

　　하지만 이 작품의 구도를 찬찬히 살펴 보면 단지 敍述의 信賴性을 확보
하기 위해 액자소설의 장치를 활용하고 있는 것만은 아니란 것을 알 수 있
다. 그것은 이 작품이 일단 살인사건을 소재로 한 추리소설로서, 그 종착지
는 사건의 해결로 나아가는 길목에 위치할 수밖에 없기 때문이다. 따라서
피살자 민요섭의 주변적 역사와, 사건을 해결해 나가는 수사관 남 경사의
존재가 작품의 주제와 맞물려 비중있게 다가옴을 느낄 수 있다.

　　우선 사건해결의 열쇠가 될, 이미 死者가 되어버린 민요섭의 과거, 그것
도 치열한 종교적 번뇌로 점철되어 있는 개인의 오묘한 일생을 자연스럽고
실감나게 반추할 수 있는 방법을 찾아 보자. 여기서 액자소설의 또 다른

24) 르네웰렉/오스틴 워렌, 김병철 역, 『문학의 이론』, 을유문화사, 1982, p.353.
25) 이재선, 『한국단편소설연구』, 일조각, 1986, p.100.

당위성이 제기된다. 현실에서 일탈한 삶을 살 수 밖에 없었던 死者 민요섭의 고뇌의 원천은 내부 이야기의 주인공 아하스 페르츠의 신화적 일화 — 생전의 민요섭 자신이 자아반추적 형식으로 기록해 두었던 — 를 통해 복원될 수 있을 뿐이다.

다음으로, 이 작품이 "敍述의 藝術的 意圖의 本質的인 道具"[26]로서의 액자소설의 이상적 기능을 달성하기 위한 장치로 설정된 남 경사의 존재에 주목할 필요가 있다. 남 경사는 액자부의 서술시점으로 설정되어 민요섭의 과거행적과 조동팔의 삶의 현장을 추적해 나갈 뿐 아니라, 아하스 페르츠의 구도적 삶을 다룬 민요섭의 노트, 즉 내부 이야기의 열람자로서 內話와 外話의 연결고리를 쥐고 있는 중요한 인물이다. 따라서 내부 이야기의 장중한 토운(tone)을 액자부의 현실 속에서 변용시켜 객관적으로 통합시켜 줄 수 있는 유일한 인물이기도 하다. 즉 남 경사의 서술시점을 통해 아하스 페르츠의 치열한 반기독적 구도의 논리(내부 이야기의 메시지)를 민요섭의 기행적 일상사(액자부의 실제상황)에 무리없이 접맥시킴으로써 "인간존재의 근원적 탐색과 구원의 희구"라는 이 작품의 참주제를 독자들에게 인상적으로 각인시킬 수 있었던 것이다.

이처럼 이 작품은 내화와 외화의 상호교통을 통해 변증법적으로 참주제를 재생산해내는 액자소설의 형식을 통해 무거운 주제를 효과적으로 형상화할 수 있었던 것으로 상정된다.


## 3. 結 論


「사반의 십자가」와 「사람의 아들」은 기독과 반기독의 대립상을 통해 우리 시대의 "믿음"과 "구원"의 문제를 진지하게 모색하고 있는 작품들이다. 두 작품이 모두 예수를 반기독의 비판적 시각에서 조명하고 있으나 그 내

---

26) 이재선, *Ibid.*, p.96.

적 형상화 방식에선 극명한 차이를 보인다.

「사반의 십자가」는 성서상의 무명의 주변인물을 주인공 사반으로 형상화하여 신성 일변도의 기독교적 가치체계에 도전해 본 작품으로, 지상의 현실적 유대독립을 갈구하는 사반의 의지와 모든 인류를 천상의 영광으로 인도하려는 예수의 이상을 반기독과 기독의 대립으로 설정하여, "인간과 신"의 갈등을 첨예하게 다루고 있다. 그러나 예수와 사반이 동시에 맞은 "지상에서의 좌절"을 통해 이들의 관계가 표면적 대립에 그치고 있음을 보여주는데, 이는 人間救援의 사실상 동일한 목표를 가진 두 사람의 세계관과 구원의 방법론 차이에서 초래된 것이다.

따라서 작가는 신과 인간의 조화를 위해 참다운 휴머니즘을 주창하면서, 성서와 야사를 조합한 역사소설의 형식을 통해 경직된 성경의 세계를 새롭게 재구하고 있다.

「사람의 아들」은 살인사건을 소재로, 한 종교적 이상주의자의 구도적 편력과 귀환과정을 그리고 있는 작품으로, 주인공 민요섭의 행적을 신화적 인물 아하스 페르츠의 구도적 삶에 병치시킴으로써 예수와의 심층적 대립을 유도해내고 있다. 예수와 아하스 페르츠의 관계는 기독과 반기독의 대립으로서, 신성과 인간성의 양립을 의미하는 동시에 "도덕적 굴레와 자유의지 사이의 갈등"이란 인간존재 본연의 근원적 질곡을 형상화한 것으로 볼 수 있다.

이는 다시 내부 이야기(내화)와 액자부(외화)의 상호교통을 통해 새롭게 주제를 변용시키는 액자소설의 형식에 의해 민요섭의 구도적 좌절과 접맥됨으로써 순수한 영혼의 새로운 신을 용납하지 않는 우리 사회의 암울한 현주소를 그대로 노정시키고 있는 것이다.

이제, 향후 우리의 기독교 소재 소설은 이 두 작품에서 그 한계와 가능성을 동시에 보여 주었듯이 "신과 인간"의 관계를 대립적 시각에서 유형화하기보다는, 인간존재의 근원적 해법을 제시하는데 주력해야 할 것으로 상정된다.

# 「川邊風景」의 創作動因 考察

## 1. 序 論

仇甫 朴泰遠의 「川邊風景」(『조광』, 1936.8~10, 1937.1~9)은 1930년대 식민지 수도 京城의 사회상을 극도의 객관으로 묘사하여 당대의 우리 문단에 세태소설 및 리얼리즘과 모더니즘의 논쟁을 뜨겁게 불러 일으켰던 화제의 작품이다. 박태원의 여러 작품 중 질량면에서 단연 괄목할만한 연구성과를 축적하고 있는 이 작품은 그간 모더니즘 관련의 시각, 리얼리즘 관련의 시각 및 문체와 담론구조에 대한 시각 그리고 영화적 기법에 관한 시각 등 갖은 연구방법론과 분석적 시야의 확충 속에서, 30년대 우리 소설의 지평을 드넓힌 문제작으로 평가받아 왔었다.

최재서가 그의 소론[1]을 통해 이 작품이 극도로 주관을 배제한 카메라의 영화적 기법으로 대상세계를 초정적 객관으로 그려냄으로써 '리얼리즘의 확대'라는 미학적 결과를 가져왔다며 그 기법적 성과를 찬양하자, 임화는 이 소설의 '작가의식 부재'를 문제삼아 '세태소설'이라 명명하며 지양되어야 할 부정적 현상의 결과물로 규정했다.[2] 그 이후 이 작품에 대한 연구와 평가는 애초의 이 두 논의를 단초로 하여 그 폭과 깊이를 확장해왔다 해도 과언이 아니다. 이를테면 임화의 '세태소설론'이 안고 있는 논리의 핵심고

---

1) 최재서, 「리얼리즘의 확대와 심화」, 조선일보, 1936. 10. 31~11. 7.
2) 임화, 「세태소설론」, 동아일보, 1938. 4. 1~6.

리인 '현실에 대한 정신적 능력의 무력함, 차별없는 대상 세계의 세부 묘사에 대한 집착'이라는 분석에 맞서, 오히려 이 소설이 지닌 현실비판의 요소와 서사전략의 용의주도함을 옹호하려는 논의들이 있는가하면 소설 속 화자의 기능과 성격을 집중적으로 분석함으로써 결국 이 소설이 무매개적인 세태묘사의 확대만이 두드러진 전형적 '세태소설'임을 확인해 주는 연구 등이 있었다는 것이다.[3]

그러나 이제까지 축적된 다양하고 숱한 연구성과들[4]에도 불구하고 아직 이 작품이 생성되어지게 된 創作動因에 대한 본격적 언급은 미미한 실정이다.[5] 「천변풍경」은 그 파격적 창작기법과 30년대의 정신사적 굴곡이 담긴 隱喩樣式으로 인해 우리 소설사의 한 페이지를 차지하고 있는 작품이니 만

3) 한수영, 「천변풍경의 희극적 양식과 근대성」, 『박태원소설 연구』, 깊은샘, 1995, p.349.
4) 안회남, 「박태원론」, 『문장』 1권 1호, 1939. 2, p.148.
   백  철, 「구인회 시대와 박태원의 모더니티」, 『동아춘추』, 1963. 4.
   정한숙, 「붕괴와 생성의 미학」, 『한국현대작가론』, 고려대출판부, 1976.
   이재선, 『한국현대소설사』, 홍성사, 1979, p.339.
   최진우, 『1930년대 도시소설의 전개』, 서강대 대학원, 1981.
   민병기, 「세태소설론」, 『마산대논문집』 v. 4, 1982, p.54.
   조옥지, 『천변풍경의 구조분석』, 고려대 대학원, 1982.
   이주형, 『1930년대 한국장편소설연구』, 서울대 박사논문, 1983.
   김영진, 『1930년대 세태소설의 연구』, 연세대 대학원, 1985.
   권영민, 「박태원의 도시적 감성과 소설적 상상력」, 『한국해금문학전집』, 삼성출판사, 1988, 작품해설.
   윤정헌, 「천변풍경 연구」, 『어문학』 v.49, 한국어문학회, 1988.
   서준섭, 『1930년대 한국모더니즘 문학 연구』, 서울대 박사 논문, 1988.
   나병철, 『1930년대 후반기 도시소설 연구』, 연세대 박사 논문, 1989.
   김윤식, 「고현학의 방법론」, 『한국문학의 리얼리즘과 모더니즘』, 민음사, 1989.
   김교봉, 「박태원 천변풍경 연구」, 『1930년대 민족문학의 인식』, 한길사, 1990.
   정현숙, 『박태원 소설 연구』, 이화여대 박사논문, 1990.
   문홍술, 「의사 탈근대성과 모더니즘」, 『한국문학』, 1994 봄 등.
5) 이에 대해선 박태원의 고교동창으로 9인회의 멤버였던 조용만의 짧막한 언급이 있을 뿐이다. ; 구보의 장편소설 "川邊風景"은 자기집 들창 밖에서 벌어지는 빨래터 이야기를 일본작가 武田麟太郎의 "銀座八丁"에 견주어 쓴 것이었다(조용만, 『30년대 문화예술인들』, 범양사 출판부, 1988, p.138).

치 이 작품의 근본적 胚胎要因에 대한 穿鑿 없이 그 미학적 구조나 작품의 가치를 운위한다는 것은 무의미한 일일 것으로 사료된다.

1930년대란 격변의 상황과 개인의 신변사가 조우해 빚어진 작품의 창작 동인을 고려하지 않거나 간과한 작품 분석은 一過性 假說의 양산일 수밖에 없기 때문이다. 본고에서는 이러한 문제의식에서 출발해 「천변풍경」의 창작동인을 고찰해 봄으로써, 많은 연구성과를 축적하고 있지만 앞으로도 지속적인 彫琢의 손길을 기다리고 있는 이 작품의 진정한 연구토대와 지침을 마련케 하는데 일조하고자 한다,

## 2. 時代的 動因

박태원이 본격적으로 등단하여 활약한 1930년대는 단순한 자연적 시공 이상의 의미를 갖는다. 그것은 日帝의 만주침략(1931)에서부터 카프(K.A.P. F)의 해체(1935), 중일전쟁(1937)에 이르는 당대의 표피적 현실의 이면에 주목할 필요가 있음을 말하는 것이 된다. 이러한 정치적 상황의 악화와 함께 일본 제국주의의 가속화된 경제식민화는 漢陽(대한제국 시절의 漢城)이란 고래의 전통도읍을 京城이라 이름지워진 近代都市로 변모케 했던 것이다.

그러나 서울(京城)의 근대화는 국가독점 자본주의의 난숙기를 맞고 있던 日帝의 便宜에 의한 외형상의 변모에 불과했다. 원래 대한제국의 멸망과 함께 독립주권국 수도로서의 통치기능을 상실한 한성은 일본 중앙정부의 통치를 받는 지방적 수도(subnational capital)로 격하되면서 그 규모도 1/8로 축소되었다.[6] 그러나 1930년대에 접어들면서 대륙침략의 전진기지로 긴요한 역할을 수행하게 된 한반도의 수도 경성이 여러모로 비대해지자 보다 효율적인 통치를 위해 일제는 그 공간의 재편에 착수하게 된다.[7] 이에 따

---

6) 임덕순, 『서울의 수도기원과 발전과정』, 서울대 박사논문, 1985.

7) 1934년 마련된 '조선 시가지 계획령'에 의해 구체적으르 진행된다(서준섭, 『한국모

라 조선총독이 조선의 시가지 구역 내에 풍치지구(주거지역, 상업지역, 공업지역), 미관지구, 방화지구, 풍기지구 등을 지정할 수 있게 되어 한국인의 편의, 이익과는 무관하게 경성 시가지의 공간 재조직이 행해지게 되었다. 이 과정에서 그들은 商圈에 따라 경성을 교묘히 분할하여 통치케 되는데 그 경계는 수도의 중심을 흐르는 청계천이었다. 일본인 거류지인 충무로 진고개 일대(본정통)에 대규모 신시가지를 조성한 총독부 당국은 이곳을 메인 스트리트로 삼고 일본인을 위한 각종 편의시설과 관공서, 상가 등을 을지로(황금정), 명동(명치정), 소공동(장곡천정)에 각각 구획 배치하여 "그 곳을 들어서면 조선을 떠나 일본에 여행나온 느낌"8)이 들 정도로 이 일대를 번창시킨다.

南村으로 지칭되는 일본인 위주의 이곳 너머, 청계천 북쪽 종로통 일대는 이른 바 北村이라 하여 한국인이 상권을 쥐고 있었다. 남촌만큼 화려하지는 않았으나 화신상회, 한청빌딩을 비롯한 현대식 건물이 즐비하여 나름의 외형적 근대화를 구가하고 있었다.9) 그러나 한국인의 諸實情을 전혀 고려치 않고 타율적으로 진행된 기형적 도시화는 상대적으로 또 다른 문제를 야기시켰다. 농촌의 상대적 피폐화와 인구의 도시집중화로 인한 실업자의 격증이 그 대표적 실례에 해당한다.

이 와중에서 특히 관심을 끌게 되는 것은 소위 식민지 화이트칼라의 심각한 실업률이었다. 일본의 경우, 계급구조에 있어 근대적 산업과 직업의 체계적 발달로 근대적 계급분화가 착실히 이뤄졌으나, 이와 상황이 같을 수 없는 식민지 한국에 있어서는 높은 교육열로 양산된 지식인 계층을 직업구조 속에 수용하지 못하고 도시의 룸펜으로 내몰 수밖에 없었던 것이다.10)

---

더니즘문학연구』, 일지사, 1988, p.22 참조).

8) 정수일, 「진고개」, 『별건곤』, 1929. 10, p.46.

9) 서준섭, *op. cit.*, pp.22~24.

10) 1930년 현재, 韓日 兩國의 계급구조를 도표화하면 다음과 같다(김영모, 「일제하의 사회계층의 형성과 변동에 관한 연구」, 『일제하의 민족생활사』, 현음사, 1982, p.624).

구보 박태원이 활동하던 1930년대는 바로 이러한 시대였던 것이다. 1909
년 1월6일(陰曆 己酉 十二月 七日), 서울 수중박골(京城府 茶屋町 七番地)에
서 출생한 박태원의 가계는 중인계층이었던 것으로 알려져 있다. 그것은
조부 이전부터 살아온 그의 출생지, 다옥정이 바르 청계천변을 끼고 있었
다는 사실과 무관하지 않은데 이곳은 이조시대 이래의 전통적인 중인계급
거주지역이었다. 이곳 천변에서 그의 아버지 朴容桓이 약국을, 숙부 朴容南
이 병원을 각각 운영하는 가운데 성장한 박태원이 북촌의 대표적 번화가인
이곳을 배경으로 「천변풍경」을 집필하게 된 것은 필연적 체험의 결과로 보
인다.

통역, 아전 등의 직능과 함께 전통적인 중인의 생업인 의약업에 종사했
던 구보의 집안은 당대의 대다수 중인 계층들이 그러했듯이 신문화를 기저
로 한 새로운 사회구조로의 계급재편에 주체적으로 가담한다. 식솔 대부분
이 신식의 고등교육을 받고 근대적 전문직에 종사했다는 것은 이를 입증하
고도 남는다. 동서양을 막론하고 근대화는 새로운 계층의 부상을 가져왔는
데 우리의 경우에도 예외는 아니었다. 士・農・工・商의 유교적 위계질서
속에서 그들의 전문적 기능을 제대로 대접받지 못했던 중인들에게 있어,
비록 일제에 의한 것이란 한계를 지니긴 했지만, 근대화란 새로운 상류계
층으로 부상할 수 있는 절호의 기회였다.

金容稷은 개화기 문인의 유형을 四分하여 고찰하면서 제4유형의 文人群
에 주목한 바 있다.11) 여기서 제4유형이란 非士林의 개혁파 출신으로, 反帝
와 反封建의 공통된 시대인식에서 출발했으나 일부는 민족의식의 고취와
그 구체적 표현에 해당하는 반제투쟁의 입장을 보류 내지 포기할 수밖에
없었던 이들을 말한다. 이처럼 당대의 새로운 상류층을 꿈꾸던 중인 및 기

| | 경영자 | 소산자 | 화이트칼라 | 기능공 | 미상 | 무직 |
|---|---|---|---|---|---|---|
| 한국 | 0.12 | 16.16 | 1.04 | 9.02 | 0.19 | 73.47 |
| 일본 | 9.54 | 5.26 | 31.14 | | — | 54.06 |

* 단위 : 인구율

11) 김용직, 「개화기 문인의 의식유형」, 『한국문학연구입문』, 지식산업사, 1982,
pp.480~483.

타 계층들에게 있어서도, 그들의 신분상승에 필요한 정도의 반봉건의식 외에 반제의식은 애당초 관심거리가 되지 않았을 수도 있다. 따라서 일제에 의한 근대화가 곧 식민화의 구체적 과정이라는 사실을 망각하거나 의식적으로 외면하고 시대의 흐름에 편승하여 그들의 입지를 재조정해 나갔던 것이다.

근자에 들어 숨은 개화사상가로 새롭게 평가되고 있는 劉大致가 서울의 廣橋 부근 관철동(청계천 일대)에 살았던 중인 출신의 漢醫로서 당대 북촌의 혁신적 양반자제들이었던 金玉均, 朴泳孝, 洪英植, 尹致昊 등에게 개화사상을 심어준 적극적 行動家였다는 사실은 근대화의 과정에서 이들 중인계층이 얼마나 개혁의 주체로서 능동적이었던가를 시사하는 좋은 방증이 아닐 수 없다.12)

원래 어린 시절부터 문학에 관심이 많았던 박태원은 이러한 시대적 여건13) 속에서 집안의 상승세에 부응해, 경성제일고보(경기고교의 전신)를 졸업한 뒤 1930년 가을, 일본 동경에 유학, 호세이대학(法政大) 예과에 입학한다. 정규교육보다 문학수업에 더 열중하여 한 때 학교를 그만 둘 정도의 자만에 차 있던 구보14)에게, 동경유학은 새로이 부상한 신세대의 엘리트로서의 자부심을 한껏 고양하는 계기가 되었던 것으로 보여진다. 그러나 동경 도착 직후, 춘원에게 보낸 것으로 추정되는 書信에서 식민지 화이트칼라의 나약한 열등감이 나타나기도 한다.

그러한 種類의 섭섭한 생각이엇습니다. 十三日朝에 東京에 到着하야 서는 先生님 일러 주시든 대로 本鄕을 物色하여보앗사오나 두가지 理由로 本鄕에 宿所를 定하는 것을 大略 半年間 延期하얏습니다. 첫재, 法政

---

12) 李光麟, 「숨은 개화사상가 유대치」, 『개화당 연구』, 일조각, 1985, pp.67~92참조.

13) 구체적으로 박태원의 경우는 숙부 박용남의 영향이 컸다. 그는 YMCA 촉탁의사로 있으면서 이상재, 윤치호(구보의 작품에서 선각자의 모델로 등장) 등 선각지성인 및 문인 양건식과 교류했다.

14) 제일고보 4학년 때, 남보다 뛰어난 천재는 정규의 학교교육이 불필요하다며 학교를 그만 둔다(박태원, 「순정을 짓밟은 춘자」, 『조광』, 1937.10, p.129).

通學에는 市電을 利用하게되는 까닭, 둘재, 그리고 가장 重大한 것은 帝大, 一高生에게 威壓當하는 感이 잇는 것.[15]

이러한 열등감은 그가 일본유학을 마치고 귀국한 뒤, 외관상 화려하게 근대화된 서울의 거리를 헤매는 실업자로 전락했을 때, 더욱 구체화된다. 더욱이 아버지의 작고 이후 가업인 약국을 물려받은 藥專出身의 兄, 震遠과는 달리 뚜렷한 상속이 없었을 뿐더러 직업도 없었던 그는 오직 비고정적 수입인 원고료에만 매달리게 된다. 특히 1934년 교원 출신의 金貞愛와 결혼하여 분가한 직후인, 1935년에서 1948년까지 슬하의 2남3녀를 얻으면서 모두 네 번이나 이사를 하게 되는 어려움을 당한다.[16]

이 시기의 어려움은 自畵像이란 副題가 달린 세 편의 연작소설 「淫雨」, 「偸盜」, 「債家」에 잘 나타나 있는데, 한 때 교편을 잡았던 부인이 곤궁을 견디다 못해 복직을 결심하게 되기까지 된다.

결국 아이로니컬하게도 조국의 식민화과정의 대가로 부상한 계층의 일원이었던 박태원은 그 혜택으로 화이트칼라가 되었으나 신세대의 엘리트로서의 프라이드를 만끽하기도 전에 그 자신도 식민지의 희생양이었음을 깨닫고 회의에 빠지게 되는 것이다. 이때 그가 바라보는 서울은 더 이상 휘황찬란한 근대의 편의 공간이 될 수 없었고 오직 소외감만이 감도는 싸늘한 곳으로 변모한다.

一定한 勤務處를 가지고는 있지 않으나, 그래도 每日같이 밖에 나갈 일이 생기고, 나가면 또 大概는 交通機關으로 電車를 利用하게 된다. 特히, '럿슈.아와'도 아니언만 나의 타는 電車는 언제던 滿員이다. 恒常 不便을 느끼고 있거니와, 朝夕 出勤, 退勤時의 煩雜은 이에 數倍할 것을 생각하니 자못 憂鬱하기 조차 하다.[17]

---

15) 박태원, 「편신」, 동아일보, 1930. 9. 26.

16) 정현숙, 『박태원 소설 연구』, 이화여대 박사논문, 1990, p.31 참조.

17) 박태원, 「만원전차」, 『박문』 17집, 1940. 2, p.16.

만원전차에서 박태원이 느끼는 불편은 군중 속의 고독이며 이는 일찍이 그가 도회의 이미지로 표현했던 "塵埃. 煤煙. 宏音. 殺風景. 沒趣味"[18]의 연장선상에 있는 것이다.

이와 같이 1930년대, 급속히 근대화된 경성의 뒤안길에서 부푼 기대와 덧없는 좌절의 세계를 공유했던 박태원의 당대적 체험은 향후, 자본주의적 난숙기를 맞이한 日帝의 상징적 식민화공간인 청계천변을 배경으로 당대 식민지 서민들의 萬華鏡的 삶을 담은 「천변풍경」을 저작케 한 창작동인이 되었던 것이다.


## 3. 處所的 動因


前言한 바처럼 박태원은 한일합방에 즈음한 1909년에 출생하여 幼少年期를 日帝 臣民政治의 발아기에 보낸 뒤, 자본주의 식민화의 절정기인 1930년대에 청년기를 맞음과 동시에 문단에 진출하게 된다.

그런 그가 성장한 곳은 일제하 경성의 상권을 남북으로 가른 분기점이었던 청계천변의 다옥정이었다. 이곳 茶屋町은 주로 中人계층들이 살고 있었던 곳으로 약국을 비롯하여 다방, 술집, 이발소 등 근대적 상가들이 밀집되어 있던 지역이었다. 박태원 집안의 선조는 주로 무관계통에 봉직한[19] 중인계층으로, 醫藥業을 生業으로 삼아 누대로 청계천변에서 살아왔다. 삼남매 중 맏이였던 박태원의 부친은 藥業에 종사하였으며, 숙부 朴容南은 양의사, 고모 朴容日은 신식교육을 받은 여학교 교사였다.

전형적인 서울 토박이의 중인계층 출신이었던 박태원의 이러한 가계적

---

18) 박태원, 「병상잡설」, 『조선문단』 4권 3호, 1927. 3, p.56.

19) 조선총독부 보관본인 密城 朴氏 世譜에 의하면 증조부 朴承鎭은 長仕郎, 조부 朴斗秉은 參事官을 지냈으며 부친 朴容桓은 主事였고 숙부 朴容南은 巫任敎官陞通政을 지낸 것으로 기록되어 있다(정현숙, 『박태원 문학 연구』, 국학자료원, 1994, pp.28~29).

배경은 근대지향적이며 문화수준이 높은 집안 환경에 덧붙여져 남다른 예술가적 기질의 발로로 작용하게 된다. 그런데 여기서 1930년대 식민지적 삶의 외형적 파편을 가감없이 조합해 내고 있는 「천변풍경」의 무대로 설정된 청계천변과 구보 박태원과의 운명적 조우는 이 작품 생성의 근원적 창작동인이란 점에 주목할 필요가 있다.

작품 「천변풍경」에 등장하는 숱한 인물들의 활동공간으로 설정된 처소적 배경은 실제로 구보가 누대로 살았던 바로 그곳으로, 여인들의 뉴스 교환소로서 관리인까지 있었던 빨래터, 최재서에 의해 이 작품 최대의 걸작이란 찬사를 받은[20] 작중인물 재봉이의 관찰 포인트인 이발소, 이 작품 속에서 가장 행복한 집안으로 재봉이의 친구 창수의 일터인 동시에 안잠자기 귀돌어멈의 애환이 서린 한약국, 여급 기기꼬, 하나꼬와 금순이의 생활터전인 평화 카페, 고무신의 출현으로 가게를 청산해야만 하는 시대적 비애을 대변하는 신전집(하숙옥으로 바뀜), 깍정이(거지)들의 보금자리인 다리 밑 등을 위시해 한양구락부, 근화식당, 포목전, 은방, 나뭇장, 당구장, 극장, 양약국, 술집, 백화점 등의 모든 근대화공간이 망라되어 있다.

문제는 30년대 日帝에 의한 자본주의적 식민화의 도정에 있던 경성 한복판 청계천의 생태를 압축해 보여 주고 있는 이러한 지형적 구도가 구보 박태원의 생활근거지에서 비롯된 것으로 작품 속의 이들 배경이 實事的 모델로 제시되고 있다는 사실이다.

당시의 실제 세팅(setting)을 박태원이 거주했던 청계천변의 다옥정 7번지를 중심으로 조감해 보면[21], 부친 박용환이 경영하던 共愛堂藥局(박태원의 거처)의 바로 한 집 건너 물감집을 사이에 두고 그의 숙부 박용남[22]이 경영

---

20) 최재서, *op. cit.*

21) 깊은샘 발행의 『천변풍경』(1989. 2)에 박태원의 생가와 당시 청계천 주변의 약도가 상세히 게재되어 있다.

22) 朴容南은 官立京城醫學校 제2회 졸업생(1903. 7. 8)으로, 1909년 「醫學新報」 발행에 주도적 역할을 담당했으며 최초의 순수서양의학 진료기관인 대한의원에서 「東西醫學方」을 발행할 때는 西醫方에 의한 家庭救急方을 편집하기도 했다. 한국 최초의 개업의 중 한 사람이었던 그는 다옥정 7번지에서 박태원의 가족과 같이

하던 共愛醫院(다옥정 5번지)이 자리하고 있었음을 알 수 있다. 형제가 함께 경영하는 약국과 의원이 같은 공간에 붙어 있음으로 해서 공애의원의 처방전을 받아 공애당약국에서 조제하기가 수월했던 것이다.

그리고 공애의원의 오른쪽에 신전과 카페가 나란히 들어서 있고 골목을 지나 연이어 풍년제과란 상호의 제과점이 붙어 있었다. 광교 다리 못 미쳐 그 南쪽으론 지물포와 백상회가 남대문로를 따라 연이어 있었고 이들 구역을 청계천이 남북으로 가로지르고 있었다. 광교다리 건너 청계천 북쪽엔 좌측에 화평당약국과 미나도모자점이, 우측에 삼화금은방, 포목전, 종로양복점, 은행 등이 관철동을 끼고 보신각까지 이어져 있었다.

한편 박태원의 집 바로 건너편 청계천 북쪽은 중부서린동이었는데 나뭇장과 인력거병문이 있었고 박태원의 집을 훨씬 지난 좌측에 청계천을 남북으로 잇는 배다리가 놓여져 있었으며 이 배다리를 또 훨씬 좌측으로 지나 모교다리가 놓여져 있었다. 그리고 모교다리 바로 앞의 북쪽 천변에 李雲鄕이발관이 자리하고 있었다.

이들 실제의 배경은 그대로 「천변풍경」의 작중배경으로 치환되어 당대 서민들의 생활상을 부각시키는 핵심제재로 활용되고 있다. 즉 박태원의 집(공애당약국)이 서울 도심을 남북으로 분할하는 청계천 이남의 중심에 위치하여 소설내 가상공간의 처소적 동인이 되게 함으로써 천변의 만상을 세밀하게 카메라의 앵글에 담듯이 효과적으로 조감하는데 기여할 수 있었던 것이다. 작품 속에서 독자가 만나게 되는 모든 작중인물들은 사실은 박태원의 천변동네사람들의 작중모델인 것이다. 작품 속에서 유일하게 긍정적이며 다복한 집안으로 묘사되는 한약국집은 바로 박태원의 집을 모델로 한 것이며 안잠자기 귀돌어멈은 실제 박태원 집안의 행랑채에서 잡일을 거들던 여인이었다. 여급 하나꼬와 기미꼬의 비애가 깃든 직장, 평화카페와 세류의 유행 속에 몰락하는 신전집은 박태원 집으로부터 광교 쪽으로 지척에 있던 이웃이었다. 뿐만 아니라 이발소 사동 재봉이가 관찰하듯이, 포목전

살다가 바로 옆의 5번지에 공애의원을 개업한 것으로 알려져 있다(정현숙, *op. cit.*, 국학자료원, 1994, p.32 참조).

주인이 매일 아침 다방골의 자택 골목에서 나와 배다리를 건너 북쪽 천변을 따라 광교에까지 이르며 그의 포목전이 광교 모퉁이의 큰 길거리에 위치하고 있다는 작중상황은 실제의 당대 청계천변의 약도와 완벽하게 일치하고 있는 설정이다.

그러나 여기서 눈여겨볼 것은 이러한 모든 작중상황과 당대 실제의 처소적 배경과의 일치에도 불구하고 한 가지 괴리가 발견되고 있다는 점이다. 그것은 바로 李雲鄕理髮館이란 상호의 이발소의 위치로서, 작중메신저 재봉에 의하면 이 이발소는 광교와 배다리 사이의 북쪽 천변에 위치하고 있다고 서술되고 있다. 그러나 실제의 당시 약도에 의하면 관찰자 재봉이가 근무한 문제의 이발소는 작품상의 이 위치보다 훨씬 왼편으로 배다리를 지나 모교다리 앞에 위치하고 있다. 따라서 포목전 주인이 골목길에서 나와 배다리를 건너 북쪽 천변을 건너 자신의 점포가 있는 광교 쪽으로 가는 것을 이발소 창문을 통해 관찰한다는 것은 현실적으론 불가능한 것이 된다. 오히려 그 맞은 편에 위치한 박태원의 집에서나 관찰과 목격이 가능한 것이다. 결국 조용만의 지적처럼 박태원이 자기집 들창 밖으로 보이는 천변의 만상을 소년의 천진한 감성에 의탁해 정교하게 소설화한 것임을 알 수 있다. 때묻지 않은 소년의 시각을 통한 현실반사는 그만큼 강한 시사성을 갖게 됨에 착목한 것이다. 그러기 위하여 자신의 체험적 목격을 허구화하는 과정에서 다른 부분들은 거의 실제의 위치대로 배치하였으나 자신의 집 건너 훨씬 왼쪽에 있던 이발소만은 바로 자신의 집 맞은 편으로 옮겨, 초연하고 냉철한 관찰자 재봉이로 하여금 자신의 목격상을 역투사시키게 하였던 것이다.

이처럼 1930년대 일제 식민자본주의화의 상징적 공간이었던 청계천변이 작품 속에서 리얼하게 다가올 수 있었던 것은 작가 박태원의 생장환경으로서의 체험내적 요인이 크게 작용했던 것이다. 그만큼 이 작품에서의 공간적 배경으로서의 역할과 의의는 지대한 것이라고 할 수 있다.

이러한 장소로서의 공간적 영역은 인간의 삶이 있는 곳 모두를 두루 포괄해야 하므로 참으로 방대하면서도 어쩌면 무변한 것으로도 볼 수 있다.

어디서부터 손을 대서 그것을 분류하고 묶어내야 할지 난감한 문제일 것이다. 이 세상에 살고 있는 사람들이 각기 자기 나름의 공간에서 독자적으로 삶을 영위하고 있기 때문에, 삶의 양태가 다른 만큼의 공간적 영역을 설정해야 한다면 이 작업은 불가능에 가깝다고 봐야 할 것이다. 그러나 인간의 삶이 아무리 복잡다기하고 독자적이더라도 어떤 공통점은 있기 마련이다.[23] E.M.Forster는 無限大처럼 보이는 인간생활의 가장 중요한 요소를 "출생, 음식, 수면, 사랑, 죽음"의 다섯 가지로 요약한 바 있지만[24], 분명히 당대의 인간사적 내력을 집약적으로 추출할 수 있는 공간적 상징을 작가는 만들어낼 수 있어야만 할 것이다.

이 작품에서의 당대 서울도심의 치밀한 풍속묘사에 대해 박종화는 다음과 같이 찬탄을 금하지 못하고 있다.

> 이 作家의 크나큰 力量에 고개가 몇번인지 숙여졌고 더욱이 모더니스트인줄만 알았던 이 작가에게 눈꼽만치도 버터 냄새나 사시이 냄새가 안나는 데는 眞實로 마음속에서 복종해서 기뻤다. <川邊風景>을 通讀하고 나니 아하! 泰遠은 純粹한 朝鮮學派 文人이다. 그보다도 더 한걸음 나아가 경알이(서울)과 문인이다. 마치 저 서학(西鶴)이 江戶文學을 수립해 놓듯이 태원은 「천변풍경」 하나로 순수한 경알이 문학을 세워 놓았다 해도 過言이 아닐 것이다.[25]

이런 시각에서 박태원의 「천변풍경」은 30년대 식민지의 서민적 군상을 가장 적나라하게 압축해 보인 이 시대의 공간탐색적 가치를 가지게 되며 그것은 바로 작가 자신의 생래적 환경공간을 최대한 활용한 "경알이"문학으로서의 처소적 동인이 절묘히 작용함으로써 가능한 것이었다.

---

23) 조동길, 『한국현대장편소설연구』, 국학자료원, 1992, pp.88~89.
24) E. M. Forster, 정병조 역, 『Aspect of the Novel』, p.54.
25) 박종화, 「천변풍경을 읽고」, 『박문』 6호, 1939. 3.

# 4. 比較文學的 動因

「천변풍경」의 양식적 특성은 이 작품이 주변적 인물의 군상들을 통해 세태관조의 시선을 보여주고 있다는 데서 비롯된다. 물론 이러한 특성이 이 작품에 대한 평가를 극단의 쟁점에 서게 하는[26] 요인이 되게 하는 것도 사실이지만 또한 오늘날까지 이 작품을 소설사에서 운위하게 하는 가장 변별적 특질임을 부인할 수 없다.

「천변풍경」에는 청계천변의 궁핍상과 서민적 양태를 그대로 대변해 줄 수 있는 숱한 하층계급의 인물들이 장면의 전환과 함께 여기저기서 출몰하고 있다. 이들 서민들의 삶의 양태는 다양한 가족구조와 더불어 그들의 어려운 세상살이를 물흐르듯 자연스럽게 드러나게 하고 있다. 조동길은 이 작품에서의 가족구조를 비정상적인 가족 관계, 원만스럽지 못한 부부 관계, 불륜의 관계, 축첩으로 인한 관계 등으로 정리하면서 서민의 애환을 중시하는 작가의 현실인식이 드러난 점에 주목하고 있다.[27] 결국 전통적 가치관과 생활구조가 근대화. 도시화란 이름으로 해체되어 가던 30년대 중반, 서울의 가장 대표적 근대화 공간인 청계천에서 성장한 작가의 감수성이 이곳을 배경으로 한 체험적 삶의 군상을 낳게 한 것인데, 이에는 작가 박태원이 평소 우리 고전은 물론 외국 작품에 열중하고 외국어에도 상당히 노력했다는 사실[28]과 아울러 일본 유학의 영향적 동인이 크게 작용했다는 점을 빼놓고 논의할 수 없다.

흔히 영화적 기법의 하나인 "카메라 아이(camera-eye)"식 서술로 이야기되

---

26) 이 작품에 대한 엇갈린 평가의 대표적인 것이 최재서의 평(「리얼리즘의 확대와 심화」, 조선일보, 1936. 10. 31∼11. 7)과 임화의 「세태소설론」(동아일보, 1934. 4. 1∼6)이라 할 수 있다.

27) 조동길, 『1930년대 후반기 한국장편소설 연구』, 고려대 박사논문, 1990, pp.128∼129 참조.

28) 김우종, 『한국현대소설사』, 성문각, 1982, pp.281∼282.

는 「천변풍경」에서의 세태관조적 시점은 일본 유학시절 많은 영향을 받은 것으로 추정되는 일본의 대표적 市井作家 武田麟太郎[다께다린따로우]의 作風에서 기인한 것으로 보인다.

武田麟太郎은 1904년 大阪市 南區 日本橋東一丁目에서 경찰서장이었던 武田左二郎의 아들로 태어나 1946년 肝硬變症으로 急死하기까지 크게 다섯 시기로 대별되는 작품활동을 보인다. 그 다섯 시기란 新感覺派的 技法에 의한 프로문학의 사상적 영향이 강하게 나타났던 제1기, 프로문학의 정치주의적 편향에서 탈피해 일본 서민문학의 개척자였던 井原西鶴(江戶時代)의 경향으로 소위 "市井事"의 작품화에 정진했던 제2기, 현실을 긍정 또는 부정하던 양측면을 통합해 사실과 상징의 융합에 주력했던 제3기, 상징적 리얼리즘의 완성에 주력했던 제4기, 그리고 마지막으로 후기상징주의의 세계로 정리될 수 있는 제5기를 각각 말한다.[29]

그런데 여기서 주목해야 할 것은 바로 제2기로서, 바로 이 시기에 일본 문단에 風俗小說에 대한 논의의 실마리를 제공했던 「銀座八丁」을 발표한 것이다. 武田이 이 작품을 발표한 것은 1935년으로서 박태원이 「천변풍경」을 발표하기 직전이었다.[30] 1935년(昭和9년) 8월22일부터 동년 10월20일에 걸쳐 夕刊 朝日新聞에 연재되었던 「은좌팔정」은 武田 특유의 市井事 手法으로 당시 동경 유흥가 銀座의 "빠"의 생태를 선명하게 포착함으로써 풍속소설의 대표작이 되었던 것이다. 西銀座의 술집 "로오돈"(ロオトン)을 배경으로 여주인 아끼꼬, 바텐더 후지야마, 여급 노리꼬를 비롯하여 사악한 정치잡지 기자 이가라시, 순정파의 관리 나까노, 아끼꼬의 후원자인 귀족 나이다 등 여러 인물들이 펼치는, 유흥가를 둘러싼 추악한 권모술수의 비정과 그 속에서 극명히 노정되는 인간 본연의 삶의 양태가 이 작품에선 비교

---

29) 『日本近代文學大事典』, 講談社, 1984, pp.879~880. 참조.

30) 프로문학에서 전향한 후, 문학의 서민화에 주력해 市井作家란 칭호를 받았던 武田의 풍속소설은 中島健藏(新潮社刊『銀座八丁』해설, 1939)에 의해선 긍정적 평가를, 中村光夫(「풍속소설론」, 『文學界』, 1950년 5월호)에게선 부정적 평가를 받으면서, 일본 사소설이 풍속소설로 이행하는 한 뚜렷한 궤적을 보여주고 있다.

적 담담한 필치로 그려져 있다. 따라서 「천변풍경」과의 상당한 흡사성을 보여주고 있으나[31] 작중인물 나까노의 대사를 통해 간간이 노정되는 사상성의 경향과 비교적 한정된 인물에게로 집중된 플롯의 협착성 등은 「천변풍경」과의 뚜렷한 차이를 드러내는 것으로 볼 수 있다. 그러나 1930년 동경유학에 나서 일본문단의 기류에 접하고 그 감각을 익혔던 박태원으로선 武田의 시정사적 경향의 소설에 시사받은 바가 자못 컸을 것으로 상정된다. 그것은 「은좌팔정」의 발표보다 2년 앞선 1932년, 박태원이 일본에서 귀국한 직후 武田에 의해 『중앙공론』(1932. 6)에 발표되었던 「일본삼문오페라」와의 대비를 통해 보면 분명히 나타난다.

브레히트의 풍자극 「삼문오페라」에서 제명을 따온 이 작품은 淺草(아사쿠사)의 서민아파트에서 생활하는 잡다한 남녀의 군상들을 통해 당대일본의 사회상을 초점적 시선으로 조명하고 있어 청계천변 하층민의 생태를 관조적 시선에서 보여주려 한 「천변풍경」에서의 분위기를 그대로 연상시킨다.

> 흰 구름, 광고애드발룬이 둥실둥실 두세 개 공중에 떠 있다. 도오꾜의 고층 석조건물의 각도 사이로 보여서, 그것들이 햇볕관계로 반짝반짝 은회색으로 빛나고 있는 모양은 근대적인 도시풍경이라고 사람들은 말하고 있다. {……} 아사꾸사 공원[淺草公園]의 두쪽, 다하라 동[田原町]의 파출소 앞을 서쪽으로 꼬부라져서 조금 가면 폐사(廢寺)가 된 채 빈터로 남겨진 장소가 있다. 수 많은 묘석(墓石)은 쓰러져서 흙에 묻혀 있고, 그 사이에 푸른 잡초가 나 있는 것이 낡은 솔탑파(率塔婆)를 이용해서 만든 울타리 틈으로 보인다. 다시 눈을 돌리면 이 스산한 묘지를 향해서 매우 경사진 3층집이 있음을 알게 될 것이다.[32]

---

31) 뿐만 아니라 「천변풍경」이 1936년과 1937년에 걸쳐 전반부 게재분과 속편으로 나뉘어 『조광』지에 분재되었던 것처럼, 이 작품 역시 「은좌팔정」과 「속은좌팔정」으로 나뉘어 분재되었던 것으로 알려지고 있어, 양자간의 상관성을 더욱 짙게 한다.
32) 김용제 譯, 「일본삼문오페라」, 『일본대표작가백인집』 제1권, 희망출판사, 1966, p.366.

박태원이 자신이 체험했던 청계천변에서의 기억을 「천변풍경」에 고스란히 펼쳐 놓았듯이, 武田도 한 때 자신이 거주했던 아사꾸사의 생태를 「일본삼문오페라」에서 객관적으로 정밀하게 묘사하고 있다. 이 작품에서는 모두 8가구의 삶의 모습이 문제의 아파트를 중심으로 전개된다. 도오꾜 공중선전회사의 애드벌룬을 관리해 주고 수당을 받는 이 3층아파트의 주인은 따로 日賦貸金의 소개업도 겸하면서 아파트에 세든 이들의 임대료를 합해 그의 가족들(아내와 아이들)과 생활하고 있다. 「천변풍경」의 등장인물들이 일부분의 사람들을 제외하곤 거의 생활고에 시달리는 하층민이듯이 이 작품에서도 아파트주인 이외의 인물들은 하나같이 하층 서민들이다. 이 아파트의 세입자들인 이들은 요시하라 유곽의 기둥서방 여편네들을 비롯하여 여염집 할아버지와 열애에 빠진 창극극장의 과자행상 할머니, 포목경매의 사꾸라 노릇을 하는 정부와 동거하는 카페의 여급, 사랑했던 여인에게 돈만 뺏기고 배신당하는 곱사등의 요리사, 주인의 방값 독촉에 시달리며 제자 둘을 데리고 사는 여자 창인과 이들이 나간 뒤 들어오게 되는 10명의 소독제 행상소녀들, 그리고 세입자들의 대표로 방세인하 교섭의 임무를 부여받은 영화관 변사 등이다.

　　작가는 어느 인물에게도 카메라의 초점을 고정시켜 선별적으로 부각시키지 않고 영화관 동맹파업을 주도한 노조간부인 변사가 신문기자와 짜고 위장자살을 시도하다가 수면제 "베로날"의 치사량을 조절하지 못해 죽고 마는 희화적 장면을 일점의 감정표출도 없이 묘사하여 끝맺게 되기까지 초객관적 관조의 시선을 유지하고 있다. 따라서 이 작품에서는 플롯을 주도하는 주인공은 결코 존재하지 않게 된다.

　　　저녁나절, 아파트 주인은 광고애드발룬을 내리기 위해서 위층 빨래너는 시렁에 올라온다. 그곳은 비바람에 썩어서 꺼멓고, 그가 걸을 때마다 삐걱삐걱 소리를 낸다. {……} 빨래너는 시렁 위는 지도자의 방으로되어 있는데 그는 정오 전부터 잠든 채 아직 깨지 않는다. 석간신문의

마감시간은 물론 지났고 벌써 석간도 배달되어 와 있다. 그러나 별로 이
상한 기사도 없었던 모양이다. {……} 결국 흰 다비의 애교있는 지도자
는 아무에게도 깨워지지 않은 채 언제까지나 혼수상태를 계속할 것이
다.[33]

　　마찬가지로 「천변풍경」에서도 작가의 주관이 철저히 배제된 채, 어느 인
물에게도 서술자의 시점이 고정되지 않는다. 다만 세태를 관조하는 작가의
靜觀的 現實認識을 읽을 수 있을 뿐이다. 이처럼 박태원의 「천변풍경」에 드
리워진 武田麟太郎의 그림자는 무척이나 깊다.
　　이밖에도 19세기 영국의 대표적 풍속작가 윌리엄 새커리(William
Thackeray)의 「Vanity Fair 허영의 시장」(『Punch』, 1847)과의 상사점도 주목을
끄는 대목이다. 이들 두 작품이 비록 직접 영향을 授受한 情況을 발견할 수
는 없지만, 공간적 배경의 중시, 핵심주인공이 없는 서술구조, 장별 구성의
형식 등 몇 가지 중요한 점에서 결코 우연의 일치라고 할 수만은 없는 흡사
성[34]을 접하게 되는 것이다.
　　따라서 1930년대 우리 문단의 화제작 「천변풍경」은 자본주의 난숙기를
맞은 일제하, 식민지 화이트칼라의 고뇌의 산물로서의 時代的 動因과 작가
의 생래적 환경공간에서 기인하게 되었다는 處所的 動因에 더하여 외국문
학 동향에 대한 작가 박태원의 발 빠른 행보가 낳은, 諸動因의 복합적 산물
로 볼 수 있는 것이다.

---

33) *Ibid.*, p.381.
34) 양자는 다같이 공간적 배경을 작품의 주요근저로 삼고 있지만, 「천변풍경」이 하
　　류계층을, 「허영의 시장」이 상류계층을 다루고 있다는 점에서 구별된다. 또 양
　　자는 작품을 주도하는 뚜렷한 주인공 없이 수많은 등장인물을 출현시키지만 「
　　천변풍경」에 비해 「허영의 시장」은 플롯을 일관하는 핵심적 인물(베키와 아밀리
　　아)을 둔다는 점에서 대비된다. 이와 함께 양자는 모드 장별 구성의 형식을 취하
　　고 있으나 「천변풍경」(전50장)이 초객관적 화자와 작중인물의 관찰로 서술해 나
　　가는데 비해 「허영의 시장」(전67장)은 적극적 서술자의 개입으로 작품구성의 유
　　기성을 인위적으로 다진다는 점에서 확연히 틀린다.윤정헌, 「「천변풍경」연구」,
　　『어문학』 49집, 한국어문학회, 1988, pp.95~110 참조).

# 5. 結 論

본고에서는 그간 우리 소설연구사에서 많은 성과를 축적하고 있는 박태원의 「천변풍경」에 대한 근본적 창작동인을 고찰해 봄으로써 이미 固形化된 이 작품의 평가에 색다른 단서를 제시하고자 하였다.

본고에서의 논의를 요약하면 다음과 같다.

첫째, 조국식민화과정의 대가로 부상한 계층의 일원이었던 박태원은 그 혜택으로 화이트칼라가 되었으나 신세대 엘리트로서의 자긍심을 만끽하기도 전에 경제적 어려움을 당하면서, 그 자신도 식민지의 희생양이었음을 깨닫고 서울 도심 속에서 심한 소외감을 느끼게 된다. 이처럼 30년대 급속히 근대화된 경성의 뒤안길에서 부푼 기대와 덧없는 좌절의 세계를 두루 체험했던 박태원의 當代的 履歷이 「천변풍경」을 낳게 한 시대적 동인으로 작용했던 것이다.

둘째, 박태원의 생장지였던 청계천변의 다옥정 7번지(공애당약국) 인근은 일제에 의한 타율적 근대화가 진행되던 당대 서울 도심의 대표적 공간으로서, 바로 옆의 숙부댁(공애의원)을 위시해, 물감집, 신전, 카페, 제과점, 지물포, 모자점, 금은방, 포목전, 양복점 등이 망라되어 있었다. 이들은 그대로 「천변풍경」의 공간적 배경으로 원용되어 30년대 식민지의 적나라한 삶의 군상을 요연하게 압축해 보이는데 일조하고 있다. 따라서 박태원의 생래적 환경공간으로서의 세팅(setting)이 「천변풍경」의 처소적 동인으로 강하게 작용하고 있음을 알 수 있다.

셋째, 평소 외국문학에 지대한 관심을 보였고 일본 유학의 도정을 밟았던 박태원의 문학수련사에 비추어 「천변풍경」 생성에 있어서의 비교문학적 동인도 결코 무시할 수 없다. 특히 30년대 일본의 대표적 市井事小說家, 武田麟太郎의 「은좌팔정」, 「일본삼문오페라」 등의 작품들에서 보여지는, 시점의 분산을 통한 정관적 세태관조의 기법은 비슷한 시기에 발표된 「천변풍경」의 가장 핵심적 기법과 맞닿아 있는 것으로 양자간의 깊은 영향 수수관계를 상정하게 한다.

이상의 논의를 통해 감지되는 바와 같이, 「천변풍경」은 1930년대적 상황 속에서 한 문인의 감수성이 빚어내게 된 것으로, 여러 動因의 복합적 산물임을 부인할 수 없는 것이다.

# 小說과 映畵의 거리

― 「하얀 전쟁」의 경우 ―

## 1. 영상문학의 성립과 전개

오랫동안 사람들은 문학과 인접예술 사이에 경계를 그어, 마치 처녀의 순결을 운위하듯 조심스레 서로를 구별해 왔다. 이는 특히 제7의 예술[1]이라 하여 가장 늦게 태동한 영화와의 관계에서 더욱 예민하게 표출되어져 왔는데, 그것은 영화가 그 화려한 은막의 위세를 업고 급속도로 대중예술의 주도세로 성장하였다는 점, 그리고 영화의 스토리(내용)가 대부분은 기성 문학작품을 원전으로 하고 있거나 꼭 그렇지는 않더라도, 영화화의 전 단계로 필수불가결한 시나리오가 결국은 문학의 영역에 속할 수밖에 없다는 사실에서 기인한 것이다.

문학은 정통성을 가진 고결한 것이며, 영화는 自己正體性이 없는 주변적이고 대중적인 것이라는 인식이 오랫동안 사람들의 뇌리를 짓눌러 오게 된 것은 예술의 장르적 특성 이전에 정신사(精神史)적 배경과 무관하지 않다. 즉 모든 文學이 詩(敍情詩, 敍事詩, 劇詩)로 치부(置簿)되던 기원전 고대의 장르 미분화시절부터 인간의 예술혼을 줄기차게 문자로 대변해 온 문학에 대한 맹목적이고 타성적인 집착과 신뢰가 정신사적 기반 없이 카메라 조작의 공허한 매커니즘을 통해 삽시간에 대중성을 혹득한 것처럼 보이는 영화

---

[1] 영화탄생 이전에 이미 존재한 건축, 조각, 회화, 음악, 무용, 문학 등 6가지 예술에 이은 일곱 번째의 예술이라는 뜻이다.

를 애써 괄호 밖으로 밀어내려 하고 있기 때문이다.

그러나 이제 이러한 형식적 분류와 차별은 더 이상 지탱하기 힘든 고답주의자의 메아리에 불과하게 되었다. 그것은 문학과 영화에 대한 이러한 피상적 선입관이 문학과 영화 모두에게 있어 결코 득이 될 수 없는 근시안적이고 분파주의적인 자기방어의 단견임을 새로운 문화의 패러다임이 깨우쳐 주고 있기 때문이다.

예술(특히 문학)은 자연과는 구별되는 인간의 심미안적 창조행위이다. 그런데 선사시대의 이것은, 글이 없었던 관계로 원시행위예술의 형태로 존재하면서 구비문학의 범주를 형성하고 있었다. 당시의 지역적 민속적 특성을 엿볼 수 있는 설화나 부족의 정체성을 제고하고 있는 영웅서사시 등이 그러한 것들로서, 이들은 문자의 생성과 함께 문자문학(文字文學)의 모태를 이루게 되었다. 그리고 그야말로 오랜 세월 동안 문학(문자문학)은 예술의 가장 정통성을 가진 적자(嫡子)로 군림하면서 인간사(人間事)를 배경한 미적 이념을 활자모드로 표출하게 된다. 그러는 사이 문학은 고착적 정형성의 범주를 형성하면서 고답적(高踏的) 정체성(正體性)을 띠게 되었다.

정치사회사의 굴곡 속에 사조적 부침(浮沈)을 거듭하면서 문학이 시대정신을 대표해 오는 동안 산업혁명 후의 근대사회를 배경으로, 근대과학을 직접 원용하여 등장한 영화는 그 근대적 기업성을 무한한 발판으로 삼아 급속히 성장했다. 1895년 프랑스의 사진사 형제인 루이 류미에르(Louis Lumiere, 1864~1948)와 오그스트 류미에르(Auguste Lumiere, 1862~1954)에 의해 시네마토그래프(cinematographe)의 형태로 첫 선을 보였던 영화는 그후 마술사 출신의 죠르쥬 멜리아스(Georges Melies, 1861~1938), 미국 에디슨스튜디오의 촬영기사 에드윈 포터(Edwin S. Poter, 1869~1941) 등에 의해 극영화의 형식을 갖추면서 대중문회의 총아로 자리잡아 가게 되는 단초(端初)를 보인다.

멜리아스가 1902년에 만든 「달세계의 여행」에서 큰 감명과 충격을 받아 포터가 1903년에 만든 「대열차강도」(大列車强盜)는 여러 가지 면에서 눈길을 끌게 하였다. 우선 이 작품은 그때까지 영화의 주류를 이루던, 무대의 연극을 한 곳에서 그대로 촬영하는 생동감 없는 연극의 필림화에서 벗어나 연극적 연기(演技)가 아닌 새로운 액션을 카메라에 담아 편집을 하였다. 즉 한 줄거리를 여러 장면으로 나누어 촬영하고 이것을 편집해서 재정리한 한 편의 권선징악적 극영화였던 것이다. 서부의 철도를 습격하는 집단강도와 이것을 추격하는 자경대(自警隊), 그리고 서부의 대자연이 스크린에 꽃피고, 액션(活劇)의 박력이 멜리아스 류의 세트에서는 표현할 수 없는 영화의 독자적 매력을 만끽하게 하였다. 영국에서 개발된 대사(大寫)와 화면전환의 기법이 대중영화의 테크닉으로 자리잡게 된 효시도 이 영화였다. 물론 기술적으로는 아직도 유치한 단계를 벗어나지 못한 것이긴 했어도 피사체와 같이 움직이는 이동촬영의 시도는 그후의 미국 서부극영화의 모체가 되는 촬영기법으로 자리잡게 했고, 나아가 오늘날의 극영화 형식의 창안에 일조(一助)하였다.

이후 영화는 1911년에서 1913년 사이, 미국 로스앤젤레스 근교에 할리우드란 이름의 영화제작촌이 개발됨에 따라 그 발전에 더욱 가속이 붙게 되었다. 세실 비 데밀의 「스코우맨」(1913)은 이곳의 곡물창고에서 제작된 것으로 당시의 기념비적 작품의 하나였다. 이처럼 미국 영화가 천혜의 제작 메카를 얻어 입지를 넓혀 가는 동안, 유럽의 영화들도 저마다의 특색을 가진 극영화를 꾸준히 개발해 냈다. 주로 활극에 치중한 미국 영화에 비해 예술화를 지향했던 프랑스 영화는 오히려 본질을 상실한 감이 있었다. 반면, 자국의 고대 유적을 십분 활용한 이탈리아의 고대사극영화2)와 북구의 신비를 영상화한 덴마크 영화가 주목을 끌었다.

영화사(映畵史) 가운데 처음으로 요부(妖婦)를 상품으로 내놓고 키스장면을 간판으로 삼았던 덴마크 영화3)가 몰락한 후, 그 예술적 자양분을 고스

---

2) 「쿼바디스」, 「안토니와 클레오파트라」, 「나폴레옹 일대기」, 「폼페이 최후의 날」, 「살람보(Salambo)」, 「카비리아(Cabiria)」 등이 1913년을 전후한 이태리의 대표적 무성사극영화였다.
3) 덴마크 영화는 덴마크 연극의 전통에서 이룩된 것으로, 특히 1차대전 전 덴마크의 국민배우 아스타 닐센은 그 요염한 자태로 전유럽인의 마음을 사로잡았다.

란히 이어받은 스웨덴의 영화4)는 북국 특유의 시적 신비감을 은막 위에 풍기며 대자연의 냉혹함과 인간생명의 존엄을 차분히 대비시켜 또 한 시대를 풍미하였다. 이밖에도, 제1차 세계대전 중 덴마크 영화를 넘어뜨리고 중부 유럽의 영화시장 석권을 노렸던 독일의 영화5)는 현란한 스펙터클에 가치 도착(價値倒錯)적 세계를 전개했다. 그리고 1차 대전 직후 재기한 프랑스 영화가 그 특유의 예술성으로 아방가르드(전위영화 ; 前衛映畵)6)를 탄생시키고, 서부극과 희극으로 미국의 할리우드영화가 전성기를 구가할 즈음, 映畵史는 새로운 전기를 맞게 되었다.

그것은 바로 무성영화시대(無聲映畵時代)의 종말을 고하는 토키의 등장이었다. 전달의 매체(媒體) 자체가 시각(視覺)에서 시청각(視聽覺)으로 확대되었다는 것은 예술의 특성상 대단한 변혁이었고 혁명적 굴절점(屈折點)이었다. 토키의 출현은 파산에 직면한 미국의 워너 브러더스社가 흥망성쇠(興亡盛衰)를 걸고 사운드版의 「돈 후앙」(1926)을 만들어 흥행에 대성공한 것이 계기가 되었다. 미국에선 다음해 동시녹음의 음악영화 「째즈싱어」가

---

4) 배우 출신의 두 거장(巨匠) 빅토르 세스트렘과 마우릿츠 스틸레루가 주도했던 이 시기의 스웨덴 영화는 「파도 높은 날」(1916), 「영혼불멸」(1920), 「눈보라의 밤」(1919), 「생런사런」(1917) 등의 작품에서 보듯이 소재에서 표현, 정신 모두가 국민적 민족적 자질에 깊이 뿌리박고 있다는 사실이다.

5) 영화제작자들의 카르텔인 "우퍼"(세계영화회사)가 설립되어, 국가정책의 보호 속에 예술적 황금기를 누렸다. 모든 가치가 뒤바뀐 패전의 혼란기에 현실의 이면에서 진실을 보는 "표현주의"를 상업영화 속에서 예술화시켜 보인 것이 독일영화의 저력이었다. 광인(狂人)이 잠들어 있는 사나이를 조종한다는 「칼리가리박사」(1919)는 세계적인 문제작이었다.

6) 무성영화 말기, 1925년경부터 독일과 프랑스를 중심으로 영상(映像)의 순수성만을 추구하는 "예술을 위한 예술"영화가 대유행하였다. 이러한 전위예술이 근거로 한 미학은 20세기 초에 유럽을 석권한 다다이즘, 큐비즘, 쉬르리얼리즘(초현실주의), 표현주의, 추상주의 등이 잡다하게 섞여 있었다. 프랑스에서는 작자의 미학에 따라 한결 자유롭게 영상의 꿈을 펼쳐 나갔는데 일반적으로 이를 "순수영화"라 하였다. 펠랑 레제의 「발레 메카닉」(1924), 르네 끌레르의 「막간」(1924) 등 초기 히트작에 이어 프랑스 전위영화가 정점에 도달한 것은 조형적인 만 레이의 「인파」(1928), 젤메뉴 쥬락의 「조개껍질과 승려」(1928), 루이스 브뉴엘의 「안달시아의 개」(1928) 등에 이르러서였다.

제작되어 주연 알 졸슨의 노래가 갈채를 받았고 1929년엔 드디어 완전 100% 토키의 「뉴욕의 불빛」이 제작되었다. 1930년엔 거장 스턴버그가 「모로코」에서 애인 마리네 디트리히의 허스키 음성 매력을 살려 토키 독자의 예술성을 입증하였다. 프랑스에서 "토키예술선언"이라 간주되는 르네 끌레르의 「빠리의 지붕 밑」이 생긴 것도 이 해였다.

이러한 대변혁은 "영화도 음향을 갖고 싶다"는 탄생기 이래의 영화계의 꿈, 20년대의 라디오의 발흥(勃興)에 의한 마이크와 진공관의 발달, 경제공황에 겁을 낸 대전기회사(大電機會社)의 영화에의 자본공세, 그리고 예술적 추구의 과열, 관객들로부터 유리되어 버린 무성영화 자신의 자기붕괴, 이러한 요소들이 일거에 타이밍을 맞춘 결과였다.

그러나 초기엔 토키의 출현에 부정적 시각을 가진 영화인도 많았었는데, 그 이유는 순수 시각적 표현으로서 무성영화시대의 대표적 이론이었던 포토제니(photogenie)와 몽따쥬(montage)의 체계만이 영화예술의 본질이며 기초라는 것이었다. 따라서 여기에 대사(臺詞)가 따른다면 이는 문학성과 연극성에 종속하는 것이어서 영화 독자적인 영상표현의 순수성을 잃는다는 것이었다. 7)

그러나 관객대중은 이 "말하는 영화"에 깊이 경도되어 갔고 소리나는 스크린 앞에서 크나큰 현실감을 체험하며 환호했다. 이에 따라 영화제작자들은 앞다퉈 토키개발에 힘을 쏟아 전세계로 확산시키게 된다. 토키化를 반대했던 소련의 몽따쥬이론을 체계화한 에이젠슈타인(Eisenstein) 등은 이윽고 이 토키화 추세에 굴복하고 보다 발전적인 "토키선언"(1928)을 발표했다. 그 내용은 무성영화가 갖는 표현의 한계성을 지각하는 한편, 사운드의

---

7) 발성영화에 이의를 제기하는 무성영화 옹호론자들의 가장 큰 고민은 거의 완성에 다다러 가던 무성영화의 연출과 연기의 테크닉이 일단 무너지고 말았다는 것이었다. 발성영화 초기의 아직 유치했던 녹음장치는 카메라의 자유로운 움직임을 빼앗아 초창기 영화처럼 한 자리에서의 계속된 촬영을 강요하게 되었고, 대사를 제대로 구사하지 못하는 연기자는 버림을 받는 등의 부작용이 잇따랐다. 뜻있는 일부 연출가들은 발성영화가 공개된 뒤에도 계속하여 한동안 무성영화를 제작하는 등 끝까지 저항했으나 결국은 대세를 거스르지 못하고 주저앉게 되었다.

효율적인 구사방법에선 종래의 몽따쥬였던 "화면"과 "화면"의 조립법을 발전시켜 "화면"과 "사운드"의 몽따쥬를 역설하는 것이었다. 즉 화면과 사운드의 대위법(對位法)적 묘사를 주장하면서 화면과 사운드의 충돌, 상극의 작용을 통해서 보다 배음(倍音 : overtone)의 효과를 나타내는 적극적인 사용법을 권장하였다.

이후 토키영화는 사운드의 덕분에 많은 이야깃거리를 압축할 수 있어서 관객이 희망하는 다양한 스토리를 앞세울 수 있었다. 이 스토리즘은 자연히 극적 구성의 기술을 전제로 하게 되어, 카메라의 적극적인 순수 시각적 표현기능은 뒷전으로 물러나게 되었다. 따라서 그 드라마를 추적하여 기록하는 소극적 또는 피동적 입장에서 서게 되었는데, 이는 시각적인 문제보다는 테마와 인간의 극적 상황이 작품의 가치를 결정하게 되었음을 말해주는 것이기도 하다. 결국 토키시대의 도래는 살아있는 인간적 매력을 겸비한 배우의 리얼한 연기력과 더불어 몽따쥬의 제일의(第一義)적 기능이 저하되는 대신, 전체의 극적 구성이 중요한 문제로 대두되게 하는 계기가 된 셈이다. 따라서 무성영화시대엔 무시되었던 시나리오분야의 책임이 보다 무거워지게 되었다.

이렇게 하여 단순한 시각예술에서 시청각의 종합예술로 다시 태어난 영화는 기계산업의 발달과 연기력(演技力)의 제고(提高)에 따라 발전에 발전을 거듭하여 오늘날, 인류 최고의 엔터테인먼트(entertainment) 산업으로 자리매김하게 된 것이다.

그런데 극적 구성을 중시하는 발성영화(토키영화)의 출현은 영화를 단순한 시각적 볼거리에서 줄거리가 강조된 메시지 전달의 능동적 예술로 변모하게 했다는 사실을 염두에 둘 필요가 있다.

여기에서 영화와 문학의 조우 가능성은 쉽게 예견되어질 수 있었던 것이다. 오늘날 아무 의심없이 우리가 받아들이는 바처럼 영화(발성 극영화 ; 發聲 劇映畵)는 영상화 이전에 필연적으로 이의 기반이 되는 활자모드(시나리오)의 단계를 거치게 된다. 그리고 근자에 이르러 탁월한 작품성을 내세워 대중흥행에 성공한 대부분의 영화들은, 그 빼어난 영상미학(映像美

學)과 함께 훌륭한 시나리오를 가지고 있었다는 사실에 주목할 필요가 있다. 물론 이들 영화의 시나리오는 일정한 수준이상의 기성문학작품을 기본 텍스트로 하여 각색한 것들이 대부분이지만, 설사 그렇지 않은 오리지널 시나리오라 하더라도 시나리오 자체가 문학의 한 장르란 사실을 부인할 수 없다. 결국 성공한 영화의 이면에는 문학이란 든든한 동반자요 후원자가 있었다는 것이 이제 결코 놀랍고 새로운 사실이 아니다.

이처럼 토키영화의 등장은, 영화가 필연적으로 문학과의 유대를 전제하지 않을 수 없다는 도식을 성립시키기에 충분한 것이었다. 그것은 구비문학의 시대에 구두(口頭)로 전달되던 스토리의 단계가 문자문학의 시대에 글자로 대치된 후, 영상의 시대에 다시 "영화"라고 하는 획기적인 메신저(전달자)로 정착되게 되었음을 뜻하는 것이기도 하다.

> 고대에 구비문학이 있듯이 현대에 영상문학이 있다. 인간의 사상과 감정을 문학 장르의식을 가지고 말로 표현한 것이 구비문학이요, 그것을 문자로 표현한 것이 활자문학이라면, 그것을 영상으로 표현한 것이 영상문학이다. 즉 제1의 문학이 구비문학이고, 제2의 문학이 활자문학이라면, 제3의 문학이 영상문학이다.[8]

문학의 요소인 극적 줄거리(이야기 ; story)를 영화라는 전달방식(담론 ; discourse)으로 표현한다하여 "영상문학"[9]이란 용어가 등장하였고 이는 고전적이고 고답적인 문학의 정의와 영역을 새롭게 확장시켜주는 돌파구가 될 것으로 상정된다. 즉 단순히 듣고 읽는 문학에서 영상매체를 통해 시청각적 감수성으로 다가오는 새로운 문학의 형식과 그 가능성을 인정함으로써 문학사회학적 기반을 공고히 하게 되었다는 것이다.

문학텍스트라는 제한된 활자모드의 공간 속에서 독자들에게 상상적 이

---

8) 민병기 외, 『한국의 영상문학』, 문예마당, 1998, p.14.
9) 영상문학은 영상화를 전제로 영상을 지향하는 문학이며, 영상화된 문학이다. 즉 언어로 시작하여 영상으로 완성, 소비되는 문학이다. 이러한 과정을 밝히는 것이 또한 영상문학의 영역이다(민병기 외, *Ibid.*, pp.15~16).

미지를 통해 극히 추상적이고 개별적인 감동으로 수용되었던 작품이 영상 모드의 공간 속에서 관객들에게 보다 구체적 이미지를 통해 생생한 감동으로 전달됨으로써, 자칫 원작의 제1의적 수용굴레에 일방적으로 갇혀 있었을 문학작품이 보다 다양한 양태로 재생산되어 독자사회학적 지평을 넓히게 되는 것이다. 이는 분명, 문학을 고착성의 범주에서 벗어나게 해 더욱 활기차고 열려진 장르로 발전시키는데 일조(一助)하는 것이 된다.

이처럼 활자공간 속에 갇혀 있었던 문학작품이 영상화되어 새로운 이미지를 창출해낼 때, 독자들은 동일한 작품이 발산해내는 다양한 수용효과를 체험할 수 있다. 따라서 우리는 영상문학의 향수(享受)를 통해 작품수용의 다양한 경로를 설정해 놓음으로써 그 해석에 창조적 가변성의 여지를 부여할 수 있게 된다. 그리고 그렇게 함으로써 원작(문자문학)과 영상문학 사이에서 발생하는 변별성의 포착을 통해 작가(문학)와 감독(영화)의 예술혼을 극명히 대비할 수 있게 된다. 비로소 활자 속의 자아에 갇혀 있던 문학의 1차적 의미가 영상공간 속에서 새롭게 확대되어 열린 문학으로 나아가게 되는 것이다. 따라서 독자들로선 작품감상의 묘미를 몇 배 더 만끽할 수 있게 된다고 볼 수 있다.

본고에서는 이러한 시각을 바탕으로 안정효 원작, 「하얀 전쟁」에 나타난 소설과 영화의 거리를 추적해 보기로 한다.


## 2. 「하얀 전쟁」에 나타난 소설과 영화의 거리


안정효의 「하얀 전쟁」(『실천문학』, 1983)[10]은 월남전의 상흔(傷痕)이 원인이 되어 무력한 삶을 살아야 하는 귀환병(歸還兵)의 이야기를 그린 격자 소설이다. 22개의 장으로 분절된 시공적 배경은 현재의 한국과 과거의 월

---

10) 이 소설은 1983년 『실천문학』에 「전쟁과 도시」란 제목으로 발표된 후 단행본으로 출간되었다가 1989년에 「하얀 전쟁」으로 개제되어 재출간되었다.

남을 번갈아 보여 주면서 월남전의 비인간적 흉폭성과 전후 한국사회에 적응하려는 귀환병의 처절한 고뇌를 여실히 대비시키고 있다.

그런 만큼 이 작품은 현존하는 최악의 인위적 재난인 전쟁에 대한 인간의 시각이 세월의 흐름에 따라 어떻게 변하는가에 관심의 초점을 맞추면서 흘러간 젊은 한 때의 전쟁체험이 그들의 삶을 얼마나 오래 동안 구속하며 또 전후의 사회복귀과정에서의 인생에 어떠한 견인력으로 작용하고 있는지를 요연하게 보여주고 있다.

월남전에서 생환한 후, 악몽의 상처를 추스르면서 생업(출판사 부장)에 매달리고 있던 한기주에게 월남전의 환영에서 벗어나지 못하고 현실과 몽상을 넘나드는 파월동료 변진수의 출현은 그의 오로운 영혼을 더욱 고통받게 한다. 제대 후 취직을 하고 결혼을 하여 월남전후의 한국사회에 복귀하는 과정에서 한기주가 겪게 되는 온갖 시련11)들은 월남전에서 잉태된 뿌리깊은 자책과 피해의식에서 비롯된 것이다.

여기에 그보다 더한 전쟁후유증으로 극심한 현실도착증(現實倒錯症)에 시달리는 변진수의 가세는 한기주의 움추려드는 자아를 더욱 막다른 골목으로 내몰기에 충분한 것이다. 월남전의 충격으로 편집형 정신분열증에 시달리며 8년 이상을 무직으로 지내야 했던 변진수의 고통은 한기주의 외로운 영혼을 더욱 뼈저리게 자극하기에 충분한 것이다.

따라서 이 작품은 월남전 자체의 실전상황에서 야기되는 반인륜적 행위의 직접적 고발보다는 전후의 후유증이 초래하는 문명비판적 시각에 초점이 맞춰지게 되며 이를 통해 궁극적으로 전쟁의 비인간적 잔혹성을 실존적 사유의 차원에서 부각시키고 있음을 알 수 있다.

그만큼 월남전으로 인해 상처받은 이들의 혹독한 정신적 시련이 작품의 주된 제재란 말인데 이는 월남전후의 한국사회에 적응하지 못해 허덕이는

---

11) "키보다도 많은 158의 지능지수"를 가지고도 그는 출판사 제3부장에서 한직인 판매기획촉진부장으로 밀려나야 하고, 아이도 없이 불신의 성을 쌓아만 가던 아내와는 끝내 이혼의 막다른 골목으로 치달아야 할 뿐 아니라 어느 여자와도 정상적 육체관계를 가질 수 없게 된다.

두 귀환병 한기주와 변진수의 방황의 근저적 기점이 과거 월남에서 비롯된 전투현장에서의 고통스런 체험이란 사실을 역설적으로 시사해 주는 것이기도 하다.

이들의 현재의 고통이 과거의 전흔(戰痕)에서 비롯되었다는 사실은 결국 이중의 전쟁을 치뤄야만 하는 귀환병의 고뇌를 가장 요연히 압축한 것으로, 젊은 한때의 절망적 단절감에서 구원을 얻기 위해 참전했던 남의 전쟁에서 가해자로서의 죄의식과 피해자로서의 전율을 동시에 공유해야 했던 주인공들의 상처받은 영혼을 통해 전쟁의 근원적 속악성을 잘 드러내고 있는 것이다.

월남전에서 베트콩을 죽이고 처음으로 훈장을 받았던 한기주에게 각인되었던 불길한 예감은 닌호아전투에서의 부상과 장거리 수색정찰의 공포에서 배태된 정신적 충격을 숙명처럼 지니고 살아가는 변진수의 돌연한 등장에 때맞춰 점차 현실 속에서의 무게를 더해 가게 되고 안간힘을 다해 매달리던 건강한 인간으로서의 자기정체성(自己正體性)에 끝없는 의문을 제기하게 한다.

과거 월남참전에서 비롯된 갖가지 고통의 상처가 현상의 괴로움으로 연계되어지는 과정은 앞서 말한 바처럼, 변진수의 출현으로 과거의 상흔 속에 침잠해 들어가는 한기주의 무기력한 현재의 일상과 두 사람의 악몽의 진원지로서의 월남의 전투현장을 번갈아 묘사함으로써 하나의 상징적 구체성을 띠면서 독자에게 다가오게 된다. 그러면서 여태껏 전쟁의 일방적 피해자로만 인식되던 자신의 과거 모습에서 불현듯 예기치 않았던 가해자 상을 발견해 내고는 당혹감과 함께 전쟁에 대한 새롭고 진정한 시각을 결정짓게 되는 것이다.

월남전에서의 작전 중, 한국군의 무분별한 작전에 시달리는 월남인 촌장의 하소연을 상기하곤 자신이 월남의 평화를 지키기 위한 자유의 십자군이라기 보다 오히려 월남의 민생과 안녕을 파괴한 외국주둔군 병사에 불과했다는 사실을 깨달았을 때, 한기주의 "전쟁읽기"는 새로운 국면을 맞이한다. 즉 전쟁가해자로서의 죄책감은 전쟁피해자로서의 공포에서 유발되는 후유증 이상의 정신적 충격과 압박을 수반하게 되며 결국 전쟁에 있어 가해자와 피해자는 모두 상처를 입는 비참한 패태자일 뿐이라는 극도의 반전적 메시지를 이 작품은 전해 주고 있는 것이다.

따라서 피해자와 가해자의 모습으로 분절된 인간파괴의 양상을 균형있게 조합해 전쟁소설로서의 새로운 가능성을 제시하고 있다는 측면에서 변진수를 사살하는 에피로그의 설정은 자못 그 시사하는 바 크다.

월남전을 아무 자취도 남기지 못한 하얀 전쟁, 즉 미해결과 무소득의 전쟁으로 규정하는 한기주의 독백에서 읽을 수 있듯이, 한기주는 소대장에게 받은 권총을 갖고 와 파괴된 자신의 영혼을 구제해 달라는 변진수의 청을 들어줌으로써 피해자의 안일한 망상이나 가해자의 수동적 자책에서 벗어나 전쟁의 고리를 단절시키려는 보다 전향적이고 적극적 노력을 직접 실행에 옮기기에 이른 것이다.

오랜 동안의 영자지(英字紙) 기자와 번역가 생활을 거친 작가 안정효는 자신의 월남전 참전체험을 소설화한 「하얀 전쟁」(White badge)을 일찍이 영역본으로 미국시장에 내놓아 미국문단의 주목을 받았다. 이 소설이 영화화된 것은 영역본(실제로 「하얀 전쟁」은 미국에서 영어 단행본이 먼저 출판되었다)으로 미국에서 먼저 화제가 되었던 이 작품이 한글판으로 출간되어 국내에서도 관심이 고조되던 시점인 1992년에 이르러서였다. 정지영 감독에 의해 영화화되어 그 해 동경영화제에서 작품상과 감독상을 수상하는 등, 원작에 못지 않게 영화도 좋은 반응을 얻었다.

이 같은 영화의 성공은 원작과는 달리 몇 부분의 디테일에서 차이가 있긴 하지만, "전쟁의 반문명성 고발과 그 상처의 극복"이란 원작의 주제를 영화가 비교적 무리없이 전달하고 있는 데서 기인한 듯하다. 또한 그간 속설(俗說)만이 무성했던 월남전을 본격문학의 제재로 다루었고 이를 다시 영상화했다는 호기심이 관객들에게 커다란 반향을 일으킨 것으로 보인다. 이와 함께 이 영화에서는 전쟁 후유증에 시달리는 귀환병의 내면연기를 훌륭히 소화해 낸 안성기(한기주 役)와 이경영(변진수 役)의 캐릭터 창출도 주목할만한 것이었다. 전체적 얼개는 거의 원작을 수용하고 있지만 영화에서는 몇 가지 다른 설정이 눈에 띄인다. 이를 도표화하면 다음과 같다.

| | 소 설 | 영 화 |
|---|---|---|
| 한기주의 직업 | 출판사의 중간간부(제3부장에서 판매기획촉진부장으로 좌천됨) | 작가(월간지에 자신의 월남전 체험을 소재로 한 소설을 연재함) |
| 한기주의 결혼생활 | 아이도 없이 불신의 성을 쌓아가다 결국 이혼하게 됨. | 아들 하나를 두고 이미 이혼한 상태 |
| 변진수의 생활 | 월남전의 충격으로 인한 정신분열증으로 직장에 적응하지 못하고 무직의 부랑생활을 함. | 원작과 크게 틀리지 않지만, 양공주 애인(심혜진)과 동거하다 헤어지는 실의를 맛봄. |
| 김하사의 존재 | 평범한 소대원의 한 사람으로 작전 중 부비트랩을 밟아 전사함. | 호탕하면서도 잔인한 군인(독고영재)으로 전쟁의 속악성을 부각시키는 중요한 인물로 다뤄지고 있음. 작전 중 양민학살을 강요하다, 부하 채무겸 상병에 의해 살해되어 귀를 잘리움. |
| 변진수의 권총 | 지금은 전방부대의 대대장이 된 파월시절의 소대장을 찾아갔다가 인간적 모멸과 함께 차라리 자살하라며 얻게 됨. | 적의 최후 대공세에서 소대장이 전사하고 나자, 귀국기념으로 준비하였던 소대장의 것을 대신 가져오게 됨. |
| 채무겸의 탈영 | 윤명철 병장을 적으로 오인해 죽인 것에 대한 자책을 견디지 못하고 탈영함. | 양민의 귀를 자를 것을 지시한 김하사의 강압적 지휘에 대한 두려움을 견디지 못하고, 김하사를 살해한후 귀를 자르고 야간 도주함. |
| 마지막 전투 | 베트콩의 근거지를 찾기 위한 혼바산 장거리 수색에 투입되어 44명의 소대원 중 7명만이 살아 남음. | 소속중대가 월맹군 1개 사단을 유인하기 위한 희생양으로 선정되어, 적의 야간 대공세 속에서, 대부분의 소대원이 전사함. |

위의 도표에서 확인되는 바와 같이 영화는 다분히 서술 중심의 추상적 구도를 펼쳐 보이는 소설에 비해 보다 구체적이고 충격적인 영상으로 대치되어 있다. 즉 소설이 장별 서술을 통한 회상의 전개와 사유의 토로로 진행되고 있다면 영화는 안성기와 이경영 두 인물을 둘러싼 주변적 카테고리(category)와 연계되어, 극적 장면의 연속적 제시로 이뤄져 있는 것이다.

충분한 서술공간을 가지고 차분히 변진수의 정신분열증상과 한기주의 전후사회 복귀과정에서의 여의치 않은 삶을 표출하기에 영화는 애로점이 많다. 따라서 하나 혹은 몇 부분의 상징적이고 축약적이며 충격적인 영상

장면을 통해 관객들에게 모든 혹은 많은 부분을 유추해 인각시킬 수 있는 방법을 쓰게 된다. 하나의 영상장면이 소설에서의 숱한 서술공간과 그 의미를 대신할 수 있어야 한다.

따라서 소설에서 평범했던 인물 김하사가 영화 속에서 잔인한 인물로 설정돼 채무겸의 동료살인과 탈영, 변진수의 발작으로 이어지게 하는 스토리의 핵심에 위치하게 함으로써 "전쟁의 근원적 속악성"을 보다 효과적으로 부각시킬 수 있었다. 이와 함께 대부분의 상황이 보다 충격적인 장면으로 이어져 강한 인상과 의미를 형성하면서 관객들에게 일정한 메시지를 전달하게 된다. 한기주를 원작과는 달리 소설가로 설정한 것도, 월남전을 회상의 기법으로 부활시키는 소설에서의 단순무미함을 극복하기 위한 장치로 보인다. 월남전을 회상의 서술기법이 아닌 영화 속 소설쓰기의 공간으로 입체화시킴으로써 관객들을 훨씬 설득력있게 붙잡아 둘 수 있었을 것으로 생각된다.

반면에 활자문학 특유의 무게있는 서술을 통해 원작 속에 용해되어 있는 작가의 메시지를 배우의 연기와 영상적 사건의 단절된 부분들을 통해 유추시켜 내야 하므로 자칫 원작의 의도를 오도, 굴절시킬 우려도 있다. 뿐만 아니라 원작의 1차적 텍스트를 통해 독자 개인이 축적한 다양한 추상적 이미지와 시나리오 작가와 영화감독이 영상공간을 통해 구축한 구체적 이미지 사이의 괴리가 독자관객의 문화수용 양상과 그 해법에 어떤 영향을 끼칠 것인가 하는 것도 깊이있게 고려되어야 할 문제이다. 이와 함께 소설과 영화의 장르적 특성을 전혀 도외시하고 원작의 충실한 재현에만 매달리는 앵무새식 영화의 제작이나, 원작을 정도 이상으로 각색하여 독자 관객의 혼란을 초래케 하는 영화의 양산도 다같이 경계되어야 할 문제인 것이다.

또한, 소설을 읽지 않은 관객의 입장에선, 다양한 의미를 담고 있는 장면 하나 하나에 지나치게 집착하거나 반대로 대수롭잖게 흘려 보낼 수도 있어서, 그만큼의 위험 부담이 있는 것도 사실이다. 결국, 소설(활자문학)과 이를 근거로 영상화한 영화(영상문학)는 대립적 시각에서 파악되고 이해되어져야 할 것이 아니라, 상호 부족하고 불가해한 부분을 상쇄시키는 상보적 시각에서 조정되어져야 한다. 따라서 원작을 읽지 않은 영화보기는 이런 의미에서 불완전한 문화 수용의 전형적인 한 실례에 해당하는 것이 되는 것이다.

## 3. 결 론

활자문학의 1차적 텍스트에서 출발해 새롭게 변용된 영상미학을 창출하는 영상문학은 원작에 해당하는 활자문학에 비해 개방적이며 대중·사회 지향적이다. 활자문학이 주로 설명적 진술이나 서사를 통해 책을 읽는 개별독자의 뇌리 속에 추상적이고 관념적인 세계를 심어 주는데 비해 영상문학은 배우의 연기와 카메라 웍에 의한 장면의 묘사를 통해 동시적(同時的) 다수의 관객들에게 구체적이고 현실적인 사실감과 현장감을 제공한다.12)

따라서 활자문학이 전달하고자 하는 줄거리(story)에 집착하는 문학양식이라면 영상문학은 전달하는 통로로서의 담론방식(discourse)에 주력하는 문학양식이라 할 수 있다. 물론 양자가 다 같이 문학인 이상 공히 줄거리와 담론방식이 결합됨으로써 완전한 모양새를 갖게 된다는 데에는 이론의 여지가 없다. 다만 활자문학이 줄거리를 위주로 담론방식과 결합하는 구조를 취한다면 영상문학은 담론방식을 위주로 줄거리와 결합하는 구조를 가지고 있다는 말이다. 다시 말하자면 활자문학이 무엇을(what) 전달해야 하는가에 주력하는 주제 지향성(主題指向性)의 문학이라면, 영상문학은 어떻게(how) 전달해야 하는가에 주력하는 제재(題材) 내지 배경 지향성(背景指向性)의 문학이라는 것이다.

---

12) 활자문학에 비해 영상문학은 그만큼 사회 지향적인 열린 문학이다. 추상보다 구상을, 관념보다 사실을, 논리보다 감각을, 설명보다 묘사를, 고백보다 행동을, 밀실보다 광장을 중요시하는 문학이다(민병기 외, *op. cit.*, p.24).

안정효의 월남전 소재 소설 「하얀 전쟁」에는 전쟁후유증으로 정상적인 삶을 살아 갈 수 없는 귀환병(歸還兵) 변진수와 그보다는 덜하지만 역시 파월의 악몽에서 고통받고 있는 한기주가 등장한다. 그리고 결코 현실에선 치유할 수 없는 변진수의 고통을 덜어주기 위해 한기주가 변진수를 사살하고 마는 에피로그에 이르기까지 현재의 한국과 과거의 월남을 회상의 시점을 통해 장별로 교차 서술하는 격자식 구성을 취하고 있다. 그렇게 하여 "전쟁의 반인류·반문명성 고발과 그 상처의 극복"이란 작품의 주제를 관념적으로 독자에게 전달하려 한다.

동명의 영화(감독 ; 정지영)는 비교적 충실히 원작의 줄거리를 잘 반영하고 있다. 그러나 영화는 원작엔 없던 사건을 설정하거나 주변적 인물의 성격을 변형시키는 등 원작에 비해 다소 굴절된 부분을 보여주기도 한다. 즉 김문기 하사를 냉혈한으로 설정해 동료인 채무겸 상병으로부터 죽음을 당하게 하는 극적인 장면이 있는가 하면, 현실사회에 적응 못하는 변진수로부터 마침내 떠나버리는 애인을 등장시켜 변진수의 모습을 더욱 애처롭게 인각시키기도 하고, 원작에서 지루하게 시종되는 한기주 부부의 신경전적인 불화를 아내와 별거한 뒤 아들을 만나 보는 한 장면으로 간명하게 일축시키기도 한다. 이는 원작의 무거운 주제를 여하히 극적 설정을 통해 구체적으로 간명히 영상화함으로써 관객대중의 동시다발적 감동과 납득을 얻어낼 것인가 하는 감독의 작가적 사색과 판단에 의한 것임은 재론의 여지가 없다.

따라서 원작의 작가가 서술화된 줄거리(story)를 통해 추상적이고 관념적으로 전달하려 한 주제(반전적 메시지)가 극적 사건으로 연계된 구체적 영상(담론방식 : discourse)을 통해 관객들에게 보다 분명하게 인각될 수 있었던 것이다. 이처럼 영상문학은 1차적 텍스트인 활자문학의 관념적 모호성을 극복하여 분명하고 구체적인 이미지를 형성시켜 작품의 정형적 수용을 가능케 한다는데 그 의의를 둘 수 있다.

그러나 반면에, 등장인물의 심오한 사색이나 화자의 설명적 진술을 배우의 행위와 영상적 사건의 단절된 부분들을 통해 유추시켜 내야 하므로 자

첫 작가의 의도를 충분히 전달시키지 못하거나 굴절, 오도시킬 우려가 있다. 또한 원작의 1차적 텍스트를 통해 제각기 다양한 환상적 이미지를 구축한 독자 개인의 상상력이 시나리오 작가와 영화 감독에 의해 선택되어진 단일한 구체적 이미지와 상충되거나 극히 일부만을 수용하게 됨으로써 부정적 효과를 나타낼 수도 있다. 이것들은 그대로 영상문학이 안게 되는 피할 수 없는 한계이기도 하다.

그러나 역설적으로 말하자면, 활자문학과 영상문학 사이의 이러한 괴리가 있음으로 해서 두 장르는 서로의 자존적 특성을 확인할 수 있는 것이다. 그러므로 독자는 반드시 1차적 텍스트인 활자문학을 먼저 통독한 후 2차적 텍스트[13]인 영상문학을 나중에 관람하는 습관과 자세를 가져야 할 것이다. 그렇게 하지 않는다면, 영상문학의 구체적이고 한정적 이미지에 갇혀 활자문학을 통해 발산되는 무한히 다채로운 이미지의 신기루를 체험치 못하는 (문학적 상상력이 봉쇄되어 버리는) 불행을 맛보게 될 것이다.

이제 활자문학과 영상문학은 서로의 특성과 수용경로를 대립적 시각에서 파악하지 말고 오히려 각자의 약점과 한계를 이완시켜 주는 상보적 기능으로 활용함으로써 향후 서로의 자존적 입지를 더욱 심화, 확장시킬 수 있을 것으로 본다.

---

13) 물론 영화가 대중적 흥행에 성공한 뒤, 그 인기에 영합해 원작 시나리오를 재구한 소설(Novelization ; 영상소설이라 지칭된다)이 만들어지는 경우도 있다. 이땐 영화가 1차적 텍스트, 소설이 2차적 텍스트가 될 것이다.

# 韓濠通俗小說의 比較研究

## 1. 序 論

통속소설은 문자 그대로 통속적 관심사를 표방하고 있는 소설이다. 따라서 세속적인 삶의 본질에서 초래된 다양한 인간존재 양상이 소설 속에서 드러나게 된다. 그리고 이러한 통속적 관심사의 방향과 범위가 如何한가에 따라 나라마다의 통속소설의 특성을 규정하게 될 것임은 자명한 사실이다. 일반적으로 "산업근대화 과도기의 도시근로대중과 중산층의 감상적 기호에 부응키 위한 현실재구적 소설"로 정의되는 통속소설은 순수소설 내지 본격소설의 상대적 비하개념으로 인식되어져 통속소설에 대한 연구는 물론, 그 수용적 향유에 있어서도 부당할 정도의 냉대를 받아온 것이 사실이다. 통속소설에 대한 이러한 따가운 시선은 통속소설이 추구하는 본질적 속성인 통속성이 그 대척관계에 있는 예술성(순수성)에 비해 상대적으로 저급하고 무가치한 것이란 일반적 통념에서 기인한 것임은 재론의 여지가 없을 것으로 상정된다. 그러나 대중의 광범위한 지지를 받아 실제로 상당한 향유층을 확보하고 있는 통속소설을 예술성의 일방적 시각과 잣대 위에서 마냥 도외시하는 것은, 결국 문학이 독자대중의 공감을 그럴 듯하게 자아내도록 인생의 문제를 다룬다는 모방론적 시각에서 볼 때 결코 바람직한 일이 아니다.

따라서 통속소설을 기왕에 축적된 창작의 한 형태로 수긍한다면, 각 나라마다의 통속적 관심사가 작품 속에서 어떠한 방향으로 고형화되어졌는지의 대비적 고찰을 통해 대중문화의 향유양상을 변별해낼 수 있을 것이다. 이에 본고에서는 한국과 호주의 통속소설에 나타난 변별적 양상의 대비적 고찰을 통해 두 나라의 문화적 패러다임을 추출해 보고자 한다.

이를 위해 논의의 편의상 통속소설의 고전적 유형인 탐정소설과 현대적 유형인 과학소설의 경우로 통속소설의 장르[1]를 국한해 각기 양국의 작품들을 고찰해 봄으로써 연구목적에 부합하고자 한다.

## 2. 本 論

### 1) 探偵小說의 考察

전형적 오락소설의 한 유형으로 분류되는 탐정소설은 추리소설, 범죄소설 등과 그 개념 및 장르적 범주가 상통하나 궁극적으로 탐정이 등장하여 베일에 싸인 사건의 내막을 수수께끼풀이식으로 해결한다는 점에서 구별된다. 그러나 사건해결의 주체가 탐정이었던 과거와는 달리, 근자에 와선 범죄조직이 활성화되고 이에 따라 경찰조직도 방대화, 현대화되어지며, 특히 국가간 이익을 둘러싼 첩보기관원들의 암약상도 부각되는 등, 음모와 범죄의 수위와 영역이 심층화, 다양화되어짐에 따라 조직의 뒷받침이 없는 낭만적 정서의 탐정 개인이 이를 극복해 나가기 어렵게 되었다. 따라서 오늘날에 이르러서는 주인공으로서의 탐정의 위상이 축소, 하락됨으로써 사실상 탐정소설의 개념을 추리소설, 범죄소설, 스파이소설 등의 용어가 대신하게 되었다.

그러나 이 장르의 시발점에 놓여 있었던 19세기 이래 1930~40년대에 이

---

1) 통속소설의 장르를 어디까지로 확대하느냐 하는 문제는 시대와 나라에 따라 논란의 소지가 있으나, 일반적으로 연애소설, 탐정(추리)소설, 과학소설, 무협소설 및 역사소설의 등류를 그 범주에 포함시킬 수 있을 것이다.

르기까지는 낭만과 동경의 정서로 가득 찼던 探偵의 위상이 굳건했을 뿐
아니라, 근대 사법경찰제도가 정비된 19세기 이래의 범죄추리소설의 전통
이 탐정소설의 맥락에 자연스레 이어져 "하나의 미스터리(종종 살인사건과
관련되는)를 만들어 내고 기지와 용기를 갖춘 탐정으로 하여금 제기된 의
혹을 풀어나가게 하는 데 서술의 초점이 맞춰지는"[2] 탐정소설의 개념이 제
대로 성립되어 있던 시기였다.

1841년, 미국의 천재시인 에드가 알란 포우(A.E.Poe)가 「The Murders in the
Rue Morgue 모르그家의 殺人」에서 "범죄에 관한 난해한 비밀이 논리적으로
풀려가는 경로의 재미를 주로 하여 일종의 수학이나 퍼즐의 기법"[3]을 추구
한데서 시작되는 탐정소설의 역사는 그후, 영국의 코난 도일(Doyle, Sir
Arthur Conan)이 「The Adventures of Sherlock Holms 셔얼록 홈즈의 모험」(1891~
1892)에서 아마츄어 명탐정 셔얼록 홈즈를 탄생시키기까지 대중의 절대적
지지를 받으며 "천재적 탐정의 등장에 의해 사건의 의외적인 진상이 밝혀
지고, 범인이 꾀한 트릭이 풀려지는 과정을 보여주는" 양식을 확립해 가기
에 이른다.[4] 프랑스에서는 이러한 탐정소설의 고전적 정석이 특히 존중되
어 怪盜 아르센 루팡(Arsene Lupin), 名探偵 룰따비유(Rouletabille), 메그레
(Maigret) 警監 등의 인물들이 모리스 르블랑(M.Leblanc), 가스똥 르루
(G.Leroux), 죠르쥬 심농(G.Simenon) 등의 才氣있는 탐정소설작가들에 의해
창조되어 대중의 사랑을 받다가, 戰後엔 삐에르 보왈로(P.Boileau)와 또마 나
르스작(T.Narcjac)에 의해 괴기스러운 서스펜스의 기법을 가미한 추리소설
을 선보이기에 이르렀다.

일본의 경우, 戰後에 推理小說로 불려지게 된 探偵小說[5]은 明治後期의 飜

---

2) 한용환, 『소설학사전』, 고려원, 1992, pp.429~430.

3) 長谷川泉, 『文藝用語의 基礎知識』, 至文堂, 1982, p.409.

4) 탐정의 이러한 일종의 수학적 탐색과정을 포우(A.E.Poe)는 "推理"(ratiocination)라 지
   칭한다( J.T.Shipley, 『Dictionary of World Literary terms』, The Writer, INC. ; Boston, 1970,
   p.78).

5) 戰後 漢字制限에 의해 "偵"자가 없어진 1946년경, 木木高太郎(기기고우따로)가 "추
   리와 사색을 기조로 한 이상적인 예술로서의 탐정소설"을 추리소설이라는 말로

案探偵小說(菊池幽芳, 黑岩淚香, 押川春浪 等의)에서 비롯되어 괴기·탐정 취미의 작품을 주로 발표한 환상탐미파 작가들인 芥川龍之介(「숲속」, 「그림자」, 「개화의 살인」 등), 谷崎潤一郎(「야나기유의 사건」, 「금색의 죽음」, 「도상」 등), 佐藤春夫(「진술」, 「지문」, 「어머니」 등) 등의 작품들에 이르기까지 다양한 양상을 펼쳐 보이게 된다.6) 특히 퍼즐(puzzle) 소설을 주로 한 甲賀三郎[고가사부로우]의 "本格探偵小說"과 그 외의 범죄 및 괴기소설을 주로 쓴 江戶川亂步[에도가와란보]의 "變格探偵小說"은 戰前 일본 탐정소설의 두 흐름으로, 木木高太郎[기기고우타로우]이 "推理小說"이란 용어를 주창하기 전까지 일본 탐정문단을 대변하게 된다.

한편 중국에선 公案小說이란 명칭의 가장 오래된 탐정소설의 한 유형을 볼 수 있는데, 이는 고대 중국의 사법 및 경찰제도에서 유래된 것으로, 행정과 치안을 책임진 지방장관이 판관과 함께 사건해결을 위해 탐정의 역할까지도 떠맡는 양식이다. 서양의 탐정소설 혹은 추리소설과 특별히 구별되는 점은 귀신, 점괘, 꿈 등 초자연적 요소가 많이 등장해 사건해결의 열쇠노릇을 한다는 것이다.7) 이러한 동양의 신비를 간직한 공안소설은 네덜란드의 작가 반 글릭(R.H.Van Gulik)에 영향을 미쳐, 그는 唐나라 시절의 명판관 적인걸을 모델로 「적판관」 시리즈를 창작해 내기도 하였다.

### (1) 한국의 탐정소설

한국의 근대탐정소설은 일본 유학시절 江戶川亂步의 師事를 받은 적이 있는 것으로 알려진8) 金來成에 의해 태동되었다. 그는 단순한 수수께끼 풀이식의 본격탐정소설보다는 그 이외의 다양한 변용이 가능했던 변격탐정소설을 탐정소설의 본질로 보고 이런 변격류의 창작에 주력한다.

---

대용한 이래 이 용어가 탐정소설을 대신하게 되었다(長谷川泉, *op. cit.*, p.410).

6) *Ibid.*, p.410.

7) 송덕호, 「추리소설의 유형」, 『추리소설이란 무엇인가?』, 국학자료원, 1997, pp.41~42.

8) 조영암, 『한국대표작가전』, 광문사, 1953, p.41.

수수께끼를 푸는 狹義의 探偵小說(本格)은 그 宿命的인 形式的 條件 때문에 藝術的 作品의 製作이 거의 不可能한데 比하여 一般小說의 手法으로 될 수 있는 其他의 廣義의 探偵小說(變格)로서는 作者의 力量에 따라 얼마든지 藝術的 作品을 製作할 수가 있는 것이다. 그래서 當時 文章의 請託을 받고 筆者가 [文章33人集]에 執筆한 屍琉璃는 編輯者의 要請의 本意만을 理解한 變格小說로서 一種의 怪奇犯罪小說이라고 볼 수 있는 것이다. 거기에는 수수께끼의 提出도 없고 따라서 그것을 論理的으로 推理할 材料는 하나도 없다. 讀者는 다못 一般小說에서와 마찬가지로 作者의 說明이나 描寫를 따라 가면 그만인 것이기 때문이고 作者와의 知的 競爭 같은 것을 試圖할 餘裕는 흔히 없는 것이다.[9]

김내성은 단순한 퍼즐식의 짜맞추기 소설에 불과하여, 작가의 예술적 역량을 다양하게 소화시키고 결집시킬 수 없는 소설을 本格이라 지칭하고, 이와 반대로 다양한 수법을 구사함으로서 예술디를 가미할 수 있는 소설(괴기소설, 범죄소설, 공포소설, 모험소설, 공상과학소설, 기밀소설, 스파이소설, 환상소설, 탐험소설, 경찰소설 등튜)을 변격이라 지칭하는 명칭상의 오류부터 문제삼으며 이를 "正統派"와 "傍系派"란 새로운 용어로 대치하려 애쓰기도 한다.[10]

그러면서 탐정소설에서 구현되는 미적 요소들 무려 11가지[11]로 예시하는데, 김내성은 이 중에서 推理美만을 고집하는 협의의 탐정소설(본격탐정소설)은 문학의 폭을 좁혀 작가의 창작혼을 한정된 틀에 얽매이게 할 뿐 아니라, 일시적인 독자대중의 호기심은 자극할 수 있으나, 인간적 호소력은 그만큼 약화되기 때문에 이보다는 광의의 탐정소설(변격탐정소설)을 그

---

9) 김내성, 「탐정소설론」, 『새벽』, 1956.3, p.127.

10) 1938년, 문예강좌의 일환으로 방송강연을 한 "探偵文學小論"에서 이 같은 명칭을 사용한 바 있다.

11) 推理美(探偵美)를 비롯하여, 怪奇美(神秘美), 犯罪美, 恐怖美(戰慄美), 冒險美, 科學美, 不安美, 機智美, 殘忍美, 空想美, 幻想美에 이르기까지의 11가지 요소가 제각기 습합되어 있는 것이 탐정소설이라는 견해를 펼쳐보인다(Ibid., pp.124~126).

의 창작모델로 삼게 된다. 그리하여 데뷔 초기, 수수께기 풀이식의 딱딱한 추리물에 불과하던 그의 탐정소설들은 「屍琉璃」(『문장』, 1939. 7),「白蛇圖」 (『농업조선』, 1939. 8~9),「雙讐鬼」(『농업조선』, 1939. 12),「狂想詩人」(『조광』, 1937. 9),「異端者의 사랑」(『농업조선』, 1939. 3),「秘密의 門」(1947),「霧魔」(『신세기』, 1939. 3) 등의 작품에 이르러 비교적 인간성을 고창한 예술적 양식을 담아낼 수 있기에 이른다.

> {……} 탐정소설에는 인간性이 있기가 힘들기 때문이다. 탐정소설에서 인간성을 고창하면 탐정소설의 생명인 탐정적 흥미 — 객관묘사에 의한 수수께기의 제출이 탐정의 추리를 거쳐 의외의 해결을 볼 때까지의 강렬한 써스펜쓰가 인간성을 고창할 수 있는 主觀묘사에 의하여 파괴 또는 약화 되어 독자에게 만족할만한 탐정적 흥미를 주지 못하게 되어 탐정소설로 볼 때에는 실패하기가 쉽다. 이와 같이 전연 작품의 주목적을 달리하는 쟝르의 문학인 탐정소설에다 그래도 인간성을 주입하여 어느 정도의 성공을 본 것이 소위 『惡魔』(屍琉璃)를 비롯하여 『狂想詩人』,『異端者의 사랑』,『霧魔』,『秘密의 門』 등의 몇 작품이다.12)

이처럼 소설과 독자 사이의 거리감을 해소시키고 둘 사이의 건전한 화해를 모색함과 동시에 탐정소설을 통해 대중성과 예술성을 동시에 구가하려던 김내성의 원대한 포부는 신문지상을 매개로 의미부재의 통속소설이 횡행하던 1930~40년대의 우리소설 풍속도에 비춰볼 때 적잖은 의미를 가지는 것이다. 특히 1939년 2월14일부터 171회에 걸쳐 조선일보에 연재되어 장안의 화제가 되었던 「마인」은 당시 독자대중들에게 장편탐정소설의 묘미를 고루 선보인 작품으로 평가되고 있다.

한국이 낳은 세계적 무용가 주은몽(공작부인이란 애칭으로 불리는)이 자신이 주최한 가장무도회에서 피습당하는 것으로부터 시작되는 이 소설의 플롯은 홍의의 복수귀 해월, 은몽의 애인인 미남화가 김수일, 야심에 찬 사악한 변호사 오상억, 은몽과 혼인한 백만장자 백영호, 백영호의 아들인 탐

---

12) 백철, 「한국현대작가론」 2, 金來成篇, 『새벽』, 1957. 4, pp.75~76.

정소설가 백남수 등 은몽을 둘러싼 미스터리한 주권인물들에 더하여, 대중의 절대적 신뢰와 사랑을 한 몸에 받는 명사립탐정 유불란과 사건관할 경찰서의 사법주임인 민완수사관 임세훈이 사건해결을 공언하고 개입함에 따라 탐정소설의 전형적 퍼즐을 형성하게 된다. 여기에 아버지 백영호의 재혼을 냉철한 시선으로 재단하는 아들 백남수, 남수의 친구이면서 백씨가문의 재화를 노리는 천민출신의 고문변호사 오상억, 순수한 소녀적 감성을 가진 백영호의 딸 백정란과 그녀의 진실한 약혼자인 청년의사 문학수, 백영호가 선뜻 70만원의 거금을 학교운영자금으로 내놓도록 한 혜전전문학교 교장 황세민, 황세민을 협박하여 거금을 요구하는 "누런 이빨"의 사나이 황치인(黃齒人) 등의 인물군들이 백영호의 젊은 새 부인 주은몽에게 시시각각으로 조여져 오는 해월의 그림자를 더욱 전율적인 주변배경으로 치환시키는 인물제재로 활용되고 있다. 이처럼 이 작품은 탐정소설의 전형적 플롯형태인 퍼즐풀이식 구성을 적나라하게 펼쳐 보이고 있다. [13] 백만장자 노예술가와 결혼하려는 어여쁜 무용가의 피습에 김수일이란 청년화가와 이선배의 무리를 연결시킴으로써 금력과 순정에 얽힌 삼각애정의 함정을 파놓은 후, 해월이란 파계승으로 퍼즐의 중심을 옮기고, 이 해월의 정체를 다시 은몽에서 문학수와 오상억으로 치환시켰다가 은몽이 쌍둥이란 마지막 카드를 통해 또 다시 극적으로 반전시킴으로써 서스펜스의 절정을 이루게 한 것이다. 아울러 김수일과 이선배를 유불란과 동일인으로 포장하여 마지막까지 오상억과 은몽의 사랑을 다투는 연적으로 설정함으로써 공명심에 불타는 임경부의 조바심과 함께 사건해결의 상반된 두 축을 형성하여 독자들의 추리를 이원화시키고 있다. 또한 연이은 살인사건으로 조성된 긴장감에 백영호와 황세민, 황세민과 오첨지 의 사슬관계, 백씨일가와 엄씨일가의 구원에 얽힌 백문호와 엄여분의 비련, 스년승 해월의 미스터리한

<hr>

13) 이 작품의 특색을 "사건을 해결하는 특유의 구성방식, 미스터리에 대한 호기심에의 자극, 요소요소에 존재한 트릭, 탐정의 사건해결에 앞서 해답을 찾고자 하는 독자들의 대결의식" 등으로 요약하고 있는 정세영(『김내성 소설론』, 동국대 석사논문, 1992.6, p.14)의 견해는 그런 면에서 상당한 설득력을 갖는다.

행적, 실종된 백남철의 설정 등 탐정소설의 교본적 트릭을 최대한 첨가함으로써 범죄를 매개삼아 모험을 추구하는 탐정소설의 핵심적 규범[14]을 그대로 노정하고 있는 것이다.

그러나 또한 이 작품은 결정적인 부분마다에 극도의 인간적 설정과 낭만적 묘사를 덧붙여 탐정소설의 敎條的 乾燥性을 불식시키고 있다는 점에 주목할 필요가 있다. 우선 사건해결의 구심점이 되어야 할 탐정 유불란이 범행의 용의선상에 위치한 주은몽과 연인 사이였을 뿐 아니라, 소설의 진행과정에서 변호사 오상억과 해월의 행적을 쫓는 라이벌 탐정인 동시에 은몽의 사랑을 다투는 연적으로 설정되어, 독자들의 추리의 맥을 차단함과 아울러 딱딱하고 논리지향적인 퍼즐풀이식 탐정소설에 살아 숨쉬는 인간적 갈등과 정서를 불어 넣고 있다는 사실이 이채롭다. 오상억의 날카로운 추리에 의해 이선배와 김수일이 동일인일 뿐 아니라 결국은 유불란이 이들의 진정한 정체란 사실이 밝혀지면서, 실연의 상처를 앙갚음하려는 해월의 정체에 김수일이란 청년화가를 대입하려던 독자들의 상상은 여지없이 깨어지고, 탐정과 탐정의 애인이 스스로 사건의 또 다른 內緣을 형성함으로써 독자들은 당혹감과 함께 인간적 회오와 흥미를 느끼게 되는 것이다. 이러한 感傷性은 오상억의 비범한 探偵眼에 위기감을 느낀 은몽이 의도적으로 상억에게 접근함에 따라 은몽을 사이에 둔 세 남녀의 삼각애정양상으로 치달으면서 더욱 심화된다. 은몽을 매개로 한 두 탐정(유불란, 오상억)의 "사랑싸움"은 은몽의 마지막 유서[15]에서 판가름이 나기까지 은몽과 김수일의 열애―이선배의 은몽과의 접견―은몽과 백영호의 결혼―오상억과 은몽의 급격한 애정밀착―오상억과 은몽의 약혼설―유불란에 대한 은몽의 애착―유불란과 오상억의 상호견제―사랑과 탐정의 본분 사이에서 갈등하는 유불란의 심한 동요―유불란의 탐정안을 마쳐시키기 위한 은몽의 의도

---

14) 한용환, *op. cit.*, p.430.

15) 은몽은 독약을 마시고 생을 마감하기 전, 오상억을 유혹한 것은 사실이나 그건 그의 탐정안이 무서웠기 때문이고 자신이 진실로 사랑한 사람은 김수일(유불란)이었다는 유서를 남긴다.

적 접근—김수일(연인)과 유불란(탐정)에 대한 은몽의 철저히 균제된 애정 관리—오상억과 은몽의 '사랑의 도피' 밀약—물욕과는 무관하게 최후까지 내비치는 오상억의 은몽에 대한 집착—최후에 밝혀지는 은몽의 '사랑의 진실' 등의 과정을 거치면서 독자들에게 비상한 관심거리로 부상한다.

이처럼 탐정소설에선 이례적으로, 탐정 자신을 범죄용의선상과 관련된 애정의 권역에 묶어 놓음으로써 탐정소설에서의 형식적 조건에서 탈피하여 인간성을 고창하고 藝術的 視界를 확장케 한 것은 김내성의 평소 지론의 산물임은 재론할 여지가 없다. 또한 다중인물의 운용[김수일=이선배=유불란, 해월=파계승·김수일·주은몽·문학수·오상억, 백문호=황세민, 황치인=오첨지(오상억의 생부)]에서 빚어진 환상적 도식성16), 백문호와 엄여분의 러브스토리 및 주은몽, 예쁜이 쌍둥이 자매의 離散生長史에서 감지되는 변용된 설화의 통속적 심미성과 함께 은몽의 음독자살과 동시에 펼쳐진 오상억의 기상천외한 에드벌룬 탈출극17)과 그 최후에서 보여지는 센치멘탈리즘(sentimentalism)은 탐정소설의 공식적 가치규범을 불식시키기에 충분한 것이다. 범죄자의 말로를 낭만적으로 채색함으로써 얻게 되는 독자들의 심미감은 기존의 탐정소설에서 보여지는 고정된 선악관념을 넘어서 새로운 독자사회학적 안목을 체득하게 한다. 자신의 욕망을 위해 숱한 생명을 앗아간 살인마 오상억이 최후의 순간에 보여준 한 여인에 대한 순수한 열정과 집념은 탐정소설에서의 냉혹한 犯罪者像에 따뜻한 인간적 온기를 불어 넣게 하고 있다.

이처럼 이 작품은 탐정소설의 퍼즐풀이식 공식성에 일견 상반된 요소인

---

16) "관습성과도 상통하는 도식성이란, 일반적으로 통속소설에서 관습적으로 굳어진 일련의 패턴을 반복해, 이미 알고 있는 사실이나 충분히 예견되어지는 사실을 재체험케 함으로써 독자의 취미에 부합코자 하는 특성이다."(한명환, 『1930년대 신문소설 연구』, 홍익대 박사논문, 1995. 12, p.175) 참조.

17) 조선일보에 근무했던 김내성은 신문사가 폐간되자, 화신백화점에서 문방구 책임자로 일하기도 했는데, 옥상에 띄워진 백화점의 "할인대매출" 선전용 에드벌룬을 탈출도구로 활용하는 발상은 이러한 김내성의 이력과 무관하지 않은 것으로 보인다(서광운, 『한국 신문소설사』, 해돋이, 1993, p.339 참조).

主情的 資質들을 첨가함으로써 새로운 양식을 선보이고 있는데 김래성의
「마인」에서 보여지는 이러한 變格指向的인 特性은 이후, 1950~60년대를
거쳐 오늘에 이르기까지 방인근, 허문녕, 백일완, 현재훈, 노원, 박민규, 김
성종, 이상우 등의 당대 및 후대작가들에 의해 계승 변용되어져 한국 추리
소설의 계보를 확립케 하는 중요한 因子로 작용했음을 부인할 수 없다.

## (2) 호주의 탐정소설

호주 탐정소설의 출발은 영국죄수의 유형지로 출발했던 이 나라의 역사
적 정체성과 밀접한 연관을 가진다. 문명의 땅인 유럽의 제도권으로부터
축출되어 미개의 땅에 격리되어진 죄수들의 가슴에 깊이 드리워진 어두운
그림자에는 이미 끊을래야 끊을 수 없는 원죄의 업고가 따라 다녔던 것이
다. 오직 죄를 지은자(죄수)와 이들을 감시 관리해야 하는 자(간수)의 앙상
블이 빚어낸 신세계의 구도에서 범죄는 일상의 자연스러운 화제거리가 되
기에 족했고 그 범죄를 추적하는 탐정소설의 발발은 그만큼 당연한 것이었
을 지도 모른다.

> Crime has marked European Australian society from its beginnings. Its first
> settlements were penal colonies made up of soldiers and convicts ; embryonic
> social worlds that were starkly structured by the simple dualism of gaoler and
> gaoled. Robert Hughes's narrative of these beginnings in The Fatal Shore presents
> the compelling idea of a social world formed by a criminal underclass and their
> keepers ; a world of appalling violence inflicted on the criminal majority, the
> convicts. Equally appalling, though, was the deprivation suffered by both convicts
> and masters, all of whom were symbolically and literally imprisoned in their
> strange new world.[18]

---

18) Delys Bird and Brenda Walker, 『Killing Women』, An Angus & Robertson Publication,
   Australia, 1993, pp.1~2.

이와 함께 식민지 개척과정에서 관할당국에 의해 원주민(Aboriginal inhabitant)들에게 행해진 무자비한 학살의 장면도 호주인의 가슴엔 지울 수 없는 부담과 상처로 작용하여 유형지에서의 원죄의식을 더하게 했다. 따라서 원죄를 짊어진 인간으로서의 죄책감이 범죄에 대한 강한 응징의 희구로 이어지게 되는데 이러한 정신적 욕구의 문학적 배출구 노릇을 한 것이 결과적으로 탐정소설이었던 것이다. 탐정소설이 비난받아 마땅한 범인의 범죄행각을 탐정으로 하여금 파헤치게 하여 종국엔 법의 심판을 받게 한다는 데서 독자들의 기대치를 상당부분 충족시킬 수 있었을 것으로 상정되기 때문이다.

이러한 前史的 背景을 확인이라도 하듯 영국의 유형식민지(penal colony)로 시작되었던 새로운 미지의 땅, 호주에서는 제대로 치안의 질서가 확립되어가고 국가의 체계를 잡아가는 와중에 극심한 범죄와의 전쟁을 그 대가로 치루어야만 했다. 특히 빅토리아주를 기점으르 한 골드러시(gold rush)의 시기(1850년대)에 호주인들이 감당해야 했던 여러 가지 서글픈 기억들은, 제대로 국가와 국민으로서의 정체성을 확립하기`도 전에 밀어닥친 황금만능주의의 삐뚤어진 가치관과 더불어 草創期 立國의 亂脈相을 보여 주기에 족한 것이다. 황금에 눈먼 자들의 出奔과 그로 인한 家庭破綻, 금광꾼에서 산적으로의 전락, 婦人家長의 등장과 유아사망률의 증가 등이 그 구체적 실례에 해당하는 것들로서 이러한 어두은 사회상들은 정신적 도덕적 기준이 박약했던 신천지에 밀어닥친 일확천금의 사회적 풍조가 가져다 준 필연적 결과였다. 호주의 탐정소설은 이러한 시대적 사회적 배경에서 비롯되어지는데, 이 부문의 개척자라고 할 수 있는 메리 포츈(Mary Helena Fortune)이 영국이민 출신으로서 첫 남편과 사별한 뒤, 골드러시의 와중에 두 번째 남편이 출분함에 따라 어린 자식을 돌보며 생계에 골몰한 여류 전업작가였다는 사실은 호주탐정소설 발생기의 저간의 사정을 짐작하는데 있어 시사하는 바가 자못 크다.

1833년 영국의 벨파스트(Belfast)에서 기술자였지만 문학적 소양이 풍부했던, 전형적 스코틀랜드인 조지 윌슨(George Wilson)의 딸로 태어난 포츈은 가족이 캐나다의 퀘벡주로 이사함에 따라 소녀적 감성에 기인한 문학적 소양을 北國의 아름다운 자연을 벗삼아 키우게 된다. 잠재된 문학적 야망과 재질에도 불구하고 당시 사회가 바라던 보편적 기대치에 따라 10대 후반에, 근엄한 성격의 측량기사였던 조셉 포츈(Joseph Fortune)과 결혼했으나 첫 아들을 얻은 후 남편이 사망함에 따라, 생활고와 미지의 땅에 대한 문학적 동경으로 친정 아버지가 이미 금광의 가게주인으로 자리잡고 있던 — 골드 러시로 홍청대던 — 호주의 멜버른으로 1855년 10월, 건너오게 된다. 고객인 금광꾼을 따라 항상 이동해야만 하는 친정 아버지와의 생활은 조용히 아이를 키우면서 문학에 몰두하고픈 그녀의 바램을 충족시키기기엔 무리였고, 이에 포츈은 1858년 10월에 산악 경찰관인 퍼시 브레트(Percy Rollo Brett)와 재혼하였다. 그러나 새 가정의 울타리 안에서 안정을 바라는 그녀의 희구완 달리 그녀보다 年下였던 두 번째 남편 브레트는 경찰을 사직한 뒤 그녀를 떠나가 버린다. 재혼 직전 아이마저 바이러스性 뇌막염으로 잃어버렸던 포츈의 절망은 극에 달하고, 시련을 극복하기 위한 돌파구를 찾기 위해 그녀는 문학에 매달리게 된다.

여성의 대외활동을 달가와 하지 않는 영국사회의 전통이 그대로 배어있던 신천지 호주에서의 문필생활 내내, 포츈은 웨이프 원더(Waif Wander ; 주로 W.W란 이니셜로 표시했음)란 필명을 고수하게 된다. 이는 그녀가 자신의 작품(주로 탐정소설)에서, 영국에서 캐나다를 거쳐 호주에 정착하기까지의 자신의 일상적 체험의 범주를 그대로 소설형상화의 공간으로 원용한 것과 결코 무관하지 않은 것이다. 부모 잘 만난 자신의 친구들이 고향인 영국의 정원에서 삶의 풍요를 만끽하는 동안, 모국을 떠나 지구의 반대편을 넘나들며, 어린 나이에 한 남자의 아내가 되어 고단한 생의 한복판에 위치하게 된 자신의 신세를 외로운 방랑자(A Lonely Wanderer)에 비유하고 있는 것은 어쩌면 고통받는 여인의 당연한 감성적 피력이라 할 만하다.

Why was this pseudonym, to modern eyes eccentric if not twee, chosen? The answer is given in 'How I spent Christmas', the most revealing of Mary Fortu

ne's journalism : I never did feel so utterly lonely and so thoroughly a 'waif, ' as
I did in this great city of yours [Melbourne] on Christmas Day. Later on the same
page she calls herself 'a lonely wanderer'. Odd though it sounded, Waif Wander
was a self-description.[19]

포춘의 대표적인 탐정소설로서 그녀의 전성기를 대변하는 단편연작
물이기도 한 『Detective's Album 탐정앨범』[20]에는 작가의 자전적 편린들이
작품의 중요한 구성요소로 재현되고 있어 주돈되는데, 이로 보아 호주
탐정소설의 역사는 이주민들의 슬픈 과거에서 비롯된 것임을 부인할
수 없을 것이다.

Brief though the marriage(Brett와의 두 번째 결혼 ; 필자 주) was, W.W.
was to mine it ruthlessly in her subsequent writing. Sinclair, the narrator of the
'Detective's Album', periodically recoun ts tales from his life as a mounted trooper
in the Kingower area. His fellow constables, if young and dashing, tend to have
names based on 'Percy', 'Rollo', or 'Brett'.[21]

특히 두 번째 남편 브레트와의 짧았지만 우울했던 결혼생활은 포춘에겐
큰 상처로 자리잡게 되어 이후 그녀의 탐정소설에서 브레트 유형의 등장인
물을 부정적 인물로 묘사하게 되는 動因이 된다. 「The Misfortunes of O'Shicer of

---

19) Lusy Sussex, 「Shrouded in mystery」, 『A Bright and fiery troop』, penguin books, Australia,
1988, pp.121~122.
20) 호주 이민 초기에, 골드러시 바람이 일고 있는 '새 희망과 풍요의 땅'으로 신천
지의 기대감을 피력한 메리 포춘의 詩(「Song of the Gold Diggers」, 1855)는 生活苦
속에서 변용되어 호주 최초의 범죄소설로 추정되는 「The Dead Witness」(1866)을
낳는 동력으로 작용하였고, 다시금 1868년부터 1908년에 이르기까지 대중지
『Australian Journal』에 단편시리즈물인 「The Detective Album」을 연재하게 하였다.
포춘은 자신이 가장 애착을 가졌던 이 연작물을 한 권의 책으로 묶어 1871년에
『The Detective Album ; Recollection of an Australian Police Officer』이란 제목으로 출판
하게 되는데 이는 그녀의 유일한 단행본이다.
21) Lucy Sussex, op. cit., p.121.

*Ours* 우리 오쉬스의 불운」(1879)의 주인공 오쉬스는 비겁하고 허풍 심한 시
골 경찰관이다. 그는 광산촌의 산적 두목 네드 켈리(Ned Kelly)[22]를 자기가
체포했노라고 공공연히 자랑한다. 그러나 실상은 그가 켈리에게 잡힌 적이
있었다. 이 작품은 주인공인 경찰관을 비열한 모습으로 戱畵化시키고 오히
려 副人物인 산적을 긍정적 인물로 영웅화시키고 있어 주목되는데, 말할
것도 없이 주인공 오쉬스는 브레트의 변형된 모습이다. 소설과 실제의 두
인물은 둘 다 아일랜드 출신이며 경찰관이다. 여기서도 메리 포춘의 두 번
째 남편과의 불우했던 결혼생활의 앙금을 여실히 엿볼 수 있다. 그녀의 대
표작 「탐정앨범」을 비롯한 대부분의 작품에서 브레트는 비열하고 무능한
경찰관이나 산림 불법점유자 같은 부정적 인물의 모델로 형상화되고 있다.

그녀의 대표작 「탐정앨범」은, 숲 속에서 살해된 사진사 살인사건의 범인
이 죽은 사진사의 사진에 의해 밝혀진다는 기발한 플롯의 첫 범죄소설 「
*The Dead Witness* 죽음의 목격자」(1866), 채무 때문에 위장사망한 남편의 폭력
을 피해 다른 남자와 결혼한 여인의 重婚問題를 미스터리하게 다루는 「
*Dora Carleton* 도라 칼레이튼」(1866), 젊은 연인들 사이의 복잡하게 얽힌 애정
문제를 난해한 멜로미스터리로 풀어 나가는 『*The Secret of Balbrooke* 밸브록의
비밀」(1866), 재산상속을 위해 어머니를 버린 여인을 마술목걸이의 위력으
로 응징하는 집시 마녀의 이야기를 그린 고딕식 공포물 『*Clyzia the Dwarf* 난
장이 클리쟈」(1866) 등의 작품들을 통해 치밀하고도 기발한 범죄미학을 시
험해 온 포춘의 본격적 탐정소설로서, 비로소 수사의 주체인 탐정이 전면
에 등장한다는 점에서 예의 작품들과 확연히 구별된다. 그녀의 소설에 등
장하는 호주 최초의 탐정 마크 싱클레어는 골드러시의 금광을 배경으로 산
적들이 횡행하고 벼락부자가 된 자들의 방종과 이를 둘러싼 치정이 얽혀

---

22) 네드 켈리(Ned Kelly)는 골드러시 시절의 실존인물로 신화적인 산적 두목이다. 실
   제로 1879년 포춘의 두 번째 남편이었던 브레트는 켈리에게 볼모로 잡혀 산적생
   활을 한 혐의로 수감 중 보석으로 출옥하였다. 이 사건은 포춘 외에 더글라스
   스튜어트(D.Stewart)에 의해서도 「네드 켈리」(Ned Kelly ; 1943)란 제목으로 한층
   정교히 소설화되는데 여기서도 이 당시 산적이나 불법점유 山居人들에 대한 호
   주인들의 우호적 인식이 잘 나타나 있다(*Ibid.*, p.127 참조).

범죄가 난무하던 시절의 전형적인 탐정으로, 당시의 치안을 담당하던 산악 경찰관이다. 「탐정앨범」은 산악 경찰관 시절, 金鑛의 山賊 및 不法山居人들과 관련된 범죄의 수사에 참여했던 싱클레어의 회고담 형식을 취하고 있다. 따라서 싱클레어는 작품의 주인공인 동시에 서술자이다. 작품에서 묘사된 그의 성격은 범죄의 추적에 철저하기보다는 다소 심술궂고 여성혐오론적이며, 작품내적 위상에 있어서도 범죄의 해결사로서의 위엄보다는 오히려 그의 수사대상인 산적 에버 피어스[23]의 영웅성을 부각시키는 보조인물인 듯한 느낌을 가지게 한다. 메리포츈에 의해 창조된 싱클레어의 이러한 探偵像은 대단히 시사적인 것으로 후대의 호주 탐정소설작가들에게 많은 영향을 끼쳤다. 즉 아일랜드인 특유의 풍자적 전통과, 남성 위주 사회에 대한 반감 및 그 희생물로서의 자신 의 처지에 대한 항변, 그리고 생계를 위한 대중성 확보방편으로서의 멜로드라마적 수법 등이 혼효되어 창출된 인물이 바로 아이러니한 탐정의 전형인 싱클레어였던 것이다. 이러한 포츈의 전통은 피터 카레이(P. Carey), 엘리자베드 졸리(E. Jolly), 패트릭 화이트(P. White), 크리스티나 스테드(C. Stead), 팀 윈턴(T. Winston), 헬렌 가너(H. Garner) 등 후대의 탐정소설작가들에게 이어져 여류작가들의 강세 속에, 탐정에 우선하는 범죄자의 입장 조명, 범죄의 그늘에서 고통받는 여성상의 부각, 여성 탐정의 빈번한 등장 등 호주 탐정소설 특유의 독특한 양식을 성립시키는데, 이는 코난도일의 수수께끼식 탐정소설에서 출발하고 있는 영국, 탐정의 폭력적 활약에 치중하는 하드보일드 양식의 미국, 범인과 탐정의 대결구도에 치중하는 프랑스 등의 서구탐정소설과는 또 다른 변별성을 가지는 것으로, 주목되는 바 크다.

---

23) 이 작품에서, 원래는 해군장교 출신의 산악경찰이었던 피어스는 자신의 원수인 악한 브리튼을 찾아 산적, 금광채굴업자, 목양업자 상점주인 등으로 자신을 변신시켜 가며 골드러시 시대의 풍운아상을 보여준다(*Ibid.*, p.125 참조).

## 2) 科學小說의 考察

영어 Science fiction의 역어적 개념에서 파생된 科學小說은 문자 그대로 허구인 소설의 창작배경을 실증적 객체인 과학의 현상이나 원리에서 구하려는 소설이다. 일견 상당히 이율배반적인 이 장르는 20세기 들어 과학기술의 엄청난 진보가 가져다준 서구사회에서의 기묘한 환상에 힘입어 지속적인 성장세를 거듭하고 있다. 따라서 과학소설은 실증적 사실로서의 과학적 지식의 활용이 아니라 과학에 의탁해 문학적 상상력을 발휘한 것이라는 점[24]에 주목할 필요가 있다. 오늘날 대부분의 과학소설에서의 공간과 시간의 이동방법의 비실증성에서도 확인되는 바처럼, 과학소설의 이러한 유동성은 아직까지도 그 개념에 관한 논란을 불러일으키고 있지만 대략 "과학이 사람의 삶과 문명에 영향을 미치는 모습들을 다루는 소설[25]"의 범주 내에서 정의되고 있는 듯하다.

인간의 사고가 神 중심에서 科學 중심으로 변천되면서, 이를 염두에 두고 생리학적 근거를 작가의 상상력과 결합시킨 메리 셸리의 「프랑켄쉬타인」(1818)이 그 단초를 보인 이래, 19세기 중 후반에 이르러 혜성처럼 등장한 쥘 베르느(1828~1905)의 왕성한 저작활동[26]은 지하세계, 해저세계, 공중세계, 달세계로까지 그 공간을 확장시키면서 과학소설의 융성을 예고했다. 이어 시간여행을 소재로 한 벨라미(E. Bellamy)의 『Looking Backward 뒤돌아 보면』(1888), 과학적 지식을 효과적으로 소설에 대입한 웰즈(1866~1946)의 「타임머신」, 「투명인간」, 「우주전쟁」, 「모로우 박사의 섬」 등 초기 과학소설들은 보다 심층적인 소재와 과학과 인간의 조우 및 갈등양상에 착목하

---

24) 임성래, 「과학소설의 전반적 이해」, 『과학소설이란 무엇인가』, 국학자료원, 2000. 2, p.6.

25) 복거일, 「과학소설의 세계」, 『멋진 신세계』, 현대정보문화사, 1992, p.6.

26) 그의 「지구 속으로」(1864), 「기구여행 5주일」(1863), 「해저 2만리」(1870), 「지구에서 달까지」(1865) 등의 작품들이 바로 이러한 공간의 확장을 보여주는 것들로서 베르느는 이 작품들을 통해 상업적으로도 큰 성공을 거두었다(임성래, *op. cit.*, p.16 참조).

는 후대소설들의 든든한 밑거름이 되어, 테크놀로지의 공포를 실감나게 묘사한 헉슬리(1894~1963)의 「멋진 신세계」(1932), 30년대의 정치적 절망을 우주적 전망으로 치환하려는 스태플든(1886~1950)의 「이상한 존」(1934), 미래사 연표의 방식을 통해 독특하게 작품을 구성한 하인라인의 「제국의 논리」(1941), 「은하시민」(1957), 로봇에 대한 과학계의 사고를 변화시킨 아시모프의 「나는 로봇」, 「로봇의 휴식」, 감상적 모험소설과 인간가치에 대한 알레고리를 절묘히 조합하여 과학소설의 새 지평을 연 스터전의 「인간 이상」(1953), 사고와 몽상, 과학과 철학의 몽타주를 소설에 원용한 아더 클라크의 「유년기의 종말」, 「라마의 랑데뷰」(1973) 등의 수작들을 탄생하게 하였다.

이처럼 미래사회에 대한 인간의 기대와 불안을 과학을 담보로 하여 문학적 상상력과 결합시킨 과학소설은 그 문학적 효용과 가치에 관계없이 새로운 시대의 장르로 이미 자리잡고 있는 것이다.

## (1) 한국의 과학소설[27]

비록 번안소설의 꼬리표가 달리기는 했지만 이해조의 「철세계」(1908)[28]를 우리 최초의 과학소설로 볼 때, 이 장르에 있어서 우리의 출발은 과히 늦은 것이 아니라고 상정된다. 물론 16세기 토머스 모어의 「유토피아」에서 발원된 잠재력을 바탕으로 19세기에 이미 과학소설의 토대를 구축한 서구에 비해 시기적으로 뒤떨어진 것은 사실이지만, 이해조의 이 작품이 '과학소설'이란 구체적 명제를 달고 출간되었고 이는 그 용어의 사용에서 서구

---

27) 이 부분의 글은 김재국의 「한국 과학소설의 현황」(『과학소설이란 무엇인가』, 국학자료원, 2000)을 참고로 하여 서술되었음을 밝힌다.

28) 이 작품은 프랑스 작가 쥘 베르느의 「인도 왕녀의 오억 프랑」(1879)을 애국계몽적 시각에서 번안하여 일본, 중국 등 강대국의 틈바구니에 끼여있던 당대 한국의 불안한 정세를 시사화한 것이다. 근자에 들어 이 작품이 森田思軒의 일역본 「철세계」(1887)를 대본으로 했다는 김병철의 주장보다 새롭게 제기된 최원식의 설[包天笑의 중역본 「철세계」(1903)을 대본으로 했다는 주장]이 더 설득력을 얻고 있다.

보다 오히려 21년이나 앞서고 있기 때문이다.[29] 그러나 이처럼 늦지 않은 출발에도 불구하고 한국의 과학소설계는 해방과 6·25동란을 거친 후 1960년대에 이르러서야 본격적인 창작과학소설을 내놓을 수 있었을 정도로 척박했다. 이는 지속적으로 과학소설의 번역과 창작에 관심을 가지면서 '카프리콘'같은 대규모의 연례적인 SF대회를 열고 있는 일본의 경우나, 이제 막 본격적 산업화의 걸음마를 시작했지만 그 훨씬 이전부터 과학소설에 대한 대단한 집착과 열정을 보이고 있는 중국의 경우[30]와 비교해, 소설장르의 균형적 발전이란 측면에서 볼 때 시사하는 바가 자못 크다.

이해조의 呱呱之聲 이후 근 60년 가까이 간간이 외국 SF작품의 번역물을 대하며 과학이 서구문명의 독점적 산물임을 확인하던 독자들에게 있어 1965년 『주간한국』의 추리소설 공모 당선작인 문윤성의 「완전사회」[31]는 한 마디로 신선한 충격 그 자체였다. 인공동면에 들어간 주인공 우선구가 161년이 지난 21세기의 여성지배 공화국에서 깨어나는 것으로부터 시작되는 이 작품은 우리나라 최초로 시간여행이란 과학소설의 기법을 원용하여, 이상적인 완전사회가 여성과 남성의 성적 대립에서는 결코 이뤄질 수 없고 여성 중심의 사회에 남성을 수용할 때만이 가능하다는 것을 시사하고 있다. 작가는 미래사회에서 예견되는 디스토피아적 허상을 다소 충격적인 설정을 통해 설득력있게 묘파하고 있다. 이처럼 문윤성에 의해 본격적으로 근대과학소설이 출범하게 된 60년대엔 국내 최초의 과학전문 기자 서광운

---

29) Science Fiction(과학소설)이란 용어는 미국의 휴고 건스백에 의해 1929년에 발행된 『Science Wonder Stories』 6월호에서 처음 사용되었다고 한다(김재국, *Ibid.*, p.96 참조).

30) 우리와 비슷한 시기에 처음으로 과학소설을 접했던 중국이 우리완 비교할 수 없을 정도로 이 장르가 융성하게 된 것은, 사회주의 시절부터 자아발현의 기술적 형식틀로 꾸준히 지속되어 온 과학소설이 근자, 당국에 의해 경제성장을 부추기고 미래에 대한 긍정적 사회상을 유도할 수 있다는 이유로 적극 권장되고 있기 때문이라는 것이다. 이에 비해 우리의 경우는 아직까지 이 장르에 대한 편협한 인식으로 제대로 성장을 하지 못하고 있는 점이 아쉽다는 지적이다(고장원, 「중국의 SF문학 붐」, 조선일보, 2000. 4. 14 참조).

31) 이 작품은 이후 1985년에 개작되어 『여인공화국』(상·하 ; 홍사단 출판부, 1985)이란 제목의 단행본으로 출간된다.

이 『학생과학』지를 거점으로 일련의 과학소설을 연재하기 시작했을 뿐 아니라, 60년대 말부터는 '학생 과학소설 작가클럽'이 결성되어 작품집이 출간되는 등 과학소설의 저변이 확대되기 시작하였다. 이러한 분위기는 70년대로 계승되어 동서추리문고에서 본격성인용 과학소설이 출간되는가 하면 78년엔 서광운의 「4차원의 전쟁」이 발표됨으로써 중흥의 기운을 보였으나, 80년대 초반 광주민주화 항쟁 이후의 문단의 경직된 풍토로 말미암아 그 맥이 끊어지게 된다.

한국의 과학소설이 동면기를 극복하고 다시 기지개를 펴게 된 것은 복거일의 「비명을 찾아서」(1987)가 기폭제 역할을 한 후이다. 이 소설은 대체역사기법이란 획기적 설정을 통해 우리 역사를 재조명하고 있는 작품으로, 이의 발표를 계기로 본격문학과 주변 대중문학과의 경계 해체 조짐이 일 정도로 큰 반향을 일으켰다.[32]

　　"만약 그 당시 그렇게 하지 않았더라면, 그렇게 했더라면"이라는 가정 속에서 작품은 진행된다. 작품에 나타나는 식민지는 이미 우리가 알고 있는 상황과 다르다. 일본의 이토오 히로부미가 안중근 의사의 저격으로 살해되지 않고 가벼운 부상만 당하였다는 역사적 가정에서 전개된다. 1980년의 조선인은 완전한 황국신민이 되어 조선어와 조선의 역사를 의식하지 못할 뿐만 아니라 일본의 식민지 상황이라는 것조차 인식하지 못한다. 반면에 일본은 미국, 러시아에 이어 세계 3대 강대국으로 성장한다. 이러한 상황 속에서도 일본 내부에는 기득권 세력과 진보 세력 사이의 끊임없는 대결양상이 진행되고 있다. 이러한 설정은 작품 발표 당시 우리 나라의 정치·사회적 상황을 그대로 반영하고 있는 것으로 볼 수 있다. 식민지라는 과거를 통해 현실의 모순을 극복하고자 하는 작가의 의도를 드러낸 것이다.[33]

---

32) 바로 윤명제의 「개마고원」(1991), 유성식의 「다주 사소한, 류씨 이야기」(1993), 박상우의 「나는 인간의 빙하기로 간다」, 이명형의 「노란 원숭이」 등이 이에 영향 받아 창작된 과학소설의 부류에 드는 작품들이라고 볼 수 있다.

33) 김재국, *op. cit.* p.105.

뒤늦게 자신의 뿌리를 찾기 위해, 조국의 임시정부가 있는 상해로 떠나는, 충량한 황국신민으로 무역회사 중견간부였던 박영세[기노시다 히데요]를 통해 작가는 과학소설이 새로운 역사의식과 조우할 수 있는 통로가 될 가능성이 있음을 여실히 보여주고 있다.[34]

90년대 들어 한국의 과학소설은 컴퓨터(PC 통신)의 발달에 크게 힘입어 널리 보급되었다. 다원성, 익명성, 동시성을 모토로 하는 사이버문학의 등장은 경직되었던 우리 문학의 영토를 크게 확장시켰고 이 와중에 과학소설도 급속도로 독자대중을 파고드는 견인력을 가지게 된 것이다. 한국 데이터통신 온라인 백일장을 통해 사이버 문단에 진출한 이성수는 우리 최초의 컴퓨터 과학소설가이다. 한국 최초의 컴퓨터 과학소설인 그의 「아틀란티스 광시곡」(1991)[35]은 과학개론서를 방불케 할 정도의 지나친 해설에도 불구하고, 외계인에 대한 우리의 고착된 시각을 변모시키면서 "과학소설은 허황된 환상"이며 "따라서 통속소설의 한 부분"이란 선입견을 불식시키기에 충분할 정도의 실증적 접근을 보여줬다는 데서 획기적 작품으로 평가받는다. 이와 함께 사이버공간에서 '듀나일당'(DJUNA)이라는 아이디(ID)로 활약하는 이영수는 해박한 과학지식과 기발한 상상력으로 많은 독자들의 호기심을 자극하고 있는데, 나비효과와 시간여행을 제재로 한 서간문 형식의 「나비전쟁」, 타임머신을 이용한 生靈의 자기살해를 다룬 「토플갱어」, 숱한 외계종족의 입맛을 겨냥한 야심찬 식당주인의 집념을 통해 전위적 실험성을 발현한 「일곱번째의 별」 등이 사이버공간에서 화제를 일으킨 그의 작품들로서, 우리 과학소설의 밝은 미래를 예고하고 있다.

이렇게 볼 때, 불과 35년의 創作史를 가진 한국의 과학소설은 급속한 컴퓨터문학의 신장세에 힘입어 새로운 전기를 맞고 있으나, 아직도 시장탐색

---

34) 그의 역사의식은 이어 발표된 「역사 속의 나그네」(1991), 「파란 달 아래」(1992) 등의 작품에서 깊이를 더한다.

35) 이성수는 컴퓨터 통신 연재로 폭발적 인기를 모았던 그의 작품들을 하나씩 종이 책으로 출간하는데, 「아틀란티스 광시곡」(1991)을 필두로 「우먼 Q」(1991), 「바이러스 임진왜란」(1992), 「스핑크스의 저주」(1993) 등의 작품들이 이에 해당한다.

의 단계에 불과한 출판문학에서의 입지와 여전히 상존하는 과학소설에 대한 사회의 편견은 해결해야 할 과제로 남아 있다.

### (2) 호주의 과학소설

영국을 비롯한 유럽대륙의 과학전통을 잠재적으로 계승한 호주에서의 과학소설 발달사는 이들의 과학문명에 대한 남다른 관심을 그대로 보여준다. 영국 과학소설의 자양분 아래 생성된 여러 편의 과학단편과 특히 과학소재 만화의 활발한 창작에 영향 받아, 그 기반을 착실히 다져오던 호주의 과학소설계는 2차대전의 종전을 즈음해 새로운 문화적 욕구와 맞물림에 따라 창작과학소설의 새로운 전기를 맞는다. 이미 終戰前, 우주선 조작 실수로 외계의 혹성에 불시착하게 된 세 형제의 모험담을 부족한 과학상식으로나마 재미있게 다룬 「*Through Space to the Planets* 혹성으로의 우주여행」(1944)을 발표한 바 있던 위니프르드 로(Winifred Law)는 그 속편 격인 「*Rangers of the Universe* 우주의 파수꾼」(1946)에서 "뾰족한 귀와 앙팡진 송곳니를 가진" 외계인의 묘사를 이끌어 냄으로써 후대의 작가들에게 외계인의 가시적 외형에 대한 한 전형을 제시한다. 그러나 그녀는 지나치게 단순한 문체와 더불어 평면적 인물의 고수, 일방적이고 설교적인 대화의 삽입 등, 초기소설로서의 숱한 한계도 함께 노출시키고 있다.36)

1950년대와 60년대에는 보다 많은 과학소설들이 창작되었다. 그 중에서도 세 작가가 눈에 띄는데, 발명가이며 모험가인 우주영웅 시몬 블랙(Simon Black)을 창조해 우주공간을 주름잡게 하는 「*Simon Black in Space* 우주의 시몬」(1952), 「*Venes in simon Black and The Spaceman* 금성의 시몬 블랙과 우주인」(1955), 「*Simon Black Take Over* 시몬 블랙 지구를 구하다」(1959) 등 일련의 시몬 블랙 시리즈를 쓴 이반 사우샬(Ivan Southall), 이에 영향 받아 무력적 주인공에서 출발했으나(「*Kidnappers of Space* 우주의 납치자」, 1953), 점차 과학기

---

36) John Foster, 「Australian Science Fiction for Children and Adolescent」, 『*Young Adult Science Fiction*』, Greenwood press, U·S·A, 1999, p.86.

술지식에 바탕한 작품(「*Farm Beneath the Sea* 해저농장」, 1969 )을 써 나간 메리 패치트(Mary Patchett), 전체적으론 지구문명 우위론을 견지하지만 부분적으로나마 외계인의 시각에서 서구사회를 조명하고 있는(「*Down to Earth* 지구로의 하강」, 1965) 패트리샤 라이턴(Patricia Wrightson) 등이 그들이다. 이 시기는 전반적으로 서부극(horse opera)의 전통에서 출발한 편력기사담의 형식[37]을 빌린 소위 '우주 오페라'(space opera) 양식이 주류를 이루었다는 점과 여류작가의 활약이 두드러졌다는 점을 특색으로 꼽을 수 있는데, 60년대 후반에 접어들면서는 소설의 무대로서 우주공간이 遺棄되어지고, 호주의 낯익은 지형을 작품의 세팅으로 하여 지구 내에서의 분쟁과 활약을 다루게 되는 것도 특기할 만한 사실이다.[38]

1970년대는 리 하딩(Lee Harding)의 활약이 돋보인다. 그는 문체와 화소 (motif) 그리고 수용독자의 계층 및 연령 등을 다양하게 고려하여 작품세계의 폭을 넓혔다. 「*The Fallen Spaceman* 추락한 우주인」(1973)에서 "몸집이 크고 큰 목소리를 가진, 호전적인" 외계인은 어린 지구소년들에게 구조된 후, 은하세계의 모든 인간이 우호적으로 지내야 된다는 신념을 가지고 자신의 혹성으로 돌아간다. 이는 명백히 청소년층을 겨냥한 저작이다. 우주평화를 주제로 한 이런 메시지는 「*The Children of Atlantis* 아틀란티스의 아이들」(1976)에서 더욱 심화되어 대단원에서, 은하계의 모든 아이들은 아틀란티스의 후예이므로 어느 별 아래서 길을 잃고 헤맬 지도 모르는 형제들을 찾아 길을 떠나자고 역설한다. 한편 앤 스펜서 패리(Anne Spencer Parry)는 「*The Land Behind the World* 이 세상 너머의 땅」(1976)에서 컴퓨터 프로그램에 의해 자신들의 행위를 제어하는, 영혼을 잃어버린 무리(Flugs)들을 통해 생명과 자유의 존엄을 부각시켰고, 콜린 실리(Colin Thiele)는 「*The Sknuks* 스커너스」(1977)에서 탐욕과 공격적 성향과 무례 때문에 그들의 아름다운 혹성을 생물이

---

37) 정의의 기사가 불의의 현장을 찾아 다니며 불의를 심판하고 정의를 실현한 후, 또 다른 불의를 찾아 떠나는 구조로 되어 있는 이야기 형식을 말한다(임성래, *op. cit.*, p.11 참조).

38) J.Foster, *op. cit.*, p.87 참조.

살지 못하는 황무지로 만들어 버리고 마는 스커너스(스컹크 ; Skunks의 철자를 의도적으로 거꾸로 조합한 것) 무리들의 어리석음을 통해 인간세상의 섭리를 알레고리컬하게 확인시켜 주고 있다. 이처럼 70년대의 과학소설들은 청소년층을 겨냥한 교훈적 공리성이 강화되고 있음을 알 수 있다.

1980년대의 초반엔 4편의 작품이 눈길을 끄는데 그 중 2편은 역시 하딩의 것이며 나머지 2편은 로빈 클라인(Robin Klein)과 토니 모펫(Tony Morphett)의 것이다. 하딩의 「*The Web of Time* 시간의 거미줄」(1980)과 「*Waiting for the End of the World* 세계의 종말을 기다리며」(1983)는 보편적인 과학소설의 화소를 적용한 것으로 전자는 시간여행을, 후자는 인간의 문명이 멸망한 가상의 미래세계를 각각 제재로 하고 있다. 클라인의 「*Halfway Across the Galaxy and Turn Left* 은하수를 가로질러」(1985)는 외계의 혹성에서 지구에 오게 된 한 가족의 지구방문담을 인류학적 시각에서 유머러스하게 다룬 작품이며, 모펫의 「*Quest Beyond time* 시간 탐험」(1985)은 인류멸망의 대학살 이후의 우주공간을 배경으로, 행글라이딩을 이용해 과거(1985년)에서 미래(2457년)로 날아온 소년의 모험을 그리고 있다. 이 시기의 작품들은 과학소설의 도식성을 잘 고수하고 있는 듯이 보인다.

1986년 이후 현재에 이르기까지 호주의 과학소설은 현저한 도약을 보여, 대중의 많은 사랑을 받게 되었다. 이 시기에 많은 작가들의 숱한 작품들이 발표되었고, 상당수의 작품들이 비평가들로부터 좋은 평가를 받았다. 이 시기 작품들의 주조는 80년대 초반부터 부분적으로 가시화 되었듯이, 서구 문명이 파괴되고 인류가 멸망한 가상의 미래공간을 배경으로, 핵무기의 위험성과 절제되지 않은 과학기술의 무분별한 남용에 대해 교훈적 경고의 메시지로 이뤄져 있어 주목을 끈다. 컴퓨터 게임에 몰두한 4명의 10대를 통해 기계문명의 해악성을 보여주는 길리언 루빈스타인(Gillian Rubinstein)의 「*Space Demons* 우주의 악마」(1986), 시드니의 타롱가 동물원을 '에덴동산'으로 은유해, 유럽인과 애보리진, 심지어 모든 동물을 포함한 만물의 화합을 강조하고 있는 빅터 켈러허(Victor Kelleher)의 「*Taronga* 타롱가」(1986). 남태평양의 섬을 배경으로 인어와 우주비행사의 르맨스 속에 대기오염의 심각성을 고발하는 루스 팍(Ruth Park)의 「*My Sister Sif* 내 사랑 시프」(1986), 다가올 다음 세기의 무질서와 폭력성을 지하 광산촌을 배경으로 예시한 페니 홀(Penny Hall)의 「*The Paperchaser* 종이 뿌리기 경주」(1987), 이와는 대조적으로 뉴질랜드 남섬을 무대로, 지하문명의 번영을 보여줌으로써 역설적인 환경보호의 메시지를 던지는 캐롤린 맥도널(Caroline Macdonald)의 「*The Lake at the End of the World* 세상 끝의 호수에서」(1988), 오늘날의 시드니를 배경으로 사춘기적 갈등 속에 우주여행을 떠나는 소녀를 통해 낙관적 미래상을 제시하는 앨런 밸리(Allan Baillie)의 「*Megan's Star* 메건의 별」(1988), 서기 3000년의 청정사회에서 온 주인공을 통해 20세기 시드니의 오염을 풍자하는 마크 쉬맆(Mark Shirrefs)과 존 톰슨(John Thomson)의 「*The Girl from Tomorrow* 내일로부터 온 소녀」(1990), 타임머신의 시간여행을 통해 인간관계의 존엄성을 일깨우고 있는 존 매스던(John Marsden)의 「*Out of Time* 시간 탈출」(1990) 등에서 이 시기 호주 과학소설의 이러한 특성을 살필 수 있다.

이렇게 볼 때 호주의 과학소설은 열정적인 초기 '우주 오페라' 시기의 작품들(주로 2차 대전 후~60년대), 무거운 분위기의 설교교훈담이 주류를 이루는 중기 작품들(주로 70년대~80년대 초반), 새로운 기운으로 싹트고 있는 근래의 작품들(80년대 후반~현재)로 3분할 수 있다. 이러한 호주과학소설의 시기별 변모는 다른 영어권 문학의 영향의 결과로 보여지는데, 특히 애버러진(Aborigin ; 호주 원주민)에 대한 동정적 초상, 여성 주인공의 증가, 작품의 세팅으로서의 호주사회의 세부묘사 등이 점차 두드러진 특색으로 나타나지고 있다. 그러나 이러한 질량적 성과에도 불구하고, 생명력 없는 인물의 설정, 특정화소의 남용, 상투적인 설교수법의 서술, 우주탐험 및 일반과학에의 관심 결여 등은 호주과학소설의 해결해야 할 숙제로 남아 있다.[39]

---

39) J. Foster, *op. cit.*, p.94.

# 3. 結 論

본고에서는 한국과 호주의 탐정소설과 과학소설에 나타난 실상의 비교를 통해 양국 통속소설의 구체적 현황을 파악함으로써 지역을 달리한 통속적 관심사의 실체를 파악하고자 하였다. 고찰의 결과를 정리하면 다음과 같다.

첫째, 한국의 탐정소설은 이 장르의 개척자 김내성에 의해 1930년대에 개화되었는데, 그의 대표작 「마인」에서 볼 수 있듯이 퍼즐풀이 중심의 공식성에 主情的 資質을 첨가하여 變格指向의 다양성을 선보이고 있음이 주목된다. 이러한 김내성의 시도는 한국의 후대 탐정소설가들에게 계승 변용되어 이후 한국추리소설의 계보를 이루게 되었다. 한편 호주의 탐정소설은 영국의 유형식민지 호주의 골드러시 시절의 무질서의 부산물로, 불우한 여류작가 메리 포춘에 의해 그 기반을 닦았다. 자신의 자전적 편린을 소설창작에 활용하여, 탐정에 우선하는 범죄자의 입장 조명, 범죄의 그늘에서 고통받는 여성상의 부각 등 독특한 호주탐정소설의 전통을 확립시키는데 기여했다. 따라서 그 생성과정에서의 차이에 의해, 남성탐정 중심의 모험에 치중하는 한국의 경우와, 범죄자의 입장을 부각시키고 여성탐정의 등장을 유도하는 호주의 경우로 대별된다고 볼 수 있다.

둘째, 한국의 과학소설은 60년대부터 본격 창작의 시기로 접어들어 오늘에 이르기까지 과학적 사고의 소설적 형상화를 일궈내며 질적 발전을 도모하고 있으나, "컴퓨터 문학에 치우친 시장의 편협성과 과학소설에 대한 사회적 편견"이라는 극복해야 할 과제를 안고 있다. 이에 비해 호주의 과학소설은 유럽 과학소설의 배경을 등에 업고 2차대전의 종전 후, 본격화되기 시작하여, 초기의 '우주 오페라'식 소설, 중기의 설교교훈담류, 그리고 인간문명의 반성론적 교감을 강조하는 오늘날의 작품들에 이르기까지 다양한 양상을 보여 주고 있으나, 도식적 인물의 설정, 설교적 수법의 남용, 실증적 과학지식의 결여 등, 해결해야 할 과제도 적지 않다. 따라서 과학소설에 대한 문화적 풍토의 차이에 의해, 통신문학에 의존하는 시장의 한계를 가진 한국의 경우와 활발한 시장을 가지고 다양한 착상을 실험적으로 출판하는 호주의 경우로 대별된다고 볼 수 있다.

　이렇게 볼 때, 다 같이 독자대중의 통속적 기대치에 부응키 위해 출발한 한국과 호주의 통속소설은 그 생성과정과 문화적 풍토의 차이에 기인해 색다른 양상을 보여주고 있음을 확인할 수 있었다.

# 참 고 문 헌

강상희, 「박태원론」, 『한국학보』58, 일지사, 1990 봄.

강혜원, 『박태원 소설의 서술구조 분석』, 이화여대 석사학위 논문, 1988.

곽종원, 「전쟁이란 무엇인가」, 『월간문학』, 1969. 10.

久松潛一 外 編, 『現代日本文學大事典』, 明治書院, 1990.

구인환, 「천상과 지상의 변혁과 회귀」, 『김동리 문학 연구』, 살림, 1995.

구중서, 「6·25와 한국문학」, 독서신문, 1974. 6. 30.

권성우, 『1930년대 한국 모더니즘소설연구』, 서울대 석사학위 논문, 1989.

김강호, 『1930년대 한국통속소설 연구』, 부산대 박사학위 논문, 1994.

김기진, 「대중소설론」, 동아일보, 1929. 4. 14~4. 20.

_____, 「문예시대관 단편-통속소설소고-」, 조선일보, 1928. 11. 9~11. 20.

김기현, 「현상윤의 단편소설」, 『문학과 지성』, 1972. 겨울.

김남천, 「조선적 장편소설의 일고찰」, 동아일보, 1937. 10. 19~23.

김내성, 「탐정소설론」, 『새벽』, 1956. 3.

_____, 『마인』, 영한문화사, 1986.

김동석, 「비약하는 작가」, 『우리문학』, 1948. 4.

김동환, 「'중도적 인물' 설정과 소설적 전망」, 『한국현대장편소설연구』, 삼지원, 1990.

김말봉, 「찔레꽃」, 『한국장편문학대계』 13권, 성음사, 1970.

金秉逵, 「구보의 임진왜란에 대하여-역사문학에 있어서의 사관문제」, 『新天地』 36 호, 1949. 5·6 합병호.

김병익, 「혼란 속의 새로운 모색」, 『한국의 지성』, 군예출판사, 1972.

김영모, 「일제하의 사회계층의 형성과 변동에 관한 연구」, 『일제하의 민족생활사』, 현음사, 1982.

김영진, 『1930년대 세태소설의 연구』, 연세대 석사학위 논문, 1985.

김영찬, 『1930년대 후반 통속소설 연구』, 성균관대 석사학위 논문, 1994.

김외곤, 「소설가에 의한 소설, 소설가의 존재방식에 대한 탐색」, 『문학정신』, 1992. 9.

_____, 「전후세대의 의식과 극복」, 『1950년대 문학연구』, 예하, 1991.

김용직, 「개화기 문인의 의식유형」, 『한국문학연구입문』, 지식산업사, 1982.

김우종, 「전쟁문학과 리얼리티」, 『한국소설의 문제작』, 일념, 1985.

김우종, 『한국현대소설사』, 성문각, 1982.

김우창, 「남북조시대의 예술가의 초상」, 『소설가 구보씨의 일일』, 문학과 지성사, 1976.

김윤식, 「「갑오농민전쟁」론」, 『동서문학』, 1990. 1.

_____, 「고현학의 방법론」, 『한국문학의 리얼리즘과 모더니즘』, 민음사, 1989.

_____, 「일제말기 한일문단의 관련양상」, 『한일문학의 관련양상』, 일조각, 1974, p.112.

_____, 「춘원, 동인, 횡보의 기생론」, 『월간조선』, 1986. 4.

_____, 『한국 현대현실주의소설 연구』, 문지사, 1990.

_____, 『한국현대문학사』, 일지사, 1976.

김종회, 「관념과 문학 그 곤고한 지적 편력」, 『문학세계』 90년봄.

김준오, 『한국현대장르비평론』, 문학과 지성사, 1990.

김천혜, 『소설구조의 이론』, 문학과 지성사, 1990.

김치수, 『박경리와 이청준』, 민음사, 1982.

김태진, 「전쟁문학연구」, 『용봉논총』v. 2, 1973.

김학동, 「소성 현상윤론」, 『어문학』 v.27, 한국어문학회, 1972.

김현실, 「현상윤의 단편소설 연구」, 『국어국문학』 v.93, 국어국문학회, 1985.

나병철, 『1930년대 후반기 도시소설 연구』, 연세대 박사학위 논문, 1989.

르네웰렉/오스틴 워렌, 김병철 역, 『문학의 이론』, 을유문화사, 1982.

명형대, 『동인소설의 죽음 연구』, 부산대 석사학위논문, 1976.

문흥술, 「의사 탈근대성과 모더니즘」, 『한국문학』, 1994.

민병기 외, 『한국의 영상문학』, 문예마당, 1998.

민병기, 「세태소설론」, 『마산대논문집』v. 4, 1982, p.54.

박계주, 『순애보』, 삼중당, 1967.

박신헌, 『韓國戰爭前後期小說研究』, 경북대 박사학위 논문, 1992.

박종홍, 「통속성과 통속소설」, 『현대소설원론』, 중문출판사, 1993.

박 철, 「눈물의 시드니」, 『밤거리의 갑과 을』, 실천문학사, 1993.

박철희, 『문학개론』, 형설출판사, 1985.

방인근, 『방랑의 가인』, 『한국문학전집』v. 7, 민중서관, 1972.

_____, 『황혼을 가는 길』, 삼중당, 1963.

백기만, 「빙허의 생애」, 김두한 편저, 『백기만전집』, 대일, 1998.

백낙청, 「피상적 기록에 그친 6·25수난」, 『신동아』, 1965. 4.

백승열, 『안회남 소설 연구』, 서울대 석사학위 논문, 1989.

백철, 「전쟁을 제재로 한 문학」, 『문학개론』, 신구문화사, 1959.

白鐵, 『조선신문학사조사』 현대편, 백양당, 1950.

복거일, 「과학소설의 세계」, 『멋진 신세계』, 현대정보문화사, 1992.

서광운, 『한국 신문소설사』, 해돋이, 1993.

서준섭, 『1930년대 한국모더니즘 문학 연구』, 서울대 박사학위 논문, 1988.

_____, 『한국 모더니즘문학 연구』, 일지사, 1988.

송남헌, 『해방 3년사』 II, 까치, 1985.

송덕호, 「추리소설의 유형」, 『추리소설이란 무엇인가?』, 국학자료원, 1997.

송민호, 『일제말 암흑기 문학 연구』, 새문사, 1991.

송승철, 「베트남전쟁 소설론」, 『창작과 비평』, 1993. 여름.

신경득, 『한국전후소설연구』, 일지사, 1988.

신덕룡, 『진보적 리얼리즘 소설 연구』, 시인사, 1989.

신동욱, 「현진건의 「무영탑」」, 『한국현대문학론』, 박영사, 1972.

辛熙敎, 『일제말기소설연구』, 고려대, 박사학위 논문 1992. 6.

안정효, 『동생의 연구』, 책세상, 1990.

_____, 『학포장터의 두 거지』, 고려원, 1990.

_____, 『하얀 전쟁 ; 제1부 전쟁과 도시』, 고려원, 1992.

안회남, 「농민의 비애」, 『제3한국문학』 v. 13, 수문서관, 1988.

_____, 「오욕의 거리」, 『週報建設』v. 1, 1945. 11.

_____, 「철쇄 끊어지다」, 『제3한국문학』 v. 13, 수문서관, 1988.

_____, 「폭풍의 역사」, 『문학평론』, 1947. 7.

엔도 슈사꾸(遠藤周作), 『그리스도의 탄생』, 수문서관, 1980.

염무웅, 「김동리 문학의 현실감각」, 『동리문학연구』, 서라벌문학 8집, 1973.

염상섭, 「소설과 민중」, 동아일보, 1928. 5. 31.

오미남, 『1930년대 후반기 통속소설 연구』, 중앙대 석사학위 논문, 1994. 12.

유학영, 『1950年代 韓國小說 研究』, 성균관대 박사학위 논문, 1987.

윤백남, 「대중소설에 대한 사견」, 『삼천리』, 1936. 7.

윤병로, 「새세대의 충격과 60년대 소설」, 『한국현대문학사』, 현대문학사, 1989.

_____, 「전쟁문학시론」, 『성균관대 논문집』v. 24, 1977.

윤정헌, 「천변풍경 연구」, 『어문학』 v.49, 한국어문학회, 1988.

_____, 『김동인 단편소설 연구』, 영남대 석사학위 논문, 1984.

_____, 『박태원소설연구』, 영남대 박사학위 논문, 1991. 6.

_____, 「안정효 소설의 휴머니티」, 『영남어문학』 v. 26, 영남어문학회, 1994. 12.

_____, 「作中人物을 통해 본 東仁의 社會的 自我」, 『語文學』 48, 韓國語文學會, 1986.

윤필립, 「새 천년의 메시아」, 『신동아』, 2000년 3월호.

_____, 『시드니에는 시인이 없다』, 고려원, 1995.

이강언, 『1930년대 모더니즘 소설 연구』, 영남대 박사학위 논문, 1987.

_____ · 조두섭, 「조선의 얼굴을 그린 작가」, 『대구 · 경북 근대문인연구』, 태학사, 1999.

李光麟, 「숨은 개화사상가 유대치」, 『개화당 연구』, 일조각, 1985.

이기윤, 「전쟁과 인간」, 한샘, 1992, pp.156~164.

_____, 『1950年代 韓國小說의 戰爭體驗 研究』, 인하대 박사학위 논문, 1989.

이덕화, 「안회남론」, 『연세어문학』v. 21, 1988. 12.

이동하, 「한국문학의 전통지향적 보수주의 연구」, 『현대소설의 정신사적 연구』, 일지사, 1989.

_____, 『한국대중소설의 수준』, 풀빛, 1984.

이상경, 「동학농민전쟁과 역사소설」, 『변혁주체와 한국문학』, 역사비평사, 1990.

이상원, 『1950年代 韓國戰後小說研究』, 부산대 박사학위 논문, 1993.

이영호, 「1894년 농민전쟁의 역사적 성격과 역사소설」, 『창작과 비평』, 1990. 가을.

이용남, 「역사소설의 평가문제」, 『한국문학사의 쟁점』, 集文堂, 1989.

이원조, 「순수문학과 대중문학 문제」, 조선일보, 1933. 3. 13~3. 20.

이유식, 『1920년대 한국소설의 죽음의 결말 연구』, 한양대 석사학위 논문, 1983.

이은자, 『1950년대 한국소설에 나타난 지식인상 연구』, 숙명여대 박사학위 논문, 1994. 6.

이인복, 『한국문학에 나타난 죽음의식의 사적 연구』, 열화당, 1979.

이재선, 「박태원의 「갑오농민전쟁」론」, 『문학사상』, 1989. 6.

_____, 『한국단편소설 연구』, 일조각, 1975.

이재선, 『한국현대소설사』, 홍성사, 1979.

이주형, 『1930년대 한국장편소설연구』, 서울대 박사학위 논문, 1983.

이태극, 「전쟁을 주제로한 문학」, 『자유문학』, 1956. 12.

이태동, 「한국 순수문학의 위대한 집념」, 『김동리』, 지학사, 1985.

임긍재, 「민족문학 제창 후의 작품경향」, 『예술조선』v. 3, 1948. 4.

임덕순, 『서울의 수도기원과 발전과정』, 서울대 박사학위 논문, 1985.

임무출, 「박태원의 「홍길동전」 연구」, 『영남어문학』18, 1990. 12.

_____, 『해방 직후 한국 장편역사소설 연구』, 계명대 박사학위 논문, 1992. 12.

임성래, 「과학소설의 전반적 이해」, 『과학소설이란 무엇인가』, 국학자료원, 2000. 2.

임종국, 「가족의 윤리와 관용」, 『한국문학』 제4권 10호, 1976. 10.

_____, 『친일문학론』, 평화출판사, 1983.

임헌영, 「월남전 소재 소설과 민족문학」, 『우리시대의 소설 읽기』, 글, 1992.

임화, 「세태소설론」, 동아일보, 1938. 4. 1~6.

임환모, 『문학적 이념과 비평적 지성』, 태학사, 1993.

長谷川泉・高橋新太郎 編, 『文藝用語の基礎知識』, 至文堂, 1988.

장덕순, 『국문학통론』, 신구문화사, 1961.

張放, 『大陸新時期小說論』, 東大圖書公司, 1992.

장백일, 「김동인 문학의 갈등과 죽음의 문제」, 『어문학』v.1, 국민대, 1981.

藏原惟人, 「戰爭文學의 새로운 段階」, 『藝術論』v. 3, 신일본출판사, 1976.

전영태, 『대중문학론고』, 서울대 석사학위 논문 , 1980.

전혜자, 「전시문학과 작가의식」, 『한국의 전후문학』, 태학사, 1991.

정문권, 『韓國戰後小說의 휴머니즘 硏究』, 한남대 박사학위 논문, 1995.

정문길, 『소외론 연구』, 문학과 지성사, 1989.

정봉래, 「전쟁문학론」, 『자유문학』v. 34, 1960. 1.

정재훈, 『한국현대소설에 나타난 죽음의 연구』, 경희대 교육대학원, 1976.

정주동, 『고대소설론』, 형설출판사, 1979.

정한모・김용직, 『문학개론』, 박영사, 1983.

정현숙, 「「갑오농민전쟁」연구」, 『어문학보』14, 강원대 국교과, 1992. 5.

정현숙, 『박태원 문학 연구』, 국학자료원, 1994.

정현숙, 『박태원 소설 연구』, 이화여대 박사학위 논문, 1990.

정희모, 『韓國戰後長篇小說硏究』, 연세대 박사학위 논문, 1995.

조남현, 「시장과 전장과 이념검증」, 『한국의 전후문학』, 태학사, 1991.

조남현, 『소설원론』, 고려원, 1982.

조동길, 『1930년대 후반기 한국장편소설 연구』, 고려대 박사학위 논문, 1990.

_____, 『한국현대장편소설연구』, 국학자료원, 1992.

조동숙, 『1950, 60年代 小說에 나타난 이데올로기 硏究』, 고려대 박사학위 논문, 1993.

조동일, 「「赤道」의 구성과 주제」, 『현진건 연구』, 새문사, 1981.

조병락, 「전쟁문학의 개념규정에 관한 연구」, 『육사논문집』v. 3, 1963.

조연현, 「현진건 문학의 특성과 문학사적 위치」, 『현진건 연구』, 새문사, 1981.

_____, 『남기고 싶은 이야기들』, 도서출판 부름, 1982.

조영암, 『한국대표작가전』, 광문사, 1953.

조옥지, 『천변풍경의 구조분석』, 고려대 석사학위 논문, 1982.

조용만, 『30년대 문화예술인들』, 범양사 출판부, 1988.

조종춘, 「다시 시드니 가을에 서서」, 『재호한인문인협회보』, 재호한인문인협회, 1998. 6.

조진기, 『韓國現代小說硏究』, 학문사, 1984.

주종연, 『한국 근대단편소설 연구』, 형설출판사, 1981.

진정석, 『김동리 문학 연구』, 서울대 석사학위 논문, 1993.

최원식, 「현진건 문학의 사회적 가치」, 『현진건 연구』, 새문사, 1981.

최재서, 「리얼리즘의 확대와 심화」, 조선일보, 1936. 10. 31~11. 7.

최진우, 『1930년대 도시소설의 전개』, 서강대 석사학위 논문, 1981.

퍼트리샤 워, 『메타픽션』, 열음사, 1989.

한명환, 「30년대 신문연애소설의 심미적 모티프 연구」, 『현대소설연구』v. 3, 한국현대소설연구회, 1995. 12.

_____, 『1930년대 신문소설 연구』, 홍익대 박사학위 논문, 1995. 12.

한수영, 「천변풍경의 희극적 양식과 근대성」, 『박태원소설 연구』, 깊은샘, 1995.

한용환, 『소설학사전』, 고려원, 1992.

한원영, 『한국 근대 신문연재소설 연구』, 이회문화사, 1996.

현길언, 『현진건소설연구』, 한양대 박사학위 논문, 1984.

현문자, 『기녀고』, 동아대 석사학위 논문, 1967.

현진건, 「거리에서 만난 여자」, 『조선문단』, 1935. 4.

_____, 「꿈에 본 新岳陽樓記」, 『개벽』, 1924. 4.

_____, 「목도리의 覆面」, 『조선문단』, 1925. 4.

_____, 「설 때의 유쾌와 낳을 때의 고통」, 『조선문단』, 1925. 5.

_____, 「조선문단과 나」, 『조선문단』, 1925. 7.

현진건, 「조선혼과 현대정신의 파악」, 『개벽』, 1926. 1.

_____, 「處女作 發表當時의 感想」, 『조선문단』, 1925. 3.

_____, 『단군성적순례』, 예문각, 1948.

홍사중, 「한정된 현실의 비극」, 『현대한국문학전집』v. 11, 신구문화사, 1981.


A. Kaplan, 『The Aesthetics of The Popular Arts』. 1966.

Delys Bird and Brenda Walker, 『Killing Women』, An Angus & Robertson Publication, Australia, 1993.

E. Hemingway, 『Men at War』, Crown Publishers. 1979.

E. M. Forster, 정병조 역, 『Aspect of the Novel』.

G. Lukacs, 『Der junge Hegel』, Suhrkamp Taschenbuch Verlag, 1973.

Hannelore Link, 『Rezeptionsforschung』, W. Kohlkammer, 1976.

J. G. Cawelti, 『Adventure, Mystery, and Romance』, 1976.

J. T. Shipley, 『Dictionary of World Literary terms』, The Writer, INC. ; Boston, 1970.

John Foster, 「Australian Science Fiction for Children and Adolescent」, 『Young Adult Science Fiction』, Greenwood press, U・S・A, 1999.

M.K. Danziger & W.S.John, 『An Introduction to Literary Criticism』, Boston, 1961.

P. Aichinger, 『The American Soldier in Fiction, 1380～1963』, Iwoa state univ., 1975.

Stuart Palmer, 『The Violent Society』, College & University Press. New Haven, 1972.

Urs Jaeggi, 『Literatur und Politk』, Suhrkamb Verlag, 1972.

W. Q. Boelhower, 『The Brave New World of Immigrant Autobiography』, The Society of the Multi-Ethnic Literature of U・S・A, 1982.

# 찾 아 보 기

## 【 ㄱ 】

「가가와 교장」 307
가스똥 르루 405
『가을바다 사람들』 166, 138
「갈대의 사계」 322
「갈쌈」 122
감상주의 150
「갑오농민전쟁」 94, 97, 104, 105, 107
甲賀三郎[고가사부로우] 167
江戶川亂步[에도가와 란보] 167
開放額字 12
『開闢』 37, 150, 260
芥川龍之介 167
「개화의 살인」 167
「결혼식」 19
경찰소설 167
계급의식 93
「계명산천은 밝아 오느냐」 94, 97, 107
계용묵 310
「古都巡禮 慶州」 63
고부민란 97
「고요한 폭풍」 311
谷崎潤一郎 167
骨積島 62
공간구속적 특성(space bound) 332
공상과학소설 167

公案小說 406
공포소설 167
과학소설 420, 421, 422
「광염소나타」 14, 20, 362
「광장」 189, 197, 217, 326
「광화사」 16, 22, 362
괴기소설 167
久米正雄 320
「구운몽」 326
『국민문학』 300, 307
菊池幽芳 167
「군국의 어머니」 87
軍事小說 184
「군상」 92, 107
권영희 97
「귀환장정」 110, 111
「그 뒤 이야기」 68, 71, 83
「그들의 사랑」 306
「그림자」 167
글로바 347
「金剛山 貞操」 63
『今古奇觀』 262
「금색의 죽음」 167
「금성의 시몬 블랙과 우주인」 423
긍정적 인물 78
技巧優位論 64
기밀소설 167

기행수필 61, 65
김경천 99
金珖燮 340
김기진 145
김남천 145
김내성 168, 174, 179
김동리 109, 110, 346
김동석 68, 79
김동인 11, 12, 51, 58, 145, 168, 260, 268, 272, 362
김만중 144
김말봉 154
金士永 309
「김사장의 권리금」 124, 127
김삿갓 95
김선덕 36
김옥균 309, 372
「김옥균의 사」 308
金龍濟 305
金容稷 371
김우진 35
金貞愛 373
김현 340
김현순 40, 41, 42, 47
「꼬마반장」 87
「꿈과 땅콩」 127

【 ㄴ 】

羅稻香 60
나라타쥬(narratage) 138
「나비전쟁」 422
낙관적 전망(Optimistic Perspective) 78, 84
「낙타」 68, 75
「난장이 클리쟈」 416

南山壽 305
南川博 308
南村 279, 280, 370
내부이야기 12, 13, 29
『내 이름은 티안』(My name is Tian) 239, 252
內話 362, 365
네드 켈리 416
「濃霧」 305
「농민의 비애」 68, 79, 83, 84
농민전쟁론 101, 103, 106
「누이」 288
「눈을 겨우 뜰 때」 260, 272, 276, 278
뉴우스리일(newsreel)기법 339

【 ㄷ 】

다민족 다문화주의 242
「다시 대동강」 17
茶屋町 371, 374
檀君陵 61
『檀君聖跡巡禮』 60, 61, 63, 65
「달세계의 여행」 388
담론구조 367
「대동강」 17
「大同江은 속삭인다」 17
「대열차강도」 388
對自的 視覺 73
대중소설 145, 147, 148
대중예술 147
대체역사기법 421
「도라 칼레이튼」 416
도마 347
「도상」 167
도시소설 281